Anja Zimmer

Auf dass wir klug werden

Das Leben der Herzogin Elisabeth zu Sachsen

Roman

Dritte, überarbeitete Auflage.

Gedruckt in Deutschland.

Umschlagbild: Umkreis Joos van Cleve
Tryptichon, rechter Flügel mit Heiliger Barbara.

Umschlaggestaltung, Satz und Layout Innenteil: Anja Zimmer

ISBN: 978-3-937013-13-8

Das Schloss zu Marburg, Elisabeths Geburtshaus

Inhalt

Hinweis: Auf www.Frauenzimmer-Verlag.de finden Sie weitere Bilder der Schauplätze, Informationen zur Recherche und Hntergründe, weiterhin Bilder zu den Dreharbeiten auf Schloss Rochlitz zu dem Film:

„Elisabeth von Sachsen. Eine Rebellin der Reformation“
Eine Produktion des MDR - Lebensläufe

auch als eBook erhältlich

Für Frank

den besten Ehemann des gesamten Unsiversums

Elisabeths Grabmal in dElisabethkirche in Marburg

Meißen im Mai 1526

„Euer Gnaden! Euer Gnaden!“

Der Angesprochene - Herzog Georg von Sachsen - sah schon wieder Ärger auf sich zukommen. Kein Zweifel, die Hofmeisterin war aufgebracht. Aufgebracht war gar kein Ausdruck. Sie war offensichtlich in höchstem Maße empört.

Die Hofgesellschaft hatte sich nach Meißen begeben, um den blühenden Mai zu genießen. Majestätisch thronte die Albrechtsburg auf ihrem Felsen über der Elbe, Sonnenschein lag auf den Weinbergen, von überallher dufteten Blumen und Obstbäume, doch dieses idyllische Bild wurde nun empfindlich gestört von der Hofmeisterin, die mit wehenden Gewändern auf dem Spazierweg am Fluss heranrauschte. Bei genauerem Hinsehen konnte man sogar erkennen, dass sie Staub aufwirbelte. Sie musste vollkommen außer sich sein, denn sonst hätte diese Frau, die der Herzog zur Erziehung seiner Schwiegertochter Elisabeth eingesetzt hatte, nicht selbst allen Anstand außer Acht gelassen und ihn schon von weitem angerufen.

Was mochte Elisabeth nun wieder angestellt haben? Herzog Georg war gespannt, ob diese Hofmeisterin ihn auch gleich bitten würde, die schwere Bürde, die er ihr in Form seiner kleinen, dünnen Schwiegertochter zugemutet hatte, wieder von ihr zu nehmen. Irgendwann hatte er aufgehört zu zählen, wie viele Hofmeisterinnen Elisabeth schon verschlissen hatte. Elisabeth war ungewöhnlich. In vielerlei Hinsicht. Sie war ungewöhnlich klug, selbstbewusst, stark und frei. Ihr Bruder Philipp hatte ihr Dinge beigebracht, die man bei wohlerzogenen Mädchen nicht vermuten durfte. Elisabeth konnte Steine übers Wasser springen lassen, was an sich noch harmlos war. Sie konnte aber auch Hofmeisterinnen zu Tode erschrecken, indem sie gellend auf ihren Fingern pfiff. Darüber hinaus musste sie außer ihrem Bruder noch andere Lehrmeister gehabt haben, denn sie gab bisweilen höchst unfeine Sprüche zum Besten, die sie als „alte hessische Weisheiten“ deklarierte. Damit nicht genug, konnte sie auch fluchen, als habe sie drei Heere zu führen, wie irgendeine Hofmeisterin sich ausgedrückt hatte.

Derlei Gedanken beschäftigten den Herzog, als er die aufgelöste Hofmeisterin auf sich zueilen sah.

„Euer Gnaden!“ rief sie noch einmal.

Herzog Georg wandte sich zu seinen beiden Begleitern um und entließ sie mit einem Kopfnicken. Hans von Schönberg und Heinrich von Schleinitz zogen sich zwar gehorsam zurück, blieben aber doch in sicherer Entfernung stehen, um noch genau hören zu können, was die werte Hofmeisterin vorzutragen hatte, die nun vollkommen außer Atem bei dem Herzog angekommen war.

„Ja, Frau von…“

„Köstritz. Gräfin Eleonore von Köstritz, wenn es Euer Gnaden beliebt.“

„Ja, ja, es beliebt. Erhebt Euch!“ forderte er ungeduldig die nicht mehr ganz junge Frau auf, die vor ihm in einen tiefen Hofknicks gefallen war. Da Herzog Georg fürchten musste, sie könne sich nicht mehr allein erheben, bot er ihr seine Hand, die sie äußerst dankbar ergriff.

„Nun, verehrte Gräfin Köstritz, Eure Angelegenheit scheint sehr dringend zu sein.“

„Allerdings, Euer Gnaden. Euer Gnaden haben mir vor kurzem die Güte erwiesen, mich zur Hofmeisterin Eurer Schwiegertochter zu berufen. Dafür bin ich Euer Gnaden auch sehr dankbar…“

„Das freut Uns wirklich sehr, Gräfin Köstritz. Dann ist ja alles in Ordnung. Wir befürchteten schon, Ihr wäret nicht zufrieden mit der Euch übertragenen Aufgabe.“

Nun schaute Herzog Georg in ein Gesicht, das innerhalb kürzester Zeit die mannigfaltigsten Schattierungen annahm. In der Köstritzschen Mimik kämpften untertänigster Respekt, Verzweiflung, Hoffnung auf Gnade und deutlicher Überlebenswille miteinander. In Bezug auf Elisabeth ging es der armen Frau offensichtlich um Leben und Tod.

„Euer Gnaden sind zu gütig“, brachte Frau von Köstritz schließlich stammelnd hervor, „doch fürchte ich, der mir übertragenen Aufgabe nicht mehr gewachsen zu sein.“ Fast sah sie erleichtert aus, dass ihr diese Worte gegenüber dem Herzog tatsächlich über die Lippen gekommen waren. Die Herren Schönberg und Schleinitz nickten einander befriedigt zu. Das waren wieder einmal gute Neuigkeiten.

„Nicht mehr? Aber Ihr seid doch erst seit drei Monaten Hofmeisterin“, sagte der Herzog in gespieltem Erstaunen.

„Euer Gnaden mögen mir gnädig sein, es sind genau zwei Monate, drei Wochen und fünf Tage. Die junge Herzogin ist zu viel für mich. Gerade eben

hat sie mich in eine Situation gebracht. Eine Situation!“ Erschüttert legte die Gräfin eine Hand an ihre Stirne und seufzte.
Glücklicherweise hatte sie dabei die Augen geschlossen, denn so entging ihr, dass sich die Augenbrauen des Herzogs bedrohlich zusammengezurrt hatten.
„Was für eine Situation?“ fragte der Herzog, der es nicht liebte, wenn man sich ihm gegenüber nicht klar und deutlich ausdrückte. Die Gräfin, der sofort bewusst wurde, dass sie sich nun beherrschen musste, wollte sie den Herzog nicht verärgern, stand nun geradezu stramm vor ihrem Herrn.
„Euer Gnaden mögen mir vergeben, aber das kann ich Euer Gnaden beim besten Willen nicht sagen.“
„Wir werden keineswegs gnädig oder gütig sein oder Euch vergeben, wenn Ihr nicht augenblicklich erzählt, was vorgefallen ist.“ Der Herzog war mit seiner Geduld am Ende.
Schleinitz und Schönberg wagten kaum zu atmen und neigten sich vor, um jedes Wort aufzunehmen, denn nun berichtete Gräfin Köstritz stockend, dass sie mit Elisabeth am Fluss entlang gegangen sei. Wieder einmal habe sie vergeblich versucht, ihr beizubringen, wie man fürstlich einherschreite. Elisabeth habe nur geantwortet, dass sie kein Gaul sei, dem man Gangarten beibringen könne, und als sie dann in die Weinberge hinaufgestiegen seien, habe sie gerade ihr zum Trotz zwei Treppenstufen auf einmal genommen. Dort zwischen den Reben habe ein Mann gestanden und etwas getan… etwas ganz und gar unaussprechliches getan. Die Gräfin habe Elisabeth entsetzt gebeten, sich abzuwenden und wollte einen anderen Weg einschlagen, nur fort von diesem schamlosen Menschen. Doch Elisabeth habe ihm etwas zugerufen, einen Reim, nein, also das komme einer Gräfin von Köstritz beim besten Willen nicht über die Lippen.
Herzog Georg folgerte, dass ein Spaziergänger, der sich unbeobachtet geglaubt, sein Wasser abgeschlagen und Elisabeth eine ihrer alten hessischen Weisheiten zum Besten gegeben hatte.
Der Herzog seufzte. Er hatte Elisabeths Mutter Anna und ihren Vater Wilhelm gut gekannt. Er hatte gemeinsam mit Elisabeth, ihrem Bruder Philipp und Anna am Sterbebett Wilhelms gestanden und Anna getröstet. Er hatte Anna unterstützt, als die hessische Ritterschaft das Testament Wilhelms nicht anerkennen und Anna sogar den Sohn wegnehmen wollte. Anna war eine

starke Frau gewesen, klug und schön. Davon hatte sie viel an ihre Tochter weitergegeben. Aber Elisabeths Jugend war gekennzeichnet gewesen vom Kampf ihrer Mutter um den Sohn und um die Herrschaft. Auch von Entbehrungen, denn die Regenten und Vormünder hatten sich geweigert, Anna und Elisabeth angemessen auszustatten. Viel zu oft war Anna unterwegs gewesen auf Reichstagen und Landtagen. Elisabeth war bei ihrer Amme in Marburg, Spangenberg und Felsberg aufgewachsen. Der Umgang dort war offensichtlich alles andere als fürstlich gewesen. Sicher hatte sie dort all die Dinge gelernt, die ihr am Hofe zu Dresden nicht gerade weiterhalfen.
Immer hatten sich Mutter und Tochter sehr nahe gestanden. Es war nun genau ein Jahr her, dass Anna gestorben war. Elisabeth hatte den Tod ihrer Mutter noch nicht verwunden. Auch wenn sie in Gesellschaft ein fröhliches Gesicht zeigte, wusste Herzog Georg doch, dass der Tod ihrer Mutter nur ein Leid unter vielen war.
Er atmete tief durch und schaute die Gräfin an, die schnell ihren Blick senkte.
„Es ist gut, Gräfin Köstritz. Ihr dürft Euch zurückziehen. Ihr seid fortan beurlaubt."
Die Gräfin verneigte sich tief und eilte davon.

Herzog Georg wandte sich zu seinen beiden Dienern um. Sofort schnellten sie aus ihrer vorgeneigten Haltung empor und Schleinitz nahm hastig seine Hand, die er hinter eine seiner großen Ohrmuscheln gelegt hatte, auf den Rücken. Vergeblich bemühte man sich, so unbeteiligt wie möglich auszusehen.
„Wir möchten Herzogin Elisabeth sprechen. - Oder nein, wartet! Herzog Hans! Bringt Uns Herzog Hans! Wir werden dort drüben in der Laube auf ihn warten."
Wortlos verneigten sich die beiden und verschwanden. Schleinitz machte sich geflissentlich auf die Suche nach dem jungen Herzog, während Schönberg mit freudig federnden Schritten der guten Gräfin Köstritz auf den Fersen war, um vielleicht doch noch zu erfahren, was Elisabeth gesagt hatte.
Der Herzog ließ seinen Blick über den Fluss schweifen. Nicht nur sein Hofstaat hatte sich bunt über die Flussaue verteilt, auch die Meißner Bürger nutzten das schöne Wetter, um ihre Familien auszuführen. Kein Schlepp-

kahn war an diesem Sonntag unterwegs, nur kleine Boote, in denen die Meißner Jugend den Sonntag genoss. Burschen in Hemdsärmeln versuchten wohl, die Mädchen mit ihren Ruderkünsten zu beeindrucken. Ob es gelang, war auf die Entfernung nicht auszumachen.

Langsam ging Herzog Georg hinüber zu der Laube, die seine Gemahlin Barbara besonders liebte. Die wenigen Stunden, die er mit ihr gemeinsam verbringen konnte, genoss sie immer sehr. Auch mit Elisabeth hatte er schon oft hier gesessen und geredet. Sie war eine gute Gesprächspartnerin, wie man sie selten unter den jungen Frauen fand.

Es dauerte nicht lange und Herzog Johann erschien. Es hatte ihn einige Mühen gekostet, Herrn von Schleinitz davon zu überzeugen, dass er durchaus in der Lage sei, die Laube am Fluss allein zu finden. Er eilte, und als er nahe genug war, um die Miene seines Vaters zu deuten, beschleunigte er seinen Schritt, bis er etwas außer Atem in der Laube stand, in der sein Vater sich auf einer Bank niedergelassen hatte.

„Mein Herr Vater, Ihr habt mich rufen lassen." Johann verneigte sich tief.

„Ja, Hans." Dann schwieg der Herzog schwieg und blickte hinaus auf den Fluss, ohne seinem Sohn zu erlauben sich zu setzen. Johann wurde leicht unruhig und begann, von einem Bein aufs andere zu treten. Er konnte sich denken, über welches Thema sein Vater mit ihm sprechen wollte. Das Schweigen des Herzogs wurde Johann unangenehm. Er wollte seinen Vater nicht anschauen und begann stattdessen, die Malereien im Inneren der Laube zu betrachten. Irgendwo zirpte eine Grille.

„Die Hofmeisterin Ihrer Gemahlin war gerade bei Uns." Johann holte tief Luft, doch ehe er etwas erwidern konnte, fuhr sein Vater fort: „Sie hat Uns geradezu angefleht, sie von ihrer Aufgabe zu entbinden."

„Das tut mir sehr leid, Vater!" sagte Johann leise und schaute seinen Vater von unten herauf an, obwohl sein Vater doch saß und er selber stand. Johann fragte sich immer wieder, wie sein Vater es bewerkstelligte, dass man immer zu ihm aufsehen musste, ganz gleich, in welcher Position man gerade war. Johann spürte, wie sich sein Herzschlag beschleunigte.

„Elisabeth hat eine ihrer alten hessischen Weisheiten von sich gegeben. Die Hofmeisterin hat sich strikt geweigert, Elisabeths Worte zu wiederholen."

Johann schwieg und sah betreten auf seine Schuhe. Er war ein Mann von beinahe achtundzwanzig Jahren, er war seit zehn Jahren verheiratet, wurde

von seinem Vater wie in Kindertagen mit Hans angesprochen und bekam Herzklopfen, wenn sein Vater ihn tadelte.
„Ich werde mit ihr sprechen“, brachte er schließlich heraus und hoffte, sein Vater werde ihn damit entlassen.
„Das haben Sie Uns nach jeder Hofmeisterin, die Elisabeth innerhalb der letzten Jahre in die Flucht geschlagen hat, gesagt. Es wird nicht genügen, nur mit ihr zu sprechen. Sie müssen auf sie einwirken. Es muss etwas geschehen. So geht das nicht weiter.“
Johanns Herzklopfen steigerte sich. Seine Eltern hatten Elisabeth für ihn ausgesucht. Ergeben hatte er sich damals in die längst verabredete Ehe gefügt. Nun machte diese Frau nichts als Scherereien und er saß auf der Anklagebank, ganz so, als hätte er sie sich ausgesucht. Wieder einmal kochte Groll in Johann auf. Doch anstatt sich zu verteidigen, schwieg er. Zu seiner Erleichterung kam sein Vater nun selbst darauf, dass Johann an dieser Verbindung die allerwenigste Schuld traf, denn der Herzog sagte: „Mit Hessen besteht nun einmal eine Erbverbrüderung. Da muss geheiratet werden. Vielleicht hätten Wir Elisabeth zu Uns nehmen und hier erziehen sollen.“ Nach einem kurzen Nachdenken fügte er hinzu: „Aber das hätte ihre Mutter niemals geduldet. Wir wissen, dass sie auch ihre guten Seiten hat. Ja, sie ist schon eine gute Frau. Wir schätzen die Gespräche mit ihr. Sie ist klug. Sie stellt Fragen, denen nicht jeder gewachsen ist. Wir unterhalten Uns ausgesprochen gerne mit ihr. Auch mit Uns spricht sie vollkommen unbefangen; ganz so als seien Wir ein alter Bekannter und nicht der Herzog von Sachsen.“ Er strich sich dabei über den kurzen, immer ordentlich gestutzten Bart, wie er es immer tat, wenn er leicht verärgert war. Hier wurde Herzog Johann unruhig. „Ich bitte Euer Gnaden, dies nicht als Respektlosigkeit auszulegen. Mit Gott spricht sie ganz genau so“, sagte er und als sein Vater fragend die Augenbrauen hob, fügte er hinzu: „Sie spricht ihre Gebete immer laut. Und mit Gott redet sie so unbefangen und freimütig wie mit Euch.“
„Ach! Mit dem allmächtigen Schöpfer des Himmels und der Erde steht Ihre Gemahlin also auch auf vertrautem Fuß. Da dürfen Wir Uns wohl geschmeichelt fühlen!“ stellte der Herzog fest.
Johann, der weit davon entfernt war, Scherze seines Vaters zu bemerken, hob zustimmend die Schultern und machte ein ernstes Gesicht dazu. Zu groß war die Gefahr, dass man etwas als Scherz auslegte, das nicht so ge-

meint war. Und wenn man dann lachte, waren die Folgen gar nicht mehr lustig.
„Gott!" murmelte der alte Herzog und sagte dann laut: „Aber warum erhört Gott nicht ihre Gebete? Oder betet sie nicht inständig genug um einen Sohn?"
Johann schwieg noch immer und betrachtete nun eingehend einen Käfer, der neben seinem Schuh spazierte. Der Käfer hatte lange Fühler und einen grün schillernden Panzer.
„Bemühen Sie sich denn ausreichend?" Die Stimme des Vaters klang scharf.
„Ja, Vater, das tun wir", erwiderte Johann gequält. Der Käfer hatte mittlerweile seinen Schuh erklommen. Modische Kuhmaulschuhe mit Schlitzen. Diese Schlitze steuerte der Käfer zielstrebig an.
„Ich bitte Euer Gnaden mir zu glauben, dass es nichts gibt, was wir uns sehnlicher wünschen." Die Fühler waren mitsamt dem grün schillernden Panzer in einem der Schlitze verschwunden.
„Sie dürfen sich zurückziehen, Hans." Das ließ Johann sich nicht zweimal sagen. Nach einer eifrigen Verbeugung eilte er davon.
Der Herzog sah seinem Sohn nach, der - warum auch immer - seinen linken Fuß sonderbar schlenkerte, und seufzte. Im Grunde schätzte Herzog Georg seine Schwiegertochter sehr. Sie war ausgesprochen volksnah und wurde von den Sachsen sehr geliebt. Sie war eine hübsche junge Frau, vierundzwanzig Jahre alt, fast so schön wie ihre Mutter Anna. Bei ihrer Schwiegermutter und deren Hofdamen war Elisabeth weit weniger beliebt. Vielleicht lag es an ihrer Jugend und Schönheit, vielleicht an ihrem Verstand, der sie den meisten Frauen am Hof überlegen machte und den sie ab und an benutzte, um sich für die ewigen Sticheleien bezüglich ihrer Kinderlosigkeit zu rächen. Vielleicht lag es daran, dass sie die einzige am Hof war, die ihm, dem regierenden Herzog, mit Unbefangenheit begegnete. Wahrscheinlich war es eine Mischung aus allem.
Allerdings war zu befürchten, dass Elisabeth sich bei ihrem Bruder mit der martinischen[1] Krankheit angesteckt hatte. Philipp von Hessen bekannte sich bereits offen zu Martin Luther. Das war der Grund, weshalb Herzog Ge-

1 Martinisch nannte man damals die Anhänger Martin Luthers. Die Bezeichnung Protestanten kam erst im Jahre 1529 auf, als die martinischen Fürsten auf einem Reichstag gegen die Reichsacht über Luther protestierten.

org ein Treffen der Geschwister zu verhindern wusste, denn wenn sich die beiden erst einmal wiedersahen, würde Philipp seine Schwester sicher vollends von dieser neuen, lästerlichen Lehre überzeugen und damit ihr Seelenheil gefährden. Dass die jungen Leute so leichtfertig damit umgingen! Sie dachten nicht daran, dass sie eines Tages sterben und vor Gott Rechenschaft ablegen mussten. Dann wäre es zu spät, sich noch zur rechten Lehre zu bekennen, um die Ewigkeit im himmlischen Frieden zu verbringen. Nicht auszudenken, was geschähe, wenn Elisabeth am Hofe zu Dresden dann ihrerseits begänne, diesen gefährlichen Unsinn zu verbreiten. Aber so weit sollte es nicht kommen. Dafür würde er schon sorgen.

Herzog Georg sah die lange dürre Gestalt des Herrn von Schleinitz heraneilen. In angemessener Entfernung blieb dieser stehen, verneigte sich servil, während er ein Tablett mit einem Brief dem Herzog entgegenhielt. Der Herzog winkte ihn heran und nahm den Brief.
„Ihr dürft Euch zurückziehen." Mit sichtlich enttäuschter Miene entfernte sich Herr von Schleinitz.
Der Herzog betrachtete das Siegel. Es war das Siegel des Kurprinzen Johann Friedrich, des Vetters seiner Schwiegertochter. Das Siegel war schnell zerbrochen und die Pergamentstreifen, mit denen der Brief geschlossen war, gelöst. Der Inhalt des Briefes veranlasste den Herzog nun doch, sich höchst selbst auf die Suche nach Elisabeth zu begeben.

Er hörte ihr Lachen schon von weitem. Das war Elisabeth. Es kam von dem geschützten Platz, etwas unterhalb der Burg, wo die Hofdamen so gerne beieinander saßen. Als der Herzog auf Hörweite herangekommen war, hielt er inne.
„Was denkt Ihr Euch?" rief eine der Damen empört. „Der Türke steht seit Jahren vor den Toren. Das ist eine ernste Angelegenheit. Darüber macht man keine Scherze!"
„Ach! Da steht der Türke?" Das war offensichtlich Elisabeth, die nun sprach. Aus ihrer Stimme sprach mehr als nur Belustigung. Man musste es schon als unverhohlenen Spott bezeichnen. „Ihr meint doch wohl nicht etwa diesen einen Türken, der ganz alleine das riesige Osmanische Reich bevölkert. Und der steht da ganz alleine? Seit Jahren? Der Mann hat Ausdauer!"

„Hört auf zu spotten, Euer Gnaden! Das sind Dinge, die uns Frauen nicht das Geringste angehen. Das sind Angelegenheiten der Männer."
„Sie soll lieber zusehen, dass sie einen Stammhalter zur Welt bringt!" zischte eine andere nun, doch laut genug, dass es alle hören konnten, was mehr oder minder offenes Gelächter zur Folge hatte.
Herzog Georgs Kiefer knirschten aufeinander.
„Aber sicher doch! Nur Geduld!" flötete Elisabeth.
„Vielleicht sollten wir den Türken hereinlassen. Ein Mann mit so viel Ausdauer könnte vielleicht sogar Euch zu einem Kind verhelfen!" keifte eine andere.
„Oder Euch das Lesen und Schreiben beibringen", konterte Elisabeth und brachte in Bruchteilen eines Augenblicks ihre gesamte verbale Artillerie in Stellung. Doch bevor sie noch mehr Geschütze abfeuern konnte, hatte Herzog Georg beschlossen, einzuschreiten. Er trat einen Schritt nach vorn. Die erste Dame, die seiner ansichtig wurde, erhob sich mit einem überraschten „Oh!" von ihrem Stuhl, um sofort in einen tiefen Knicks zu fallen. Alle anderen taten es ihr eifrig nach und verharrten. Nur Elisabeth hatte sich rasch wieder erhoben und ging auf ihren Schwiegervater zu.
„Einen schönen guten Tag wünsche ich Euch, Herr Vater."
„Wir danken Ihnen, Elisabeth. Wir möchten Sie gerne sprechen." Und zu den Damen gewandt: „Ihr dürft Euch erheben!"
Elisabeth hatte sofort den Brief in der Hand ihres Schwiegervaters gesehen.
„Ihr habt hoffentlich gute Neuigkeiten für mich", sagte sie und hakte sich bei ihm unter, was von den Damen, die sich aus ihrer unbequemen Haltung erhoben hatten, und den beiden nachsahen, mit erschrecktem Kopfschütteln bedacht wurde.
„Nun, wie man es nimmt. Zunächst haben Wir Fragen an Sie. Gräfin Köstritz war vorhin bei Uns. Sie weigert sich, weiterhin Ihre Hofmeisterin zu sein."
Er hörte, wie Elisabeth geräuschvoll ausatmete.
„Was haben Sie zu dem Spaziergänger in dem Weinberg gesagt? - Aber nein, Wir wollen es lieber gar nicht wissen", fügte er schnell hinzu und machte eine abwehrende Handbewegung. Ihm fiel ein, dass die Hofmeisterin auch Elisabeths Gang getadelt hatte. In der Tat schritt seine Schwiegertochter forsch neben ihm aus. Ihre Schritte standen seinen in nichts nach. Es war an-

genehm, mit ihr zu gehen. Anders als mit seiner Gemahlin, deren Getrippel mit seinem Schritt nicht mithalten konnte. Sie hatten die Treppe erreicht, die hinauf zur Burg führte; der Herzog war gespannt, ob sie auch in seiner Gegenwart zwei Treppenstufen auf einmal nehmen würde, aber sie stieg ganz artig neben ihm die Treppe hinauf.

„Elisabeth! So geht das nicht weiter. Sie müssen sich irgendwann einer Hofmeisterin beugen und Dinge von ihr annehmen, die Sie noch zu lernen haben."

„Ich lerne ja. Ja, tatsächlich. Ich lerne wirklich viel. Allerdings lerne ich lieber beim Lesen. Apropos Lesen: Habt Ihr da nicht einen Brief für mich?"

Er hielt inne und sah seine Schwiegertochter an, die aus ihren blauen Augen zu ihm auflächelte und ihn dabei so freundlich ansah, dass es ihn viel Mühe kostete,seine Strenge zu bewahren.

„Ich habe Sie heute früh in der Messe beobachtet. Ihr Gemahl versicherte mir, Sie seien sehr fromm. Aber Ihr Benehmen im Dom scheint seine Worte Lügen zu strafen."

„Aber ich habe doch ganz fromm gebetet!" Eine Nonne hätte kaum unschuldiger dreinblicken können.

„Und Sie haben zwischendurch gegessen, getrunken und geschlafen! Das ist nicht fromm!"

„Aber die Messe dauert so ewig lange, da kriege ich zwischendurch Hunger. Ich will nur vermeiden, dass mein knurrender Magen die Messe stört. Außerdem war es nur ein ganz leises Butterbrot. Ich würde niemals wagen, Karotten oder Selleriestangen zu essen. Da bin ich ganz gewissenhaft."

Herzog Georg traute seinen Ohren kaum. Einsicht sah anders aus. Er setzte zu einem zweiten Versuch an: „Zu Hause in Dresden vermisse ich Sie oft bei der Frühmesse. Ich muss darauf bestehen, dass meine Familie vollständig daran teilnimmt. Die fürstliche Familie muss ein Vorbild sein für die Dienerschaft und für die Untertanen. Ich bestehe darauf, dass Sie in Zukunft die Frühmesse besuchen."

„Ach, mein lieber Herr Vater, wisst Ihr, in der Nacht liege ich so oft wach und kann nicht einschlafen. Ich bin unendlich müde und kann und kann nicht schlafen. Erst in den frühen Morgenstunden, wenn die Dämmerung heraufzieht, schlafe ich endlich ein. Dann muss ich natürlich nachholen, was ich in der Nacht an Schlaf versäumt habe. Und da ist der Schlaf in meinem

Bett doch viel erquickender als der Schlaf auf einer harten Kirchenbank."
„Elisabeth!" sagte Herzog Georg nun mit einer Schärfe, die Elisabeth nicht von ihm gewohnt war.
„Vergebt mir, Herr Vater. Ich habe das nicht unschicklich gemeint. Es steht nicht zum Besten mit meiner Gesundheit." Sie schwieg.
„Genug davon. Wir wollen davon nicht mehr reden. - Ich habe etwas, das Sie aufheitern könnte."
„Ihr meint den Brief. Habt Ihr gute Neuigkeiten? Wird mein Bruder uns endlich besuchen?"
„Zwar nicht Ihr Bruder, aber jemand, den Sie auch sehr mögen und geradewegs von Ihrem Bruder kommt. Lesen Sie selbst. Der Brief ist zwar nicht an Sie gerichtet, aber Sie dürfen ihn trotzdem lesen."
„Danke, Herr Vater. Das ist sehr liebenswürdig von Euch!" Sie nahm den Brief, entfaltete ihn und überflog die Zeilen.
„Das sind schöne Neuigkeiten! In wenigen Tagen wird der Kurprinz hier sein. Aber wir werden ihn doch in Dresden empfangen, nicht?"
„Sicher. Morgen werden wir gleich ins Schloss zurückkehren, um alles vorzubereiten. Wir hoffen nur, er kommt nicht schon vor uns an."
„Werden wir ein Fest feiern ihm zu Ehren? Das wäre doch eine schöne Idee, Herr Vater!"
Hier sah sich der sparsame Herzog Georg doch genötigt, einzuschreiten. Ein rauschendes Fest nach Elisabeths Geschmack wollte er sich doch nicht aus der Tasche ziehen lassen.
„Wir werden schöne Tage mit ihm haben", sagte er in einem Ton, der deutlich genug zeigen sollte, dass man vor allem ruhige Tage haben werde. „Wir werden wie immer gut essen und trinken und Sie werden Zeit haben, sich mit Ihrem Vetter zu unterhalten. Ein Mann, der auf Brautschau war, wird sicher viel zu erzählen haben. Er ist weit gefahren."
„Ja! Bis nach Jülich. Das ist noch hinter Köln, nicht wahr? Ein wirklich weiter Weg. Ich hoffe, er hat sich gelohnt. Ich würde mich so sehr für ihn freuen. Der Kurprinz tat gut daran, bei meinem Bruder in Marburg eine Rast von ein paar Tagen einzulegen. Wenn man allzu viele Wochen in der Kutsche hockt, ist kein Knochen mehr da, wo er hingehört. - Dann werde ich meinen Jungfrauen gleich sagen, dass sie packen können." Mit einem flüchtigen Knicks verabschiedete sie sich und sprang leichtfüßig die Treppe hinauf.

Der Herzog sah seiner Schwiegertochter nach. Elisabeth war nicht die Frau, die sich nur nach dem Wohlergehen ihres Bruders erkundigen würde. Der Herzog wusste, dass sie darauf brannte, zu erfahren, was in der Welt vor sich ging. Hoffentlich hatte Philipp nicht auch schon den Kurprinzen Johann Friedrich angesteckt mit der martinischen Pest. Seit der Leipziger Disputation vor sieben Jahren war Herzog Georg klar geworden, dass dieser Mönch - der im letzten Jahr auch noch eine entlaufene Nonne geheiratet hatte - eine ernste Gefahr für die Kirche war. Dieser infame Mensch war nicht gewillt, die Autorität des Papstes und der Konzilien anzuerkennen und rüttelte damit an den Fundamenten der Welt. Wenn einer die gottgegebene Ordnung zerschlug, blieb nur noch Chaos übrig. Die Aufstände der Bauern hatten hinlänglich gezeigt, an welchen Abgrund dieser Luther die Welt führte.

Die Knechte waren schon seit Stunden mit dem Bepacken der Schiffe auf der Elbe beschäftigt, als der Hofstaat in etlichen Kutschen am Ufer erschien. In bunten Wellen schwappten nun Hofdamen und Kammerfrauen, Dienerschaft und schließlich auch die herzogliche Familie mit all ihren Mitgliedern ans Ufer. Für die Damen waren Baldachine in der Mitte der Schiffe gespannt, unter die sie sich sogleich vor der Sonne flüchteten.

Elisabeth hatte eine Weile am Ufer gewartet, bis die herzogliche Familie mit dem Hofstaat auf dem ersten Schiff glücklich verstaut war. Herzogin Barbara tat wie immer so ängstlich auf dem Steg als ginge sie zum allerersten Mal auf ein Schiff. Herzog Georg, der als erster aufs Schiff gegangen war, empfing seine Frau an Bord, es folgten Johann und sein jüngerer Bruder Friedrich. Erst nachdem die Familie unter dem prächtigen Baldachin Platz genommen hatte, ergoss sich der restliche Hofstaat auf die fünf Schiffe. Elisabeth hatte es vorgezogen, das letzte Schiff zu nehmen und war behände über den schwankenden Steg gelaufen. Sie hatte sich im Heck des Schiffes ein Plätzchen gesucht, wo sie in aller Ruhe dem geschäftigen Treiben zuschauen konnte.

Der letzte Winter hatte viel Schnee gebracht und die Schneeschmelze war entsprechend ergiebig ausgefallen. Die Schiffer auf der Elbe hatten in diesem Frühjahr ihre liebe Not gehabt mit den braunen Wassermassen, die Geröll und ganze Bäume mit sich gewälzt hatten. Mittlerweile hatte sich die Elbe wieder beruhigt und das Wasser lag da in einer stillen, schwarzen Tiefe.

„Möchtet Ihr Euch nicht zu Eurer Familie setzen?“
Es war Magister Alexius Chrosner, der Hofprediger, der zu ihr getreten war.
„Danke Pater Alexius, das ist sehr freundlich von Euch, aber ich möchte lieber hier hinten sein.“
„Zu viel Trubel?“
Elisabeth lächelte und sah hinüber ans Ufer, wo die Pferde auf den Treidelpfaden bereitstanden. Die Seile, die einer der Schiffer in einem weiten Schwung über den Bug des Schiffes geworfen hatte, waren schon am engen Geschirr der Kaltblüter befestigt. Knechte prüften die Vertäuungen, schlugen den stampfenden Pferden aufmunternd auf die Kruppen oder hatten sich, wenn ihre Arbeit schon getan war, ins Gras niedergelassen und genossen einige wenige Augenblicke der Ruhe, bevor das mühselige Werk des Treidelns losging.
„Ich hoffe nur, wir haben keine ernsthaften Zwischenfälle“, sagte Elisabeth.
„Ich denke, der Herzog hat dafür gesorgt, dass die Treidelpfade alle frei sind und keine großen Hindernisse auf uns warten. Außerdem vermute ich, dass wir ohnehin früher in Dresden ankommen werden als der Kurprinz, denn er pflegt mit so großem Gefolge zu reisen, dass er kaum vorwärts kommt. Wie Ihr ja wisst, hatte ich die Ehre und auch das Vergnügen, der Lehrer des Kurprinzen zu sein. Er war ein guter Schüler, doch auch damals schon ein Mann, der die leiblichen Genüsse schätzte. Ich bin wahrhaftig gespannt zu sehen, ob er noch stattlicher geworden ist. Stellt Euch vor, er hat sogar immer seinen Koch und viel Küchenpersonal bei sich. Als er nämlich als ganz junger Mensch auf Reisen gewesen ist, da hat man ihm wohl etwas vorgesetzt, was ihm vollkommen ungenießbar erschien. Seitdem ist er vollkommen unabhängig von Gastwirten.“
„Ich freue mich auf ihn. Ich kann kaum erwarten zu hören, was er von meinem Bruder Philipp aus Hessen zu berichten hat.“
Endlich ging es los. Die Schiffe legten ab, die Taue, die zwischen den Schiffen und den Pferden gespannt waren, spannten sich und langsam, Schritt für Schritt, ging es die Elbe hinauf Richtung Dresden. Elisabeth schaute in das dunkle Wasser unter ihr, wo direkt am Bauch des Schiffes Luftblasen an die Oberfläche quirlten. Es war noch kühl. Elisabeth zog sich ihren Mantel fester um die Schulter und lehnte sich auf die Reling, dem weiten Fluss

zugewandt, auf dessen anderer Seite sich das Ufer im morgendlichen Dunst verlor. Ein Lastkahn fuhr zügig stromabwärts.
„Man kommt in der Mitte des Flusses stromabwärts so schnell vorwärts. Oft schneller als einem lieb ist. Aber hier, in der Nähe des Ufers stromaufwärts da glaubt man kaum, dass man jemals sein Ziel erreichen wird."
Elisabeth schwieg und schaute wieder ins Wasser, wo jetzt die Wellen, die der Lastkahn verursacht hatte, an den Schiffsrumpf plätscherten. Die Elbe hatte einen eigentümlichen Duft. Elisabeth mochte diesen Duft nach klarem, tiefen Wasser und sog ihn ein.
„Welche Ziele habt Ihr?" fragte der Pater leise.
Elisabeth schaute auf, als die Kaltblüter aufwieherten. Irgendetwas musste die Tiere erschreckt haben, denn die Knechte versuchten, die sich aufbäumenden Tiere zu beruhigen. Dies gelang ihnen bald und die Seile spannten sich wieder. Die Pferde zogen wieder mit aller Kraft, Peitschen knallten, kaum hatte man die Verzögerung wahrnehmen können.
„Ich habe nur ein Ziel und das ist wohl allgemein bekannt. Und die Tatsache, dass ich dieses Ziel wohl niemals erreichen werde, ist offensichtlich. Zu Beginn meiner Ehe hat meine Mutter noch versucht, mich zu trösten, schließlich hat sie auch zwei Jahre lang warten müssen, bis ich kam. Aber bei mir sind es nun schon acht Jahre, die ich hier in Dresden mit meinem Gemahl verbringe. Da schwindet die Hoffnung langsam aber sicher."
„Verzeiht mir. Das habe ich nicht gemeint. Vielleicht habt Ihr auch noch ein Ziel, das nichts mit Eurem Stand, den Euch vorbestimmten Aufgaben zu tun hat?"
„Ich kann kaum an etwas anderes denken", flüsterte Elisabeth. „Natürlich weiß ich, dass ich meine Pflicht erfüllen muss. Ich beneide meine Schwägerin Magdalene, die schon einen gesunden Sohn zur Welt gebracht hat, aber mir geht es nicht nur um einen Stammhalter. Es geht mir darum, ein Kind zu haben. Ein Mädchen oder einen Jungen, das ist mir völlig gleich. Ich will ein KIND in meinen Armen halten. Ich will seinen Kinderduft riechen, ihm über sein Köpfchen streicheln und den zarten Flaum spüren, ich will seine winzigen Händchen und Füßchen halten. Ich möchte spüren, wie es meinen Finger mit seiner kleinen Hand ergreift und festhält. Es ist so ungerecht. Ich habe doch nichts verbrochen, dass Gott mich so strafen müsste!"
Pater Alexius sah sie von der Seite an. Er konnte deutlich erkennen, wie sie

tapfer ihre Tränen niederkämpfte, wobei sie starr zum anderen Ufer hinüber sah.

„Vielleicht solltet Ihr es in Gottes Hände legen. Ihr wisst doch, wie wir immer beten: Dein Wille geschehe! Ich bin sicher, dass Gott Euch liebt und nicht strafen will. Ich bin sicher, dass Ihr später - und das kann bedeuten sehr viel später - erkennen könnt, dass es so besser war. Habt Geduld! Und haltet fest an Eurem Glauben, dass Ihr Gottes bedingungslos geliebtes Kind seid. Daran dürft Ihr niemals zweifeln. Das ist die wichtigste Erkenntnis Martin Luthers."

„Ihr habt recht, lieber Chrosner. Gott wird's wohl machen."

Das Dresdener Schloss

Dresden im Mai 1526

Kurprinz Johann Friedrich war noch nicht eingetroffen und dieser Umstand erlaubte es dem Herzog, in aller Ruhe seine Vorbereitungen zu treffen. Vor allem musste Wein aus den Kellern heraufgeholt werden, denn der Kurprinz war dafür bekannt, dass er gerne und viel trank.
Am darauf folgenden Tag kündigten die Türmer das Herannahen des Kurprinzen Johann Friedrich von Sachsen an, und nach etwa drei Stunden traf tatsächlich der lange Tross am Dresdner Schloss ein. Der Zug von Wagen war so lang, dass Herzog Georg schon glaubte, Johann Friedrich habe die Braut mitsamt ihrer Aussteuer gleich mitgebracht, aber dem war nicht so. Pater Alexius hatte nicht übertrieben: Der Zug, der dem prächtigen Wagen des Kurprinzen folgte, wollte gar nicht mehr enden. Es ritten über zweihundert bewaffnete Soldaten zum Schutz des Wagens mit, außerdem etliche Wagen, auf denen der Herzog seine Kleidung, Geschenke, Küchengerät, Vorräte, wichtige Räte und Schreiberlinge verstaut hatte. Außer den Schreibern und Räten, die wie ihr Herr unter einem Baldachin sitzen durften, war alles andere unter gewachsten Planen festgezurrt. Den Wagen folgte schließlich noch ein Heer von Knechten, die immer für einen reibungslosen Ablauf der Reise zu sorgen hatten, aber oft genug durch höhere Gewalt an der Ausführung ihrer Aufgabe gehindert wurden, denn Gewitter und Hagelstürme konnten auch sie nicht bannen.
Elisabeth beobachtete, wie sich der junge Mann bedächtig von seinem Sitz erhob, um endlich wieder festen Boden unter die Füße zu bekommen. Obwohl er im Juni erst seinen dreiundzwanzigsten Geburtstag feiern würde, hatte er etwas Behäbiges an sich. Man sah ihm sofort an, dass er ein den leiblichen Genüssen zugetaner Mensch war. Sein Genießen beschränkte sich aber offenbar auf kulinarische Genüsse, denn seine Kleider waren schlicht und einfach und entbehrten aller Schleifen, Verzierungen und Bänder, die jetzt so sehr in Mode waren. Ein Diener stellte ein kleines Treppchen vor den Wagen des Kurprinzen, damit seine Gnaden so elegant wie möglich dem Wagen entsteigen konnten. Endlich hatte er seinen umfangreichen Körper auf den Hof gestellt und schaute Herzog Georg und Herzogin Barbara an, die mit ihrem ganzen Hofstaat bereitstanden, um den hohen Gast zu empfangen.

„Wir sind froh, Euch wohlbehalten in unserem Schloss begrüßen zu können. Wir hoffen, Ihr hattet eine angenehme Reise“, sagte Herzog Georg, als er sich aus seiner knappen Verbeugung wieder aufgerichtet hatte. Auch Herzogin Barbara erhob sich wieder aus ihrem tiefen Hofknicks, worauf sich der Hofstaat gleichfalls erhob.
„Ja, das hatten wir“, sagte der Kurprinz und lachte. „Aber das Ankommen ist noch das Angenehmste an einer Reise.“ Sein ganzes Wesen hatte etwas fröhlich Dröhnendes, das in krassem Gegensatz zur Strenge und Steifheit des Herzogs stand.
„Dann dürfen Wir Euch bitten einzutreten. Fühlt Euch ganz wie zu Hause. Wir sind wahrhaftig froh, dass Ihr Uns die Ehre erweist, auch Uns einen Besuch abzustatten.“
Die Herzogliche Familie ging ins Schloss, die Hofgesellschaft folgte.
„Es gibt hier in Dresden übrigens jemanden, der darauf brennt, zu erfahren, wie es in Hessen steht“, versuchte es der Herzog nun im Plauderton.
„Ja, ich habe viele herzliche Grüße auszurichten und ein schönes Geschenk abzuliefern“, rief der Kurprinz. Elisabeth trat vor und knickste tief, wie es sich gehörte. Als sie sich erhob, strahlte sie den ihn an. „Euer Gnaden haben Neuigkeiten von meinem Bruder?“
„Ja, und nur die besten! Wir werden Euch ausführlich berichten. Bei einem Glas Wein und Braten könnt Ihr uns alles fragen, was Ihr nur wissen wollt.“
„Ich danke Euer Gnaden.“
„Wenn es Euer Gemahl erlaubt, würde ich Euch gerne zu Tisch führen. Herzog Johann? Erlaubt Ihr?“
„Selbstverständlich,“ sagte Johann mit einer tiefen Verbeugung.
„Dann sehen wir uns beim Essen. Ich hoffe, Ihr habt ein Bad gerichtet. Ich fühle mich, als hätte ich den Staub von hunderten von Meilen an mir kleben.“
„Aber sicher doch. Es ist alles bereit. Ich bin sicher, Eure Kurfürstlichen Gnaden werden alles zufriedenstellend finden“, versicherte die Herzogin.

Nur die engsten Bediensteten und Räte des Kurfürsten waren der Hofgesellschaft durch den Vordereingang ins Schloss gefolgt. Die Soldaten, von denen sich schon viele im Dresdner Schloss auskannten, brachten ihre Pferde in die Stallungen und bezogen ihre Unterkünfte.

Die Kutsche war gleich weitergefahren zu einem Hintereingang, wo die Diener fürs Grobe bereits das Reisegepäck des Kurprinzen abgeladen und in die für ihn vorgesehenen Gemächer geschleppt hatten. Dort war tatsächlich schon ein riesiger Bottich heißen Wassers vorbereitet, damit der hohe Gast gleich baden konnte. Ein Diener des Herzogs, der den Kurprinzen schon einmal gesehen hatte, hatte dafür gesorgt, dass die Mägde den Bottich nicht allzu voll gemacht hatten. Der umfangreiche Leib des jungen Herrn füllte den Bottich ohnehin fast aus. Außerdem hatte er schon einen kleinen Imbiss bereitgestellt, damit der Gast bis zum Abendessen nicht verhungert und verdurstet war.

Der Kurprinz wusste diese Aufmerksamkeiten sehr zu schätzen und genoss sein Bad essend und trinkend, bevor er sein Festkleid anlegte.

Es war schon fast dunkel, als man zu Tisch schritt und sich an einer festlich gedeckten Tafel niederließ. Der Herzog hatte offensichtlich die gesamte Silberkammer gelehrt und alles verfügbare Tischgerät, das auch nur annähernd glänzte, auf der Tafel platzieren lassen. Silberne Leuchter verströmten ihr duftendes Licht, in kostbaren Schalen waren Frühlingsblumen und blühende Zweige zu sehen und auch die Menschen hatten sich allesamt für ihren hohen Besuch herausgeputzt. Einzig und allein der Kurprinz trug ein schlichtes Gewand. Niemand hätte gewagt, ihn darauf anzusprechen, doch schließlich fühlte er sich wohl selbst genötigt, sich zu erklären. „Die modernen Kleider sind ja alle ganz schön, aber ich trage lieber meine schlichten Gewänder. Wisst Ihr, Elisabeth, mit diesen Schlaufen und Schleifchen, die selbst einen Söldner in einen Harlekin verwandeln, bleibt man überall hängen. Und außerdem bin ich auch so stattlich genug. Ich muss mich doch nicht aufplustern wie ein Amselhahn auf Brautschau.“ Er lehnte sich in seinem Stuhl zurück, der daraufhin bedenklich knarzte und strich sich über den dicken Bauch.

Elisabeth lachte. „Ich schätze, Ihr wart auch ohne Aufplustern erfolgreich auf Brautschau.“

Der Kurprinz neigte sich etwas zu ihr und sagte: „Sie ist jung und schön, wie es sich für eine Braut gehört. Und sie ist sanftmütig, wie man sich ein Eheweib nur wünschen kann.“

„Da habt Ihr richtig Glück gehabt!“ Elisabeth freute sich mit ihm. „An einer solchen Braut gibt es nichts auszusetzen.“

Der Kurprinz fügte leise hinzu: „Ja - und ihre wirklich überaus stattliche Mitgift werde ich ihr auch nicht zum Vorwurf machen." Er lachte und zwinkerte ihr zu.
„Ihr seid ein wirklich herzensguter Mensch. Auch Eure Braut hat nichts zu klagen!"
„Ja, und ich habe geradezu tollkühne Ideen, wie ich unser schönes Torgauer Schloss noch komfortabler machen kann. Wenn alles fertig ist, müsst Ihr unbedingt kommen. Euch werden die Augen übergehen."
„Und was genau ist so tollkühn?"
„Ich werde bis in meine obersten Gemächer reiten können und dort wird man mir den Wein von Zauberhand servieren."
Elisabeth lachte laut auf. „Wie soll das denn gehen? Bis in die obersten Gemächer reiten! Ihr habt sonderbare Einfälle. Wird Euer Vater davon begeistert sein?"
„Ihn werde ich schon überzeugen. Was ich vorhabe, ist ganz und gar außergewöhnlich. Das wird unsere Gäste beeindrucken. Von Zauberhand, sage ich Euch, wird bei mir der Wein serviert werden."
„Oh, seht, hier wird zwar nicht von Zauberhand serviert, doch was dort kommt, kann sich sehen lassen".
Die Tische waren in einem Halbkreis aufgebaut, so dass in der Mitte die Bediensteten genügend Platz hatten, Schüsseln und Platten, beladen mit Köstlichkeiten, auf die Tische zu stellen. Zufrieden bemerkte der Kurprinz, dass zwei Diener, die zwischen sich eine Platte mit einem riesigen Spanferkel trugen, direkt auf ihn zusteuerten.
„Lasst es Euch schmecken. Wohl bekomm's!" sagte Herzog Georg und hob seinen Pokal dem Gast entgegen. Alle taten es ihm nach. Auch Kurprinz Johann Friedrich hob seinen Pokal. „Wir danken Euch für die Gastfreundschaft. Selten hatten Wir eine so angenehme Reise." Er leerte den Pokal in einem Zug. Nicht allen gelang es, ihm dies nachzutun. Elisabeth nippte nur an ihrem Wein, wie die meisten Frauen.
„Und an dieser Stelle möchten Wir auch verkünden, dass Wir uns im September mit einem schönen jungen Fräulein verloben werden."
Hier stellten alle ihre Gläser und Pokale ab und applaudierten. Glückwünsche und Vivat-Rufe wurden laut. Zu Elisabeth gewandt fügte er hinzu: „Aber nun lasst uns endlich essen, sonst sind Wir bis September vom Fleisch gefallen."

Er ließ sich vom Küchenmeister Fleisch auftun, griff bei Brot und Gemüse deutlich weniger zu und aß mit einem Appetit, der Seinesgleichen suchte. „Wäret Ihr so freundlich, uns von Eurer Braut zu erzählen?“ wandte sich Herzog Georg an seinen Gast.
„Aber sicher“, entgegnete Kurprinz Johann Friedrich, bei dem Elisabeth schon beobachten konnte, wie ihm der Bratensaft in den Bart lief.
„Sie heißt Sibylle und ist die älteste Tochter des Herzogs Johann von Kleve. Auf Schloss Burg in der Nähe von Wuppertal werden Wir Uns im September mit ihr verloben. Heiraten werden Wir im kommenden Jahr in Torgau. Und Ihr seid alle eingeladen!“ dröhnte er. Wieder applaudierte man.
„Zum Glück ist es nicht so weit von Dresden nach Torgau. Die Reise war beschwerlich, das können Wir Euch sagen. Einmal mussten Wir sogar LAUFEN! WIR mussten LAUFEN! Weil die Wege so katastrophal schlecht waren, von einem Weg konnte gar nicht mehr die Rede sein. Alles war aufgeweicht. Die Straße glich vielmehr einem elenden Sumpf. Es hat Tage gedauert, bis wir wieder weiter konnten. Dann brach noch eine Achse an einem der Versorgungswagen. Aber immerhin hat Unser guter Koch ein ordentliches Essen gekocht. Dieser Mann ist kaum mit Gold aufzuwiegen. Wir haben ihn immer mit dabei auf Unseren Reisen. Schließlich haben Wir keine Lust, Uns von irgendeinem Gauner von Wirt in einer schmutzigen Heckenwirtschaft mit einem gesottenen Maulwurf vergiften zu lassen.“ Wieder lachte er laut und fröhlich.
Elisabeth warf ihrer Schwiegermutter einen verstohlenen Blick zu. Herzogin Barbara musste sich um ein Lächeln sichtlich bemühen. Man konnte diesen Menschen nicht tadeln, schließlich war er ein Kurprinz, aber offensichtlich konnte Frau Barbara das kurprinzliche Benehmen nicht gutheißen. Die alte Herzogin war sehr auf Etikette und Benehmen bedacht, weshalb Elisabeth zu Beginn ihrer Zeit in Dresden mehr als einmal mit ihr aneinander geraten war. Als Elisabeth sich dann hatte rechtfertigen wollen und gesagt hatte, dass man in Felsberg und Spangenberg durchaus mit den Dienstboten plaudern, lachen und an heißen Sommertagen die Arme in einer Pferdetränke kühlen konnte, hatte ihre Schwiegermutter ihr strikt verboten, Sätze zu sagen, die mit „In Spangenberg“ oder „In Felsberg“ anfingen.
Elisabeth bereitete es eine geheime Freude, dass sie mit dem Gast reden und lachen durfte, ohne dass ihre Schwiegermutter einschreiten konnte.

Nun, da die Gäste mit dem Notwendigsten versorgt waren und die Diener nur noch schauen mussten, wessen Pokal leer war und wo leere Schüsseln durch volle ersetzt werden mussten, traten drei Musiker in den Kreis. Herzog Georg hatte doch mehr Geld ausgegeben als er ursprünglich geplant hatte. Da hatte sicher Herzogin Barbara angedeutet, dass man bei einem solchen Gast nicht auf Musik verzichten könne. Die bunt gekleideten Männer, die immer wieder am Hof spielen durften, ohne fest von dem Herzog eingestellt zu werden, waren Meister ihres Faches. Es gab einen großen, der Flöte spielte, von den beiden kleinen spielte der dünne die Drehleier und der dicke schlug sehr sachte eine kleine Trommel. Nur leise spielten sie, weil sie die Gespräche der Herrschaften nicht stören wollten, doch waren ohnehin bald alle Gespräche verstummt, denn Musik war etwas zu Seltenes an diesem Hof. Die drei Männer in der Mitte woben einen Teppich aus Tönen, der bunt und farbenprächtig im honigfarbenen Licht der Kerzen schwebte.
„Meine Braut liebt auch die Musik. Sie spielt sogar mehrere Instrumente. Bewundernswert. Wirklich wahrhaft meisterlich", flüsterte der Kurprinz, ohne den Blick von den Musikern zu wenden. Elisabeth lächelte. Johann Friedrich war wirklich begeistert von seiner zukünftigen Frau. Sie hoffte nur, dass dies auf Gegenseitigkeit beruhte. Sie selbst haderte noch immer damit, dass man sie im Säuglingsalter schon versprochen und alle Verträge ausgehandelt hatte, ohne dass sie hätte mitbestimmen können. Zwischen ihr und Johann hatte sich mittlerweile gegenseitiger Respekt entwickelt. Immerhin. Das war mehr als man gemeinhin erwarten konnte. Liebe? War nicht vorgesehen. Elisabeth seufzte und griff nach den süßen Kuchen. Sie musste noch eine ganze Weile warten, bis die Tafel endlich aufgehoben wurde und man sich in der Mitte zum Tanzen traf, umherflanierte oder sich in kleinen Grüppchen zusammenfand, um zu plaudern. Elisabeth liebte das Tanzen und hatte auch an diesem Abend vor, es ausgiebig zu tun. Mit dem Kurprinzen und ihrem Schwager Friedrich, dem einzigen am Hof noch lebenden Bruder Johanns. Die anderen Brüder waren alle schon gestorben, die Schwestern, wenn sie nicht gestorben waren, hatten geheiratet und waren ihren Ehemännern gefolgt. Elisabeth mochte Friedrich sehr gerne. Er war ihr innerhalb kürzester Zeit ans Herz gewachsen und erschien ihr wie ein blasses Abbild ihres Gemahl, denn Friedrich war dem Vater gegenüber

noch ehrfürchtiger, noch furchtsamer als Johann. Wenn sie sich in freundlicher Vertrautheit mit ihrem Schwiegervater unterhielt und sogar mit ihm lachte, sah sie immer wieder eine offene Bewunderung in seinen Augen, wie man vielleicht einen tollkühnen Menschen bewundert, der ein unberechenbares, wildes Tier zu zähmen weiß. Vielleicht würde sie auch mit ihrem Gemahl tanzen, wenn er nicht allzu erschöpft war. Er war schon in seiner Jugend von schwacher Konstitution gewesen. Daran hatte sich leider nichts geändert.

Die Musiker begannen mit einer Pavane, einem langsamen Tanz, der den älteren Herrschaften sehr entgegenkam, da man nur würdevolle Schritte zu machen, ab und an die Fersen zu heben brauchte und garantiert nicht ins Schwitzen kam. Der Kurprinz bat Herzogin Barbara um den ersten Tanz, worauf Herzog Georg seiner Schwiegertochter die Hand bot.

„Es wird mir eine Ehre sein, Herr Vater!“ sagte sie und nahm die ihr dargebotene Hand.

Johann glaubte offensichtlich, etwas gutmachen zu müssen, denn er hatte Gräfin Köstritz zum Tanz aufgefordert. Sie nahm seine Hand etwas steif und warf Elisabeth einen kurzen, aber noch immer sehr verärgerten Blick zu, worauf Johann die Hoffnung aufgab, sie zu einer Wiederaufnahme ihres Amtes als Elisabeths Hofmeisterin zu bewegen. Johann war die Liebenswürdigkeit selbst, neigte sich mit einem besonders freundlichen Lächeln seiner Tanzpartnerin zu, passte seine Schrittlänge genau der ihren an, was die Gesichtszüge der älteren Dame schließlich doch ein wenig aufweichte.

Elisabeth sah man an, dass eine Pavane sie nicht auslastete und sie sich schon auf die anschließende Gaillarde freute. Sie hob nicht nur die Fersen, sondern sprang und war erleichtert, als das Schreiten endlich ein Ende gefunden hatte. Herzog Georg brachte sie zurück auf ihren Platz, doch gleich war Albrecht, ein junger Höfling, zur Stelle und forderte sie auf zur Gaillarde. Albrecht war ein Diener Herzog Johanns; ein kleiner Adliger, dessen Herkunft den jungen Herzog nicht weiter interessiert hatte - bis zu dem Punkt, als offensichtlich seiner Gemahlin Elisabeth aufgefallen war, dass dieser junge Mann ausnehmend gut tanzte. Weitere Paare fanden sich zusammen und nahmen Aufstellung, während die Musikanten ihre Instrumente neu stimmten. Herzog Georg und Herzogin Barbara zogen sich wie viele der Älteren auf ihre Sitzplätze zurück und beobachteten nun, wie Elisabeth und dieser

Höfling, dessen Namen sie sich nicht einmal gemerkt hatten, die temperamentvollen Sprünge der Gaillarde ausführten. Johann stand am Fenster und versuchte so unbeteiligt wie möglich auszusehen. Gräfin Köstritz war Elisabeths Tanzen natürlich nicht entgangen, ebenso wenig wie den Herren Schönberg und Schleinitz, die sich nur kopfschüttelnd ansahen. (Schönberg war verärgert, dass die Hofmeisterin sich auch ihm gegenüber strikt geweigert hatte, Elisabeths Reim preiszugeben.) So viel Übermut konnte nur mit der martinischen Lehre zusammenhängen. Wenn der Bruder Philipp sich schon offen zu den Lehren Luthers bekannte, dann war diese Elisabeth sicher auch nicht weit davon entfernt. Da konnte man sehen, wohin es führte, wenn Menschen sich von der alten Ordnung abwandten: Es begann mit wilden Tänzen und führte unweigerlich zu Bauernaufständen.
Doch auch die anderen jungen Paare hatten sehr offensichtlich ihre Freude an dem Tanz, der eher ihrem jugendlichen Naturell entsprach. Der Kerzenschein verlieh den seidenen Gewändern einen geheimnisvollen Schimmer, der Schmuck blitzte auf, und der Flöter spielte nun die Sackpfeife, um den Lärm der vielen springenden Füße zu übertönen.
Um den Tanzenden eine kleine Pause zu gönnen, spielten die Musikanten nach der Gaillarde eine etwas langsamere Allemande. Elisabeth tanzte nun mit ihrem Gemahl. Das tat sie betont freundlich, um ihren Widersachern die Mäuler zu stopfen. Mit einem besonders liebevollen Lächeln strahlte sie bei jedem Knicksen und Verneigen ihren Gemahl an, um keinen Zweifel aufkommen zu lassen, wem ihr ganzes Herz gehöre, doch auch dies wurde ihr wieder zum Schlechten ausgelegt. Dem eigenen Gemahl so schöne Augen zu machen, als sei man frisch verliebt, das gehörte sich einfach nicht, wie die Köstritzsche mit immer fester verkniffenen Lippen feststellte!
Danach tanzte Elisabeth mit dem Kurprinzen und Johann hatte eine der Hofdamen aufgefordert. Elisabeth spürte den heftigen Atem des Kurprinzen bei jedem Schritt und jedem Sprung. Der Schweiß rann ihm über die Stirne und die Wangen in seinen Kragen.
„Sollen wir für eine Weile pausieren?“ fragte sie.
„Nein, nein. Es geht schon“, erwiderte er keuchend.
„Ich würde liebend gerne etwas trinken und frische Luft schöpfen“, beharrte Elisabeth und sah, dass Johann Friedrich geradezu erleichtert war, als der Tanz zu Ende war und er die Tanzfläche verlassen konnte.

Die beiden gingen zu einem der offenen Fenster, wo ein Diener ihnen ein Tablett mit vollen Kelchen reichte. Elisabeth fühlte sich nun sicher vor Lauschern. Die Musik war laut genug, um ihr Gespräch nicht allzu weit dringen zu lassen.
„Nun berichtet mir aus Hessen! Wie geht es meinem Bruder und seiner Frau? Ich habe sie Ewigkeiten nicht sehen dürfen!" fragte Elisabeth und nahm einen Schluck aus ihrem Pokal.
„Wie? Ihr durftet sie nicht sehen? Verbietet es Euch der Herzog?" Kurprinz Johann Friedrich war sichtlich überrascht.
„Er verbietet es nicht gerade, aber er erlaubt es auch nicht. Immer kommt irgendetwas dazwischen. Mal ist Krieg, dann ist Pest. Das sehe ich noch ein. Aber dann ist schlechtes Wetter, wogegen ich mich ohne weiteres wappnen könnte. Oder der absolut einzige Kutscher, der im ganzen Herzogtum Sachsen aufzutreiben ist, hat Zahnweh oder die Frau des Kutschers hat gerade ihren Waschtag oder die Gäule haben eingewachsene Fußnägel. Immer ist irgendwas. Alles Bitten und Flehen nützt nichts. Aber nun! Berichtet mir!"
Der Kurprinz lachte schallend. Als er sich schließlich beruhigt hatte, erwiderte er: „Eurem Bruder und seiner Gemahlin geht es ausgesprochen gut. Sie sind beide wohlauf. Und ich habe Euch etwas mitgebracht von Eurem Bruder. Ein Geschenk."
„Ein Geschenk für mich?" fragte Elisabeth überrascht.
„Ja, und es ist etwas ganz Besonderes", flüsterte Kurprinz Johann Friedrich. „Eine Kiste aus Holz. Aber diese Kiste hat es in sich."
„Wollt Ihr mir nicht erklären, was es damit auf sich hat?"
„Die Kiste, die sehr kostbar gearbeitet ist, hat einen doppelten Boden. Unter diesem hat Euer Bruder etwas versteckt, das Euch entzücken wird."
„Dann bin ich gespannt! Werden sie denn bald Nachwuchs haben?" fügte sie leise hinzu.
„Nein, soweit ich das erkennen konnte, ist Eure Schwägerin nicht in gesegneten Umständen."
Elisabeth schwieg und sah zu Boden. Der Kurprinz war etwas unsicher. Kinder waren ein heikles Thema bei Elisabeth.
„Euer Bruder hat große Pläne", versuchte Johann Friedrich sie nun abzulenken. „Er will die Reformation einführen und hofft, dass der Kaiser bald die Voraussetzungen dafür schaffen muss, auch wenn er es gar nicht will."

„Ich störe hoffentlich nicht!" sagte jemand, den die beiden gar nicht bemerkt hatten.
„Pater Alexius!" rief der Kurprinz erfreut. „Ich hatte gehofft, Euch hier anzutreffen. Ich habe mit Freuden gehört, dass Herzog Georg Euch zum Hofprediger ernannt hat, trotz Eurer martinischen Gesinnung."
„Der Herzog lauscht meinen Predigten zwar mit interessiertem Wohlwollen, aber mit demselben interessierten Wohlwollen würden seine Gnaden sicher auch einen Regentanz der Wilden in der neuen Welt anschauen. Ich muss mir also nicht zu viel einbilden. Immerhin - so darf ich wohl hoffen - würde er sich eher von mir überzeugen lassen, als bei den Wilden mitzutanzen." Elisabeth und der Kurprinz lachten. „Ich denke, Herzog Georg würde sich überzeugen lassen, wenn da nicht seine Räte wären, die ihm immer wieder diesen altgläubigen Unsinn einblasen.[1]"
„Elisabeth, Ihr wisst sicher, dass Pater Alexius mein Lehrer war. Er hatte seine liebe Not mit mir, das kann ich Euch sagen!"
„Nun, ganz so schlimm waren Eure kurfürstlichen Gnaden nicht. Ich habe mich nach Kräften bemüht, Euch etwas mehr als das Nötigste beizubringen", sagte der Pater und verneigte sich.
„Ich glaube, das ist Euch gelungen", erwiderte Elisabeth. „Wir sind gerade bei einem Thema, das auch Euch interessieren wird. Kaiser Karl steckt in Schwierigkeiten", sagte Elisabeth und Johann Friedrich fügte hinzu: „Ja, der Kaiser ist nicht allmächtig. Und immer mehr Fürsten werden martinisch. Der Kaiser könnte in eine Situation kommen, in der er auf die martinischen Fürsten angewiesen ist." Pater Alexius schaute sich um. Eine Vertraute der alten Herzogin war in ihre Nähe gekommen. Die drei verstummten und sahen nun, wie ein Gaukler in die Mittel des Saales trat und sich tief verneigte. Plötzlich hatte er bunte Bälle in den Händen, die er einer Hofdame hinter den Ohren hervorgeholt zu haben schien und begann zu jonglieren. Elisabeth sah den Gaukler an, schaute auf seine Hände, die so sicher mit den Bällen umgingen, als gehorchten sie ihm aufs Wort. Sie sah seinen unrasierten Hals, seinen Adamsapfel auf und niedergehen; wie er mit den Augen dem Flug seiner Bälle folgte und dabei seine Späße machte. Elisabeth merkte kaum, wie ihre Hand nach dem Medaillon griff, das sie um ihren Hals trug. Sie

1 Siehe André Thieme (Hg.): Die Korrespondenz der Herzogin Elisabeth von Sachsen. Erster Band: Die Jahre 1505 - 1532. Leipzig 2010. Dokument Nr. 119.

schüttelte die Erinnerungen und die Sehnsucht ab und sah gemeinsam mit Johann Friedrich dem Gaukler zu. Die beiden lachten über seine Späße und machten ganz den Eindruck, als interessiere sie nichts mehr, als die Flugbahnen der bunten Bälle. Pater Alexius schaute zwar auch zu, beschränkte sich aber auf ein wohlwollendes Lächeln. Als die Hofdame weitergegangen war und sie sich wieder sicher fühlen konnten, sagte der Pater: „Dann gehe ich recht in der Annahme, dass diese Schwierigkeiten unserer martinischen Sache zugute kommen könnten."

„Ganz recht. Der Kaiser kann seit geraumer Zeit seine Truppen nicht mehr bezahlen. Er liegt mit dem französischen König Franz I. im Krieg. Es geht um Gebiete in Oberitalien, die jeder für sich beansprucht. Vor zwei Jahren hat Karl Marseille belagert - ohne Erfolg. Sie mussten die Belagerung schließlich aufgeben und sich zurückziehen. Dann wurden sie von französischen Truppen angegriffen und bis nach Pavia zurückgedrängt. Dort wendete sich das Blatt. Karl gelang es, die Franzosen zu schlagen und ihren König gefangen zu nehmen. Er zwang Franz I. zu einem Friedensvertrag, in dem dieser ihm die Gebiete in Oberitalien überlassen sollte. Und dann entließ er ihn aus der Gefangenschaft."

„Was für ein Schachzug!" sagte Elisabeth und verdrehte die Augen. „Und der freigelassene Franz hatte natürlich nichts Eiligeres zu tun, als den Vertrag für nichtig zu erklären, nicht wahr?"

„Natürlich. Und dabei wurde er vom Papst unterstützt. Karls Berater hatten ihm abgeraten, den König laufen zu lassen. Sie trauten dem Franzosen nicht, doch Karl hatte wohl an das Ehrgefühl des Königs appelliert." Der Kurprinz klang fast ein wenig mitleidig.

„Der Kaiser scheint noch aus einer anderen Welt zu stammen. Das ist so gestrig! Den Kampf um die Gebiete in Oberitalien - den hat doch sein Großvater, Kaiser Maximilian, schon geführt."

„Ja, und Maximilian hat sich dort auch schon aufgerieben", sagte Pater Alexius.

„Aber wenn der Kaiser die Gebiete in Oberitalien jetzt nicht hat, müsste er weiter um sie kämpfen. Und dafür fehlt ihm das Geld, oder?" vermutete Elisabeth.

„So ist es. Er hätte diese Kriegsbeute dringend gebraucht, um seine Truppen zu bezahlen."

In diesem Moment näherten sich die Herren Schönberg und Schleinitz. Elisabeth hatte sie aus den Augenwinkeln gesehen und rief nun: „Was Euer Kurfürstliche Gnaden nicht sagen! Über und über mit Schleifchen bedeckt? Das sieht sicher ganz entzückend aus. Ich werde morgen gleich ein solches Kleid in Auftrag geben. Aber berichtet mir doch, was trägt man denn im großen Köln auf dem Kopf?"
„Bestickte Hauben. Und damit sie auch zu den Kleidern passen, sind auch die Hauben über und über mit bestickten Schleifchen besetzt", ging der Kurprinz auf ihr Ablenkungsmanöver ein.
„Ich weiß nicht, ob ich so viele Schleifchen gutheißen kann!" sagte Pater Alexius laut und in deutlich pikiertem Ton.
Schönberg und Schleinitz konnten keinen Grund finden, noch langsamer zu gehen und waren schließlich an den dreien, die dazu übergingen, sich über schleifchenbestückte Schuhe auszulassen, vorbei und außer Hörweite.
Elisabeth lachte in sich hinein. „Schleifchen! Gut! Wo waren wir stehen geblieben? Ach ja, Karl. Was sind das für Männer, die für ihn kämpfen?"
„Sein Heer besteht aus deutschen Landsknechten, spanischen Söldnern und Italienern. Diese Männer kämpfen allein für Sold. Den haben sie schon seit zwei Jahren nicht mehr regelmäßig bekommen", berichtete Johann Friedrich.
„Wie stark ist dieses Heer?" fragte Elisabeth.
„Die Schätzungen bewegen sich zwischen zwanzig- und dreißigtausend Mann. Dann werden es wohl um die fünfundzwanzigtausend sein."
Chrosners Gesicht wurde sehr ernst. „Fünfundzwanzigtausend unbezahlte Söldner. Ein solches Heer ist wie ein tollwütiger Hund, den kein Herr mehr bändigen kann. Und dieses Heer versorgt sich selbst, nicht wahr?" Der Kurprinz nickte düster.
„Man kann sich kaum vorstellen, was das für die Bevölkerung heißt. In einem solchen Krieg sind nicht nur die Schlachtfelder Orte der Verwüstung, sondern überall, wo sich dieses Heer hindurchwälzt, schlägt es eine Schneise der Verwüstung, des Elends und des Todes." Für eine Weile schwieg Alexius Chrosner. Seine Augen bekamen eine Tiefe, die Kurprinz Johann Friedrich bei ihm nur sehr selten gesehen hatte. Er schien in eine andere Zeit zu schauen.
„Habt Ihr selbst schon solche Verwüstung erlebt?" fragte er leise.

„Ich denke, ich habe nur eine winzige Ahnung dessen erlebt, was die Menschen in Frankreich, Italien und in anderen Teilen Deutschlands schon seit Jahren erleben. Aber wie dem auch sei, Karl steckt in der Klemme. Er muss seine Männer bezahlen oder sie werden ihm - bestenfalls - alle davonlaufen. Er braucht die deutschen Fürsten. Alle. Er kann sich nicht nur auf die katholischen stützen. Er braucht auch die martinischen."
„Schon im nächsten Monat soll in Speyer ein Reichstag stattfinden. Dort wird er Zugeständnisse machen müssen."
„Meint Ihr, er wird das Wormser Edikt[2] aufheben?" Pater Alexius klang hoffnungsvoll.
„Das wäre nicht nur zu schön um wahr zu sein, sondern auch das Naheliegendste. Wenn er tatsächlich die Reichsacht über Luther aufheben würde..."
„Dann könnte mein Bruder im Handumdrehen Hessen martinisch machen."
„Das könnte er tatsächlich!" pflichtete der Pater ihr bei.
„Darauf trinken wir noch einen!" sagte der Kurprinz und hob seinen Pokal. Viele Kerzen waren schon heruntergebrannt und längst nicht alle wurden durch neue ersetzt. Im Zwielicht des Saales hatten sich die Musikanten wieder ihren Platz zurückerobert und spielten eine Volta.
„Ich muss Euch noch etwas sagen", begann der Kurprinz, doch Elisabeths Augen hatten schon den Saal nach einem gewissen Albrecht abgesucht und sie hörte die Worte des Kurprinzen nicht mehr.
„Vergebt mir, ich bin sofort zurück!" sagte sie und stellte ihren Pokal ab, um auf Albrecht zuzueilen, der sich bereitwillig mit ihr in den Tanz einreihte.
Der Höfling lächelte sie an und hob sie im Takt der Musik, dass ihre Röcke flogen. Selbst nach Stunden geriet er weder außer Atem, noch geriet sein langes Haar in Unordnung, noch zeigte seine modische Kleidung Schweißflecken. Mit einem Wort: Der Kerl war unverwüstlich. Wen wunderte es, dass der gesamte Hof darüber nachdachte, bei welchen Tätigkeiten dieser Mann noch unverwüstlich war? Elisabeth war wohl die Einzige, die darüber

---

2 Wormser Edikt: Auf dem Reichstag zu Worms 1521 hatte Kaiser Karl V. über Luther die Reichsacht verhängt und ihn für vogelfrei erklärt. Siehe Detlev Plöse/ Günter Vogler (Hrsg.): Buch der Reformation. Eine Auswahl zeitgenössischer Zeugnisse (1476 - 1555). Berlin 1989, S. 252 - 253.

nicht nachdachte, denn sie tanzte und lachte mit ihm so unbefangen, als sei es das Natürlichste der Welt, dass die Herzogin von Sachsen mit einem Diener ihres Mannes tanzte. Lediglich Pater Alexius Chrosner und der Kurprinz schauten den beiden mit einem Lächeln zu. Die beiden sahen den Tanzenden zu wie einem Karussell, das sich immer schneller dreht. Der dämmrige Schein der Kerzen ließ die Seidenkleider aufleuchten, und manchmal schien es sogar, als züngelten Flammen über die immer wilder schwingenden Röcke. Sie sahen, wie die Damen die Hände auf die Schultern der Herren legten, die Herren ihre Damen um die Taille fassten, um sie hoch zu heben in einem kräftigen Schwung, dass die Röcke weit schwangen und die hellen Unterkleider aufleuchteten. Johann Friedrichs Augen wanderten zu Herzog Georg und Herzog Johann hinüber, die das wilde Treiben mit versteinerten Mienen beobachteten. Gleich neben dem Herzog standen Schleinitz und Schönberg, die gehässige Blicke austauschten und miteinander tuschelten. Höchstwahrscheinlich kommentierten sie Elisabeths Unterröcke, die man bei diesem Tanz sehen konnte. Die Gräfin Köstritz saß im Kreise anderer Hofdamen und sah aus, als habe sie einen schlechten Geschmack im Mund, während sie Elisabeth beobachtete und dabei ihren Hals recken musste, wenn Elisabeth und Albrecht von einem der anderen Tanzpaare verdeckt wurden. Pater Alexius' Blick war dem des Kurprinzen gefolgt.
„Sie ahnen nicht, dass sie alle auf einem Vulkan tanzen. Möge Gott verhüten, dass er ausbricht!“ flüsterte er.
„Elisabeth weiß es nur zu gut. Ich glaube sie spürt das Feuer schon durch ihre Schuhsohlen“, erwiderte Johann Friedrich und stürzte seinen Kelch hinunter. Da trat die Köstritzsche zu ihnen: „Ich wüsste doch zu gerne, was die Männer an dieser Herzogin finden, dass sie beständig mit ihr reden müssen.“
„Das liegt daran, Verehrteste, dass die Herzogin nicht von dem Duft voller Windeln und Kinderbrei umweht wird“, erwiderte der Kurprinz und verneigte sich galant, was die Gräfin zum sofortigen Rückzug veranlasste. Als sie kurz innehielt, ihren Ärmel hob, um daran zu riechen, räusperten sich Chrosner und der Kurprinz, worauf die Gräfin ihren Arm schnell wieder senkte und mit hoch erhobenem Haupt davon stolzierte. Die beiden Herren grinsten sich an und konnten es kaum erwarten, diese kleine Begebenheit Elisabeth zu berichten. Sie konnte eine Aufmunterung wahrhaftig gebrauchen.
An diesem Abend lag Elisabeth noch lange wach neben Johann. Die Kerzen

waren schon gelöscht. Von weitem hörten sie noch die Geräusche der Ordnung schaffenden Dienerschaft.
Jemand lief über den Korridor, sonst war alles stille Dunkelheit.
„Hat der Kurprinz gute Neuigkeiten aus Hessen?“ fragte Johann leise.
„Philipp und Christine geht es gut. Johann Friedrich sagt, die beiden seien wohlauf. Nachwuchs stellt sich bei ihnen allerdings auch noch nicht ein.“
Sie schwieg und hörte, wie Johann ausatmete. Philipp und Christine waren seit über zwei Jahren verheiratet, ohne dass sich Nachwuchs angekündigt hätte. Wenn Johann befürchtete, seiner Schwester Christine könnte es ähnlich ergehen wie Elisabeth, zeigte er es zumindest nicht.
„Und was passiert sonst noch in der Welt?“
„Nicht allzu viel. Der Kurprinz hat noch lange von seiner Braut geschwärmt. Ich wünsche den beiden alles Glück.“
„Du hast sehr lange mit Albrecht getanzt.“ Es sollte wie eine Feststellung klingen, doch Elisabeth hörte auch den Vorwurf in Johanns Stimme.
„Johann, du bist immer gleich außer Atem. Und ich tanze nun mal sehr, sehr gerne. Es tut mir gut und macht mir Freude. Ich tanze ja nicht nur mit Albrecht. Ich habe auch mit deinem Vater getanzt, mit dem Kurprinzen und mit deinem Bruder. Johann, ich bitte dich, mir diese Freude nicht zu vergällen. Außerdem hat mir meine Mutter ans Herz gelegt, immer freundlich zu deiner Dienerschaft zu sein. Was ist denn verwerflich daran, dass ich mit einem jungen Höfling tanze. Wir TANZEN! Bitte, Johann, lege keine schmutzigen Gedanken auf ein so harmloses Tun.“
„Es geht nicht nur um mich. Du hast nicht auf die Gesichter meiner Eltern geachtet, die Gesichter aller Menschen, die am Hof wichtig sind und Einfluss haben. Auf diesen Gesichtern lag offene Missbilligung. Manche schienen sogar von meinem Vater ein Einschreiten zu erwarten.“
„Einschreiten! Das ist doch lächerlich! Was kümmern mich denn all diese Menschen, die an diesem Hofe ach so wichtig sind.“
„Sie kümmern mich. Elisabeth, sie können uns Schwierigkeiten machen. Wenn man dich in einer Situation ertappt…“
„Johann!“ Elisabeth war empört. „Das reicht! Niemand wird mich in einer Situation ertappen. Ich bitte dich um alles!“ Nach einer Weile fügte sie hinzu: „Wir sollten den Hof verlassen. Wir sollten uns einen eigenen Hausstand einrichten. Es gibt doch genügend Schlösser in unserem Herzogtum, in de-

nen wir wohnen könnten. Es müsste nicht gerade drei Tagesreisen entfernt sein, aber doch weit genug, dass sie nicht jeden Morgen und jeden Abend auf der Türschwelle stehen und nachsehen, was wir gerade tun. Johann, ich ertrage den Hof kaum noch. Es ist so schwer, immer nur die Ruhe zu bewahren bei all den dümmlichen Anfeindungen und Unterstellungen. Wenn ich diese beiden Kerle schon sehe - diesen Schönberg und diesen unsäglichen Schleimix! Wie gut, dass dein Vater außer diesen beiden Vögeln noch andere Berater hat. Doktor Simon Pistoris, sein Kanzler, ist der rechte Mann am rechten Ort. Und der Vizekanzler Otto von Pack zum Beispiel ist ein so grundanständiger Mensch, aber ich finde es schade, dass er an solchen Abenden nie teilnimmt. Da vergräbt er sich immer in seiner Kanzlei und arbeitet. Schönberg und Schleimix habe ich noch nie was Anständiges arbeiten sehen. Packs Frau Margarete mag ich übrigens sehr. Sie ist so gerade heraus. Sie schaut einem offen ins Gesicht und ist nicht wie manche Hofdame deiner Mutter, die mir freundlich tut und hinter meinem Rücken tratscht."

„Weiß Schleinitz eigentlich von seinem Spitznamen?" fragte Johann.

„Ich weiß es nicht. Es ist mir auch egal. Versprich mir, dass du mit deinem Vater reden wirst über einen eigenen Hausstand für uns beide. Ich will doch auch einmal als Hausfrau schalten und walten können wie ich will. Ich finde es unerträglich, dass ich über jedes Bild, das ich in meinen Gemächern aufhängen will, meinem Schwiegervater Rechenschaft ablegen muss. Wir sind schon so lange verheiratet, da könnten wir doch auch endlich einmal ganz für uns alleine sein! Also - wirst du mit deinem Vater reden?"

„Gut, ich werde mit ihm reden. Ich verspreche es dir."

Das hatte Johann schon oft gesagt.

Am nächsten Morgen übergab der Kurprinz die angekündigte Truhe an Elisabeth, die sie sogleich in ihr Frauenzimmer tragen ließ. Dort, umringt von ihren vier Jungfrauen, öffnete sie die Kiste. Zuoberst kam Leinen zum Vorschein, das sich aber lediglich als ein Schutz herausstellte für die Kostbarkeiten, die außerdem in der Truhe verborgen waren. Es folgte ein wunderbar weicher Stoff aus moosgefärbter Wolle. Darunter lag ein großes Stück von dunklem Samt und zuunterst kam helle Seide zum Vorschein. Besonders letzteres wurde begleitet von begeisterten Ohs und Ahs der Damen.

„Dorothea und Lene, ihr beiden seid jetzt dran, neue Kleider zu bekommen“, sagte Elisabeth und hielt die Stoffe hoch. Dorothea, die Tochter eines sächsischen Grafen, strahlte ihre Herrin an.
„Das ist sehr freundlich von Euer Gnaden. Danke!“
„Jetzt lass uns schauen, was dir am besten steht. Der Samt?“ Elisabeth hielt den Samt quer über Dorotheas Körper und schaute sie mit geneigtem Kopf an. „Nein. Doch nicht. Lass uns die Wolle ausprobieren... Ja. Das Grün passt viel besser zu deinen grünen Augen und dem roten Haar. Und die helle Seide ist ein schöner Kontrast.“
Dorothea hatte mit etwas wehmütigen Augen dem braunen Samt hinterher geschaut, über den sich schon die dunkeläugige Lene freute. Aber die Seide hatte Dorotheas Augen wieder etwas aufgehellt. Lene war kleiner, dafür umfangreicher, aber der Stoff würde schon ausreichen.
„Schaut, wie großzügig mein Bruder war. Das reicht sicher für zwei Paar Ärmel, dann habt ihr noch ein Paar zum wechseln. Lene, ich denke, an dieses Kleid da könntest du auch neue Ärmel annesteln. Die anderen Ärmel sind sicher noch in der Truhe dort hinten. Lass dir von Gertrud helfen. Wir werden gleich die Schneiderin kommen lassen. Was könnten wir mit dem Leinen machen? Hildegard, ich denke, du brauchst ein neues Unterkleid.“
Hildegard war nicht begeistert bei der Aussicht, nur ein leinenes Unterkleid zu bekommen, während Dorothea und Lene in Samt und Seide gekleidet wurden, bedankte sich aber trotzdem artig.
„Gertrud, du bist beim nächsten Mal wieder dran“, sagte Elisabeth und schloss die Kiste.
Die junge Gertrud nickte lächelnd und knickste, wobei sie den Rock ihres erst vor kurzem geschenkten Kleides leicht anhob und in hübschen Falten drapierte.
Elisabeth war glücklich, ihre Jungfrauen so schön einkleiden zu können. In ihrer Kindheit und Jugend hätte sie von solchen Stoffen nicht einmal zu träumen gewagt. Die Regenten, die ihre alte Heimat Hessen damals regiert und ruiniert hatten, waren allzu knauserig gewesen, wenn es darum ging, Elisabeth und ihre Mutter Anna mit dem Nötigsten auszustatten. Doch diese Zeit lag lange zurück. Heute hatte sie so viele Roben zur Auswahl, dass ihr der Mangel an Kleidern oder gar Brennholz vorkam wie aus einem anderen Leben.

Der Tag verging ihr nicht schnell genug, obwohl so viel Ablenkung da war. Abends beim Schachspiel mit dem Kurprinzen erkundigte sich dieser ganz beiläufig nach dem Inhalt der Truhe.

„Mein Bruder war so freundlich, die Truhe mit Stoffen zu füllen. Ich werde Kleider für meine Jungfrauen nähen lassen.“ Und flüsternd fügte sie hinzu: „Das entzückende Geschenk, von dem Ihr spracht, habe ich noch nicht angeschaut. Ich hatte noch keine Gelegenheit. Heute Abend, wenn meine Jungfrauen alle schlafen, werde ich nachsehen, was so Geheimnisvolles in der Truhe verborgen ist.“

Der Kurprinz lächelte, was Elisabeth zu der Vermutung veranlasste, dass er schon sehr genau wusste, was Philipp ihr geschickt hatte.

„Es sind Schriften, nicht wahr?“

Das Lächeln Johann Friedrichs wurde zu einem Grinsen.

„Es sind doch nicht etwa Schriften von… Luther?“ Elisabeth hatte den Namen des Mannes nur gehaucht, trotzdem hob Herzog Georg, der am anderen Ende des Saales in ein Gespräch mit Schönberg vertieft schien, den Kopf.

„Eure Dame ist in Gefahr, Elisabeth!“ sagte der Kurprinz laut.

Elisabeth konnte an diesem Abend erst recht nicht einschlafen. Als sie die gleichmäßigen Atemzüge Johanns hörte, erhob sie sich leise und schlich sich hinaus auf den Korridor. Ihr Frauenzimmer war nicht weit entfernt. Sie brauchte kein Licht, denn der Mond schien hell genug durch die Fenster. In ihrem Frauenzimmer entzündete sie eine Öllampe und hoffte, dass sie niemanden durch das Schlagen des Feuersteins aufgeweckt hatte. Sie fühlte sich wie damals, als sie und Philipp allerhand Unsinn ausgeheckt hatten, den die Mutter glücklicherweise nicht erfahren hatte. Aber nun war es anders. Sie waren erwachsen und was Philipp ihr geschickt hatte, war keineswegs kindlicher Unfug. Nur was es genau war, konnte Elisabeth nicht sagen. Luthers Schriften waren verboten. Schon der Besitz der Schriften stand unter Strafe. Aber nun wollte sie herausfinden, wieso. Waren sie fromm, erbaulich und harmlos? Würde Elisabeth nun gar nicht mehr verstehen, wieso man diesen Mann so erbittert verfolgte? Würde sie die Schriften Herzog Georg zeigen können als Beweis, dass Luther ein zutiefst gläubiger Mensch war, an dem ein Christ nichts Schlechtes finden konnte?

Mit zitternden Händen öffnete Elisabeth die Truhe, holte die Stoffe heraus, wickelte sich in die grüne Wolle und stellte sich Philipps Gesicht bei diesem Anblick vor. Ob er ihr wohlweislich Stoffe mitgeschickt hatte, damit sie nicht fror, wenn sie nachts las? Sie tastete am Boden der Truhe entlang. Mit der anderen Hand fasste sie von außen an den Boden. Ihre beiden Hände waren sicher mehr als eine Handbreit voneinander entfernt. Da konnte man einiges unterbringen. Fieberhaft fingerte Elisabeth nun mit beiden Händen an dem inneren Boden der Truhe herum. Irgendwie musste er sich lösen lassen. Sie ertastete am Rand eine kleine Vertiefung, ihr Zeigefinger passte genau hinein und sie konnte den Zwischenboden hochheben. Im Schein der Öllampe sah sie nun wieder Leinenstoffe. Darunter lagen säuberlich verpackt zwei Packen Pergament. Elisabeth hob einen heraus und wickelte ihn aus dem Leinentuch. Zuoberst lag ein Brief von Philipp.

Meine herzallerliebste Schwester, Kassel, im Mai anno 26

ich wusste, dass Du nicht lange brauchen würdest, um das kostbarste Geschenk, das ich Dir jemals machen konnte, zu entdecken. Vernichte meinen Brief, sobald Du ihn gelesen hast!
Wir werden in wenigen Tagen in Homberg Efze einen Landtag abhalten, um dort der Reformation in ganz Hessen den Weg zu bereiten. Wir haben große Hoffnung, dass der Kaiser uns Religionsfreiheit gewähren wird auf dem kommenden Reichstag in Speyer. Wir haben ein starkes Bündnis geschlossen gegen die Altgläubigen, und der Kaiser braucht auch die martinischen Fürsten im Kampf gegen die Türken. Wer hätte gedacht, dass Luther von Süleymann dem Prächtigen Unterstützung erhalten würde? Aber nun lies die Schriften Martin Luthers.
Meine Gemahlin lässt Dich recht herzlich grüßen,in der Hoffnung auf ein baldiges Wiedersehen,

Dein Bruder Philipp

Elisabeth wollte den Brief schon zur Seite legen, überflog ihn aber noch einmal und ging dann mit dem Brief und der Lampe zum Kamin, wo sie ihn in die Flamme hielt und zuschaute, wie das Feuer die Schrift ihres Bruders verschlang. Dann nahm sie ein Holzscheit und zerrieb das schwarze Pergament auf dem eisernen Rost, damit niemand erkennen konnte, dass dort ein Brief verbrannt worden war. Eilig ging sie zurück zu ihrer Truhe. „An den christlichen Adel teutscher Nation", las sie leise. Sie war hellwach. Mit welcher Strafe wurde der bloße Besitz dieser Schriften eigentlich geahndet? Egal! Sie begann zu lesen. Langsam erst, dann immer schneller und schließlich sog sie die Worte Luthers in sich auf. Wie atemlos hetzte sie durch die Zeilen und kam schließlich zu dem Ergebnis, dass ein Fass Schwarzpulver im Vergleich zu Martin Luther ziemlich harmlos war.

„Segnet mich Vater, denn ich habe gesündigt!"
Pater Alexius horchte auf und schaute durch das Gitter des Beichtstuhles, das ihn von Elisabeth trennte. Ihre Augen leuchteten, ihre Lippen waren fest aufeinander gepresst, als müssten sie einen Jubelschrei gewaltsam zurückhalten.
„Elisabeth! Was ist vorgefallen?"
„Ich habe ihn gelesen! Ich habe die erste Schrift Luthers gelesen. Die ganze Nacht hindurch habe ich gelesen. Es war unglaublich! Es ist ja so unfassbar aufregend! Philipp hat mir mehrere Schriften zukommen lassen. Er hat sie in der Truhe versteckt, die randvoll mit Stoff war."
Pater Alexius lächelte. Er kannte die Faszination, die Luthers Worte auf einen offenen, denkenden Menschen ausüben konnten.
„Welche Schrift habt Ihr denn gelesen?"
„An den christlichen Adel teutscher Nation. Und jetzt gibt es zwei Dinge, die ich nicht begreifen kann. Erstens, wieso es noch Fürsten gibt, die ihn bekämpfen und zweitens, warum die Kirche Martin Luther nicht sofort zum Tode verurteilt und hingerichtet hat. Er nimmt alles auseinander. Er zeigt, dass die Kirche letztlich Menschenwerk ist, dass all ihre Macht nur irdisch ist und dass selbst ein Papst sich vor den Gläubigen verantworten muss."
Chrosner schmunzelte. So viel Begeisterung, so viele Fragen!
„Für den Besuch des Reichstages hatte der Kaiser ihm freies Geleit zugesichert. Sein Wort musste er halten, wollte er nicht alle deutschen Fürsten

gegen sich aufbringen. Die Fürsten sind ein starker Schutz für Luther. Ihm sollte der Prozess in Rom gemacht werden, doch Kurfürst Friedrich war es wohl, der den Kaiser daran erinnert hat, dass man Luther in Deutschland vor Gericht stellen müsse und nicht in Rom. Aus Rom wäre Luther niemals lebendig zurückgekehrt. Aber es überrascht schon, dass der Kaiser keinen Unfall für Luther arrangiert hat. Einen Hinterhalt im Wald, so als sei Luther von gewöhnlichen Räubern überfallen und getötet worden. Vielleicht haben die Kirchenoberen es nicht für nötig gehalten, seine Schriften gründlich zu lesen. Wer weiß? Es überrascht, dass ein Mann, der verlangt, dass auch der Klerus sich bei Verfehlungen vor einem weltlichen Gericht verantworten müsse, aus den Klauen der Kirche entkommen konnte. Die Kirche, so wie sie jetzt besteht, ist ein Gespinst aus Lügen, Verwerflichkeit und Korruption. Man kann ihr nicht beikommen."

„Ja. Erinnert Ihr Euch, dass Luther schreibt, dass der Klerus sich weigert, sich einer weltlichen Gerichtsbarkeit zu unterstellen und dass dies nicht rechtens ist. Wenn man ihnen mit einem weltlichen Gericht droht für ihre Verfehlungen, dann sagen sie, dass nur die Kirche sie verurteilen könne. Versucht man sie, anhand der Schrift ihrer Verbrechen zu überführen, dann sagen sie, dass es uns gar nicht zustehe, die Schrift zu lesen und zu deuten. Und wenn man ihnen mit einem Konzil droht, dann sagen sie, nur der Papst sei berechtigt, ein Konzil einzuberufen. So glauben sie das Recht zu haben, ihre Gläubigen mit Angst zu knechten und mit Ablassbriefen auszupressen. Es ist eine Schande. Es muss sich doch etwas ändern. So kann es nicht weitergehen. Wahrscheinlich werden sie sich in fünfhundert Jahren selbst für die abscheulichsten Verbrechen nicht vor einem weltlichen Gericht verantworten wollen."

„Es geht um Geld und Macht. Und diejenigen, die beides haben, werden es so leicht nicht aus der Hand geben. Aber für die Menschen geht es um so viel mehr. Es geht um ihr Seelenheil, das sie sich nun nicht mehr durch harte Bußen und Ablassbriefe erkaufen müssen, sondern das sie einfach besitzen, ohne etwas dafür zu tun. Jesus hat ihnen bereits erworben, was die Kirche den Menschen unrechtmäßig vorenthält. Niemand muss mehr in der Knechtschaft der Angst leben. Was für eine grandiose Befreiung das bedeutet, können wir kaum ermessen. Luthers tiefste und wichtigste Botschaft entmachtet die Kirche vollkommen. Gott ist uns gnädig, obwohl wir

Sünder sind. Jesus ist bereits für uns gestorben und die Schuld ist ein für allemal getilgt. Jesus ist uns Menschen in seinem Leben, Leiden und Sterben so nahe gekommen, wie sich Geschwister nur sein können. Die Kirche hatte den Brunnen der Gnade verschlossen und ließ nur die ausgewählten Schäfchen daraus trinken. Eifersüchtig hat die Kirche über diesen Brunnen gewacht. Aber Luther hat das Schloss zerschlagen und nun liegt die Quelle der göttlichen Gnade offen, sprudelt überreichlich und ist für jedermann zugänglich." Pater Alexius sprach eifrig und freudig erregt zugleich, während Elisabeth ihm fasziniert zuhörte.
„Ich mache mir solche Sorgen um meinen Gemahl und meine Schwiegereltern. Dass sie gar nicht begreifen wollen, wie wichtig es ist, diesen rechten Glauben zu haben. Sie gefährden damit ihr Seelenheil. Eines Tages werden sie sich vor Gott verantworten müssen, aber dann wird es zu spät sein, um sich zur rechten Lehre zu bekennen. Wenn Herzog Georg doch nur..."
Chrosner hob die Hand, denn in der Kirche hatte er ein Geräusch gehört. Dann flüsterte er: „Im Namen des Vaters und des Sohnes und des Heiligen Geistes verkündige ich dir die Vergebung deiner Sünden, Amen!" Auch den lutherischen Abschluss einer Beichte musste nicht jeder hören. Pater Alexius spähte in der Kirche umher, konnte jedoch niemanden entdecken.
„Es wird sich so vieles ändern. Wir leben in aufregenden Zeiten!" flüsterte Elisabeth.
„Das ist wahr. Es wird sich vieles ändern. Es fragt sich nur, wie hoch der Preis sein wird. Geht nun!"

Doch Philipp hatte nicht nur Luthers Schriften geschickt. Auch ein Gesangbuch mit seinen Liedern war darunter, das sich Elisabeth am folgenden Abend genauer ansah. Wieder saß sie im Kerzenschein in ihrem Frauenzimmer. Die Pergamentseiten verströmten einen ganz eigenen Duft, der Elisabeths Herz schneller schlagen ließ. Fein säuberlich war der Text dort abgedruckt, aber leider nur hier und dort mit Noten versehen. Elisabeth überflog die Texte und Lieder, an einem blieb ihr Blick haften. Der Text entstammte dem Psalter. Die erste Strophe lautete: Ach Gott, vom Himmel sieh darein und lass dich des erbarmen, / wie wenig sind der Heil'gen dein, verlassen sind wir Armen. / Dein Wort man lässt nicht haben wahr, der Glaub ist auch verloren gar, bei allen Menschenkindern.

Dann folgte in der zweiten Strophe: Sie lehren eitel falsche List, was eigen Witz erfindet; / ihr Herz nicht eines Sinnes ist, in Gottes Wort gegründet; / der wählet dies, der andre das, sie trennen und ohn alle Maß und gleißen schön von außen.
Worauf ging Luther hier ein? Auf die Altgläubigen? Aber die Zeilen passten auch auf die Reformatoren, die oft nicht eines Sinnes waren. Aber die folgende Strophe sprach Elisabeth aus dem Herzen. Sie dachte dabei an Herzog Georg und Herzogin Barbara, die immer so vollkommen sicher waren, das Richtige zu tun: Gott wolle wehren allen gar, / die falschen Schein uns lehren, / dazu ihr Zung stolz offenbar / spricht: „Trotz! Wer will's uns wehren? / Wir haben Recht und Macht allein, / was wir setzen, gilt allgemein; / wer ist, der uns sollt meistern?"
Elisabeth sah auch die Köstritzsche vor sich mit ihrem dürren Zeigefinger. Luther schien zu ahnen, wie es ihr hier in Dresden ging. Ob sie ihm wohl einen Brief schreiben sollte, um sich zu bedanken? Allein bei der Vorstellung, dass man herausfinden könnte, dass sie in direktem Kontakt mit Luther stand, musste Elisabeth lachen. Einen Briefwechsel mit Beelzebub persönlich hätte man ihr sicher eher verziehen.

Der Kurprinz blieb noch drei weitere Tage, bevor er in seine Heimatstadt Torgau weiterreiste. Er reiste mit dem Schiff, das ihn bequem und sicher über die Elbe nach Torgau brachte.
Diese drei Tage waren für Elisabeth wie ein Urlaub vom Hofleben, denn sie genoss die Tage mit dem Hofprediger Alexius Chrosner, ihrem Gemahl Johann und dem Kurprinzen Johann Friedrich, ungestört von den üblichen Intrigen und Sticheleien. Allerdings war ihr durch die Anwesenheit ihres Gemahl ein ungestörtes Gespräch über die Dinge, die ihr am meisten unter den Nägeln brannten, nicht möglich. Immer wieder war Johann dabei. Hatte sein Vater ihn etwa auf sie angesetzt? Es war unerträglich quälend für Elisabeth, so viel auf dem Herzen zu haben, so eng mit Menschen zusammen zu sein, mit denen sie diese Dinge am besten bereden konnte und doch schweigen zu müssen.

Am Abend vor der Abreise des Kurprinzen ging Herzogin Barbara in die Schlosskapelle um für eine glückliche Heimreise ihres Gastes zu beten. Sie betete leise und ganz für sich in der Dunkelheit, die nur von wenigen Kerzen erhellt wurde. Sie liebte diese abendlichen Stunden in der Kirche, in denen nichts und niemand sie störte, wo nicht einmal das Tageslicht den leisen Duft des Weihrauchs überdröhnte, sondern in der Dunkelheit alle Gerüche und Laute greifbar wurden. Der Duft der Kerzen war ganz deutlich zu spüren, selbst das Holz des Chorgestühls und der Steinfußboden strömten ihren markanten Duft aus, der sich mit Kerzen und Weihrauch zu jenem Duft vermischte, wie er allen Kirchen eigen ist. Jedes leise Knistern und Knacken wurde in der Dunkelheit hörbar. Gerade als sie ihren Rosenkranz hervorgeholt hatte, hörte sie die Tür und gleich darauf die forschen Schritte ihrer Schwiegertochter. Konnte Elisabeth denn nicht wenigstens in der Kirche sittsam auftreten? Groll kochte in ihr hoch und störte ihr frommes Gebet empfindlich, doch sie zog es vor, sich nicht bemerkbar zu machen. Wie immer hatte Elisabeth den Gottesdienst am Morgen verschlafen, weil sie in der Nacht zuvor mit Sicherheit zu lange gesessen und geschwatzt hatte. Herzogin Barbara konnte sich wahrhaftig vorstellen, wie Elisabeths Abendgesellschaft ausgesehen hatte: im Kreise von Johann, dem Kurprinzen und diesem undurchsichtigen Hofprediger Chrosner, von dem man nicht einmal wusste, ob er überhaupt an irgendetwas glaubte, was einem guten Katholiken heilig sein sollte. Die alte Herzogin fragte sich immer wieder, wieso ihr Gemahl diesen Menschen hatte einstellen müssen. Es wären doch weiß Gott genügend andere zur Stelle gewesen, die ihren Amtspflichten besser nachgekommen wären als dieser Magister. Mit diesen dreien hatte Elisabeth wahrscheinlich wieder ihr dummes Zeug geschwatzt, von Religion und Politik. Herzogin Barbara fragte sich immer wieder, wieso die Herren nicht bemerkten, dass Elisabeth lauter unnützes Zeug erzählte und nur so tat, als verstünde sie etwas von diesen Männerthemen. Frau Barbara hörte Elisabeths Kleid rascheln. Wahrscheinlich drapierte sie ihren weiten Rock malerisch um sich herum. Eitel war sie auch noch, aber immerhin nicht ganz so eitel wie ihre Mutter, die sich durch den Spitznamen „Frau Venus“ geschmeichelt gefühlt hatte, anstatt schamrot ihr Verhalten zu überdenken und zu ändern.

Elisabeth hatte den morgendlichen Gottesdienst tatsächlich verschlafen und wollte nun zumindest das Gebet nachholen. Sie hatte nicht umhin gekonnt,

wieder die ganze Nacht zu lesen und sich erst in den frühen Morgenstunden in ihr Bett zu schleichen. Still kniete sie auf der Bank vor dem Marienaltar. Aber die nötige Andacht wollte sich nicht einstellen. Zu sehr war ihr Geist mit all den Dingen beschäftigt, die sie in den letzten Nächten gelesen hatte und über die sie kaum mit Kurprinz Johann Friedrich hatte sprechen können. Bei ihrem Gemahl Johann war sie nicht sicher, ob sie ihm so weit vertrauen wollte, dass sie ihn einweihen konnte. Er war Wachs in den Händen seines Vaters und würde schon bei der ersten Frage all diese Dinge gestehen, die der Herzog wahrscheinlich für Hochverrat hielt.
Elisabeth dachte an die letzten Tage. Die Ausritte, die Festessen und das Theater hatten den Herzog mehr Geld gekostet als ihm lieb war. Sicher war er erleichtert, den trinkfreudigen Gast am kommenden Morgen verabschieden zu können.
Die ganze Zeit über hatte Elisabeth das Gefühl gehabt, der Kurprinz wolle ihr etwas mitteilen. Sie hatten lange gesprochen über seine Braut, die bevorstehende Verlobung, die Hochzeit und natürlich auch über Philipp und Christine in Kassel. Aber trotzdem wurde Elisabeth das Gefühl nicht los, Johann Friedrich liege noch etwas auf dem Herzen, das er ihr nur unter vier Augen sagen wollte und was die Feder nicht tragen würde. Er hatte sicher ihren Wink verstanden und würde bald erscheinen. Was konnte noch brisanter sein als Kaiser Karl?
Ihre Schwiegermutter hatte Elisabeth nicht gesehen und die alte Herzogin verhielt sich ganz still.
Elisabeth wandte sich um, als sie die Tür hörte und lächelte den Kurprinzen an. Er trat neben sie, worauf sie ein ganzes Stück auf der Kniebank zur Seite rückte, um ihm Platz zu machen. Er bekreuzigte sich und sprach laut: „In Nomine Patris et Filii et Spiritu Sancti. Amen. Credo in Deum Patrem omnipotentem, Creatorem coeli et terrae. Et in Iesum Christum, Filium eius unicum, Dominum nostrum…“ Dann ging sein Gebet in ein Murmeln und schließlich ein Flüstern über: „Betet leise den Rosenkranz weiter, doch so, dass Ihr mich noch verstehen könnt.“ Er musste jemanden bemerkt haben, denn sonst hätte er nicht diese Vorsichtsmaßnahme getroffen. Elisabeth begann mechanisch die lateinischen Worte herunterzubeten. „Ave Maria gratia plena, Dominus tecum, benedicta tu in mulieribus et benedictus fructus ventris tui Jesus, qui adaugeat nobis fidem. Sancta Maria, Mater Dei, ora

pro nobis peccatoribus, nunc et in hora mortis nostrae." Atemlos lauschte sie währenddessen den geflüsterten Worten des Kurprinzen.
„Euer Schwiegervater hat angeblich zusammen mit anderen altgläubigen Fürsten einen Pakt gegen das Luthertum geschlossen. Sie haben sich zum erklärten Ziel gesetzt, die lutherische Sekte auszurotten, wie es einer ihrer Bundesgenossen, der ehrenwerte Erzbischof Albrecht von Mainz und Mecklenburg, gesagt hat. Aber sicher ist das nicht. Es gibt so viele Gerüchte, falsche Spione und Intriganten, die sich durch angeblich höchst geheime Informationen eine goldene Nase verdienen wollen. Man muss vorsichtig sein, abwarten, Augen und Ohren offenhalten und eigene Vorkehrungen treffen, für den Fall, dass die Gerüchte doch wahr sind. Mein Vater hat gemeinsam mit Eurem Bruder Philipp und vielen anderen norddeutschen Fürsten vor kurzem einen Pakt geschlossen, um sich gegen die Altgläubigen zu wappnen. Sie werden sich gegenseitig militärisch unterstützen, sollte einer von ihnen angegriffen werden. Wir sind also vorbereitet und gerüstet, werden aber nicht angreifen. Im Grunde sind wir Feinde und müssten sogar militärisch gegeneinander vorgehen, wenn es zum Krieg zwischen den Katholischen und den Martinischen kommen sollte. Aber noch ist es nicht so weit und da können wir gemeinsam tanzen, essen und trinken, was das Zeug hält, machen uns gegenseitig Geschenke und sind recht höflich zueinander."
Hier brach das Ave Maria abrupt ab. „Um Himmels Willen!" flüsterte Elisabeth, worauf der Kurprinz ein leises Gebet zu sprechen begann. „Es ist so absurd, wie dieser Zwist Verwandte zu Feinden macht. Wisst Ihr, ob es auf einer Seite Angriffspläne gibt?"
„Von der lutherischen Seite aus nicht. Wir müssen den Reichstag in Speyer abwarten. Der Bund der lutherischen Fürsten ist stark. Karl braucht diese Fürsten. Wenn er uns dort Zugeständnisse macht, haben wir viel gewonnen."
Gemeinsam beteten sie: „Pater noster qui es in coelis, sanctificetur nomen tuum. Adveniat regnum tuum. Fiat voluntas tua, sicut in coelo et in terra. Panem nostrum cotidianum da nobis hodie. Et dimitte nobis debita nostra, sicut et nos dimittimus debitoribus nostris. Et ne nos inducas in tentationem sed libera nos a malo. Amen."
„Werdet Ihr auch auf dem Reichstag sein?"
„Ja, ich werde meinen Vater begleiten."

„Dann schreibt mir, wie unsere Sache steht. Ich kann es nicht ertragen, untätig in Dresden herumzusitzen und keine Ahnung zu haben, was vor sich geht. Aber solche Dinge kann man nicht in einem Brief schreiben. Verschlüsselt Eure Botschaft. Schreibt übers Wetter. Wenn Ihr mir schreibt, dass die Sonne scheint, dann werde ich es zu deuten wissen."
„Dann haben wir beide jetzt auch einen Bund geschlossen. Ihr könnt Euch auf mich verlassen, Elisabeth."
„Laßt uns handeln, bevor es die anderen tun. Könntet Ihr Euren Vater nicht dazu bringen, Herzog Georg einen Brief zu schreiben, in dem er ihn seiner besten Absichten versichert? Er sollte ihm schreiben, dass er gerne mit ihm Frieden hielte. Und außerdem könnte er ihm doch ein christliches Konzil vorschlagen. Die Räte beider Lager könnten zusammenkommen, um über die Missbräuche auf beiden Seiten zu sprechen."
„Seid Ihr sicher, dass man mit Herzog Georg reden kann?"
„Das wird sehr schwierig, denn sein Starrkopf ist ihm allzu sehr im Weg, aber versuchen muss man es. Er hat auch dem Kaiser geschworen, keine Einigungen mit den Martinischen einzugehen, bis er wieder zurück im Reich ist. Der Herzog ist der Ansicht, dass Euer Vater den Aufruhr anfache. Dem muss man mit viel Friedfertigkeit und ausgesuchter Freundlichkeit begegnen. Der Herzog hat angekündigt, dass er nur auf Druck seiner Landschaft sich zu einer Einigung bewegen ließe, dann würde er aber eher die Regierung seinem Sohn übertragen, da dieser dem Kaiser noch keinen Eid geschworen hat. Aber daran könnt Ihr erkennen, wie weit wir von einer Einigung entfernt sind. Solange er noch einen Finger rühren kann, wird er selbst regieren und Johann nichts übertragen. Aber gerade deshalb muss man versuchen, mit ihm zu reden. Es steht zu viel auf dem Spiel - nicht auszudenken, wenn es zum Krieg käme!"
„Ich will sehen, dass ich meinen Vater dazu bringe, dem Herzog einen solchen Brief zu schreiben. Aber versprechen kann ich natürlich nichts. Auch mein Einfluss auf meinen Vater ist begrenzt."
„Da müssen wir uns nun heimlich treffen wie Ränkeschmiede, aber alle Ränke sind wohl gerechtfertigt, wenn die Männer nicht zu den Waffen greifen und das Volk nicht für alle Zeiten im päpstlichen Gefängnis bleiben muss. Aber habt acht, dass die Räte Eures Vater davon nichts erfahren, denn sonst kommt es unweigerlich vor den Herzog. Es gibt zu viele Menschen,

die Frieden zwischen Eurem Vater und meinem Schwiegervater ungern sehen. Wenn mein Schwiegervater erfährt, dass ich hinter seinem Rücken für Frieden sorge, kann ich das bisschen Einfluss, das ich mir einbilde, auf ihn zu haben, auch noch verlieren."
„Ich werde so diskret wie nur irgend möglich verfahren. Lasst uns nun gemeinsam laut den Rosenkranz zu Ende beten."
Das taten sie und schließlich waren sie beim letzten Pater Noster angelangt.
„In nomine patris et filii et spiritus sancti. Amen!"
„Amen!" sagte auch Elisabeth, worauf sie sich gemeinsam erhoben und die Kirche verließen.
In der Dunkelheit kniete noch immer Herzogin Barbara und beschloss, sofort ein ernstes Gespräch mit ihrem Gemahl zu führen.

Johann Friedrich war bereits abgereist, als Herzogin Barbara eine ihrer Kammerfrauen in Elisabeths Frauenzimmer schickte, um sie zum Herzog zu zitieren. Elisabeth ahnte, was ihr bevorstand, fasste sich aber und nahm sich vor, keine Schwäche zu zeigen. Sie folgte der Kammerfrau durch die weiten Korridore des Schlosses. Die Sonne schien und sie hatte sich vorgenommen, mit ihren Jungfrauen den Tag draußen zu verbringen. Sie hoffte nur, dass ihre Schwiegermutter ihr keinen Strich durch die Rechnung machte und sie lange aufhielt.
Die Dienerin der Herzogin blieb an der Tür des herzoglichen Arbeitszimmers stehen und öffnete die Tür für Elisabeth. Aus den Augenwinkeln sah sie einen gewissen boshaften Zug im Gesicht der Frau, die nicht viel älter war als sie selbst.
Mit einem möglichst unschuldigen Gesicht betrat Elisabeth den Raum. Ihr Schwiegervater saß hinter seinem Schreibtisch, die Herzogin stand an einem der Fenster und sah sie streng an. Elisabeth kannte diesen Blick. Wenn die Augen ihrer Schwiegermutter ganz klein und schräg aussahen, ihre Pupillen kleinen Pünktchen glichen, dann war Vorsicht geboten. Diese Augen erinnerten Elisabeth immer an die Äuglein der Schweine, die sich auf den Wiesen unterhalb Felsbergs getummelt hatten, doch Elisabeth verzichtete darauf, ihre Schwiegermutter an diesen idyllischen Erinnerungen teilhaben zu lassen.

„Guten Morgen, liebster Vater, guten Morgen, liebste Mutter", sagte sie und knickste für beide.
„Elisabeth, Uns ist da etwas zu Ohren gekommen, worüber Wir mit Ihnen sprechen möchten."
„Ja, Vater?"
„Sie waren gestern Abend in der Kirche?"
„Ja, das ist wahr." Elisabeth schaute zerknirscht drein.
„Warum waren Sie dort?" fragte die Schwiegermutter.
„Ich wollte", begann Elisabeth zögernd, „das Versäumte wenigstens ein wenig nachholen. Ich habe gestern schon wieder den Gottesdienst verschlafen. Das tut mir wirklich aufrichtig leid. Aber wir haben ja vor ein paar Tagen darüber gesprochen. Ich habe so lange wieder wach gelegen und konnte nicht einschlafen. Erst gegen Morgen fielen mir die Augen zu. Johann war so freundlich, mich schlafen zu lassen."
„Nun ist wohl Unser Sohn daran schuld?" sagte die Herzogin mit fast schriller Stimme. Elisabeth gelang es, nur innerlich die Augen zu verdrehen.
„Selbstverständlich nicht. Ich möchte nur sagen, dass mein Gemahl sehr freundlich ist und viel Verständnis für meine etwas schwache Gesundheit aufbringt und Rücksicht nimmt. Ich will mich zwar bemühen, den morgendlichen Gottesdienst zu besuchen, doch kann ich es Euch beim besten Willen nicht versprechen. Ich werde…"
„Schluss damit! Darum geht es Uns nicht", sagte der Herzog streng, worauf Elisabeth ihn verständnislos ansah. Er strich wieder seinen tadellos gepflegten und gestutzten Bart. Also war Vorsicht geboten! Sie schaute von ihm zu ihrer Schwiegermutter, die ihr Kinn hob und sich vergeblich bemühte, Elisabeth einen herrischen Blick zuzuwerfen. Elisabeth biss sich auf die Unterlippe und bot ganz das Bild eines Menschen, der sich keiner Schuld bewusst ist, aber krampfhaft nachdenkt, was man ihm denn vorwerfen könne.
„Sie waren wohl nicht ganz allein in der Kirche."
„Ja, das ist richtig. Der Kurprinz war bei mir", erwiderte sie offen. Ihr gelang sogar ein gerader Blick in die Augen ihres Schwiegervaters.
„Worüber haben Sie gesprochen?"
„Wir haben einen Rosenkranz gebetet."
„Und sonst?"
„Wir sprachen noch kurz über den Gottesdienst. Der Kurprinz fand die

Predigt des Hofpredigers sehr erbaulich."
„Erbaulich. Gut, gut. Und sonst?"
„Was meinen Euer Gnaden denn? Ich wusste nicht, dass Euer Gnaden den Rosenkranz beanstandenswert finden. Wenn dem so ist, will ich den Rosenkranz in Zukunft nicht mehr beten."
Herzog Georg warf ihr einen finsteren Blick zu und auch die Augen ihrer Schwiegermutter hatten sich nun zu winzig kleinen Pünktchen verengt.
„Wir werden Sie weiterhin beaufsichtigen. Darauf können Sie sich verlassen", sagte Herzogin Barbara.
„Sie dürfen sich wieder zurückziehen", erlaubte der Herzog nun. Elisabeth knickste und tat dies eiligst. Vor der Tür stieß sie erleichtert den Atem aus. Die Herzogin hatte sie wohl am Vorabend in der Kirche bemerkt, aber nichts von ihrem Gespräch verstanden. Wie dumm von ihr, zu vergessen, dass die Alte immer abends in der Kirche war. Und wie gut, dass der Kurprinz die Vorsichtsmaßnahme des lauten Gebets ergriffen hatte. Ihre Schwiegermutter mochte wohl gemerkt haben, dass es nicht allein um den Rosenkranz gegangen war, doch was genau sie besprochen hatten, war ihr offensichtlich entgangen. Dann eilte sie zurück in ihr Frauenzimmer und ließ alles rüsten für einen Tag im Freien.

In Dresden sah „ein Tag im Freien" deutlich anders aus als in Spangenberg, wo Elisabeth mit den Kindern des Gesindes durch die Felder und Wiesen getobt war. Hier waren alle Damen fein frisiert und ordentlich gekleidet, ließen sich durch die üppigen Felder kutschieren und nahmen nach einem kleinen Spaziergang auf Stühlen Platz, die Diener unter einer großen Linde im Halbschatten bereit gestellt hatten, um Wein und Gebäck zu genießen. Selbstverständlich mussten auch Herzog Johann und Herzog Friedrich mit ihren Dienern mit dabei sein, sodass der kleine Zug einer Gruppe von Auswanderern glich, wie Elisabeth im Stillen meinte. Doch nachdem man sich gestärkt hatte, zogen sich die Herren zurück, pflegten den etwas altertümlichen Gebrauch von Armbrüsten, doch schossen sie nicht auf Tiere - das hätte Herzog Friedrichs zartes Seelchen nicht verkraftet -, sondern sie schossen auf Scheiben, die die Diener ihnen aufgestellt hatten. Elisabeth beobachtete die beiden, denen der Ausflug offensichtlich wohl tat. Herzog Friedrich lachte sogar und freute sich wie ein kleiner Junge, als er die Schei-

be noch besser traf als sein Bruder.
„Ist es nicht herrlich, so ganz und gar ungezwungen hier im Schatten zu sitzen, fern vom Schloss, nur wir fünf?“ sagte Lene und biss in ein Stück Kuchen, das sie sich mit der Hand genommen hatte, anstatt die silberne Zange zu Hilfe zu nehmen. In der Tat war die Aussicht herrlich. Vor ihnen lag Dresden, eingebettet in ein fruchtbares Tal, das nicht nur die Stadt ernährte, sondern so viel Überfluss hatte, dass es davon anderen, weniger gesegneten Städten abgeben konnte. Vor allem wurden hier Gerste, Weizen, Roggen, Hafer und Hirse angebaut, aber auch Lein, Wicken und Hanf. Ja, Dresden war eine gesegnete Gegend. Die Felder wurden bestellt, hier und dort sah man Bauern mit Pferdegespannen oder mit großen Tüchern, aus denen sie mit vollen Händen und in weiten Bögen die Saat auf die Felder brachten. Aus den blühenden Bäumen tönte das sonore Summen hunderter Bienen, der Wind wehte den Duft der Elbe bis hinauf auf den Hügel, wo Elisabeth mit ihren Jungfrauen saß.
Sie waren sicher eine halbe Stunde zu Pferd von der Stadt entfernt, trotzdem hatte Elisabeth das Gefühl, als sei jedes einzelne Fenster des Schlosses ein kleines Auge, das sie beobachtete. Ja, diese kleine Runde war wohl die größte Freiheit, die es noch in ihrem Leben gab. Immerhin hatte sie erfolgreich die letzte Hofmeisterin vergrault. Eine neue war noch nicht in Sicht. Außerdem beschränkte sich ihre Runde nicht auf fünf Frauen, sondern die Diener hatten sich in nicht allzu großer Entfernung aufgestellt und schauten starr geradeaus zum Schloss. Elisabeth konnte nichts dafür, aber beim Anblick dieser stocksteif dastehenden Männer fiel ihr unwillkürlich ein gewisser Eberhard aus Spangenberg ein, für dessen Zwille die acht livrierten Herren ein lohnendes Ziel gewesen wären.
„Ja, und endlich sind wir die alte Köstritz wieder los. Immer hat sie mich besonders drangsaliert. Wahrscheinlich wegen meiner roten Haare. Vielleicht hatte sie Angst, ich könnte ihr irgendwas anhexen“, vermutete Dorothea.
„Wobei du sicher sehr erfinderisch wärest, nicht wahr?“ lachte Elisabeth.
„Ja. Wenn ich zaubern könnte, dann hätte ich sie in einen Käfer verwandelt. In genau so einen, wie er jetzt hier auf dem Tisch herumkrabbelt.“
„Igitt! Ein Käfer!“ kreischte Lene.
„Er wird noch genügend übrig lassen von dem Kuchen, mach dir nur keine Sorgen“, sagte Hildegard in tadelndem Ton. Sie war nicht nur die älteste,

sondern auch die größte von Elisabeths Jungfrauen und übernahm zuweilen die Rolle einer Hofmeisterin, wenn auch nur den anderen Jungfrauen gegenüber. Bei Elisabeth hielt sie sich selbstverständlich zurück. Hildegard war kaum ein Jahr jünger als Elisabeth, aber schon verwitwet. Allein weil sie „das Leben kannte", wie sie sich gerne ausdrückte, hielt sie es für ihr Recht, Dorothea und Lene, vor allem aber Gertrud zu kommandieren, so dass Elisabeth ihr hin und wieder Einhalt gebieten musste.

Die kleine blasse Gertrud war die Jüngste in der Runde und schaute meist schweigend von einer zur anderen, wenn sie sich unterhielten. Elisabeth musste sie sogar ermuntern, zuzugreifen und sich den Kuchen schmecken zu lassen. Sie war noch nicht lange bei Elisabeth. Als jüngste Tochter eines Grafen hätte sie nicht allzu große Aussichten auf eine Heirat, wenn sie bei ihren Eltern geblieben wäre. Sie war glücklich, bei der jungen Herzogin aufgenommen worden zu sein, denn ihre Herrin war freundlich und großzügig. Und vielleicht ergab sich am Hof zu Dresden doch einmal eine Bekanntschaft mit einem Herrn.

„Wann werden unsere neuen Gewänder fertig sein?" wollte Lene wissen, nachdem einer der Diener sich die Freiheit genommen hatte, den Käfer vom Tisch der Damen zu entfernen.

„Du hast doch gehört, was die Schneiderin gesagt hat. Hast du nicht zugehört? In etwa zwei Wochen könnt ihr sie haben." Hildegard konnte ungeduldig werden über so viel Ungeduld.

„Wir könnten doch die Kaufleute noch mal ins Schloss kommen lassen, damit wir uns Bänder aussuchen, die die Schneiderin noch auf die Kleider aufnähen kann."

„Ihr werdet es nicht glauben, aber ich habe die Schneiderin schon nach Bändern geschickt und sie wird noch heute Abend bei uns sein, damit wir die passenden aussuchen können." Elisabeth lächelte über die Wirkung ihrer Worte. Mit welch einfachen Mitteln man die Mädchen begeistern konnte. Hätte sie mit ihnen über Luther sprechen können? Wer von ihnen hätte überhaupt Interesse an einem Mönch, der die Welt auf den Kopf stellte? Vielleicht wenn Luther jung und gutaussehend war, könnte sich vielleicht Dorothea für ihn erwärmen. Oder Lene? Hildegard war sicher viel zu sehr in ihren alten Prinzipien verhaftet, um sich derartig abgründigen Neuigkeiten zu öffnen und Gertrud war sicher viel zu gehorsam, um auch nur einen

Schritt breit von dem seit alters her vorgezeichneten Wege abzuweichen. Wie schade, dachte Elisabeth. Was für wunderbare Gespräche könnten wir hier führen, vielleicht noch Pater Alexius Chrosner dazu einladen und gemeinsam Luthers aufrührerische Schriften lesen - irgendwo in den Feldern um Dresden (wenn Johann und Friedrich anderweitig beschäftigt waren), wo man sie nicht sah, wo man sie nicht hörte und nicht so schnell entdekken würde. Während Dorothea überlegte, was sie der alten Köstritz alles anhexen könnte, verlor sich Elisabeth in ihren Gedanken. Manchmal fragte sie sich, was sie eigentlich tat. Und was taten ihre Jungfrauen? Die Mädchen saßen herum, pflegten ihren Teint und ihren Ruf und warteten darauf, dass ein Herr der Meinung war, sie sei die geeignete Mutter seiner hoffnungsvollen Söhne. Gab es denn nichts anderes für eine Frau? Mussten sie mit Belanglosigkeiten die Zeit totschlagen bis zum Tage X? Und wie lange würden sie noch so hier sitzen können? Fünf adlige Frauen in schönen Kleidern, die den Mai genossen. Luther hob die Welt aus den Angeln. Würde das die Welt nicht erheblich erschüttern, auch ihre eigene kleine Welt hier in Dresden?
Der Wein schmeckte vorzüglich und passte gut zu dem fruchtigen Kuchen. Elisabeth versuchte, nicht hinzuschauen, wie linkisch Gertrud mit dem teuren Geschirr umging, als sei ihr übermäßig bewusst, dass diese feinen Gläser ein Vermögen gekostet hatten. Verstohlen betrachtete das Mädchen zuweilen die Form, fuhr mit dem Finger über den Rand oder hielt das Glas ein wenig in die Höhe, um die Landschaft durch das Glas zu betrachten.
„Diese Gläser kommen aus dem Böhmischen", sagte Elisabeth. Gertrud stellte das Glas hastig hin, als habe Elisabeth sie bei etwas Verbotenem ertappt, aber Elisabeth überging dies.
„Man nennt sie Krautstrünke, weil sie so aussehen. Schauen Sie, man hat, nachdem das Glas fertig geblasen war, noch Tupfer aus Glas darauf gesetzt, so dass es aussieht, als habe man von einem Krautstrunk die Blätter entfernt. Gefallen sie Ihnen?"
Gertrud nickte, wurde dann aber doch so mutig, „Ja, sehr!" zu sagen.
„Sie müssen sich das Schloss durch das Glas anschauen. Das bekommt die seltsamsten Formen. Oder Gesichter."
Nicht nur Gertrud hob nun ihr Glas, um die ganze Umgebung durch das grüne Weinglas zu betrachten. Die anderen taten es auch, nachdem sie den Wein hastig ausgetrunken hatten.

„Da wird alles ganz krumm und schief. Du siehst komisch aus, Hildegard!" rief Lene.
Hildegard reagierte nicht. Man sah dem verkniffenen Zug um ihren Mund an, was sie von solchen Experimenten hielt. Offensichtlich hatte sie nur ihr Glas gehoben, weil ihre Herrin es gesagt hatte.
„Ja, das ist sehr interessant", sagte sie und stellte ihr Glas wieder ab.
„Oh, Hildegard, du bist immer viel zu ernst. Das Leben ist doch schön!" rief Lene und fügte hinzu: „Jetzt siehst du aus wie ein Breitmaulfrosch."

Elisabeth hatte den Tag im Freien mit ihren Jungfrauen genossen. Die frische Luft, die Sonne hatte ihnen allen gut getan. Am Abend war die Schneiderin gekommen und sie hatten gemeinsam Bänder ausgesucht. Auch Hildegard hatte ein besticktes Band bekommen für ihr Unterkleid, was sie selbst für Verschwendung hielt. Elisabeth hatte sie regelrecht überreden müssen. „Natürlich sieht es niemand, aber es ist doch schön, wenn man selber weiß, dass man ein so schönes Band unter dem Rock trägt. Und außerdem könnte es ja doch mal jemand sehen, wenn es ein Herr schafft, dich zu diesem neuen Tanz zu überreden", hatte Elisabeth ihr gesagt, worauf Hildegard nicht allzu viel protestieren konnte. Sie konnte ja schlecht diesen Tanz als verwerflich bezeichnen, bei dem ihre Herrin so viel Spaß hatte.
Nun lag Elisabeth in ihrem Bett und starrte hinauf zur Decke. Johann lag neben ihr und starrte ebenfalls nach oben. Es war schon dunkel. Johann schien zu warten. Auf den Schlaf oder darauf, dass sie den Anfang machte?
„Wir müssen diese Sache tun", sagte Elisabeth leise. Sie nannte es immer nur „diese Sache". Diese Sache, die sie wollen musste, die sie schrecklich fand, über sich ergehen ließ und die sie doch immer und immer wieder wollen musste, obwohl sie doch spürte, dass Johann es auch nicht wollte, dass ihm die ehelichen Pflichten, wie man so sagte, offenbar noch unangenehmer waren als die Zurechtweisungen seines Vaters.
„Wir müssen diese Sache tun!" flüsterte sie noch einmal, worauf Johann hörbar ausatmete. Es klang nach diesem gottergebenen, schwerfälligen Ausatmen, wie er es immer tat, wenn sein Vater ihn rufen ließ oder Elisabeth diese Worte sagte. Und er würde folgsam sein. Seine Pflicht erfüllen. Tun, wozu er geboren war; wobei er dazu geboren war, einen Stammhalter zu zeugen, aber ganz sicher nicht dazu, einer Frau den Himmel auf Erden zu bereiten. Anstatt

sich ihr zu nähern, blieb er einfach auf dem Rücken liegen. Und atmete noch einmal aus. Gottergeben. Schwerfällig. Elisabeth wartete.
„Johann?“ flüsterte sie.
„Ich habe schon so viel Samen in dich gelegt und du tust nichts damit. Es ist die reine Verschwendung. Es ist doch vollkommen gleich, ob wir diese Sache, wie du es nennst, tun oder nicht. Ich bin es müde.“
Elisabeth starrte zur Decke. Ihr Mund öffnete sich, aber sie schrie nicht. Ihre Kehle schnürte sich zu. Vielleicht konnte man wirklich an Tränen ersticken und sterben? Ihre Hände krampften sich in das Laken bis ihre Finger wehtaten. Langsam, langsam drehte sie sich auf die Seite. Lange lag sie so da und starrte mit trockenen Augen aus dem Fenster. Bald darauf war Johanns Atem in den ruhigen, gleichmäßigen Rhythmus des Schlafes übergegangen. Allmählich beruhigte sich Elisabeths Atem und der hämmernde Kopfschmerz, den sie schon so gut kannte, setzte ein. Mühsam, als sei sie in der letzten Stunde um Jahre gealtert, erhob sie sich und schlich sich davon in ihr Frauengemach, um die Nacht mit Martin Luther zu verbringen.

Es dauerte nicht lange und Elisabeth bekam eine Aufmunterung in Form eines Briefes von Kurprinz Johann Friedrich. Er sei gut in Torgau angekommen und habe mit den Hochzeitsvorbereitungen begonnen. Auch wenn es noch längst nicht soweit sei, mache er sich bereits Gedanken über die Organisation des Festes. Ein so großes Fest wolle frühzeitig geplant und wohl durchdacht sein.
Da wird er wohl die halbe Welt einladen, dachte Elisabeth. Und dann las sie, worauf sie so sehr gehofft hatte: Johann Friedrich hatte mit dem Kurfürsten gesprochen. Dieser wolle sich mit Herzog Georg in Verbindung setzen. Vielleicht würde sogar das Friedensgespräch zustande kommen. Elisabeth setzte ihre Hoffnungen auf den Reichstag in Speyer. Dort würden sie alle zusammentreffen: Johann Friedrich und sein Vater, Herzog Georg und ihr Bruder Philipp. Hoffentlich würden sich die martinischen Fürsten dort Klarheit verschaffen können, ob Herzog Georg tatsächlich mit anderen Altgläubigen ein Bündnis geschlossen hatte. Elisabeth hatte diesbezüglich nichts herausfinden können. Natürlich hätte Herzog Georg in ihrer Gegenwart niemals davon gesprochen und in der Kanzlei heimlich nachzuforschen war völlig abwegig!

Kassel, im September 1526

„Euer Gnaden, seid Ihr sicher, dass Ihr Euer Vertrauen diesem Mann schenken wollt? Ihr kennt ihn doch kaum. Ihr habt ihn jetzt erst kennen gelernt auf dem Reichstag in Speyer, wo er sich gezielt an die martinischen Fürsten herangemacht hat. Wer weiß, ob er nicht unsere Pläne ausspioniert, um sie an den Kaiser weiterzugeben? Gut, der Kaiser selbst war nicht anwesend bei diesem Reichstag, weil er wieder einmal mit seinen Kriegen beschäftigt ist. Es war nur der Bruder des Kaisers, dieser Ferdinand, dem wir gegenüberstanden. So wichtig scheint dem Kaiser Deutschland nicht zu sein, dass er sich selbst hier her bemühen würde, aber wir sollten den Bogen nicht überspannen. Der Bruder des Kaisers hat den Fürsten zwar erlaubt, in religiösen Dingen nach eigenem Gutdünken zu handeln, doch wird er wissen wollen, wie das eigene Gutdünken der Fürsten aussieht.“ Johannes Feige, der in den Diensten des Landgrafen Philipp von Hessen in Ehren ergraut war und sich rühmen durfte, dessen engster Vertrauter und Berater zu sein, hob sich so unauffällig wie möglich auf die Zehenspitzen, um dem Ohr seines Herrn näher zu sein, während sie gemeinsam am Fenster standen und hinunter in den Garten schauten, wo ein gewisser Franz Lambert von Avignon über die Wiese schritt. Schreiten war in der Tat der richtige Ausdruck, denn kaum jemals hatte man einen Mann in so schlichten Kleidern von so aufrechter Gangart gesehen. Sein langer dunkler Mantel, der bei näherem Betrachten etliche Flicken aufwies, umwehte einen hageren Körper; gekrönt wurde die asketische Erscheinung von einem lederbespannten Schädel, in dem zwei Augen tief in ihren Höhlen glommen.

„Wir denken, Ihr könnt ganz beruhigt sein, lieber Feige. Mit diesem Mann hat schon alles seine Richtigkeit. Nicht alle Menschen gehen die gleichen Wege. Es ist nicht jedermanns Sache, in jungen Jahren schon ein Heim und Kinder zu haben, wie es Euch vergönnt war. Die Berufung dieses Mannes bestand darin, als Wanderprediger umherzuziehen. Aber falls es Euch beruhigt, er ist seit drei Jahren verheiratet und sehr solide.“

„Mit einer Bäckerstochter!“ Johann Feige konnte nicht umhin, seine Missbilligung auszudrücken.

„Das ist ein ehrbares Handwerk. Der Vollständigkeit halber sollte man über ihn auch berichten, dass er bei seinen Wanderungen so erfolgreich gepre-

digt hat, dass man ihm den Titel eines Praedictor apostolicus verliehen hat. Außerdem fand er trotz Wanderschaft Zeit und Muße, eine theologische Schrift zu veröffentlichen. Er hat in Wittenberg gelehrt. Martin Luther selbst hat ihn dorthin kommen lassen."
Feige zögerte, bevor er schließlich ein: „Dann kann er so schlecht nicht sein", hervorbrachte. „Ich will zumindest hören, was er zu sagen hat und mir danach ein Urteil erlauben. Wenn nur dieser vermaledeite Ablass endlich aus unserem Land vertrieben wird! Die Franzosen haben sich das nicht gefallen lassen, bei ihnen durfte Rom keinen Ablass verkaufen. Nur wir Deutschen sind wieder einmal so dumm, dass wir alles mit uns geschehen lassen. Dieser Ablass ist ein einziger Aderlass für unser Land. In keinem anderen Land gibt es so viele winzige Fürstentümer, die alle untereinander zerstritten sind. - Gut, ganz so schlimm ist es nicht - aber Euer Gnaden müssen zugeben, dass Deutschland weit von einer Einheit entfernt ist. Einer Einheit, die schlagkräftig nach außen ist."
„Einigkeit macht immer stark. Was mir auch Sorgen macht, das ist die Tatsache, dass es in der Reformation schon jetzt unterschiedliche Strömungen gibt. Seht Ihr, die katholische Kirche steht da wie ein einziger Felsblock. Genauso müssen wir uns auch einen, damit wir gegen die alte Kirche bestehen. Aber da gibt es Streit zwischen Luther und Zwingli bezüglich des Abendmahls. Wir können uns keinen Streit leisten. Wir müssen auch nach außen schlagkräftig sein. Nicht nur Deutschland muss sich einen, sondern auch die Reformation, denn von ihrer Einigkeit hängt ihr Überleben ab. "
„Mit deutschem Geld werden in Italien Kirchen gebaut. Das muss ein Ende haben. Das Geld muss hier bleiben."
„Ich habe Euren Blick fürs Wesentliche schon immer geschätzt. Ihr habt Recht. Es ist an uns Landesherren, dafür zu sorgen, dass unseren Untertanen nicht ihre letzten Ersparnisse abgepresst werden, um dafür in Rom Kathedralen zu bauen. Das Geld muss im Land bleiben. Wie soll unser Land wieder auf die Beine kommen, wenn die Menschen ihr bisschen Geld, das ihnen noch geblieben ist, für einen Firlefanz ausgeben, der niemandem etwas bringt, außer dem Papst in Rom?
Feige, Ihr habt Uns schon lange gute Dienste geleistet. Das habt Ihr immer sehr besonnen und wohlüberlegt getan. Aber nun brechen ganz neue Zeiten an. Wir werden sehr viel wagen müssen. Da ist es angemessen, einen Mann

an Unserer Seite zu haben, der von der neuen Lehre ganz und gar erfüllt ist. Außerdem: Er ist der Prediger, Wir sind der Landgraf. Wir stehen immer noch über ihm und werden beaufsichtigen, was er lehrt und tut. Aber nun lasst uns zusammenkommen, um zu besprechen, wie wir Hessen martinisch machen können."

Wenig später empfing Landgraf Philipp den Prediger Franz Lambert von Avignon, gemeinsam mit seinem Kanzler Johann Feige und Magister Adam Krafft. Letzterer war vor einem Jahr von dem Landgrafen zum Prediger und Visitator ernannt worden, der den frisch konvertierten Gemeinden mit Rat und Tat zur Seite stehen sollte.
„Seid gegrüßt, Ihr werten Herren. Magister Krafft, Euch danke ich vor allem, dass Ihr Euch von Eurer jungen Ehefrau habt losreißen können, um bei Uns zu erscheinen."
Die Männer schmunzelten über den Scherz des Landgrafen und Adam Krafft, der erst seit wenigen Wochen verheiratet war, verneigte sich besonders tief, um wenigstens für diesen kurzen Augenblick die Röte in seinem Gesicht zu verbergen.
Landgraf Philipp von Hessen war ein junger Mann von einundzwanzig Jahren. Er war groß und schlank, saß lässig in seinem Sessel und hatte seine Beine, die in modisch engen Beinlingen steckten, übereinander geschlagen. Er bemerkte das glückliche Lächeln auf dem Gesichte des jungen Ehemannes und wünschte ihm im Stillen, dass dieses Glück noch lange andauern möge. Er zwirbelte sein Schnurrbärtchen zwischen Daumen und Zeigefinger und stieß gedankenverloren seinen Atem aus. Doch gleich richtete er seinen Blick auf jeden einzelnen Anwesenden und sagte: „Wir sind mit sehr guten Neuigkeiten aus Speyer zurückgekommen und wollen gleich umsetzen, wozu der Bruder des Kaisers Uns nun gezwungenermaßen die Erlaubnis gegeben hat. Die deutschen Fürsten dürfen mit ihren Untertanen also leben, regieren und sich halten, wie ein jeder solches gegen Gott und kaiserliche Majestät hoffe und vertraue zu verantworten. Das waren die Worte des Kaisers. Dies soll gelten bis zu einem Konzil, das in spätestens eineinhalb Jahren abgehalten werden soll. Und diese Zeit wollen wir reichlich nutzen. Unsere Synode muss ein Paukenschlag werden, der in ganz Deutschland zu hören sein soll. - Aber bitte, nehmt doch Platz!" Die drei Männer nahmen in den

Scherenstühlen Platz, die dem Sessel des Landgrafen gegenüber standen. „Magister Lambert war so freundlich, bereits eine Liste auszuarbeiten." Philipp nickte dem Franzosen zu, zum Zeichen, dass er ihm das Wort erteile, worauf dieser sich erhob.

Magister Lambert sprach Deutsch, doch mit einer Mischung aus französischem Akzent, der bei seiner Herkunft selbstverständlich war, doch hatte sich auch ein deutlich sächsischer Akzent mit eingeschlichen, was auf seine Zeit in Wittenberg zurückzuführen war. Dies hätte eine höchst liebenswerte Mischung ergeben können, wenn Lambert nicht mit dieser Ernsthaftigkeit und diesem Feuereifer gesprochen hätte, die ihm eigen waren.

Kanzler Johann Feige, den vor allem ein kühler Kopf auszeichnete, beobachtete den Franzosen kritisch, wie er da in der Mitte des Raumes stand und kein Papier benötigte, um seinen langen Vortrag halten zu können, sondern der rein aus dem Gedächtnis seine wichtigen Punkte darlegen konnte. Dies war bewundernswert, das musste Feige neidlos gestehen. Lambert war eifrig, je nach Thema sogar ein Eiferer. Er sprach nachdrücklich und mit Überzeugungskraft; geordnet und sehr zielgerichtet war seine Rede. Ein Mann, der es offensichtlich gewohnt war, vor vielen Menschen zu sprechen. Ein idealer Professor für eine Universität. Da würde er in der Politik keinen Schaden anrichten.

Als er geendet hatte, sagte der Landgraf: „Eure Thesen sind absolut zwingend. Mit ihnen bricht wahrhaftig eine neue Zeit an."

„In der Tat!" sagte Feige. „Es sollte noch viel mehr Männer Eurer Überzeugung geben, Männer, die gar nicht erst von der alten Kirche ausgebildet wurden, sondern die ganz neu und unverdorben die neue Lehre empfangen."

„Das ist richtig", pflichtete Adam Krafft ihm bei. „Ich habe die Gemeinden in der Gegend um Fritzlar besucht, die im letzten Sommer alle martinisch geworden sind. Nicht alles wurde von allen wahrhaftig verstanden. Vor allem bezüglich des Abendmahls herrschen viele Unklarheiten."

Landgraf Philipp erhob sich, worauf auch die anderen Männer von ihren Scherenstühlen empor schnellten. „Wir sollten eine Universität gründen, um sicherzustellen, dass neue Priester im Sinne Martin Luthers ausgebildet werden. Wittenberg ist zu klein, um Priester auszubilden für ganz Deutschland."

„Euer Gnaden, das ist eine brillante Idee", sagte Feige, indem er sich ver-

neigte. „Möchten Euer Gnaden, dass ich mich um Einzelheiten kümmere?"
„Ja, Feige, das dürft Ihr. Doch nun zurück zu Unserer Synode. Wir werden auch diese Synode in Homberg an der Efze abhalten. Keine andere Stadt ist so groß und bedeutend und hat so viele Unterkünfte wie diese. Die Stadtkirche St. Marien ist der passende Ort für unsere Synode. Feige, Ihr werdet alles Nötige veranlassen. Die Herren dürfen sich zurückziehen."
Lambert, Feige und Krafft verneigten sich und verließen den Raum.

Philipp trat ans Fenster und schaute hinunter auf die Stadt, die im Altweibersommer vor sich hindämmerte. Sein Herz schlug höher bei dem Gedanken an die neue Zeit, die nun anbrechen sollte. Eine neue Ordnung würde er aufrichten. Einen Staat, in dem der weltliche Herrscher selbst die Kontrolle und Macht ausübte über den Klerus. Er dachte an diesen jungen Mönch, den er vor einigen Jahren zum ersten Mal auf dem Reichstag in Worms gesehen hatte. Luther war so ganz anders als Lambert und doch verband diese Männer der Glaube an einen gnädigen Gott und die Überzeugung, dass die Kirche schon viel zu lange ihre Macht missbrauchte, um die Gläubigen zu knechten. Lambert war groß, hager und asketisch. Er konnte mit einem Feuereifer sprechen, ganz so als wolle er Kirchendächer in Brand setzen.
Luther dagegen war auch groß, aber von stattlicher Statur. Man sah ihm an, dass er aus einem begüterten Elternhaus kam, in dem er niemals Mangel kennen gelernt hatte. Er war von einer ruhigen Selbstsicherheit, wie sie Menschen eigen ist, die von frühester Jungend an um ihren Stand und ihren Wert wissen. Natürlich konnte auch er flammende Reden halten, doch schlug er seinen Gegnern lieber handfeste Argumente um die Ohren, als dass er Kirchendächer angezündet hätte.
Der Landgraf atmete tief ein. Die Luft duftete nach reifen Früchten, nach süßen Spätsommerblumen. Er riss sich los vom Anblick der Kasseler Landschaft, um federnden Schrittes in seine privaten Gemächer zu gehen.
Christine von Sachsen war eine Frau von zwanzig Jahren. Seit drei Jahren war sie mit dem Landgrafen Philipp von Hessen verheiratet und wurde Christine von Hessen genannt. Philipps Schwester Elisabeth hatte ihren Bruder Herzog Johann geheiratet, so dass sie nun beide dieselben Schwiegereltern hatten. Sie dachte oft und gerne an Dresden, an ihre Zeit dort am Hof mit ihren Eltern, ihren Geschwistern, von denen nur so wenige überlebt hatten.

Zehn Kinder hatte ihre Mutter Herzogin Barbara zur Welt gebracht. Geblieben waren ihr nur zwei Söhne und zwei Töchter, die kränklich genug waren. Auch Christine war wie ihre Brüder und ihre Schwester von zarter Konstitution. Aus ihrem bleichen Gesicht schauten blanke braune Augen, die ihrem Vater immer so besonders gut gefallen hatten. Sie konnte sich nicht wirklich erklären, warum er sie nicht besuchte oder sie mit ihrem Gemahl nach Dresden kommen ließ. Sie hatte Elisabeth in den Jahren, die sie gemeinsam am Dresdner Hof verbracht hatten, lieb gewonnen. Elisabeth war zu ihr immer freundlich gewesen, wenn sie auch manchmal überraschende Umgangsformen an den Tag gelegt hatte. Christine ahnte, dass ihr Vater absichtlich ein Treffen der beiden Geschwister unterband. Philipp machte keinen Hehl aus seiner martinischen Gesinnung. Auch Christine hatte sich bald der neuen Lehre angeschlossen und sich in einem ihrer Briefe gegen den Vater gestellt, der ein erklärter Feind dieses Luthers war. Briefe von deutlichem Ton waren zwischen Kassel und Dresden gewechselt worden. Herzog Georg war sogar so weit gegangen, seinen Schwiegersohn darauf hinzuweisen, dass er, der ihm, Philipp, seine Tochter anvertraut habe, kein Türke, kein Heide, kein Jude und kein Ketzer sei, sondern ein getaufter Christ, ein Glied des Körpers, dessen Haupt Jesus Christus sei und ein gehorsamer Gläubiger der christlichen Kirche. Ganz offen hatte er verlangt, dass Philipp sich zur wahren Kirche bekenne solle. Philipp hatte geantwortet, dass daraus nichts würde, nicht einmal, wenn der Herzog ihm zwei Töchter anvertraut hätte. Auch darauf hatte Herzog Georg wieder eine Antwort. Wenn er gewusst hätte, dass Philipp sich gegen das Evangelium stellen würde, hätte er ihm nicht einmal ein liebes Tier anvertraut. Da dies das Verhältnis der beiden Herren doch empfindlich belastet hätte, hatte sich ein diplomatischer Kanzler in Dresden die Freiheit genommen, das liebe Tier zu streichen und durch zwei Töchter zu ersetzen. Aber das Verhältnis zwischen dem Herzog und dem Landgrafen war kühl, auch wenn Christine selbst sich immer wieder um Ausgleich bemühte und in ihren Briefen die Wogen zu glätten versuchte.

Christine hatte allzu viel Zeit zum Grübeln. Seit drei Jahren waren sie nun schon verheiratet. Und noch immer hatten sich nicht die Anzeichen einer Schwangerschaft einstellen wollen. Inständig hoffte sie, dass es ihr nicht so ergehen würde wie ihrer Schwägerin Elisabeth.

Dresden, 12. August 1526

Freundlicher, herzlieber Vetter und Bruder[1],
ich würde mich sehr freuen, wenn ich hörte, dass es Euch gut geht. Ihr habt mir nun lange nicht geschrieben, wie es auf dem Reichstag steht, vor allem mit den Fürsten, die gegen das Evangelium sind. Hier sagt man, der Kaiser habe seinem Bruder, der an seiner statt den Reichstag hält, geschrieben, man solle keine neue Ordnung aufstellen, solange er selbst nicht auf dem Reichstag sei. Ich hoffe so sehr auf einen guten Ausgang. Manche Räte meines Schwiegervaters raten ihm, das Religionsgespräch, das Euer Vater vorgeschlagen hat, abzulehnen, andere raten ihm, darauf einzugehen.
Außerdem will wohl mein Bruder vom Reichstag direkt nach Dresden kommen mit seiner Gemahlin. Es wäre so gut, ihn und Christine endlich einmal hier zu haben. Es gibt so vieles, das sich im Gespräch besser klärt als in Briefen.
Viel Glück
AZDUVG
EHZS ETC.

Elisabeth hoffte vergeblich auf ein friedensstiftendes Gespräch der Gegner. Genauso vergeblich hoffte sie auf ein Treffen mit ihrem Bruder in Dresden. Christine war unwohl; und da Unwohlsein immer nur als das eine gedeutet wurde, war Christine wie ein rohes Ei und ohne Umwege nach Marburg gebracht worden.
Philipp bat seinen Schwiegervater brieflich, Elisabeth nach Hessen kommen zu lassen und wenn ihm dies nicht genehm sei, solle er doch gemeinsam mit ihr nach Leipzig kommen. Schließlich gebe es wichtige Angelegenheiten bezüglich der Erbschaft ihrer Mutter Anna zu besprechen. Doch Herzog Georg antwortete, dass wegen des Sieges der Türken man junge Frauen nicht gut über Land schicken könne. Wobei die Türken weder Hessen noch Sachsen, noch Thüringen besetzt, sondern lediglich bei Mohács eine Schlacht gewonnen hatten. Mohács lag aber in Ungarn und war viele hunderte von Meilen von Dresden entfernt. Elisabeth, die natürlich davon erfuhr, erlaubte sich zu vermuten, dass Süleyman der Präch-

1 Elisabeth nannte auch den Kurprinzen „Bruder“, als Zeichen ihrer engen Verbundenheit.

tige wohl kaum die Mühen einer so weiten Reise auf sich nehmen würde, um eine sächsische Herzogin zu entführen. Doch der Herzog blieb hart und verbat sich schnoddrige Kommentare aufs Energischste. Immerhin vertröstete er Elisabeth auf den 7. November. An diesem Tag wolle er sich mit ihr in Leipzig einfinden; dort solle sie ihren Bruder treffen.
Elisabeth zweifelte entschieden, dass der Herzog dies tatsächlich erlauben würde, doch konnte sie nicht umhin, eine leise Hoffnung zu nähren.

Das Gasthaus zur Krone in Homberg Efze, erbaut 1480

Homberg Efze, Freitag, 19. Oktober 1526

Karl Schreuer ging auf und ab. Immer wieder von der Tür zum Fenster und vom Fenster zur Tür. Beobachtet wurde er dabei von drei alten Nachbarinnen, die in dem Korridor saßen, den er so eifrig durchmaß, und Rosenkränze beteten. Jede hatte zu ihrer eigenen Zeit angefangen, so dass die drei Rosenkränze zu einem unverständlichen Gebetsbrei vermengt wurden, der zwischen den dunklen Zahnstummeln der Alten hervorquoll. Als seine Frau Katha Schreuerin in der Stube laut aufschrie und dieser Schrei gar nicht mehr enden wollte, schauten die alten Nachbarinnen auf. Karl fuhr herum und stürzte in das Gemach, in dem seine Frau nun schon seit über sieben Stunden in den Wehen lag.
“Tu doch was!” schrie er die Hebamme an. “Sorg dafür, dass sie keine Schmerzen mehr hat, dass das Kind endlich kommt!”
“Karl! Scher dich raus hier! Du hast hier nichts zu suchen. Das ist Frauensache”, giftete die Hebamme zurück. Kathas Schrei war in ein Wimmern übergegangen.
“Karl! Karl, bitte, komm zu mir”, flüsterte Katha. Karl warf der Hebamme einen finsteren Blick zu und setzte sich ans Bett seiner Frau. Sie war so bleich, fast hatte ihr Gesicht schon die Farbe der Menschen, die Karl in seine frisch geschreinerten Särge legte.
“Katha, ich bin ja bei dir. Du schaffst das schon.” Er legte seinen Arm um sie, hob ihren Kopf ein wenig an und hielt ihr einen Becher Wein an die Lippen.
“Hier, trink das!” Es gelang ihr, ein paar Schlucke zu trinken, dann rann der Wein an ihrer Wange herab.
Katha hatte schon so viele Geburten überstanden. Vier Kinder hatte sie zur Welt gebracht, von denen ihr nur der Älteste, Johannes, geblieben war. Alle anderen waren gestorben, zwei schon nach wenigen Stunden, eines der Mädchen hatte sogar ein ganzes Jahr gelebt und in den Eltern die Hoffnung genährt, sie würden ihre Tochter doch noch aufwachsen sehen. Aber dann war auch sie gestorben und ruhte mit ihren Geschwistern, Karls Eltern und den Großeltern auf dem Friedhof. Johannes war ein Junge von sechzehn Jahren. An ihm waren die vielen Geburten und das Sterben seiner Geschwister auch nicht spurlos vorüber gegangen. Er

saß in der Küche und starrte stumm in das Feuer, das zu hüten man ihm aufgetragen hatte. Die Schreie seiner Mutter schwappten über ihn hinweg wie eiskaltes Wasser. Jetzt war sie still. War das ein gutes Zeichen? Hatte sie es geschafft? Aber kein Kinderschreien war zu hören. Da hörte Johannes Schreuer seinen Vater die Treppe herunter eilen.
“Schnell, Junge, lauf zum Bader. Er soll sich beeilen.”
Das ließ sich Johannes nicht zweimal sagen. Er war froh, den Schreien seiner Mutter für eine Weile entkommen zu können und stürzte aus dem Haus in den sonnigen Spätnachmittag. Um Himmels Willen! Warum nur waren so viele Menschen auf der Straße? Wieso konnten die nicht alle bleiben wo der Pfeffer wuchs? Was war denn schon wieder los in Homberg Efze? Johannes hatte Mühe, zwischen all den vielen Menschen, Wagen, Karren, Pferden und Eseln hindurch zu kommen. Ein Mann, den er angerempelt hatte, schlug ihm auf den Rücken. Johannes achtete nicht darauf, sondern rannte weiter, schlüpfte zwischen zwei großen Wagen hindurch, rannte direkt in eine Gruppe wild debattierender Männer, wurde von ihnen weiter gestoßen, rannte die Straße hinunter und hielt erst an, als er schwer atmend vor dem Haus des Baders stand. “Schnell, meine Mutter. Wir brauchen Eure Hilfe!” schrie er und trommelte an die Tür. Nichts rührte sich. Keiner war da. “He, macht doch auf!” Johannes versuchte den Lärm der Straße zu übertönen und schrie aus Leibeskräften. Nichts. Kein Laut drang aus dem Haus. Die Tür blieb zu. Johannes hämmerte dagegen und schrie, bis eine Nachbarin aus dem Fenster schaute. “Was machst du denn für ein Geschrei, Lümmel!”
“Meine Mutter braucht dringend Hilfe! Es geht ihr schlecht. - Und ich bin kein Lümmel!” fügte er trotzig hinzu.
“Na wenn das so ist!” antwortete die Frau schnippisch. “Der Bader ist nicht da. Der kommt auch nicht vor morgen früh nach Hause. Dann kannst du auch zum alten Henner gehen.” Damit schloss sie das Fenster.
Der alte Henner. Der hatte einem gerade noch gefehlt. Allein bei dem Gedanken schüttelte es Johannes. Der alte Henner war unheimlich. Mächtig. Die letzte Hilfe, wenn gar nichts mehr half. Johannes rannte wieder heim durch die vollen Straßen und Gassen, zwängte sich durch die Leute hindurch, wurde selber angerempelt und schlug sich das Knie auf, als er hinfiel. Kathas Schreien war schon von weitem auf der Straße zu hören.

Völlig außer Atem kam Johannes endlich an, riss die Tür auf, lief durch die Küche und flog die Treppe hinauf. Katha schrie durchdringend und wand sich in Karls Armen. Die alten Nachbarinnen hatten sich auf der Bank an der Wand aufgereiht und riefen nun alle Heiligen an, die sich auch nur im Entferntesten für Geburten, Frauen und Kinder im Allgemeinen zuständig fühlen könnten. Bisher waren die Heilige Anna, Elisabeth und Monica an der Reihe. Wieder betete jede laut und für sich; Karl fragte sich, wie die Heiligen bei diesem Kauderwelsch überhaupt verstehen sollten, wo ihre Hilfe benötigt wurde.
"Der Bader war nicht da!" schrie Johannes. Als das die drei Alten hörten, bezogen sie auch noch die Heilige Rita von Cascia mit ein in ihre Litanei, die Schutzheilige für vollkommen hoffnungslose Fälle. Karl warf den dreien einen Blick zu, der sie zu Stein hätte erstarren lassen können. Johannes trat ans Bett seiner Mutter. Sie erkannte ihn und bemühte sich, für ihn zu lächeln. Das Lächeln misslang.
"Johannes, mein Großer. Geh und hol den alten Henner." Die Hebamme richtete sich auf. Auf ihrem Gesicht lag offene Missbilligung. "Ach, diesen Kerl wollt ihr holen", zischte sie. "Ich genüge wohl nicht!"
"Trude, jetzt mach kein Geschrei. Katha leidet, und ich will sie nicht verlieren. Es ist mir egal, wer hilft, Hauptsache, er hilft." Und zu Johannes gewandt sagte er: "Du hast gehört, was deine Mutter gesagt hat. Lauf und hol ihn!"
Johannes wollte etwas erwidern, sein Unterkiefer klappte nach unten, aber sein Vater sah ihn so streng an, dass er keiner Widerrede fähig war.
Mittlerweile dämmerte es. Die Sonne war schon fast hinter dem Horizont verschwunden und mit ihr die Wärme. Die Straßen waren noch immer voll. Wieso um alles in der Welt mussten ausgerechnet all diese Menschen heute hierher kommen? War heute ein besonderer Tag? In dem Gewühl würde allerdings niemandem auffallen, mit wem er durch die Straßen ging und wen er in sein Elternhaus einließ.
Der alte Henner wohnte draußen am Waldrand in einer Kate. Dort störte er niemanden und niemand störte ihn. Er wurde gerufen, wenn selbst die Heilige Rita versagte. Es hieß, er könne Warzen wegmachen, allein, indem er mit ihnen sprach. Er hatte schon bei einigen Geburten geholfen, die Mütter hatten überlebt und die Kinder waren groß und stark geworden.

Bei Menschen, Schafen, Kühen hatte er schon geholfen. Er half tatsächlich und doch war er gefährlich. Wenn man ihm begegnete, dann durfte man auf keinen Fall eine seiner Fragen mit Ja beantworten, denn dann war man unweigerlich in seine Gewalt geraten. Einmal hatte Johannes eine Ziege zum Bock geführt. Der alte Henner war ihm begegnet und hatte gefragt, "Na, Johannes Schreuer, soll die Ziege zum Bock?"
"Jm, das ist richtig, Herr Henner!" hatte Johannes antworten können. Galt auch ein jm? Manche behaupteten, er könne durch die Luft fliegen, sich unsichtbar machen und sogar mit den Toten reden. Außerdem hieß es, er besitze ein Zauberbuch mit geheimen Sprüchen.
Als Johannes an der Kate des Heilers angelangt war, war es fast dunkel. Er brauchte nicht anzuklopfen, die Tür war schon offen.
"Gott zum Gruß, Herr Henner!" rief er in die dunkle Stube. Seine Stimme hatte einen eigentümlich hohlen Klang. Er hoffte, wenn er Gott erwähnte, würde das die Zauberkraft des Mannes vielleicht ein wenig bannen.
"Gott zum Gruß, Johannes Schreuer." Aha! Mit Gott konnte man ihn also nicht beeindrucken. Er sprach den Namen sogar selbst aus.
„Und? Ist das Kind schon da?"
"Nein, meine Mutter hat schreckliche Schmerzen. Seit heute früh liegt sie in den Wehen."
"Ich frage mich, warum man mir immer erst Bescheid gibt, wenn die Leute schon lange gelitten haben", knurrte der alte Mann leise und erhob sich. Unwillkürlich trat Johannes einen Schritt zurück. Der alte Henner war groß, hatte einen Bauch und lange Haare. Sein Gesicht wurde von einem Bart, der eher einem großen Reisighaufen glich, fast vollständig bedeckt. Er trug eine dunkle Tunika über seinen Wollhosen. Seine Füße steckten in unförmigen Holzschuhen, aus denen Stroh hervorquoll. Seine Hände waren riesig. Selbst der große Beutel, den er sich umhängte, wirkte an ihm klein. Ob in diesem Beutel wohl das Zauberbuch war? Er kam auf Johannes zu, nahm seinen Hut und seinen Umhang vom Haken und holte seinen Wanderstab hinter der Tür hervor.
"Also los, jetzt können wir. Keine Zeit mehr zu verlieren!" murmelte er und zog die Tür hinter sich zu.
"Du bist sechzehn Jahre alt, stimmt's?"
"Das ist richtig, Herr Henner!" sagte Johannes. Obwohl er doch schon

ein ziemlich großer Bursche war, wurde er noch von dem alten Mann überragt.
"Und du hast in diesem Jahr ausgelernt?"
"Hm."
"Dann musst du bald auf die Wanderschaft gehen?"
"Hm."
„Und? Macht die Schreinerei dir Freude?"
„Das tut sie, Herr Henner."
„Ich hab deinen Großvater noch gekannt. Ein guter Mann. Ein wirklich guter Schreiner, bei dem die Lehrlinge viel gelernt haben. Erzählen dir deine Eltern von ihm?"
„Hm."
"Sag mal, warum sagst du eigentlich nie einfach ja zu mir? Du glaubst doch nicht etwa diesen ganzen Unsinn, der über mich geredet wird?"
"Nein!" rief Johannes nicht sehr überzeugend.
"Dann ist ja gut!" knurrte der alte Henner und stapfte weiter. Sie kamen an den Schafställen vorbei, von denen es um Homberg Efze so viele gab. Wolle war ein einträgliches Geschäft in dieser Stadt.
Johannes war froh, dass es schon dunkel und die Straßen immer noch voll waren, als sie nach Homberg hinein kamen. Er fühlte sich, als täte er etwas streng Verbotenes, als er den alten Mann in sein Elternhaus ließ, die Tür hinter ihm eilig verriegelte und die Treppe hinaufführte. Im Haus war es ganz still und stockdunkel. Der Lärm der Straße drang nur noch gedämpft zu ihnen herein. Johannes kannte natürlich jede Stiege und jede Ecke, doch auch Henner bewegte sich in der Finsternis als sei heller Tag. Ob es tatsächlich stimmte, was man so alles über ihn erzählte? Sie kamen in den Flur, wo nur das Licht eines Kienspans über die Gestalt des Heilers flackerte. Doch die drei Alten erkannten ihn sofort, sprangen wie an einem einzigen Faden gezogen schreiend auf, bekreuzigten sich gleichzeitig und suchten das Weite. Henner schaute ihnen mit einem leicht belustigten Blick hinterher, dann folgte er Johannes in die Stube, wo Katha nur noch leise wimmernd im Bett lag. Karl hielt ihre Hand und schaute mit einer Mischung aus Hoffnung und Grauen auf die düstere Gestalt des Alten.
„Gott zum Gruß!" sagte Henner und nahm seinen Hut ab.
„Dann werde ich wohl jetzt nicht mehr gebraucht!" keifte Trude und

rauschte den dreien hinterher. Henner verdrehte die Augen.
„Dann wollen wir mal.“ Er legte seinen Beutel aufs Bett, kramte ein paar sonderbare Utensilien hervor, die Karl mit immer größer werdenden Augen musterte.
„Johannes, ihr habt sicher eine dünne Scheibe Brot und etwas Leinöl im Haus.“
Johannes nickte und verschwand, um das Verlangte zu holen. Die Wehen kamen in immer kürzeren Abständen. Katha bäumte sich schreiend auf, worauf Karl sie in seine Arme nahm und fest an sich drückte. Während er den alten Henner nicht aus den Augen ließ, fragte er sich, wie zurechnungsfähig Katha wohl gewesen war, als sie verlangt hatte, diesen Kerl zu holen.
In eine kleine Pfanne, die er mit seinem Ärmel auswischte, schüttete Henner aus einem Säckchen etwas, das aussah wie grober Staub. Dann nahm er ein Dreibein aus seinem Sack und schaute sich kurz um, als suche er eine geeignete Unterlage. Karl sah mit Unbehagen, dass Henners Blick an Kathas Aussteuertruhe, die von der Hausherrin sehr in Ehren gehalten wurde, haften blieb, doch wagte er nicht, zu protestieren. Henner stellte das Dreibein auf Kathas Truhe, platzierte die kleine Pfanne darauf und brachte nun sogar eine Kerze zum Vorschein, die er am Kienspan entzündete und unter das Dreibein stellte, indem er ein paar Tropfen Wachs auf die Truhe fallen ließ und die Kerze darauf drückte. Karl dachte nur sehr kurz daran, was Katha zu den Wachsflecken auf ihrer Aussteuertruhe sagen würde. Egal! Hauptsache, sie würde überhaupt jemals wieder etwas sagen.
Der Inhalt der Pfanne begann zu qualmen, was Henner zu einem zufriedenen Grunzen veranlasste. Nun kam Johannes wieder, in der Hand eine dünne Scheibe Brot und einen kleinen Krug Leinöl.
„Ich hoffe, das ist gut so, Herr Henner“, murmelte er.
„Das ist gut, mein Junge, ich danke dir“, sagte Henner und legte das Brot auf die Truhe neben das Dreibein. Er ging noch einmal zu dem Bett, wo er seinen Beutel abgelegt hatte, kramte darin herum, murmelte dabei ärgerlich vor sich hin und fand schließlich das Gesuchte: ein kleines Holzstäbchen. Dieses tauchte er in den Ölkrug und malte damit irgendwelche Zeichen auf das Brot. Dann hielt er es in den Rauch über der Pfanne und

murmelte: „Katha Schreuerin, aus sechs Trübsalen wird dich Adonay erretten und in der siebenten wird dich kein Übel berühren!"
Das murmelte er dreimal, führte das Brot in dem aufsteigenden Qualm hin und her, wobei ab und an Öltropfen zischend in die heiße Pfanne fielen. Tatsächlich wurde Katha etwas ruhiger. Oder ließen nur die Wehen nach?
„Habt ihr hier noch heißes Wasser?" fragte Henner, der das Brot auf die Truhe gelegt und seine Hände an der Hose abgewischt hatte.
„Hier, hier ist Wasser. Und warm ist es auch noch", sagte Johannes, nachdem er seine Hand kurz hineingesteckt hatte.
„Gut. Hol noch mehr Wasser rauf. Schön heiß muss es sein."
Johannes verschwand wieder. Karl hörte seine Schritte auf der Treppe und wunderte sich über seinen Sohn, der so selbstverständlich alles tat, was getan werden musste.
Henner wusch sich ausgiebig die Hände, schüttete das Wasser aus dem Fenster, schloss es schnell wieder, als unten auf der Straße jemand laut schimpfte und trat ans Bett. Dort kramte er wieder in seinem Beutel, zog einen zerknitterten Fetzen Pergament hervor, den er Katha in die rechte Hand drückte und ihre Finger fest darum schloss. „Das musst du jetzt gut festhalten, Katha. Nicht loslassen!"
„Was ist das?" wollte Karl natürlich wissen und schaute misstrauisch auf Kathas Hand, die sich so fest um das Pergament geschlossen hatte, dass ihre Knöchel weiß hervortraten.
„Das ist ein Himmelsbrief. Jetzt muss das Kind kommen. Tu die Decke weg!"
Karl tat wie ihm geheißen, wenn ihm auch nicht wohl dabei war, seine Frau so entblößt diesem unheimlichen Menschen zu zeigen. Der alte Henner tat jedoch so, als seien nackte Frauen sein täglich Brot, nahm die Schüssel mit dem frischen Wasser, die Johannes eben gebracht hatte, drückte Kathas Beine auseinander und begann, sie gründlich zu waschen. Auch dabei murmelte er wieder vor sich hin. Erneut kamen Wehen, diesmal endlich Presswehen. Gemeinsam mit Henner stützte Karl seine Frau, die schrie und ihre Finger in die Arme der Männer krallte. Johannes wischte seiner Mutter den Schweiß von der Stirn. Für einen Moment sah sie ihn an und schien für diesen Augenblick überhaupt wahrzunehmen, was gerade

geschah. Die Schmerzen hatten sie mürbe gemacht. Ihr Blick schien von ganz weit her zu kommen. Dann kniff sie die Augen zu, biss ihre Kiefer zusammen und presste.
„Es kommt, es kommt! Ja, Mutter, mach weiter. Komm, du schaffst das!" schrie Johannes, der zwischen den Beinen seiner Mutter den kleinen Kopf seines Geschwisterchens sehen konnte. Nur einen kleinen Teil, aber das Kind war fast da. Katha schrie und presste, Henners Murmeln wurde immer lauter. Zwischen Kathas Schreien konnte Johannes immer wieder sonderbare Worte, die einer sehr fremden Sprache entstammten, hören und betete sicherheitshalber zu der Jungfrau Maria. Immer mehr kam zum Vorschein. Bald war das ganze Köpfchen da.
„Ja, Katha, du hast es gleich geschafft. Der Kopf ist schon da!" sagte Henner. Katha presste noch einmal. Die Schultern erschienen, und mit einer Behutsamkeit, die man ihm nicht zugetraut hätte, nahm Henner das Kind und zog es gänzlich aus dem Leib der Mutter. [1] Zwischen Kathas Beinen lag blutverschmiert und schreiend ein kleiner Junge. Katha fiel zurück auf das Kissen und in Karls Arm, der sie an sich drückte und ihr nasses Haar küsste.
„Es ist ein kleiner Junge, Katha."
Geschickt band Henner die Nabelschnur ab, durchtrennte sie und legte den Jungen auf Kathas Brust, die zu schwach war, um ihre Arme um ihn zu schlingen. Karl deckte das Kind mit einem Tuch zu, löste die Schnüre von Kathas Hemd, um das Kind an ihre Brust zu legen. Kathas Brüste waren prall und voll. Ganz vorsichtig umfasste Karl eine Brust und lockte den Kleinen, indem er mit der Brustwarze seinen schreienden Mund berührte. Es dauerte nicht lange und der Mund schloss sich schweigend um die Brustwarze und begann zu saugen.
Nun öffnete Katha ihre Faust und schaute erstaunt auf den zerknüllten Fetzen Pergament, der zum Vorschein kam. „Was ist das denn?" fragte sie.

1 Siehe: Die schwarze Raabe; Das sechste und siebte Buch Moses, das ist Moses magische Geisterkunst, das Geheimnis aller Geheimnisse, Wertgetreu nach einer alten Handschrift mit alten Holzschnitten. Braunschweig 1956, S. 107 ff.
Haftungsausschluss: Ich weise ausdrücklich darauf hin, dass ich keinerlei Haftung übernehme, falls jemand das ausprobiert und etwas schief geht. Vielmehr rate ich für solche Situationen dringend, kompetentes Fachpersonal aufzusuchen. (A. Z.)

„Das ist ein Himmelsbrief", antwortete Karl, als sei damit schon alles gesagt.
„Ein Himmelsbrief? Und was hat es damit auf sich?"
„Das ist ein Schutzbrief; hauptsächlich für Leute, die unterwegs sind, damit sie heil wieder heimkommen. Aber er wirkt auch bei Frauen, die sich mit einer Geburt schwer tun. Wenn ihr wollt, kann ich euch einen aufschreiben, dann könnt ihr ihn behalten. Oder du, Johannes, kannst ihn mitnehmen, wenn du demnächst auf Wanderschaft gehen musst. Dann kannst du sicher sein, dass du wieder gut hier zu Hause ankommst[2]. Nicht dass die Bilhildis sich einen anderen suchen muss."
„Bilhildis?" fragten Karl und Katha wie aus einem Munde und schauten ihren Sohn an. Johannes schaute seine Eltern so unschuldig wie möglich an und stammelte etwas unverständliches, dann warf er Henner einen ärgerlichen Blick zu.
„Oh, Entschuldigung! Ich wusste nicht, dass du...Irgendwann hättest du es deinen Eltern ohnehin gesagt. Und die Bilhildis ist doch ein nettes Mädchen. Hier, Katha, trink das", lenkte Henner das Gespräch nun in andere Bahnen und hielt Katha einen Becher an die Lippen. Katha trank gierig den ganzen Becher aus. „So ist gut. Das wird dich kräftigen.
„Was war das?" fragte Karl.
„Hypocras. Rotwein mit Kräutern und Honig. Der wird sie zu Kräften bringen." Und zu Katha gewandt fuhr er fort: „Du musst jetzt alles essen, was nur reingeht. Alles, worauf du Appetit hast. Ihr dürft keine Kosten scheuen. Es ist wichtig, dass du alles bekommst, was du möchtest. Aber jetzt solltest du erstmal das Brot hier essen." Er hielt Katha die dünne Brotscheibe hin, die er mit dem Öl beschrieben und im Rauch geschwenkt hatte. Karl nahm die Scheibe und brach kleine Stückchen davon ab, die er Katha in den Mund schob. Gehorsam kaute und schluckte sie. Dazwischen hielt Karl ihr immer wieder den Becher an den Mund, damit sie trinken konnte.
„Wie fühlst du dich?" fragte er leise.
Katha schien erst einen Augenblick überlegen und sich sammeln zu müssen, dann sagte sie: „Ganz gut, glaube ich. Schlapp und müde, aber nicht

2 Himmelsbrief auch als PDF-Download auf www.Frauenzimmer-Verlag.de

furchtbar schlecht. Der Kleine macht auch einen kräftigen Eindruck. Ich würde ihn gerne Reinhard nennen. Bist du damit einverstanden? Reinhard nach deinem Großvater."
„Ja, natürlich. Reinhard soll er heißen. Lass mal sehen!" sagte er und warf einen prüfenden Blick auf das Kind, das nun zufrieden in Kathas Armen schlief.
„Bin gespannt, ob er auch die großen Ohren von unserem Großvater haben wird. Das wäre zu schön."
„Große Ohren soll er haben?" fragte Henner, hellhörig geworden. „Ich glaube, da kann ich euch helfen." Er begann tatsächlich in seinem Beutel zu kramen, worauf Katha und Karl gleichzeitig die Hände hoben. „Nein, nein, Henner lass mal gut sein. So wichtig sind die großen Ohren nun auch wieder nicht."

Katha schlief, als die Dämmerung heraufzog. Der kleine Reinhard lag frisch gewaschen und gewindelt in ihren Armen und schlief ebenfalls. Er war gesund und kräftig. Henner hatte versprochen, dass der Junge groß und stark werden würde. Nur zu gerne wollten Karl und Johannes ihm Glauben schenken. Die Stille war so sonderbar nach all den Stunden des Schreiens in der Stube und des Lärmens auf der Straße. Ja, auch die Straßen waren leer geworden. Offenbar hatten alle eine Unterkunft gefunden. Und die, die sich keine leisten konnten, hatten sich in geschützte Winkel zurückgezogen, aus denen sie mit dem beginnenden Tag bald wieder hervor kriechen würden.
„Was verlangst du für deine Hilfe?" fragte Karl Schreuer mit unsicherer Stimme, als Johannes nach unten gegangen war. Karl hatte wohlweislich abgewartet, bis er alleine mit Henner war. Er wich zurück, als Henner auf ihn zutrat und sich vor ihm aufbaute. Der Heiler streckte eine seiner riesigen Hände nach ihm aus, packte ihn am Hemd, zog ihn zu sich heran und sagte mit dumpf grollender Stimme: „Ich verlange deine Seele und die Seele des Kindes."
Karl war starr vor Schreck. Er starrte den alten Henner an. In seinem Kopf überschlugen sich die Gedanken. Doch bevor er einen feierlichen Schwur, nach Rom zu pilgern, um sich und seinen neugeborenen Sohn freizukaufen, ablegen konnte, hatte Henner ihn losgelassen, sein Hemd,

das in seiner Faust ganz zerknittert worden war, glatt gestrichen und sagte: „Das war ein Scherz. Ein nicht zu kleines Säckchen Walnüsse würde es auch tun. Die esse ich nämlich sehr gerne. Weißt du, morgens in meinem Haferbrei, da mach' ich mir immer eine Schüssel voll auf meinem... Meine Güte, Karl Schreuer, jetzt mach nicht so ein Gesicht! Ich hab einen Scherz gemacht. Das ist wohl nicht verboten."

Karls Unterkiefer war nach unten gefallen und schlackerte lose hin und her, als Henner ihm die Wange tätschelte. Das brachte Karl Schreuer wieder etwas zu sich.

„Ja, ja, natürlich, Henner. Walnüsse. Klar! Da hätt' ich auch gleich drauf kommen können. Willst du fürs erste Mal ein paar Pflaumen mitnehmen? Die Walnüsse dauern noch ein paar Wochen. Ich schick' dir dann den Johannes rüber mit einem Sack." Karl war sichtlich erleichtert und strich noch einmal über sein Hemd, dort wo Henners Pranke deutliche Spuren hinterlassen hatte.

„Willst du bei uns einen Haferbrei mitessen? Ich kann auch einen guten kochen. Du kannst sogar Pflaumen dazu haben." Karl strich sich die Haare aus der Stirn und schaute Henner wohl zum ersten Mal so richtig an. Die beiden Männer lächelten sich sogar an. Henner lächelte belustigt, Karl deutlich erleichtert. Johannes kam zurück und schaute erstaunt von einem zum anderen, dann wandte er sich seiner Mutter zu. Vorsichtig setzte er sich an ihr Bett und lauschte auf ihren Atem, der nun ganz ruhig und gleichmäßig ging. Es war ein solches Wunder, dass sie noch lebte. So viele seiner Altersgenossen hatten ihre Mütter oder Väter oder gar beide schon längst verloren. Er schaute in die Schüssel, die neben dem Bett stand, sah, dass das Wasser schmutzig war und ging wieder, um frisches zu holen. Als er in der Küche die Schüssel auswusch und frisches Wasser hineinschöpfte, kamen Henner und Karl herunter.

„Kümmerst du dich um Katha?" fragte Karl und legte ihm eine Hand auf die Schulter.

„Natürlich, weißt du doch!" erwiderte Johannes und nahm ein frisches Tuch aus der Truhe. Er goss noch einen Becher Wein ein, dann ging er nach oben. Während er seiner Mutter das Gesicht kühlte und das verschwitzte Haar aus der Stirn strich, hörte er die Männer unten in der Küche reden. Er hörte, wie sein Vater das Feuer schürte, das Geräusch

der eisernen Kette, an der der Kessel hing, und schließlich roch es nach frischem Haferbrei.
Katha schaute ihren Sohn an, der mit ernstem Gesicht an ihrem Bett saß und das wohltuend kühle Tuch auf ihre Stirn legte.
„Mein Junge, du solltest das nicht tun müssen“, flüsterte sie. „Du solltest bei deinem Vater sein, in der Werkstatt, anstatt deine erschöpfte Mutter zu pflegen.“
„Und du solltest keine Kinder mehr kriegen müssen. In deinem Alter! Ihr solltet wirklich besser aufpassen, du und Vater.“
Katha sah ihren Sohn erstaunt an. So viel Offenheit in solchen Dingen war ungewöhnlich bei ihm. Normalerweise - und das lag wohl hauptsächlich an seinem Alter - wurde er immer rot, wenn die Sprache auf diese allzumenschlichen Dinge kam. Dank Henner hatte Katha nun doch einen tieferen Einblick in die Seele ihres Kindes gewonnen.
„Triffst du dich schon lange mit Bilhildis?“
„Ab und zu. Manchmal nach der Kirche gehen wir ein Stück gemeinsam. Wir haben ja auch ungefähr den gleichen Weg.“ Nach diesen Worten verschloss sich Johannes' Gesicht wieder. Katha wusste schon, dass nicht mehr aus ihm herauszuholen war, weshalb sie wieder auf ihre eigenen Sorgen zu sprechen kam: „Du hast recht, mein Junge. Ich sollte keine Kinder mehr kriegen.“ Und nach einer Weile, in der sie die Fürsorge ihres Sohnes genoss, fügte sie hinzu: „Ich sollte den alten Henner nach einem Mittelchen fragen. Ich bin sicher, er kennt sich damit aus.“
Johannes wrang das Tuch aus und legte es erneut seiner Mutter auf die Stirn.
„Er ist noch unten in der Küche und isst Haferbrei mit Vater. Ich frag ihn, ob er noch mal zu dir rauf kommen kann.“
„Der alte Henner... Was die Hebamme nicht geschafft hat, hat er geschafft. Das Kind ist da und ich fühl mich gar nicht schlecht. Das wird schon wieder, Johannes. Keine Bange!“
Auf der Treppe hörten sie Schritte und gleich darauf öffnete Karl die Tür, eine Schüssel Haferbrei für Katha in der Hand.
„Danke, Karl.“
„Du hast Hunger?“ fragte Karl, als er sah, wie Katha sich mit Johannes' Hilfe aufrichtete und den Hals nach der Schüssel reckte. Johannes breitete

ein Tuch über die Bettdecke und Karl stellte die Schüssel darauf ab.
„Sagt mal, was ist da draußen eigentlich los? Da scheinen ja ziemlich viele Leute auf der Straße zu sein", fragte sie mit vollem Mund. Johannes ging zum Fenster und schaute hinaus. Unten auf der Straße drängten sich schon wieder die Menschen, die alle wegen der Synode nach Homberg Efze gekommen waren. Johannes konnte nun deutlich erkennen, dass die vielen Menschen aus äußerst unterschiedlichen Gründen in der Stadt waren. Er sah zwischen all den Bürgern, Edelleuten und Geistlichen auch Dirnen, die auf ein gutes Geschäft hofften. Sie alle liefen vor zur Hauptstraße, denn dort schien jetzt etwas wichtiges zu passieren. Johannes öffnete das Fenster und lehnte sich hinaus. Und richtig! Dort vorn auf der Hauptstraße, da bildeten die Menschen eine Gasse, um den hindurch zu lassen, der all diese Menschen nach Homberg gezogen hatte. Zuerst kamen Reiter mit Trompeten, die mit Fanfarenstößen ihren Herrn ankündigten. Ihnen folgten Männer mit Fahnen. Sie alle trugen bunte Uniformen und breite, mit Federn geschmückte Hüte auf ihren Köpfen. Johannes sah ihre Schwerter und Hellebarden aufblitzen. Kein Zweifel! Landgraf Philipp von Hessen war ein mächtiger Landesherr. Und schließlich kam er selbst. Auch der Landesherr trug bunte Kleidung, die ein wenig an eine Uniform erinnerte. Die Farben seiner Kleidung leuchteten zwischen all den einfachen Gewändern der Menschen, die an der Straße standen und ihm zujubelten. Er saß hoch aufgerichtet auf seinem Pferd. Seine linke Hand hielt lässig die Zügel, seine rechte hob er zuweilen, um seinem Volk huldvoll zuzuwinken oder um sein tadelloses landgräfliches Bärtchen glatt zu streichen. In seiner Pracht schien er gänzlich unberührt von dem wogenden Meer gewöhnlicher Menschen, durch das er ritt, wie einst Moses vielleicht durch das Rote Meer geschritten war. Johannes starrte diesen Mann an, der doch nicht so viel älter war als er selbst, der aber eine Selbstsicherheit besaß, als gehöre ihm die ganze Welt. Nun, diesem Mann gehörte ganz Hessen - war das nicht viel mehr als die Welt, die ein Johannes Schreuer kannte?
„Das hatten wir in der Aufregung ganz vergessen. Landgraf Philipp kommt", sagte Karl.
„Er ist schon da. Da vorn auf der Hauptstraße reitet er."
„Och komm! Der Philipp?" rief Katha und wischte sich mit dem Ärmel

ihres Hemdes über den Mund. „Der war doch im Mai erst hier mit seinem ganzen Gesocks. Was will er denn jetzt schon wieder?“

Henner blieb und sah im Laufe des Tages immer wieder nach Katha. Sie erholte sich überraschend schnell, wie Johannes und Karl fanden, worauf Henner nur grinste. Ein Mittelchen gegen den Kindersegen hatte er natürlich auch parat. Er habe sich schon gewundert, dass Katha ihn deswegen nie gefragt habe, sagte er, nachdem er Katha genau beschrieben hatte, wie sie das Mittel anwenden musste.
Gegen Mittag kam überraschender, doch sehr willkommener Besuch: Jacob, der Tuchhändler, bei dem Karl sich schon öfters eingedeckt hatte, um besonders schöne Kästchen mit feinem Stoff auszukleiden, stand vor der Tür und bat um Unterschlupf, weil alle Gasthäuser in der Stadt belegt waren.
„Natürlich kannst du bei uns bleiben. Fahr deinen Wagen hinters Haus in die Scheune. Dort ist alles sicher“, begrüßte Karl seinen alten Freund und umarmte ihn. Nachdem sich die Männer gegenseitig ihre Rücken geklopft hatten, schaute sich Jacob in der Küche um.
„Wie schön, dass hier alles beim alten geblieben ist. Das sind immer noch dieselben Bänke an der Wand, derselbe Tisch, dieselben Töpfe und Kessel auf dem gemauerten Herd. Aber eine neue Katze habt ihr.“
„Ja, die alte ist unter die Hufe gekommen. Meine Frau hat tagelang geweint, aber zum Glück haben wir uns die hier angelockt.“
Jacob hatte sich mit einem Knie auf den Boden niedergelassen und lockte nun die Katze an. Sie kam auch gleich angelaufen, strich ihm schnurrend um die staubigen Hosen und die Stiefel und wollte an seinem Filzhut, den er in der Hand hielt, die Krallen wetzen.
„He, he, das ist mein Hut. Lass das lieber bleiben.“ Er erhob sich wieder und strich sich die langen, braunen Haare aus der Stirn. Fast hätte er aus Gewohnheit seinen Hut wieder aufgesetzt, dann besann er sich aber und warf ihn auf die Bank.
„Warst lange unterwegs, oder?“ schloss Karl aus dieser Bewegung. Statt einer Antwort nickte Jacob nur. Seine Augen sahen dabei ins Leere.
„Schlechte Märkte?“ forschte Karl weiter.
„Schlechte Zeiten. - Schlimme Zeiten, ehrlich gesagt.“
„Was ist passiert?“

„Lass uns erst das Pferd versorgen. Wenn ich jetzt anfange zu erzählen, haben sie mir draußen den ganzen Wagen auseinandergebaut.“
Die beiden Männer gingen nach draußen, Karl öffnete das Tor, um das Fuhrwerk einzulassen. Jacob hatte noch immer den Apfelschimmel, den er vor zehn Jahren gekauft hatte. Aber nun sah man dem Tier an, dass es müde wurde. Mit hängendem Kopf trabte es in den Hof, wo Karl und Jacob es abschirrten, dann trottete es leicht hinkend in den Stall, in dem es schon öfters gestanden hatte und den es offensichtlich wieder erkannte. Auch Karls Brauner hob den Kopf, als begrüße er einen alten Bekannten. Die beiden Tiere schnaubten.
„Dein Pferd lahmt. Du solltest ihm einen Augenblick Ruhe gönnen.“
„Ja, ich weiß. Ich geh am besten mal zum Hufschmied und lass ihn nachschauen. Ich glaube, er hat sich was in den Huf getreten.“
Schweigend striegelten die Männer das Pferd, nachdem Karl frisches Heu in die Raufe geworfen hatte.
Als sie zurück in die Küche kamen, stand dort der hünenhafte Martin von der Bleiche, in der Hand eine kleine Flasche.
„Gott zum Gruß, Karl Schreuer. Meine Frau schickt mich. Sie will unbedingt wissen, wie es Katha geht. - Oh, Besuch!“ rief er aus, als er Jacob bemerkte. „Da komme ich ja gerade recht mit meinem“, hier senkte er die Stimme, schloss die Tür hinter Karl und beugte sich geheimnistuerisch vor, „mit meinem selbstgebrannten Apfelschnaps. Weißt du noch? Den hat dein Großvater auch immer gerne getrunken. Meine Güte, in der Stadt ist die Hölle los! Ich wollte, diese Versammlung wäre schon vorbei. Kann ich gar nicht gebrauchen, so viel Gewoge in der Stadt. Man kann ja nicht mehr treten, ohne dass man auf einen Pfaffen, einen Ratsherrn oder ein gelüstiges Fräulein tritt. Wobei ich zugeben muss, dass ich auf die letzteren am liebsten treffe.“ Er lachte sein ansteckendes, breites Lachen. „Aber nun, wie geht es Katha?“
„Es geht ihr gottlob gut. Gott und dem alten Henner sei dank, dass es mit ihr wieder bergauf geht. Der kleine Reinhard ist gesund und munter. Er ist…“
„Karl, willst du damit etwa sagen, dass du den alten Henner ins Haus geholt hast, damit er hier seine Hexereien treibt?“ Martin war sichtlich entsetzt und knallte die Flasche auf den Tisch.
„Es ist mir egal, was er macht, Hauptsache Katha ist am Ende gesund und

das Kind kommt diesmal durch", ereiferte sich Karl. „Meinst du, ich kann mir irgendeinen teuren Quacksalber leisten, der mir das letzte Hemd auszieht und ich dank ihm nicht einmal mehr das Geld für eine Beerdigung aufbringe? Henner hat geholfen. Und wer hilft, hat recht. Ende!"

„Also, ich weiß nicht recht. Karl, wer weiß denn schon, was du dir damit alles eingebrockt hast. Was hat er denn für seine Hilfe verlangt?" Martin war äußerst skeptisch.

Karl musste tief durchatmen, strich unwillkürlich noch einmal über sein Hemd, dort, wo Henner ihn gepackt hatte, und sagte: „Er will nur ein Säckchen Walnüsse, nicht zu klein. Das ist alles." Und dann wurde er kühn und sagte spöttisch: „Hättest du etwa gedacht, dass er meine Seele und die Seele des Kindes verlangt oder was? Meine Güte, Martin, wo lebst du denn? Henner ist ein guter Heiler, weiter nichts. Er ist wirklich gut."

„Hat hier irgendjemand eine Frage an mich?" Henners bedrohlich große Gestalt stand in der Küchentür. „Martin?" fügte Henner herausfordernd hinzu und schaute den erbleichenden Martin von der Bleiche finster an.

„Nein, Henner, schon alles in Ordnung. Ich wollte nur schauen, ob Katha vielleicht die Hilfe meiner Frau braucht."

„Bestell deiner Frau einen schönen Gruß von mir, aber ihre Hilfe braucht Katha nicht." Und zu Karl gewandt fuhr er fort: „Sie möchte, dass deine Base, die Adelheid, kommt. Johannes wird gleich zu ihr rüber laufen und ihr Bescheid geben. Aber mal was anderes - ist noch was von dem Haferbrei da?"

Johannes kam die Treppe herunter. „Ich lauf schnell rüber zu Adelheid. Katha hätte gerne sie im Haus und nicht nur uns Männer, hat sie gesagt."

Bei diesen Worten aus Johannes' Mund wollte Martin in schallendes Gelächter ausbrechen, doch es genügte ein Blick von Henner und er schluckte sein Lachen und seinen dummen Spruch hinunter. Die Tür schlug hinter Johannes zu, Martin setzte sich vorsichtig auf die Bank, als sei sie plötzlich zerbrechlich, ohne Henner aus den Augen zu lassen, der nun das Feuer schürte und sich den Rest Haferbrei aus dem Kessel in eine Schüssel kratzte.

„Hmm, ein bisschen angebrannt mag ich ihn besonders gerne." Er setzte sich mit an den Tisch und begann zu essen. Jacob sah von einem zum anderen, versuchte, das Gehörte einzuordnen und den alten Henner nicht allzu unverhohlen anzustarren. Dieser Mann war eigentümlich. Offensichtlich

ein Heiler.
„Kannst du nach meinem Pferd sehen? Nicht jetzt gleich, aber vielleicht später? Es hat was am Huf. Vermutlich hat er sich was reingetreten."
„Ja, kann ich machen", sagte Henner, worauf Martin versuchte, mit Jacob Blickkontakt aufzunehmen, um ihm mit besonders ausdrücklichem Minenspiel anzuzeigen, dass das keine gute Idee sei. Henner bemerkte es aber und schaute Martin gerade an. „Möchtest du uns etwas sagen, Martin?"
„Nein, nein. Schon gut."
„Ich hab heute immerhin schon einem Kind auf die Welt geholfen und das Leben einer Mutter gerettet. Ich hab vor ein paar Jahren auch deinen Vater geheilt, Martin, wenn du dich daran erinnern möchtest. Ich hab schon viele Pferde geheilt. Da werde ich den Gaul da draußen wohl auch wieder hinkriegen."
Karl grinste, als er aus der Vorratskammer Brot und Käse, aus dem Keller einen Krug Bier holte. Währenddessen beobachtete Jacob, wie ein Löffel Haferbrei nach dem anderen in Henners Reisighaufen verschwand. Leider nicht immer vollständig, so dass hier und da Haferbreikleckse in seinem Bart klebten.
„Aber ich hab ja auch etwas mitgebracht", fiel Jacob ein. „Ich will deine Gastfreundschaft nicht über Gebühr strapazieren, Karl. Hier!" Er nahm sein Bündel, das er auf die Bank geworfen hatte, setzte es auf den Tisch und holte einen großen Schinken daraus hervor. „Und zum Nachtisch hab ich Birnen. Eine ganz besonders süße Sorte. Richtig lecker."
„Da geht es uns ja allen richtig gut!" sagte Karl. „Ich schau noch mal nach Katha. Warte, ich bring ihr am besten gleich ein paar Scheiben Schinken mit." Geschickt schnitt er mit seinem Messer dünne Scheiben ab. „Nun setzt euch alle und esst. Ich bin gleich wieder da."
Kurz darauf erschien Johannes mit der Base Adelheid. „Gott zum Gruß!" sagte sie, doch nachdem sich ihre Augen an das Halbdunkel der Küche gewöhnt hatten und sie den alten Henner erkannte, der sich genüsslich Haferbrei aus seinem Bart pflückte, bekreuzigte sie sich, kniff ihren Mund noch mehr zusammen, so dass die Falten noch tiefer wurden und hastete eilig durch die Küche und zur Treppe. Johannes sah ihr nach. Dann bemerkte er den Besuch, begrüßte Martin und setzte sich zu ihnen an den Tisch, um endlich wieder etwas zu essen. Die eiligen Schritte der Base trippelten über

die Stufen und über den oberen Boden, dann schlug eine Tür zu und schon begann ihr Gezeter.
In der Küche konnte man nicht alles verstehen, doch genug. „Diesen Kerl; bei helllichtem Tage!“ Dazwischen hörte man immer wieder Karls ruhige, beschwichtigende Stimme. Vergeblich. Als die Base bei „Teufelswerk und Hexerei“ anlangte, war ihre Stimmer sehr schrill.
„Ich glaube, sie redet von dir“, sagte Martin und sah Henner an.
„Du bist ein überaus gescheites Kerlchen, Martin“, erwiderte Henner sehr gedehnt und sah Martin verächtlich an.
Natürlich dauerte es nicht lange und Reinhard Schreuer meldete sich zu Wort. Ihm passte das Geschrei offensichtlich gar nicht. Da endlich hörte man Katha. Nach einigen sehr unflätigen Ausdrücken legte sie der Base nahe, entweder zu helfen oder das Haus zu verlassen. Die Base entschied sich offensichtlich für letzteres, denn man hörte wieder ihre Trippelschritte, dann rauschte sie durch die Küche und schlug die Tür hinter sich zu.
„Der Stimme nach zu urteilen, geht es Katha wirklich ziemlich gut“, meinte Martin.
„Sag ich doch. Es geht ihr gut und dem Kind geht es auch gut. Das wird groß und stark werden. Der wird so groß, dass er dir auf den Kopf spucken kann“, prophezeite Henner und lehnte sich zurück an die Wand, wobei er die Hände hinter dem Kopf verschränkte.
Karl erschien. Er sah müde aus. Er sah von einem zum anderen, ließ sich dann auf die Bank fallen und rieb sein Gesicht mit beiden Händen.
„Dumme Gans!“ knurrte er. „Ich hoffe nur, sie bringt nicht die ganze Stadt in Aufruhr.“
„Die sind sowieso alle in Aufruhr. Da falle ich kaum auf“, beruhigte ihn Henner. Karl lachte leise. „Aber nun zu dir, Jacob. Du wolltest erzählen.“
„Ja, das wollte ich.“ Jacob schob sein Messer, nachdem er es an seiner Hose abgewischt hatte, zurück in seinen Gürtel. „Wart ihr in der letzten Zeit auf Märkten?“
„Im letzten Jahr nicht sehr oft. Die Zeiten waren so unsicher. Besonders Thüringen haben wir gemieden. Da muss es wohl zu Aufständen gekommen sein.“
„Ja, in Thüringen haben die gnädigen Herren besonders schlimm gewütet unter den aufständischen Bauern.“

Johannes kaute langsamer, wobei er von einem zum anderen sah. Die Männer sahen sehr ernst aus. Eine Frage lag ihm auf der Zunge, doch wagte er nicht, sie zu stellen. Zu seinem Glück stellte Martin nun die Frage: „Warum haben denn die Bauern ausgerechnet jetzt einen Aufstand gemacht? Warum dachten sie, dass jetzt ihre Zeit gekommen sei?"
„Hast du das nicht mitbekommen, Martin?" fragte Henner und lehnte sich vor. „Davon hab sogar ich draußen in meiner Kate gehört. Die Bauern berufen sich auf Luther und die Bibel, die er übersetzt und jedem in die Hand gegeben hat, damit jeder sie auslegen kann, wie er will. Und in der Bibel steht nichts von den Abgaben, die die Bauern jetzt an die Herren zu zahlen haben. Luther sagt, dass wir alle ausschließlich dem größten Herrn unterstehen und dass die Kirche nur Menschenwerk ist. Er zerschlägt die Autorität der Kirche, ja er prangert sie als Teufelswerk an. Die Bauern haben nun daraus geschlossen, dass sie ihren weltlichen Herren auch nicht mehr unterstehen und haben Forderungen gestellt, die meines Erachtens nicht mehr als recht und billig sind, die die hohen Herren aber nicht wollten gelten lassen. Die Bauern versuchten zu verhandeln, aber die Herren haben mit den Bauern getan, was Herren nun mal mit Bauern zu tun pflegen, die es wagen, ihren Blick zu heben. Sie haben sie verprügelt, eingesperrt oder im besten Falle ausgelacht und wieder nach Hause geschickt."
Jacob lachte bitter auf. „Ja, das war wohl mit weitem Abstand der beste Fall. Im Thüringischen fing es dann an mit einem Prediger namens Thomas Müntzer. Ich hab auch eine seiner Flugschriften gelesen. Er wollte die alte Ordnung, sei sie weltlich oder kirchlich, zerschlagen und eine christliche, neue Ordnung aufrichten, in der alle Menschen gleich sind. Aber dieser Kurfürst Friedrich von Sachsen hat dem Treiben der Aufständischen nur zugesehen. Er ist nicht eingeschritten."
„Ja, bei Missständen zusehen und nicht einschreiten kann er gut", erinnerte sich Karl an frühere Zeiten, in denen auch Hessen unter der Herrschaft des Kurfürsten gestanden hatte.[3]
„Der Aufstand konnte sich daher ausbreiten wie ein Flächenbrand und griff auf Hersfeld und Fulda über. Ich hab einen getroffen, der dabei gewesen

3 Siehe Anja Zimmer: Mitternachtsblüten, Das Leben der Anna von Hessen; Lb. - Lauter 2007.

und davongekommen ist. Ein ganz junger Kerl. Vor dem Aufstand hatte er Pläne gehabt. Er hatte schon eine Braut, wollte den Hof seines Vaters übernehmen. Aber jetzt hat er nichts mehr. Er hat erzählt, dass sie in Fulda ihre Forderungen formuliert und Flugschriften verteilt haben. Sie seien sich ihrer Sache so sicher gewesen, sagte der junge Mann, denn sie beriefen sich ja auf das Wort Gottes. Außerdem waren sie davon überzeugt, dass der große Reformator selbst auf ihrer Seite stehen müsse, aber da haben sie sich gründlich getäuscht. Luther ermahnte die Bauern, sich nicht gegen ihre Herren aufzulehnen, sondern ihnen zu gehorchen, weil es so schon in der Bibel stehe. Alle Obrigkeit sei von Gott eingesetzt, und wer sich gegen die Obrigkeit auflehne, der lehne sich gegen Gott selbst auf. Genau das hat Müntzer erbost, und er hat gegen Luther gewettert, sie aufgestachelt gegen die Obrigkeit. Was hätte es ihnen denn auch genutzt, wieder nur aufs Jenseits vertröstet zu werden?

Natürlich haben die Bauern auch versucht, andere hessische Städte für ihre Sache zu gewinnen. Aber das war ein Fehler, denn der junge Landgraf Philipp hat doch ein anderes Temperament als der alte, todkranke Kurfürst. Er hat zum Halali auf die Bauern geblasen. Im Handumdrehen waren Hersfeld und Fulda in seiner Hand. Dort, auf seinem eigenen Territorium, war er noch recht milde, weil er in den aufständischen Bauern arme, verirrte Seelen sah. Aber dann zog er mit seinem Heer weiter nach Thüringen, um die Wurzel des Übels auszureißen. Sein Heer vereinte sich mit dem Heer Herzog Georgs von Sachsen und dem Braunschweiger Fürsten. Gemeinsam schlugen sie bei Frankenhausen die Bauern vernichtend. Es war ein ungleicher Kampf, David gegen Goliath, aber diesen Kampf hat Goliath gewonnen. Ein ganzes Ritterheer, gepanzert und bewaffnet bis an die Zähne - selbst die Pferde waren gepanzert - zog gegen Bauern, die doch nur ihre Dreschflegel, Mistgabeln und Äxte dabei hatten und am Leib nichts anderes trugen, als die zerschlissenen Leinenhemden, wie bei ihrer Feldarbeit. Die Bauern waren leichte Beute. Doch diese Beute war den Herren nicht genug. Sie löschten ganze Dörfer aus, unendlich viele Familien. Ganze Landstriche sind leer da drüben. Sie forderten Entschädigung für ihren Kriegszug. Entschädigung von den Bauern, die doch ohnehin nichts mehr hatten. Also brandschatzten sie die Dörfer, als hätten sie selbst einen Nutzen von einer

solchen Schatzung[4]. Und mitten hinein in dieses unglaubliche Elend, dieses Leid, kam Luthers Schrift ‚Wider die räuberischen Rotten der Bauern.' Der junge Bauer, von dem ich euch erzählt habe, hatte solch eine Schrift in die Finger bekommen. Er konnte sie nicht lesen und so bat er mich, ihm daraus vorzulesen. Ich sage euch, noch nie ist mir etwas so schwer gefallen, denn dort schreibt Luther - ich weiß nicht mehr den genauen Wortlaut - dass man die Bauern erschlagen, erwürgen und erstechen soll, wo immer man sie findet. Und dass dies genau so gut sei, als würde man einen tollwütigen Hund erschlagen." Jacobs Stimme war ganz leise geworden und zitterte. „Und dafür hat er den Herren das Himmelreich angekündigt. Wer in diesem Kampf sterbe, der erlange das Himmelreich, denn er habe auf göttlichen Befehl gehandelt[5]. Als ich das dem jungen Kerl vorgelesen hab, da dachte ich, der wird irrsinnig, so sehr hat er gezittert. Die Augen sind ihm aus den Höhlen gekommen, er hat geächzt und gestöhnt. Dann hat er sich davon geschleppt. Keine Ahnung, was aus ihm geworden ist. Ich hab ihm noch nachgerufen, er solle bleiben, ich könne ihn doch ein Stück mitnehmen, egal wohin. Er hatte ja ohnehin keine Heimat mehr, in die er hätte zurückkehren können."
„Schon seltsam, dass so ein Mensch genau weiß, was Gott will und was nicht", sagte Henner bedächtig. „Will Gott wirklich, dass man Bauern erschlägt wie tollwütige Hunde? Das klingt für mich nicht so richtig nach Reformation und neuen Gedanken, sondern vielmehr nach dem alten Lied, das uns die Herren und die Pfaffen schon seit Jahrhunderten vorsingen. Schade - es hätte ein guter Neuanfang werden können, aber ich fürchte, es wird doch alles beim alten bleiben. Eine Weile wird das Getreide teuer bleiben, weil keine Bauern mehr da sind, die ihre Ernte einbringen könnten, danach werden die Herren bei ihren Jagden wieder fröhlich durch die Felder reiten und jeden Bauern ermorden, der ein Wildschwein erlegt, das ihm seine Felder zerwühlt. Denn den Zehnt wollen die Herren haben. Und sie wollen ihre Wildschweine haben. Und die Bauern sollen immer schön

4 Schatzung: Steuer

5 In Weinsberg hatten aufständische Bauern ihre adligen Gefangenen erschlagen. Daraufhin verfasste Luther seine Schrift ‚Wider die räuberischen Rotten der Bauern'. Durch die damalige Zeitverzögerung von Nachrichten und Druckerzeugnissen erschien diese Schrift erst, nachdem die Fürsten bereits unter den Bauern gewütet hatten.

stille halten und buckeln. Ich frage mich, wie lange das noch so weitergehen kann."

„Was für ein Irrsinn. Ja, das Getreide ist teuer in solchen Zeiten. Aber daran denken die Herren offenbar gar nicht. Keine Bauern - kein Brot. Aber was kümmert das die Herren? Sie haben genügend Geld, um sich auch das teuerste Getreide zu kaufen. Und außerdem schmecken Hirsch und Wildschwein auch ohne Brot."

„Ja, ja, die Reformation!" murmelte Henner und strich sich den Bart. „Da haben wir Dummköpfe gedacht, wir hätten alle was davon. Das Himmelreich wird uns nun leichter zuteil. Wir wissen jetzt, dass Gott uns armen Sündern gnädig ist, wie es uns unser lieber Eugenius Ungefug schon seit Jahren predigt. Das heißt aber noch lange nicht, dass die Herren uns auch gnädig sind und uns einen Teil des Himmelreiches schon hier auf Erden gewähren."

„Und wie soll dein Himmelreich aussehen, Henner?" fragte Martin spöttisch und goss sich Bier nach.

„In meinem Himmelreich reden die Leute kein dummes Zeug über mich, sondern freuen sich einfach, wenn ich ihnen geholfen habe." Martin versenkte sein Gesicht in dem Becher und tat einen sehr langen Zug. „Aber für einen, der hungert und friert, der nie weiß, wo sein nächstes Stück trocken Brot herkommt, da ist ein voller Magen und eine warme Stube schon das Himmelreich", fuhr Henner fort.

„Trocken Brot macht Wangen rot!" spottete Martin, als er aus seinem Becher wieder aufgetaucht war, bevor er sich noch eine Scheibe Schinken in den Mund schob.

„Schinkenbröter macht Wangen noch röter!" konterte Henner.

„Aber was hat der Landesherr jetzt vor?", wollte Johannes endlich wissen.

„Angeblich will er jetzt ganz Hessen martinisch machen", erklärte Jacob. „Ich hab mich schon ein wenig umgehört. Er hat wohl auf einer Reise diesen Melanchton kennen gelernt."

„Wer ist Melanchton? Ich dachte, der Kerl heißt Luther!" warf Martin ein.

„Luther ist in Wittenberg und lehrt dort an der Universität", erklärte Jacob. „Philipp Melanchton ist ein Freund Luthers. Auch ein Gelehrter. Genau wie Luther will er nur das Wort Gottes gelten lassen. Das soll das Höchste sein, worauf sie sich berufen wollen. Kein Papst, kein Bischof, kein Kardinal soll

den Gläubigen Vorschriften machen. Luther ist bei weitem nicht der einzige. Da gibt es noch einen gewissen Lambert von Avignon. Er ist angeblich auch hier in Homberg und soll hier seine Thesen vorstellen."
„Wie sagst du, heißt der Mann? Sein Name klingt so sonderbar."
„Lambert von Avignon", wiederholte Jacob. Er ist Franzose. Ein entlaufener Mönch, gerade so wie Martin Luther." Jacob wagte kaum, diese Ungeheuerlichkeit laut auszusprechen, selbst hier in der Schreuerschen Küche.
„Dafür werden sie doch in die Hölle kommen! Das ist Ungehorsam gegen Gott. Man darf sich nicht gegen die heilige Kirche stellen", sagte Martin. Die Furcht, die aus seiner Stimme sprach, passte nicht zu seiner beeindrukkenden Erscheinung.
„Du hättest öfter bei uns zu Gast sein sollen. Mein Großvater hätte dir schon beigebracht, zu sagen, was du denkst."
„Hauptsache, man lässt mich in Ruhe. Mein Bruder und ich, wir haben unser Auskommen mit unserem Sägewerk und der Schäferei. Wir und unsere Frauen und Kinder leiden keinen Hunger, wir sind gesund und sind uns einig. Das ist für mich schon genügend Himmelreich."
„Aber was ist, wenn doch der Papst recht hat?" warf Johannes ein. „Wenn wir uns von unseren Herren verleiten lassen, zu der neuen Lehre überzutreten, die aber falsch ist? Wer kann uns denn hier sagen, was richtig und was falsch ist? Ich habe Angst, das Falsche zu tun. Wenn ich tot bin und vor meinem Schöpfer Rechenschaft ablegen muss und der mir dann sagt: ‚Schau, Johannes, du hast dich zwar sehr bemüht, aber die Katholiken hatten doch recht. Aber mach dir keine Sorgen, in der Ewigkeit wirst du sicher niemals frieren!' Dann ist es zu spät. Dann komm ich in die Hölle."
„Unsinn!" versuchte Henner den Jungen zu beruhigen. „So schnell kommt keiner in die Hölle. Man könnte jetzt sagen, dass du als kleiner Untertan ohnehin keine Wahl hast. Du kriegst befohlen, was du zu glauben hast und trägst deshalb keine Verantwortung. Wenn dein Landesherr dir das Falsche zu glauben befiehlt, dann kommt er allein in die Hölle. - So könnte man sagen. Ich denke, dass man das glauben muss, was einem das eigene Herz befiehlt. Dein Herz, dein Gewissen können sich nicht irren."
„Aber was ist vor Gott richtig? Das ist doch die alles entscheidende Frage! Vor Gott will ich alles richtig machen, damit ich nicht in die Hölle komme", rief Johannes mit deutlicher Verzweiflung in der Stimme. Es war ihm

wirklich ernst.
„Ich will dir mal sagen, was ich glaube, und zwar ganz unerschütterlich und fest glaube: Ob einer altgläubig oder martinisch ist, das ist Gott vollkommen egal. So! Das glaube ich!“ Henner lehnte sich zurück und verschränkte die Arme. Kein Wunder, dass jeder in der Stadt diesen Mann für verrückt hielt!

Es war noch dunkel, als Jacob sich mit Johannes am nächsten Morgen auf den Weg zur Kirche machte. Es hatte Johannes einiges an Überredungskunst gekostet, bis sein Vater endlich zugestimmt hatte. Katha hatte schließlich entschieden, dass der Junge mal etwas anderes hören und sehen müsse als nur Geschrei und volle Windeln. Als die beiden an die Kirche kamen, mussten sie feststellen, dass sie bei weitem nicht die ersten und erst recht nicht die einzigen waren, die sich auf den Weg gemacht hatten. Auf den Treppen, die hinauf zur Kirche führten, drängten sich schon die Leute. Von überall her strömten sie herbei an diesem kühlen, dunklen Oktobermorgen. Genau wie Jacob und Johannes hatten fast alle auch daran gedacht, sich Verpflegung mitzunehmen, denn die Verhandlung konnte lange dauern.
Plötzlich dröhnten Hammerschläge.
„Schau, da nagelt jemand was an die Tür“, sagte Johannes und zeigte hinauf zur Kirche, wo ein großer, hagerer Mann weit ausholend einen Hammer schwang.
„Da will wohl jemand in Luthers Fußstapfen treten“, murmelte Jacob nur und zog Johannes weiter. An der Tür angekommen, hatten sie keine Möglichkeit, das Papier zu lesen. Wie in einem Strom wurden auch sie in die Kirche hineingeschwemmt, wo sie dicht gedrängt mit Homberger Bürgern und Fremden standen. Nicht alle hatten sich gewaschen. Es roch nach Mensch, nach nasser Wolle, Dung, den manche an ihren Schuhen in die Kirche geschleppt hatten, und anderen undefinierbaren Dingen.
„Ist der Landgraf schon da?“ flüsterte Johannes.
„Du kannst ruhig laut sprechen. Nein, der Landgraf ist noch nicht da. Schau, der große, prächtige Sessel da vorn am Altar ist noch leer. Auf diesem wird der Landgraf Platz nehmen. Alle anderen - seine Räte, und seien sie noch so alt - werden stehen müssen. Er wird wohl warten, bis die Kirche voll ist, um sich dann einen möglichst beeindruckenden Auftritt zu verschaffen.“
„Das dürfte ihm ein Leichtes sein“, sagte Johannes. „Wenn ich an gestern denke, wie er da auf seinem Pferd durch die Menge geritten ist! Aber unser

Priester, Pater Ungefug, ist schon da."
„Der arme Kerl scheint ein wenig nervös zu sein." Tatsächlich ging der Pater zum Altar, rückte die Kerzenleuchter zurecht, zupfte an der frisch aufgelegten Altardecke und verneigte sich vor dem Sessel des Landgrafen. Dann verschwand er mit flatternder Soutane.
Der Landgraf ließ auf sich warten. Die Menge wurde unruhig. Hier und dort entstanden schon aufgeregte Debatten, wenn zwei Gegner sich gefunden hatten. Aber die meisten Leute waren wohl nur neugierig. Plötzlich verstummte das Gerede, denn draußen tat sich etwas. Die Hufschläge vieler Pferde waren zu hören, dann wurde es still. In diese Stille hinein schmetterten Fanfaren. Ein Raunen ging durch die Menge, dann wichen die Menschen zur Seite und machten einen breiten Gang frei, den nun seine Landgräfliche Gnaden Philipp von Hessen mit zahlreichem Gefolge durchschritt. Auch der Hammerschwinger war dabei und machte ein sehr ernstes Gesicht. Von so nahem hatte Johannes den Landgrafen noch nie gesehen. Jung war er und stolz und schön. Er war auch prächtig und elegant, doch diese Wörter kannte Johannes nicht, da Pracht und Eleganz in seinem Leben noch nie vorgekommen waren. Johannes Schreuer stellte sich auf die Zehen und reckte den Hals, doch da war der Landgraf schon längst vorbei und hatte sich vorn auf seinem Sessel niedergelassen.
Ein wichtig aussehender Herr trat vor, stellte sich als Kanzler Feige vor und begrüßte alle Anwesenden. Seine Stimme war nicht besonders laut, doch hätte natürlich niemand gewagt „Lauter!" zu rufen, vielmehr wurden alle ganz leise, hier und dort waren letzte Pst! und Scht! zu hören. Nachdem Kanzler Feige im Namen des Landgrafen die Versammlung eröffnete, sprach er: „In Fragen der Religion ist viel Verwirrung entstanden. Manche Landeskinder haben die neue Lehre des Martin Luther angenommen, andere Landeskinder hängen noch an dem alten Glauben. Um das Land wieder zu einen, haben Seine Gnaden Landgraf Philipp von Hessen diese Versammlung einberufen, denn wie in den Gemeinden der Urchristen wollen wir bei Widersprüchen und Unstimmigkeiten alle Gläubigen einberufen und befragen.
Auf dem Reichstag in Speyer hat der Kaiser den deutschen Fürsten zugestehen müssen, dass sie in ihren Landen bezüglich der Religion nach eigenem Gutdünken verfahren dürfen. In dieser Versammlung also sollen die Ver-

treter der Geistlichkeit und der Stände beraten, wie dies im Lande Hessen geschehen soll.
Seine Landgräflichen Gnaden haben von Lambert von Avignon einige Grundsätze ausarbeiten lassen, die als Grundlage unseres Disputs dienen sollen. Jeder wird frei und offen seine Meinung äußern dürfen. Auch solche, die mit seiner Landgräflichen Gnaden nicht einer Meinung sind, haben nichts zu befürchten, denn seine Landgräflichen Gnaden haben einem jeden freies Geleit zugesichert.
Damit auch alle verstehen, was wir hier verhandeln, wird der Hofprediger Adam Krafft die Thesen des Lambert von Avignon aus dem Lateinischen ins Deutsche übersetzen. Danach wird jeder Gelegenheit haben, seine Meinung zu äußern. Diejenigen, die der Sprache der Gelehrten mächtig sind, wenden sich an Lambert von Avignon, alle anderen an den Hofprediger Krafft. Nun bitte ich, bei allen Auseinandersetzungen freundlich zu bleiben und die eigene Meinung christlich und bescheiden vorzutragen. Jede Schmähung und Bitterkeit ist zu unterlassen. Und jeder möge so sprechen, dass alle Zuhörer ihm folgen können."
Der Kanzler verneigte sich kurz vor seinem Herrn, dann trat auf einen Wink des Landgrafen der Hammerschwinger vor.
„Aha! Das ist also der Franzose", flüsterte Johannes.
Nun begann der große, hagere Mann zu sprechen. Lateinisch. Nur die Geistlichkeit und sehr wenige der Bessergekleideten nickten zuweilen zustimmend, hoben die Brauen oder machten sich Notizen.
Johannes trat von einem Bein aufs andere. Er sah sich um. Die Leute, die hinten standen, verstanden alle nicht, was der Mann vortrug, sondern begannen verstohlen, ihr mitgebrachtes Essen auszupacken, nahmen einen schnellen Schluck oder beschäftigten sich mit ihren Fingernägeln. Diejenigen, die der Tür am nächsten standen, verließen die Kirche schon.
„Komm, lass uns auch gehen", raunte Jacob. Johannes folgte ihm erleichtert. Einen stundenlangen Vortrag, von dem er kein Wort verstand, musste er sich nicht anhören.
„Warum spricht einer überhaupt so lange in Lateinischer Sprache. Alle, die das Lateinische verstehen, können doch auch Deutsch. Wieso also der ganze Aufwand?"
„Latein ist nun mal die Sprache der Gelehrten. Vielleicht wollte der Landes-

herr auch den Menschen, die von weither angereist sind, die Möglichkeit geben, sich an dem Disput zu beteiligen. Vielleicht hat er mit Teilnehmern aus dem Ausland gerechnet, Kaufleuten, die auf der Durchreise sind oder so. Aber vielleicht war es auch nur ein Zugeständnis an die alte Kirche, in der immer alles in Latein gesprochen wird. Wie dem auch sei - ich bin gespannt, was der Nachmittag bringt. Aber nun lass uns nach Hause gehen."

Die Kirche war noch voller als am Vormittag. Es hatte sich wohl herumgesprochen, dass am Nachmittag alles auf Deutsch gesagt werden sollte. Gespannt hörten nun die Menschen die Thesen des Lambert von Avignon, die auf Deutsch von Magister Krafft vorgetragen wurden.

Lambert forderte, dass alle Missbräuche abgestellt werden müssten und legte dar, wodurch das geschehen sollte: Nur das solle richtig sein und Gültigkeit haben, was mit Gottes Wort übereinstimme. Nur dies sei allzeit der Maßstab, an dem zu messen sei, ob etwas recht sei.

Den Bischöfen obliege es, die Verbesserungswürdigkeit der Kirche aus Gottes Wort aufzuzeigen. Die Aufgabe der Obrigkeit sei es dann, diese auszuführen mit starker Hand.

Sensationell war die folgende These: Der Gemeinde selbst stehe es zu, Gottes Wort gemäß über Glaubenssachen zu urteilen. Also solle nicht mehr allein der Papst und die Geistlichkeit das Recht haben, die Bibel auszulegen, sondern die ganze Gemeinde! Und der Obrigkeit obliege es, darauf zu achten, dass die Entscheidungen der Kirche und der Gemeinde befolgt würden.

Das Abendmahl bezeichnete Lambert von Avignon als eine Erinnerung an das Opfer Christi. Es sei keine Wiederholung. Wer behaupte, Christus werde im Abendmahl immer wieder aufs neue geopfert, sei ein gottloser Ketzer. Weiterhin sei das Abendmahl eine Danksagung und eine Erinnerung an alles, was Christus für die Menschen getan habe.

Johannes und Jacob sahen sich an und zuckten mit den Schultern. „Hast du dir schon mal solche Gedanken um das Abendmahl gemacht?"

„Nö. Aber leise - ich glaube, jetzt wird es interessant!"

Der Hofprediger Krafft sagte laut und deutlich: „In der Messe soll nicht in fremder, sondern in der Landessprache geredet werden, damit auch der einfache Mann erbaut wird."

„Wenn das kein guter Gedanke ist!" flüsterte Jacob. Als er sich umsah, bemerkte er, dass alle Anwesenden zustimmend nickten. Der Hokuspokus der alten Kirche sollte ein Ende haben. Endlich würde man verstehen können, was der Priester da vorn redete. Und nicht nur in Homberg, wo Ungefug schon seit geraumer Zeit in deutscher Sprache die Messe hielt, sondern in ganz Hessen solle dies so gehandhabt werden.

„Das Messelesen für Lebende und Tote und zur Abwendung irgendwelcher Not ist Christi Absicht zuwider, ist sogar gottlos und muss abgeschafft werden."

„Demnächst viel Geld gespart!" kommentierte Jacob diese These.

„Die äußerlichen Werke wie Fasten, Speisen, Kleidung und ähnliches sollen dem Gläubigen freigestellt werden."

Johannes stieß Jacob an. „Der vergisst, dass die meisten Leute ohnehin unfreiwillig fasten."

Nachdem Krafft erklärt hatte, dass Bilder und Bildwerke in den Kirchen zwar erlaubt seien, aber nur, wenn ihnen keinerlei Anbetung erwiesen würde, kam er auf die Bischöfe zu sprechen. Als Diener habe die Kirche Bischöfe und Diakone. Von anderen Ämtern sei in der Bibel nichts zu lesen.

Jacob folgerte daraus, dass deshalb auch das Amt des Papstes nur Menschenwerk sei und im Grunde abgeschafft gehöre. Da war einer richtig mutig!

„Bischöfe können nicht Herren und Fürsten sein und den Gläubigen Gesetze geben."

Natürlich wollte sich die weltliche Obrigkeit dieses Privileg sichern. Und auch in anderen Punkten waren die Thesen vollkommen unmissverständlich im Sinne der Obrigkeit:

„Glaube macht frei von allem, was uns hindert, Gott und den Nächsten frei zu dienen. Doch sind wir deshalb nicht frei vom Gehorsam gegen die Obrigkeiten."

„Na, dann sind wir ja alle beruhigt! Ich dachte schon, es käme was wirklich neues!" Das war Henners Stimme. Johannes und Jacob hatten gar nicht gemerkt, dass der alte Mann hinter sie getreten war. Jacob unterdrückte ein Lachen. Johannes schaute sich mit eingezogenem Kopf vorsichtig um.

„Na, Johannes, hast du jetzt schon wieder Angst, mit mir gesehen zu werden? Kannst ruhig ja sagen", flüsterte Henner spöttisch. Johannes reagierte nicht.

„Auch das Mönchstum gehört in keiner Beziehung zur Kirche Gottes, daher

sollen die Christen alle Klöster schließen und aus ihnen Schulen der Gläubigen machen", schloss der Hofprediger seinen Vortrag.
„Und schon ist die Staatskasse wieder gefüllt. Siehst du? So kann die Reformation gedeihen."
„Still Henner! Lass uns doch darüber lieber zu Hause reden", flüsterte Jacob und wollte Johannes mit sich fortziehen.
„Nein, warte! Jetzt wird es noch richtig interessant. Hast du nicht gehört? Der Hofprediger hat uns jetzt aufgefordert, Gegenmeinungen vorzutragen."
Und richtig. Es war still geworden in der dämmrigen Kirche. Lambert von Avignon trat vor. Nur vorn am Altar, wo Landgraf Philipp saß, umringt von seinen Räten, brannten Kerzen, in deren Schein man Lamberts siegessicheres Lächeln sehen konnte. Der Landgraf hatte sich vorgebeugt und schaute gespannt in die Runde, doch niemand wagte, etwas zu sagen. Lambert schien die Stille zu genießen. Niemand hatte etwas gegen seine wortgewaltigen Thesen vorzubringen. Doch dann trat ein kleiner Mann von etwas über vierzig Jahren nach vorn. Er hatte sich wohl mühsam durch die vielen Menschen nach vorn arbeiten müssen. Nun stand er da, verneigte sich tief vor dem Landgrafen und sagte: „Ich bin der Franziskanerguardian Nikolaus Ferber aus Marburg und bitte Euer Gnaden, mir Gehör zu schenken."
Man raunte, reckte die Hälse und flüsterte.
„Diese Bitte sei Euch gewährt." Schon holte der Kleine Luft, als wolle er sofort den Vortrag Lamberts an Länge und Tiefe in den Schatten stellen, doch der Landgraf hob die Hand.
„Morgen werden Wir Euch anhören. Die Versammlung ist für heute geschlossen."
Er erhob sich, und mit seinem ganzen Gefolge verließen seine Landgräflichen Gnaden die Kirche.
Von draußen hörte man Hufschläge, die sich langsam entfernten.
„Seht ihr, es wird alles beim alten bleiben. Durchschlagende Neuerungen werden sich für das Volk nicht ergeben. Keiner wird mehr Brot im Kasten haben, nur weil er martinisch ist", sagte Henner.
„Sag das doch leiser! Du schwatzt dich sonst an den Pranger", zischte Johannes.
„Der Landgraf hat doch jedem freies Geleit zugesichert, egal welche Mei-

nung er vertritt."
„Ich glaube kaum, dass das für die Meinung der Bauern gilt", erwiderte Jacob und wandte sich zum Ausgang, doch da wurden alle, die sich jetzt schon in mehr oder minder erregte Debatten verstrickt hatten, noch einmal leise, denn vorn am Altar stand nun der kleine Marburger und tönte, er werde alle Thesen dieses Lambert von Avignon widerlegen, und zwar aus den Schriften der Heiligen und des Augustinus.
„Das sollten wir uns nicht entgehen lassen. Ich bin wieder hier. Kommt ihr auch wieder?"
„Klar, Henner. Wir werden auch wieder da sein. Ein solcher Streit ist sicher interessanter als jede Wirtshausschlägerei."

Dieser Meinung waren offensichtlich viele Menschen, denn am nächsten Morgen, früh um sieben Uhr, war die Kirche wieder brechend voll. Jacob und Johannes hatten sich diesmal bessere Plätze etwas weiter vorn sichern können, und so hatten sie einen fast freien Blick auf den Altar, wo sich der Landgraf bereits niedergelassen hatte, umringt von seinem Gefolge. Der Landgraf war mit Abstand der jüngste Mann in der Runde. Er saß mit einer Selbstverständlichkeit so lässig in dem Sessel, wie das wohl nur ein Adliger fertig bringen konnte. Seine Beine hatte er übereinander geschlagen, seine Unterarme und Hände lagen auf den gepolsterten Armlehnen, seine Augen blickten ruhig auf die große Menschenmenge vor ihm.
Kanzler Feige eröffnete die Sitzung wie am Vortag und forderte Nikolaus Ferber auf, seine Kritik an den Thesen vorzutragen. Nun trat Nikolaus Ferber vor, verneigte sich vor dem Landgrafen und begann seine Rede: „Mein Fürst, Ihr habt kein Recht, diese Synode abzuhalten!" Murmeln wurde laut, das Geraune ging durch die Menschenmenge wie der Wind durch ein Roggenfeld. Der Landgraf blieb vollkommen unbewegt auf seinem Sessel, in den vorderen Reihen war vielleicht ein leichtes Zucken seiner Augenbrauen erkennbar.
„Ihr seid ein weltlicher Fürst, daher könnt Ihr Landtage und weltliche Versammlungen abhalten, aber keine Synode, bei der es um kirchliche Dinge geht. Ihr seid nicht befugt, in Glaubenssachen Beschlüsse zu fassen oder gar eine Kirchenordnung zu erlassen. Dieses Recht haben allein der Papst, die Kirche und die Bischöfe. Diese Versammlung ist also vollkommen müßig.

Wir verschwenden unsere Zeit. Ohnehin lassen sich die Sätze des Herrn Lambert von Avignon allzu leicht widerlegen.“
Lambert von Avignon hatte zwar das Wörtchen „von“ im Namen, doch hatte er bei weitem nicht die adlige Gelassenheit eines Landgrafen Philipp. Schon bei den ersten Worten des Franziskaners hatten sich tiefe Linien auf seiner Stirn gebildet, nun schien er kurz davor, sich auf den kleinen Marburger zu stürzen. Ferber streifte seinen Widersacher nur mit einem kühlen Blick und fuhr fort: „Ja, demnächst werde ich die Thesen alle widerlegen.
Muss ich Euer Gnaden wirklich daran erinnern, dass die Lehre dieses Wittenbergers von Papst und Kaiser als ketzerisch verdammt wurde? Auf Ketzerei steht die Todesstrafe! Aber das wissen Euer Gnaden sicher? Ich muss Euer Gnaden ermahnen, zum alten, rechten Glauben zurückzukehren. Es ist der Glaube Eurer Väter. Wollt Ihr diesen Glauben und damit Eure Väter mit Füßen treten?“
An dieser Stelle hob der Landgraf die Hand. Dies genügte, um Ferber zum Schweigen zu bringen. Der Landesherr erteilte seinem Kanzler Feige das Wort. Darüber schien Lambert einigermaßen enttäuscht. Auf seinem Gesicht zeichnete sich deutlich ab, dass er Feige nicht zutraute, den Gegner in die Schranken zu weisen.
„Ich darf Euch darauf hinweisen, dass nach kanonischem Recht auch die Kirche berechtigt ist, Missbräuche und Abgötterei in der Kirche abzuschaffen. Wollt Ihr etwa leugnen, dass in der Kirche schwere Missstände herrschen? So blind könnt Ihr nicht sein, dass Ihr nicht sehen würdet, dass die geistlichen Herren Hof halten, als seien sie weltliche Herrscher, dass sie ihre Ämter missbrauchen, um sich zu bereichern. Und sie lehren einen falschen Glauben, um das Volk gefügig zu machen, um es noch weiter auszupressen. Die Lehre vom strafenden Gott, den wir mit Beten, Fasten, Kasteien und dergleichen Unsinn mehr, gnädig stimmen können, ist eine Irrlehre. Wollt Ihr etwa an Gottes uneingeschränkter Güte und Liebe zweifeln? An Gottes Gnade?
Außerdem habt Ihr noch immer nicht Euer Versprechen eingelöst, nämlich die Thesen des Lambert von Avignon aus der Schrift zu widerlegen.“
„Niemals werde ich vor Häretikern und Laien einen solchen Disput führen. Ich fordere rechtgläubige Bischöfe als Richter. Durch das Einberufen einer solchen Versammlung haben Euer Gnaden nur Zwietracht gesät. Euer

Gnaden weichen weit von dem Wege ab, den die Schrift vorsieht. Ist Euer Gnaden denn nichts mehr heilig? Euer Gnaden haben sogar geplant, geistliche Güter, die von frommen, rechtgläubigen Menschen gestiftet wurden, der heiligen Kirche zu entreißen und einer weltlichen Nutzung zuzuführen. Ihr enteignet Klöster und macht Schulen daraus, in denen Ihr die Ketzerei lehrt!"

Hier hob Landgraf Philipp nicht nur die Augenbrauen, sondern auch die Hand. Er erhob sich sogar von seinem Sitz. Auf den Gesichtern seines Gefolges lag tiefste Genugtuung, auf Lamberts sogar die Hoffnung, dass Philipp nun höchst selbst diesen Franziskaner zerpflücken würde. Aber nichts dergleichen geschah. Der Landgraf schaute Ferber an, der Mühe hatte, sich unter dem Blick des jungen Mannes aufrecht zu halten.

„Wir weisen seine Anschuldigungen zurück. Sie sind vollkommen haltlos. Und Wir erinnern ihn daran, dass er noch immer versäumt, die Thesen aus der Schrift zu widerlegen. Das ist seine Aufgabe. Dafür haben Wir ihm das Wort erteilt. Er darf nun mit Lambert von Avignon disputieren, um dessen Thesen zu widerlegen. Grundlage dafür soll allein die Heilige Schrift sein. Die Bibel allein ist die Richtschnur des Glaubens und Wir erwarten nun endlich seine Argumente auf biblischer Grundlage."

Der Landgraf nahm seine bequeme Haltung wieder ein und schaute unverwandt auf den Mann, der sich nun sichtlich bemühen musste, den festen Klang seiner Stimme zu bewahren. „Es ist vollkommen unzulässig, diese Dinge hier an diesem Ort vor solchem Publikum zu erörtern. Ich weigere mich, gleichfalls zum Ketzer zu werden, indem ich geistliche Fragen disputiere, die allein auf einem Konzil besprochen werden sollten."

Daraufhin zuckte der Landgraf nur mit den Schultern, worauf Kanzler Feige verkündete, dass die Sitzung am Nachmittag fortgesetzt würde.

„Gut, lass uns gehen", schlug Jacob vor. „Etwas zu Essen und zu Trinken würde uns auch nicht schaden, oder?"

„Ja. Und mal nach meinem kleinen Brüderchen schauen."

Als die beiden sich schließlich durch die Menschenmengen nach Hause gedrängt hatten, saß Katha schon auf der Bank. Der kleine Reinhard lag in der Wiege, die der Urgroßvater, nach dem er genannt war, schon für Johannes gebaut hatte. Er schlief tief und fest, seine Ärmchen lagen neben seinem Kopf, manchmal machten seine Lippen saugende Bewegungen.

„Na, alles in Ordnung mit euch?" fragte Karl, der eben mit einem Arm voll Holz in die Küche kam. In kurzen Worten berichteten Johannes und Jacob von dem Disput, während Karl das Holz ordentlich neben den Herd schichtete und ein frisches Scheit ins Feuer legte.

„Da scheint es ja hoch her zu gehen. Wenn deine Tante Anna noch hier in der Stadt wohnen würde, wäre sie sicher mitgegangen. Für so was hat sie sich immer interessiert. Dein Vater hat sie sogar mal mitgenommen auf einen Landtag. Das war dem Großvater gar nicht recht, aber sie hat nicht aufgegeben", erzählte Katha.

„Hast du Hunger, Katha?" erkundigte sich Karl fürsorglich. „Sag, worauf du Lust hast, ich mach dir alles. Der alte Henner hat gesagt, du sollst alles haben, was du willst."

„Ja, ich habe Lust auf Hirschbraten mit Safran und ganz viel Pfeffer." Karl starrte seine Frau entgeistert an. Auf eine solche Bestellung war er nicht gefasst gewesen. Da begann sie zu lachen. „Das war ein Scherz, Karl. Ein Hirsebrei mit etwas Gemüse würde es auch tun. Den Hirschbraten machen wir ein andermal."

„Ihr mit euren Scherzen! Da macht man sich wirklich Gedanken und dann wird man noch veräppelt." Brummelnd ging Karl hinunter in den Keller, um etwas Gemüse und Hirse zu holen.

Nach kurzer Zeit liefen Johannes und Jacob wieder zurück zur Kirche. Schon von weitem konnten sie erkennen, dass Nikolaus Ferber auf der obersten Stufe der Treppe stand, die zu dem Kirchplatz empor führte und der erstaunten Menge verkündete, dass sie alle verdammt seien, dass sie sich alle der Ketzerei schuldig gemacht hätten und nur für den Fall, dass sie dem Scheiterhaufen hier auf Erden entgingen, da die gottgewollte Ordnung gänzlich zerstört sei, könnten sie gewiss sein, wenigstens in der Hölle zu landen. Da trat Eugenius Ungefug neben ihn. Ferber bemerkte ihn nicht gleich. Erst als Ungefug ihm leicht auf die Schulter klopfte und sagte: „Ja, ja, Herr Ferber, ist schon recht", da wandte er sich um, sprühte den Priester an mit Gift und Galle und verkündete ihm die düstersten Prophezeiungen. Ungefug zeigte sich unbeeindruckt, beschwichtigte die Menge, die sich dann mehr oder weniger aufgeregt disputierend in die Kirche verfügte. Auch Ferber ging, noch immer wutschnaubend. Fast tat er Johannes Leid.

Die meisten hatten nur über ihn gelacht; die wenigsten schienen seine Drohungen von der ewigen Verdammnis, der unweigerlich alle Abtrünnigen anheim fallen würden, ernst zu nehmen.
Erst als der Landgraf mit seinem Gefolge erschien, kehrte wieder Ruhe in der Kirche ein. Kanzler Feige eröffnete die Versammlung erneut und rief Nikolaus Ferber auf, seine Gegenargumente vorzubringen. Angesichts des Landgrafen beherrschte Ferber mühsam seinen Zorn. Geradezu gefasst wiederholte er seine Argumente vom Vormittag: „Diese Synode ist widerrechtlich einberufen worden. Es ist hier nicht der rechte Ort, um Glaubensfragen zu besprechen. Ich habe hier einhundert Sätze verfasst, die eindeutig alles widerlegen, was bisher hier vorgebracht wurde." Er hielt einen Packen Pergament in die Höhe. „Dies will ich gerne an einem anderen Ort mit rechtgläubigen Bischöfen disputieren." Damit verneigte er sich. Kanzler Feige schaute den Landgrafen an; dieser erteilte Lambert von Avignon das Wort, worauf dieser nach vorn trat, als habe er seit Ewigkeiten darauf gewartet. Würdevoll verneigte er sich vor dem Landgrafen, wandte sich dann zur Versammlung und sprach mit ruhiger, lauter Stimme: „So darf ich davon ausgehen, dass unsere Thesen angenommen sind. Selbst unter den so zahlreichen Franziskanern ist keiner, der es wagt, den Kampf aufzunehmen. Also..." Weiter kam er nicht. Nikolaus Ferber war nach vorn geeilt. Ohne sich vor dem Landgrafen zu verneigen oder sonst wie seine Ehrerbietung zu bekunden, rief er: „Und ich werde nun meine Gegenargumente verlesen, da Ihr mich dazu zwingt. Aber Gott ist mein Zeuge, ich tue es unter Zwang und will nicht die Schmach auf mich nehmen, ich hätte nicht alles getan, um dem rechten Glauben zum Sieg zu verhelfen."
Lambert verschränkte die Arme und lächelte süffisant. Offenbar war er sehr sicher, dass er Ferber ohne weiteres aus den Angeln würde heben können. Die Menge verharrte in gespanntem Schweigen. Man reckte die Hälse, um die beiden ungleichen Kontrahenten sehen zu können, doch die hinteren konnten nur den großen Lambert von Avignon sehen, der auf seinen kleinen Gegner hinabblickte. Man hörte Pergament rascheln, dann begann Ferber mit lauter Stimme zu lesen. Zunächst verlas er nichts neues, nichts, was er nicht schon am Vortag gesagt hatte. Aber dann rief er aus: „Der Elende, Meineidige, Glaubensbrecher und Häretiker warf die Kutte ab und ward ein Sklave aller Laster. Das ist die Freiheit, in der du groß bist!"

„Ferber, Ihr seid unsachlich!“ sagte Lambert von Avignon lapidar. An seiner kantigen Stirn zeigten sich dicke Adern, doch gelang es ihm, seine Wut im Zaum zu halten. „Es geht hier nicht um meine Person, sondern um die Thesen, die ich aufgestellt habe. Die könnt ihr nun mit Worten aus der Heiligen Schrift widerlegen oder schweigen.“
„Jetzt werde ich nicht mehr schweigen!“ rief Feber aufgebracht. „Gott ist mein Zeuge, diese Synode hier ist Ketzerei!“
Nun brachen auch bei Lambert von Avignon alle Dämme: „Auf! Heran ihr Männer! Herbei, Homberger! Dieser Nikolaus Ferber ist über diese heilige Synode mit Schmähungen hergezogen, er zeiht sie der Ketzerei! Nieder mit der Unvernunft! Nieder mit dem Feind des Wortes Gottes! Hinaus mit ihm!“
Im hierauf folgenden Tumult, der selbst die wildeste Viehauktion in den Schatten stellte, drängten sich fünf Herrschaften, die dem Aussehen nach über reichlich Erfahrung mit Wirtshaus- und Kirmesschlägereien verfügten, nach vorn. Bisher hatten sie nur mit mäßigem Interesse von den hintersten Reihen aus die Disputation verfolgt und waren nun offenbar glücklich, doch noch ihre Fähigkeiten einbringen zu können. Mit grimmigen Gesichtern schritten die vierschrötigen Kerle durch die zurückweichende Menge, während sie sich die Ärmel aufkrempelten.
„Freundchen, dir werd ich's zeigen, unsere Simode zu beschimpfen!“ rief der erste, der vorn angekommen war und den nächst besten am Kragen packte. Der so unschuldig Verdächtigte zeigte eifrig auf Ferber und rief: „Der da drüben, der da ist es!“
Ferber sah die fünf Männer auf sich zukommen.
„Freies Geleit! Euer Gnaden, freies Geleit!“ rief er und stürzte vor dem Sessel des Landgrafen nieder.
„Ruhe! Ruhe!“ mahnte Kanzler Feige mit lauter Stimme.
Schon waren die Männer bei Ferber und wollten ihn wieder hochziehen, da hob der Landgraf die Hand.
„Freies Geleit haben Wir gewährt, freies Geleit sollt Ihr haben.“
Die fünf Kerle sahen enttäuscht aus. Sie waren so enttäuscht, dass ihnen nicht bewusst war, dass sie sich gerade selber eines schweren Vergehens schuldig machten. Erst als Kanzler Feige sie ärgerlich anschaute und ihnen ein energisches Zeichen machte, wurden sie inne, dass sie vor ihrem Lan-

desherrn niederzuknien hatten. Das taten sie denn auch eiligst, wobei sie ihre schäbigen Mützen in ihren Pranken drehten.
„Wir können Uns wohl darauf verlassen, dass auch ihr dem Herrn Ferber kein Haar krümmen werdet!“ Kanzler Feige war überrascht, dass der Landesherr das Wort direkt an diese Männer richtete. Ärgerlich sah er nun, dass diese Kerle nur nickten und schließlich hier und da ein ‚ja’ murmelten.
„Das heißt ‚Ja, Euer Gnaden!’ ihr Toren!“ fauchte der Kanzler.
„Ja, Euer Gnaden, ihr Toren!“ erwiderten die völlig eingeschüchterten Männer. Feige war kurz davor, aus der Haut zu fahren, da hielt ihn ein kleiner Wink des Landgrafen zurück.
„Feige, lasst gut sein.“ Und lauter fuhr der Landgraf fort: „Ihr dürft gehen. Alle. Und haltet Frieden! Das ist ein Befehl!“

Landgraf Philipp von Hessen (Mitte) auf der Synode 1526
Kirchenfenster in Homberg Efze

Torgau

Liebste Schwester, Kassel, den 20. Januar 1527

Wir hoffen, dass Ihr wohlauf seid und Euch Unser Brief bei bester Gesundheit antrifft.
Ein gutes Stück Arbeit liegt hinter Uns. Auf der Homberger Synode haben Wir beschlossen, in ganz Hessen die martinische Lehre verbreiten zu lassen. Etlichen der wichtigsten Pfarrherren haben Wir den Auftrag erteilt, eine Reformationsordnung für Hessen auszuarbeiten.
Doctor Luther hat Unsere Reformationsordnung zwar als ‚einen Haufen Gesetze' bezeichnet, doch ist er nicht grundsätzlich gegen den Inhalt. Vielmehr hat er Bedenken, dass es noch zu früh sei, so viele Neuerungen auf einmal einzuführen. Ihr könnt Euch vorstellen, dass Wir weder warten können noch wollen.
Durch Visitationen soll sichergestellt werden, dass die neue Lehre überall gelehrt wird, da manche alten Prediger noch an der alten Lehre festhalten wollen.
Wir werden in Marburg eine Universität gründen, dazu ein Gymnasium, um neue Lehrer und Prediger gleich im Sinne der Reformation auszubilden.
Unsere Gemahlin ist guter Hoffnung. Wir danken Gott von ganzem Herzen und beten täglich, dass er sie bewahren möge vor Übel.

Seid gegrüßt und innigst umarmt von
Eurem Bruder

Auf diesen Brief wagte Elisabeth wie folgt zu antworten:

Freundlicher, herzlieber Bruder, Dresden, 10. April 1527

wie sehr ich mich über all die guten Nachrichten freue, kann ich Euer Lieben kaum sagen. Vor allem die gute Hoffnung Eurer Lieben Gemahlin macht mich über die Maßen glücklich. Wir alle werden ebenfalls für sie beten und hoffen, dass sie einen gesunden Stammhalter zur Welt bringen wird. Unsere Schwägerin Magdalene, die, wie Euer Lieben weiß, in Brandenburg verheiratet ist, hat eine kleine Tochter zur Welt gebracht. Die Kleine wurde auf

den Namen ihrer Großmutter, Barbara, getauft.
Ich selbst bin, Gott habe Lob, bei guter Gesundheit. Ich habe gern gehört, dass Euer Lieben ein guter Christ ist. Ich selbst bin es auch, aber kann es nur im Geiste sein, denn danach zu leben, gebührt sich im Moment noch nicht für mich. Aber Euer Lieben braucht keine Sorge zu haben, dass ich wieder altgläubig werden könnte, denn Gott entzieht mir nicht seine Gnade und ich behalte auch meine fünf Sinne.
Zu den Fortschritten, die die Reformation in Hessen macht, kann ich Euch nur beglückwünschen. Auch ich habe meinem Herrn und Gemahl davon berichtet, aber er hat mir keine Antwort gegeben. Trotzdem glaube ich, dass mein Herr und Gemahl der martinischen Lehre nicht abgeneigt ist. Vor seinem Vater wagt er dies natürlich nicht zu bekennen. Bei Eurem nächsten Zusammentreffen müsst Ihr behutsam auf ihn einwirken, um ihn ganz und gar von Luthers Lehre zu überzeugen, doch ohne auf Herzog Georg zu schelten. Wenn er endlich an die Regierung kommt, wird es wohl gut werden, denn er achtet der Pfaffen Tand nicht so wie der Herr Vater. Die beiden haben nicht viel gemein.
Auch was Rat Carlowitz tut, tut er nur wegen Herzog Georg. Wenn mein Herr und Gemahl zur Regierung kommt, wird er auch wohl anders reden, denn er weiß, dass mein Gemahl die martinische Lehre nicht ungern hört. Auch ihm selbst gefällt diese Lehre nicht gar so übel, nur dass Luther so sehr auf den Herrn Vater und andere Fürsten schilt, dass sie Missbrauch mit der Kirche treiben, das gefällt ihm nicht. Nun, Gott wird es wohl machen.
Gott gebe, dass wir bald wieder mit Freuden beisammen sind.
Datum am Mittwoch nach Judika, anno XXVII.

E H Z S etc.

Die Frau Mutter lässt Euer Lieben viel Liebes und Gutes sagen.
Euer Lieben wollen den Brief verbrennen oder zerreißen.
Elisabeth hatte tatsächlich ein Interesse für Luthers Lehren an ihrem Gemahl entdeckt. Eines Tages im April, als Herzog Georg mit seiner Gemahlin für ein paar Tage unterwegs war und Elisabeth mit ihrem Johann allein in einem der sonnigen Zimmer des Dresdner Schlosses saß, sprach er sie sogar darauf an. Sie beide liebten diese wenigen Augenblicke, in denen sie ganz

ungestört waren. Wenn die Eltern außer Haus waren, dann konnten sie sich selbst ein wenig wie die Hausherren fühlen. Johann hatte natürlich nicht sein Versprechen eingelöst und seinem Vater den dringenden Wunsch nach einem eigenen Hausstand unterbreitet. Einmal hatte er es versucht, doch hatte sein Vater sogleich bemerkt, worauf er hinaus wollte und seinem Hans strikt verboten, das Thema noch einmal zu erwähnen. Herzogin Barbara hatte sich so gekränkt und enttäuscht gezeigt, dass ihr Hans sie verlassen wollte, dass Herzog Johann allein aus diesem Grund schon nicht mehr daran zu denken wagte, seine Eltern noch einmal mit derartig unerhörten Forderungen zu behelligen. Johann hatte darauf verzichtet, Elisabeth von den Ergebnissen seiner Unterredung in Kenntnis zu setzen.

Aber nun waren sie allein im Schloss, so allein man eben in einem Schloss sein kann, das über zweihundert Menschen beherbergte. Nachdem Herzog Johann sich kurz umgesehen hatte, als wolle er sich vergewissern, dass sie tatsächlich allein waren und sich auch wirklich niemand hinter den Wandteppichen versteckte, neigte er sich über den Tisch und flüsterte: „Was kannst du mir über Luther und seine Lehre sagen? Ist sie wirklich so verwerflich wie mein Vater sagt?“

Elisabeth lächelte ihn über ihr Glas hinweg an. Sie nahm erst noch einen Schluck, bevor sie es abstellte und ihrem Ehemann nach kurzem Zögern antwortete: „Natürlich nicht, Johann. Luther ist weder vom Teufel besessen noch predigt er Aufruhr. Geduldig setzte sie ihm die Grundzüge von Luthers Lehre auseinander. Gerade war sie an Luthers Kritik am Ablass angelangt, da klopfte jemand an die Tür. Hans verdrehte die Augen, rief dann aber „Herein!“

Otto von Pack, einer der Räte Herzog Georgs, trat ein, in der Hand ein Schreiben.

„Was gibt es, Pack?“

„Euer Gnaden, hier ist ein Schreiben an Herzog Georg. Ich dachte, in seiner Abwesenheit würdet Ihr den Brief öffnen - für den Fall, dass es etwas dringendes ist.“

„Nein, der Herzog ist außer Haus und wird nicht vor Donnerstag zurück sein. Von wem ist das Schreiben?“ Aus Johanns Stimme klangen Überraschung und Unsicherheit.

„Es ist vom Bruder der gnädigen Herzogin, Landgraf Philipp von Hessen.“

„Wer hat es gebracht? War es Henning von Scholley?“ fragte Elisabeth.
„Ja, Euer Gnaden. Er steht noch draußen und wartet auf Antwort.“
„Dann bittet ihn herein. Wir müssen den Brief öffnen. Es kann sehr dringend sein. Vielleicht gibt es Neuigkeiten bezüglich meiner Schwägerin. Wir können auf keinen Fall bis Donnerstag warten.“
„Aber der Brief ist doch an meinen Vater gerichtet. Ich kann unmöglich einen an ihn adressierten Brief öffnen“, erwiderte Johann. Elisabeth seufzte. „Nun stell dir vor, es ist etwas Schlimmes passiert und wir sitzen hier herum und tun nichts. Vielleicht braucht Philipp unsere Hilfe, vielleicht braucht deine Schwester Hilfe. Stell dir vor, am Wagen deines Vaters bricht ein Rad, er wird aufgehalten. Er würde sicher erwarten, dass du in der Zwischenzeit handelst. Wenn du willst, übernehme ich die Verantwortung.“
„Gut. Wir werden den Brief öffnen“, entschloss sich Johann schließlich nach einigem Ringen. Er nahm den Brief aus Packs Hand, schaute noch einmal das ihm so gut bekannte landgräfliche Siegel an und brach es auf. Dann las er laut vor:

Euer Lieben, Marburg, im April 1527
Herzog Georg von Sachsen,
Dann folgten Höflichkeitsfloskeln, die Johann leise murmelnd übereilte.

wie Euer Liebden wissen, ist unsere Gemahlin guter Hoffnung. Daher können Wir noch nicht sagen, ob wir zur Hochzeit des Kurprinzen nach Torgau werden kommen können. Da Wir aber unbedingt bald Unsere Schwester wieder sehen möchten, bitten Wir Euer Lieben, sie zur Taufe Unseres ersten Kindes nach Marburg kommen zu lassen.
Wir, Landgraf Philipp von Hessen

„Was?“ rief Elisabeth und entriss Johann den Brief. Mit zornigem Gesicht überflog sie die Zeilen. „Tatsächlich! Es ist doch nicht zu fassen!“ Mit diesen Worten zerriss sie den Brief. Otto von Pack und Johann starrten sie entsetzt an.
„Dafür übernehme ich keine Verantwortung!“ rief Otto von Pack.
„Ich auch nicht!“ fügte Johann eilig hinzu und hob die Hände.

„Keine Sorge, die Verantwortung werde ganz alleine ich übernehmen. Pergament und Tinte! Und bringt mir endlich Scholley herein.“ Pack verschwand.
Schon saß Elisabeth am Schreibtisch und kramte in der Schublade. Schnell hatte sie das Gesuchte gefunden. Da trat Pack mit Scholley ein.
„Euer Gnaden, zu Diensten!“ sagte er und verneigte sich. Seine Stimme klang sonderbar dünn. Wahrscheinlich hatte Pack ihm gleich gesteckt, dass Elisabeth den von ihm soeben überbrachten Brief zerrissen hatte.
„Gott zum Gruß, Scholley“, erwiderte Elisabeth, ohne von ihrem Pergament aufzusehen. Noch während sie schrieb, erklärte sie den noch immer entsetzten Herren: „So geht das nicht! Nur mich allein einzuladen! Was stellt sich der Landgraf denn vor? Dass deine Eltern keine Lust haben, zur Taufe ihres eigenen Enkelkindes zu kommen? Er muss den Brief noch einmal schreiben. Von diesem darf der Herzog nichts erfahren, hört Ihr? Ach, die Feder ist aber stumpf. Wo ist denn nur das Messerchen? Aha, hier ist es. Gleich werde ich ihm mit spitzer Feder antworten. Er soll seine Schwiegereltern und uns beide gemeinsam einladen. Er weiß doch, dass mir an einem guten Verhältnis zwischen ihm und Herzog Georg gelegen ist und dann brüskiert er ihn mit einem solchen Brief! Ist in Hessen etwa der Notstand ausgebrochen? Hat er nicht genug Geld, die eigenen Schwiegereltern zu bewirten? Die Briefe, die zwischen ihm und Herzog Georg hin und her gehen, haben ohnehin einen so scharfen Ton angenommen, dass ich manchmal fürchte, sie werden ganz und gar miteinander brechen. In Glaubensfragen sind sie zu unterschiedlicher Meinung. Aber man kann doch nicht deswegen den Großvater des Täuflings ausladen! Nein, so geht das nicht! Scholley, Ihr müsst so schnell wie möglich wieder aufbrechen. Es tut mir Leid, Ihr könnt nicht verweilen, sonst ist es zu spät für einen zweiten Brief oder der Landgraf müsste die Taufe verschieben.“
Diesen Redeschwall gab Elisabeth parallel zu ihrem hastigen Schreiben von sich. Die Feder kratzte über das Papier. Mit einem vorsichtigen Blick stellte Herzog Johann fest, dass Elisabeths ohnehin sehr unleserliche Schrift noch viel schlimmer wurde. In der Anrede beschränkte sie sich auf ein M L B, Mein liebster Bruder, anstatt wie sonst eine ganze Reihe von Buchstaben aufzuzählen, die mein herzallerliebster Bruder hießen.
„Seid Ihr denn sicher, dass der Landgraf noch einen neuen Brief schreiben

wird? Habt Ihr so viel Einfluss auf ihn?" fragte Otto von Pack etwas verunsichert.

„Oh, ja. Er wird einen neuen Brief schreiben. Und er wird ihn genau so schreiben, wie ich ihn haben will. Er wird seine Schwiegereltern einladen, meinen Gemahl und mich. Ihr werdet schon sehen, Pack, Ihr braucht Euch keinerlei Sorgen zu machen wegen des Briefes." Packs Augen ruhten unverwandt auf Elisabeth, die sich ihrer Sache überaus sicher schien. Sie bemerkte seinen Blick und versicherte ihm: „Es ist alles in Ordnung. Pack, Ihr sorgt gleich für ein frisches Pferd für Scholley. Der Stallmeister soll Euch das kräftigste geben."

„Ich könnte Scholley begleiten. Ich habe ohnehin einen Auftrag von Herzog Georg, die Erbschaft Eurer verstorbenen Mutter betreffend. Zu zweit reist es sich sicherer. Ich bin ein guter Reiter und kann mit Gewehr und Säbel umgehen."

Elisabeth schaute Scholley an, der nickte.

„Gut, dann soll es so sein. Ihr werdet gemeinsam reiten. Und sagt in der Küche Bescheid, dass Ihr Proviant braucht. Sie sollen Euch... ach, das mach ich besser selbst. Scholley, nehmt doch wenigstens für einen Augenblick auf einem bequemen Stuhl Platz."

Elisabeth und Pack verschwanden. Johann hatte sich wieder am Tisch niedergelassen und sah Scholley an, der in seiner staubigen Reitkleidung ganz und gar nicht zum Mobiliar dieses Raumes passte. Scholley selbst sah großzügig darüber hinweg und nahm Platz, wie Elisabeth ihm angeboten hatte.

„Eure Gemahlin ist überaus freundlich, Euer Gnaden", sagte er.

„Das ist sie in der Tat", erwiderte Herzog Johann steif, erhob sich, was Scholley dazu veranlasste, sich ebenfalls zu erheben. Der Bote verneigte sich vor dem Herzog. Letzterer ging davon, wieder einmal die mangelhafte Erziehung seiner Gemahlin verwünschend, durch die sie einem Boten erlaubte, sich vertraulich zu ihm, dem Herzog von Sachsen, an den Tisch zu setzen, während sie höchst selbst in die Küche ging, um womöglich eigenhändig Essensvorräte zusammenzupacken.

Am Abend dieses Tages war Johann wieder kühl und unzugänglich, worauf sich Elisabeth keinen Reim machen konnte. Doch da Johann in seinen Launen sehr wechselhaft war, nahm Elisabeth dies einfach hin und beschloss, die Nacht wieder mit Martin Luther zu verbringen.

*

„Zur Hochzeit? Wir fahren wirklich alle zur Hochzeit?" rief Lene und klatschte in die Hände.

„Ja, ich darf mein ganzes Frauenzimmer mitbringen, hat der Kurprinz gesagt. Und ihr werdet alle neue Kleider bekommen. Morgen suchen wir Stoffe aus."

Es war Anfang Mai. Es war wunderbar warm und sonnig, ein Wetter wie geschaffen für Hochzeiten. Das Licht flutete in Elisabeths Frauengemach, ließ die bunten Gewänder der Damen aufleuchten, wobei Gertrud darauf bedacht war, auch mit ihrem Kopf in der Sonne zu sitzen, denn sie wusste, dass ihr Haar aufblitzte wie Gold. Hildegard bemerkte dies und nutzte ihre Körpergröße, um die Sonne von Gertruds Köpfchen abzuschirmen.

„Es sind keinerlei Heiratskandidaten in der Nähe, Gertrud, du musst dir also nicht die Haare verbrennen. Das hat Zeit bis zur Hochzeit."

Bei dem Wort „Heiratskandidaten" wurden auch Dorothea und Lene hellhörig.

„Ist es nicht so, dass eine Hochzeit immer neue Hochzeiten nach sich zieht? Dort macht man Bekanntschaften und ehe man es sich versieht, erwägt ein wunderschöner junger Mann die Verbindung mit einer Familie, die ihm vorher gänzlich unbekannt gewesen ist." Lene seufzte und drehte eine ihrer zahlreichen, braunen Locken um ihre dicken Finger.

„Ja, Lene. Und wenn dann auch noch die Mitgift hoch genug ist, wird dein schöner junger Mann seinen innigsten Gefühlen sicherlich freien Lauf lassen."

„Ach, Hildegard, dass du immer alles so... ich weiß gar nicht, wie ich es sagen soll, so..."

„Du meinst sicher, dass ich alles so realistisch sehe, nicht wahr?" erwiderte Hildegard und sonnte sich im Wissen ihrer Überlegenheit.

„Schluss jetzt, alle miteinander!" befahl Elisabeth. „Wir werden sehen, was sich auf der Hochzeit ergibt. Vielleicht findet sich wirklich der eine oder andere Mann, der euch gefällt. Und wir werden euch schon so ausstaffieren, dass ihr allen gefallen werdet. Dann könnt ihr euch die besten aussuchen."

„Ja, wir werden für Gertrud einen finden, der ihr Gedichte schreibt. Einen Mann mit langen, blonden Locken, der direkt aus Arkadien nach Torgau ge-

kommen ist."
Gertrud errötete bei Lenes Worten, was Lene als Bestätigung verbuchte, und so fuhr sie fort: „Für Dorothea einen feschen Jäger, der natürlich sein Wild in seinen eigenen weitläufigen Besitzungen mit einem stattlichen Speer jagt, (Hildegard: Pfui, du bist so unanständig!) um es anschließend in seinem nicht zu kleinen Jagdschloss über dem Feuer zu rösten." Elisabeth hüstelte, Dorothea und Gertrud lachten, Hildegard saß mit verkniffenem Mund und verschränkten Armen in ihrem Sessel.
„Ja, und für Hildegard werden wir einen alten Griesgram finden."
„Und für dich werden wir den Kerl mit der Narrenkappe reservieren!" fauchte Hildegard.
„Schluss jetzt! Rede ich türkisch oder was? Haltet Frieden! Wie soll denn die Welt Frieden halten, wenn selbst in einem kleinen Frauenzimmer ewig Zank herrscht? Noch ein böses Wort zwischen euch und ihr bleibt alle zu Hause."

Die Damen hatten wohl Frieden gehalten, denn am frühen Morgen des ersten Juni brach die herzogliche Familie mitsamt den Frauenzimmern der beiden Herzoginnen auf nach Torgau. Im Frauenzimmer der Herzogin Barbara befand sich auch die Gräfin Köstritz - eine Reisegesellschaft, auf die Elisabeth gerne hätte verzichten können. Immerhin trug die Köstritz zu Elisabeths Erheiterung bei, als diese auf dem Schiff, das doch nur über die Elbe fuhr, seekrank wurde. Die Gräfin umklammerte die Reling, als wolle sie das letzte Wasser aus dem Holz herausdrücken, hielt sich aber tapfer aufrecht. Schließlich nötigte sie Elisabeth doch Mitleid ab und sie ging zu ihrer ehemaligen Hofmeisterin.
„Ihr seid so bleich. Ist Euch etwa nicht wohl?" erkundigte sich Elisabeth. Die Köstritz starrte Elisabeth nur für einen Moment böse an, dann wandte sie sich ab und schaute hinüber zum Ufer, das an ihnen vorbeizog.
„Ihr solltet lieber nach vorn gehen und nach vorn schauen. Da wird Euch sicher nicht so übel. Das hilft wirklich. Dorothea verträgt das Fahren auf dem Schiff auch gar nicht gut, aber vorn geht es einigermaßen."
„Euer Gnaden sind zu gütig", presste die Köstritz hervor. Ärgerlich schlug sie auf ihren Rock, der vom Wind gebauscht wurde. „Es wird schon gehen. Schließlich fahren wir nur nach Torgau und nicht in die neue Welt." Damit

starrte sie weiter auf das Ufer. Elisabeth verabschiedete sich mit einem Nikken und ging zurück zu ihrem Frauenzimmer, das ganz vorn am Bug des Schiffes stand. Wie schön die bunten Kleider der Mädchen aussahen; wie ein Strauß Blumen, dessen Blätter vom Wind gezaust wurden. Elisabeth war gespannt, ob das Bouquet noch vollständig war, wenn sie wieder nach Hause fuhren. Ob sich tatsächlich ein Mann für eine ihrer Jungfrauen fand?
Die Fahrt über die Elbe verlief ruhig, und bald erahnten sie am Horizont die Türme des Torgauer Schlosses. Nur noch wenige Flusswindungen waren zu durchschiffen, dann sahen sie das große Schloss mit seinen Türmen inmitten der Wiesen; dahinter ragte der Turm der St. Marienkirche auf, in der das Brautpaar morgen getraut würde. Die vergoldeten Wetterfahnen auf den Turmspitzen glänzten in der letzten Abendsonne. Je näher man kam, desto deutlicher war zu erkennen, dass der Kurfürst keine Kosten und Mühen für die Hochzeit seines Sohnes gescheut hatte. Lange bevor sie das Schloss erreicht hatten, fuhren sie zwischen unzähligen am Ufer liegenden Schiffen hindurch; in den Auen waren ganze Städte aus Zelten entstanden, in denen Menschen sich um Lagerfeuer scharten, Essen kochten, auf der Wiese saßen, Karten spielten, tranken und zankten. Hier lagerten offenbar die Bediensteten der geladenen Herrschaften. Nun, auch hier würde man die Hochzeit gebührend feiern. So weit das Auge reichte, herrschte buntes Gewimmel. Es mussten wohl viele Tausend Menschen sein, die hier versammelt waren. Elisabeth und ihre Jungfrauen versuchten all die Flaggen und Wappen zu erkennen, als sie zwischen den Schiffen zum Schloss fuhren. Alle waren da. Alle, die Rang und Namen hatten, waren der Einladung des Kurfürsten gefolgt und hatten ihr Gefolge mitgebracht. Schließlich wollte man auch selber zeigen, was man hatte. Nur das hessische Wappen vermisste Elisabeth noch. Endlich waren sie an der Landungsbrücke direkt vor dem Schloss angekommen. Die Ruderer manövrierten ein Schiff nach dem anderen geschickt an den mit Blumengirlanden geschmückten Steg, damit die Dresdner Gäste aussteigen konnten. Gräfin Köstritz war heilfroh, als sie wieder festen Boden unter den Füßen hatte. Sie sah aus, als wolle sie nur noch ihre Ruhe haben, ein warmes Bett und einen heißen Gewürzwein.
Sie traten mit vielen anderen Gästen ein in das untere Gewölbe des Schlosses, wo es trotz der sommerlichen Wärme kühl war. Natürlich schloss Elisabeth den Kurprinzen nicht in die Arme, auch wenn sie das gerne getan

hätte, sondern beachtete das Protokoll, knickste, neigte ihr Haupt und tauschte Höflichkeiten in der Eingangshalle aus. Kurfürst Johann war überglücklich, sie alle willkommen zu heißen. Er war ein stattlicher Mann, doch sein Sohn übertraf ihn deutlich an Leibesfülle. Auch die laute, fröhliche Art, die der Kurprinz an den Tag legte, hatte sich bei dem Vater schon gemildert. Er mochte in seiner Jugend ebenso gewesen sein. Er schaute mit unverhohlenem Stolz auf seinen Sohn und seine junge Schwiegertochter. Sibylle von Jülich-Kleve-Berg war ein Mädchen von fünfzehn Jahren. Neben ihrem Bräutigam wirkte sie verschwindend blass und schmächtig, doch schien sie ihrer Ehe mit Zuversicht, ja einer gewissen Vorfreude entgegenzugehen. Vor allem letzteres war sie bestrebt zu verbergen. Auch sie knickste, neigte ihr Haupt und versuchte offensichtlich, ihrer neuen Rolle als zukünftige Kurfürstin gerecht zu werden. Nur dann und wann konnte Elisabeth beobachten, dass ihr Blick etwas verloren umherschweifte, als suche sie etwas, das sie aber nicht finden würde zwischen den riesigen, grob behauenen Steinen, den Fackeln, den Blumengirlanden oder gar den unzähligen, festlich gekleideten Menschen, die sich in dem Gewölbe drängten.
Elisabeth dachte an ihre erste Zeit in Dresden. Ob sie auch so klein und verloren ausgesehen hatte, damals? Sie dachte an ihre Mutter, die sie begleitet hatte nach Dresden und daran, dass man damals gesagt hatte, Anna von Hessen überstrahle sogar ihre eigene Tochter an Schönheit. Damals hatte Elisabeth gedacht, es sei um ihre Fahrt nach Dresden doch sehr viel Aufhebens gemacht worden. So viele Pferde und Kutschen, die neuen, teuren Kleider, all ihre Truhen mit der Aussteuer, die aber doch nicht genügt hatte. Erst viel später hatte sie erfahren, dass man ihre Ankunft in Dresden als ärmlich bezeichnet hatte. Ein Spion des damaligen Kurfürsten Friedrich hatte seinem Herrn berichtet, es seien nur zweihundert Pferde gewesen und allgemein habe man Gepränge vermisst. Gepränge. Das, was man in Dresden aufgefahren hatte, hätte die Grenzen von Spangenberg und Felsberg vollkommen gesprengt.
Nun, an Gepränge mangelte es hier in Torgau sicher nicht. Schon der Vorabend der Hochzeit war ein Fest, das alles in den Schatten stellte, was Elisabeth bisher am Hofe des sparsamen Herzogs zu Dresden gesehen hatte. Man stieg aus dem düsteren Gewölbe empor in die festlich erleuchteten Gemächer und Säle des Schlosses. Da die Gäste alle zu unterschiedlichen Zeiten

kamen und der Bräutigam das größte Verständnis aufbrachte für Menschen, die nach einer langen Reise der Hunger plagt, waren an einem Tisch im großen Festsaal schon kleine Leckereien angerichtet. Diener boten Wein an, sorgten für frisches Geschirr und gefüllte Platten und Schüsseln.

„Ich hab solchen Hunger!" flüsterte Lene.

„Du musst nicht flüstern. Hier sind so viele Menschen, die alle reden und lachen, die Musik spielt, da wird niemand darauf achten, was ein junges Mädchen spricht. Und deinen Hunger wirst du jetzt stillen können", sagte Elisabeth und nahm sich eine kleine Pastete. Leise fügte sie für alle ihre Jungfrauen hinzu: „Und bemüht euch so auszusehen, als hätten wir das in Dresden alle Tage, sonst denkt man am Ende noch, wir kämen aus dem wilden Wald."

„Oder aus Spangenberg!" Herzogin Barbara stand mit ihren Hofdamen da und schenkte ihrer Schwiegertochter ein süffisantes Lächeln. Schon wollte Elisabeth etwas entgegnen, da hustete Lene mit hochrotem Kopf so laut, dass man um ihr Leben hätte fürchten können. Erschrocken schlug Elisabeth ihrer Jungfer auf den Rücken, die auch gleich ausspuckte, was sie in diese fatale Lage gebracht hatte: gepfefferter Fasan.

„Du liebe Güte! Das kann doch kein Mensch essen! Das ist höllisch scharf!" ächzte sie. Elisabeth versuchte die Umstehenden, vor allem aber ihre Schwiegermutter, zu ignorieren.

„Kann man sich in Dresden keinen Pfeffer leisten?" und „Das kleine Hühnchen wär ja fast erstickt an einem Leckerbissen", flüsterte man. Lene kam langsam wieder zu Atem.

„Hier, iss Brot!" sagte Elisabeth. „Der Kurfürst muss eben zeigen, dass er sich was leisten kann. Da darf dem Koch schon mal der Pfeffer ausrutschen. Und? Wieder gut?"

Lene nickte schwach und wischte sich die Tränen aus den Augen, während sie gehorsam das Brot kaute.

Da stieß jemand Elisabeth derb an. Ärgerlich wandte sie sich um, doch da sah sie, dass Herzog Moritz von Sachsen offensichtlich vor seinem Kindermädchen flüchtete. Er war gerannt, sein Kopf war hochrot, seine roten Locken klebten verschwitzt an der Stirn, sein hellblaues Gewand wies hier und dort Flecken auf. Elisabeth erwischte ihn am Arm und hielt ihn fest. „Moritz, mein süßer kleiner Moritz! Meine Güte, bist du gewachsen! Mit was

füttern dich denn deine Eltern? Erlegt dein Vater jeden Tag einen Bären?“ Der Junge schaute Elisabeth erschrocken an. Seine hellblauen Augen hatten etwas wässrig-fischiges. Mit etwas gutem Willen erinnerten sie an die stille Fläche eines Sees unter einem klaren Wintermorgen.
„Erinnerst du dich denn nicht an mich? Wir haben uns vor drei Jahren auf einer Hochzeit gesehen. Ich bin Elisabeth, deine Base.“ Moritzens verschlossenes Gesicht hellte sich ein wenig auf. Liebevoll strich sie ihrem kleinen Cousin übers Haar, doch der Kleine entzog ihr seinen Kopf mit einem unwilligen Nicken. Da tauchte auch schon seine Amme auf.
„Herzog Moritz, ich habe Sie schon gesucht. Nein, wie Sie aussehen! Ihr Vater wird schelten!“ stammelte die junge Frau, der sehr wohl klar war, wen der Vater schelten würde. Auch sie selbst sah nicht mehr ganz frisch aus. Unter ihrer Haube stahlen sich Haarsträhnen hervor und auch ihr Gesicht war so hochrot wie Moritzens. „Sie müssen sich erst umziehen, dann können Sie Ihrer Muhme guten Tag sagen.“
„Guten Tag, Emma“, sagte Elisabeth.
„Euer Gnaden können sich an meinen Namen erinnern?“ Die junge Frau war sichtlich überrascht.
„Aber sicher. Es ist noch keine drei Jahre her. Das war auch auf einer Hochzeit. Übrigens: Ich bin nicht seine Muhme, sondern seine Base. Meine Mutter und seine Mutter waren Schwestern“, erklärte Elisabeth. „Lassen Sie nur“, fuhr sie zu Emmas großer Erleichterung fort. „Ich werde mich um den jungen Ritter hier kümmern. Und seiner Mutter werde ich auch erklären, dass er gerade eine höchst wichtige Aufgabe zu bewältigen hatte. Sicher habt Ihr gerade einen Drachen bekämpft und eine Prinzessin befreit, nicht wahr?“ In Moritzens Gesicht arbeitete es. Er schaute Elisabeth mit gerunzelter Stirne an, überlegte ganz offensichtlich, warum diese Frau, an die er sich nur vage erinnerte, zu ihm so freundlich war und blieb stumm.
„Wo ist denn deine Mutter?“ fragte Elisabeth in der Hoffnung, einen Ton aus dem Kind herauszubringen.
„Meine Frau Mutter ist nicht dabei. Sie ist umfässlich.“
„Sie ist was?“
„Unpässlich. Meine Gemahlin ist unpässlich“, sagte Herzog Heinrich, der gerade zu den Damen getreten war und sich zur Begrüßung verneigte. Elisabeth knickste und verschluckte den Satz, der ihr auf der Zunge gelegen

hatte. Etwas wie: ‚Kein Wunder, dass Ihr beiden so fröhlich ausseht!' wäre zwar ehrlich gewesen, hätte aber die Beziehungen vielleicht belastet. Ihr Onkel Heinrich war ein gutmütiger alter Mann, etwas behäbig, gemütlich und bei weitem nicht so ambitioniert, wie seine Gemahlin Katharina ihn gerne gehabt hätte. Sie war es, die regierte; und zwar nicht nur das Land, sondern auch die Familie.

„Mein Oheim, es ist schön, Euch zu sehen. Ich hoffe, es geht meiner lieben Muhme nicht allzu schlecht. Es ist doch hoffentlich nichts Ernstes?"

„Nein, nein, ganz im Gegenteil." Er zögerte. Elisabeth schaute ihn an mit hochgezogenen Augenbrauen. „So sagt mir doch, was mit ihr ist."

„Sie ist... guter Hoffnung, wie Ihr wisst. Da wollte sie den Weg nicht mehr auf sich nehmen, auch wenn es gar nicht so weit ist." Er sah aus, als entschuldige er sich für diese Äußerung. Er wusste um Elisabeths Dünnhäutigkeit. Tatschlich hatte er seiner Gemahlin dringend abgeraten, den Weg auf sich zu nehmen, da er wusste, wie gerne sich seine Frau mit ihrem schwangeren Leib vor ihrer noch immer kinderlosen Nichte präsentiert hätte. Das hatte ihn ein ganzes Stück Arbeit gekostet, aber wie er sah, hatte es sich gelohnt, denn mit einer Selbstbeherrschung, wie sie wohl nur Frauen eigen ist, hatte Elisabeth gleich wieder ihre Miene unter Kontrolle und beglückwünschte ihn lächelnd. Seine Gemahlin Katharina hatte mit Elisabeths Mutter Anna in keinem guten Einvernehmen gestanden. Mit Elisabeth verstand sie sich noch weniger. Elisabeth erinnerte sich daran, dass ihre Tante einen Brief nach Dresden geschickt, in dem sie stolz von ihrem Zustand berichtet hatte. Die Nachricht war so formuliert gewesen, dass ein deutlicher Vorwurf an alle nicht schwangeren Frauen dieser Welt daraus hervor klang, was Herzogin Barbara mit ihren Hofdamen freudig aufgenommen hatte. Elisabeth hatte diesen Brief sofort wieder aus ihrem Gedächtnis gestrichen.

„Wo ist denn Euer Gemahl? Der junge Herzog ist doch sicher mit angereist."

„Mein Gemahl ist sozusagen auch unpässlich. Er hat sich nach der Begrüßung schnell zurückgezogen. Er wollte sich nur einen Augenblick hinlegen. Sicher kommt er gleich wieder zu uns. Er verträgt das Reisen nicht."

„Moritz muss auch gleich ins Bett", bestimmte der Herzog mit gespielter Strenge, worauf das Fräulein, das wortlos dagestanden hatte, sich verneigte.

„Aber die Leute sind alle noch wach. Ich auch. Ich will jetzt noch nicht

ins Bett."
„Wenn Sie möchten, kann Ihre Base Sie zu Bett bringen, doch das Spielen müssen Sie auf morgen verschieben."
Dies schien dem Jungen zu behagen, nicht zuletzt, weil Elisabeth ihm zuzwinkerte. „Und wie wäre es, wenn ich dir noch eine schöne Geschichte erzähle vor dem Einschlafen?"
Der Kleine nickte, als habe er doch etwas Zutrauen gefasst. „Würdet Ihr mir eine lange Geschichte erzählen?" fragte er sogar.
„Das versteht sich doch von selbst", versicherte ihm Elisabeth. Der Vater nickte zufrieden, Emma knickste wieder schweigend.
„Nun, dann werden wir Euch zwei Sänften bestellen, die Euch in unser Quartier bringen. Wir wohnen in einem dieser stattlichen Bürgerhäuser am Marktplatz. Torgau ist ja sonst sehr beschaulich, aber in einer Nacht wie dieser wird sicher mehr getrunken als gut ist." Herzog Heinrich ging, um die Sänften zu bestellen.
Elisabeth sah kurz nach ihren Jungfrauen und stellte fest, dass sie sich in der Menschenmenge bereits glänzend amüsierten.
„Lass uns noch etwas von den süßen Kuchen mitnehmen", flüsterte Elisabeth und tat so, als stibitze sie verbotenerweise Kuchen. Moritz lächelte ein wenig und tat es ihr nach. „Wir sollten auch für das Fräulein etwas mitnehmen", flüsterte Elisabeth. „Sicher hat sie auch Hunger."
Moritz nahm noch einen weiteren Kuchen, griff auch bei den kandierten Früchten herzhaft zu, dann folgten sie mit ihrer Beute dem Fräulein. Draußen im Schlosshof standen schon Sänften und Wachen bereit. Elisabeth hätte gerne Moritz auf den Schoß genommen, doch er kletterte gleich zu seiner Kinderfrau. So ganz nüchtern schienen die Sänftenträger auch nicht mehr zu sein, denn die Sänfte schwankte und schaukelte noch mehr als üblich. Man ließ den Lärm der Festgesellschaft hinter sich, kurz war es beinahe still, doch dann tauchten sie ein in die enge Gasse zwischen Schloss und Marktplatz, wo das Volk in den Schenken feierte. Betrunkene torkelten über die Straße, einer glotzte in die Sänfte, was Elisabeth schnell den Vorhang schließen ließ. Wie froh war sie, dass der Kurfürst so umsichtig war, auch gleich Wachen mitzuschicken.
Auf dem großen Marktplatz herrschte ein tolles Treiben. Elisabeth hörte schon von weitem die Musik, die Sackpfeifen, die Drehleiern und die

Stimmen einer riesigen Menschenmenge. Sie wagte einen Blick durch den kleinen Schlitz zwischen Vorhang und Sänfte, hinauf zu den großen Bürgerhäusern. Die Blumengirlanden an den prächtigen Fassaden waren noch gut zu erkennen. Ja, Torgau war eine reiche, blühende Stadt, aber das wilde Treiben, das zwischen diesen Häusern wogte und tobte, wollte Elisabeth doch lieber aus sicherer Höhe anschauen.

Schließlich waren sie an dem Haus angelangt, in dem sie für die nächsten Tage wohnen würden. Die Herrschaften des Hauses waren ebenfalls in der Stadt unterwegs, doch ein Diener öffnete und führte sie über eine breite Treppe in ihre Gemächer, die im ersten Stock lagen. Moritz und Emma hatten hier zwei Zimmer, Moritzens Vater würde nebenan schlafen. Elisabeth schob das Fenster auf, um einen ungehinderten Blick auf das Geschehen zu haben. Auf dem Marktplatz waren viele hunderte Menschen versammelt, wenn nicht gar tausende. In den dicken Menschentrauben erkannte Elisabeth hier und dort große Lichtungen, die von Fackeln erhellt waren. Dort spielten sich die Musiker die Seelen aus den Leibern, tanzten leicht bekleidete Frauen oder schickten Feuerspucker ihre höllischen Fontänen in den Himmel, was immer wieder von Applaus und unanständigen Zurufen begleitet wurde. Da schloss Elisabeth das Fenster wieder.

Nun, da sie unter sich waren, an einem kleinen Tisch ihre Schätze ausbreiteten und Emma einluden, mitzuspeisen, lächelte sie sogar. Doch sie nahm nichts.

„Nun, Emma, ich wette, Sie haben noch nie so guten Kuchen gegessen“, sagte Elisabeth und lud die Frau noch einmal mit einer Geste ein, sich zu bedienen.

„Oder nehmen Sie sich doch von den kandierten Früchten. Die hab ich erbeutet“, gab Moritz kund.

„Kau erst mal zu Ende, dann kannst du wieder reden.“ Elisabeth wischte ihm sanft ein paar Krümel von der Wange. Diese Berührung schien ihn zu überraschen.

„Danke, Euer Gnaden sind sehr freundlich“, sagte Emma leise. Sie hatte eine schöne Stimme. Dann nahm sie sich ein Stück von dem kandierten Obst und schob es geradezu andächtig zwischen ihre Lippen.

„Und? Schmeckt es Ihnen?“ fragte Moritz. Emma nickte. „Sehen Sie, es ist doch gut, dass Sie mitgefahren sind. Ich bin so froh, dass Sie uns begleitet

haben und nicht der Herr Lehrer."
Zu diesem Thema wollte Elisabeth die Amme lieber noch einmal unter vier Augen sprechen. „Hier, diese kleinen Kuchen sind mit irgendwas gefüllt. Ich weiß nicht, was es ist, aber es ist unglaublich lecker", sagte sie und hielt das angebissene Stück hoch.

„Erdbeermus!" stellte Moritz mit Kennermiene fest.

„Köstlich. Absolut köstlich."

„Jetzt ist schon alles aufgegessen. Wir hätten doch noch mehr mitnehmen sollen", rief Moritz, der ahnte, was das Ende des Essens bedeutete.

„Wir sind hier auf einer Hochzeit. Da gibt es morgen wieder Essen in Hülle und Fülle. Der Kurfürst wird sicher nicht gespart haben. Und damit Sie morgen frisch und ausgeruht sind, müssen Sie jetzt ins Bett gehen.

„Nein. Noch nicht. Elisabeth hat mir eine Geschichte versprochen."

„Ja, natürlich bekommst du deine Geschichte. Aber erst, wenn du gewaschen im Bett liegst."

Vom Waschen hielt Moritz offenbar nicht so viel, aber er fügte sich der weiblichen Übermacht. Elisabeth sah, dass Emma mit ihrem Schützling sehr liebevoll umging. Sie gab ihm Salbeiblätter, die er gehorsam in den Mund steckte. Während er kaute, befreite sie ihn behutsam aus seiner festlichen Kleidung, goss Wasser in eine Schüssel und wusch ihm das Gesicht und die Hände.

„Sind die Zähne nun sauber?"

„Ganz bestimmt. Ich hab rein gar nichts mehr von dem guten Geschmack vom Kuchen im Mund." Er spuckte die Blätter in die Schüssel, spülte mit Wasser nach, dann ließ er sich sein Nachtgewand überstreifen. Elisabeth klopfte ihm sein Kopfkissen zurecht und schüttelte das Bett auf.

„Komm, mein Liebling, jetzt erzähl ich dir noch eine schöne Geschichte."

Mit Anlauf sprang Moritz ins Bett und kuschelte sich hinein. Emma räumte die Waschutensilien fort und setzte sich wieder an den Tisch, um auch Elisabeths Geschichte zu hören. Und Elisabeth, die auf der Bettkante saß, begann zu erzählen:

„Es war einmal ein junger Prinz, der jüngste von drei Brüdern, der kein Erbe zu erwarten hatte; der zog in die Welt hinaus, um sein Glück zu suchen. Und als er schon sehr lange gewandert und längst aus dem Königreich seines Vater heraus war, da kam er in eine Stadt, die war ganz und gar mit schwarzem Tuch verhängt. Er fragte den Wirt, bei dem er eingekehrt war, was das zu bedeuten habe. Da bekam er zur Auskunft, die Tochter des Königs solle heute ins Gebirge gebracht werden, dorthin wo ein Drache hause. Das habe der Drache verlangt, sonst würde er das ganze Land verwüsten. Der Prinz, der ein kampferprobter Ritter war und zwei starke Arme hatte, machte sich auf ins Gebirge, dorthin, wo der Drache wohnte. Und richtig: Am nächsten Tag kam eine Kutsche, aus der stieg eine Prinzessin, die war so wunderschön, wie er noch keine gesehen hatte."

„War die noch schöner als du?"

„Noch viel, viel schöner, mein Schatz. Und noch jemand war in der Kutsche; das war der Hofmarschall. Der wollte die Prinzessin aber gar nicht retten, der wollte nur zusehen, wie sie gefressen würde."

„Was für ein feiger Kerl!" rief Moritz. „Aber der Prinz, der hat gegen den Drachen gekämpft, nicht wahr?"

„Natürlich. Er hat sein Schwert geschwungen und dem Drachen alle seine sieben Köpfe abgeschlagen."

„Da war die Prinzessin wahrscheinlich ganz schön erleichtert."

„Das kann ich dir sagen. Und dass der Mann, der ihr das Leben gerettet hatte, auch noch ein richtig hübscher Kerl war, dagegen hatte sie rein gar nichts einzuwenden. Ich glaube, er hatte ebensolche roten Haare und blauen Augen wie du. Sie war ihm unendlich dankbar und fiel ihm um den Hals. Das sollten sittsame Jungfern eigentlich nicht tun, aber in diesem Fall kann man das schon verstehen."

„Wahrscheinlich hatte sie sich vor Angst in die Hosen gemacht."

„Fast. Nur fast. Aber wer sich wirklich in die Hosen gemacht hatte, das war der Hofmarschall, der sich in der Kutsche versteckt hatte."

„Hat der Prinz dann die Prinzessin geheiratet?"

„Nicht gleich. Er wollte erst noch eine Weile auf Abenteuerfahrt gehen, sonst wäre seine Wanderschaft ja viel zu schnell zu Ende gewesen. Also gab er seiner Braut einen Ring als Liebespfand, damit sie ihn nicht vergessen sollte und schnitt die Zungen aus den Drachenköpfen heraus.

Als der Prinz fort war, da traute sich auch der Hofmarschall aus der Kutsche. Er ging zur Prinzessin und sagte, sie solle ihrem Vater sagen, dass er selbst den Drachen besiegt hätte, damit er ihr Gemahl und später König würde. Wenn sie sich weigere, müsse sie sterben. Der armen Prinzessin blieb nichts anderes übrig. Sie stand da mitten im Wald allein mit diesem scheußlichen Kerl und musste ihm alles versprechen, was er verlangte. Als Beweis, dass der Drache tot war, sammelte der Hofmarschall alle Drachenköpfe in einen Sack und nahm sie mit. Als sie wieder bei ihren überglücklichen Eltern angekommen war, tat die Prinzessin so, wie der Hofmarschall von ihr verlangt hatte, aber sie bat ihre Eltern, noch ein Jahr lang mit der Hochzeit zu warten. Der Schreck sitze ihr so tief in den Gliedern, dass sie jetzt noch nicht gleich feiern könne. Die Eltern waren zufrieden. Die Drachenköpfe wurden ausgestopft und über dem Stadttor aufgehängt."

„Aber der Prinz?"

„Ja, der Prinz kam nach einem Jahr wieder und sah, dass die Stadt überall mit weißem Tuch behängt war. Wieder fragte er den Wirt, bei dem er eingekehrt war, was das zu bedeuten habe. Diesmal bekam er zur Antwort, dass der Hofmarschall vor einem Jahr die Prinzessin gerettet habe und dass heute Hochzeit sei. Da ging der Prinz schnurstracks in den Palast. Wie froh die Prinzessin war, ihn endlich wieder zu sehen, das kann sich keiner vorstellen. Sie heiratete ja viel lieber den jungen, hübschen Prinzen, der sie wirklich gerettet hatte, anstatt den alten Hofmarschall, der sie gezwungen hatte, ihre eigenen Eltern zu belügen. Und zum Beweis, dass wirklich er es gewesen war, der den Drachen getötet hatte, zeigte er die Zungen der Drachen. Der Verräter wurde über die Burgmauer geworfen..."

„Was ist ein Verräter?"

„Das ist jemand, der so tut, als könne man sich auf ihn verlassen, als sei er treu und aufrichtig. Als Hofmarschall musste er ja das Vertrauen des Königs haben. Aber dann hat er schmählich gehandelt und den König belogen, nur um die Prinzessin heiraten und das Königreich erben zu können."

„Dann geschieht es ihm nur recht, dass er über die Burgmauer geworfen wurde."

„Ja. Und dann wurde Hochzeit gefeiert. Und sie lebten glücklich und zufrieden alle Tage."

„Das war schön, Elisabeth. Spielen wir morgen?"

„Ja, das werden wir."

„Auch mit dem Jungen, dem das Bett hier gehört?"

„Vielleicht. Ich weiß nicht, wie alt er ist. Aber jetzt sprich dein Gebet."

Moritz faltete die Hände. „Lieber Vater im Himmel, ich danke dir, dass wir

alle gut hier angekommen sind. Danke, dass Elisabeth auch da ist. Amen."
„Amen", sagte auch Elisabeth. „Schlaf gut und träum was Schönes." Sie küsste ihn auf die Stirn, zog die Bettdecke etwas höher bis zu seinem Kinn, dann verließ sie leise mit Emma den dunklen Raum.
„Er ist ein so guter Junge", flüsterte Emma, als sie die Tür vorsichtig hinter sich geschlossen hatte.
„Ja. Wie kommt es eigentlich, dass Sie ihn auf dieser Reise begleiten und nicht der Lehrer?"
„Den Lehrer hat die Herzogin ausgewählt."
Elisabeth seufzte. „Dann wird es wohl ein richtig scheußlicher, strenger Kerl sein, nicht wahr?"
Emma hob zustimmend die Schultern. „Es war sehr freundlich von dem Herzog, den Jungen mitzunehmen und mich. So hat er doch wenigstens ein paar angenehme Tage. Der Junge ist oft so still und in sich gekehrt. Ich war überrascht, wie fröhlich er bei Euch ist. Ich habe oft das Gefühl, er wagt kaum zu atmen, aus lauter Angst, seine Mutter könnte die Art wie er atmet tadeln. Oft steht er nur stumm da, wenn sie schilt. Aber noch schlimmer ist es für die Kinder, wenn sie gar nicht mehr mit ihnen spricht. Dann tut sie ganz so, als habe sie gar keine Kinder. Sie behandelt ihn und die Mädchen rein wie Luft. - Ach, was rede ich da. Vergebt mir, Euer Gnaden."
„Offenheit ist nichts, wofür man sich entschuldigen sollte", beruhigte Elisabeth das Fräulein.
Die beiden setzten sich, Emma nahm eine Handarbeit vom Tisch, ließ sie aber im Schoß liegen, da das Licht der Kerzen nicht ausreichte. „Mein Onkel, Herzog Heinrich, hat so seine eigenen Wege, sich schöne Tage zu machen und sich seiner Gemahlin zu entziehen. Schade, dass er die Mädchen nicht mitgebracht hat. Den Mädchen hätte dieses Fest sicher auch gefallen und gut getan", sagte Emma nachdenklich. Elisabeth wagte sich kaum vorzustellen, wie die Kinder in der Umgebung ihrer unterkühlten Mutter aufwuchsen. Tante Katharina war schon immer etwas schwierig gewesen, wie ihre Mutter ihr mehrfach gesagt hatte, aber dass sie ihren eigenen Kindern ihre Liebe entzog, das fand Elisabeth nun doch zu sonderbar.
Als wolle sie unbedingt noch etwas sehr freundliches über die Familie sagen, fuhr Emma fort: „Der Herzog ist ein sehr gnädiger und großzügiger Herr. Er hat mir sogar ein neues Kleid für die Hochzeit anfertigen lassen."

„Dann freuen Sie sich auf die kommenden Tage. Ich kümmere mich gerne auch ein wenig um Moritz, damit Sie das Fest genießen können. Aber jetzt sollte ich wieder zurück zum Fest gehen und nach meinen Jungfrauen sehen."

Der Lärm, das Licht, der Geruch nach Essen und Menschen schwappten über Elisabeth hinweg wie große Wellen. Sie musste tief durchatmen und war froh, als ein Diener mit einem Tablett gefüllter Weingläser in ihre Nähe kam. Ihr Blick schweifte durch den Saal. In der Mitte hatten sich Paare zum Tanzen aufgestellt. Doch dort suchte man vergeblich nach dem Kurprinzen. Er saß mit seiner jungen Braut am Tisch und schob ihr gerade einen kleinen Bissen zwischen die Lippen. Dann schaute er sie gespannt an, als warte er auf ihre Reaktion. Sie lächelte und nickte. Offenbar hatte es ihr geschmeckt. Dies veranlasste den verliebten Kurprinzen dazu, ihr gleich den nächsten Bissen anzubieten, doch sie hob abwehrend die Hände. Nun - immerhin konnte das junge Mädchen ein paar Pfund mehr vertragen. Neben ihrem Bräutigam sah sie allzu schmächtig aus. Aber so ungleich die beiden auch waren - es herrschte ein liebevolles Einvernehmen zwischen ihnen. Die kleine Sibylle berührte ihren Bräutigam am Arm, wenn sie ihn auf etwas aufmerksam machte, er wandte sich ihr zu mit interessiertem Gesicht. Sie musste das Gefühl haben, der Mittelpunkt seiner Welt zu sein. Das gab es also auch, dass eine Braut und ein Bräutigam sich verstanden, liebevoll miteinander umgingen.
„Euer Gnaden, da seid Ihr ja wieder. Wir hatten uns schon gefragt, wo Ihr bleibt." Dorotheas Stimme schreckte Elisabeth aus ihren Gedanken. Dorothea hatte offensichtlich getanzt, denn ihr Gesicht war gerötet, ihr Kleid schon etwas verschwitzt.
„Wir haben Herzog Moritz ins Bett gebracht. Wo sind die anderen?" Elisabeth nippte an dem Wein.
„Euer Gemahl steht am Buffet, Hildegard und Lene tanzen", sagte Dorothea. Und richtig: Johann stand am Buffet. Dort war er bei Festlichkeiten immer zu finden. Er aß und trank immer mehr als ihm gut tat, stellte Elisabeth seufzend fest.
„Gertrud hat die Bekanntschaft eines jungen Ritters gemacht, der mit ihr durch den Garten geht", fügte Dorothea hinzu. Hustend setzte Elisabeth

das Glas ab.
„Durch den Garten? Allein?“ Ihre Stimme klang schriller als beabsichtigt; schließlich war sie für das Betragen ihrer Jungfrauen verantwortlich und in einem spärlich beleuchteten Garten gab es keine Garantien. Außerdem konnte sie noch mehr Gerede nicht gebrauchen. Es genügte vollauf, wenn man sich über sie selbst das Maul zerriss, da mussten ihre Jungfrauen nicht auch noch für Gesprächsstoff sorgen.
„Nein, nein, es sind noch ein paar Damen und Herren dabei“, beeilte sich Dorothea zu sagen, in der Hoffnung, dass das der Wahrheit entsprach.
„Dann lass uns auch in den Garten gehen. Ich brauche frische Luft.“

Dorothea fiel ein Stein vom Herzen, als sie feststellte, dass sie tatsächlich richtig gehofft hatte. Gertrud und der Ritter befanden sich in ausreichender Gesellschaft, um die Schicklichkeit zu wahren. Es war eine ganze Gruppe junger Leute, die gemeinsam durch den Garten schlenderten.
„Seht Ihr, was hab ich gesagt! Es ist alles in Ordnung.“
„Wir sollten uns ihnen trotzdem anschließen.“

Am nächsten Tag fand die Trauung statt. Der Hochzeitszug ging durch den großen Schlosshof, über die Brücke und die Gasse entlang zu der Kirche St. Marien. Die Kirche war zwar groß, doch längst nicht groß genug, um all die Menschenmassen zu fassen, die gerne die Braut sehen wollten. Wieder schien die Sonne und flutete die Kirche mit Licht. Die Kirche war so hoch und hell, dass man kaum fassen konnte, dass Menschenhände dieses Gebäude errichtet hatten. Die dicken Säulen verzweigten sich an dem hoch schwebenden Gewölbe in zierliche Streben. Dort hinauf schaute Elisabeth, um nicht unterzugehen in dem dichten Gedränge. Elisabeth dachte an ihre eigene Hochzeit, als sie an Johanns Arm zur Kirche geschritten war. In den Jahren ihrer Ehe hatten sie sich schätzen gelernt. Das war sicher mehr, als in den meisten Ehen vorkam. Nun drückte Johann sogar ihre Hand und lächelte sie dabei an. Wenn sie nur eine eigene Hofhaltung hätten, weit ab von den Argusaugen der Hofgesellschaft, dann könnte vielleicht sogar eine zarte Zuneigung entstehen? Und dann? Elisabeth wagte kaum, diesen Gedanken zu Ende zu denken.

„Was hast du vor?“ rief Elisabeth, die sich kaum den Mund abgewischt hatte nach dem üppigen Essen. Moritz hatte sich nun offenbar erinnert, dass Elisabeth vor drei Jahren auch sehr freundlich zu ihm gewesen, und dass von ihr nichts zu befürchten war. Er ließ nicht locker. Er zog sie zwischen all den Menschen hindurch, die erstaunt, empört oder belustigt hinter dem ungleichen Paar hersahen.
„So, hier ist es etwas ruhiger. Hier können wir ungestört spielen. Da auf der Treppe wäre der Turm, in dem du gefangen gehalten würdest von den Drachen. Da musst du jetzt hinaufgehen.“ Elisabeth stieg ein paar Stufen hinauf, bis zum ersten Absatz der Treppe.
„Meinst du hier?“
„Ja, genau, da.“ Und mit lauter Stimme rief er nun: „Habt keine Angst, edle Prinzessin, ich werde Euch erretten.“
„Hilfe! Die Drachen!“ schrie Elisabeth. „Passt auf Euch auf, edler Ritter!“
„Hier, du Mistviech! Nimm dies und das! Ha! Ich töte dich!“ Und wild fuchtelnd rannte er in dem breiten Korridor hin und her. „Edle Prinzessin, Ihr seid nun befreit und müsst keine Angst mehr haben.“
„Da bin ich aber beruhigt. Seid Ihr ganz sicher, dass die Drachen schon tot sind?“ piepste Elisabeth.
„Klar! Todsicher!“ Schwer atmend stand er auf der untersten Treppenstufe.
„Mein Retter! Mein Held!“ rief sie und schritt sehr würdevoll die Treppe hinab. „Wie kann ich Euch nur jemals danken?“ Sie setzten sich gemeinsam auf die unterste Stufe.
„Bekomme ich denn von meinem Ritter auch ein Liebespfand?“
„Was ist das denn?“
„Das ist ein kleines Zeichen, das mich immer daran erinnern wird, dass Ihr mir das Leben gerettet und die Drachen getötet habt.“
Moritz überlegte. In seinem Gesicht arbeitete es. „Vielleicht eine Schleife von meinem Gewand? Würde Euch das gefallen, Prinzessin?“
„Oh, ja, das würde mir überaus gut gefallen.“ Er löste eine der Schleifen und überreichte sie ihr. Zutiefst gerührt nahm Elisabeth diese kostbare Gabe an. „Seid bedankt, edler Recke. Auf ewig will ich Euer gedenken und Eure mutige Tat in allen Landen preisen.“
Dann nahm sie ihn vorsichtig in die Arme. Sie hatte Widerstand erwartet, da sie wusste, dass Knaben in diesem Alter es nicht liebten, umarmt zu wer-

den, doch sie spürte, wie sich Moritz nach kurzem Zögern an sie schmiegte.
„Du riechst gut“, flüsterte er. Und nach einer Weile: „Meine Mama macht das nie.“
„Sie spielt nie mit dir Ritter und Prinzessin?“
„Nein, das meine ich nicht. Sie umarmt mich nie.“ Elisabeth erschrak. Dass ihre Tante so unterkühlt war, dass sie ihre eigenen Kinder nicht einmal umarmte, hätte sie nicht gedacht. Hier taten sich wahrhaftig Abgründe auf. Sie drückte Moritz fester an sich und streichelte sein Haar.
„Du bist ein wirklich liebenswerter Junge. Ich hatte so sehr gehofft, dich hier zu sehen“, flüsterte sie.
„Bist du sehr traurig, dass du keine Kinder hast?“ fragte er schließlich.
Nun spürte Elisabeth Tränen aufsteigen. Sie roch seinen Kinderduft, fühlte sein Haar an ihrer Wange, seine kleinen Schultern unter ihren Händen und konnte nur leise nicken. Es dauerte eine ganze Weile, bis sie sagen konnte: „Für ein Kind wie dich würde ich meinen rechten Arm hergeben.“

Das junge Paar hatte endlich alle Gäste aus dem Zimmer verabschiedet, hatte die endlose Reihe von Glückwünschen entgegengenommen, worauf die Tür von einem Diener geschlossen worden war. Von außen.
„Was machen die beiden jetzt?“ fragte Moritz.
Die Umstehenden unterdrückten mehr oder weniger erfolgreich ihr Lachen. Bevor einer der Männer eine derbe Äußerung machen konnte, sagte Elisabeth: „Sie schenken sich gegenseitig ein Stück ihrer Seele.“
„Sie tun ihre Pflicht und sorgen dafür, dass die Familie nicht ausstirbt“, erklärte Herzogin Barbara mit harten Lippen und schaute dabei ihren Sohn vielsagend an, worauf sich die Blicke beider auf Elisabeth hefteten. Elisabeth verdrehte die Augen und konnte nicht verhindern, dass ihr Atem sehr geräuschvoll ausströmte. Dann wandte sie sich ab und ging davon, doch der Kurfürst hatte es bemerkt und ging ihr nach. Langsam folgte er ihr. Er wollte nicht, dass sie merkte, dass er ihr wegen der dummen Bemerkung ihrer Schwiegermutter gefolgt war. Er traf sie im großen Festsaal, wo sie etwas verloren in der Menge stand und den tanzenden Paaren zuschaute.
„Darf ich bitten, Euer Gnaden?“ fragte er leise und bot ihr seinen Arm. Elisabeth schaute in sein bärtiges Gesicht, in dem sich Lachfältchen bewegten

und sagte erleichtert zu. Sie legte ihre Hand auf seine und wurde von dem Kurfürsten sicher durch den Tanz geführt. Die vorgeschriebenen Schritte, das Verneigen und Drehen, taten ihrer aufgescheuchten Seele seltsam wohl. Nichts konnte ihr passieren, während sie tanzte. Alles war vorgeschrieben. Sie kannte die Tänze und lief an der Hand ihres souveränen Partners keinerlei Gefahr, Fehler zu machen. Der Tanz war wie eine gläserne Kuppel, die sich schützend über Elisabeth wölbte, unter der es keine spitzen Bemerkungen und keine Forderungen nach Stammhaltern gab. Elisabeth spürte, wie ihre Hände ruhiger wurden, wie die kräftige Statur des Kurfürsten ihr für einen Augenblick Schutz und Sicherheit verlieh. Doch dann war der Tanz zu Ende und man verneigte sich.

„Darf ich Euch ein Stück in den Garten begleiten?" fragte Kurfürst Johann. Seine Stimme klang so sanft, dass Elisabeth sofort spürte, dass er nicht nur die Bemerkung ihrer Schwiegermutter gehört hatte, sondern auch wusste, wie es in ihrem Inneren aussah. Elisabeth verneigte sich. Als sie draußen im Garten an der Elbe waren, der von hunderten von Fackeln erhellt wurde, atmete Elisabeth freier. Überall hingen Laternen mit bunten Glasscheiben und tauchten ihre unmittelbare Umgebung in rotes, blaues und grünes Licht. Auf den Schiffen hatten sich die Mannschaften ihre eigenen Festlichkeiten eingerichtet. Man hörte Musik, das Tanzen nackter Füße auf Schiffsbrettern. So weit das Auge reichte, standen Zelte in der Elbaue, die sich hell aus der Dunkelheit abhoben, überall waren Lagerfeuer.

„Wie viele Leute habt Ihr denn eingeladen?" fragte Elisabeth angesichts dieser schieren Unmenge an Menschen.

„Wir haben sie nicht alle einzeln gezählt, aber es dürften wohl über dreißigtausend sein", erwiderte er und lächelte über Elisabeths große Augen.

„Wir haben Neuigkeiten", begann der Kurfürst ohne Umschweife, nachdem ein Diener zwei Weinpokale gereicht hatte. „Unser Sohn hat Uns berichtet, wie interessiert Ihr seid an allem, was in der Welt vor sich geht."

„Das war sehr freundlich von dem Kurprinzen", sagte Elisabeth und verneigte sich. „Ich erinnere mich. Wir sprachen über die Schwierigkeiten des Kaisers in Italien. Glücklicherweise haben Karls Schwierigkeiten dazu geführt, dass mein Bruder Hessen martinisch machen konnte."

„Ihr erinnert Euch, dass der Kaiser vom französischen König um seine Kriegsbeute betrogen wurde."

„Ja, ich erinnere mich. Er konnte deshalb seine Söldner nicht bezahlen. Was ist daraus geworden?"
„Anfang Mai haben sie Rom verwüstet. Sie haben den Papst, der sich auf die Seite des Franzosen geschlagen hat, für ihren ausbleibenden Sold verantwortlich gemacht und sich direkt an den Schatztruhen des Vatikans bedient. Der Papst ist in seine Engelsburg geflohen. Dort haben sie ihn belagert und ihm zugerufen: Es lebe Papst Luther!"
„Ich fürchte, sie haben sich nicht nur auf die päpstlichen Schatullen beschränkt."
„Ihr habt Recht", erwiderte der Kurfürst und blickte dabei in seinen Weinpokal. „Ihr seid zu klug für halbe Wahrheiten. Sie haben nicht nur den Papst beraubt, obwohl der Besitz des Vatikans ausgereicht hätte, das Heer zehnmal zu bezahlen. Sie haben ganz Rom geplündert und niedergebrannt. Ich dachte, Ihr solltet das wissen."
„Ich danke Euch. Euer Vertrauen ehrt mich. Wisst Ihr, wie der Kaiser zu den Vorkommnissen steht?"
„Seine Gegner behaupten, er habe die Plünderung angeordnet. Er hält dagegen, er habe nichts davon gewusst. Er gibt sich angeblich sogar empört darüber."
Elisabeth schüttelte den Kopf. Ein Diener kam und bot ihnen kandierte Früchte auf einem silbernen Tablett, von dem Elisabeth sich gerne bediente und die Süße genoss. Alles an diesem Ort war leicht, fröhlich, voller Süße und Frieden. Es fiel ihr schwer, auch nur daran zu denken, dass in gar nicht allzu fernen Gegenden die Menschen unter Hunger und Krieg litten. „In einer stillen Stunde wird er die Verantwortlichen loben. Wahrscheinlich gibt er seinen Feinden die Schuld, die ihn dazu gezwungen haben, ein so großes Heer aufzustellen, das sich nicht führen lässt. Aber davon abgesehen, könnte der Kaiser davon profitieren. Wenn die kaiserlichen Söldner den Papst in ihre Gewalt bringen und der Papst damit im Grunde der Gefangene des Kaisers wird, dann wird der Papst dem Kaiser noch die Krone aufsetzen müssen."
„Ja. In Zeiten wie diesen, in denen alles ins Wanken gerät, wird er sich die Bestätigung seiner Kaiserwürde durch den Papst nicht entgehen lassen. Sein Vorgänger Maximilian hat darauf noch verzichtet. Ihm war dies offenbar nicht wichtig, aber Kaiser Karl wird dies als Mehrung seiner Autorität sehen

und annehmen, dass wir Lutheraner vor Ehrfurcht erstarren.“
„Was wir Lutheraner aber keineswegs tun werden. Vielmehr wird mein Bruder eine Universität gründen, um martinische Priester auszubilden. Von starrer Ehrfurcht für den Kaiser kann also keine Rede sein.“
„Euer Bruder ist ein guter Mensch. Wahrhaftig! Trinken wir auf ihn!“
„Auf ihn!“ Sie hoben ihre Pokale. Der Kurfürst leerte den seinen, während Elisabeth nur an ihrem Wein nippte. Sie spürte schon, wie ihr die Wärme in den Kopf stieg.
„Wir sollten wieder in den Festsaal zurückkehren. Wir sind zwar ein alter Mann, doch muss man den Schwätzern kein Wasser auf die Mühlen geben“, sagte er scherzhaft und reichte Elisabeth seinen Arm.

Nach drei Tagen, die bis zum Bersten angefüllt waren mit Tanz, Musik und Schlemmerei, kam Landgraf Philipp von Hessen in Torgau an. Die Festgesellschaft war gerade auf dem großen Marktplatz in Torgau versammelt, wo nach alter ritterlicher Art ein Turnier abgehalten wurde, als der Landgraf mit großem Gefolge eintraf und sich ins Turnier einreihte. Elisabeth, die mit ihrer Schwiegerfamilie auf der Tribüne saß (ihr Gemahl nahm selbstverständlich nicht am Turnier teil), erkannte sogleich die hessischen Farben und das Wappen ihrer alten Familie. Sie unterdrückte ihren Jubelschrei nur mit Mühe. Dass Philipp hier war, konnte nur bedeuten, dass seine Gemahlin die Geburt gut überstanden hatte. Inständig hoffte Elisabeth, dass das Schreien eines kleinen Erbgrafen die Mauern des Kasseler Schlosses erzittern ließ. Und sie würde mit ihm reden können! Ungestört - dafür würde sie schon sorgen.
Doch zunächst musste sich Elisabeth noch gedulden. Es dauerte lange, bis sämtliche Lanzen zerbrochen und alle Rüstungen zerbeult waren. Etliche Ritter hatten Wunden davongetragen und mussten in den aufgestellten Zelten versorgt werden. Es ging niemals ohne Blessuren ab, wenn man die Jungs zum Spielen raus ließ, wie Elisabeth mit einem Seufzer feststellte. Moritz hatte sich mit dem gleichaltrigen Halbbruder des Kurprinzen, Johann Ernst, angefreundet. Die beiden waren begeistert von dem Turnier. Emma hatte ihre Mühe, die beiden im Zaum zu halten. Elisabeth sah, dass die beiden ihr entwischten und zu den Zelten der Ritter liefen. An der abendlichen Tafel würden sie sich alle wieder einfinden.

Dort, zwischen all den festlich gekleideten Herrschaften, kam ihr endlich Philipp im Kreise seiner Freunde und Räte entgegen. Elisabeth erkannte den alten Schrautenbach, der schon ihre Mutter beraten hatte. Auch Otto von Pack war in Philipps Entourage und verneigte sich dienstbeflissen. Philipp war frisch gewaschen, hatte lediglich eine Schramme an der Hand und lachte sie breit an. Seinen Kelch reichte er einem Pagen, damit er seine Schwester gebührend begrüßen konnte.

„Elisabeth!“ rief er und nahm sie in die Arme. „Elisabeth, wie schön, dich endlich wieder zu sehen.“ Er ließ sie los und hielt sie auf Armeslänge von sich. „Du hast dich nicht verändert. Vielleicht ein wenig. Unserer hübschen Mutter wirst du immer ähnlicher. Dein Kleid gefällt mir. Das Blau passt gut zu deinen Augen. Meine Gemahlin würde dich jetzt sicher ausfragen, wo du den Stoff und die Borte gekauft hast. Aber vielleicht verrätst du es auch mir. Ich will ihr ein schönes Geschenk mitbringen. Es geht ihr den Umständen entsprechend gut, doch für diese lange Reise fühlte sie sich noch nicht stark genug.“

Die beiden Geschwister wurden durch ein Räuspern aus ihrem Gespräch geschreckt. Neben ihnen standen Herzog Georg, Herzogin Barbara und Herzog Johann. Letzterer machte noch das freundlichste Gesicht. Philipp beeilte sich, sich zu verneigen und seine Schwiegerfamilie gebührend zu begrüßen.

„Wir sind überglücklich, Euch die Geburt einer Tochter verkünden zu können. Das Kind und die Mutter sind wohlauf. Meine Gemahlin hat die Strapazen sehr gut überstanden.“

„Eine Tochter?“ fragte Herzogin Barbara und bemühte sich nicht, ihre Enttäuschung zu verbergen.

„Eine große Schwester, die hoffentlich irgendwann einem kleinen Bruder zur Seite stehen wird“, sagte Philipp und drückte die Hände seiner Schwester.

„Wie wird sie denn heißen?“ fragte Elisabeth.

„Agnes. Ich denke, der Name passt gut zu ihr. Sie ist sehr klein und zart.“

„Klein und zart? Damit sind sicher Wir gemeint!“ Der Kurfürst hatte sich zu ihnen gesellt und lachte in die Runde, wobei sein mächtiger Bauch vibrierte. „Unser Sohn hat gerade die Tafel eröffnet. Wir sollten Uns sputen.“ Der

Kurfürst ließ keine weitere Verzögerung zu.

Elisabeth musste nun wohl oder übel am Arm ihres Gemahls zur Tafel schreiten. Doch zu ihrer linken ließ sich Philipp nieder.

„Dein letzter Brief war noch schärfer gepfeffert als dieses Ragout, liebste Schwester."

„Wie konntest du denn nur mich zur Taufe einladen und nicht den Herzog und seine Familie? Sind in Hessen teure Zeiten angebrochen?"

„Nein, nein. Ich war einfach viel zu glücklich und aufgeregt. Es war richtig, den Brief zu zerreißen. Scholley und Pack haben mir deinen Zorn in den glühendsten Farben geschildert. Ich hoffe, Agnes wird auch einmal ihren kleinen Bruder vor großen Dummheiten bewahren. Bezüglich der Taufe habe ich auch eine bittere Pille für den alten Herzog, die er wohl wird schlucken müssen."

„Da bin ich gespannt", flüsterte Elisabeth und hoffte, dass Philipp nicht den nächsten Streit heraufbeschwor. „Ach Philipp, es gibt so vieles, was ich dir erzählen muss. Aber nicht hier und jetzt." Sie schaute sich um. Der prächtige Saal war durchflutet vom warmen Licht der Kerzen. Man hörte nur noch leise Unterhaltungen, das Geklapper der Messer auf den Tellern.

„Der Wein ist köstlich!" rief Philipp und hob seinen Pokal dem Kurprinzen entgegen, der ihm zuprostete. Nachdem die beiden Männer ihre Pokale gelehrt hatten, flüsterte Philipp seiner Schwester zu: „Später. Man hört uns zu."

Elisabeth blickte sich verstohlen um und schaute geradewegs in das Gesicht ihrer Schwiegermutter, die wieder einmal ihren verkniffenen Zug um die Lippen hatte. „Mein Herr Schwiegervater!" rief Philipp und prostete Herzog Georg zu. „Wir hätten wichtige Dinge mit Euch zu bereden. Es geht um die Erbschaft."

„Wir hoffen, Ihr habt gute Neuigkeiten. Werden die Solmser die geforderte Summe bezahlen[1]?"

„Ich fürchte leider nein. Die Summe von zwanzigtausend Gulden würde

---

1 Die Mutter von Philipp und Elisabeth, Anna von Hessen, war in zweiter Ehe mit Graf Otto zu Solms -Lich verheiratet. Aus dieser Ehe gingen drei Kinder hervor, von denen zwei das Erwachsenenalter erreichten, Friedrich Magnus und Anna. Anna von Hessen hatte Elisabeth in ihrem Testament zwanzigtausend Gulden und Kleinodien vermacht. Siehe André Thieme 2010, Dokument Nr. 50.

den Solmser ruinieren."
„Aber das Testament ist voll gültig. Uns steht der volle Betrag zu", beharrte Herzog Georg.
„Wenn ich etwas sagen dürfte? Schließlich geht es um mein Erbe von meiner Mutter", meldete sich Elisabeth zu Wort. „Was hat Graf Solms denn angeboten?"
„Er hat fünftausend Gulden und ein paar geringe Kleinodien angeboten und mir gleich mitgegeben. Das wird seinen Haushalt schon über Gebühr strapaziert haben. Die Familie lebt sehr bescheiden. Es ist alles ordentlich und gut erhalten, doch Prunk und Pracht sucht man im Licher Schloss vergeblich. Euer Rat Otto von Pack wird Euch dies bestätigen können. Friedrich Magnus und Anna, unsere Halbgeschwister, sind zwei hübsche, aufgeweckte Kinder", berichtete Philipp.
„Dann sollten wir das Angebot des Grafen Solms annehmen und ihn nicht weiter bedrängen, das Testament unserer Mutter dem Buchstaben getreu zu erfüllen. Zu gegebener Zeit sollten wir uns auch umsehen, dass wir die beiden gut verheiraten. Es fließt doch nicht nur schlichtes Grafenblut in ihren Adern, sondern auch fürstliches Blut. Um der Liebe Christi willen, mein Herr Vater, lasst es gut sein."
Herzog Georg warf seiner Schwiegertochter einen finsteren Blick zu. Wenn sie ihm mit der Liebe Christi kam, konnte er kaum etwas erwidern, behielt sich jedoch vor, im Stillen ärgerlich zu sein und stimmte zähneknirschend einem entsprechenden Vertrag zu, den Philipps Schreiber tags darauf aufsetzte.

Es war schon spät, als Philipp und Elisabeth endlich einen ungestörten Moment hatten. Sie hatten sich in eines der Nebengemächer zurückgezogen, bewunderten die Malereien an den Decken und genossen es, wieder beieinander zu sein nach so langer Trennung, doch da kamen die kleinen Herzöge Moritz und Johann Ernst, standen stumm in der Tür und starrten Philipp mit weit aufgerissenen, erwartungsvollen Augen an.
„He, ihr beiden! Ich denke, ihr solltet längst in euren Betten sein!" rief Philipp.
„Euer Gnaden haben uns beiden versprochen, uns das Kämpfen beizubringen", sagte Herzog Moritz.

„Ja, und das wollen wir jetzt lernen. Jetzt!“ fügte Herzog Johann Ernst hinzu.
„Du hast die beiden schon kennen gelernt?“ fragte Elisabeth ihren Bruder belustigt.
„Und ob! Die beiden waren heute nach dem Turnier in meinem Zelt. Sie haben meine Rüstung angesehen und sie durften mein Schwert in die Hand nehmen.“
„Ich konnte es sogar schon hochheben!“ rief Herzog Moritz.
„Nur weil ich dir geholfen hab!“ stellte Herzog Johann Ernst klar.
„Ja, ihr beiden habt wirklich schon Kraft in euren kleinen Ärmchen. Aber damit ihr beiden richtig groß und stark werdet, müsst ihr jetzt zu Bett gehen. Versprecht ihr mir das? Seht, da kommt Eure Amme.“
Tatsächlich war Herzog Johann Ernsts Kinderfrau aufgetaucht, was den beiden Jungs überhaupt nicht recht war, denn die machte deutlich weniger Federlesens als Emma. Kurzerhand griff sie sich die beiden Jungs, knickste vor den Herrschaften und verschwand mit den Schreihälsen.
„Mir scheint, du hast zwei Freunde fürs Leben gefunden. Stell dir vor, wir haben Ritter und Prinzessin gespielt. Er hat mich ganz tapfer vor einem Drachen gerettet. Er ist ein Schatz, der Kleine!“
„Du hast einen Narren an Moritz gefressen. Er ist aber auch ein aufgeweckter kleiner Kerl. Aus dem wird einmal etwas Großes, da bin ich mir ganz sicher. Er wird nicht auf der Ofenbank einschlafen wie sein Vater. Ich denke, ich werde ihn zu mir nehmen, wenn er im richtigen Alter ist, und ihn ausbilden.“
„Eine größere Freude könntest du ihm nicht machen. Da wir gerade von größter Freude sprechen: Dein Geschenk! Ich kann dir gar nicht sagen, wie dankbar ich dir dafür bin. Ich lese heimlich nachts in meinem Frauenzimmer. Ich weiß nicht, wie mein werter Herr Schwiegervater darauf reagieren würde. Er ist nicht ganz und gar gegen Luther, aber auch nicht für ihn. Er weiß, dass Reformen nötig sind, aber Luther geht ihm in vielen Dingen zu weit, und natürlich hält unser alter Herr es für mehr als bedenklich, jedem gemeinen Mann die Bibel in seiner eigenen Sprache in die Hand zu geben. Nun, immerhin duldet er Chrosner als Hofprediger an seinem Hof. Dafür bin ich schon sehr dankbar. Aber nun erzähl mir aus Hessen. Wie kommst du voran?“ fragte sie.

„Gut. Sehr gut sogar. Es ist eine solche Aufbruchstimmung im Land. Überall entstehen neue Schulen, in denen martinische Lehrer tätig sind. Und die Universität hat bereits die ersten Studenten empfangen. Bald werden wir den Lehrbetrieb aufnehmen können. Es macht mich so glücklich, in die begeisterten Gesichter dieser jungen Menschen zu schauen. Sie sind ja nicht viel jünger als ich, aber mir scheint, es ist eine Sache der Jugend. Man kann diesen jungen spritzigen Wein nicht in alte Schläuche füllen. Es müssen junge Köpfe sein, die die neue Lehre aufnehmen."
„Aber du hast doch auch ältere Herren um dich. Lambert und Feige sind nicht mehr die Jüngsten."
„Lambert hat als junger Mensch die neuen Ideen entwickelt und ist mit ihnen gereift. Und mein lieber Kanzler Feige sieht mit seinem klaren Verstand eindeutig den Nutzen, den uns die Reformation bringt. Das Geld, das die Menschen früher für den Ablass ausgegeben haben, bleibt jetzt im Land. In den Taschen der Menschen. Und wenn sie es ausgeben, dann bei uns in Hessen."
„Aber es gibt auch Schattenseiten", sagte Elisabeth leise.
Philipp atmete schwer auf. „Du sprichst von den Bauernkriegen."
„Ich hatte solche Angst um dich in den Bauernkriegen. Jeden Tag hab ich für dich gebetet. Natürlich auch für unseren Schwiegervater."
„Um Herzog Georg musst du dir keine Sorgen machen. Ihn möchte ich nicht zum Feind haben. Er ist zwar kein junger Mann mehr, aber auf dem Schlachtfeld ist er immer noch... Nun ja, wie soll ich sagen?" Er verstummte und schaute in seinen Kelch, den er fast bis zur Neige gelehrt hatte. Elisabeth schaute in das Gesicht ihres kleinen Bruders, zu dem sie aufschauen musste. In dem Mann, der vor ihr stand, sah sie noch immer so viel von dem Kind, das er einmal gewesen war. Sie erinnerte sich noch sehr gut an die Angst, die sie immer um ihn gehabt hatte. Zunächst die Angst, dass er auch sterben könnte, wie ihre Schwester Magdalena, die nur ein Jahr gelebt hatte. Und später dann die Angst, als man ihn ihr weggenommen hatte, als er nicht mehr bei ihrer Mutter Anna wohnen durfte, sondern unter Boyneburgs Obhut gestellt wurde. So klein war er gewesen. Ein zarter, schmächtiger Knabe. Jetzt war er ein großer, kräftiger Mann, ein ernstzunehmender Gegner auf dem Turnierplatz.
„Wir müssen das Los der Bauern mildern", sagte er schließlich. „So etwas

wie bei Frankenberg darf es nie wieder geben. Wir dürfen den Bauern nicht mehr so viele gute Gründe geben, sich zu erheben. Sie wollen doch auch nur leben - wie wir alle. Daran ist nichts Verwerfliches."
Elisabeth spürte den Schmerz hinter seinen Worten. „Es muss furchtbar gewesen sein", flüsterte Elisabeth. Philipp nickte kaum merklich. „Wir haben sie alle niedergemacht. Alle. Es musste sein. Dieser Aufstand war gegen die gottgewollte Ordnung gerichtet. In Hessen waren es nur ein paar verirrte und verwirrte Seelen, die sich erhoben haben. In dem Ausmaß, wie sich die Bauern in Thüringen erhoben haben, darf es bei uns nie passieren."
Unwillkürlich griff Elisabeth nach dem kleinen Medaillon, das sie immer trug. Ein Geschenk ihrer Mutter, das sie ihr vor der Abreise nach Dresden gemacht hatte. Veilchen waren darin kunstvoll hinter Glas eingeschlossen. Die blaue Farbe war längst verblasst. Elisabeth zögerte. „Hast du viele Männer verloren?" fragte sie schließlich leise.
„Nein. Nicht viele. Nicht einmal hundert Soldaten und nur drei Edelleute."
„Sind welche darunter, deren Familien ich kenne?" forschte Elisabeth weiter.
„Ich weiß nicht. Es waren der Greifensteiner, ein Braunfelser, der Freienfelser..."
„Der Freienfelser? Ferdinand von Freienfels?"
Philipp nickte und sah seine Schwester erstaunt an. „Wie kommt es, dass du einen meiner Offiziere kennst?"
„Hast du mir nicht erzählt, er habe erst kürzlich geheiratet? Es muss grauenhaft für seine Frau sein, ihren Gemahl nach so kurzer Zeit schon zu verlieren." Elisabeths Stimme zitterte. Ihre Hand krampfte sich um das Medaillon.
„Ja, vorletztes Jahr hat er geheiratet. Dass du dir das gemerkt hast! Ich kann mich nicht einmal daran erinnern, es dir gegenüber erwähnt zu haben."
Elisabeth zuckte mit den Schultern und versuchte ein Lächeln. Es misslang.
„Ist alles in Ordnung? Sollen wir nach draußen in den Garten gehen?"
„Nein, nein. Es ist schon alles gut", erwiderte sie und überlegte, auf welches Thema sie nun das Interesse ihres Bruder lenken könnte, doch da begann Philipp selbst mit sonderbaren Neuigkeiten: „Du kennst ja Otto von Pack, den Rat deines Schwiegervaters. Ich habe den deutlichen Eindruck gewonnen, dass er für die Reformation ist." Trotz dieser guten Neuigkeit klang Philipps Stimme sehr ernst. „Er hat mir berichtet, dass..."

Da betrat Herzog Georg den Raum.
„Hier finden Wir Euch. Ihr solltet nach draußen kommen. Ein Feuerwerk wird gleich abgebrannt."
„Danke. Das werden wir uns natürlich nicht entgehen lassen. Ein Feuerwerk wird es auch bei der Taufe unserer Tochter geben."
„Wir hoffen, Ihr sorgt nicht nur für die Unterhaltung der Gäste, sondern auch für eine richtige Taufe." Der Herzog sah seinen Schwiegersohn mit erwartungsvoll hochgezogenen Augenbrauen an. Elisabeth ahnte schon, dass es nun gleich hier in diesem Zimmer zu einem Feuerwerk kommen würde. Und richtig. Philipp antwortete nämlich: „Selbstverständlich. Die Messe werden wir auf Deutsch lesen lassen. Sie ist das erste Kind der hessischen Landgrafen, das die Taufe auf die neue Art erhält."
Die Augen des Herzogs verengten sich zu schmalen Schlitzen. „Ihr werdet es nicht wagen, mein Enkelkind mit einer solchen ungültigen Taufe zu strafen. Soll sie denn auch keine Salbung haben?" rief der Herzog aufgebracht.
„Nein", antwortete Philipp nur knapp.
Der Herzog schnappte nach Luft. Er wollte Philipp etwas entgegnen, Elisabeth sah ihm an, wie sich seine Gedanken überschlugen, konnte aber nichts sagen. Es kostete den Herzog so viel Mühe, seine Selbstbeherrschung zu wahren, dass er nicht einmal in der Lage war, seinen Bart zu streichen, wie er es sonst immer tat, wenn er verärgert war.
„Die Taufe ist wichtig. Was sie später einmal tun wird, ob sie beim alten Glauben bleibt oder sich der neuen Lehre zuwendet, ist eine Sache. Aber die Taufe ist eine andere. Die Taufe ist die Garantie, von der Erbsünde rein gewaschen zu sein. Das muss mit Ernst vonstatten gehen. Damit treibt man keine Experimente. Philipp, ich beschwöre Euch! Überlegt es Euch noch einmal. - Wie steht meine Tochter dazu?" fügte er schließlich hinzu.
„Meine Gemahlin ist ebenfalls der Ansicht, dass dies das Beste für unser Kind ist."
„Und Wir haben sie noch ermahnt, gehorsam gegen Euch zu sein!" stieß Herzog Georg bitter hervor.
„Ihr müsst nicht denken, Wir hätten Eure Tochter vom rechten Weg abgebracht. Sie ist aus freien Stücken und eigener Überzeugung eine Anhängerin der martinischen Lehre geworden. Hat sie Euch nicht auch schon Briefe geschrieben, in denen sie Euch anhand der Schrift ihre Meinung darlegt und

Euch aufzeigt, dass die alte Kirche in manchen Dingen irrt?“
„Wir werden nicht erscheinen!“ Damit wandte sich der Herzog brüsk ab und verließ den Raum.
„Oh, bitte, wir werden eine Lösung finden, mit der alle zufrieden sein können“, rief Elisabeth, doch der Herzog war bereits draußen.
Elisabeth schaute ihm nach. „Das hätte so nicht passieren dürfen. Jetzt habe ich wieder den Ärger am Hals. Wer weiß, ob ich überhaupt kommen darf. Ihr beiden habt euch früher so gut verstanden, wie es sich für einen Schwiegervater und einen Schwiegersohn gehört.“
„Das ist wohl wahr, aber dann habe ich mich Luther zugewandt. Das kann er nicht verwinden.“
„Da ist er einfach stur. Er hatte bis vor dem Bauernaufstand einen regen Briefwechsel mit Doctor Luther, aber aus der Regsamkeit wurde bald tiefe Abneigung. Zu unterschiedlich sind ihre Auffassungen. Und im Grunde macht er Luther für den Bauernaufstand verantwortlich. Was hilft es da, dass Luther lang und breit erklärt, dass sich die Freiheit eines Christenmenschen nur auf das Geistige bezieht. Der Herzog wusste, dass du auf Luthers Seite stehst. Deshalb hat er dich ja nicht einmal gefragt, ob du ihn im Kampf gegen die Bauern unterstützen würdest und hat schon ganz alleine Kriegsvorbereitungen getroffen.“
„Ja. Ich musste ihm meine Hilfe regelrecht aufdrängen. Nach dem Bauernkrieg hat der Herzog auf die erschlagenen Bauern gezeigt und mich gefragt, was ich denn noch bräuchte, um einzusehen, dass Luther ein Brandstifter sei, dem man das Handwerk legen müsse. Es ist mir nicht gelungen, ihn dazu zu bringen, mich auch nur anzuhören. Ich habe ihn in diesem Krieg unterstützt. Natürlich habe ich das. Aber das Evangelium ist doch etwas anderes als das, was Müntzer gepredigt hat. Ich glaube, er ist noch immer ärgerlich, dass ich ihn damals im Kampf gegen Sonnenwalde, wo die dortigen Herren das Evangelium eingeführt haben, nicht zu Hilfe gekommen bin. Er will einfach nicht verstehen, dass das etwas vollkommen anderes war. In Sonnenwalde wurde von den Herren ganz offiziell die neue Lehre eingeführt, der Gottesdienst wird in deutscher Sprache gehalten. Die alte Ordnung bleibt bestehen, nichts gerät aus den Fugen. Die Bauern in Thüringen haben unter Thomas Müntzer das unterste zuoberst gekehrt. Da mussten wir einschreiten. Seitdem kann er gar nicht mehr verstehen, dass

ich nach wie vor an der neuen Lehre festhalte. Unser Verhältnis wird wohl nie mehr so sein wie früher.
Auf seine Unterstützung gegen die Nassauer kann ich jetzt wohl nicht mehr bauen, aber dafür kann ich jetzt mit der Hilfe von Kurfürst Johann und seinem Sohn rechnen."
„Ist das noch immer nicht ausgestanden?" stöhnte Elisabeth. „Lass dir Katzenelnbogen nur nicht von den Nassauern abjagen. Unser Vater hat das Gebiet rechtmäßig geerbt."
„Das ist wohl wahr, aber die Nassauer sind dem Kaiser treu, und der Kaiser hat in der letzten Verhandlung natürlich nicht gegen sie entschieden, sondern gegen mich, den Lutheraner."
„Das ist so ungerecht. Aber auch wenn der Kaiser entschieden hat, muss man sich noch lange nicht daran halten."
„Natürlich nicht. Ich war unserer Mutter ein gelehriger Schüler", grinste Philipp.
Plötzlich begann Elisabeth zu weinen. „Es ist oft so schwierig am Hof in Dresden. Ich habe einen so schweren Stand. Und es wird nicht leichter für mich, wenn du dich mit dem Herzog streitest. Ich hoffe so sehr, dass ich zu dir kommen darf."
„Elisabeth, es wird so schlimm nicht werden. Ich bin sicher, er wird auch selber mitkommen. Ich werde meine Gemahlin bitten, ihm zu schreiben. Er wird doch seine eigene Tochter sehen wollen", sagte er, doch Elisabeth ließ ihren Tränen freien Lauf. Philipp nahm sie in seine Arme. Elisabeth barg ihr Gesicht an seiner Schulter und weinte stumm in Philipps seidenes Hemd. „Elisabeth, ich weiß gar nicht, wieso dich das so sehr erschüttert. Wir haben doch immer wieder Streit miteinander. Bisher hat sich immer wieder alles zum Guten gewendet."
Philipp war einigermaßen überrascht, dass Elisabeth der Streit so nah ging. Dass der Streit nur ein Teil des Grundes für ihre Tränen war, konnte er nicht ahnen. Niemals wäre ihm in den Sinn gekommen, dass seine Schwester um einen gefallenen Offizier weinte, der ihr in Marburg Briefe und Veilchen vor ihre Tür gelegt hatte. Das Medaillon mit den Veilchen, die mittlerweile schon verblasst waren und das Elisabeth beständig trug, hatte ihre Mutter ihr zum Abschied geschenkt - als Trost auf ihrer Fahrt nach Dresden.
Abends, als sie in ihrem Bett lag und die ruhigen Atemzüge ihres Gemahls

neben sich hörte, flüsterte sie seinen Namen, den die Dunkelheit verschlang, als habe es ihn nie gegeben. Sie hatte immer mit so viel Wärme an ihn gedacht. Selbst als er geheiratet hatte, war sie so stark gewesen, ihm zu wünschen, dass er so glücklich sei, wie sie selbst ihn gerne gemacht hätte. Sie dachte an sein Lachen, wenn er mit Äpfeln jongliert hatte, wie dann sein Adamsapfel an seinem Hals auf und nieder gehüpft war. Vorbei. Nie wieder würde sie ihn sehen, sein Lachen hören, seine Stimme.

Bezüglich der Taufe hatten der Landgraf und der Herzog noch lange Unterredungen. Philipp kam seinem Schwiegervater so weit entgegen, dass er ihm anbot, die Messe auf lateinisch singen zu lassen, doch Herzog Georg wollte auf keinen Fall, dass die Taufe seines Enkelkindes ohne Salbung vollzogen würde. Die beiden Männer gingen im Zorn auseinander und Herzog Georg machte unmissverständlich klar, dass weder er mit seiner Gemahlin, noch Elisabeth und Johann nach Hessen reisen würden. Der Abschied war frostig. Elisabeth war untröstlich. So sehr hatte sie sich darauf gefreut, nach Hessen zurückkehren zu dürfen, und nun zerschlug sich auch diese Hoffnung. Dass sich hinter ihrem Kummer auch der zusätzliche Schmerz um einen toten Offizier verbarg, ahnte glücklicherweise niemand. Und Elisabeth hatte keine Möglichkeit gehabt, ihren Bruder zu fragen, was der offenbar martinisch gesinnte Rat Otto von Pack berichtet hatte. Aber offenbar hatte Kurprinz Johann Friedrich mit seinen Vermutungen doch recht gehabt, als er in der Kirche von einem geheimen Bündnis gegen die martinischen Fürsten gesprochen hatte.

Die Marienkirche in Torgau

Herzog Georg (hintere Reihe) und sein Bruder Herzog Heinrich der Fromme im Dresdener Fürstenzug

Sie waren noch nicht lange in Dresden, da wagte der Hofprediger Alexius Chrosner, allzu deutliche Worte in seiner Predigt auszusprechen. Er empfahl, das Abendmahl in beiderlei Gestalt zu nehmen, es jedoch nicht mit Gewalt zu fordern. Mit der dringenden Mahnung, auf Gewalt zu verzichten, glaubte er, Herzog Georg genüge getan zu haben, doch Elisabeth wusste, dass der Herzog in solch heiligen Dingen keineswegs großzügig war; mochte Chrosner auch noch so eifrig die Bibelstelle zitieren, in der eindeutig stand, dass Jesus seinen Jüngern das Abendmahl in beiderlei Gestalt spendete und dass somit das Abendmahl, das den Gläubigen den Wein vorenthielt, im Grunde nicht Christi Willen sei, ja, Chrosner bezeichnete dies sogar als ein Ketzerstück! Besorgt beobachtete sie die finstere Miene ihres Schwiegervaters, die der Prediger offenbar nicht bemerkte. Otto von Pack folgte der Predigt mit unbewegter Miene. Schönberg und Schleinitz allerdings steckten die Köpfe zusammen und tuschelten ganz ungeniert. Da wusste Elisabeth, dass Chrosner zu weit gegangen war. Ihr Schwiegervater war unruhig und verschränkte sogar die Arme. Herzogin Barbara vergewisserte sich zunächst, dass ihr Gemahl die Predigt tatsächlich nicht guthieß, wozu ein einziger Blick genügte, denn der Herzog strich sich wieder einmal sehr sorgfältig über den frisch gestutzten Bart, und so stellte Herzogin Barbara ihrerseits Ärger zur Schau. Nach diesen Worten Chrosners schauten sich Schönberg und Schleinitz zufrieden an. Nun hatten sie ihn in der Hand. Fast waren sie enttäuscht, dass Chrosner das Abendmahl in diesem Gottesdienst nicht in beiderlei Gestalt austeilte, aber so ungeschickt war der Prediger nicht, dass er ohne die Erlaubnis seines Herrn eine so ungeheuerliche Neuerung eingeführt hätte. Als er Herzog Georg die Hostie in den Mund legte und dabei in seine Augen sah, war auch ihm klar, dass er zu weit gegangen war.
Elisabeth suchte nach dem Gottesdienst Chrosner Nähe, doch er versuchte, sie mit einem Blick von sich zu weisen, denn er wusste, dass er Elisabeth nur in Gefahr brachte, wenn sie mit ihm sprach. So sah Elisabeth nur von weitem, wie die Räte sich um Chrosner scharten, kurz mit ihm sprachen und ihn dann abführten. Wieder warf er ihr einen Blick zu, um sie zu warnen, denn er ahnte, dass sie ihm folgen würde. Und genau das tat Elisabeth.
Die Tür zur Sakristei war geschlossen, doch man konnte jedes einzelne Wort verstehen.
„Wenn man der Gemeinde das Abendmahl in beiderlei Gestalt gewährt,

dann werden sie immer mehr haben wollen und schließlich nach der Obrigkeit nicht mehr fragen, Euer Gnaden." Das war Carlowitz. Von Herzog Georg war nichts zu hören, aber Elisabeth konnte sich lebhaft vorstellen, wie der Herzog in dem Lehnstuhl saß, der eigentlich für den Prediger bestimmt war. Sie sah hinter dem Stuhl die Räte, deren Augen auf Chrosner gerichtet waren: hasserfüllt, verächtlich. Sie hoffte nur, dass Chrosner nicht mit demütig gesenktem Haupt vor dieser Versammlung stand.

„Er soll widerrufen. Das ist der einzige Weg, einen Aufruhr abzuwenden", sagte Schleinitz.

„Aber das Abendmahl in einer Gestalt ist nicht zu vereinbaren mit der Heiligen Schrift. Wir sind Christen. Wir sollen nach der Heiligen Schrift leben!" Chrosner Stimme klang weitgehend fest und hatte nur ein ganz leichtes Zittern.

„Das können Wir ändern, wenn der Heilige Vater es gebietet. Es ist nicht an Euch, die Heilige Schrift anders auszulegen als der Heilige Vater. Seid Ihr bereit zu widerrufen?" Natürlich! Herzog Georg wollte nichts ohne den unfehlbaren Papst entscheiden.

Elisabeth hielt den Atem an und faltete die Hände. Sie wusste nicht, worauf sie hoffen sollte. Wenn er widerrief, dann war das kein Gewinn für die Reformation. Aber wenn er nicht widerrief, dann konnte Herzog Georg mit empfindlichen Strafen aufwarten.

„Nein!" Es war ein lautes und festes Nein. Und dabei blieb Chrosner, auch wenn Herzog Georg und die Räte noch so heftig auf ihn einreden mochten. Schließlich öffnete sich die Tür und Chrosner, der Elisabeth einen undefinierbaren Blick zuwarf, eilte davon. Sollte er standhaft bleiben oder klein beigeben? Letzteres war nicht seine Art, aber weitaus ungefährlicher. Bevor die anderen Herren kamen und die Lauscherin bemerkten, hatte auch Elisabeth sich zurückgezogen.

Doch am Nachmittag, als Elisabeth so gerne die Sommersonne genossen hätte und stattdessen ihrer Schwiegermutter im Kreise ihrer Hofdamen Gesellschaft zu leisten hatte, trat Schönberg zu ihr und raunte: „Das war eine böse Predigt. Das wird man nicht dulden!"

„Ein Prediger muss die Wahrheit sagen und wenn Ihr die nicht hören wollt, dann lasst ihn ziehen."

„Das könnte Euch so passen, dass wir ihn ziehen lassen, damit er mit seinen

ketzerischen Lehren überall im Lande Aufruhr anzettelt. Nein, nein, Euer Gnaden. Das muss anders zugehen. Wir werden ihn festsetzen lassen."
„Das rate ich Euch nicht! Möge Gott mich strafen", erwiderte Elisabeth und ließ ihn stehen. Es kümmerte sie auch nicht, dass ihre Schwiegermutter mitsamt ihren Hofdamen ihr ärgerlich nachsah. Drei Diener ihres Gemahls brachten sie in einer Sänfte zur Wohnung Chrosners. Elisabeth war erleichtert, als man ihr die Tür öffnete.
„Die Räte und der Alte haben beschlossen Euch festzusetzen wenn Ihr nicht widerruft", keuchte sie und musste sich ihre Seite halten, denn solche Eile war sie nicht gewöhnt. Chrosner, der im Begriff war, seine wichtigsten Habseligkeiten einzupacken, hielt kurz inne und schaute Elisabeth, die offenbar die Treppe heraufgeeilt war und etwas kurzatmig vor ihm stand, mit hochgezogenen Brauen an.
„Das überrascht mich nicht, Euer Gnaden. Aber es rührt mich, dass Ihr Euch solche Sorgen um mich macht."
„Werdet Ihr widerrufen?"
„Ratet Ihr es mir denn?" sagte er, wobei ihm ein Zwinkern gelang.
Ein Diener erschien, doch Chrosner machte ihm mit einer Geste deutlich, dass er nicht gestört werden wollte.
„Mein Gott, ich weiß nicht, was ich Euch raten soll. Natürlich rate ich Euch nicht, zu widerrufen, denn dann hätten diese scheußlichen Räte gewonnen. Aber kann ich denn verantworten, Euch zu raten, standhaft zu bleiben, wenn Euch dafür der Kerker droht?"
„Auch im Kerker bin ich in Gottes Hand und nicht in der Hand der Räte."
„Dann darf ich es wagen, Euch von einem Widerruf abzuraten?"
„Ja, das dürft Ihr, das müsst Ihr sogar. Gott wird's wohl machen. Ich bin mir sehr sicher, dass ich den Herzog überzeugen könnte, wenn ihm nur nicht immer wieder die Räte ihren altgläubigen Unsinn einblasen würden. Vor allem Kanzler Pistoris und Carlowitz sind meine entschiedenen Gegner, obwohl ich zumindest ab und an den Eindruck hatte, Carlowitz sei offen für verschiedene Neuerungen. Nun geht, sonst bringt Ihr Euch noch selbst in Gefahr."

Alexius Chrosner blieb nach dieser Predigt nicht viel Zeit. Bei seinem Abschied hatte er Elisabeths Hände gedrückt und länger festgehalten, als die

Schicklichkeit es zugelassen hätte. „Gott wird's wohl machen", hatte er zu ihr gesagt, um sie mit ihren eigenen Worten zu trösten. Elisabeth schrieb in einem langen Brief an ihren Bruder, wie schellich[1] der Alte[2] sei und wie sehr man ihr Chrosners Predigt anlaste und sie dafür verantwortlich machte. Aber sie hatte auch bemerkt, dass der Alte oft still und in sich gekehrt war und sehr nachdenklich schien, was Elisabeth hoffen ließ, dass doch noch alles gut werden würde. Aber Chrosner war fort und verzichtete auch darauf, Elisabeth ein Lebenszeichen zu senden. Inständig hoffte sie, er möge eine sichere Zuflucht gefunden haben, wo man seine Predigten zu schätzen wusste, doch die Ungewissheit nagte an ihr.

Zu allem Überfluss kam aus Freiberg noch die Nachricht, dass Herzogin Katharina einen weiteren Sohn zur Welt gebracht hatte. Nun hatte Moritz einen kleinen Bruder. Auch wenn der Brief dies nicht hergab, so las Elisabeth ihn doch wie eine Anklage an sich selbst, die noch immer kinderlos war und sogar von ihrer eigenen Tante übertroffen wurde.

Doch Elisabeth freute sich über die Fortschritte, die Henning von Scholley ihr aus Hessen übermittelte. Die Universität war gegründet worden. Dazu hatte Philipp das Franziskanerkloster an der Stadtmauer aufgelöst. Die Räume, in denen früher die Mönche gebetet hatten, wurden nun bevölkert von Studenten, die in der neuen Lehre unterrichtet wurden. Glücklich schrieb Elisabeth einen langen Brief an Philipp mit herzlichen Glück- und Segenswünschen und gab ihn Scholley zu treuen Händen.

Der Sommer war unglaublich heiß, Elisabeth konnte die Hitze kaum noch ertragen und schlief immer schlechter, weil ihr oft übel war. Sie hatte sich hinlegen müssen, der Medicus war gekommen, hatte sie untersucht und Ruhe verordnet. Am darauf folgenden Morgen durfte Elisabeth wieder ausschlafen. Als sie erwachte, lag Johann noch neben ihr.

„Und? Geht es dir jetzt besser?"

Elisabeth nickte und streckte sich gähnend.

---

1 schellich: Original: schellych = aufgebracht, wütend, zornig, rasend; vgl. J. und W. Grimm, Deutsches Wörterbuch, Bd. 15, Sp. 2502 (Artikel „schellich, adj."), siehe André Thieme, 2010, S. 222, Anm. 1873.

2 Der Alte: Herzog Georg. (Originalton Elisabeths)

„Was sollen wir heute tun? Hast Du Lust, einen Spaziergang zu machen heute Abend? Nur wir beide?“
„Ja. Wenn man es uns erlaubt, würde ich das sehr gerne tun.“
Laut begann er zu überlegen, welche Wege man nehmen könnte, da merkte er, dass Elisabeth unruhig wurde. Sie legte ihre Hand auf ihren Bauch und sah nicht mehr so aus, als würde sie ihm zuhören. Plötzlich begann sie zu würgen, sprang auf und rannte ins Nebengemach, wo sie sich erbrach. Gerade als er sich erheben wollte, um nach ihr zu sehen, gingen ihre Erbrechensschreie in Gurgeln über. Sie spülte sich geräuschvoll den Mund aus. Das tat sie sehr gründlich. Mittlerweile wehte der typisch säuerliche Geruch aus der Nebenkammer herüber. Johann hörte Elisabeth mit einer der Dienerinnen sprechen, die dafür sorgen würde, dass sich der Geruch nicht noch weiter ausbreitete. Dann hörte er Schritte und Elisabeth stand wieder in der Tür. Ihre Hände lagen auf ihrem Bauch und auf ihrem Gesicht lag ein Strahlen, wie er es noch nie bei seiner Frau gesehen hatte. Mit Anlauf sprang sie aufs Bett und rief: „Kotzen am Morgen vertreibt Kummer und Sorgen! Oder so ähnlich geht der Spruch. Ist auch egal. Jedenfalls hat sicher noch niemals auf der ganzen Welt eine Frau glücklicher gekotzt als ich.“ Johann sah seine Gemahlin verwirrt an.
„Johann! Das kann nur eines bedeuten. Die ganze Zeit war mir schon so übel. Und mein monatliches Unwohlsein ist ausgeblieben. Wenn ich den Grund dafür auch nur im Entferntesten geahnt hätte!“ Elisabeth kniete mit aufgelösten Haaren auf dem Bett und bot einen wilden Anblick - wie eine Urmutter. „Johann, wir werden endlich, endlich deinem Vater eine gute Nachricht bringen können. Die Nachricht, auf die er schon so lange gewartet hat. Johann, endlich werde ich meine Pflicht erfüllen können. Endlich, endlich werde ich auch ein Kind in meinen Armen halten können. Nie wieder muss ich mir diese hämischen Kommentare anhören. Der beißende Spott wird ein Ende haben. Ich kann dir gar nicht sagen, wie froh ich bin.“
Tatsächlich war mit Elisabeth mit einem Schlag eine Veränderung vorgegangen, die Johann nicht für möglich gehalten hätte. Unglaublich, was so ein morgendliches Erbrechen alles bewirken konnte! Kotzen am Morgen… da schien wirklich was dran zu sein.
Und tatsächlich hatte es alles verändert. In wenigen Augenblicken war die bleierne Traurigkeit, die Johann als einer der wenigen hinter Elisabeths

fröhlicher Fassade kannte, wie fort geblasen. Er lächelte und zog seine Frau zu sich herab und in seine Arme. Und während Elisabeth Pläne schmiedete, wo ihr Kind wohnen sollte, wie das Zimmer für den kleinen Prinzen eingerichtet werden musste („Natürlich wird es ein Sohn, da musst du dir keine Sorgen machen!") und schon überlegte, bei welchem Händler man die beste Kinderwäsche einkaufen konnte, hielt Johann seine quirlige Frau in seinen Armen und hoffte im Stillen, dass alles gut gehen würde.
Schon beim Mittagsmahl war die Schwangerschaft der jungen Herzogin das wichtigste Gesprächsthema. Elisabeth sonnte sich in ihrem neuen Glanz. Sogar ihre Schwiegermutter war freundlich zu ihr, verteidigte sie sogar, als die Köstritzsche es wagte, Skepsis anzumelden und unterließ nichts, um Elisabeth eine Freude zu machen. Sie sichteten gemeinsam die Kinderwäsche, die noch vorhanden war. („Unglaublich, dass Johann in dieses winzige Jäckchen hineingepasst hat.") Was zu alt und zerschlissen war, wurde durch neue Wäsche ersetzt. Alles was Elisabeth tat, war wichtig, sie selbst war wichtig. Es ging Elisabeth so gut, wie schon seit langem nicht mehr. Ihre Wangen waren plötzlich nicht mehr bleich, sondern rosig, sie ging viel aufrechter und befahl ihren Jungfrauen, ihr das Kleid nicht zu fest zuzuschnüren, damit das Kind keinen Schaden nehme, auch wenn ihr Bauch so flach wie immer war, aber sie wollte sicher gehen und nichts riskieren. Nach drei Wochen hielt sie es für angebracht, höchst eigenhändig die Seitennähte ihrer Kleider aufzutrennen, um dem Kind („Es wird sicher ein sehr großes, kräftiges Kind!") genügend Platz zu schaffen. Mit jedem Atemzug fühlte sie, dass sie endlich nach all den langen Jahren des vergeblichen Wartens und bangen Hoffens Ihre Bestimmung würde erfüllen können. Sie würde einen Erbgrafen zur Welt bringen. Sie würde endlich dafür sorgen, dass die Linie der albertinischen Sachsen nicht ausstarb. Sie würde ihre Stellung am Hof festigen. Niemand würde ihr mehr Vorwürfe machen können. Bald hätte auch sie die Geburt eines Sohnes zu verkünden und würde mitreden können, wenn sich die jungen Mütter auf Familienfesten gegenseitig übertrafen in der Schilderung der Fortschritte ihrer Kinder. Nie wieder würde sie diese hämischen Blicke spüren müssen, mit denen die Fürstinnen sie bedacht hatten. Dieser Alptraum war ein für allemal vorbei. Und überglücklich schrieb sie an Philipp und ihren Cousin, den Kurprinzen Johann Friedrich, um ihn zum Gevatter zu bitten. Endlich würde sie ein KIND haben! Nach wenigen Mo-

naten begann sich ihr Leib leicht zu wölben. Elisabeth strich liebevoll mit ihren Händen über ihren Bauch, bemerkte glücklich, dass auch ihre Brüste voller wurden. Süßen Brei mit Senf aß sie mit Appetit und Überzeugung. Ihr Leib wölbte sich nicht so sehr wie bei anderen Frauen, doch schrieb dies der Medicus ihrer eher zarten Konstitution zu.

Und eines Tages im Februar setzten die Wehen ein. Auf der Treppe vor dem Schloss brach sie zusammen und konnte von ihren Jungfern gerade noch aufgefangen und gestützt werden.

„Hilfe! Schnell! Den Medicus!“ schrie Dorothea. Ein Diener eilte herbei und trug Elisabeth in ihr Schlafgemach. Die Frauen folgten ihm. Auch der Medicus und die Hebamme waren sofort zur Stelle. Hildegard und Dorothea öffneten ihr die Kleider, Lene schickte nach Wasser und Gertrud stand mit schreckverzerrtem Gesicht in der Ecke und starrte Elisabeth an, die schreiend im Bett lag. Die Hebamme und der Medicus untersuchten Elisabeth, tasteten ihren Leib ab und wechselten schließlich einen Blick, den Elisabeth nicht zu deuten wusste.

„Was ist?“ keuchte sie. „Es ist doch alles in Ordnung?“

„Euer Gnaden müssen ruhig atmen.“

„Ja, ja, das mach ich doch die ganze Zeit! Ich atme vollkommen ruhig!“ schrie sie. „Aber das Kind? Was ist mit dem Kind?“ Ihre Stimme überschlug sich. Aus ihren weit aufgerissenen Augen schrie die nackte Angst.

„Beruhigt Euch, Herrin, es wird schon alles gut werden. Habt keine Angst“, versuchte Hildegard sie zu beruhigen, doch Elisabeth schenkte ihr keinen Glauben. Die Schmerzen ließen langsam nach, Dorothea half ihr, frisches Wasser zu trinken, deckte sie fürsorglich zu und hielt ihre Hand. Dann setzten die Wehen erneut ein.

Am nächsten Morgen erwachte Elisabeth. Die Sonne schien fahl durch einen Nebelschleier, von draußen hörte Elisabeth leise Stimmen, Schritte, Geschirrgeklapper. Mühsam kam sie zu sich. Der vorherige Abend kam nur langsam wieder in ihr Bewusstsein. Die Schmerzen, Wehen, all ihre Jungfrauen, die sie umsorgt hatten, selbst ihre Schwiegermutter war gekommen, um sie in ihrer schweren Stunde zu unterstützen, doch dann hatten die Wehen einfach wieder nachgelassen und nicht mehr eingesetzt. Johann setzte sich zu ihr aufs Bett. Er war bereits angekleidet und hatte sicher auch

schon die Frühmesse besucht.
„Wie fühlst du dich?“ fragte er liebevoll.
„Ich weiß es nicht. Sonderbar. Es wird doch sicher alles gut gehen, nicht wahr?“ Ihre Stimme klang flehend.
„Ganz gewiss. Der Medicus wird gleich hier sein.“

„Scheinschwanger?“ Elisabeths Stimme klang merkwürdig hoch und schrill. „Er will also behaupten, dass ich scheinschwanger sei?“
Doctor Prestbach wand sich. Elisabeth stand barfuss und im Hemd vor ihm. Sein Blick streifte all die Dinge, die die junge Herzogin bereits angeschafft und in ihren Gemächern ausgestellt hatte, wie Wäsche und Spielzeuge, die alle für dieses Kind bestimmt waren, das niemals kommen würde. Er hatte sie lange und eingehend untersucht, ihren Leib abgetastet und alles gefunden, nur kein Kind. Er musste seiner herzoglichen Patientin nun reinen Wein einschenken.
„Vergebt mir, Euer Gnaden. Das kommt vor bei Frauen, die sich allzu sehr...“ Weiter kam er nicht.
„Scheinschwanger! Hinaus mit ihm! Wir wollen ihn nie mehr sehen!“ Doctor Prestbach verneigte sich und eilte zur Tür, hoffend, dass diese böse Sache nicht noch ein schlimmes Nachspiel für ihn haben würde.
„Scheinschwanger! Gott! Herr im Himmel! Wieso? Wie konntest Du mir das antun?“ Elisabeths Gebet war mehr eine Schimpftirade und veranlasste den jungen Herzog von Sachsen nun seinerseits, die Hände zu falten und den Allmächtigen um Vergebung für seine Frau zu bitten, nicht ohne den Schöpfer des Himmels und der Erde darauf hinzuweisen, dass Elisabeths Ärger ja wohl durchaus verständlich sei!
Auch diese Nachricht verbreitete sich wie ein Lauffeuer im Schloss. Schönberg und Schleinitz waren höchst erfreut, die Köstritzsche fühlte sich bestätigt und der verbitterte Zug um die Lippen der alten Herzogin Barbara bekam eine schroffe Tiefe, neben der das Elbsandsteingebirge wie eine sanfte Hügellandschaft wirkte. Als Herzogin Barbara ohne anzuklopfen ins Schlafgemach des jungen Paares stürmte, saß Elisabeth noch immer im Hemd auf ihrem Bett. Ihr zorniges Gebet war in ein verzweifeltes Weinen übergegangen, was Herzog Johanns Reserven an Liebe und Zärtlichkeit maßlos überforderte. Er saß etwas hilflos neben seiner hemmungslos schluchzen-

den Gemahlin und wagte kaum, sie zu berühren.
„Kam Euch jemals der Gedanke, dass Eure Unfruchtbarkeit eine Strafe Gottes sein könnte?“ rief die alte Herzogin. Elisabeth schaute ihre Schwiegermutter entsetzt an. Sie war keineswegs entsetzt über einen solchen Gedanken - das hielt sie schlicht für absurd. Weshalb sollte Gott sie strafen wollen? Vielmehr war sie entsetzt über die Grausamkeit dieser Frau. Als Elisabeth nichts erwiderte, sondern ihre Schwiegermutter nur aus rotgeweinten Augen anstarrte, fuhr diese fort: „Eine Strafe für Eure Verirrung. Dafür, dass Ihr eine Anhängerin Luthers seid.“
Elisabeth holte tief Luft und schrie: „Kam Euch jemals der Gedanke, dass dies eine Strafe dafür sein könnte, dass Ihr so starrsinnig im falschen Glauben verharrt? Außerdem habt Ihr doch mehr Kinder begraben als aufgezogen! Vielleicht denkt Ihr darüber nach, wofür Euch Gott damit strafen wollte!“
Dieser Hieb hatte gesessen. Die alte Herzogin raffte ihr Kleid und rauschte davon. Herzog Johann hielt für einen Moment die Luft an. Erst als die Tür hinter seiner Mutter lautstark ins Schloss gefallen war, atmete er geräuschvoll aus.
„Ich kann nicht mehr“, schluchzte Elisabeth und lehnte sich an ihn. „Ich will nicht aus diesem Zimmer heraus. Ich will niemanden sehen. Nie mehr. Ich will für eine Weile fort von hier. Tu mir bitte diesen einen Gefallen und setz bei deinem Vater durch, dass ich für eine Weile nach Hessen darf. Bald!“

Doch Herzog Georg war nicht gewillt, die Eskapaden seiner Schwiegertochter auch noch mit einer Reise zu belohnen. Er schenkte seinen Räten, die behaupteten, Elisabeth habe eine Schwangerschaft aus purem Übermut vorgetäuscht, nur zu gerne Glauben und überlegte sich schon, wie er sie wohl am empfindlichsten bestrafen könnte. Mit Bitterkeit dachte er an den Moment, in dem sie ihm die „gute Nachricht“ überbracht hatte. Zu offensichtlich hatte sie die Fürsorge ihrer Schwiegereltern und das Wohlwollen des Hofes genossen. Was für eine falsche Schlange! Und beim Abendessen - wie hatte sie sich da gebärdet. Gelacht hatte sie über alle, die sie auf das unselige Thema angesprochen hatten.
Er befahl den Medicus zu sich, der Elisabeth immer wieder untersucht hatte. Dieser kam so demütig gebeugt, dass der Herzog ein schweres Rükkenleiden vermutete, doch schließlich richtete der Mann sich auf, vermied

jedoch, dem Herzog in die Augen zu schauen.
„Nun! Was ist das für eine unsäglich lächerliche Geschichte? Steckt er am Ende mit Unserer Schwiegertochter unter einer Decke und macht sich lustig über Uns?“
Der Medicus, der nicht begriff, worauf der Herzog hinauswollte, dem aber nichts Gutes schwante, verneigte sich wieder weitaus tiefer als notwendig. Er murmelte etwas zu seiner Entschuldigung, was der Herzog nicht verstand. „Richte er sich auf, schaue er Uns an und stehe er Uns Rede und Antwort!“
„Euer Gnaden, eine Scheinschwangerschaft ist mit Abstand das Sonderbarste, was uns begegnen kann. Ich bitte Euer Gnaden untertänigst, mir zu glauben, dass dieses Krankheitsbild nicht mutwillig hervorgerufen wird. Die junge Herzogin zeigte tatsächlich alle Anzeichen einer Schwangerschaft. Ihr Leib wölbte sich, die monatlichen Blutungen blieben aus, ihre…“
„Ja, ja, ja. Keine Details. Komme er zur Sache!“ sagte der Herzog ungeduldig und hob abwehrend die Hände.
„Zunächst ist eine Scheinschwangerschaft nicht zu unterscheiden von einer tatsächlichen. Eine Frau wird scheinschwanger, wenn sie sich allzu sehr nach einem Kind sehnt, wenn sie unter großem Druck steht, unbedingt ein Kind zur Welt bringen zu müssen.“
„Ach! Sind Wir jetzt also daran schuld, dass die junge Herzogin geglaubt hat, ein Kind unter ihrem Herzen zu tragen, das sich als fauler Wind entpuppt hat!“ donnerte der Herzog, worauf der Medicus noch mehr in sich zusammen sank.
„Nein, Euer Gnaden. Ich bitte Euer Gnaden nur in aller Demut, Euer Gnaden Schwiegertochter nicht zu zürnen. Sie leidet unsäglich.“
„Das konnte man bei der letzten Mahlzeit nicht vermuten. Sie war fröhlich und guter Dinge, hat dem Wein gut zugesprochen und war geradezu ausgelassen.“
„Man verhöhnt und verspottet sie doch schon genug. Soll sie ihren Peinigern auch noch zeigen, wie sehr sie leidet und die Bosheit noch mehr anstacheln? Herzogin Elisabeth leidet. Vielleicht könnten Euer Gnaden in einem Gespräch mit ihr unter vier Augen klären, was Eure Schwiegertochter wahrhaftig bewegt.“
Der Herzog sah den Medicus misstrauisch an. Doch dieser hielt seinem

Blick stand.
„Etwas Ruhe, eine kleine Reise würden ihr sicher gut tun."
„Er kann gehen."

Am nächsten Tag, als Elisabeth sich in ihre Gemächer zurückgezogen hatte, um wenigstens für einen Augenblick zu ruhen, meldete ein Diener plötzlich einen Besucher. Elisabeth trat hinaus in den Vorraum. Mit einem Aufschrei stürzte sie sich in die Arme ihres Bruders und hielt sich an ihm fest. Philipp umarmte sie und drückte sie an sich, als er spürte, dass sie leise schluchzte. Er bedeutete dem Diener, sie allein zu lassen und setzte sich mit Elisabeth, die ihn kaum loslassen wollte, auf eine Bank.
„He, Schwesterchen, was ist denn passiert?"
„Haben sie es dir nicht gleich auf die Nase gebunden?"
„Die Schwiegereltern haben so sonderbare Andeutungen gemacht, als hättest du etwas verbrochen. Sag du mir, wie es ist."
„Ich hatte dir doch geschrieben, dass ich schwer gehe[3]. Mein Gott, ich war mir so sicher. Ich hatte alle Anzeichen einer Schwangerschaft. Ich kann dir nicht sagen, wie sehr ich mich gefreut habe. Du weißt, wie sehnlich ich mir ein Kind wünsche."
„Hast du es verloren?" Philipp klang so liebevoll und teilnehmend. Als Elisabeth ihn ansah, bemerkte sie sogar, dass er nasse Augen hatte im Angesicht ihrer Verzweiflung.
„Da war gar nichts, was ich hätte verlieren können. Ich war…" Sie brachte es kaum heraus. „…scheinschwanger", sagte sie schließlich unter lautem Weinen. Erschüttert legte Philipp seine Arme um ihre Schultern und hielt sie lange fest. Er war schockiert über den Zustand seiner Schwester, die ihm noch nie so schwach und hilflos, so elend und verzweifelt erschienen war. Immer war sie diejenige gewesen, die alles im Griff hatte. Selbst ihn. Wie oft hatte sie ihm den Kopf gewaschen und damit vor Torheiten bewahrt. Er war wegen des Erbstreits mit Nassau nach Dresden gekommen, um ihren Rat anzuhören in einer sehr schwerwiegenden Angelegenheit, doch unmöglich konnte er dieses Häuflein Elend, das Elisabeth im Moment war, mit seinen Sorgen beschweren.

---

3 schwer gehen = damals gebräuchlicher Ausdruck für schwanger sein.

Er hielt sie noch lange fest, wiegte sie in seinen Armen, küsste ihr Haar und sah über ihren Kopf hinaus aus dem Fenster. Die Butzenscheiben machten die Stadt dort draußen zu einem Wirrwarr aus Formen und Farben. Er hätte viel darum gegeben, klar zu sehen. Und ausgerechnet diese Sorgen einem Brief anzuvertrauen war zu gefährlich.

Am Abend sah Philipp seiner Schwester bewundernd zu, wie sie sich in vollkommener Selbstbeherrschung in der Hofgesellschaft bewegte. Ihr Gemahl machte dabei gute Miene zum bösen Spiel, nur Philipp schien zu sehen, dass aus ihren Augen die Verzweiflung sprang, wenn sie lachte. Sie zog sich früher als gewöhnlich zurück. Philipp erlaubte sich, sie zu begleiten, was von Otto von Pack beobachtet wurde. Otto von Pack war allgemein ein stiller Beobachter. Aus großen Gesellschaften, Tanz und dergleichen Späße machte er sich nichts. Als Rat Herzog Georgs musste er allerdings zuweilen sein Gesicht auch bei solchen Anlässen zeigen. Er war ein Mann von beinahe fünfzig Jahren. Er war groß, schlank, hatte ein gewinnendes Äußeres, wobei er davon wenig Gebrauch zu machen schien, denn man sah ihn niemals mit anderen Menschen rein freundschaftlich verkehren. Den Dienst für seinen Herrn Herzog Georg versah er mit einer Art vornehmem Pflichtgefühl. Er war ein Mensch, der ganz offensichtlich nur für sein Amt lebte, um dem Herzog unschätzbare Dienste zu leisten, sich in der Kanzlei des Herzogs am wohlsten fühlte, was er durch seine vornehme, schlicht-edle Kleidung zu unterstreichen suchte.
Dieser Otto von Pack verließ nun die Abendgesellschaft, worüber sich niemand wunderte. Er wusste ungefähr, wo die Gemächer der jungen Herzogin waren. Er brauchte sich nur auf den Korridor zu stellen und zu warten, bis Landgraf Philipp wieder erscheinen würde. Und richtig. Dort kam Philipp, dessen Augen beim Anblick des herzoglichen Rates kurz zuckten.
Otto von Pack nickte und ging voran in ein Gemach, in das Philipp ihm folgte.
„Und? Habt Ihr den Vertrag?“ begann Philipp ohne Umschweife.
„Ja, hier ist er.“ Otto von Pack zog einen Brief aus seinem Ärmel. Philipp stellte den Leuchter auf einem Tisch ab und faltete den Brief auseinander. Hastig überflog er die Zeilen.
„Das ist nur eine Abschrift. Ihr wolltet mir das Original besorgen.“

„Diese Abschrift trägt das Siegel der herzoglichen Kanzlei. Sie besteht aus mehreren Blättern. Es ist eine solche Abschrift, wie sie Herzog Georg selbst immer bei sich trägt, um neue Verbündete zu finden. Aber wenn Ihr mir noch etwas Zeit geben wollt, so könnte ich Euch das Original vorlegen zum Vergleich."

„Ja, tut das", sagte Philipp leise, schon ganz vertieft in den Vertrag, auf dem schwarz auf weiß stand, dass am 15. Mai 1527 in Breslau ein Bündnis geschlossen worden war zwischen König Ferdinand - dem Bruder des Kaisers -, den Kurfürsten von Mainz und Brandenburg, dem Erzbischof von Salzburg, den Bischöfen von Würzburg und Bamberg und den Herzögen von Bayern und Sachsen, das zum Ziel hatte, die Gotteslästerung zu bekämpfen und die guten alten seligen Kirchenordnungen und Zeremonien wieder einzusetzen. Nach ihrem Sieg wollten die Altgläubigen die Auslieferung Luthers und aller anderen Gotteslästerer von Kurfürst Johann fordern. Sollte er sich weigern, würden die Katholischen mit der stärksten Heeresmacht über sein Land hereinbrechen, um es unter sich aufzuteilen.

Auf den folgenden Blättern wurde genau geregelt, welcher der Fürsten welche Ländereien bekäme und welcher Fürst welche Leistungen zu erbringen hatte. Auch Hessen sollte aufgeteilt werden, wenn Philipp sich weigern würde, dem neuen Glauben abzuschwören. Sie waren sich ihrer Sache offenbar sehr sicher, sonst würden sie nicht die Haut des Bären verkaufen, ohne ihn geschossen zu haben.

„Bedenkt, dass ich für Euch und die Reformation alles riskiere. Nicht nur meine Stellung, mein Hab und Gut, sondern auch mein Leben. Ich gebe Euch mein Ehrenwort, dass diese Kopie mit dem Original vollkommen übereinstimmt. Ich kann Euch nur versichern, dass mir die Reformation am Herzen liegt. Was glaubt Ihr, wie heiß der Boden für mich ist in Dresden? Ich bin nur ein Rat des Herzogs. Eure Schwester ist einigermaßen geschützt, weil sie die Schwiegertochter Herzog Georgs ist, doch mit mir würde der Herzog kurzen Prozess machen. Ich bin zwar auch ein alter Mann, ich könnte Euer Vater sein, doch sehe ich nicht nur die Missstände überall im Land, sondern sehe auch, dass sie nur durch tiefgreifende Reformen zu beseitigen sind. Herzog Georg ist Reformen gegenüber nicht vollkommen verschlossen, doch wären seine Reformen nicht tiefgreifend genug. Das, was wirklich nötig wäre, würde er wahrscheinlich als Aufruhr verstehen." Otto von Pack

hatte die letzten Worte mit einer Leidenschaft hervorgebracht, die man dem überaus korrekten Herrn kaum zugetraut hätte. Nun hielt er inne und schaute sein Gegenüber an, als wolle er die Wirkung seiner Worte prüfen. Dann fuhr er etwas ruhiger fort: „Wisst Ihr, ich bin ein Humanist. Ich kann nicht zusehen, wie ein alter Mann, der ewig im Gestern verharrt, einen jungen, aufstrebenden Fürsten, der sein Land ins Licht führen will, vernichtet. Deshalb breche ich meinen Treueid dem Herzog gegenüber. Gott weiß, wie schwer mir das fällt. Aber noch schwerer würden Euer Unglück und das Ende der Reformation auf mein Gewissen fallen.“ Otto von Pack seufzte schwer. „Alles, was ich von Euch verlange, ist eine Sicherheit für mein Leben. Wenn der Kriegszug, den Herzog Georg mit den katholischen Fürsten gegen Euch und den Kurfürsten plant, scheitert, wenn dann herauskommt, dass man Euch gewarnt hat - dass ich Euch gewarnt habe - dann werde ich alles verlieren, was ich besitze. Doch nicht nur das. Man wird mich foltern und hinrichten. Ich bitte Euch nur um zehntausend Gulden und eine Wohnstatt in Hessen, in Eurer Nähe, unter Eurem Schutz.“
„Seid unbesorgt. Ich kenne Euch nun schon seit einigen Jahren und habe in Euch immer einen Ehrenmann gesehen. Dass Ihr für mich und die Reformation Euren Schwur gegenüber Herzog Georg brecht, rührt mich. Seid unbesorgt, ich will für Euch und Eure Familie sorgen. Im Grunde bestätigt Ihr mir nur, was ich die ganze Zeit über geahnt und gerüchteweise gehört habe. Aber ich möchte trotzdem Sicherheiten. Bringt mir also das Original des Vertrags. Ich möchte nicht grundlos einen Krieg gegen meinen eigenen Schwiegervater anfangen.“

Nach reiflicher Überlegung und Philipps Überredungskunst durfte Elisabeth nicht nach Kassel, aber immerhin nach Torgau. Kassel war für Herzog Georgs Geschmack entschieden zu weit weg. Torgau war bequem zu Schiff zu erreichen. Philipp reiste alleine nach Kassel ab, ohne seine Schwester in seine Sorgen eingeweiht zu haben. Zu schwer trug sie schon an ihren eigenen Problemen. Um das Original des Vertrages zu beschaffen, war keine Zeit mehr gewesen, doch hatte er Pack die geforderte Summe zukommen lassen.
Elisabeth musste sich zwar noch drei Wochen gedulden, die ihr wie ein ewiger Spießrutenlauf erschienen, aber Mitte März durfte sie Reisevorbereitungen treffen. Herzogin Barbara hatte ihren Gemahl ebenfalls darum ge-

beten, Elisabeth diese Reise zu gestatten, doch weniger, um Elisabeth einen Gefallen zu tun, als vielmehr, um sich den Anblick dieser Person, wie sie sich nur noch ausdrückte, wenigstens für eine Weile zu ersparen.

Ein Modell der Holzbrücke, die zu Elisabeths Zeiten vor Torgau über die Elbe führte.

Als Elisabeth endlich an der Reling des Schiffes stand, das sie nach Torgau brachte, fühlte sie sich befreit und glücklich. Sie gab sich der Illusion hin, dass dieses Schiff sie in eine unendliche Ferne bringen würde, irgendwohin, wo sie völlig unbekannt war und wo man sie einfach nur in Ruhe ließ. Was für ein wunderbarer Traum, an einen fernen Ort zu fahren, wo sie ihre eigene Herrin war, wo sie schalten und walten konnte, wie sie wollte, wo ihr niemand Vorschriften machte, sondern wo sie vollkommen unabhängig war. Ein solches Leben malte Elisabeth sich aus, während sie in die dunkelgrünen Fluten der Elbe hinabschaute, den Wind und das aufspritzende Wasser auf ihrem Gesicht fühlte. Aber die Reise war schon nach allzu kurzer Zeit wieder zu Ende. Als einer der Schiffsleute „Torgau!" rief, wünschte sie sich, er hätte Land in Sicht! gerufen und sie wären eine Expedition, die neue Welten entdeckte. Leider war es nur Torgau. Keine wilden Menschen würden sie begrüßen, sondern ein Kurprinz mit seiner Gemahlin und ein Kurfürst. Immerhin waren sie martinisch. Das war ein echter Trost. Ihre Gastgeber gingen sehr behutsam mit ihr um, sprachen das Thema nicht an und versuchten, Elisabeth so gut wie möglich von ihrem Schmerz abzulenken. Der Kurfürst war soeben aus Weimar zurückgekehrt und berichtete allgemeine Neuigkeiten: Philipp habe erzählt, dass die kleine Agnes ganz prächtig wuchs und ihren Eltern Hoffnung machte, dass sie wohl noch lange leben würde. Auf Elisabeths Nachfragen, was es sonst noch in Hessen gebe, wich der Kurfürst aus und behauptete, nichts sonst zu wissen, aber Elisabeth spürte, dass da etwas im Gange war, das man ihr nicht mitteilte.
Tatsächlich waren die Männer der Meinung, dass man Elisabeth in ihrer Situation unmöglich mit den schrecklichen Neuigkeiten belasten konnte: Zwischen ihrem Bruder und Herzog Georg drohte ein Krieg auszubrechen. Der Krieg stand unmittelbar bevor. Es kursierten Gerüchte, dass der Herzog bereits rüste. Nur gut, dass die Verschwörung rechtzeitig aufgedeckt worden war und man auch auf martinischer Seite noch Zeit genug gehabt hatte, sich zu verbünden. In den vorgelagerten Befestigungsanlagen hier in Torgau traf man schon Vorbereitungen, was von Elisabeth nicht bemerkt worden war. Und sobald Philipp in Hessen einträfe, würde auch er rüsten. Wahrscheinlich hatte er deshalb bei seinem Schwiegervater so sehr darauf gedrungen, Elisabeth nach Torgau reisen zu lassen, nur fort aus Dresden, wo sie nicht mehr sicher war.

Kurfürst Johann, das junge Paar Johann Friedrich und Sibylle saßen mit Elisabeth spät abends am Feuer und tranken Wein, als sie die Hufschläge etlicher Pferde im Schlosshof hörten.
„Wer mag das jetzt noch sein?“ fragte Sibylle. Es war ungewöhnlich, dass zu so später Stunde, wenn es schon längst dunkel war, noch Besucher ankamen. Der Kurfürst erhob sich mit einer Miene, die besagte: Na endlich! Er eilte geradezu aus dem Zimmer und die Treppen hinunter, so schnell sein Leibesumfang ihm dies erlaubte. Elisabeth, Johann Friedrich und Sibylle sahen einander an. Johann Friedrich sah so aus, als wisse er, was vor sich gehe, dürfe aber nichts sagen. Die drei traten an ein Fenster, doch die Butzenscheiben verzerrten das Geschehen auf dem Hof, sodass nur bizarre Formen von Licht und Schatten zu erkennen waren. Bevor Johann Friedrich protestieren konnte, hatte Elisabeth eines der Fenster geöffnet. Da standen sie nun alle drei und sahen, wie kurfürstliche Soldaten im Hof ihre Pferde zügelten. In ihrer Mitte ritten zwei einfach gekleidete Frauen und ein Mann in ziviler Kleidung. Eine der Frauen kam Elisabeth bekannt vor. Diener eilten mit Fackeln herbei. Im zuckenden Schein sahen die drei am Fenster nun, wie der Kurfürst auf eine der Frauen zuging und ihr vom Pferd half. Sie sank sogleich an die Brust des Kurfürsten, der die Frau umarmte. Ihr Schluchzen war bis hinauf in das Zimmer zu hören.
„Wer ist das?“ fragte Sibylle.
„Das ist doch ...“ Weiter kam Elisabeth nicht.
„Stillschweigen!“ sagte der Kurprinz. „Absolutes Stillschweigen. Wenn mein Vater erfährt, dass wir hier am Fenster gestanden und die Frau auch nur gesehen haben, wird er sicher sehr ärgerlich werden. Wir sollten uns also wieder setzen“, forderte Johann Friedrich die beiden Frauen auf. Seine Gemahlin Sibylle gehorchte sofort, Elisabeth blieb noch stehen und sah, wie der Mann, der keine Uniform trug, der anderen Frau vom Pferd half. Die drei führten offenbar nur sehr wenig Gepäck mit sich. Sie hatten nur Satteltaschen dabei, die nun von Dienern ins Haus gebracht wurden.
„Elisabeth!“ sagte Johann Friedrich, doch sie hörte nicht. Gebannt starrte sie hinunter in den Schlosshof, wo nun auch die Soldaten absaßen. Der Hauptmann machte dem Kurfürsten eine kurze Meldung, die beiden Männer wechselten ein paar Worte, dann gingen die Soldaten, um ihre Pferde zu versorgen. Als der Kurfürst sich umwandte, traf sein Blick Elisabeth, die

erschrocken zurückwich.
„Jetzt hat er Euch gesehen, nicht wahr?“ stellte Johann Friedrich fest. Elisabeth zuckte entschuldigend mit den Schultern. Da hörten sie auch schon die Schritte des Kurfürsten und der Ankömmlinge auf der Treppe.
„Es ist alles vorbereitet. Ihr müsst nun keine Angst mehr haben. Ihr seid hier in Sicherheit“, sagte der Kurfürst. Das Weinen der Frau wurde leiser. Sie dankte dem Kurfürsten, dann entfernten sich ihre Schritte.
„Wir sollten auch zu Bett gehen“, flüsterte Sibylle.
„Das ist eine gute Idee“, pflichtete Elisabeth ihr bei. „Dann haben wir jetzt wenigstens noch eine ruhige Nacht und der Kurfürst wird morgen früh nicht mehr gar so ärgerlich sein, dass wir geschaut haben.“
„Ihr meint wohl, dass Ihr geschaut habt!“ stellte Johann Friedrich klar.
„Ja, Ihr habt Recht. Dann könnt Ihr noch eine Weile hier bleiben.“
„Nein, nein, wir gehen auch zu Bett. Mein Vater duldet es nicht, dass wir länger aufbleiben als er. Ich gäbe ein ganzes Königreich für eine eigene Hofhaltung, aber die Räte lassen es nicht zu. Zu teuer. Ganz zu schweigen von den Veränderungen, die ich für das Schloss geplant hatte“, seufzte der junge Kurprinz und schaute seine Frau traurig an. Sibylle senkte den Blick.
„Das kommt mir bekannt vor. Ich hoffte, Ihr beiden hättet mehr Glück als ich. Also, gute Nacht!“
„Gute Nacht!“

Am nächsten Morgen begegnete der Kurfürst Elisabeth weit milder, als sie zu hoffen gewagt hatte. Niemand wagte, Fragen zu stellen und so verlief der Morgenimbiss schweigend. Erst danach, als Elisabeth sich in ihr Gemach zurückziehen wollte, um Briefe zu schreiben, ließ der Kurfürst sie noch einmal rufen.
„Die Dame, die Ihr gestern im Hof gesehen habt, ist Unsere Cousine, die Kurfürstin von Brandenburg. Ihr kennt sie. Sie bat Uns um strengste Geheimhaltung. Sie ist sehr ängstlich, dass man sie hier aufspüren könnte. Aber lange lässt sich ihr Aufenthalt ohnehin nicht geheim halten. Wir haben ihr gesagt, dass Ihr als Gast in Unserem Haus seid. Zu Unserer Überraschung hat sie das jedoch nicht weiter beunruhigt. Sie möchte mit Euch sprechen. Sie hat Uns nicht gesagt, worüber. Ihr Diener wird Euch gleich zu ihr bringen.“
Elisabeth verneigte sich und sah dem Kurfürsten erstaunt hinterher. Dann

folgte sie dem Diener, der sie einige Treppen hinaufführte, schließlich vor einer Zimmertür anhielt, klopfte und verschwand. Eine junge Frau öffnete und verneigte sich bei Elisabeths Anblick. „Ihre Gnaden lassen bitten“, sagte sie und ließ Elisabeth eintreten. In einem Sessel am Fenster saß die Kurfürstin von Brandenburg. Elisabeth kannte sie von der Hochzeit Magdalenes und Joachims, die in Dresden stattgefunden hatte. Sie war einfach gekleidet, trug aber kostbaren Schmuck, ihr Gesicht war bleich, doch bei Elisabeths Anblick leuchteten ihre geröteten Augen auf. Sie stellte ihr Glas auf dem kleinen Tisch neben ihrem Sessel ab und erhob sich.

„Ich freue mich, dass Ihr zu mir gekommen seid“, sagte sie und drückte Elisabeths Hände herzlich. „Wusstet Ihr, dass ich im gleichen Jahr wie Eure Mutter geboren bin? Vor vier Jahren haben wir uns in Dresden gesehen. Mein Sohn Joachim hat Eure Schwägerin Magdalene geheiratet.“

„Ja, ich kann mich gut erinnern. Es war eine prächtige Hochzeit. Wie geht es Magdalene?“

„Es geht ihr sehr gut. Sie hat schon zwei Kinder. Einen Jungen von vier Jahren, eine Tochter von einem Jahr, und sie geht wieder schwer.“ Der Gedanke an ihre Enkelkinder zauberte ein Lächeln auf das Gesicht der Frau, doch sie wischte es weg, als sie sah, dass Elisabeth sie nur voller Neid und Wehmut anstarrte.

„Vergebt mir, ich wollte nicht taktlos sein. Ich weiß…“ Doch Elisabeth winkte ab und die alte Dame wurde sehr ernst.

„Wie glücklich waren wir damals bei der Hochzeit in Dresden. Dass wir uns nun unter solchen Umständen wieder sehen…“

„Aber was ist denn passiert? Der Kurfürst sagte mir, Ihr wolltet mich sprechen. Was kann ich für Euch tun?“

„Ihr könnt für mich nichts tun. Ach, bitte, setzt Euch doch. Luise, noch ein Glas für die Herzogin. Aber ich kann etwas für Euch tun.“

Elisabeth sah die Frau überrascht an. „Aber was könntet Ihr denn für mich tun wollen? Mir geht es doch gut.“

„Ihr seid wie ich eine Anhängerin der lutherischen Lehre. Da könnte es nur eine Frage der Zeit sein, wann es Euch nicht mehr gut geht. Ich will Euch warnen. Aber ich sollte am Anfang beginnen. Es war vor ungefähr drei Jahren - oder sind es schon vier? - da hörte ich zum ersten Mal von den Thesen des Doktor Martin Luther. Das war für mich wie… ich weiß gar nicht, wie

ich es sagen soll...wie..."
„Eine Erleuchtung, die Erkenntnis, dass da jemand etwas formuliert und laut ausspricht, das man selbst schon immer unbewusst gefühlt hat?" beschrieb Elisabeth ihre eigenen Erfahrungen. Da kam Leben in das müde, verweinte Gesicht der Kurfürstin. „Ja, ja so war es. Ich dachte schon immer, dass Gott uns Menschen doch geschaffen hat nach seinem Bilde. Warum sollte er uns hassen und bedrohen mit Verdammnis und Höllenfeuer? Endlich sagte ein Mann, der etwas davon verstand, genau das, was ich schon lange gefühlt hatte. Nämlich dass Gott uns Menschen liebevoll zugetan ist in Barmherzigkeit und Gnade. Dass wir ihn zwar fürchten sollen, doch nicht in dieser namenlosen Furcht im Staub kriechen müssen, wie es uns die alte Kirche gelehrt hat. Mein Medicus, Matthäus Ratzenberger, der ein enger Freund Luthers ist, erzählte mir eines Tages von den neuen Ideen. Niemand hätte ihn verdächtigt. So brachte mir mein Medicus noch eine ganz andere Art der Medizin. Ich habe immer wieder Kopfschmerzen vorgetäuscht, nur um ihn sprechen zu können." Sie lächelte ein wenig. „Ich sprach mit meinem Beichtvater darüber. Und zu meiner größten Freude fand ich in ihm einen Menschen, der ebenso dachte wie ich. Auch er war schon seit geraumer Zeit ein Anhänger Luthers. Aber natürlich durfte er es nicht offen zeigen, denn mein Gemahl ist ein entschiedener Gegner Luthers und all seiner Thesen. Er bekämpft diese Pest, wie er die neue Lehre nennt, mit aller Härte. Nicht nur, dass er Luthers Schriften verbrennen lässt wo er sie findet und das Singen seiner Lieder verbietet, er lässt die Anhänger des neuen Glaubens gefangen nehmen, martern und hinrichten. Gott weiß, ich hab um sie alle geweint." Die Tränen kamen ihr wieder. Ihre Zofe reichte ihr ein Taschentuch. „Diese unfassbare Grausamkeit! Auf dem Scheiterhaufen hat er sie verbrennen lassen. Ihre Schreie habe ich bis in meine Gemächer gehört. Nur weil sie sagten, dass Gott gnädig sei, mussten sie all dies erdulden." Sie trocknete ihre Tränen, schluckte tapfer und sah Elisabeth an.
„Ich will Euch warnen. Ihr müsst vorsichtig sein, mein Kind. Der Hof zu Dresden ist auch katholisch. Ihr solltet nicht heldenhaft für Luther streiten, sonst wird es Euch eines Tages so ergehen wie mir."
„Aber warum müsst Ihr Euch nun hier verstecken? Hat Euer Gemahl herausgefunden, dass Ihr martinisch seid?"
Sie nickte. „Ich habe von meinem Beichtvater das Abendmahl in beiderlei

Gestalt empfangen. Ich kann Euch kaum sagen, was dies für mich bedeutet hat. Es war ein so bewegender Augenblick, als säße ich wirklich am Tisch des Herrn. Es geschah heimlich, als mein Gemahl auf Reisen war, aber wir wurden verraten. Mein Beichtvater starb wie alle anderen Lutheraner auch.“ Sie weinte und konnte lange Zeit nicht weiter sprechen. Ihre Zofe legte ihren Arm um die hemmungslos zuckenden Schultern ihrer Herrin. Schließlich fuhr die Kurfürstin fort: „Auch für mich selbst befürchtete ich das Schlimmste. In diesem Glauben ließ mich mein Gemahl während einiger Tage.
Der Herr selbst ist es, der uns zum Abendmahl einlädt. Ist es nicht so? Und er bietet uns Wein und Brot. So steht es in der Heiligen Schrift. ‚Nehmet hin und trinket alle daraus!' Das sind die Worte Jesu beim Abendmahl. So steht es geschrieben. Und die Kirche missachtet den letzten Willen Jesu, indem sie den Gläubigen den Wein vorenthält. Wenn wir ein Fest feiern und der Tisch ist überreichlich voll mit Speisen - würden wir einem Diener erlauben, unseren Gästen zu sagen, dass sie zwar Brot nehmen dürfen und vielleicht noch etwas Gemüse, aber vom Wein die Finger lassen müssen?“
„Da habt Ihr recht. Im Grunde ist es so.“
„Das wagte ich meinem Gemahl zu sagen. Und ich habe ihm die Bibelstellen zitiert, in denen es eindeutig heißt, dass alle Brot und Wein nehmen sollen. Er tobte so sehr, dass ich schon um mein Leben fürchtete. Ich dachte, er würde mich an Ort und Stelle erschlagen. Dann erfuhr ich, dass er... Er wollte mich...“ Sie flüsterte nur noch. Elisabeth neigte sich vor, um sie überhaupt noch zu verstehen. „... einmauern lassen.“ Elisabeth stockte der Atem. Eine solche Ungeheuerlichkeit hatte sie noch nie gehört.
„Aber wie gelang Euch die Flucht?“ Bei dieser Frage schluchzte die Kurfürstin erneut auf und konnte sich lange nicht beruhigen. Die Zofe warf Elisabeth einen ärgerlichen Blick zu und fragte ihre Herrin leise: „Möchten Euer Gnaden nicht lieber ausruhen?“
„Nein, nein. Ich möchte, dass sie es erfährt, damit sie weiß, dass mit unseren Gegnern nicht zu scherzen ist.“ Sie beruhigte sich langsam wieder, wischte sich die Augen und sah Elisabeth an.
„Mein Bruder, der König von Dänemark, half mir. Als mein Gemahl wieder auf Reisen war, schickte er mir unerschrockene Männer, die uns halfen, hinter den Wächtern weg durch eine Wasserpforte, die direkt auf die Spree führt, das Schloss zu verlassen. Mit einem Boot überquerten wir den Fluss,

erreichten glücklich das andere Ufer, und zu Pferd ging es weiter nach Torgau. Wir haben einen Boten vorausgeschickt, um uns anzukündigen. Unser Cousin hat uns seine Soldaten entgegengeschickt. Bei ihrem Anblick dachte ich zuerst, es seien die Männer meines Gemahls und glaubte uns drei verloren, doch der Hauptmann erklärte mir, dass er dem Kurfürsten von Sachsen diene und gekommen sei, um uns in Sicherheit zu bringen. Ich kann Euch nicht sagen, wie dankbar ich meinem Cousin bin, dass er mich aufgenommen hat. Ich weiß, dass dies für ihn Konsequenzen haben wird, aber er ist so mutig und wird mich nicht ausliefern. Das hat er mir versprochen." Sie weinte erneut. Elisabeth ergriff ihre Hand und drückte sie.

„Fünf Kinder habe ich ihm geschenkt, darunter zwei Söhne. Alle sind groß und stark. Nicht ein einziges Kind ist uns gestorben. Gute, gesunde Kinder habe ich zur Welt gebracht. Und dann bedroht er mich mit solch grausamer Schmach! Ich erzähle Euch das alles, damit Ihr auf der Hut seid. Ihr habt keine Kinder. Ihr werdet sicher einen schweren Stand haben am Hof zu Dresden." Elisabeth senkte den Blick.

„Ich wollte Euch damit nicht verletzen. Ich will Euch nur zeigen, dass eine Frau schutzlos ist. Nicht einmal die Tatsache, dass ich fünf Kinder zur Welt gebracht habe, kann mich schützen. Um wie viel ärger wird Euch der Zorn Herzog Georgs treffen, wenn Ihr Euch allzu freimütig zu Luther bekennt. Deshalb müsst Ihr auf der Hut sein. Ich will nicht, dass Ihr ein Schicksal erleiden müsst, dem ich entgangen bin.[1]"

„Ich danke Euch. Eure Fürsorge ist wirklich sehr freundlich", erwiderte Herzogin Elisabeth leise.

„Darf ich fragen, wieso Ihr hier seid? Ich hoffe, es ist einfach nur ein freundschaftlicher Besuch." Die Stimme der Kurfürstin klang sehr behutsam. Elisabeth atmete schwer auf und schaute in das Gesicht der Frau.

„Ihr könnt Euch mir anvertrauen. Seid gewiss, dass alles, was Ihr mir sagt, gut aufgehoben sein wird."

„Danke. Ich danke Euch", flüsterte Elisabeth und konnte ihre Tränen nicht mehr zurückhalten. „Ich bin auch geflohen. Zwar längst nicht unter so

---

1 Auch dies beruht auf historischen Tatsachen, so ungewöhnlich es uns heute scheinen mag. Siehe Iselin Gundermann: Kurfürstin Elisabeth von Brandenburg - Luthers Anhängerin am Berliner Hof. In: Frauen fo(e)rdern Reformation, Evangelisches Predigerseminar Wittenberg 2004.

schrecklichen Umständen wie Ihr, doch muss ich es auch als Flucht bezeichnen. Das Leben am Hof in Dresden ist mir unerträglich. Seit Jahren lastet dieser unmenschliche Druck auf mir, ein Kind bekommen zu müssen. Einen Thronfolger. Letztes Jahr dachte ich tatsächlich, es wäre soweit. Ich hatte alle Anzeichen einer Schwangerschaft. Morgens war mir übel, mein Leib wurde größer, Ihr wisst das ja alles. Plötzlich war alles gut. Meine Schwiegermutter war sogar freundlich zu mir. Sie trug mich geradezu auf Händen. Ich kann Euch gar nicht sagen, wie überglücklich ich in diesen wenigen Monaten war. Und dann kamen Wehen. Ich dachte, nun käme das Kind, aber der Medicus und die Hebamme stellten fest, dass da gar kein Kind war. Ich war… scheinschwanger." Sie schlug die Hände vors Gesicht und weinte. Es dauerte, bis sie sich wieder beruhigt hatte. Die Kurfürstin nahm sie fürsorglich in ihre Arme und ließ sie weinen. „Die Hoffnung auf ein Kind habe ich nun endgültig aufgegeben. Wir bekommen keine eigene Hofhaltung, und in Dresden steht meine Schwiegermutter manchmal unangemeldet und wie aus dem Boden gewachsen in unserem Schlafzimmer, weil sie irgendeine dumme Frage an ihren Sohn hat. Wie soll man denn da ein Kind zustande bringen? Es ist doch so ungerecht! Und meine Schwiegermutter sagte mir, es sei eine Strafe Gottes. Ihr hättet sie alle sehen sollen, wie sie über mich gespottet haben. Aber den Triumph, mich weinen zu sehen, wollte ich ihnen nicht gönnen. Also habe ich wieder meine fröhliche Maske aufgesetzt. Dann wurde mir unterstellt, ich hätte mir damit nur einen Scherz erlaubt und ich sei einfach nur dick geworden durch Völlerei. Die Räte meines Schwiegervaters setzen mir ärger zu als jemals. Sie sprachen sogar von Teufelswerk. Dresden ist für mich ein täglicher Kampf, den ich irgendwie bestehen muss. Hier in Torgau geht es mir so viel besser. Ich schlafe gut, habe Appetit und keine Kopfschmerzen. Ich wünschte, ich könnte für immer hier bleiben."

Die Frauen saßen eine Weile schweigend beieinander. Die Kurfürstin wiegte Elisabeth wie ein Kind an ihrer Schulter. Zum ersten Mal seit langer Zeit fühlte Elisabeth sich geborgen wie bei einer Mutter.

„Elisabeth, schaut, Gott will Euch bewahren", sagte die Kurfürstin sanft. „Mütter stehen immer mit einem Bein im Grab. Eine Geburt ist gefährlich. So viele Mütter überleben es nicht. Gott braucht Euch lebendig, mit allen Euren Gaben. Alles hat seinen Grund. Natürlich sehen unsere sterblichen Augen nur den Schmerz. Wir können nicht begreifen, dass dieser unendliche, namenlose Schmerz und unsere Verzweiflung letztlich gut für uns sein könnten. Vielleicht werden wir das viel später verstehen, wenn wir nach Jahren auf unsere Trauer zurückschauen. Vielleicht werden wir dann erkennen, dass Gottes Wille das Beste für uns war. Schaut nach vorne. Gott hat etwas anderes mit Euch vor. Aber seid trotz allem auf der Hut."

„Ja, Gott wird's wohl machen. So sage ich ja selber immer wieder. Aber manchmal fällt es mir so schwer, meinen eigenen Worte zu glauben."

Wasserspeier am Schloss zu Torgau

Auf dem Weg nach Dresden im Mai 1528

Die Bäume blühten, es war sonnig und warm. Trotz der üppigen Natur, die sich in Farben und Gerüchen verschwendete, starrte Elisabeth missmutig über die Elbe. Sie stand nun wieder an der Reling des Schiffes, das sie vor wenigen Wochen nach Torgau gebracht hatte und auf dem sie so gerne in die neue Welt gesegelt wäre. Der Weg nach Torgau war eine leichte Fahrt flussabwärts gewesen. Nun ging es gegen die Strömung. Die Pferde auf den Treidelpfaden gingen im Schatten der Erlen, dann und wann knallte einer der Knechte mit der Peitsche. Aus Brandenburg war schon wieder ein Brief gekommen, der die Geburt einer Tochter anzeigte. Es tröstete Elisabeth ein wenig, dass ihre Schwägerin Magdalene sie Elisabeth nennen wollte. Inständig hoffte Elisabeth, dass ihre kleine Nichte mehr Glück im Leben hätte als sie selbst.

Sie sah ein, dass sie wieder nach Dresden zurückkehren musste. Man verlangte dort ihre Anwesenheit. Herzog Georg hatte in seinem Brief geschrieben, dass sieben Wochen in Torgau hinlänglich genügen müssten, um die Gesundheit seiner Schwiegertochter wieder herzustellen. Aus seinen Zeilen hatte eine eigentümliche Vehemenz gesprochen. Kurprinz Johann Friedrich und seine Frau Sibylle hatten sie sehr herzlich verabschiedet und gleich wieder eingeladen, so bald als möglich zu kommen. Wie gerne hätte Elisabeth dieser Einladung Folge geleistet, doch sie saß in Dresden fest. Herzog Georg zog seinen Sohn Johann immer wieder zu Regierungsgeschäften heran, um ihn auf seine Zeit als regierender Herzog vorzubereiten, doch der alte Herr gab seinem Hans nur so lächerliche Aufgaben, dass Johann sich oft vorkam wie der jüngste Kanzleigehilfe. Unter anderem durfte er Sand auf die Verträge streuen, die sein Vater diktiert hatte und sie anschließend sogar lesen. Anmerkungen oder gar Änderungsvorschläge waren nicht erwünscht. Unterdessen war Elisabeth dazu verurteilt, in ihrem Frauenzimmer zu sitzen und zu grübeln. Es gelang ihr nicht, sich damit abzufinden. Da kam eines Tages Dorothea mit einem Brief.

„Hier, dieser Brief wurde gerade für Euer Gnaden abgegeben. Draußen steht ein Bote, der auf Eure Antwort wartet."

Elisabeth schaute kurz auf das Siegel. Es war das Siegel der herzoglichen Kanzlei. Sie zerbrach es und las:

Rothenburg, 10. Mai 1528

Gnädige Frau, ich erlaube mir, Euer fürstlichen Gnaden Dinge zu schreiben, an denen Euer Gnaden keine Freude haben werden. Zu Pfingsten will ich bei Euch sein, um alles zu erklären. Ich darf mich wohl rühmen und wahrheitsgemäß schreiben, dass, wenn ich nicht gekommen wäre, Euer Bruder Land und Leute und seine Ehre verloren hätte und in große Gefahr geraten wäre. Wenn seine Gnaden nur meinem Rat folgen würden, dann könnte ich seine Gnaden aus einer noch viel größeren Not helfen, vor Schaden und Schmach bewahren, sodass mir alle danken werden, die hessisches Blut in ihrem Leib haben. Euer Bruder glaubt leider nicht denjenigen, die es treu mit ihm meinen, sondern vielmehr denen, die ihn verführen und nur reden, was er gerne hört. Ich kann nicht all die Dinge schreiben, aber ich will bald bei Euer Gnaden sein, und dann mündlich berichten. Euer Gnaden sei jetzt guter Dinge und lasse sich nichts anfechten. Der allmächtige Gott wird alles zum besten wenden nach seinem Willen. Wenn Euer fürstliche Gnaden ein gutes Werk tun und den Missständen Abhilfe schaffen wollen, damit Euer Bruder von seinem jetzigen Vorhaben Abstand nehmen möge, bitte ich Euer Gnaden aufs dringlichste, mir einen Brief zu schreiben mit dem Wortlaut gemäß dem beigefügten Zettel. Wenngleich Euer Gnaden jetzt noch nicht verstehen können, wofür der Brief von Euer Gnaden Hand geschrieben gut sein wird, so werden es Euer Gnaden verstehen, sobald ich wieder bei Euch bin. Euer Gnaden können wahrlich kein besseres Werk auf Erden tun, als mir diesen Brief zu schreiben. Damit will ich alle närrischen und verdächtigen Wege umstoßen, und sobald ich bei Euer Gnaden gewesen bin, so werden Euer Gnaden dann erst verstehen, wie ich's gemeint habe und was für seltsame Ränke ich suchen muss, weil ich den jungen Mann nicht anders auf die rechte Bahn bringe. Ich bitte Euer Gnaden, den bewussten Brief dem Boten mitzugeben, der auch diesen Brief gebracht hat. Er wird mir Euren Brief zuverlässig zustellen. Außerdem bitte ich Euer Gnaden, mir zu schreiben, wie es um Euch steht und was es Neues gibt. Dies tue ich in aller Untertänigkeit für Euer Gnaden und für alle Hessen.

Datum, sehr eilend in Rothenburg in Hessen am Tage Cantate anno XXVIII.

Euer fürstlicher Gnaden untertäniger Otto von Pack

„Um Himmels Willen. Was geht da vor?“ murmelte Elisabeth und setzte sich an ihren Schreibtisch. Hastig legte sie sich einen frischen Briefbogen zurecht

und strich mit der flachen Hand den von Pack beigefügten Zettel glatt.
„Was steht in dem Brief?"
„Lies ihn nicht. Belaste dich nicht damit. Ich bitte dich."
Dorothea schaute ihre Herrin mit einer Mischung aus Zweifel und Besorgnis an.
„Schlechte Ratgeber!" murmelte Elisabeth missbilligend.
„Angst ist auch ein schlechter Ratgeber", sagte Dorothea leise.
„Dorothea, ich habe jetzt keine Zeit. Warte draußen bis der Brief fertig ist. Dann kannst Du ihn dem Boten bringen."
Dorothea zog sich an die Tür zurück und verharrte dort schweigend, während Elisabeth den von Otto von Pack vorgeschriebenen Brief mit ihrer eigenen Hand abschrieb:

Lieber Doktor Pack,
ich lass Euch aus gnädigem Willen und großem Vertrauen wissen, dass Ihr bei meinem Schwiegervater in Ungnade gefallen seid. Deshalb will ich Euch davor warnen, nach Dresden zu kommen, denn Eure Feinde haben Euch verleumdet, wie ich sicher weiß. Wenn Ihr kommt, wird Euch großer Schimpf und Hohn begegnen. Wollt Ihr nun meinem Bruder und Euch und Euren Kindern Gutes tun, so seht Euch vor. Ihr seid verkauft und obwohl ich weiß, dass man Euch Unrecht tut und dass Ihr das, was man Euch vorwirft, nicht getan haben könnt, und dass Ihr Euch werdet entschuldigen können wie ein frommer Mensch, so will ich Euch doch gewarnt haben, dass Ihr den Leuten nicht in die Hände kommt. Denn aus dem Gefängnis ist nicht gut verhandeln. Wenn sie Euch aber ergreifen, so wird man Euch verurteilen, selbst wenn Ihr aus dem Himmel kämt. Darum seid gewarnt und kümmert Euch weiterhin um die bewusste Sache. Zerreißt den Brief, meldet mich nicht, ich meine es gut und lasst Euch meines Bruders Angelegenheit anbefohlen sein. Wer gut hessisch ist, der ist des Teufels. Gott wird's wohl machen.
Datum Mai XXVIII

Elisabeth faltete den Brief zweimal längs und zweimal quer, durchstieß ihn dann zweimal mit dem Messerchen, mit dem sie auch ihre Federn zu spitzen pflegte, und fädelte zwei Pergamentstreifen durch die so entstandenen Löcher, was ihr in ihrer Ungeduld nicht gleich gelingen wollte. Die Enden der Streifen legte sie übereinander und erhitzte ihren Siegellack, um die Pergamentstreifen damit zu befestigen. Dann drückte sie ihr Siegel in den noch feuchten Lack.

„Nun schnell Dorothea, spute dich."

Dorothea ergriff den Brief und ging so schnell es die Schicklichkeit zuließ, wieder hinaus, wo der Bote noch stand und wartete.

In den folgenden Tagen wartete Elisabeth auf Nachrichten von Pack, von ihrem Bruder, auf Pack selbst, der kommen würde, um ihr alles zu erklären, wie er angekündigt hatte. Aber Pack kam nicht. Aber natürlich kam er nicht. Hatte sie ihn nicht brieflich davor gewarnt, zu kommen? Aber nein, er hatte ihr dies doch vorgeschrieben, sozusagen in die Feder diktiert. Vorsichtig erkundigte sie sich bei ihren Jungfrauen, ob sie Gerüchte bezüglich Packs gehört hätten. Nein, es waren keine Gerüchte über ihn im Umlauf. Niemand war verärgert über Otto von Pack. Niemand wollte ihm Böses. Beiläufig hörte Elisabeth, dass ihr Schwiegervater sich über Packs langes Ausbleiben wunderte. Was war da los? Wenn ihm nur nichts geschehen war! Vielleicht hatte er sich durch die Hilfe, die er Philipp hatte leisten wollen, selbst so sehr in Gefahr gebracht, dass... aber nein, so weit wollte sie nicht denken.

Pack war ein ehrbarer Rat des Herzogs. Schon oft war er in Hessen gewesen. Vielleicht wusste er besser, was in Hessen vor sich ging? Im Februar, als Philipp zum letzten Mal hier gewesen war, hatte sie sich so sehr mit ihrem eigenen Schmerz beschäftigt. Was, wenn er ihr etwas hatte sagen wollen, sie aber geschont hatte wegen ihres eigenen Leids? Sie versuchte sich an ihr Treffen mit Philipp zu erinnern, an jede einzelne Geste, jeden Blick, der Sorgen hätte andeuten können, aber ihr fiel nichts ein. Wieder und wieder las sie die Briefe. Packs Brief an sie selbst und den Brief, den sie an ihn hatte schreiben müssen. Irgendetwas stimmte damit nicht. Allzu vage hielten sich die Angaben zu den Dingen, um die es ging. Sollte die Gefahr so gravierend sein, dass er nicht einmal hätte schreiben können, um welche Angelegenheit es sich handelte?

Die Tage schleppten sich quälend langsam dahin, doch noch schlimmer waren die Nächte. Elisabeth schlief kaum noch. Stundenlang lag sie wach, wälzte ihre Gedanken wie schwere Mühlräder hin und her. In welcher Ge-

fahr konnte Philipp schweben? Sicher hatte es mit der Reformation zu tun. Aber würde Herzog Georg ihm nicht beistehen, ganz gleich, was auch passieren würde? Auch wenn Herzog Georg ein Gegner der Reformation war, so war Philipp sein Schwiegersohn. Allein seiner Tochter zuliebe würde der Herzog doch alles für Philipp tun! Würde er das wirklich?
Wieder las sie die Briefe. Und immer wieder stolperte sie über die beiden letzten Sätze, die sie selbst an Philipp hatte schreiben müssen. „Wer gut hessisch ist, der ist des Teufels" und „Gott wird's wohlmachen." Warum sollte Pack ihr ihre eigenen Worte in die Feder diktieren? Warum hatte er sie nicht direkt gebeten, sich an ihren Bruder zu wenden? Wieso hatte sie diesen fingierten Brief schreiben müssen? Am liebsten hätte sie den Brief zurückgerufen. Der Brief war schon bei Otto von Pack, doch auch ohne diesen fatalen Brief hatte Pack den Landgrafen schon genau dort, wo er ihn haben wollte.

Kassel im Mai 1528

Balthasar Schrautenbach, der schon Philipps Mutter Anna mit Rat und Tat zur Seite gestanden hatte, war angereist. Sogar Ludwig von Boyneburg, einer der erbittertsten Gegner Annas, den Philipp nach dem Tod seiner Mutter wieder rehabilitiert hatte, war da. Diese beiden Herren waren offenbar gewillt, ihre alte Feindschaft zu vergessen, um dem jungen Landgrafen beizustehen. Kanzler Feige und der junge Magister Krafft waren bereits zu den Herren gestoßen und besprachen in besorgt-gedämpftem Ton die jüngsten Ereignisse. Auf dem Tisch in der Mitte des Saales lag der Vertrag, vielmehr die Kopie des Vertrages, die Philipp von Otto von Pack erhalten hatte.
„Aber wenn es doch ein solches Bündnis tatsächlich gibt, muss sich der Landgraf nicht mit allen Mitteln wehren, die ihm zur Verfügung stehen?" sagte Krafft.
„Mein lieber Magister Krafft", erwiderte der alte Schrautenbach eine Spur zu jovial, „wenn Ihr Euch die Mühe macht, den Vertrag nur richtig zu lesen, dann werdet Ihr feststellen, dass es sich bei dieser Kopie nur um eine Fälschung handeln kann. Aber da kommt der Landgraf - Ihr werdet sehen, wir wollen Ihn schon davon überzeugen, von seinen Kriegsplänen abzulassen."
Philipp betrat den Raum. Aller Augen richteten sich auf ihn, jedem einzel-

nen sah er kurz in die Augen, wie um sich seiner Loyalität zu versichern.
„Meine Herren, Wir danken Euch, dass Ihr erschienen seid, um Uns in dieser schweren Entscheidung zu unterstützen."
Die Herren verneigten sich tief, während Philipp in einem Sessel Platz nahm und seine Beine übereinanderschlug.
„Wir nehmen an, Ihr habt die Kopie des Vertrages gelesen. Mit Fug und Recht können wir behaupten, dass man Uns nach Gut und Leben trachtet. Aber wir werden diesen Verschwörern zuvorkommen. Wir werden uns rüsten. Sind schon alle Vorbereitungen getroffen, wie Wir es angeordnet hatten?"
„Euer Gnaden mögen mir vergeben, aber ich möchte einwenden, dass dies kaum die Kopie eines echten Vertrages ist. Wenn…." Weiter kam Schrautenbach nicht.
„Wieso? Was soll mit dem Vertrag sein? Auch wenn Otto von Pack Uns bisher kein Original gezeigt hat, so müssen Wir ihm Glauben schenken. Seit Jahren hören Wir immer wieder Gerüchte über ein Bündnis der Katholischen, um Uns zu vernichten. Lest doch selbst! All Unsere Ländereien sollen aufgeteilt werden. Und alle sind daran beteiligt. Alle, die uns ohnehin feindlich gegenüberstehen."
„Euer Gnaden, der Vertrag enthält viel zu viele formale Fehler, als dass er tatsächlich echt sein könnte. Wenn der Schreiber König Ferdinands tatsächlich einen solchen Vertrag aufsetzte, würde er Gefahr laufen, dass man ihn vierteilt. König Ferdinand ist immerhin der Bruder seiner Kaiserlichen Majestät. Ich glaube kaum, dass er Schreiber in seinem Dienst hat, die nicht die festgelegten Formeln für Verträge kennen. Und bei dem vorliegenden Schriftstück ist alles falsch, was nur falsch sein kann."
„Und was genau soll falsch sein?" fragte Philipp scharf. Er hielt es nicht für nötig, sich aus seiner bequemen Haltung zu erheben, sondern lehnte noch immer in seinem Sessel, als habe er auf einen Wein eingeladen.
„Die Corroborationsformel, die Formel, mit der jeder Vertrag eingeleitet wird, ist hier ganz und gar falsch. So würde kein königlicher Schreiber einen Vertrag beginnen. Auch wie er die Zeugen aufgezählt hat; das ist ganz und gar ungewöhnlich. Ich kann mich noch sehr gut an die Verträge erinnern, die seinerzeit von den kaiserlichen Räten aufgesetzt wurden, als die selige Mutter Euer Gnaden sich die Vormundschaft für Euch und die

Regentschaft über Hessen erstreiten wollte. Daher weiß ich, wie man in kaiserlichen Kanzleien Verträge aufsetzt. Und diese Kopie, die uns hier vorliegt, hat nicht das mindeste damit zu tun. Schon in der Einleitung müsste es vielmehr heißen…"
„Ja, ja, erspart Uns diese Spitzfindigkeiten. Die Zeiten haben sich geändert. Außerdem wurde dieser Vertrag in Breslau geschlossen und von einem Schreiber des Königs aufgesetzt. Es geht um ein politisches Bündnis, da ist es doch möglich, dass Dinge anders formuliert werden."
„Aber es gibt noch mehr Hinweise darauf, dass der Vertrag vollkommen aus der Luft gegriffen ist", wagte Boyneburg hinzuzufügen.
„Als da wären?" Philipp klang schon leicht gereizt. Die Herren sahen sich beunruhigt an, dann fuhr Boyneburg fort: „Euer Gnaden haben doch sicher gesehen, welche Neuordnungen vorgesehen sind, sobald das angebliche Bündnis über die martinischen Fürsten gesiegt haben will. Der Vertrag spricht Herzog Georg sämtliche Gebiete des Kurfürsten von Sachsen und das Territorium Euer Gnaden zu. Damit wäre in Deutschland ein so großer, mächtiger Staat geschaffen, den König Ferdinand niemals dulden würde. Ein solcher Staat wäre ein zu starkes Gegengewicht gegen die Macht der Habsburger. Und das ist nicht der einzige Fehler. Dieses Schriftstück enthält noch weitere Dinge, die sachlich falsch sind. Ich glaube kaum, dass sich Erzbischof Albrecht von Brandenburg einem solchen Bündnis anschließen würde. Er ist der Reformation nicht so abgeneigt, wie immer wieder behauptet wird. Die Reformatoren nennen ihn nur den großen Zauderer. Außerdem kann ich mich daran erinnern, dass er auf dem Reichstag zu Worms, als es für Martin Luther um Leben und Tod ging, im Hintergrund dafür gesorgt hat, dass Luther Worms unbehelligt verlassen konnte. Das hat er nie an die große Glocke gehängt. Und deshalb ergibt dieses Bündnis für mich keinen Sinn. Seid auf der Hut! Beginnt nichts, bevor Ihr nicht das Original dieses Vertrages gesehen habt."
Unwillig erhob sich Philipp, was die Herren dazu veranlasste, sich tief zu verneigen.
„Wie dem auch sei, Wir werden rüsten. Wir sagten bereits, dass Otto von Pack Uns nur bestätigt hat, was wir in den letzten Monaten immer wieder nur gerüchteweise gehört und geahnt haben."
„Der Kurfürst von Sachsen und sein Sohn raten auch zu Besonnenheit. Of-

fenbar haben sie mit Doctor Luther selbst Kontakt aufgenommen." Kanzler Feige hielt seinem Herrn ein Schriftstück hin, offenbar ein Brief aus Sachsen, doch Philipp machte sich nicht einmal die Mühe, es auch nur anzuschauen.
„Ach! Und Doctor Luther rät ihnen, still zu halten wie die Hasen in der Sasse und sich überfallen zu lassen?"
„Doctor Luther rät zu Verhandlungen. Sprecht direkt mit Eurem Schwiegervater. Herr, ich beschwöre Euch. Bitte, zieht nicht in den Krieg, ohne vorher alles versucht zu haben. Noch niemals wurde Krieg geführt ohne hohe Verluste." Kanzler Feige hatte eindringlich gesprochen, doch Philipp schaute ihn nur mitleidig an.
„Unsere Kriegskasse ist gut gefüllt. Es gibt also keinen Grund, Bedenken zu haben."
„Euer Gnaden", Feige räusperte sich und wand sich unter dem strengen Blick seines Herrn. „Es ging mir nicht nur um Geld, sondern auch um Menschenleben."
Philipp atmete tief ein und blickte seinen Kanzler finster an.
„Wir sprechen hier von Dingen, die die ganze Welt bewegen und aus den Angeln heben werden. Wir können nicht riskieren, dass man die Reformation im Keim erstickt. Es geht um die rechte Botschaft des Glaubens und Ihr weist Uns darauf hin, dass es ein paar Söldnerleben kosten könnte?"
Vergeblich legten ihm die Räte dar, wie viele Schwachstellen dieser Vertrag enthielt, wie sinnlos es sei, auf Gerüchte hin einen Krieg gegen den eigenen Schwiegervater zu beginnen, Philipp blieb taub.
„Wir werden Uns nicht noch einmal wie im Schlaf überrumpeln lassen von Unseren Gegnern. Wißt Ihr nicht mehr, wie quälend das damals war? Franz von Sickingen hatte Darmstadt besetzt und drohte, die Stadt zu beschießen. Wir waren damals noch ein Jüngling, aber darauf hat niemand Rücksicht genommen. Uns hat man unter Druck gesetzt und gezwungen, einen schmählichen, schändlichen Vertrag zu unterzeichnen, der einer bedingungslosen Kapitulation gleichkam. Nur Unserer Mutter haben Wir es zu verdanken, dass Wir aus dieser Sache mit einem blauen Auge hervorgegangen sind. Aber das wird Uns nicht noch einmal passieren. Wir werden auf jeden Fall gerüstet und gewappnet sein. Wir wünschen nun, dass Ihr die angeordneten Vorbereitungen trefft und Uns nicht mehr behelligt mit Euren Bedenken. Wir wollen Unsere Haut teuer verkaufen. Und wenn tatsächlich Unsere Feinde

siegen sollten, dann werdet Ihr, meine Herren, lediglich Amt und Würden verlieren - wenn überhaupt. Wir jedoch werden Unseren Kopf verlieren."
Er verließ mit energischen Schritten den Raum. Die Herren sahen ihm nach.
„Hat er nicht gesagt, wir sollten ihn bei einer schweren Entscheidung unterstützen? Wenn er sich einmal etwas in den Kopf gesetzt hat, dann lässt er sich nur schwer wieder davon abbringen", sagte Boyneburg resigniert.
Schrautenbach nickte. „Man könnte den Eindruck gewinnen, dass er seinen Kopf schon längst verloren hat", knurrte Schrautenbach unwillig. „Da kommt was auf uns zu."

Agnes war jetzt ein Jahr alt. Sie war ein gesundes Kind mit Pausbacken, einem für ihr Alter ungewöhnlich dichten Haarschopf und einem gesegneten Appetit. Nun lag sie eingepackt in feines Leinen in ihrem Bett und schlief. Damit war es allerdings vorbei, als Philipp das Gemach betrat.
„Ich muss fort", sagte er. Christine sah ihn an mit einer Mischung aus Sorge und Ärger. Natürlich war sie ärgerlich, dass Philipp die Kleine aufgeweckt hatte, aber Philipps Gesicht verhieß nichts Gutes.
Christine winkte der Amme, die ohnehin schon unterwegs war, um das Kind aus seinem Bett zu nehmen. Der Mittagsschlaf hatte lange genug gedauert.
„Ziehen Sie die Kleine an für einen Spaziergang." Die Amme knickste und verschwand mit dem schreienden Kind im Nebenzimmer.
„Sie werden sich hier wieder um alles kümmern müssen."
„Sie sind so oft unterwegs, dass ich schon gut geübt darin bin, mich um alles zu kümmern", erwiderte Christine.
„Ich danke Ihnen. Ich weiß, dass ich mich auf Sie verlassen kann. Das ist gut." Philipp sagte das ganz still und nachdenklich, als sei er schon fort.
„Krieg?" fragte sie leise.
„Hm?" Gedankenverloren strich er über Christines Schulter und tat so, als habe er sie nicht gehört.
„Sie werden in den Krieg ziehen, nicht wahr?" sagte sie.
„Wo haben Sie denn das aufgeschnappt? Kann man nicht einmal in seinem eigenen Haus etwas geheim halten?"
„Man kann niemals etwas geheim halten. Alle sprechen darüber. Aber ich will es von Ihnen hören. Ich bitte Sie, sagen Sie mir, dass Sie nicht gegen

meinen Vater in den Krieg ziehen!"
Christine stand vor ihm und sah ihn an aus ihren blanken, braunen Augen, mit denen sie in ihm zu lesen schien wie in einem Buch. Er versuchte ihrem Blick auszuweichen, doch sie erlaubte ihm dies nicht.
„Ist das wahr, Herr?" Sie hatte Tränen in den Augen. „Ich flehe Sie an, sagen Sie mir, dass das nicht wahr ist. Ich hätte keinen einzigen ruhigen Augenblick, wenn ich wüsste, dass Sie auf einem Schlachtfeld meinem Vater gegenüberstehen."
„Herrin, das wird nicht passieren. Wir werden gegen Würzburg marschieren, nicht gegen Sachsen", sagte Philipp unwirsch.
„Können Sie denn nicht verstehen, dass ich mir Sorgen mache? Bitte, sagen Sie mir, was vor sich geht."
„Ihr Vater hat mit anderen Fürsten ein Bündnis geschlossen, um nicht nur mich, sondern alle martinischen Fürsten zu vernichten. Wenn wir bereit sind, als Besiegte den alten Glauben wieder anzunehmen, so will man uns unsere Länder lassen, doch sollten wir uns weigern, wird man uns nicht nur unsere Länder nehmen, sondern auch unsere Köpfe. Das hat Ihr Vater mit unterschrieben."
Christine schlug die Hände vors Gesicht. „Nein, nein, das kann doch nicht sein. Aber Sie waren doch so oft bei ihm, auch in der letzten Zeit. Er kann Sie doch nicht an seinen Tisch einladen und gleichzeitig an Ihrem Untergang arbeiten! Das kann ich einfach nicht glauben." Sie wandte sich ab und ging zum Fenster. „Mein Vater würde niemals erlauben, dass Ihnen etwas geschieht. Sie sind mein Gemahl. Wenn Ihnen etwas Schlimmes widerfährt, dann trifft es doch auch mich. Allein deshalb würde mein Vater schon nichts gegen Sie unternehmen."
„Ich kann Ihnen versichern, dass Ihr Vater auch da vorgesorgt hat. Der Vertrag enthält eine Klausel, die besagt, dass man weder Sie noch Ihren Besitz antasten wird. Der Vertrag macht Sie also zu einer reichen und ehrbaren Witwe."
„Herr!" rief Christine und wandte sich abrupt um. „Wie können Sie nur so von meinem Vater denken! Ich bitte Sie, schreiben Sie Ihrer Schwester! Schreiben Sie meinem Vater, klären Sie alles auf. Ich bin mir sicher, es ist nur ein Missverständnis. Was ist schon ein Brief, ein einziger Brief, den Sie schreiben müssten, im Vergleich zu all den Toten, die ein Krieg kostet?"

„Herrin! Ich werde morgen früh abreisen. Ich erwarte, dass Sie mein Gepäck vorbereitet haben.“ Philipp wandte sich brüsk ab und verließ den Raum. Die Amme stand in der Tür zum Nebengemach und schaute auf die Tür, die Philipp soeben laut hinter sich geschlossen hatte.
„Möchten Euer Gnaden mitkommen nach draußen?“ fragte sie vorsichtig. Christine musste sich erst räuspern. „Nein. Gehen Sie allein. Ich habe zu tun.“
Die Amme verschwand. Christine trat wieder ans Fenster. Ihre Wangen brannten. Sie legte ihre kühlen Hände auf ihr Gesicht, was ihr ein wenig Linderung verschaffte. Für eine Weile stand sie so da und schaute durch die Butzenscheiben nach draußen. Die graue Mauer des Schlosses vermischte sich in den Scheiben mit dem Grün der Wiesen und den weißen Blüten der Bäume. Wie schön es draußen war, wie schön die Welt war. Wieso nur konnten nicht Menschen über diese Welt entscheiden, die etwas mehr Besonnenheit besaßen?

Dresden 21. Mai 1528

„Herrin, Herrin, Herrin!“ Dorothea kam ins Frauengemach gelaufen. Und immer wieder rief sie „Herrin!“ Sie war offenbar gerannt, denn sie war außer Atem und das Tuch, das sie um ihre Schultern trug, war verrutscht. Auf ihrem Gesicht malte sich Entsetzen. Alle schauten sie an; Gertrud schaute erschrocken, Lene neugierig und Hildegard natürlich missbilligend.
„Was ist Dorothea, hör auf dich zu gebärden wie ein kopfloses Huhn und sag mir was los ist!“ Elisabeth legte die Laute beiseite und erhob sich.
„Der Herzog will Euch sprechen. Er ist so unglaublich wütend. Er tobt. Oh, Herrin, es scheint wirklich sehr ernst zu sein. Er ist in seinem Arbeitszimmer.“
Philipp! war Elisabeths erster Gedanke. Entweder ist er nun wirklich in sehr ernster Gefahr oder er hat eine richtig große Dummheit begangen. Die Frauen sahen sich betreten an. Elisabeth strich sich mit einer fahrigen Geste über ihre Frisur. Sie ahnte schon, dass nun die Lösung des Rätsels auf sie wartete. Nun würde sie erfahren, was es mit den Briefen Ottos von Pack auf sich hatte.
„Nun, dann sollte ich meinen Herrn Schwiegervater nicht länger war-

ten lassen."
Sie eilte die Flure entlang und hörte bald die Stimme des Herzogs. Wenn der Herzog wütend war, dann war Philipp sicher nicht in Gefahr, sondern hatte eine Dummheit gemacht. Der Lautstärke nach zu urteilen war es wohl eine richtig, RICHTIG große Dummheit. Elisabeth klopfte an. Glücklicherweise stand ein Diener nah an der Tür, der ihr öffnete, denn der Herzog hätte ihr Klopfen nicht gehört. Mit Schrecken sah Elisabeth, dass nicht nur ihr Schwiegervater tobend auf und abschritt, sondern dass auch schon Schönberg und Schleinitz zur Stelle waren und bei ihrem Anblick höchst zufriedene Gesichter machten, wie zwei Theaterbesucher, die sich auf eine besonders gelungene Vorstellung freuen. Immerhin war auch Kanzler Pistoris da, was Elisabeth ein wenig beruhigte.
„Was wissen Sie davon?" herrschte der Herzog Elisabeth an.
„Wovon, Herr? Ist etwas passiert?"
„Sie wagen zu fragen, ob etwas passiert ist?" Die Stimme des Herzogs überschlug sich. „Ihr Bruder steht mit einer ganzen Armee an der Grenze zu Würzburg. Und können Sie sich vorstellen, warum er dort steht und was er dort will?" Er hielt in seiner Wanderung kurz inne und schaute Elisabeth mit aufgerissenen Augen an. „Er behauptet, Wir hätten mit anderen rechtgläubigen Fürsten einen Vertrag geschlossen, um nicht nur ihn, sondern alle Fürsten zu vernichten, die diesem Luther hinterherlaufen. Hier diese Kopie des angeblichen Bündnisses hat er Uns übersandt. Und er bedauert, dass Wir daran teilnehmen und er bittet Uns davon zurückzutreten!" Elisabeth sah ihrem Schwiegervater an, dass er ehrlich erschüttert war. Offensichtlich war Philipp einem Betrüger auf den Leim gegangen. „Otto von Pack war so geistesgegenwärtig, den Betrug bereits zu bemerken und hat Unseren Kanzler Pistoris davon unterrichtet und Uns gleichzeitig gebeten, Ruhe und Frieden zu bewahren und nichts zu überstürzen. Wenigstens ist einer in Hessen noch bei klarem Verstand. Hat Ihr Bruder jemals mit Ihnen darüber gesprochen?"
„Nein, Herr", erwiderte Elisabeth leise.
„Haben Sie in der letzten Zeit wieder Briefe geschrieben?" Nun erschrak Elisabeth und zog tief die Luft ein. Schönberg und Schleinitz beobachteten das Drama, das seinem Höhepunkt zueilte, mit äußerster Spannung.
„Otto von Pack hat mir zwei Briefe geschrieben."

„Und wo sind diese Briefe? Was stand darin?“
„Er schrieb mir, dass Philipp in Gefahr sei und nur auf schlechte Ratgeber höre. Er hatte einen weiteren Brief beigefügt, den ich abschreiben und ihm sogleich wieder schicken sollte.“
„Hätten Sie die unendliche Güte, Uns diese beiden Briefe zu zeigen?“ Die Stimme des Herzogs war giftiger Honig. Elisabeth verneigte sich und ging eilends, um die Briefe zu holen. Was mochte Philipp nur wieder angestellt haben? In ihrem Frauengemach herrschte Friedhofsstille, als sie hineinlief, wortlos die beiden Briefe nahm, die sie schon so oft gelesen hatte, dass sie sie schon auswendig kannte und wieder verschwand. Philipp! Sie schwankte zwischen Sorge und Zorn. In was hatte Philipp sich - und nicht zuletzt sie selbst - hineinmanövriert?
Im Arbeitszimmer des Herzogs war es still, als sie eintrat. Sie verneigte sich und hielt ihrem Schwiegervater, der an seinem Schreibtisch Platz genommen hatte, die beiden Briefe hin, die der Herzog kurz überflog und dann an Kanzler Pistoris weitergab. Dieser prüfte nur kurz die Schrift und bestätigte mit einem Nicken, dass Vizekanzler Otto von Pack tatsächlich der Schreiber dieser beiden Briefe war. Schönberg und Schleinitz reckten zwar die Hälse, doch Pistoris faltete die Briefe leider zu rasch wieder zusammen. Nun, auch diese Gelegenheit würde kommen.
„Und was haben Sie getan?“
„Ich habe den Brief abgeschrieben und dem Boten wieder mitgegeben, wie Otto von Pack es verlangt hat“, flüsterte Elisabeth. Sie wagte kaum, den Herzog anzuschauen und vermied sorgsam jeden Blick in die Richtung der Herren Schönberg und Schleinitz.
„Ohne mit Uns Rücksprache zu halten? Ohne auch nur einen Augenblick darüber nachzudenken, was es damit auf sich haben könnte? Ohne Uns davon zu unterrichten?“
„Es ging alles so schnell. Ich hatte Angst um meinen Bruder. Der Bote wartete draußen und da Otto von Pack doch Euer Rat und Vizekanzler ist…“
„Nun, es bleibt zu hoffen, dass Euer Bruder sich den Brief zu Herzen nimmt und tatsächlich auf Pack hört.“ Er hielt für einen Moment inne. „Es ist schon ungeheuer schlau von Pack, von Euch einen solchen Brief zu fordern. Er weiß genau, dass Ihr den größten Einfluss auf ihn habt. Wir müssen nur noch herausfinden, wer Uns verleumdet hat. Irgendjemand hat dem Land-

grafen fälschlicherweise eingeflüstert, es gebe dieses Bündnis. Diesen Kerl werden Wir eigenhändig vierteilen." Davon war Elisabeth beim Anblick der herzoglichen Miene sofort überzeugt.
„Aber ganz gleich, wer Uns verleumdet hat", fuhr der Herzog wieder ärgerlicher und lauter werdend fort, „Euer Bruder hat Uns verdächtigt, gegen ihn mit Waffengewalt vorzugehen! Uns!" rief der Herzog. „Und nicht nur das! Er hat sich die finanzielle Unterstützung des dänischen Königs gesichert und mit dem König von Frankreich paktiert. Gegen Uns! Gegen den Kaiser! Er hat damit den Landfrieden gebrochen!" In Elisabeths Kopf überschlugen sich die Gedanken. Auf Landfriedensbruch standen schwere Strafen. Im schlimmsten Fall die Todesstrafe. Und wenn Philipps Torheit so weite Kreise gezogen hatte, dass sogar König Ferdinand mit hineingezogen wurde, dann war das ein schlimmer Fall.
„Am Ende sind die Gerüchte auch noch wahr, die über ihn in Umlauf sind und denen Wir keinen Glauben geschenkt haben, nämlich dass er Römischer König werden und gemeinsam mit Herzog Johann Friedrich einen Volksaufstand anzetteln will."
„Herr, Herr, ich bitte Euch, er wurde offenbar verführt von jemandem", versuchte Elisabeth einen weiteren Verteidigungsversuch. Es fiel ihr schwer, die Tränen niederzukämpfen, doch es gelang ihr. „Er ist manchmal unüberlegt und hitzköpfig. Herr, vergebt ihm, bitte. Ich will ihm schreiben..."
„Schreiben!" rief der Herzog. „Sie mit Ihren Briefen! Sie werden erst einmal gar nichts tun. Wir werden Ihrem Herrn Bruder einen Brief schreiben. Einen geharnischten! Darauf können Sie sich verlassen. Sie dürfen gehen! Und Wir wünschen nicht, dass Sie Uns noch weiter in den Ohren liegen mit Bitten um Vergebung", fauchte er, als Elisabeth vor Entsetzen gelähmt dastand und ihn nur anstarrte. Das brachte sie wieder zu sich. Sie verneigte sich und ging leise nach draußen. Schönberg und Schleinitz waren so hoch ergötzt, dass sie fast applaudiert hätten.
„Kanzler Pistoris, Ihr werdet diese Briefe von Pack an Euch nehmen und Euch den Vertrag genauer anschauen. - Ihr könnt gehen."
Die drei Herren verneigten sich und verließen den Raum. Herzog Georg lehnte sich in seinem Sessel zurück. WER? Wer steckte hinter diesem Verrat?
Noch am selben Tag schrieb der Herzog eigenhändig an Philipp. Er blieb

in seiner Anrede höflich, doch machte er vehement deutlich, was er von Philipp und seinem Gebaren hielt. Außerdem unterrichtete er seinen Schwiegersohn darüber, dass er Kopien dieser unseligen Vertragsfälschung an alle fälschlich beschuldigten Fürsten schicke.

*

Es war der 22. Mai, als Philipp und Kurprinz Johann Friedrich bei ihren Truppen ankamen, die sie bei Herrenbreitungen stationiert hatte. Philipp hob die Hand, worauf seine Gefolgschaft anhielt. Philipp richtete sich im Sattel hoch auf und ließ seinen Blick über die Zeltstadt schweifen, die sich in der Ebene ausdehnte. In der Mitte standen unverkennbar die großen Zelte der beiden Herren, über denen die hessische und die torgische Fahne wehten. Der Geruch von Feuer, gebratenem Fleisch und Suppen zog zu ihnen herüber. Der Klang der Schmiedehämmer war nicht zu überhören.

„Pack hat lange nichts von sich hören lassen. Er wird doch bald kommen?“ fragte Kurprinz Johann Friedrich. „Ihr wisst, ich werde Euch nur unterstützen, wenn Pack das Original des Vertrages endlich herbeischafft.“

„Pack wird kommen. Er hat es mir versprochen.“ Philipp sah starr geradeaus. Johann Friedrich sah, wie angespannt das Gesicht des Landgrafen war, der seinem Blick auswich und schließlich sein Pferd antrieb. Der Tross setzte sich wieder in Bewegung und auch Kurprinz Johann Friedrich drückte seinem stattlichen Pferd die Fersen in die Weichen. Kurz darauf ritten sie in die Zeltstadt ein, wo sie von den Söldnern ehrerbietig begrüßt wurden. In dem Lager, in dem bis vor wenigen Augenblicken noch geschäftiges Treiben geherrscht hatte, war es jetzt still. Selbst die Schmiede hatten aufgehört zu hämmern und Trossweiber, die sich bis eben noch um ein Stück Wäsche gezankt haben mochten, schwiegen. Alle knieten nieder; und so ritten die Herren mitsamt ihrem Tross durch eine breite Gasse, die gesäumt war von knienden Söldnern in ihren bunten und reich geschlitzten Gewändern.

„Seht Euch an, wie sie sich vor Uns verneigen. Aber so ist das zu Beginn eines Krieges, da sind die Kriegskassen noch voll. Wenn uns Gott nicht beisteht, kann sich das sehr schnell ändern“, sagte Philipp. Johann Friedrich schwieg.

Sie waren vor den herrschaftlichen Zelten angelangt, wo Philipp elegant vom Pferd sprang und aus dem Tross des Kurprinzen drei Männer mit einer kleinen Holztreppe herbeieilten, damit ihr Herr seinen umfangreichen Leib vom Pferd wuchten konnte. Das Pferd gab einen sonderbaren Laut von sich, der fast wie ein erleichterter Seufzer klang, als die ungeheure Last von seinem Rücken genommen war.

„Es ist das Zelt eines Kriegers, doch mein Wein dürfte Euch schmecken“, sagte Philipp und wollte den Kurprinzen mit einer einladenden Geste in sein Zelt bitten. Johann Friedrich schaute kurz in Philipps Zelt, wo unter der hellen Zeltplane die notwendigsten Dinge sehr übersichtlich angeordnet waren und erwiderte: „Lasst uns zu mir gehen. Mein Wein ist sicher auch nicht schlechter als Eurer.“ Zwei Diener öffneten den Eingang des Zeltes und machten den Blick frei auf puren Luxus. Der Duft von feinem Räucherwerk schlug ihnen entgegen. Die Wohnstatt des Kurprinzen war ausgestattet mit einem farbenprächtigen Innenzelt, der Boden war mit Teppichen ausgelegt, von den Stangen, die das Dach hielten, hingen Laternen und Öllampen, ein Tisch war bereits gedeckt mit Speisen und in den goldenen Kelchen duftete dunkler Wein.

„Nehmt Platz“, lud der Kurprinz den Landgrafen ein. Philipp ließ sich mit leicht säuerlicher Miene auf einem der mit Fell bedeckten Scherenstühle nieder. „Greift zu.“

Während Philipp sich umsah, fiel ihm Elisabeth ein, die ihm von Bauplänen des Kurprinzen erzählt hatte. Bis in sein oberstes Gemach wollte er reiten können, wo ihm der Wein von Geisterhand serviert würde. Beim Anblick dieses Prachtbaus aus Stoff zweifelte Philipp keinen Augenblick daran, dass dieser Mann keine Kosten scheute, um sich den außergewöhnlichsten Komfort zu gönnen.

„Wir befinden uns vielleicht schon morgen im Krieg. Da halte ich Mäßigung eher für angebracht.“

„Ach, Krieg!“ knurrte Johann Friedrich ärgerlich und deutete mit einer angebissenen Hühnerkeule auf ein Jagdmotiv, das auf den Wandteppichen zu sehen war. „Im Krieg kann ich ja nicht einmal essen, was ich geschossen habe. Da gehe ich doch lieber auf die Jagd.“ Er biss herzhaft in das Hühnerbein. Der Wein war köstlich, doch Philipp nahm nur einen kleinen Schluck und stellte seinen Pokal auf einem silbernen Tablett ab, als sein Diener kam und um Einlass bat.

„Euer Gnaden, Otto von Pack steht vor Eurem Zelt."

„Na endlich! Wurde auch Zeit!" Philipp sprang auf und eilte hinaus, der Kurprinz folgte ihm. Eilig gingen die Männer in Philipps Zelt.

„Habt Ihr das Original?" war Philipps erste Frage. Otto von Pack verneigte sich, was Philipp als positive Antwort deutete.

„Das Original des Vertrages ist in meinem Besitz." Er sah Philipp bei diesen Worten betont fest in die Augen.

„Dann zeigt es Uns!" rief der Kurprinz.

„Ich habe es nicht bei mir. Ich habe es in Dresden an einem sicheren Ort hinterlegt." Der Kurprinz stöhnte auf. Philipp wandte sich ab.

„Ich beschwöre Euer Gnaden, nichts zu unternehmen und Frieden zu halten", sagte Pack in fast schon jämmerlichem Ton, doch Philipp verlor allmählich die Geduld.

„Ihr habt Uns jetzt schon so lange hingehalten. Wir wünschen nun, das Original zu sehen!"

„Wenn Euer Gnaden mir erlauben, nach Dresden zu reisen, dann könnte ich..."

„Nein! Ihr bleibt nun hier. Wenn wir mit den Bischöfen verhandeln, dann werden Wir Euch als Gewährsmann brauchen. Wieso erbleicht Ihr? Wir haben Euch Unseren Schutz zugesagt und schon beträchtliche Summen gegeben. Wenn Ihr das Original nicht habt, dann müsst Ihr wenigstens in den Verhandlungen aussagen, dass Ihr es gesehen habt."

„Dann lasst mich wenigstens meinem Freund nach Dresden schreiben, damit er das Original schicken kann."

„Ihr habt das Original dieses Vertrages bei einem Freund hinterlegt?" Philipp war fassungslos.

„Ja, er ist ein vertrauenswürdiger Mensch, ein Apotheker. Ihm habe ich eine Schachtel gegeben, in der das Original ist. Er selbst hat es natürlich nicht gesehen, da könnt Ihr ganz unbesorgt sein."

„Wenn Wir im Moment irgendetwas ganz sicher nicht sind, dann ist es unbesorgt. Ihr werdet Eurem Freund schreiben, dass er diese Schachtel schicken soll."

„Ich habe aus Sicherheitsgründen mit ihm ausgemacht, dass er diese Schachtel niemand anderem aushändigt als nur mir allein. Und bevor sich jemand dieser Schachtel mit Gewalt bemächtigen will, wird er sie verbrennen. So

haben wir es ausgemacht."
„Dann solltet Ihr jetzt gut überlegen, was Ihr ihm schreibt. Hier sind Pergament, Feder und Tinte. Setzt Euch, schreibt!"
Und Pack setzte sich und schrieb mit zitternder Feder:
Lieber Valentin Kreul, mein sehr guter Freund. Nachdem ich Euch eine Schachtel mit meinem Siegel zur Aufbewahrung gegeben habe mit der Bitte, sie niemand anderem als mir zu geben, bitte ich Euch, sie meinem Weib zu geben. Sie soll mir die Schachtel zuschicken, denn ich bin in großer Gefahr und muss mich damit retten.
Datum in Hessen, Montag nach Exaudi anno domini XXVIII

Gleich darauf schrieb er einen Brief an seine Frau:
Herzliebes Weib, dass es dir wohl ergeht, freut mich sehr. Ich lass dich wissen, dass ich hier bei dem Landgrafen von Hessen bin. Als ich kürzlich aus Dresden weggeritten bin, habe ich Valentin Kreul eine Schachtel gegeben, in die ich einen Brief gelegt hatte. Die Schachtel ist mit meinem Siegel oben und unten versiegelt und enthält as Original eines Bündnisses, das die Bischöfe, Fürsten und König Ferdinand gegen den hessischen Landgrafen wegen der martinischen Sekte geschmiedet haben. Diese Schachtel lass dir geben und schick sie mir durch den Boten. Damit bis Gott befohlen.
Datum in Hessen, Montag nach Exaudi anno XXVIII.
„Na also! Geht doch!" sagte Philipp, nachdem Pack die beiden Briefe gesiegelt hatte.
„Würden Euer Gnaden mir noch erlauben, meinem Schwager einen Brief zu schreiben, eine rein private Angelegenheit."
„Nur zu", sagte Philipp und wandte sich einem Diener zu. „Diese Briefe bringt ein Eilbote sofort nach Dresden." Der Diener verneigte sich und nahm die Briefe an sich, doch da wurde Otto von Pack unruhig.
„Würden Euer Gnaden erlauben, dass der Eilbote auch meinen Brief mitnimmt? Mein Schwager wohnt ebenfalls in Dresden."
Philipp zögerte einen Moment, dann sagte er: „Gut. Auf die wenigen Augenblicke kommt es nun auch nicht mehr an."
„Dann lasst uns doch wieder hinübergehen in mein Zelt", schlug Kurprinz Johann Friedrich vor, doch Philipp verspürte keinerlei Lust, sich in den Polstern dieses Musentempels zu räkeln. Daher bedankte er sich nur mit einem

Kopfnicken und ging, um seine Truppen zu inspizieren. Pack blieb allein zurück in dem Zelt und wandte sich wieder Pergament und Tinte zu. Hastig flog seine Feder über den Bogen. Als er den Brief an seinen Schwager beendet hatte, nahm er einen weiteren Bogen und schrieb einen zweiten Brief an seine Frau.
Nachdem er beide Briefe versiegelt und dem Boten mitgegeben hatte, sah er diesem hinterher. Er wollte aus dem Zelt, doch zwei Söldner stellten sich ihm in den Weg.
„Ihr werdet das Zelt nicht verlassen. Befehl des Landgrafen.“ Pack wollte etwas erwidern, besann sich jedoch eines Besseren und ging zurück an den behelfsmäßigen Schreibtisch, wo er sich auf den ebenso behelfsmäßigen Stuhl setzte. Die Söldner standen am Eingang und ließen ihn nicht aus den Augen.

Ständig kamen Boten ins Lager oder ritten mit Briefen davon. Nach sechs Tagen, die sich für Otto von Pack quälend langsam unter den Argusaugen seiner Bewacher dahinschleppten, kam der Bote aus Dresden zurück. Philipp und Pack hatten sich zu einer Partie Schach gesetzt, die Pack gerade verlor, als der Bote sein Pferd vor dem Zelt des Landgrafen zügelte und absprang.
„Euer Gnaden, hier diese beiden Briefe bringe ich aus Dresden für Herrn Doktor Pack.“
Er reichte seinem Herrn kniend die Briefe, auf die Packs starrer Blick gerichtet war.
„Und sonst nichts? Keine Schachtel?“ fragte Philipp.
„Ja, Ihr müsstet eine Schachtel von ihm bekommen haben“, sagte Pack eine Spur zu eifrig.
Philipp reichte ihm die Briefe weiter. So verzweifelt Pack auf diese Briefe gewartet hatte, so zögerlich brach er nun das Siegel des Briefes, das den Absender des Apothekers trug.

Meines freundlichen und willigen Dienstes will ich Euch zuvor versichern. Achtbar hochgelehrter großgünstiger Herr und Förderer. Ihr schreibt mir wegen einer Schachtel, die Ihr mir zu treuen Händen gegeben haben wollt, doch ich kann mich nicht erinnern. Ich habe wahrlich dies und das bei mir, das Ihr mir zur Aufbewahrung gegeben habt. Ich bitte Euch, Euch weiter zu

besinnen, ob Ihr diese Schachtel nicht jemand anderem anvertraut habt. Ich weiß von nichts. Ihr schreibt auch, dass Ihr in großer Gefahr seid. Das tut mir wahrlich Leid. Gott helfe Euch und uns allen.
Datum Dresden Donnerstag nach Exaudi im XXVIII^ten.^
„Das sieht nicht gut aus", sagte Philipp.
„Euer Gnaden, das sind reine Sicherheitsvorkehrungen. Ich habe ihm gesagt, dass die Schachtel auf keinen Fall in die falschen Hände gelangen darf. Ihr könnt sehen, wie vertrauenswürdig er ist. Lasst mich zu ihm reisen. Mir wird er die Schachtel aushändigen. Ich gebe Euch mein Ehrenwort, dass ich so schnell wie möglich wieder bei Euch sein werde - mit dem Original des Vertrages."
„Nein, Ihr bleibt hier. Ihr seid mir zu kostbar. Ihr werdet mein einziger Zeuge sein, wenn es bald zu Verhandlungen kommen wird. Ich kann nicht riskieren, dass Ihr unterwegs überfallen werdet."
„Mein Freund ist jetzt sicher besorgt wegen der Schachtel. Ich habe mit ihm ausgemacht, dass er sie ins Feuer werfen soll, falls sich irgendeine Gefahr auftut. Ich muss wirklich persönlich zu ihm. Nur mir wird er die Schachtel aushändigen."
„Lasst uns doch sehen, was Eure Frau schreibt."
Pack atmete schwer auf, dann brach er das Siegel seiner Frau. Dort fanden sich zwei Briefe: Der erste war von Packs Frau.

Herzlieber Mann, ich habe Euren Brief empfangen und habe darauf nach dem Apotheker geschickt. Er ist selbst zu mir gekommen und hat mir versichert, dass Ihr ihm niemals eine Schachtel gegeben habt. Selbst wenn sie golden wäre, würde er sie Euch nicht vorenthalten, wenn er sie denn hätte.
Ich wundere mich, dass Ihr von einem so wichtigen Brief nicht mehr wisst, wo Ihr ihn hingetan habt. Ich schicke Euch den Brief der Herzogin mit und hoffe, dass Ihr Euch ihre Worte zu Herzen nehmt, denn der ganze Hof zerreißt sich das Maul über Euch und ich weiß nicht, was ich glauben oder denken soll.
Ich bitte Euch herzlich, mir wieder zu schreiben, wo ich den Brief suchen soll. Auch sollt Ihr wissen, dass ich - da ich den Brief nicht bekommen konnte - zu dem Boten gesagt habe, dass die Leute, die den Brief aufbewahrt

haben, verreist sind, damit es nicht heißt, Ihr ginget unachtsam mit Euren Sachen um. Seid Gott befohlen, der helfe Euch.
Datum Dresden Donnerstag nach Exaudi XXVIII.

„Es geht doch nichts über eine gute, geistesgegenwärtige Frau“, sagte Philipp. „Doch nun zeigt mir den anderen Brief!“

Es war Elisabeths Brief, den sie auf Anweisung Packs geschrieben hatte; Philipp überflog ihre wie immer nur sehr schwer lesbaren Zeilen. „Ah, meine Schwester bittet mich, Euch in allem zu vertrauen.“ Philipp hielt inne und sah Pack nachdenklich an, der förmlich an seinen verschlossenen Lippen klebte.

„Trotzdem muss ich die Gewissheit des Originals haben, auch wenn meine Schwester mir rät, Euch zu vertrauen. Am besten, Ihr setzt Euch gleich wieder hin und schreibt Eurer Frau, dass Ihr unter allen Umständen diese Schachtel braucht und sie sie von dem Apotheker fordern soll.“

„Aber seht, sie schreibt auch, dass man sich am Dresdener Hof das Maul über mich zerreißt. Offenbar ahnt der Herzog doch schon, dass ich Euch das Bündnis angezeigt habe. Einen anderen Grund kann ich mir nicht vorstellen.“

„Das ist ein weiterer Grund für Euch, nicht nach Dresden zu reisen. Es könnte Euch den Kopf kosten. Also setzt Euch noch einmal hin und schreibt Eurer Frau und dem Apotheker.“

*

Die folgenden Wochen waren schlimm für Elisabeth. Nicht nur, dass sie bei dem Herzog gänzlich in Ungnade gefallen war, ohne dass sie etwas dafür konnte, auch Otto von Pack geriet in seiner Abwesenheit in die Schusslinie. Zunächst wurde nur gemunkelt, er habe Schulden; doch dann erschienen mehrere achtbare Herren in der herzoglichen Kanzlei, die Kanzler Pistoris Schuldverschreibungen vorlegten, die besagten, dass Herzog Georg fünfzigtausend Gulden von Otto von Pack erhalten hatte. Die Urkunden waren besiegelt mit dem Siegel der herzoglichen Kanzlei.

„Der Herr Vizekanzler hat uns versichert, dass er das Geld nur zurückzahlen könne, sobald er die ausstehende Summe von Herzog Georg erhalten habe.

Wir haben gehört, dass der Herr Vizekanzler schon lange ausbleibt. Daher möchten wir uns nun direkt an Euch wenden. Die Beträge sind schon längst überfällig. Wir brauchen unser Geld zurück!“ erklärten sie höflich aber bestimmt.
Kanzler Pistoris nahm eine der Urkunden und trat ans Fenster. Die Sonne eines hellen Sommertages beschien das Blatt und zeigte eindeutig, dass Otto von Pack diese Urkunde aufgesetzt und mit dem Siegel des Herzogs versehen hatte. Pistoris ließ dass Blatt sinken.

„Schulden? Wir?“ rief der Herzog und starrte seinen Kanzler ungläubig an. Er hielt eine der Urkunden, die sein Siegel trugen, in der Hand. Seine Gesichtszüge verhärteten sich, als er die Luft tief und scharf durch die Zähne zog. „Pack!“ flüsterte er. „Um Himmels Willen! Wenn Pack diese Schuldverschreibungen gefälscht hat, dann müssen wir nicht lange darüber nachdenken, wer diesen ganzen Unsinn mit dem angeblichen Bündnis eingefädelt hat. Wahrscheinlich hat er unserem Herrn Schwiegersohn ein hübsches Sümmchen für seine treuen Dienste abverlangt. Und Philipp ist so jung und hitzköpfig und fällt auf Pack herein. Wofür brauchte er so unglaublich viel Geld? Er lebt doch ganz bescheiden und solide und auch seine Frau putzt sich nicht heraus. Ich will alles darüber wissen. Ich will Pack hier in Dresden haben!“
„Das konnten niemand ahnen“, versuchte Kanzler Pistoris seinen Herrn zu beruhigen, an dem sich deutlich die Zeichen des Zorns ankündigten. „Wie sollen wir nun vorgehen, Euer Gnaden?“
„Wir werden nicht den gleichen Fehler machen wie Unser Schwiegersohn. Wir wollen erst aus seinem eigenen Mund hören, dass Pack es war, der ihm dies eingeflüstert hat, und Wir wollen ein Geständnis von Pack selbst.“
„Sollen wir die Gemahlin Packs verhören?“
„Wir werden mit ihr sprechen. Nur kein Aufsehen erregen. Tratsch können Wir jetzt gar nicht gebrauchen. - Was für ein Alptraum!“ Herzog Georg war auf seinen Sessel gesunken und hatte sein Gesicht in die Hände gestützt. Dass Pistoris nun Zeuge herzoglicher Erschütterung wurde, ließ ihn betreten auf seine Schuhe blicken.
„Pistoris! Sagt mir, wie viel ist ein gesprochener Treueid wert, wenn schon eine Urkunde nicht das Pergament wert ist, auf dem sie geschrieben steht? Pack! Ausgerechnet Pack.“

Frau Margarete von Pack wurde bei ihrem nächsten Besuch im Schloss so unauffällig wie möglich zum Herzog gebeten. Aufrichtig berichtete sie von den Briefen, die ihr Mann ihr geschrieben hatte. Bereits zweimal hatte er sie brieflich gebeten, bei Apotheker Kreul eine Schachtel zu holen. Allerdings sei sie sehr überrascht gewesen, als sie einen Brief ihres Schwagers Sittich von Berlepsch erhalten habe, in dem dieser ihr mitteilte, ihr Gemahl wolle auf keinen Fall, dass sie eine Schachtel mit einem Brief von dem Apotheker Kreul annehme. Vielmehr solle sie ihn dazu bringen, an ihren Gemahl einen Brief zu schreiben, in dem er sich weigere, die Schachtel herauszugeben und sie einzig und allein Pack selbst geben, andernfalls verbrennen wolle.
„Hat Euer Gemahl in einem seiner Briefe erwähnt, was denn in dieser Schachtel drin sein soll?" fragte Herzog Georg und beugte sich vor. Bereitwillig beantwortete Frau Margarete von Pack auch diese Frage, in dem Bewusstsein, als treue Untertanin zu handeln und auch für ihren Gemahl nur das Beste zu tun.
„In einem Nachsatz stand, dass die Schachtel einen Vertrag enthalte. Ein Bündnis, das Bischöfe, Fürsten und König Ferdinand geschmiedet haben gegen den Landgrafen von Hessen wegen der lutherischen Sekte."
Bei einem Blick in das gewittrige Gesicht des Herzogs fühlte sie sich genötigt, hinzuzufügen: „Mein Gemahl hat immer sehr gewettert gegen die Lutherischen und gesagt, dass man genau wie Euer Gnaden am alten Glauben festhalten müsse. Er ist Euch überhaupt vollkommen aufrichtig ergeben und hat mir immer wieder gesagt, wie sehr er Euer Gnaden bewundert."
Dem Herzog gelang es, sich so lange zu beherrschen, bis Frau von Pack den Raum wieder verlassen hatte. Dann ließ er seinem Unmut freien Lauf. Pack hatte offensichtlich beide Seiten getäuscht und Philipp witterte seinerseits Verrat, denn offensichtlich waren die sonderbar widersprüchlichen Briefe, die Pack an seine Frau, den Apotheker und seinen Schwager geschickt hatte, dazu bestimmt gewesen, Philipp davon zu überzeugen, dass er ihn unbedingt auf freien Fuß setzen müsse, damit er das bewusste Schriftstück, das nirgendwo - und schon gar nicht in einer Schachtel bei dem Herrn Apotheker Kreul - existierte, herbeischaffen könne. Ganz offensichtlich hatten die Bedürfnisse des Otto von Pack seine Einnahmen bei weitem überstiegen. Seine Leidenschaft fürs Spielen hatten diesen pflichtbewussten Mann so weit ruiniert, dass er seine Stellung in der herzoglichen Kanzlei dazu

missbraucht hatte, auf Herzog Georgs Namen Wechsel auszustellen. Auch wenn Otto von Pack immer ein gewissenhaftes Gesicht zur Schau stellte, konnte ein solches Vorgehen nur für eine gewisse Zeit gut gehen. Als er sah, dass er seine Gläubiger auf diese Weise nicht mehr hinhalten konnte, hatte er sich den aberwitzigen Plan überlegt, Landgraf Philipp von einem Bündnis vorzuschwatzen und ihm auf diese Weise Geld abzuverlangen. Doch als ihm bewusst wurde, dass Philipp für einen solchen Plan nicht nur der geeignete Mann wäre, der ihm Geld geben würde, sondern darüber hinaus auch noch eine Armee rüsten und sämtliche Fürsten und Könige hinter sich vereinigen würde, da konnte er diesem sich immer schneller drehenden Rad nicht mehr in die Speichen fallen und so hatte diese anfängliche Lüge ein immer dichteres Gespinst aus Lügen, falschen Briefen und absonderlichen Lügenkonstruktionen nach sich gezogen.

Nach und nach sickerte am Hof das ganze erschütternde Ausmaß von Packs Betrug durch. Wem hätte Elisabeth denn vertrauen können, wenn nicht ihm, dem Ratgeber ihres Schwiegervaters, der sich schon so oft bewährt hatte in vielen Angelegenheiten? Genau wie sie war Philipp auf ihn hereingefallen. Und Pack hatte sie selbst zum Werkzeug seines Betruges gemacht. Hatte am Ende ihr Brief den Ausschlag gegeben, der Philipp endgültig in Packs Hände geliefert hatte? War sie am Ende daran schuld, dass es beinahe zum Krieg gekommen war? Philipp hatte immerhin nicht angegriffen, sondern war mit seinen Truppen wieder abgezogen. Das war Elisabeths einziger Trost. Um Himmels Willen! Nicht auszudenken, wenn Philipp aufgrund ihres Briefes wirklich angegriffen hätte! Aber was war mit seinen Räten? Kanzler Feige, Schrautenbach und Krafft? Hätten sie ihm nicht beistehen können? Hätten sie den Betrug nicht bemerken müssen? Elisabeth beantwortete sich die Frage schon selbst. Wahrscheinlich hatten sie versucht, ihn davon abzuhalten, aber Philipp war mit seinem Feuerkopf durch alle Wände gerast.
Trotz des herzoglichen Verbots setzte sich Elisabeth sofort an ihren Schreibtisch und begann, ihm einen langen Brief zu schreiben, in dem sie ihm ausführlich darlegte, wie jung Philipp war, wie unbedacht. Sie beschwor ihn, doch zu ihm zu gehen, um ihm mit seinem Rat aus dieser Sache herauszuhelfen und bat um Vergebung für Philipp und auch für sich selbst.
Sie ließ den Brief von Dorothea überbringen, die bei ihrer Rückkehr nicht

sagen konnte, ob der Herzog den Brief überhaupt lesen würde, doch schließlich lenkte Herzog Georg doch ein und war sogar bereit, sich mit Philipp in Verbindung zu setzen. Elisabeth schrieb nach Hessen und bat ihren Bruder inständig, sich so zu verhalten, dass man deutlich erkennen könne, dass er betrogen wurde und sich in allem Herzog Georg anzuvertrauen. Die Briefe Packs legte sie bei.

Die Wogen glätteten sich nur sehr langsam. Mittlerweile erfuhr man, dass Kurfürst Johann und sein Sohn Johann Friedrich mit Martin Luther Kontakt aufgenommen hatten wegen der unseligen Geschichte. Luther hatte dringend geraten, nur Dinge zu unternehmen, die dem Frieden dienlich waren und mit den Gegnern zu verhandeln. Das hatten die Torgauer Fürsten getan und eine Gesandtschaft nach Prag zu König Ferdinand geschickt, der den Betrug leicht aufklären konnte.

König Ferdinand und Herzog Georg verlangten, dass man den Verräter vor Gericht stelle. Pack wurde nach Kassel in den Kerker gebracht und dort verhört. Das ganze Jahr über wurde ein Sumpf aus Lügen, immer wieder erneuten Fälschungen und Betrügereien trockengelegt. Allerdings beharrte Pack bis zum Schluss darauf, dass er tatsächlich das Original dieses Bündnisses gesehen habe und wusste auch die Reaktionen der altgläubigen Fürsten so auszulegen, dass sie sich in sein Lügengebäude einfügten. Schließlich musste man Pack auf freien Fuß setzen. Und um seine Eigenliebe nicht noch einmal der Beschädigung durch Kerkerhaft auszusetzen, machte er sich schleunigst davon, so schnell seine freien Füße ihn trugen. Auch dies erboste Herzog Georg, denn er hatte gehofft, Packs habhaft zu werden und ihn selbst und eigenhändig zu verhören. Mit der Folter hätte er dabei nicht gespart. Er ließ Pack suchen, doch dieser hatte sich ins Ausland abgesetzt. Dieser Mann würde in seinem ganzen Leben keinen einzigen ruhigen Augenblick mehr haben. Bei jedem Atemzug, den er tat, sollte er sich bewusst sein, dass Herzog Georg ihn suchen ließ. Hartnäckig, unnachgiebig. Eine so unglaubliche Schmach war nichts, was der Herzog auf sich sitzen lassen konnte. Und eines Tages würde er ihn finden.

Das Verhältnis zwischen Philipp und Herzog Georg hatte nach dieser Affaire die letzten Reste von Herzlichkeit und Vertrauen eingebüßt, die nach Philipps Bekenntnis zu Martin Luther noch vorhanden gewesen sein moch-

ten. Dies machte das Leben am Hof zu Dresden für Elisabeth nicht angenehmer. Außerdem bestand Philipp darauf, dass seine vermeintlichen Gegner aufkämen für die Kosten, die seine Rüstungen verursacht hatten. Er war der Ansicht, dass er dadurch seine Unschuld noch deutlicher unter Beweis stelle; allerdings tat er sich damit keinen Gefallen und seiner Schwester erst recht nicht.
Das einzige, das Elisabeth im Moment richtig Freude machte, war das wunderschöne Wetter, das nun schon seit geraumer Zeit anhielt. Die Veilchen blühten schon lange, sodass sie immer einen kleinen frischen Strauß in ihrem Zimmer haben konnte. Sie ließ es sich nicht nehmen, die Blumen eigenhändig zu pflücken. Ihr Gemahl bemerkte ihre Vorliebe für diese Blume, ahnte aber nicht, dass Elisabeth einer Jugendliebe nachtrauerte. Doch eines Morgens traute sie ihren Augen nicht: Schneetreiben! Vollkommen fassungslos stand sie am Fenster und schaute hinaus in eine weiße Winterlandschaft, und das beinahe drei Wochen nach Ostern! Fröstelnd zog sie sich vom Fenster zurück und kroch wieder in ihr Bett, das noch warm war. Sie zog sich die Decke über den Kopf und hoffte, dass der Schnee vielleicht weg wäre, wenn sie wieder aufstand. Doch der Schnee blieb knietief und hartnäckig für vier Tage liegen. Kein gutes Zeichen.

Anfang Juni kam ein Brief von Philipp:

Meine herzallerliebste Schwester, Kassel, im Mai 1529

Kürzlich fand in Speyer wieder ein Reichstag statt. Und wieder war nur der Bruder des Kaisers, König Ferdinand, anwesend. Nicht nur, dass er den Beschluss des Reichstages von 1526 aufgehoben hat, durch welchen er uns die Freiheit gewährte, nach eigenem Gutdünken zu handeln, nein, er setzte auch das Wormser Edikt wieder ein, das den Besitz und das Lesen von Luthers Schriften unter Strafe gestellt und Luther selbst geächtet hat. Die Zugeständnisse, durch die wir die Reformation so gut vorangebracht hatten, wollten sie wieder zurücknehmen. Wahrscheinlich hat er die Sache mit Otto von Pack sehr übel aufgenommen.
Wir waren in der Minderheit. König Ferdinand verlangt, dass wir uns dem

Beschluss der Mehrheit beugen sollten. Aber wir blieben standhaft und wollten eine Protestschrift verlesen. Der König weigerte sich zwar, sie anzuhören, doch das war uns schließlich gleich, denn wir haben sie drucken lassen und unters Volk gebracht. Der Kaiser hat wohl geglaubt, er könne noch aufhalten, was längst viel mehr als ein Anfang ist. Von nun an wird man uns wohl „Protestanten" nennen. Der Kaiser wird erkennen müssen, dass wir uns von ihm nicht beeindrucken lassen.

Nun müssen wir Protestanten aber einig werden. Es sind zu viele Strömungen in der Reformation. Ich habe die wichtigsten Vertreter zu einem Gespräch eingeladen. Luther und Zwingli, Philipp Melanchthon und Martin Bucer. Die Hauptkontrahenten werden wohl Luther und Zwingli sein. Sie haben allzu unterschiedliche Auffassungen über das Abendmahl. Aber wir müssen wie eine Front gegen die Altgläubigen stehen, denn nur so sind wir stark. Wenn wir uns untereinander aufspalten und womöglich noch bekriegen, spielen wir unseren Feinden in die Hände. Und die Reformation ist etwas zu Großes und Kostbares, als dass dies geschehen dürfte.

Ich wäre überglücklich, wenn du im Oktober dieses Jahres nach Marburg kommen könntest. Dann könntest du sie alle kennen lernen. Ich habe unseren Schwiegervater schon gebeten, dir die Reise zu gestatten.

Wenn uns nicht alles täuscht, so ist Christine wieder guter Hoffnung. Wir hoffen so sehr, dass es diesmal ein Junge wird.

Dein Bruder Philipp

Elisabeth las den Brief wieder und wieder. Dem Kaiser hatten sie getrotzt! Und man nannte sie nun Protestanten. Wie unglaublich großartig wäre es, wenn sie dabei sein dürfte! Wenn sie doch nur einmal mit Luther sprechen könnte. Dass Christine wahrscheinlich wieder guter Hoffnung war, versetzte ihr einen leichten Stich. Sie wollte doch nicht immerzu Tante werden, sondern auch einmal selbst Mutter. Aber sie versuchte, den Neid zu verbannen und betete auch, dass es diesmal ein Sohn sein möge.

Auch in Torgau hatte sich Nachwuchs eingestellt: Seit Januar war der Kurfürst stolzer Vater eines Sohnes. Trotz ihrer zarten Konstitution hatte Sibylle die Geburt gut überstanden. Elisabeth betete für die Mutter und das Kind, dass Gott sie auch weiterhin behüte - so viele Kinder starben in den ersten Jahren. Und innig fügte sie ihrem Dankgebet ihren eigenen Wunsch nach einem Sohn hinzu. Wenn sie doch nur einmal schwanger würde! Richtig schwanger, und nicht nur scheinschwanger! Oh, mein Gott, wie würde sie ihr Kind lieben, ganz gleich ob Sohn oder Tochter. Wie gut würde sie es erziehen, ihm all ihre Liebe mitgeben auf seinen Lebensweg. Doch ihr Gebet wurde nicht erhört. Zu allem Unglück kam ein Brief aus Brandenburg, in dem Magdalene schrieb, dass die kleine Elisabeth gestorben war. Ausgerechnet die kleine Elisabeth. Elisabeth erschien es wie ein böses Omen.

Philipp hatte den Herzog bereits gebeten, Elisabeth nach Hessen reisen zu lassen. Der Schnee war längst wieder getaut, die Wege waren fest, nichts stand einer Reise im Wege. Die Briefe aus Hessen und Brandenburg waren sicher gleichzeitig angekommen, aber bei der Abendmahlzeit war das Gesicht des Herzogs ihr gegenüber verschlossen, wie so oft in letzter Zeit. Herzog Georg unterhielt sich angeregt mit seiner Frau, ließ sich Wein nachschenken, prostete seinen Räten zu und ignorierte Elisabeths Versuche, mit ihm Blickkontakt aufzunehmen, völlig. Die Köstritzsche hatte Elisabeths vergebliche Bemühungen bemerkt, was sie nun ihrerseits veranlasste, Elisabeth so lange anzuschauen, bis Elisabeth ihren Blick bemerkte, worauf die alte Gräfin ihr ein höhnisches Lächeln schenkte. Elisabeth schaute ihrer alten Hofmeisterin kühl in die Augen, nahm ein Stück Brot und teilte es mit einer Bewegung, als wolle sie ihr den Hals umdrehen. Die Botschaft kam an: Die Köstritzsche wandte sich mit verkniffenen Lippen ihrem Tischnachbarn zu, dem Herrn Schleinitz, der sehr empfänglich war für die neusten Anschuldigungen.
Monate vergingen, in denen Elisabeth immer wieder schlichten musste wegen Otto von Pack. Die Fronten waren durch diesen unseligen Zwist so sehr verhärtet, dass Elisabeth schon glaubte, ihr Bruder und ihr Schwiegervater würden sich nie wieder an einen Tisch setzen. Natürlich durfte sie nicht nach Hessen reisen, um das Marburger Religionsgespräch mit anzuhören und womöglich noch einzugreifen und ihre eigene Meinung dazu zu sagen. Das waren wohl Herzog Georgs schlimmste Befürchtungen. Also musste sie sich wieder aufs Schreiben beschränken und mahnte ihren Bruder, nur nicht an

Luther zu zweifeln, der bezüglich des Abendmahls ganz altgläubig blieb und lehrte, dass Brot und Wein tatsächlich zu Blut und Leib Christi würden.

Im September erreichten ernste Neuigkeiten die Stadt und den Hof. Die Türken belagerten Wien. Süleyman der Prächtige war mit einem unüberschaubar großen Heer gekommen, um die Stadt vollständig einzuschließen. Viele Wiener Bürger und auch der größte Teil des Stadtrates waren schon geflohen, als noch die Möglichkeit dazu bestand. Nun konnte wohl keine Maus mehr durch diesen Belagerungsring hindurchschlüpfen. Eine nicht enden wollende Zeltstadt hatte sich wie der Würgegriff eines Ringers um Wien gelegt. Augenzeugen berichteten von der unfassbaren Pracht, die Süleyman sogar in einer Zeltstadt zu entfalten imstande war. Sonderbare Tiere, Pferden nicht ganz unähnlich und doch ganz anders, weil sie zwei Buckel auf ihren Rücken trugen, hatte man gesehen. Auch sie wurden als Last- und Reittiere verwendet. Selbst die Lasttiere waren behängt mit buntem Zaumzeug, aus dem es in der Sonne golden aufblinkte.
Unverkennbar war das Zelt Süleymans das größte und farbenreichste von allen. Wie es in diesem Zelt wohl aussehen mochte, wagte niemand sich vorzustellen, aber dass das alles furchtbar sündig sei, dessen war man sich sicher. Gold, Perlen, Edelsteine, leuchtende Seide stellten sich die Damen vor. Die Gedanken der Herren waren eher mit den Haremsdamen beschäftigt, die umhüllt von hauchzarten Stoffen durch diesen schwer duftenden Sündenpfuhl wandelten.
„Wenn Wien fällt, dann wird das die Schuld Ihres Martin Luther sein", zischte Herzogin Barbara eines Tages ihrer Schwiegertochter zu. Als Elisabeth nicht antwortete, sondern nur gottergeben seufzte und sich weiterhin ihrer Stickarbeit widmete, fügte sie hinzu: „Wenn Luther die Christenheit nicht gespalten hätte, dann wären wir jetzt als eine Einheit im Glauben viel schlagkräftiger. Wer weiß, ob der Türke es dann gewagt hätte, überhaupt aus seinem Mustopf zu kriechen."
„Wir alle bezahlen die Türkensteuer, ganz gleich, ob wir martinisch oder katholisch sind. Außerdem saß Süleyman der Prächtige ganz sicher nicht in einem Mustopf, werte Mutter. Wenn doch, war es mindestens einer aus Gold und verziert mit den dicksten Edelsteinen." Damit erhob sich Elisabeth, verneigte sich pflichtschuldig und ging davon. Herzogin Barbara sah

ihr nach, dann fiel ihr Blick auf Elisabeths Stickerei. Verächtlich nahm sie sie in die Hand und fand Gründe zuhauf, die Arbeit ihrer Schwiegertochter zu tadeln. Die Hofdamen der Herzogin neigten sich herüber, ließen ihre eigenen Arbeiten für einen Augenblick auf ihre seidenen Röcke sinken und konnten ihrer Herrin nur beipflichten. Als man jedes unsauber gearbeitete Detail ausreichend kommentiert hatte, warf die Herzogin die Arbeit auf den Tisch, wobei ein Glas Wein umfiel und die weiße Tischdecke verdarb. Sonderbarerweise wurde auch dies Elisabeth angelastet, die sich aber Gott sei Dank bereits außer Hörweite befand. Elisabeth hatte in einem der tiefen Fenster für einen Augenblick ihre Ruhe gefunden. Sie lehnte sich an den kalten Stein und sah durch die Butzenscheiben hinaus in das verzerrte Gewimmel Dresdens. Sie rieb sich die Augen und starrte angestrengt auf die sonderbaren Linien und Farbkleckse, die sich ineinander verschoben, bewegten und wieder verschwanden. Dass man durch die Scheiben aber auch rein gar nicht erkennen konnte, was draußen vor sich ging! Sie erahnte die Menschen und Pferde mehr als dass sie sie tatsächlich sah. Für einen Augenblick hatte sie das Gefühl, ersticken zu müssen. Sie atmete krampfhaft tief ein, als sei sie nach einer viel zu langen Zeit unter Wasser endlich wieder an die Oberfläche gelangt. Dann legte sie ihre Hand auf den Fensterkauf. Er war schwergängig, da er so gut wie nie betätigt wurde und knirschte daher ob der ungewohnten Behandlung. Elisabeth musste all ihre Kraft aufbringen, dann öffnete sie das Fenster weit. Ein Windstoß kam ihr entgegen. Sie roch die Elbe, den sich ankündigenden Herbst, Pferdeäpfel, Blumen, den süßen Duft einer Bäckerei. Selbst die Geräusche wurden nun lauter und deutlicher. Das Rattern der Karrenräder auf dem Pflaster, die Stimmen der Menschen, Rufe, Begrüßungen; irgendwo sang jemand, Pferde wieherten, Hunde bellten. Als eine Schar Tauben aufflatterte, schaute Elisabeth ihnen nach. Von ganz dort oben müsste man die Welt sehen, sich einen Überblick verschaffen können. Elisabeth hatte das Gefühl, als betrachteten ihre Schwiegereltern die ganze Welt immer nur durch Butzenscheiben, als hätten sie niemals den Gedanken oder auch nur das Bedürfnis gehabt, die Welt unverzerrt in ihrer Klarheit zu sehen. Und doch wurden sie nicht müde zu behaupten, dass sie allein wüssten, was richtig sei. Wie schön die Welt war! Wie wunderschön Dresden war! Elisabeth liebte diese Stadt mit ihren herzlichen Einwohnern. Sie liebte den Dialekt, in dem selbst eine Schimpftirade

freundlich klang. Von all dem bekam man nichts mit hier in diesem Schloss, in dem die Fenster stets geschlossen waren. Man sollte die Fenster immer offen lassen, vor allem so lange es noch so wunderschöne Spätsommertage gab wie diesen. Glücklich genoss sie den Anblick der Straße, ganz versunken war sie, als die Stimme ihrer Schwiegermutter sie aus ihren Gedanken riss:
„Was fällt Ihnen ein! Schließen sie sofort das Fenster!“
„Kommt doch nur einmal für einen Augenblick zu mir und schaut Euch Dresden an!“
„Wir wissen, wie Dresden aussieht. Und wir brauchen zu diesem Anblick nicht auch noch den Gestank des Straßenkots.“
Die alte Herzogin winkte einem Diener, damit dieser das Fenster schloss. Elisabeth wandte sich ohne Verbeugung von ihrer Schwiegermutter ab und ging davon. Sie tröstete sich mit Süleyman. Wenn dieser sagenumwobene Held dem Kaiser richtig Schwierigkeiten machte, dann würde Karl den martinischen Fürsten wieder Zugeständnisse machen müssen.

Doch im Oktober kamen gute Nachrichten. Als die Lage in Wien immer aussichtsloser geworden war, hatte Gott die Gebete der Wiener um ein Wunder erhört: Der Winter war ungewöhnlich früh und heftig hereingebrochen. Schneemassen und eisiger Wind waren Gegner, mit denen die Türken nicht gerechnet hatten und denen sie auch nichts entgegensetzen konnten. So wurde die Belagerung abgebrochen und die habsburgische Hauptstadt war nicht mehr in Gefahr. Ganz Europa atmete auf, die Türkengefahr schien vorerst gebannt. Und mit Europa atmete auch Elisabeth ein wenig auf, denn auf ewig hätte ihre Schwiegermutter ihr persönlich den Untergang des Abendlandes vorgeworfen.

Aus Kassel kamen Neuigkeiten. Irgendwie schon gute, aber nicht richtig gute. Christine hatte einer Tochter das Leben geschenkt. Schon wieder eine Tochter. Philipp brauchte Söhne, wenn er seine Herrschaft sichern wollte. Er war noch jung und würde mit Gottes Hilfe noch ein langes Leben vor sich haben, aber niemand trat gerne nach einem arbeitsreichen Leben ab, wenn er nur Töchter hatte. Kein Mann schloss auf dem Totenbett mit Ruhe die Augen, wenn er genau wusste, dass die lachenden Erben, die nicht sein Fleisch und Blut waren, schon vor der Tür standen. Aber immerhin war das

Kind gesund, und Christine hatte die Geburt gut überstanden.
Das alte Jahr schlich sich davon, ohne dass weitere Katastrophen die Welt erschüttert hätten. Nur eines Tages versetzte Herzog Friedrich alle in Schrekken und Sorge. Er ritt mit seinem Diener aus, doch nahmen die beiden nie den direkten Weg vom Schloss durch das große Torhaus und hinaus über die große Elbbrücke, sondern sie ritten durch die Stadt, in der schon alle Menschen auf den Beinen waren, denn Friedrich liebte die Stadt, obwohl sie ihn gleichzeitig ängstigte. Eine Mischung aus Pferdemist, dem schweren, süßlichen Duft der Herbstblumen, frischem Gebäck, Urin, Taubendreck, nur hier und da ein leiser Hauch von Parfum und dem ersten Schnee strömte auf ihn ein. Ja, in der letzten Nacht hatte es geschneit. Die Dächer der Häuser waren weiß überpudert, selbst auf den Straßen lag noch der Schnee, den die vielen Füße, Hufe und Räder nicht hatten vernichten können. Friedrich war froh, auf seinem Pferd zu sitzen, dick eingepackt in einen warmen Pelz, denn in diesem wogenden Meer von Menschenleibern hätte er Angst gehabt zu ertrinken. Die Menschen verneigten sich und grüßten ehrerbietig, worauf er huldvoll seinen Kopf neigte, doch erschien es ihm mit einemmal sonderbar, dass diese Menschen auf der Straße standen und sich beugten, während er aufrecht auf seinem Pferd saß. Es war ein eisig klarer Morgen, an dem die Menschen, die wollene Kleider hatten, sich glücklich schätzten. Friedrich schaute in Gesichter, die von der Kälte gerötet waren, und in deren Augenbrauen und Bärten die warme Atemluft gefroren war. Friedrich erschrak, als sein Pferd in eine gefrorene Pfütze trat, über der das Eis splitternd zerbrach. Er nahm die Zügel seines Pferdes fester in die Hand und schaute starr geradeaus, wo er schon das kleine Stadttor und dahinter das Tor mit der Zugbrücke sehen konnte. Im Schutz des Torborgens, dort wo der Wind den Schnee nicht hingeweht hatte, saß ein Bettler mit einer Augenbinde. Seine Kleider waren nur noch schmutzige Fetzen, er war barfuß, seine Hand, die vielmehr einer verwachsenen Klaue glich, umklammerte einen Knotenstock. Als die beiden Herren unter das Tor ritten, wurden ihre Hufschläge laut von allen Seiten auf sie zurückgeworfen. Der Hall erschien Friedrich plötzlich über die Maßen laut, er duckte sich und sah nur noch den Bettler, der dort am Boden saß und ihm seine schmutzige Holzschale entgegenstreckte. Die Wachen salutierten vor den beiden Herren zu Pferd, dann waren sie vorbei und draußen auf der kleinen Hängebrücke. Als Friedrich

sich umwandte, sah er, dass die Wachen den Bettler hinaus in den Schnee jagten. Schon wollte er sein Pferd wenden, da hielt ihn sein Diener zurück. „Euer Gnaden, lasst. Es ist die Aufgabe der Wachen, so zu handeln. Sie tun ihre Pflicht.“

Friedrich hörte auf die sanfte Stimme seines Dieners. Gewaltsam riss er seinen Blick los von dem Mann, der flehend seine Arme zu den Wachen erhoben hatte, was diese Männer jedoch nicht beeindruckte. Die Hufschläge der Pferde polterten nun hell auf der Zugbrücke, die über den Stadtgraben führte, dann war wieder dumpfes Stampfen zu hören, als sie festen Boden unter den Hufen hatten. Friedrich ritt mit seinem Diener über verschneite Wiesen und Felder hinaus in den Wald, wo die Bäume von einer dicken Schicht aus weißen Kristallen bedeckt waren. Staunend ritt Friedrich durch diesen Zauberwald, doch waren seine Gedanken noch immer bei dem Bettler. Selbst der Bach war überfroren, unter der dünnen Eisdecke konnte man erkennen, wie das schwarze Wasser sich gurgelnd und glucksend seinen Weg bahnte. Zweige, die in den Bach hingen, waren so dick übereist, dass sie wie schmale Glocken in dem sanften Strom nickten. Die beiden Männer drehten stumm ihre gewohnte Runde im Wald, dann lenkten sie ihre Pferde zurück zur Stadt. Der Diener schlug wohlweislich eine andere Route vor, die einen großen Bogen um die Stadt beschrieb, und sie am Zwinger vorbei und von der Elbe her wieder in die Stadt geführt hätte, doch Friedrich bestand darauf, die übliche Route zu nehmen. Als sie auf die Stadt zukamen, sahen sie schon von weitem, dass die Wachen den Bettler vor die Stadt gejagt hatten. Er saß vor der Zugbrücke, dem Wind und wieder einsetzenden Schnee schutzlos ausgesetzt. Seinen Mantel trug er nicht mehr. Offenbar hatten sich die Wachen einen derben Spaß daraus gemacht, ihm seinen kostbarsten Besitz abzunehmen und an der Kette, die die Zugbrücke hielt, aufzuhängen. Der Mann war vollkommen in sich zusammengekrümmt und zitterte vor Kälte. Als sie bei ihm angekommen waren, tat Herzog Friedrich von Sachsen etwas, das sich nicht geziemte und bei seinen Eltern große Besorgnis auslösen sollte: Er stieg ab, zog seinen Mantel aus und hängte ihn dem Bettler um die Schultern. Dann führte er den Mann zurück unter den Torbogen, wo er den wachhabenden Offizier zu sprechen verlangte. Der Mann kam und salutierte vor dem Herzog.

„Wieso sitzt der Mann draußen vor der Zugbrücke?“

„Euer Gnaden… ich…“ stotterte der Mann, der von dem Bettler zum Herzog, von diesem zu dem Diener schaute und wieder zurück.
„Wir wünschen, dass dieser Mann hier unter dem Torbogen sitzen bleibt.“
Der Bettler, dessen zahnloser, offener Mund ein beredtes Zeichen war, dass er seine Lage keineswegs einordnen konnte, wandte sein Gesicht mit der Augenbinde von einem Sprecher zum anderen.
„Euer Gnaden, hier ist der Mantel des Bettlers.“ Der Diener hatte den Mantel von der Zugbrücke geholt und wollte ihn dem Bettler reichen, doch Herzog Friedrich sagte: „Nein, der Mann wird meinen Mantel behalten. Seinen eigenen braucht er nicht mehr. Werft ihn in den Stadtgraben.“
Sofort ging einer der Soldaten, um den Befehl auszuführen. Der ängstlich verzogene Mund des Blinden sprach Bände. Er glaubte nicht, dass er fortan im Pelzmantel seines Herzogs im Tor sitzen durfte. Und tatsächlich kam Leben in den wachhabenden Offizier: „Man wird ihm nicht glauben, dass Ihr ihm den Mantel geschenkt habt. Es ist ein Mantel aus Zobel. Er dürfte ihn gar nicht tragen. Ich müsste ihn einsperren dafür.“
„Dann sperrt ihn eben nicht ein.“
„Euer Gnaden“, meldete sich der Diener leise zu Wort. „Wir könnten dem Mann ein Schaffell kaufen, das ist auch warm und verstößt nicht gegen das Gesetz.“
„Nein, Wir bestehen darauf. Er wird Unseren Mantel tragen. Wenn er immer hier bleibt, dann wird ihm auch nichts geschehen. Hier weiß man, dass der Mantel ein Geschenk von Uns ist.“
„Haben wir Euer Ehrenwort, dass Ihr auf den Mann achten und ihn versorgen werdet?“ fragte Herzog Friedrich, indem er dem Mann einen Beutel mit Münzen reichte. Der Offizier verneigte sich stumm.
Als Friedrich ohne Mantel aufsitzen wollte, bot sein Diener ihm seinen eigenen Mantel an, doch Friedrich lehnte ab.
„Nein, mir ist warm genug“, sagte er, und tatsächlich sah er so glücklich aus, wie schon seit langer Zeit nicht mehr.
Als er im Schloss ankam, begegnete ihm in der Eingangshalle Elisabeth.
„Friedrich, was ist dir passiert? Du strahlst ja richtig!“
„Elisabeth, stell dir vor, was ich getan habe! Du rätst es niemals.“ Elisabeth schaute Friedrichs Diener fragend an, doch der zog es vor, sich schweigend zurückzuziehen.

„Ich habe einem Bettler geholfen", flüsterte er.
„Du hast was? Einem Bettler…"
„Psst, leise, mein Vater darf davon natürlich nichts erfahren." Mit verschwörerischer Miene sah er sich um, dann zog er Elisabeth mit sich in eines der Empfangszimmer, wo er ihr die ganze Geschichte erzählte. Sie hatten sich beide auf einer weich gepolsterten Bank niedergelassen, Elisabeth hörte atemlos zu, schaute den schüchternen jungen Mann aufmunternd an und legte schließlich anerkennend ihre Hand auf seine Schulter.
„Das war wirklich mehr als freundlich von dir. Du hast gehandelt wie ein Sankt Martin, aber wäre es nicht besser gewesen, du hättest ihm ein Fell gekauft, das er auch tragen darf?" Elisabeth bezweifelte stark, dass Friedrich dem Mann damit wirklich einen Gefallen getan hatte. Sehr wahrscheinlich hatte er ihm einen Bärendienst erwiesen, denn schließlich war das hier die Realität und keine Heiligenlegende.
„Das hat mein Diener auch vorgeschlagen, aber ich wollte, dass der Mann meinen Mantel trägt. Es ist so eisig draußen, so windig, und er saß dort im Tor mit seiner Augenbinde, der schmutzigen Schale und seinen Fetzen. Du hättest seine Hand sehen sollen. Er muss einen schrecklichen Unfall gehabt haben. Vielleicht ist ihm ein Pferd daraufgetreten. Er kann nicht mehr arbeiten. Ich weiß, es gibt auch viele, die nicht arbeiten wollen, aber dieser Mann ist ganz offenbar unverschuldet in sein Elend gekommen. Ich habe mich so furchtbar elend gefühlt, als ich an diesem Mann vorbeigeritten bin, aber jetzt, da ich ihm geholfen habe, geht es mir viel besser. Ich bin richtig froh. Ich hätte nicht schlafen können, wenn ich es nicht getan hätte. Weißt du, ich habe schon immer gedacht, dass es doch nicht rechtens sein kann, dass wir so übermäßig viel haben und dieser Mann dort gar nichts. Was ich heute getan habe, das wollte ich schon immer tun. Es mag dir vielleicht vorkommen wie eine vollkommene Verrücktheit, aber das ist es nicht. Ich habe mir schon so lange Gedanken darüber gemacht, schon seit Jahren. Mein Vater wird es natürlich nicht gutheißen. Wahrscheinlich wird er sich sogar fürchterlich darüber aufregen, aber ich wollte einfach etwas tun. Verstehst du das? Ich kann nicht immer nur untätig herumsitzen. Ich fühle mich so nutzlos. Es gibt ja keine richtigen Aufgaben für mich. Selbst Johann mangelt es an einer wirklichen Arbeit mit Verantwortung. Was kann ich da schon erwarten? Aber jetzt will ich etwas tun!"

Elisabeth schaute in das Gesicht ihres Schwagers. Es war ein leuchtendes Jungengesicht, obwohl er auch schon sechsundzwanzig Jahre alt war. Sein Vater war wie eine allzu mächtige Eiche, in deren Schatten nichts wachsen konnte.

„Vielleicht erlaubt mir mein Vater, mich um die Armenhäuser zu kümmern." Und ohne auf Elisabeths in tiefe Zweifelfalten gelegte Stirn zu achten, sprang er auf, um ihr mit ausholenden Gesten zu schildern, was er alles tun würde, damit Menschen überhaupt nicht erst in Armut gerieten. Aber plötzlich fiel er in sich zusammen: „Meinst du wirklich, mein Vater wird mir das erlauben? Kannst du mir helfen, ihn zu überzeugen? Du bist immer so mutig bei meinem Vater. Du scheinst ihn gar nicht zu fürchten."

„Nein, ich fürchte ihn nicht. - Aber ich achte ihn sehr. Friedrich, ich will sehen, was ich für dich tun kann, doch glaube ich nicht, dass dein Vater von deinen Plänen begeistert sein wird."

Es war schon Abend, als Friedrichs Diener kam, um ihm zu melden, dass sein Vater ihn zu sprechen wünsche.

„Ist er in der Kanzlei?"

„Nein, er ist drunten in den Kasematten", erwiderte der Mann, worauf Friedrich erschrocken die Luft durch die Zähne zog. Er hasste die Kasematten; die düstere Enge, der Geruch nach modrig feuchten Steinen und allzu vielen Menschen, die auf engstem Raum miteinander leben, essen, schlafen mussten und sich nur notdürftig waschen konnten, dazu der Lärm der brüllenden Offiziere, die offenbar der Ansicht waren, dass ihre Soldaten ausnahmslos stocktaub waren, die stampfenden Schritte der Männer, das Scheppern der Rüstungen. Und dort hinein musste Friedrich sich nun wagen. Sein Vater hatte ihn schon in seiner frühen Jugend immer wieder in die Kasematten mitgenommen, wobei Friedrich sich immer vergeblich bemüht hatte, dem Vater nicht zu zeigen, wie sehr er sich fürchtete. Und nun sollte er dort zu ihm kommen? Friedrich warf sich einen Umhang über und verließ das Schloss in Richtung Zwinger. Dort war gerade Wachablösung. Zehn Soldaten schulterten ihre Gewehre, um die Befestigungsmauer ihren Kameraden zu überlassen. Ein Offizier gab die Kommandos, der kleine Trupp setzte sich in Bewegung. Friedrich wartete eine Weile, bis die Soldaten sich zum Eingang der Kasematten wandten, dann ging er ihnen nach. Er stand

in dem hohen gemauerten Gewölbe, sozusagen der Eingangshalle der Befestigungsanlagen, wo er die Männer eintauchen sah zwischen unzählige Soldaten, die dieses Labyrinth aus niedrigen, schmalen Gängen bevölkerten. Friedrich erschrak, als ein Offizier direkt neben ihm salutierte.
„Euer Gnaden, erlaubt mir, Euch zu dem Herzog zu bringen."
Friedrich nickte nur und folgte dem Mann, Böses ahnend. Während er sich durch die engen Gänge zwängte, wo entgegenkommende Soldaten ehrerbietig stehenblieben, um zu salutieren, schaute er auf den breiten Rücken seines Führers, der sich in diesem Gewirr von Gängen perfekt zurechtfand. Immer wieder kamen sie an den Öffnungen dunkler Gänge vorbei, aufgerissenen Mäulern gleich, aus denen es Friedrich kühl anwehte. Endlich öffnete sich der enge Gang zu einem großen Gewölbe, in dem mehrere Türen zu sehen waren. Aus einer offenen Tür fiel Licht. Als Friedrich vor der Tür stand, verneigte sich der Offizier und ließ ihn allein eintreten. Was Friedrich dort sah, ließ ihm das Blut in den Adern gefrieren: Sein Mantel, den er am Morgen dem Bettler geschenkt hatte, lag auf einem Stuhl, auf dem Tisch lag der Beutel mit dem Geld, von dem der Bettler sich hatte Brot kaufen sollen. Hinter dem Tisch saß Herzog Georg, etwas abseits stand der Offizier vom Stadttor.
„Möchten Sie Uns dazu irgendetwas sagen?" fragte der Herzog leise und strich dabei betont sanft über seinen wie immer tadellos gestutzten Bart. Friedrich kannte diese leisen Töne. Sie waren die Ruhe vor dem Sturm.

Am nächsten Morgen erschien Friedrich nicht zur Morgenmahlzeit. Besorgt fragte Elisabeth ihren Schwiegervater nach Friedrichs Verbleib, doch der Herzog reagierte kühl. Herzogin Barbara warf Elisabeth nicht wie üblich nur einen missbilligenden Blick zu, sondern fragte scharf: „Haben Sie den Jungen etwa zu diesem Unsinn angestiftet?" während sie sich Dünnbier nachschenken ließ.
„Wovon redet Ihr? Welcher Unsinn?" Elisabeth wollte nicht glauben, dass die Sache so schnell ans Licht gekommen war. Sie bemühte sich, ihre Hände so ruhig wie möglich neben ihrem Teller liegen zu lassen, ohne mit den Fingern nervös zu trommeln, wie sie es manchmal unbewusst tat. Glücklicherweise legte Johann beruhigend seine Hand auf ihre.
„Dieses lächerliche Sankt Martins Spiel - im Januar! Und leugnen Sie nicht,

dass sie schon davon wussten. Er hat Uns gesagt, Sie wollten ihm dabei helfen, dass Wir ihm die Armenhäuser zur Aufsicht überlassen."
Nun begann Elisabeth doch zu trommeln. „Hättet Ihr es im November gutgeheißen? Es ging ihm nicht um ein Heiligenspiel. Er wollte etwas Gutes tun. Friedrich hat ein allzu weiches Herz, daran ist doch nichts Böses. Die Art und Weise war wahrscheinlich nicht ganz richtig, aber er hatte den guten Willen. Ich denke, er müsste wirklich eine Aufgabe haben."
Doch Herzog Georg ließ sich nicht erweichen. Er konnte in Friedrichs Verhalten keinerlei guten Willen erkennen. In seinen Augen hatte Friedrich nur sich selbst und seinen Vater bloßgestellt und zum Gespött gemacht. Da war der alte Herzog ganz empfindlich.
Heimlich besuchte Elisabeth mit Johann ihren Schwager. Friedrich saß in seinem Zimmer, den Lehnstuhl hatte sein Diener ans Fenster gerückt, von wo aus Friedrich in den Zwinger schauen konnte - ausgerechnet dieses Stück Wiese zwischen innerer und äußerer Verteidigungsmauer, wo die Soldaten auf und ab gingen. Die äußere Mauer versperrte den Blick auf die Elbe, nur in der Ferne konnte man den Fluss erahnen. Elisabeth zog sich einen Stuhl heran und setzte sich zu Friedrich. Liebevoll nahm sie seine Hand in ihre.
Friedrich sah sie aus so sonderbar tiefliegenden Augen an, dass sie erschrak.
„Zeit. Sie ist uns geschenkt. Ist sie denn nicht viel zu kostbar, um nichts Gutes damit anzufangen?" sagte er unvermittelt, als habe er diese Gedanken immer wieder um und umgewälzt in seinem Kopf. „Hast du dir jemals klar gemacht, dass der Tag, der vergangen ist, niemals wiederkehren wird? Mit jedem einzelnen Tag, den du lebst, bist du einen Tag näher an deinem Tod. Wie erbärmlich vergeuden wir manchmal unsere Tage. Wir bringen sie dahin und manchmal denken wir sogar: Herr, lass Abend werden! anstatt über jeden Tag glücklich zu sein, in dem wir noch aus unseren Augen schauen, aufrecht auf der Erde gehen können und nicht ein paar Klafter tief unter ihr liegen. Sollte man nicht jeden Atemzug genießen? Jeden einzelnen. Wir sind sterblich und doch leben wir in unsere Tage hinein als hätten wir uns unzählige Tage erkauft, als könnten wir selbst bestimmen, wann es genug ist. - Und deshalb habe ich das getan. Ich will mir auf meinem Sterbebett nicht vorwerfen, mein Leben sinnlos vergeudet zu haben." Dann schluchzte er auf. „Aber mein Vater hat alles zunichte gemacht. Der Bettler ist jetzt noch

ärmer als vorher. Ich habe es doch so gut gemeint. Nein, nicht mein Vater ist es, der alles zunichte gemacht hat.“ Plötzlich fing er an zu schreien und sich selbst an die Brust zu schlagen: „Ich, ich allein war es, der dem Bettler seinen Mantel geraubt hat und ihn damit dem Tod ausgeliefert hat.“
„Friedrich, wir werden uns darum kümmern. Wir werden gleich in die Stadt gehen und nach dem Mann Ausschau halten. Wir werden ihm ein Schaffell kaufen und dafür sorgen, dass er einen Platz im Armenhaus bekommt. Dann ist alles gut.“
„Wahrscheinlich ist er schon erfroren. Daran bin ich schuld! Es ist, als hätte ich ihn getötet mit meinen eigenen Händen.“ Und erschrocken starrte er auf seine Hände, als gehörten sie nicht zu ihm, als seien es zwei vollkommen fremde, entsetzliche Werkzeuge, zwei Tatwaffen, die er nicht verschwinden lassen konnte.
„Friedrich, Friedrich!“ sagte Elisabeth sanft und strich ihrem Schwager die Tränen aus dem Gesicht. „Du hast es gut gemeint. Du hast ein wirklich gutes Herz und wolltest, dass es dem Bettler besser geht. Es ist nicht deine Schuld, dass man ihm den Mantel und das Geld wieder weggenommen hat. Auch wenn deine Tat deinem Vater ganz und gar nicht gefällt, ich bin mir sicher, dass sie Gott gefällt.“
Johann und Elisabeth zogen sich leise zurück, nachdem sie sich vergewissert hatten, dass Friedrich sich beruhigt hatte. Elisabeth beauftragte einen Diener Johanns, nach dem Bettler zu fahnden und ihn mit einem Schaffell und Essen auszustatten, doch der Mann war unauffindbar, wie der Diener berichtete. Trotzdem ging Elisabeth zu Friedrich und berichtete ihm, dass der Diener den Bettler gefunden habe und sich der Mann sehr über das Fell gefreut habe und seinen innigsten Dank ausrichten lasse. Sie hatte gehofft, Friedrich damit aufzumuntern, doch der junge Mann, der von jeher still und verschlossen gewesen war, zog sich immer mehr in sich zurück, um in seiner ganz eigenen Welt zu leben, zu der er kaum jemandem Zutritt gewährte.
Im Februar kam ein Brief von Philipp:

Herzliebe Schwester, Kassel, 20. Februar 1530

Luther ist tatsächlich zu einem Gespräch hier in Marburg erschienen. Wir haben uns lange unterhalten. Er hat mir so viel von sich selbst und seinem Leben erzählt, dass es Bände füllen würde. Nicht einen Augenblick haben Christine und ich uns gelangweilt. Luther erzählt so lebendig, dass man glaubt, man sei dabei gewesen. Auch von seiner Frau Katharina hat er erzählt. Er nennt sie übrigens „mein Herr Käthe". Sie hat wohl nicht nur die umfangreiche Hauswirtschaft des Hauses Luther fest im Griff. Als wir ihn baten, seine Lieder für uns zu singen, sang er „Ein feste Burg ist unser Gott" für uns. In diesem Lied heißt es in der dritten Strophe: „Nehmen sie den Leib, Gut, Ehr, Kind und Weib: lass fahren dahin, sie haben's kein' Gewinn…" Als er das zu Hause zum ersten Mal gesungen hat, da hat Herr Käthe die Fäuste in die Hüften gestemmt und ihm tüchtig den Kopf gewaschen. Er ließ sich aber nicht beeindrucken. Die Frau hat im Haus das Sagen, und er halte es bei seiner Arbeit mit Pontius Pilatus, der sagte: „Was ich geschrieben habe, das habe ich geschrieben."
Er hat übrigens ein feines Gespür für Symbolik, denn die päpstliche Bulle, in der der Papst ihn mit dem Bann bedroht hat, die hat Luther in Wittenberg verbrannt - und zwar vor dem Elstertor, an dem Ort, an dem man gewöhnlich die Kleidung und Habseligkeiten der Menschen verbrennt, die Seuchen zum Opfer gefallen sind.

Zwingli ist ein ganz anderer Mensch als Luther. Der Wittenberger ist ein großer, kräftiger Mann, Zwingli wirkt neben ihm klein und schmächtig, aber seine Augen blitzen ganz wach in die Welt. Auch über ihn haben wir sehr viel erfahren. Er ist der Sohn eines angesehenen Bauern, hat wie Luther in seiner Jugend keinen Mangel leiden müssen und durfte sogar studieren. Während seines Studiums in Basel und Wien hat er sich den Lehren des Humanismus zugewandt und als Pfarrer versucht, den Humanismus und das Christentum miteinander zu vereinen. Schließlich hat er als Pfarrer am Züricher Großmünster gepredigt und die Schrift reformatorisch ausgelegt. Er berichtete, dass die Reformation in der Schweiz zunächst unbehelligt blieb. Man stand ihm und seinen neuen Lehren nicht feindselig gegenüber. Erst als in Deutschland die Reformation immer stärker um sich griff und auch zu ei-

ner politischen Größe wurde, da sahen sich die Altgläubigen in der Schweiz gezwungen, Schritte gegen die Reformation zu unternehmen.
Im Grunde ist Zwingli sogar noch radikaler als Luther, denn er will wirklich nur das gelten lassen, was die Bibel ausdrücklich gebietet, während Luther auch das gelten lässt, was die Bibel nicht gerade verbietet. Zu Beginn dachte Luther noch, Zwingli sei ein Freund der Wiedertäufer, doch Zwingli ist gegen die Wiedertäufer in der Schweiz sehr hart vorgegangen.
Seit einigen Jahren kann Zwingli in der Schweiz seine Saat aufgehen sehen. Zürich, Bern, St. Gallen und Schaffhausen haben schon die neue Lehre angenommen, aber es gibt auch dort mittlerweile erbitterten Widerstand der Altgläubigen. Im letzten Jahr wäre es darüber beinahe zu einem Krieg gekommen, doch noch ehe man die erste Schlacht schlagen musste, hatte man sich geeinigt in einem Frieden, der Zwingli allerdings nicht zufriedenstellte: Zwar erkannte man sich gegenseitig an und bestimmte, dass in den Kantonen die Mehrheit über das Bekenntnis entscheiden sollte, aber Zwinglis Lehre wollte man in den altgläubigen Gebieten nicht dulden. Daher hoffte Zwingli auf Verbündete in Deutschland. Er setzte viel Hoffnung in Luther und kam voller Erwartungen hier in Marburg an. Luther dagegen hegte leider keinerlei Interesse an einem Bündnis, zu dem er Zugeständnisse machen müsste.Ich dachte immer, Luther sei ein politisch denkender Mensch, der sich mit dem Adel verbündet, weil seine Reformation dann nicht im Keim erstickt wird; aber er ist meiner Ansicht nach vollkommen unpolitisch, denn sonst wäre er bereit gewesen, einen Kompromiss mit Zwingli einzugehen, der die Reformation maßgeblich hätte stärken können. Wusstest du, dass er für alle seine Schriften kein Honorar bekommt und auch gar nicht verlangt? Das Geld, das er für sein Lehren bekommt, kann nicht allzu üppig sein, und der Haushalt, der etliche Kinder, Gesinde und Studenten umfasst, wird hauptsächlich von Luthers Herrn Käthe versorgt. Auf den Schultern dieser Frau lastet unglaublich viel.

Aber da Du Dir offenbar große Sorgen um mein Seelenheil machst, will ich Dir berichten, was genau besprochen wurde, damit Du wieder ruhig schlafen kannst. Bei den Gesprächen standen sich Luther und Zwingli als Hauptgegner gegenüber. Luther ist der Auffassung, dass Christus im Brot leiblich zugegen sei. Zwar verwirft er die Transsubstantiation, also die Verwandlung von Brot und Wein in Fleisch und Blut Christi, wie sie von der katholischen Kirche gelehrt wird, doch hält er an dem Mysterium fest, dass Christus in Brot und Wein wahrhaftig und geistig zugegen sei. Wenn man ihn fragt, ob Christus im Brot zugegen sei, so wie er elend am Kreuz gehangen oder ob er im Brot gesund und stattlich zugegen sei, so antwortet er nein, aber wie Christus im Brot zugegen sei, das könne er nicht sagen, beruft sich aber auf verschiedene Bibelstellen, in denen Christus zu seinen Jüngern sagt: „Das ist mein Leib, der für euch gegeben ist."

Zwingli zitiert auch die Bibel, aber Johannes 6, 55, wo Jesus zu seinen Jüngern sagt: „Werdet ihr nicht essen vom Fleisch des Menschen und trinken von seinem Blute, so werdet ihr kein Leben in euch haben, denn mein Fleisch ist eine rechte Speise und mein Blut ist ein rechter Trank. Wer mein Fleisch ist und mein Blut trinkt, der wird das ewige Leben haben und ich werde ihn auferwecken am jüngsten Tag." Da nun die Jünger ihn fragten und sagten: „Herr, das ist eine harte Rede. Wie können wir dein Fleisch essen und dein Blut trinken?" Da sagt Christus: „Das Fleisch ist kein Nutz. Der Geist ist's, der lebendig macht, denn meine Worte sind Geist und Leben…" Darauf spricht Zwingli, dass alle Menschen, die jemals etwas von göttlicher Lehre verstanden haben, wissen müssen, dass diese Worte allein geistlich und im Glauben verstanden werden. Denn sonst würde es genügen, einfach Jesu Fleisch zu essen und man hätte das ewige Leben. Aber es kann keinen anderen Weg zum ewigen Leben geben als allein den Glauben, und deshalb ist auch Christi Fleisch allein geistig und geistlich zu verstehen.

Auf meinen Wunsch hin stellte Luther dann fünfzehn Artikel auf, die die Grundlage seines Glaubens bilden. In den ersten vierzehn Artikeln geht es um die Dreieinigkeit, die Erbsünde, den rechten Glauben und andere Fragen mehr, über die man sich schnell einig wurde. Nur den fünfzehnten Artikel, in dem Luther seine Lehre zum Abendmahl darlegt, diesen Artikel konnten und wollten Zwingli und seine Glaubensbrüder nicht annehmen. Man war sich zwar einig, dass das wahre Blut und der wahre Leib Christi geistlich genossen würden, doch den Satz, dass Christus in Brot und Wein leiblich zugegen sei, wollte Luther nicht aufgeben und Zwingli nicht annehmen.

Du weißt, liebste Schwester, wie wichtig mir eine vollkommene Einigung gewesen wäre, aber immerhin haben sich Luther und Zwingli endlich einmal persönlich kennen und schätzen gelernt, auch versprochen, nicht mehr

gegeneinander zu schreiben.
Luther hat immer wieder gesagt: Ihr habt einen anderen Geist als wir. Ich bin froh, dass er nicht so ausfallend wurde wie gegen Dr. Eck in Leipzig, wo er Titel und Namen seines Kontrahenten zu „Dreck“ zusammengezogen hat. Immerhin haben sich Luther und Zwingli in gegenseitiger Achtung voneinander getrennt.
Dass es zu keiner Einigung gekommen ist, macht mir allerdings auch große Sorgen, denn die katholische Kirche steht uns gegenüber wie aus einem Guss. In diesem Gebäude ist nicht der kleinste Riss zu finden. Die Reformation dagegen ist aufgefächert wie ein Lichtstrahl, der durch einen Kristall fällt. Es gibt so viele unterschiedliche Meinungen und Strömungen. Denke nur an die Wiedertäufer. Daher wäre es mir so wichtig gewesen, die beiden Reformatoren zu einigen, damit auch wir gegenüber unseren Feinden wie eine geschlossene Reihe stehen. Wenn wir untereinander zerstritten sind, dann sind wir allzu leichte Beute für unsere Feinde. Nicht nur bei Disputen auf Reichstagen, sondern auch militärisch, wenn es doch einmal dazu kommen sollte.

Das schöne Trinkgefäß, das ich dir mitschicke, ist noch ein kleines Geschenk zu Neujahr. Wenn ich einen schönen Zelter finde, so soll er dir gehören.
Ich wünsch dir ein gutes neues Jahr und dass du bald einen Sohn bekommst.
Datum Cassel sonntags nach Valentin anno XV XXX;
Philipp Landgraf zu Hessen.

So sehr die Reformatoren auch die Langmut, die Einsicht und die Toleranz ihrer altgläubigen Gegner strapazierten, so wenig legten sie diese Tugenden untereinander an den Tag. Was im Oktober des Jahres 1526 nach Weltoffenheit und Aufbruch geduftet hatte, roch drei Jahre später schon nach demselben unerbittlich engen Mustopf, aus dem man sich hatte befreien wollen. Doktor Martin Luther war in vielerlei Hinsicht ein fortschrittlich denkender Mensch und seiner Zeit weit voraus; seine Thesen, sein Kampf gegen den Ablasshandel bedurften für einen denkenden Menschen keinerlei Rechtfertigung, doch auch dieser Mann hatte seine Abgründe. Während man sich also in Marburg über theologische Spitzfindigkeiten stritt, konnte man in Homberg an der Efze einen Blick in die tiefsten Abgründe menschlichen Handelns und religiösen Eifers werfen. Diese Abgründe versuchte der Wittenberger Doktor keineswegs zu erhellen, sondern befürwortete ausdrücklich ihre gründliche Auslotung[1]:

Homberg Efze, Februar 1530

„Aufmachen! Los!" Diesem Ruf folgte energisches Poltern. Es klang, als schlüge jemand mit einer Hellebarde an die Haustür. Karl und Katha schreckten aus dem Schlaf.

„Bleib liegen, ich geh schon", murmelte Karl und zog sich schnell seine wollene Tunika über. Barfuss ging er hinunter zur Haustür, wo das Hämmern immer lauter wurde.

„He! Schlagt mir nicht die Tür ein, ich komm ja schon!" rief er. Als er öffnete, stellte er fest, dass tatsächlich jemand mit einer Hellebarde an die Tür geschlagen hatte. Außerdem sah er, dass die Hellebarde tiefe Scharten in der Tür hinterlassen hatte. In der Tür, die sein Großvater gemacht hatte. Dies hob Karls Laune keineswegs.

„Was ist los? Was wollt ihr?" fuhr er die Männer an, die mit Fackeln und in leichten Rüstungen vor seiner Tür standen. Er kannte die drei. Es waren Happel, Wendel und Wigand. Männer der Stadtwache. Eigentlich keine unrechten Männer, aber wenn sie ihre Befehle hatten, dann leisteten sie ihnen Folge. Und nun hatten sie offenbar den Befehl, mitten in der Nacht Scharten in Karl Schreuers Haustüre zu schlagen.

„Wir wollen zu deiner Frau", antwortete Happel, ein großer, dicker Kerl, der sich immer gerne wichtig nahm. Er trug die Hellbarde. Karl stieß ein bitteres Lachen aus. „Das soll wohl ein Scherz sein", sagte er, doch die Angst schnürte ihm bereits die Kehle zu. Er ahnte, was es hieß, wenn mitten in der Nacht Bewaffnete vor jemandes Haustür standen.

„Mach hier keine Scherereien, Karl Schreuer!"

„Es sind wohl kaum Scherereien, wenn ich wissen will, was drei Kerle mitten in der Nacht von meiner Frau wollen!" Karl versuchte, seine Angst hinter Wut zu verstecken.

---

1 Martin Luther hat die Verfolgung der Hexen ausdrücklich befürwortet und mit der Bibel begründet: Exodus 22, 17: Die Zauberinnen sollst du nicht am Leben lassen.

„Was ist denn los?“ Johannes kam schlaftrunken zur Haustür. Als er die Männer sah, warf ihm sein Vater einen Blick zu, den er nicht deuten konnte. War es Angst, Resignation, Zorn?
„Geh wieder ins Bett, Junge!“ Doch Johannes blieb in der Küche stehen.
Nun kam auch Katha. Sie hatte gehört, dass die Männer nach ihr verlangten und sich schnell angezogen. Es war immer besser, warme Kleidung am Leib zu haben, wenn sie einen mitnahmen.
„Ich bin hier!“ sagte sie, als sie in die Küche kam.
„Katha, geh!“ sagte Karl, doch Katha umarmte Johannes zum Abschied.
„Mutter, was soll das? Wohin bringen sie dich?“ Er wollte sie festhalten, doch sie wand sich aus seinen Armen. „Pass auf den Kleinen auf. Ich werde sicher bald wieder da sein. Karl, es wird alles gut.“ Doch Karl hörte, dass sie ihren eigenen Worten keinen Glauben schenkte.
„Ich lass dich nicht fort!“ Mit einer Hand wollte er sie daran hindern, zur Tür zu gehen, mit der anderen wollte er die Tür zuschlagen, doch die Männer waren schneller. Happel stieß die Hellebarde noch einmal an die Tür, so dass sie mit einem Schlag gegen die Wand flog und Karls Hand quetschte. Karl schrie auf, Johannes wollte Katha festhalten, aber die Männer hatten sie bereits gepackt und aus dem Haus gezerrt. Happel hielt Karl seine Hellbarde entgegen, Wendel hatte sein Schwert gezogen und richtete es auf Johannes. Entsetzt sahen sie nun, wie Wigand schwere Ketten um Kathas Handgelenke legte.
„Mein Gott, du wirst sie doch nicht in Ketten legen wollen“, rief Karl verzweifelt.
„Das siehst du doch, dass ich genau das gerade tue. Und wenn du nicht sofort still bist, dann werd ich ihr jetzt und auf der Stelle den Schädel kahl rasieren, wie man es mit Hexen macht.“
„Sie ist doch keine Hexe!“ schrie Karl.
„Karl, bitte, schweig jetzt!“ sagte Katha leise. „Mach es nicht noch schlimmer. Horch, der Kleine weint. Bitte, geh zu ihm.“
„Seid froh, dass ihr Söhne habt. Wenn es Töchter wären, müssten wir sie auch mitnehmen.“ Dann zogen sie fort. In den Bechterturm.
Karl ging gebückt zum Tisch, ließ sich auf die Bank fallen und weinte hemmungslos. Johannes setzte sich zu ihm, doch nur für eine Weile. Reinhard schrie. Also stand Johannes auf, um nach seinem kleinen Bruder zu schauen.

Es war wie ein Wunder für ihn gewesen, den Kleinen gesund und kräftig zu sehen, als er vor wenigen Monaten von seiner Wanderschaft zurückgekommen war. Drei Jahre war er gewandert. Das Heimweh, die Sorge um seine Eltern und den kleinen Bruder hatten ihm oft geradezu körperlich wehgetan. So unglaublich froh und erleichtert war er gewesen, als er alle lebendig und sogar gesund angetroffen hatte. Reinhard stand mitten im Zimmer, schrie aus Leibeskräften nach seiner Mama und wollte sich von dem Bruder, der ihm noch immer etwas fremd war, nur langsam beruhigen lassen.
„Die Mama ist bald wieder da. Sie musste nur kurz weg. Morgen früh ist sie wieder da, kleiner Bruder“, sagte Johannes und wiegte den kleinen Schreihals. Er drückte das Kind fest an sich, sog den Duft seiner Haare ein, spürte, wie Tränen durch sein Hemd sickerten und versuchte verzweifelt, die Bilder aus seinem Kopf zu verbannen, die ihn immer wieder heimsuchten. Ein Marktplatz, mitten in einer beschaulichen Stadt, friedlich, sonnig und warm war es gewesen. Doch dann hatte er gesehen, dass auf dem Marktplatz ein Scheiterhaufen errichtet war, mitten in einer gaffenden Menge. Nein! Nein! Nicht seine Mutter! Er wollte sich nicht vorstellen, dass seine Mutter, um die er so oft Angst gehabt hatte, nun das Schicksal so vieler Frauen teilen würde. Sie war nicht mehr jung. Schon über vierzig Jahre alt. Die vielen Geburten hatten ihren Körper ausgelaugt und geschwächt. Sie würde nicht lange durchhalten. Allein wenn man sie für wenige Tage im Turm gefangen hielt, könnte das ihr Ende bedeuten, ganz ohne Folter und Feuer.

Es war stockfinster. Der Raum war eiskalt und feucht. Fauliges Stroh lag auf dem Boden. Irgendwo quiekten Ratten. Katha zog ihren Mantel fest um die Schultern. Die Männer hatten sie an die Wand gekettet. Sie konnte weder aufrecht stehen noch liegen, sondern nur kauern. Ihr taten alle Glieder weh. Es musste doch längst Tag sein. Sie hatte Hunger und Durst. Wie lange würde man sie hier warten lassen? Bis sie den Verstand verloren hatte, fast verhungert oder einfach nur mürbe war und alles gestehen würde, was man ihr vorwarf? Plötzlich hörte sie ein Geräusch. Es klang wie Pfeifen. Katha lauschte. Richtig - da pfiff jemand eine Melodie. Sonderbar an diesem Ort. Da musste sie niesen.
„Gesundheit!“
„Wer ist da?“

„Henner. Und wer bist du?“
„Katha. Katha Schreuerin. Du hast mir vor über drei Jahren bei der Geburt geholfen. Weißt du noch?“
„Natürlich weiß ich das noch. Dem Kleinen geht es gut, nicht wahr? Das ist wohl der Grund, weshalb du hier bist. Wenn du mich nicht gerufen hättest und mit deinem Kind gestorben wärst, dann wärst du jetzt nicht hier. Dann wärst du in einem Grab. Da ist das hier doch richtig gut im Vergleich. Zwar genauso dunkel und kalt wie in einem Grab, aber man kann sich deutlich besser bewegen. Und hier werden wir auch wieder rauskommen.“
„Henner, niemand kommt hier raus. Sie werden uns holen, um uns zu foltern und zu verbrennen, aber wir werden nicht nach Hause kommen“, sagte Katha geduldig, als müsse sie einem Einfaltspinsel erklären, dass Schnee kalt und Feuer heiß ist.
„Ich werde uns hier herauszaubern. Du weißt doch, dass ich zaubern kann. Aber du musst mir dabei helfen. Sie werden bald kommen und uns holen. Ich hoffe, sie holen mich zuerst. Ich will sehen, dass ich sie dazu bringen kann. Für den Fall, dass sie dich zuerst holen, musst du folgendes sagen…“
Katha hörte gebannt Henners Plan an. Er war aberwitzig, aber vielleicht die einzige Möglichkeit, jemals wieder in die Freiheit zu gelangen.
Wieder waren Stunden vergangen, als die beiden Gefangenen hörten, wie man die Tür des Turmes aufsperrte. Die drei Wachen traten ein, die Katha und vermutlich auch Henner in den Turm gebracht hatten. Sie trugen Fackeln. Es war also wieder Nacht.
„Katha Schreuerin…“ begann Happel, doch da wurde er schon von Henner unterbrochen. „Nein, nehmt nicht sie mit. Nehmt mich! Ich will zuerst!“ schrie er.
„Nein, Henner, keine Sorge, du wirst noch früh genug dran sein. Aber jetzt ist die Schreuerin dran.“
„Wenn ihr sie mitnehmt, dann verwandle ich eure Schwänze in Regenwürmer - obwohl - das würde bei euch kaum einen Unterschied machen. Ich lasse eure jämmerlichen Gemächte vertrocknen und abfallen.“
Die drei Wachen schauten kurz auf ihre Körpermitte, dann schauten sie sich gegenseitig an. Für einen Moment flüsterten sie miteinander.
„Und? Wie steht es?“, höhnte Henner. „Ihr wisst haargenau, dass ich das kann. Ihr habt mich ja schließlich nicht umsonst hierher gebracht.“

„Also gut, Henner, wir nehmen dich zuerst. Aber dass du jetzt keinen Ärger machst!“ sagte Happel und schloss Henners Ketten auf, während Wendel und Wigand ihre Schwerter auf ihn richteten und ihn nicht aus den Augen ließen. Sie führten ihn fort, und Katha blieb allein zurück in der eisigen Dunkelheit.
Henner wurde in einen Raum geführt, in dem der Henker mit seinem Gehilfen bereits wartete. Die drei Wachen blieben in der Tür stehen und beobachteten, wie Henner sich umblickte. Das Gesicht des Alten war vollkommen regungslos, während sein Blick durch das Gewölbe schweifte, das von wenigen Fackeln erhellt wurde. Nicht einmal ein Zucken war in seinem Gesicht zu erkennen, als er die Esse sah, in deren Glut Zangen lagen, die wohl bald zum Einsatz kommen sollten. An den Wänden hingen viele sonderbare Gerätschaften, in der Mitte des Raumes stand eine große Streckbank. Der Henker, den Henner vom Sehen kannte, grinste ihn an. Henner grinste zurück, was diesen schmutzigen Fleischberg deutlich verwunderte. Sein Gehilfe, der in seiner Hose, deren linkes Bein grün, das rechte rot war, ohnehin zu lebenslustig für einen Henkersgehilfen aussah, wandte sich feixend ab und machte sich an der Esse zu schaffen. Dann trat Henner auf die Streckbank zu, legte sich darauf zurecht, als mache er es sich in einem weichen Bett gemütlich und schaute die Wachen herausfordernd an. „Und? Was ist jetzt? Wollt ihr drei Jammerlappen mich jetzt nicht festmachen?“
„Ich mache ihn fest, ihr anderen beiden passt genau auf ihn auf“, befahl Happel. Gerade als er die großen, eisernen Schellen um Henners Hand- und Fußgelenke gelegt und verschlossen hatte, öffnete sich die Tür. Zwei Ratsherren, nämlich Velten Hutter und Ciliax Ellenberger traten ein, dazu der neue Priester Johannes Fontius. Pfarrer Ungefug predigte seit einem Jahr das Evangelium in St. Goarshausen.
„Ah, hoher Besuch!“ wurden sie von Henner empfangen. „Vergebt mir, Ihr Herren, dass ich mich jetzt nicht zutiefst verneigen kann.“
„Dir wird der Spott noch vergehen, Henner! Das verspreche ich dir.“ Velten Hutter trat an die Streckbank heran, wobei er darauf achtete, dass sein teurer Mantel nicht das Holz berührte, geschweige denn diesen schmutzigen Kerl, der bereits nach einer Nacht im Kerker in keinem guten Zustand mehr war.
„Ihr habt jetzt sicher viele Fragen an mich. Nur zu!“ Henner schaute die

Männer herausfordernd an.
„Gibst du zu, dass du Vieh verhext hast, sodass es keine Milch mehr gegeben hat?“ fragte Hutter.
„Du sprichst vom letzten Sommer, als es so trocken war, dass das Vieh fast verdurstet ist? Ja, da hab ich das Vieh auch noch behext. Die Trockenheit hat ihr Übriges getan, da musste ich mich kaum noch anstrengen. Ich musste deine Kühe nur ein wenig stechend anschauen. Siehst du, so!“ Henner hob seinen Oberkörper so weit es die Ketten zuließen und stierte Velten Hutter in die Augen.
„Genug! Lass das!“ schrie dieser und wandte sich ab.
„Du wirst jetzt eine Woche lang nicht pinkeln können“, gab Henner kund. „Von anderen Dingen ganz zu schweigen.“
„Warum habt ihr ihm noch nicht das Haar geschoren? Schert ihm das Haar!“ befahl Ellenberger, worauf sich der Henkersgehilfe an die Arbeit machte. Henner hielt verwunderlicherweise ganz still und ließ es geschehen, vielleicht auch, weil der Gehilfe sehr behutsam zu Werke ging, dabei so konzentriert war, dass seine Zunge erst vom einen Mundwinkel in den anderen und dann wieder zurück wanderte.
„Nun mach schon! Du bist doch nicht der Bader!“ fuhr Velten den jungen Mann an.
„Gemach, gemach, hoher Herr. Was ich tue, das tue ich ordentlich“, entgegnete der Henkersgehilfe, ohne sich aus der Ruhe bringen zu lassen.
Erst als Henner vollkommen kahl war und auch sein schöner, langer Bart auf der Erde lag, fuhren die Männer mit dem Verhör fort.
„Gibst du zu, dass du Menschen behext hast, damit sie unfruchtbar werden?“
„Ja, das habe ich.“
„Gibst du zu, dass du die Milch verdorben hast in ganz Homberg?“
„Das war nicht meine Schuld. Das lag daran, dass an jenem Tag deine hässliche Tochter durch die ganze Stadt gelaufen ist.“
Hier konnte der Henkersgehilfe kaum noch an sich halten und schlug sich lachend auf seine bunten Schenkel.
„Die Zangen! Die Zangen! Sind sie schon glühend?“ Velten Hutter war außer sich.
„Gut, gut. Lass deine Zangen stecken. Ich war’s und deine Tochter ist wun-

derschön. Nun stell mir schon die nächste Frage. Was soll ich noch zugeben? Dass ich das Gewitter herbeigezaubert hab, das vor drei Jahren die Ernte vernichtet hat? Dass ich deine Hühner behext habe, damit sie Eier mit zwei Dottern legen? Dass ich mit dem Teufel im Bunde bin und in jeder Nacht auf einem Besen durch den Wald sause und mich mit den schönsten jungen Hexen vergnüge, die man je gesehen hat? Das ist es doch, was euch am meisten interessiert, nicht wahr? Wir treffen uns immer ganz tief im Wald, wo nie ein Mensch hinkommt. Die meisten Hexen sind ganz jung und bildschön. Blond, braun, rot, mit langem, wallenden Haar, das beim Ritt auf dem Besen wie ein Schweif hinter ihnen herfliegt. Und sie reiten splitternackt auf ihren Besen. Es sind nur wenige alte Weiber dabei, vielleicht zwei Dutzend, aber die alten Weiber sind wirklich hässlich wie die Nacht. Die möchte man bei Tageslicht nicht anschauen. Verbiesterte Gestalten mit verbitterten Mienen, die einem Verhungernden kein Stück Brot geben würden. Die rühr ich natürlich nicht an. Das übernimmt der Leibhaftige selbst, der auch immer zur Stelle ist. Nun ja, jeder hat so seinen eigenen Geschmack. Manche von den alten treiben es wirklich wild. Da kann ich gar nicht hinsehen. Mir sind die jungen lieber. Wisst ihr, diese jungen, zarten, wunderschönen Weiber mit ihren biegsamen Leibern... So freundlich sind sie. Die schlagen dir keinen Wunsch ab. Du kannst von ihnen verlangen, was du willst. Und je ausgefallener deine Wünsche sind, desto eifriger sind sie dabei. Ich habe letzte Woche fünf auf einmal gebeten, mich... Aber nein, das sollte ich wirklich nicht erzählen. Nicht in Anwesenheit des Herrn Pfarrer."

Alle sahen den Pfarrer an. Der atmete tief durch und sprach: „Ich muss mich wohl jetzt in diese Niederungen begeben. Es dient der Wahrheitsfindung und ich sollte mein Ohr nicht verschließen, wenn ein Mensch sein Gewissen erleichtern und damit seine Seele retten will."

„Recht gesprochen, Herr Pfarrer! Ihr seid ein aufrechter Mann Gottes. So hört denn nun, was ich zu sagen habe." Da winkte er die Herren näher heran und flüsternd beschrieb er ihnen in allen Einzelheiten, was fünf junge, wunderschöne, splitterfasernackte, vollbusige Weiber stundenlang mit ihm gemacht hatten. Seine Rede dauerte lange, doch atemlos, fast andächtig und wie gebannt lauschten die Ratsherren, die Wachen, der Henker mit seinem Gehilfen und der Herr Pfarrer.

„Und - werden euch schon die Hosen zu eng?" fragte Henner, worauf die

Herren aufschreckten wie aus einem süßen Traum und gleich über ihn herfallen wollten, doch Henner blieb gelassen: „Ich kann euch gerne mal mitnehmen." Schon hob der Henkersgehilfe seinen Finger, als wolle er sich anmelden, ließ ihn aber wieder sinken, als ihn ein böser Blick seines Herrn traf.
„Schweig!" schrie Ratsherr Ellenberger. „Nenn uns Namen!"
„Was denn jetzt? Schweigen oder Namen nennen? Vielleicht solltet ihr euch darüber erst mal einig werden."
„Die Schreuerin! Sie hat dich rufen lassen, als ihr Kind nicht kam."
„Richtig, ihr Kind kam nicht, aber dann kam ich und heute sind Mutter und Kind wohlauf. Nun, das Kind schreit sicher nach seiner Mutter und ob Katha Schreuerin in eurem verdammten Kerker noch wohlauf ist, kann ich nicht sagen. Am besten schickt ihr sie gleich nach Hause. Sie war nicht dabei. Niemals. Sie ist so gottesfürchtig, wie eine Frau nur sein kann."
„Namen! Nenn uns die Namen der Weiber, die du im Wald getroffen hast!" rief Hutter und packte Henner am Hemd.
„Sicher willst du nur die Namen der jungen, hübschen."
„Alle!"
„Alle weiß ich nicht. Die Namen von den hübschen Mädchen kenne ich gar nicht. Ich weiß, ihr hättet gerne ein junges, schönes Weib hier, nackt und euch hilflos ausgeliefert. Aber hier liegt nur der alte Henner, der sich heute noch nicht gewaschen hat. Nein, da kann ich euch leider nicht helfen. Die Namen weiß ich nicht. Wisst ihr, wir reden ja nicht viel…" fügte er mit Kennermiene hinzu. „Aber die alten Nebelkrähen, mit denen sich der Leibhaftige vergnügt, die kenn ich alle."
„Sind sie aus Homberg?"
„Ja. Sie sind alle aus Homberg. Sie heißen Johanna Scheffer, Maria Fischbach, die alte Rückersfelder ist dabei, Dorothea Hutter mit ihrer Tochter, Elfriede Ellenberger… Die Ehefrau des Henkers ist dabei, Happel, deine auch und Wendels und Wigands Mütter. Soll ich noch weitermachen?" fragte Henner scheinheilig. Nun musste sein Plan aufgehen. Die Namen der ehrbaren Ehefrauen der Ratsherren taten ihre Wirkung.
„Du lügst!" schrien sie alle.

„Die Ehefrauen aller Ratsherren, die Frauen beider Bürgermeister[1], des Pfarrers, einfach alles, was Rang und Namen hat in dieser schönen Stadt ist dabei. Geht doch nach Hause und fragt dort eure Mütter, Frauen und Töchter. Bringt sie hier her und lasst sie traktieren mit glühenden Zangen. Sie werden es schon zugeben. Spätestens wenn der Henker ihnen die Haut verbrennt, dass sie Blasen wirft und sie in langen Streifen abzieht. Wenn er ihnen das Fleisch von den Gliedmaßen reißt, dass man die Sehnen und die Knochen sieht. Glaubt mir, spätestens dann werden eure Frauen und Töchter zugeben, dass sie mit dem Leibhaftigen Dinge getan haben, für die nicht einmal eure schmutzige Fantasie ausreicht, ihr Schweine!
Und wenn ihr mir tatsächlich nicht glauben solltet, dann lasst doch die Heilige Inquisition kommen. Was ein echter Inquisitor ist, dem ist es gleich, ob er die Frau eines kleinen Handwerkers oder die Gemahlin eines Ratsherrn foltert. Ihr alle könnt eure Frauen brennen sehen, wenn ihr das wünscht…"
Henner schaute in die versteinerten Gesichter der Männer. „Gut. Hätten wir jetzt alles geklärt? Dann könnt ihr mich ja losmachen."
In dem kurzen Moment, in dem die Herren erschrocken dastanden und einander anblickten, schaute der Henkersgehilfe grinsend in die Runde, wobei er eine glühende Zange knallen ließ: „Und? Wessen zartes Töchterlein darf ich zuerst traktieren?"[2]

Katha war mehr als verwundert, als die Wachen kamen, ihr die Ketten abnahmen und sie nach Hause schickten. Henners kühner Plan war also tatsächlich aufgegangen. Sie konnte es kaum fassen, dass sie wieder unter freiem Himmel stand. Katha sog die frische Nachtluft tief ein. Sie wollte nur noch heim, baden, den Gestank des Kerkers abwaschen und mit ihm die Angst. Der Wind war eisig. Sie zog ihren Mantel fester um ihre Schultern

---

1 Getreu der „res publica romana" geboten über die Stadt zwei Bürgermeister, „duo consules". Siehe Verein für hessische Geschichte und Landeskunde, Zweigverein Homberg (Hrsg.): Homberg. Homberg 1984, S. 58.

2 Ein solcher Vorfall ist nicht für Homberg Efze dokumentiert. Henner und die gesamte Familie Schreuer sind frei erfunden. Lediglich die Namen einiger Ratsherren sind dokumentiert. Allerdings soll sich in Augsburg wirklich einmal ein geistesgegenwärtiger Mann mithilfe dieser List gerettet haben. Siehe Joachim Fernau: Und sie schämeten sich nicht. Berlin 1976.

Rüdiger, der Henker Ihres Vertrauens

und duckte sich etwas, um dem Wind keine Angriffsfläche zu bieten. Da rief sie jemand beim Namen. Sie wandte sich erschrocken um. Kamen sie jetzt doch noch? In der Dunkelheit erkannte sie einen Schatten. Es war Henner. Fast hätte sie ihn nicht erkannt ohne seine zottige Mähne und den Bart. Er stapfte auf sie zu.
„Mein Gott, Henner, was haben sie mit dir gemacht?"
„Haare geschnitten und rasiert. War sowieso mal nötig. Hör mal, ihr müsst von hier verschwinden. Ich weiß nicht, wie lange das gut geht. Am besten noch heute Nacht."
„Aber ich bin unschuldig."
„Das bin ich auch. Ich habe niemandes Milch verhext. Und ich reite auf keinem Besen. Obwohl ich mir heute Nacht nichts sehnlicher wünsche."
„Aber würden sie eine Flucht nicht als Schuldgeständnis ansehen?"
„Diese Kerle sind so verbohrt, dass sie schon zu lautes Furzen als Schuldgeständnis sehen. Da ist es besser, sich aus dem Staub zu machen, so lange man noch kann. Habt ihr einen Ort, an den ihr gehen könnt?"
„Meine Eltern wohnen in Marburg. Vielleicht könnte ich dort…"
„Marburg ist zu nah. Dort könnte dich jemand erkennen. Du musst weiter weg. Du hast doch eine Schwägerin, die Anna. Wo wohnt sie doch gleich?"
„In Gotha."
„Das ist zwar auch nicht viel weiter weg, aber immerhin im Ausland. Dann nichts wie auf nach Gotha."
„Ja, wahrscheinlich hast du recht. Ich danke dir, Henner. Können wir irgendetwas für dich tun? Willst du mit uns kommen?"
„Ja, das werde ich. Ich danke dir. Ich werde an meinem Haus auf euch warten. Nehmt nur das Nötigste mit."

In der Morgendämmerung standen wieder Wachen vor der Haustür der Schreuers. Trotz des Schneetreibens, das eingesetzt hatte, standen sie da, um ihre Pflicht zu erfüllen. Die Ratsherren hatten sich lange mit dem Pfarrer beraten, dann waren sie zu dem Schluss gekommen, dass man Katha Schreuerin doch zu früh entlassen hatte und es nicht schaden könne, ihre Aussage auch noch anzuhören. Wenn man sie lange genug traktierte, würde sie schon zugeben, dass sie dabei gewesen war und vielleicht konnte sie bestätigen, dass die Ehefrauen der Ratsherren mit der ganzen Sache nichts

zu schaffen hatten.
Sie sahen den Lichtschein hinter den Fenstern, riefen und schlugen gegen die Tür, doch als niemand öffnete, traten sie die Tür ein. Happel, Wendel und Wigand stürmten mit ihren Schwertern voran durch die Küche, die Treppe hinauf, rissen Türen auf und fanden - nichts.
Sie eilten zu Hutters Haus. Dort mussten sie nicht lange warten, bis ihnen aufgetan wurde. Der Ratsherr hatte sich noch nicht entkleidet. Er schien aufgewühlt, sein Gesicht war rot und er atmete schwer, als habe er sich soeben sehr angestrengt.
„Sie sind weg! Geflohen." Er berichtete, dass das Pferd mitsamt dem Wagen fort war, dazu Kisten und Kasten offen standen, durchwühlt, als sei man sehr hastig aufgebrochen."
Da erschien die Frau des Ratsherrn im dunklen Flur des Hauses. Sie warf nur einen kurzen Blick auf die Wachen, dann verschwand sie eilig wieder.
„Setzt ihnen nach. Sie können noch nicht weit gekommen sein. Die Schreuerin ist schuldig. Deutlicher kann sie doch nicht beweisen, dass sie schuldig ist. Wenn sie wirklich nichts verbrochen hätte, dann wäre sie hier geblieben und hätte auf unseren weisen Ratsspruch vertraut. Ihr nehmt euch so viele Männer, wie ihr nur kriegen könnt, dann schwärmt ihr aus auf alle Landstraßen. Fragt in allen Gasthöfen und Herbergen nach, ob sie dort gerastet haben. Verdammter Schnee! Spuren werdet ihr jetzt nicht mehr finden. Da hat die Hexe für einen guten Abzug gesorgt. Und schafft mir den Henner auch wieder in den Bechterturm. Der soll es nicht wagen, sich noch einmal über uns lustig zu machen."
So geschah es. Auch bei Henner brachen sie vergeblich ein. Der Heiler hatte sich davon gemacht und seine Kräuterbündel und was er sonst noch an Hexenwerk gehabt haben mochte, mitgenommen. Die Männer, die sich in der Dämmerung durch den immer tiefer werdenden Schnee kämpften, wussten nicht, ob sie das, was man ihnen zu finden befohlen hatte, wirklich finden wollten. Eine Hexe! Der man das Haar noch nicht geschoren hatte! In diesem Zustand waren sie noch immer mächtig, gefährlich. Immerhin hatte Henner wohl seine Zauberkraft eingebüßt. Ihn hatte man kahl gemacht, wie Happel versicherte.
Den ganzen Tag waren sie unterwegs und mussten doch unverrichteter Dinge am Abend wieder heimkehren. So kamen sie alle nacheinander aus allen

Himmelsrichtungen in Homberg wieder an. Steif gefroren stiegen sie von ihren Pferden, um Bericht zu erstatten. Nirgends hatte man die Schreuerin mit ihrer Familie gesehen.
In den folgenden Tagen saßen die Herren beisammen und beratschlagten, was zu tun sei. Sollte man im Frühjahr, wenn das Wetter besser war, noch einmal aufbrechen, um nach der Hexe zu fahnden? Aber was, wenn man sie dann fand?, gaben einige zu bedenken. Sollte man wirklich die Ehefrauen dieser Gefahr aussetzen? Die Mütter? Die Töchter?
Schließlich schlug der Älteste des Rates mit der Faust auf den Tisch und meinte, er glaube seiner Frau, dass sie nichts damit zu schaffen habe. Er wolle ihr glauben. Er habe erstens keine Lust, zuzusehen, wie seine Frau auf dem Scheiterhaufen brenne und zweitens könne keine einen so guten Schweinebraten machen oder Bier brauen wie sie. Die Schreuers seien längst über alle Berge, erfroren oder von den Wölfen gefressen, da gebe es nichts mehr zu tun. Nur Einzelne grummelten, die meisten waren bereit, sich dem weisen Rat des Ältesten anzuschließen. So geschah es. Man teilte den verbliebenen Besitz der Schreuers auf, es fand sich eine arme Familie, die bereit war, in dem alten Hexenhaus zu wohnen und nur noch ganz selten sprach man darüber oder wollte den Geist der alten Schreuerin gesehen haben, wie sie vor ihrem Haus stehe.

Gotha, im März 1530

Katha schlief. Sie hatte kaum das Kissen berührt, da war sie auch schon eingeschlafen. Im Schlaf verfolgten sie die Bilder aus dem Kerker, von der Flucht durch den Schneesturm. Von Reinhard, der immer wieder fragte: „Sind wir bald da?“ In ihren Träumen sah sie wieder Henner, der ihnen auf der tagelangen Reise noch einmal das Leben gerettet hatte, denn ohne seine Heilkünste hätten sie die Fahrt auf dem offenen Wagen nicht überstanden, ohne Henners Hilfe wäre bald ihr Pferd verendet. Sie sah Karl wieder vor sich, der sich trotz seines Alters noch immer tapfer auf dem Kutschbock hielt und Johannes, der in diesen Tagen übermenschliche Kräfte entwikkelt hatte und ihr keine Vorwürfe machte. Immerhin war es ihre Schuld, dass er nun nicht die Schreinerei seines Vaters übernehmen konnte, sondern stattdessen in eine Zukunft ging, wie sie ungewisser nicht sein könnte. Für

Johannes war es am schlimmsten. Er hatte alles verloren und aufgegeben. Katha dachte an die lange Reise, die vielen Umwege, das bange Lauschen, ob man sie nicht doch verfolge, die Kälte, diese unbarmherzige Kälte, die ihnen in alle Glieder gekrochen war. Die Angst an der Grenze, ob man sie vielleicht dort schon erwartete, die Erleichterung, als sie sicher drüben in Thüringen, auf dem Gebiet des Herzogs von Sachsen waren. Immer wieder die Angst, von Räubern überfallen zu werden, als sie durch die dichten Thüringischen Wälder fuhren. Katha sah noch einmal einzelne Bilder von Menschen, denen sie begegnet waren; Straßen, einsame Gehöfte schoben sich in ihre Gedanken. Und schließlich die Freude, endlich, endlich Anna wiederzusehen. Anna, ihre alte Freundin aus Kindertagen, Karls Schwester. Das unendliche Glück, ihr und ihrer Familie willkommen zu sein und liebevoll aufgenommen zu werden.

Katha erwachte, als jemand sanft über ihr Gesicht streichelte. Sie blinzelte und schaute schließlich in Annas Gesicht.
„Na, Schlafmütze? Magst zu uns kommen für die Abendsuppe oder soll ich dir einen Teller bringen?"
„Ich komm schon. Ich glaube, ich hab jetzt lange genug geschlafen."
„Ja, den ganzen Tag hast du verschlafen. Komm, steh auf, ich helf dir, dich ein wenig herzurichten."
„Weißt du noch, wie wir in der Küche gebadet haben, damals, als Friedel endlich wieder kam, um dich zu heiraten und wie ich dich dann hergerichtet hab als Braut?"
Anna lachte leise. „Ja, das war schön. Und das hatten wir nur Anna von Hessen zu verdanken. Wenn sie auf dem Landtag kein Machtwort gegen den Homberger Stadtrat gesprochen hätte, dann hätten sie uns immer noch nicht erlaubt, endlich zu heiraten."
„Wie lange ist das jetzt her, dass sie gestorben ist?"
„Fünf Jahre. Wir waren damals in Hessen zu Besuch bei Euch und sind dann noch weitergefahren nach Marburg zu ihrem Grab."
„Da haben wir richtig Glück gehabt, dass wir noch leben. Sie war doch genau so alt wie wir, nicht wahr?"
Katha hatte sich aufgesetzt und ließ sich von Anna beim Anziehen helfen, die Haare kämmen und neu aufstecken.

„Ja. Ich weiß noch wie heute, wie sie nach Kassel kam, um dort den hessischen Landgrafen zu heiraten. War das eine Aufregung!"
„Wurde ihre Tochter Elisabeth nicht nach Sachsen verheiratet? Sie erwähnte doch bei dem Landtag, dass ihre Tochter auch mit einem Sachsen verlobt sei."
„Ja, ich weiß noch. Das brachte den Homberger Ratsherren ganz schön zum Stottern. Da konnte er nicht mehr sagen, dass es nicht rechtens sei, dass ich einen Sachsen heirate, wobei wir hier ja eigentlich Thüringer sind, auch wenn wir dem sächsischen Herzog unterstehen. - Ja, ihre Tochter Elisabeth wurde nach Dresden verheiratet. Ich habe aber lange nichts von ihr gehört. Ich denke, wenn sie ein Kind bekommen hätte, dann hätten wir es sicher erfahren, denn schließlich ist sie mit dem Thronfolger unseres Herzogtums Sachsen vermählt. Wir sind hier zwar mehrere Tagesreisen von Dresden entfernt, aber wenn es in dort einen kleinen Thronfolger zu bejubeln gegeben hätte, wäre diese Nachricht sicher auch zu uns gedrungen. Ich frage immer wieder mal die Wandergesellen, die bei uns arbeiten, ob sie in Dresden waren und Neuigkeiten von dort wissen, aber dann bekomme ich nur irgendwelche Wirtshausgeschichten zu hören. Im besten Fall erzählen sie von Möbeln, die sie für hohe Herrschaften anfertigen durften."
Katha setzte ihre Haube auf und zupfte noch ein wenig daran herum.
„Wenn Herzogin Elisabeth als Gemahlin des Thronfolgers noch immer keinen Sohn zur Welt gebracht hat, dann kann es ihr nicht so richtig gut gehen. Nun, hoffen wir das Beste für sie. Aber wie steht es mit dir? Bist du immer noch so glücklich?"
„Wir mussten so lange aufeinander warten, bis wir uns endlich gefunden hatten, und dann mussten wir noch einmal lange Jahre warten, bis wir endlich heiraten durften. Das steckt uns noch immer in den Knochen. Jeden Tag, den wir nebeneinander aufwachen, empfinden wir als Geschenk. Friedel ist noch immer so liebevoll wie in unseren ganz frühen Ehejahren. Obwohl ich jetzt alt bin und Falten habe und kaum noch Zähne im Mund und schon graue Haare."
„Hör auf, hör auf. Ich bin auch kein schöner Anblick mehr. Aber ich glaube, auch Karl ist weit freundlicher als die meisten Ehemänner."
„Das will ich meinem großen Bruder auch geraten haben, aber er musste ja auch weiß Gott genug Ängste um dich ausstehen. Da nimmt man einen

Menschen nicht mehr als selbstverständlich hin."
„Ja, da hast du Recht. Eigentlich war ich schon bei Reinhards Geburt viel zu alt und ausgelaugt. Wir sind zwei alte Leute, die jetzt noch ein Kind bekommen haben. Das hätte gar nicht passieren dürfen. Was soll aus ihm werden, wenn wir sterben?"
„Jetzt denk doch nicht gleich ans Sterben. Ihr bleibt erst einmal hier bei uns. Wir werden euch schon wieder aufpäppeln. Das ganze Herzogtum Sachsen ist ein reiches Land. Hier gibt es viel Bergbau, viel Arbeit. Jeder hat sein Auskommen. Es gibt tatsächlich mehr Arbeit als Hände. Es geht uns gut. Wir werden ein wenig zusammenrücken und dann ist Platz für alle da."
Katha strich über das feine Leinen, in dem sie eben noch geschlafen hatte. „Ihr beiden seid so gut zu uns. Das ist nicht selbstverständlich, nicht einmal in den meisten Familien. - Ich bin froh, dich so glücklich zu sehen."
Anna lächelte leise. „Es ist immer noch aufregend, mit Freidel zusammen zu sein, gleichzeitig vertraut und ruhig. Ich hätte nicht gedacht, dass ich einmal so glücklich werden würde." Sie lächelte in sich hinein, wurde rot, als sie Kathas Blick bemerkte und erhob sich rasch. „Aber nun komm essen. Du musst wieder zu Kräften kommen. Die schreckliche Reise zu dieser Jahreszeit ist sicher auch nicht in deinen Kleidern hängen geblieben."
„Das fürchte ich auch. Lass uns mal nach unten gehen. Ich will endlich deine Kinder kennenlernen."

Die Küche im Haus der Gutmanns unterschied sich kaum von der Küche in Homberg. Auch hier gab es einen gemauerten Herd, darüber einen Rauchabzug, aber an den Wänden hingen blank geputzte Kupferkessel und Pfannen, wie man sie sich in Homberg doch nicht leisten konnte. Rings um die Küchenwand war in Kopfhöhe ein Bord angebracht, auf dem Anna ihre Schätze hortete: getöpfertes Geschirr, Messer und Löffel, doch nun standen all diese Dinge auf dem Tisch, denn über dem Feuer hing ein großer Kessel, aus dem es verführerisch nach Suppe mit Fleischeinlage duftete. An dem Tisch, der so aussah, als habe ihn ein früher Urahn gezimmert, saßen die Gutmanns, die Schreuers und Henner. Der kleine Reinhard warf sich gleich in die Arme seiner Mutter und wollte am Tisch natürlich neben ihr sitzen.
„Guten Tag und gesegnete Mahlzeit!" Katha lächelte in die Runde.
„Sagt eurer Tante guten Tag!"

„Guten Tag!“ sagten die Kinder.
„Guten Tag, Katha. Setz dich zu uns. Wie schön, dass du nun ausgeschlafen hast und bei uns sein kannst“, begrüßte Friedel seine Schwägerin.
„So, Katha, lass es dir schmecken.“ Anna stellte ihr eine dampfende Schale hin. Karl setzte sich auf Kathas andere Seite und strich ihr liebevoll über die Wange. „Wir haben uns ein wenig Sorgen gemacht“, flüsterte er. „Du hast so lange geschlafen.“
„Es wird schon wieder.“ Katha fühlte sich noch etwas schwach und schaute auf ihre Hände, als sie aller Augen auf sich fühlte.
Friedel sprach ein kurzes Gebet, dann begannen alle still zu löffeln. Auch Reinhard löffelte brav seine Suppe. Als Katha ihren größten Hunger gestillt hatte, begann Anna, ihr die Familie vorzustellen: „Das ist unsere Anni. Eigentlich heißt sie ja auch Anna, wie ich, aber mittlerweile nennen wir sie Anni, damit man uns beide überhaupt noch unterscheiden kann. Du kennst sie ja schon. Sie war dabei, als wir euch vor fünf Jahren besucht haben. Sie ist jetzt vierzehn Jahre alt.“
Katha schaute wie in Annas junges Gesicht. Das Mädchen war das Ebenbild seiner Mutter. Dunkle Zöpfe, dunkle Augen, Sommersprossen auf der Nase. Sie aß mit gutem Appetit und hatte ihre Schale bald leer.
„Das ist unsere Kleine, Frieda. Sie ist acht Jahre alt. Sie sah bei ihrer Geburt schon so sehr ihrem Vater ähnlich, dass wir sie Frieda genannt haben.“
Tatsächlich hatte Frieda das gleiche schmale Gesicht, die gleichen blauen Augen und dunklen Haare wie ihr Vater. Als sie Katha anlachte, hatte sie auch Friedels Grübchen in den Wangen. Außer den beiden Mädchen hatte Anna auch zwei Söhne zur Welt gebracht, die aber beide nach wenigen Tagen tot in ihren Bettchen gelegen hatten.
„Dieser junge Mann hier ist Gerhard, unser Ältester. Es gibt noch einen jüngeren, Albert. Er ist gerade auf Wanderschaft und wird die Werkstatt als Meister übernehmen, sobald er wieder bei uns ist. Hier ist es üblich, dass der jüngste Sohn die Werkstatt übernimmt. Gerhard ist vor zwei Jahren wieder nach Hause gekommen. Johannes und Gerhard kennen sich schon. Johannes hat uns auf seiner Wanderschaft besucht.“
Johannes schaute Gerhard an, der aber nur die Schultern zuckte und seine Suppe weiter löffelte.
Katha hatte das Gefühl, als sei Gerhard nicht gerade begeistert, so viele

Gäste im Haus zu haben, von denen man nicht wusste, wie lange sie bleiben würden.
Alle anderen hatten sich offenbar schon miteinander bekannt gemacht, während Katha geschlafen hatte. Natürlich hatte Anna den alten Henner wiedererkannt. Es war ihr fast ein wenig unheimlich, dass er noch lebte. Schon als sie ein kleines Mädchen gewesen war, hatte sie in ihm immer einen sehr alten Mann gesehen. Aber er hatte Katha und Reinhard das Leben gerettet, hatte dafür gesorgt, dass Katha aus dem Gefängnis frei gekommen und alle sicher hier in Gotha angekommen waren. Mehr Beweise für seine Redlichkeit brauchte sie nicht.
Die Erwachsenen tauschten Erinnerungen aus, niemand beachtete die Mädchen, deren Augen immer wieder an Henner haften blieben, der ihnen dann zuzwinkerte und lachte.

Am nächsten Tag, als Anna die Hühner fütterte und die Eier holte, kam Gerhard zu ihr ins Hühnerhaus.
„Gerhard, das ist lieb von dir, aber ich bin schon dabei und fast fertig", sagte sie und hielt ihm den Korb mit den Eiern hin. „Möchtest du Rühreier zum Frühstück?" Doch Gerhards Miene blieb kalt und undurchsichtig wie immer.
„Wie lange bleiben die?" fragte er knapp, worauf er sich auf die Zähne biss, um seine Kiefermuskeln spielen zu lassen.
„Das weiß ich nicht. Sie sind doch gerade erst gekommen. Was ist denn los mit dir? Ich dachte, du freust dich, Johannes so bald wiederzusehen."
Gerhard stieß verächtlich die Luft aus.
„Mich freuen? Soll ich mich freuen, dass da jetzt fünf Mäuler mehr an meinem Tisch sitzen, die ich alle stopfen darf?"
„Was heißt hier an deinem Tisch? Es ist unser aller Tisch. Friedel lebt noch und ich übrigens auch. Und wenn es jemandes Tisch ist, dann Alberts, wenn er wieder von der Walz nach Hause kommt. Du weißt, dass er dann das Sagen haben wird!"
„Und du kannst das kaum abwarten!" Es war eine Feststellung, der Anna nicht widersprechen konnte. Gerhard pfiff nur höhnisch durch die Zähne.
„Hast du Angst, nicht satt zu werden? Hast du Angst, dass du dir in der Schenke kein Bier mehr kaufen und keine Karten spielen kannst?" Bei die-

sen Worten zuckte Gerhard zusammen, doch nur so kurz, dass Anna nichts bemerkte. „Ihr könnt euch doch nicht retten vor Arbeit! Ihr müsst Aufträge ablehnen, weil ihr sonst Tag und Nacht arbeiten müsstet und du hast Angst, zu kurz zu kommen? Gerhard, das ist doch Unsinn. Wir haben genug für alle. Es geht uns gut! Man kann sich doch nicht mehr als satt essen!"
„Satt essen? Ach, mehr kann man nicht? Du lebst wirklich nur in deiner kleinen Weiberwelt!" Gerhard schaute seine Stiefmutter an mit einer Mischung aus Mitleid und Verachtung. Dann drehte er sich um und schlug die Tür hinter sich zu, dass die Hühner gackernd aufstoben.

Den Kindern hatten sie nichts davon erzählt, unter welchen Umständen sie Homberg hatten verlassen müssen. Zu groß war die Gefahr, dass die Kleinen sich verplapperten oder Gerhard… Der Junge war Annas Sorgenkind. Er war Friedels Neffe; sie hatte sich über ihn gefreut wie über einen eigenen Sohn. Seine Eltern waren gestorben, nur deshalb hatte Friedel die Werkstatt seines Bruders übernehmen können. Ihr Glück war gebaut auf dem Unglück dieses Jungen. Und das ließ er sie oft spüren. Niemals hatte sie einen Zugang zu ihm gefunden. All ihre Angebote, ihre ausgestreckten Hände schlug er aus. Anna musste zugeben, dass sie die Zeit, in der Gerhard auf Wanderschaft gewesen war, richtig genossen hatte. Endlich war Frieden eingekehrt in ihr Haus. Es herrschte Einigkeit unter ihnen. Gerhards jüngerer Bruder Albert war ganz anders. Er schaute aus seinen hellen Augen wach und fröhlich in die Welt und war glücklich gewesen, in Anna und Friedel neue Eltern gewonnen zu haben. Er nannte die beiden „Mutter" und „Vater", was Gerhard niemals über die Lippen gekommen wäre. Als Gerhard von seiner Wanderschaft - und mit ihm die Feindseligkeiten zwischen den Brüdern, den Halbschwestern und den Stiefeltern - zurückgekehrt war, als Gerhard beinahe jede Arbeit, die Albert fertig gebracht hatte, wieder zerschlug und sie als „Scheißdreck" bezeichnete, da schossen Anna zum ersten Mal Gedanken durch den Kopf, in denen sie Gerhard mit ihren toten Söhnen in Verbindung brachte. Doch sie war vor sich selbst erschrocken und hatte diese Gedanken schnell wieder aus ihrem Kopf verbannt. Vom ersten Tag an, als Albert zu seiner Wanderschaft aufgebrochen war, hatte Anna den Tag seiner Rückkehr herbeigesehnt, denn ohne ihn ließ Gerhard seinen Zorn noch mehr an den beiden Mädchen aus. Er stellte es geschickt an. Immer so, dass Friedel und Anna nichts davon merkten. Anfangs hatten sich die Mädchen bei ihren Eltern beklagt, aber bald eingesehen, dass es nur schlimmer wurde, wenn Friedel davon erfuhr und ein Machtwort sprach. Anna war nun klar, dass Gerhard auf keinen Fall etwas von den Anschuldigungen gegen Katha erfahren durfte. Zu groß war die Gefahr, dass er das ausnutzte.

Am Abend, als die Kinder im Bett waren und Gerhard in der Schenke, setzten sich die Erwachsenen in der Küche am Tisch zusammen und erzählten. Anna hatte einen Krug Bier heraufgeholt, das die Zungen ihrer Gäste lösen sollte. Leise und stockend berichtete Katha nun, wieso sie so schnell aus Homberg hatten aufbrechen müssen.
„Ja, und jetzt sind wir hier und wissen nicht, wie es weitergehen soll mit uns. Wir können doch nicht ewig hier bleiben. Wir fallen euch zur Last."
„Unsinn. Wir können euch hier in unserer Werkstatt gut gebrauchen. Hier gibt es mehr Arbeit als Hände."
„Außerdem bin ich froh, dich reden zu hören. Das Marburger Hessisch hab ich richtig vermisst", sagte Anna lächelnd.
„Aber sind wir hier sicher vor Verfolgung?" Karl konnte sich auf den Scherz seiner Schwester nicht einlassen.
„Nicht unbedingt. Es ist ganz gleich, ob ihr auf katholischem oder auf martinischem Gebiet seid, die Scheiterhaufen lodern überall."
Da konnte Anna nicht mehr an sich halten und musste von Gerhards Angriff erzählen.
„Der guckt schon so ganz falsch aus der Wäsche, dieser Kerl", sagte Henner. „Der gefällt mir ganz und gar nicht. Wir müssen vorsichtig sein bei ihm. Er darf auf keinen Fall den wahren Grund unseres Aufbruchs aus Homberg erfahren."
„Er ist nicht ganz dumm. Er wird sich schon denken, dass du nicht beim Bader warst, um im Winter dein Haar und deinen Bart loszuwerden."

Am nächsten Tag, als Johannes und Gerhard allein in der Werkstatt waren, sagte Gerhard unvermittelt: „Ich hab euch gestern Abend gehört. Ich war nicht in der Schenke. Ich bin nur kurz draußen gewesen und hab mich dann wieder reingeschlichen. Ich wollte doch unbedingt wissen, was ihr so redet."

Johannes schaute von seiner Arbeit auf und zuckte nur mit den Schultern. „Und?“

„Deine Mutter ist eine verdammte Hexe und du fragst nur ‚und’?“ Gerhard schien das sehr zu erheitern.

„Meine Mutter ist keine Hexe!“ zischte Johannes.

„Warum plötzlich so leise? Schrei es doch heraus, dass deine Mutter keine Hexe ist, damit es ganz Gotha weiß. Oder soll ich es für dich tun? Aber du weißt ja, wenn man den Namen einer Frau auch nur in einem Atemzug mit dem Wort ‚Hexe’ ausspricht, dann ist sie schon so gut wie verbrannt.“

„Schweig! Oder…“

„Oder was? Du willst mir drohen?“ Gerhard wischte sich die Hände an einem Lappen ab und warf ihn in die Ecke. „Dass ich nicht lache. Der Sohn einer Hexe will mir drohen.“

„Gerhard, was soll das?“ versuchte Johannes nun an die Vernunft Gerhards zu appellieren, aber vergeblich.

„Ich bin ein aufrechter Christenmensch. Ich würde nur meine Pflicht tun, wenn ich deine Mutter mitsamt eurem seltsamen Heiler anzeigen würde. Hast du noch nie eine Hexe brennen sehen?“ An Johannes’ Reaktion sah Gerhard, dass Johannes ein solches Schauspiel schon gesehen hatte und dass er um jeden Scheiterhaufen einen großen Bogen machen würde. Ja, es gab diese weichherzigen Tölpel, die mit den Hexen Mitleid hatten, die sich nicht daran ergötzten, wenn solche Weiber ihrer gerechten Strafe zugeführt wurden.

„Und wie würde es dir gefallen, deine Mutter und deinen alten Freund Henner gemeinsam brennen zu sehen?“

„Du bist irrsinnig, Gerhard. Vollkommen irrsinnig.“

„Ich habe dich gefragt, wie dir das gefallen würde. Vielleicht gibst du mir eine Antwort!“ sagte Gerhard, als habe er Johannes’ Worte nicht gehört.

„Du meine Güte Gerhard, was willst du?“ rief Johannes aus.

„Was ich will? Das fragst du noch?“ Gerhard trat ganz dicht an Johannes heran und stierte ihm aus nächster Nähe in die Augen. Johannes hielt seinem Blick stand. „Ich will, dass du verschwindest. Du wirst heute Abend sagen, dass du es dir anders überlegt hast und dass du mit mir gesprochen hast. Dass du unbedingt in Dresden dein Glück versuchen willst. Und dann wirst du gehen. Ich werde dich begleiten und an einen Ort bringen, an dem es dir schon gefallen wird. Du wirst sehen…“ Gerhard grinste hämisch. Johannes konnte sich lebhaft vorstellen, dass ein Ort, an dem Gerhard ihn gerne sehen würde, sicher nicht der Himmel auf Erden war. „Wir werden gleich morgen früh aufbrechen. Du wirst deinen Eltern eine Geschichte erzählen von einer Meisterstochter in Dresden. Und du wirst nie mehr wiederkommen. Falls du es dir aber doch überlegst und wieder hier her kommst, dann bin ich noch in der gleichen Stunde beim Priester und sage, dass deine Mutter mich behext hat. Und dann wirst du sie brennen sehen.“

Johannes wandte sich ab. Ihm wurde übel, wenn er in das Gesicht dieses Kerls schaute.

„Noch Fragen?“ sagte Gerhard, als habe er ihm gerade erklärt, wie er den neuen Tisch machen sollte. Johannes schüttelte nur den Kopf und wandte sich langsam ab, als lasteten Zentner von Blei auf seinen Schultern.

„Gerhard hat übrigens eine andere Arbeit für mich“, begann Johannes langsam, als sie wieder alle gemeinsam am Tisch saßen.

„Ich dachte hier wäre genug Arbeit“, sagte Katha und schaute ihren Ältesten misstrauisch an. Sie kannte ihn zu gut, als dass sie nicht bemerkt hätte, dass mit Johannes etwas nicht stimmte.

„Ich will dass du bleibst, Johannes. Ich denke, wir können dich in der Werkstatt gut gebrauchen. Gerhard und ich schaffen die Arbeit kaum noch. Gut, Karl ist zwar jetzt auch noch da, aber Karl, du bist nicht mehr der Jüngste, genau wie ich auch. Johannes, wir brauchen deine jungen Hände.“ Friedel schaute Johannes an, dann Gerhard. Er ahnte schon, dass Gerhard dahinter steckte.

„Ach, Johannes, ich will dich aber nicht schon wieder verlieren. Bitte, bleib doch noch eine Weile hier. Wir hatten solche Angst um dich, als du auf der Wanderschaft warst. Dann warst du überfällig und wir haben uns die größten Sorgen um dich gemacht. Ich hatte solche Angst, als ich in dem Kerker gesessen habe. Ich hatte Angst, dich nie wieder zu sehen.“ Katha schaute ihren Ältesten an. Sie strich ihm über die Wange.

„Bitte, Mutter, mach es mir nicht noch schwerer.“ Friedel sah, wie Johannes sich quälte und ließ dabei Gerhards Gesicht nicht aus den Augen, der offensichtlich genoss, wie Johannes sich von seinen Eltern verabschiedete.

„Was ist los? Was steckt dahinter?“ fragte Friedel streng, der sehr wohl be-

merkt hatte, dass bei dem Wort „Kerker“ ein Grinsen über Gerhards Gesicht gehuscht war. Er hatte also doch etwas erfahren. Dass Johannes jetzt plötzlich weg wollte, konnte nur damit zusammenhängen.
„Johannes! Schau mich an!“ befahl Friedel, doch Johannes konnte ihm nur ein zerquältes Gesicht zuwenden. „Es war alles etwas zu viel für mich in der letzten Zeit. Gerhard hat mir von einer Arbeit in Dresden erzählt, bei einem guten Schreiner, wo ich noch etwas lernen könnte. Und dieser Meister hat auch eine Tochter. Dort könnte ich vielleicht Meister werden mit einer eigenen Werkstatt. Hier kann ich doch nichts werden.“
„Johannes, ist das wahr? Schau mich an!“ sagte Karl und fasste seinen Sohn am Arm. Johannes hielt seinem Blick stand, doch Karl sah, dass etwas Flehendes in Johannes’ Blick lag.
„Bilhildis hat nicht auf mich gewartet. Sie hat schon längst einen anderen geheiratet. Ich muss sehen, dass ich jetzt selbst eine Familie gründe.“
„Von dem Dresdener Schreiner mit der Tochter hast du uns gar nichts erzählt, Gerhard. Du kannst doch nicht sicher sein, dass die Tochter noch frei ist. Es ist schon eine ganze Weile her, dass du dort warst“, warf Anna nun ein.
„Dresden ist groß. Wenn die eine schon vergeben ist, dann findet sich die nächste“, gab Gerhard zurück. „Außerdem könnte er dir doch aus Dresden berichten, wie es der Tochter deiner Namensvetterin geht. Du weißt doch - Anna von Hessen. Hast du nicht immer regen Anteil an ihrem Leben genommen?“ Gerhards Stimme troff vor Spott. „Es sei wie es sei“, fuhr er fort, „Johannes will weg und Reisende soll man nicht aufhalten. Ich werde morgen früh mit ihm aufbrechen und ihn hinbringen. Ich könnte aus Dresden noch von den besonderen Beschlägen mitbringen, die dir so gut gefallen, Anna - und natürlich auch deiner Herzogin Elisabeth einen schönen Gruß bestellen.“
Doch Anna reagierte nicht. Sie schaute ihren Stiefsohn nur kurz an, versuchte - wie so oft vergeblich - in seinen Augen zu lesen und wandte sich mit einem Schauder ab. Sie hoffte, Johannes noch einmal alleine zu sprechen.
Henner hatte die ganze Zeit still dabei gesessen und nur mit unbewegtem Gesicht von einem zum anderen geschaut. Schließlich blieb sein Blick an Gerhard haften. Dann erhob sich Henner, als habe er genug gesehen und ging davon.

Es war schon sehr spät, Johannes saß als letzter in der Küche am Herd, schaute in die Glut und fragte sich, wann und ob er überhaupt jemals wieder einen stillen, friedlichen Abend am Feuer haben würde.
„In Dresden wartet keine Schreinertochter, hab ich recht?" Henner zog sich einen Schemel heran und setzte sich neben Johannes, der nicht reagierte, sondern nur weiter in die immer dunkler werdende Glut starrte. Henner zog ein Stück Papier aus der Tasche.
„Hier hast du noch einen neuen Himmelsbrief. Der wird dich vor dem Schlimmsten bewahren. Ich will sehen, was ich hier machen kann. Versuch, nach spätestens einem Jahr zurückzukommen. Ich weiß, das hat er dir auch verboten. Aber du könntest hier in die Nähe von Gotha kommen und mir eine Botschaft schicken."
„Woher weißt du das alles? Kannst du hellsehen?"
„Nicht nur Gerhard lauscht. Was der kann, kann ich schon lange. Der Kerl ist ein Drecksack. Der würde deine Mutter und mich ohne mit der Wimper zu zucken verraten. Wahrscheinlich auch deine Tante und ihre Töchter gleich mit. Egal wohin er dich bringt, versuch eine Weile durchzuhalten und dann komm zurück."
„Aber was hast du vor?" flüsterte Johannes.
„Das kann ich dir noch nicht sagen. Wenn ich mir ganz viel Mühe gebe, kriege ich vielleicht ein wenig Verstand in Gerhards hässlichen Schädel hineingehext. Aber ich fürchte, das übersteigt meine Kunst."

Am nächsten Morgen brachen die beiden früh auf. Reinhard weinte und wollte seinen großen Bruder nicht loslassen. Es tat Johannes in der Seele weh, den Kleinen, der sich nun endlich an ihn gewöhnt und keine Angst mehr vor ihm hatte, wieder im Stich zu lassen. Er hatte Angst um ihn, um seine Eltern, um Anna und ihre beiden Töchter. Er wusste nicht, wozu Gerhard fähig war. Er hoffte nur, dass Henner ihm irgendwie Einhalt gebieten würde.
Bald hatten sie Gotha hinter sich gelassen. An einer Kreuzung wollte Johannes geradeaus, doch Gerhard zog ihn in die andere Richtung, nach Nordosten.
„He, wohin willst du? Dresden liegt im Osten. Wir müssen hier entlang."
„Dresden!" sagte Gerhard verächtlich und spuckte aus. „Du glaubst doch

nicht im Ernst, dass ich mit dir nach Dresden gehe und dich mit der hübschen Meisterstochter verkupple? Das mit Dresden war nur eine Geschichte, die du deinen Eltern erzählen solltest. Wir gehen nach Mansfeld."
„Mansfeld? Was soll ich denn in Mansfeld?"
„Das wirst du schon sehen."
Am dritten Tag setzte Regen ein. Sie gingen durch ein vollkommen waldloses Gebiet und waren dem Wetter schutzlos ausgesetzt.
„Wieso?" fragte Johannes in das eintönige Geräusch des Regens hinein.
„Wieso was?" Gerhards Stimme klang so verächtlich, dass es Johannes einen Schauer über den Rücken jagte.
„Wieso tust du das alles? Wieso willst du mich unbedingt aus dem Haus haben? Es ist so viel Arbeit da. Du wirst dir noch jemanden nehmen müssen, damit ihr alles schafft. Wieso wärst du bereit, meine Mutter als Hexe anzuprangern? Hast du eine Ahnung, wie grausam ein solcher Tod ist?"
„Dass du diesen Unsinn noch fragen musst!" rief Gerhard und blieb stehen. Er stand mitten auf dem breiten Weg, hatte die Arme im Regen ausgebreitet und schaute Johannes an. Der Regen lief ihm in Strömen über das bleiche Gesicht, seine Augen waren kalt und hart. „Du musst tatsächlich noch von mir gesagt bekommen, warum ich dich nicht ausstehen kann, dich und deine ganze Familie? Weißt du wie das ist, wenn man noch ein Kind ist und zuschauen muss, wie die Eltern sterben? Und wenn dann noch einer kommt, der auf nichts anderes gewartet hat, als darauf, dass deine Eltern verrecken? Der sich vor Freude kaum zu lassen weiß, weil er dann selber Meister werden kann. Haben sie dir das nie erzählt?"
Johannes wandte sich ab. Natürlich kannte er die Geschichte von seiner Tante Anna, die so lange auf ihren Friedel hatte warten müssen, weil ein Homberger Ratsherr es nicht dulden wollte, dass sie einen Ausländer heiratete. Die Bedingung war gewesen, dass Friedel erst Meister sein müsse, dann könne er Anna heiraten. Und dann war Friedels Bruder gestorben. Friedel hätte also die Werkstatt übernehmen können, aber dann hätte er auch die Frau seines verstorbenen Bruders heiraten müssen. Dass sie auch noch starb, war für Friedel und Anna damals ein großer Glücksfall gewesen. Nur so hatten sie heiraten können. Katha hatte manchmal davon erzählt, wie glücklich Anna und Friedel gewesen waren, als sie endlich heiraten durften. Aber wo Licht war, da war auch immer Schatten. Und in diesem Schatten

hatte Gerhard gestanden. Wütend und trotzig hatte er dem Glück der beiden zugesehen und sich geweigert, den braven Sohn zu spielen. Albert hatte sich schnell an die neue Situation gewöhnt und Anna und Friedel sogar mit „Mutter“ und „Vater“ angesprochen. Dafür hatte Gerhard seinen kleinen Bruder verachtet.

„Kannst du dir vorstellen, wie das ist, wenn einer mit dir am Sterbebett deiner Mutter sitzt und du ihm genau anmerkst, dass er innerlich Luftsprünge macht? Dass er es gar nicht erwarten kann, ihr endlich die Augen zuzudrükken? Vielleicht hat er sie ja auch umgebracht. Den Verdacht bin ich nie losgeworden. Aber dafür hab ich mich schon gerächt. Du wunderst dich sicher, dass ausgerechnet die Mädchen überlebt haben, oder? Die zwei Rotznasen. Die sind mir auch schon zuviel.“

„Gerhard! Hör auf damit. Das ist wirklich Unsinn!“ schrie Johannes. Er konnte und wollte nicht glauben, dass dieser Mann, der vor ihm stand, in der Lage war Babys zu töten, doch Gerhard tat so, als habe er Johannes nicht gehört.

„Weißt du wie das ist, wenn plötzlich wildfremde Leute in deinem Haus sind, die das alles, was deinen Eltern gehört hat, als ihr Eigentum ansehen, die in den Kisten und Kasten deiner Eltern herumwühlen und sich über besonders gute Stücke freuen? Die dann auch noch meinen, du selber seiest jetzt ihr Eigentum, ihr Sohn, der sich gefälligst zu freuen hat, dass er so liebe neue Eltern hat!“ Er spuckte aus.

„Gerhard, was dir geschehen ist, das war schlimm und unrecht, aber…“ weiter kam Johannes nicht.

„Was ‚aber’? Willst du mir jetzt ein ‚aber’ sagen? Es gibt kein ‚aber’ und von dir schon gar nicht. Wahrscheinlich willst du mir jetzt sagen, dass ich so Böses nicht mit Bösem vergelten soll. Aber ich tue es. Und weißt du was? Es macht mir Spaß! Meine Eltern sind an der Schwindsucht gestorben und ich werde…“

„Schwindsucht? Ich dachte immer, es sei die Franzosenkrankheit gewesen.“ Gerhards Faust kam so schnell geflogen, dass Johannes nicht mehr ausweichen konnte. Im nächsten Moment lag er auf dem Weg und hielt sich die Nase.

„Es war die Schwindsucht!“ stellte Gerhard nur sachlich klar. Dann spuckte er Johannes an und wandte sich ab.

Johannes schwieg und trottete weiter auf dem Weg hinter Gerhard her. Der Regen lief ihm in den Nacken. Es war so kalt. Schlimmer als die Kälte des Regens und des Windes war die Kälte, die von Gerhard ausging und die sich tief in Johannes' Inneres eingrub.
Eine Weile gingen sie schweigend hintereinander her. Die Gegend wurde immer trostloser. Überall Baumstümpfe, zerfahrene Wege, Schlamm und Dreck, in dem die Wanderer versanken und über all dem ein bleierner Himmel, dessen Vorrat an kaltem Regen schier unerschöpflich war.

Als Gerhard zurück nach Gotha kam, trug er ein zufriedenes Gesicht zur Schau. Dies beunruhigte Henner zutiefst. Er beobachtete ihn, wie er in der Werkstatt glücklich vor sich hinpfiff. Und er schien nicht nur zu wissen, dass die anderen ihn mit Schrecken und Sorgen um Johannes beobachteten, sondern er schien es auch zu genießen, denn immer wenn er aufsah und sein Blick in die Augen der anderen fiel, grinste er überlegen und fuhr fort, fröhlich zu pfeifen. Katha fragte ihn immer wieder, wo Johannes sei, wieso er denn nicht schreibe, schließlich sei er jetzt schon seit über einem Monat fort; doch Gerhard schwieg nur oder lachte ihr höhnisch ins Gesicht.
Eines schönen Sommertages kam ein ungebetener Gast nach Gotha, der sogar Gerhards Lachen verstummen ließ. Der Gast zeigte sich zuerst in einer Schenke, in einem Viertel der Armen, dort, wo die Menschen ohnehin zu jeder Zeit verzweifelt versuchten, den letzten Rest Leben aus ihrem Dasein zu saugen. In einer jener Schenken, in der das Licht spärlich war, der Lärm dafür umso stärker. Dort, wo die Fröhlichkeit der Menschen nicht ansteckend war, wo die lachenden Gesichter verzerrte Fratzen waren, dort fiel plötzlich der ungebetene Gast von der Bank. Nicht, dass dies in einer Schenke außergewöhnlich war, aber das Fallen von Schenkenbänken war nur dann in Ordnung, wenn der Suff der Grund war. Wenn einer von der Bank fiel, sich dabei vielleicht noch erbrach und bald darauf nach neuem Bier schrie, regte sich niemand darüber auf. Wenn einer aber am Boden röchelte, obendrein noch starb und unter seinen Lumpen schwarze Beulen zum Vorschein kamen, dann war es eben nicht der Suff, sondern die Pest. Und das war gar nicht gut.
Als der erste Pesttote in Gotha zu beklagen war, ging wieder das Schreckgespenst in der Stadt um. Es blieb nicht bei dem einen Toten. Der Sensenmann

hielt reiche Ernte. Die Sommerhitze schien die Pest anzufachen wie Feuer in einem erntereifen Feld. Gerhard Gutmann freute sich. Tief in seinem Inneren nährte er die Gewissheit, dass diese Pestwelle für ihn ein Glück wäre. Entweder starben die Alten und die Rotznasen oder - was er sich auch in den schillerndsten Farben ausmalte - er würde sich die Dankbarkeit der Stadtväter verdienen, indem er ihnen anzeigte, welche Hexen das Unglück diesmal über die Stadt gebracht hatten. Ein überlegenes Lächeln lag auf seinem Gesicht. Er war milde gestimmt, geradezu freundlich gegen seine Stiefeltern und den Besuch; nur Henner ahnte, dass Gerhards Gesicht nur die Ruhe vor dem Sturm war.
Dies war nicht die erste Pestwelle, die Gotha heimsuchte. Man war gewappnet. Die Nachricht von der Pest setzte einen ganzen Apparat von Vorschriften und Maßnahmen in Bewegung, um die Ordnung in der Stadt einigermaßen aufrecht zu erhalten und der Lage Herr zu werden. Im Spital, in dem sonst die Armen eine Zuflucht fanden, richtete man Lager ein für die Pestkranken. Die wenigsten Armen mussten allerdings das Spital verlassen, da sie meist auch das Kriterium für die neue Nutzung des Gebäudes erfüllten. Selbst am Tag war die Stadt wie ausgestorben. Alle räucherten ihre Häuser mit Wacholder oder Eiche aus, die eisenbeschlagenen Räder des Pestkarrens ratterten unaufhörlich über das Kopfsteinpflaster. Die Stadtväter stöhnten immer wieder über diese erneute Heimsuchung, denn die Pest schröpfte auch den Stadtsäckel. Die Arzneien für die Armen mussten bezahlt werden. Man konnte sie nicht sich selbst überlassen, auch sie mussten versorgt werden. Ein ganzes Heer von Pestchirurgen, Totenträgern und Totengräbern war zu bezahlen, was aber jeden Tag weniger Geld kostete, da sich die städtischen Bediensteten natürlich reihenweise ansteckten und ihrer Arbeit zum Opfer fielen. Von den Kanzeln wurde gepredigt, dass man beten solle. So mancher Altgläubige, der nur zum Schein lutherisch geworden war, sah seine Stunde gekommen und predigte die Rückkehr zum alten Glauben, da die Pest das Strafgericht Gottes über die Lutheraner sei.
Die Gutmanns beteten lutherisch, lange und inbrünstig um Vergebung, um dieser Strafe Gottes zu entgehen. Henner betete höflichkeitshalber mit, doch Gerhard hielt sich fern. Er ging lieber aus, obwohl die Obrigkeit streng gemahnt hatte, in den Häusern zu bleiben. Niemand wusste, wohin Gerhard ging, doch alle hofften insgeheim, er würde vielleicht einfach nicht

mehr wiederkommen. Doch er kam, warf einen spöttischen Blick auf die betende Gemeinschaft und ging in die Schlafkammer.
Am folgenden Tag fühlte sich Gerhard nicht wohl. Er stand in der Küche und hielt sich den Magen.
„Dann schon dich lieber“, sagte Anna besorgt und wollte seine Stirn fühlen, doch er schlug ihre Hand mit einer ärgerlichen Geste weg. Fast wäre Anna der Krug aus der Hand gefallen, den sie gerade abgetrocknet hatte.
„Ausgerechnet jetzt, wo so viele Särge zu machen sind? Wie stellst du dir das vor?“
„Aber wenn es dir doch nicht gut geht“, beharrte Anna. „Ich mach dir gerne eine kräftige Brühe. Ruh dich noch ein wenig aus. Dann müssen Karl und Friedel morgen eben mehr arbeiten.“
„Soll ich mal nach dir schauen?“ fragte Henner und wollte sich schon von der Bank erheben.
„Ja! Natürlich! Das fehlte mir noch, dass der alte Hexenmeister nach mir schaut. Danke, darauf kann ich gerne verzichten.“
„Gerhard, was soll das?“ Anna wurde ärgerlich.
„Was? Das hast du noch nicht gemerkt, dass er ein Hexer ist? Wahrscheinlich hat er die Pest in die Stadt geholt. Brunnen vergiftet und dergleichen mehr. Gemeinsam mit deiner Schwägerin, der Hexe. Aber wartet nur, ich will morgen zum Pfarrer gehen und euch alle anzeigen. Aber weil ich kein Unmensch bin, gebe ich euch noch diesen Tag und diese Nacht, damit ihr euch aus dem Staub machen könnt.“
„Gerhard, was ist denn nur in dich gefahren? Das wirst du doch nicht wirklich tun!“ rief Anna.
Gerhard trat ganz dicht vor sie. Er überragte sie um mehr als Hauptesländge und schaute auf sie hinab. Sie musste ihren Kopf weit in den Nacken legen, um ihm in die Augen zu schauen. Es gelang ihr, seinem Blick standzuhalten, obwohl sie in seinen Augen nur Hass und Verachtung las.
„Einen Tag und eine Nacht. Dann seid ihr verschwunden auf die eine oder andere Weise.“
„Wie stellst du dir das vor? Die Stadttore sind geschlossen. Niemand darf die Stadt verlassen.“
„Dann wird es wohl die andere Weise sein, auf die ihr verschwindet.“ Er stieß sie von sich, dass sie taumelte, doch Henner fing sie auf.

„Mein Gott, was haben wir nur falsch gemacht, mit diesem Jungen?“ flüsterte Anna. Sie dachte, Gerhard sei schon gegangen, aber diese Worte hatte er noch gehört; da stand er in der Küchentür und sagte: „Alles. Einfach alles!“

Gerhard arbeitete den ganzen Tag alleine in der Werkstatt. Keiner der Männer hatte Lust, mit ihm auch nur die Luft zum Atmen zu teilen. Gerhard kam nicht an den Mittagstisch. Er war ausgegangen, wie Friedel erleichtert feststellte. Er hoffte nur, dass Gerhard seine Drohung nicht schon jetzt wahr machen würde. Niemand brachte einen Bissen hinab. Die Angst lag wie Blei über allen und machte auch vor den Kindern nicht halt. Auch wenn sie nicht verstanden, warum die Erwachsenen so seltsam leer auf den Tisch starrten, wussten sie doch, dass dies nichts Gutes verhieß. Obwohl sie die Fensterläden geschlossen hielten, drang immer wieder das Rattern der Pestkarren zu ihnen herein, das Wehklagen und Weinen derer, die ihre Lieben auf den Pestkarren hatten heben müssen, um sie im Spital einem ungewissen Schicksal zu überlassen. In Kathas Kopf überschlugen sich die Gedanken. Was sollte sie tun, wenn man sie abholte? Sie wollte lieber sterben, als noch einmal in einem kalten Kerker sitzen mit der Aussicht auf Folter und den Feuertod. Mit den Gothaer Ratsherren konnte Henner wahrscheinlich nicht so gut Schlitten fahren wie mit den Hombergern.
Die Kinder schickten sie nach oben, um in Ruhe beratschlagen zu können. Sie einigten sich darauf, nicht zu flüchten. Spätestens an den Stadttoren wäre ihre Flucht zu Ende. Sie wollten abwarten. Doch das war quälend.

Am nächsten Morgen saßen schon alle beim Morgenimbiss, als sie Gerhards Schritte auf der Treppe hörten. Niemand hatte Appetit. Selbst die Kinder stocherten lustlos in ihrem Brei herum und wollten wissen, was los war. Gerhard ging sehr langsam. Alle sahen sich ängstlich an. Sie mussten Gerhard heute früh irgendwie zur Vernunft bringen. Da stand Gerhard in der Tür. Er war bleich und schaute sie aus Augenhöhlen an, so tief wie Brunnenschächte. Seine Augen waren blutunterlaufen, er musste sich am Türrahmen festhalten. Dann torkelte er wie ein Betrunkener zum Tisch und stützte sich mit einer Hand auf die Tischplatte. Die Kinder schrien, als er sich mit der anderen Hand das Hemd aufriss und seine Brust zeigte, wo deutlich die Merkmale der Pest zu sehen waren - große, schwarze Beulen.

„Das wart ihr!“ schrie er. „Ihr wart das!“ worauf alle ihn entsetzt anstarrten. Die beiden Kleinen wimmerten leise und bargen sich hinter Annis Rükken.
„Nein, das war ich; ich ganz alleine!“ erwiderte Henner und kratzte den letzten Rest Haferbrei aus seiner Schale. „Du solltest dich beeilen mit dem Brei. Es könnte der letzte deines Lebens sein.“ Mit einem Schrei wollte Gerhard sich zur Tür hinausstürzen, doch Henner war schneller. „Die Tür ist zu. Da kannst du lange rütteln.“ Er packte Gerhard am Handgelenk und drehte ihm den Arm auf den Rücken. Der Kranke schrie auf, musste sich aber von Henner zur Küchentür hinaus und die Treppe hinauf führen lassen. Sie hörten noch lange sein Geschrei, dann war es plötzlich ruhig.
„Was ist denn mit Gerhard?“ wimmerte Frieda.
„Still, Frieda. Es wird schon alles gut werden. Henner kümmert sich um ihn“, versuchte Friedel seine Tochter zu beruhigen. Anna zweifelte entschieden, dass in diesem Haus noch irgendetwas gut werden könnte. Ängstlich lauschten alle, doch aus dem oberen Stockwerk kamen keine Geräusche. Alles war merkwürdig still. Anna starrte auf den Tisch, das grobe Holz, auf dem frischer Haferbrei klebte; sie starrte auf die Stelle, wo Gerhards Hand einen schweißnassen Abdruck hinterlassen hatte.
Endlich knarrte die Stiege. Henner erschien. Er setzte sich wortlos an den Tisch und schaute von einem zum anderen. „Er schläft jetzt. Er hat nicht mehr lange.“ Katha weinte, ob aus Angst oder Erleichterung hätte sie selbst nicht sagen können. Anna schlug die Hände vor ihr Gesicht und rieb es, als müsse sie es von hartnäckigem Schmutz befreien.
„Warst das wirklich du?“ zischte Karl.
„Man tut was man kann“, erwiderte Henner leichthin und zuckte mit den Schultern.
„Das glaub ich nicht!“ rief Friedel. „Du schleppst uns hier die Pest ins Haus!“
„Schrei nicht so laut! Die Pest hattet ihr ja wohl längst im Haus. Der Kerl ist noch viel schlimmer als die Pest. Wenn es einen von euch trifft, da kann ich immer noch helfen, aber ich glaube nicht, dass ich es schaffe, euch alle aus dem Folterkeller herauszuhexen.“
„Henner, sag, dass das nicht wahr ist. Hast du wirklich Gerhard absichtlich mit Pest angesteckt? Wie hast du das denn gemacht?“ Anna war

vollkommen fassungslos.
„Ach, Anna, glaub doch nicht jeden Unsinn. Gerhard glaubt, dass ich das war. Einem Kranken soll man nicht widersprechen. Er war doch immer noch unterwegs, obwohl die Pest schon in der Stadt war. Da hat er sich wohl angesteckt."
„Und was hast du jetzt gemacht, dass er so still ist? Du hast ihn doch nicht etwa schon…"
„Nein, das hab ich nicht. Das werde ich auch nicht. Das wird die Pest von ganz alleine tun. Er weigert sich natürlich, von mir Hilfe anzunehmen."
„Wir sind dazu verpflichtet, ihn ins Spital zu bringen."
„Dann ist er eben so plötzlich gestorben, dass wir dafür keine Zeit mehr hatten. Sein Tod hat uns vollkommen überrascht. - Zuerst sollten wir Vorkehrungen treffen. Ich werde das ganze Haus noch einmal ausräuchern und dann bekommt ihr alle von mir eine Medizin, die euch schützen wird."
Das tat Henner. Die Kinder beobachteten ihn mit großen Augen, wie er mit dem rauchenden Gefäß von Stube zu Stube und in die Werkstatt ging, unverständliche Worte murmelnd. Auch die Kammer, wo Gerhard lag, räucherte er gut aus. Als die Kammer so dicht voll Rauch war, dass Henner kaum noch die Hand vor Augen sehen konnte, zog er sich dicke Lederhandschuhe an und stülpte sich eine Pesthaube über, wie er sie einmal bei einem Pestarzt gesehen und für sich selbst angefertigt hatte. Es war eine Haube aus gewachstem Leinen, die den Kopf vollkommen umschloss. Vor dem Gesicht hatte Henner ein festes Stück Leder eingesetzt, in das er zwei runde Glasscheiben eingenäht hatte. Außerdem hatte die Haube einen langen Schnabel, in den Henner mit Theriak getränkte Wolle gestopft hatte. Am Hals konnte man die Haube mithilfe einer Kordel zuziehen, ein langer, weiter Kragen sorgte dafür, dass die schlechte Pestluft nicht doch noch in den Mund des Heilers dringen konnte. Dann trat er an Gerhards Bett.
„Wo ist Johannes?" Henner sagte jedes einzelne Wort laut und deutlich, doch Gerhard reagierte nicht.
„Wo?" schrie Henner ihn an, packte und schüttelte ihn. Gerhard grinste teuflisch. Eine Beule hatte sein Gesicht vollkommen entstellt. Seine linke Wange war schwarz und aufgedunsen, das Auge nicht mehr zu erkennen.
„Er ist unter der Erde", stieß er mühsam hervor.
„Tot? Hast du ihn umgebracht?"

„Vielleicht“, röchelte Gerhard.
„Wo ist er? Verdammt noch mal. Sag es mir!“
„In Mansfeld. Ich hatte dort Spielschulden. Und ich habe ihn verkauft, damit er meine Schulden abarbeiten kann.“
„Du Scheißkerl!“
„Das war unsere Abmachung. Er tut was ich sage - sonst hätte ich seine Mutter verraten und dich gleich mit!“ Gerhard schaute in die grausige Maske, die sich über ihn beugte. Nach einem weiteren Atemzug sagte er: „Er arbeitet als Hauer in den Minen.“

Gerhard starb am Abend. Sein Körper wurde auf die Straße gebracht, wo der Pestträger mit seinem Karren ihn dann aufladen und abtransportieren würde. Hinaus vor die Stadt, wo man die kleinen Leute in einem Massengrab begrub.
Die Tatsache, dass er Johannes dazu erpresst hatte, in den Minen seine Spielschulden abzuarbeiten, beschränkte die Trauer um ihn auf ein Minimum. Anni und Frieda waren geradezu erleichtert und hielten damit nicht hinter dem Berg wie die Erwachsenen, denen natürlich die Angst vor Gerhards Verrat genommen war. Jetzt hoffte Anna nur noch, dass Albert gesund von der Walz wieder nachhause kam.
Henner verabreichte allen eine seiner Tinkturen, damit sie gestärkt waren gegen die Pest, denn die Pest war im Haus. Das Haus bot nun keinen Schutz mehr; der Feind war eingedrungen. Das Spital war hoffnungslos überfüllt. Auch wenn jeden Tag viele Menschen starben, kamen immer viel mehr neue Kranke dazu. Die Pestträger starben, die Chirurgen starben, niemand war mehr übrig, der darauf achten konnte, dass die Ordnung eingehalten wurde und so blieben die Kranken in ihren Häusern.
Die Kinder hatten sie von Gerhard fern gehalten und hofften inständig, dass sie sich nicht angesteckt hatten. Erleichtert stellten sie fest, dass die Kinder es wohl überstanden hatten, denn sie waren alle munter und die beiden kleinen lärmten sogar herum. Allerdings zeigten nun auch Katha, Karl und Anna die ersten Anzeichen der Krankheit. Sie waren matt und schwach, konnten sich nicht mehr erheben und blieben in ihrem Bett. Nun war es an Friedel und Anni, den Haushalt zu versorgen, während Henner alles tat, was in seiner Macht stand. Bei allen dreien zeigten sich schon die schrecklichen

Beulen. Henner holte Zwiebeln aus dem Keller, höhlte sie aus und tränkte sie mit einer dunklen Flüssigkeit.
„Was ist das?“ fragte Anni.
„Das ist Theriak. Es wird aus vielerlei Gewürzen hergestellt. Es ist ein Allheilmittel und wird hier sicher auch helfen. Der hier ist bald aufgebraucht, aber ich will gleich nachher neuen herstellen. Willst du mir dabei helfen?“
„Ja, sicher“, sagte Anni wissbegierig.
„Jetzt brauch ich noch Taubenmist. Ich denke, in einem meiner Krüge habe ich noch welchen. Der hilft allgemein bei offenen Wunden. Sollte man übrigens immer im Haus haben“, murmelte er, während er die getränkten Zwiebeln mit dem Mist füllte und sie dicht an dicht in die Pfanne setzte.
„Hmmm, lecker! Jetzt brauch ich noch drei lebende Hühner. Friedel, könntest du mir die aus eurem Stall holen?“
Friedel ging und kam mit einem Korb zurück, aus dem es laut gackerte. Die Zwiebeln schienen nun gar zu sein, denn Henner holte die Pfanne von dem Dreibein und nahm sie alle einzeln heraus, um sie in eine Schüssel zu setzen. Dann ging er nach oben, wo die drei Kranken in einer Stube lagen. Zuerst zog sich Henner wieder seine Pesthaube über. Dann trat er in die Kammer. Er legte die Zwiebeln auf die Pestbeulen und verband sie sorgfältig. Nun setzte er Karl eines der Hühner auf den Leib und wollte es festbinden.[3] Karl war zu schwach, um zu protestieren, aber Anna meldete Bedenken an. „Meinst du denn wirklich, dass das gut ist? Das Huhn wird doch alles vollscheißen.“
„Genau das soll es ja. Es gibt nichts besseres als frischen Hühnermist.“ Henner achtete darauf, dass die Krallen der Hühner niemanden verletzen konnten. Dann flößte er allen noch einen kräftigenden Trunk ein. Die Stube roch wie ein Hühnerhaus.
„So, Anni!“ sagte er, als er wieder nach unten kam. „Jetzt machen wir neuen Theriak. Hier in der Flasche ist zwar noch etwas drin, aber das Zeug muss auch mindestens zwei Monate ruhen, damit es richtig wirkt. Die wichtig-

3„Aus heutiger medizinischer Sicht wurde dem Pestkranken über diese sonderbar anmutende Behandlungsmethode ein Breitspektrumantibiotikum, kombiniert mit Vitamin B12, das im Kot des Huhns enthalten war, verabreicht.“ Elke Schlenkrich: Pesterfahrungen zur Lutherzeit in Mitteldeutschland, S. 51; in: Harald Meller (Hrsg.): Fundsache Luther; Stuttgart 2009

sten Zutaten, die habe ich immer dabei."
Henner und Anni setzten sich an den Tisch, Karl kam auch dazu und beobachtete fasziniert Henners Hände, die genauso knorrig waren wie die Wurzeln, die er nun aus seinem weitläufigen Sack holte und auf dem Tisch ausbreitete.
„Schaut, das hier sind Spitzwegerich und Löwenzahn, die dürftet ihr kennen."
Die beiden nickten.
„Und die hier sind die Wurzeln von Angelika- und Baldriankraut. Zitwer- und Blutwurzel sind noch seltener, aber ich hab sie immer gefunden. Im Homberger Wald hatte ich eine Stelle ausgemacht... Nun, vorbei. Nach Homberg kommen wir vorerst nicht. Von dort habe ich auch die Schlangenwurzel hier. Karl, du könntest die Wurzeln alle kleinschneiden. Aber jetzt wird's spannend!" Henner senkte seine Stimme und holte aus seiner Tasche ein kleines Kästchen hervor, das er vorsichtig öffnete. In diesem Kästchen lagen zwei kleine Kapseln, die er öffnete und Karl und Anni unter die Nase hielt. „Riecht gut, nicht wahr? Und hier, dieser kleine Stock, an dem müsst ihr auch riechen."
„Riecht noch besser. Was ist das alles?"
„Der kleine braune Stock hier ist eine Zimtstange. Die müssen wir gleich im Mörser zerkleinern, ebenso die kleinen Dinger hier - Kardamom. Anni, damit könntest du schon mal anfangen. Die Myrrhe können wir einfach so dazugeben. Zimt, Myrrhe und Kardamom müssen auch in einem wirksamen Theriak enthalten sein. An diese Dinge kommt unsereins nur selten. Kaufleute bringen sie mit aus fernen Ländern, in denen es selbst im Winter warm ist. Da sind Pfefferminze und Rosinen für uns doch leicht zu haben. Karl, jetzt musst du noch eine Flasche Schnaps spendieren, und dann ist alles gut."
Kurz darauf waren nur noch die Geräusche des Mörsers zu hören und Karls Messer, das scharf und glatt durch alle Wurzeln fuhr. Die Küche war erfüllt vom Duft der Gewürze, der frisch geschnittenen Wurzeln und dem Geruch nach Schnaps, denn Henner meinte, er könne keinen ordentlichen Theriak ansetzen, ohne den Schnaps probiert zu haben. Schließlich wanderten alle Zutaten in eine vorbereitete Flasche, Henner goss den Schnaps darüber und füllte noch eine gute Portion Honig dazu.

„Der bleibt jetzt zwei Monate am Fenster stehen. Und nicht, dass mir einer krank wird, bevor der fertig ist!“[4]

Der folgende Morgen zeigte, dass Katha und Karl einfach zu sehr geschwächt waren. Die Reise hatte die beiden übermäßig angestrengt und Katha hatte sich von ihrer Kerkerhaft nie wirklich erholt. Dies alles forderte nun seinen Tribut. Die beiden starben, trotz aller Bemühungen Henners. Behutsam wickelte Henner die Leichname in Tücher, um sie gemeinsam mit Friedel vor das Haus zu bringen. Dort lagen sie friedlich nebeneinander, zwei stille, linnene Bündel. Reinhard stand in der Tür und schaute zu, wie Anni Blumen auf die Bündel streute.

„Was ist da drin?“ fragte er.

„Der Tod“, erwiderte Anni und erhob sich schnell, um den Kleinen nicht noch zusehen zu lassen, wie lieblos und unachtsam die Totenträger mit den Leichen umgingen.

„Wo ist meine Mama?“

„Sie ist im Himmel, ganz gewiß! Komm jetzt!“

„Wieso ist sie im Himmel? Ich bin doch hier auf der Erde! Wie kann sie da einfach in den Himmel gehen. Sie wird doch wieder zurückkommen? Nicht wahr, sie wird wieder zurückkommen aus dem Himmel?“

„Aus dem Himmel kommt niemand zurück. Und glaub mir, sie ist nicht freiwillig gegangen. Sie wäre viel lieber hier bei dir auf der Erde geblieben. Aber da war jemand stärker als sie.“

Anni nahm Reinhard bei der Hand und zog ihn mit sich ins Haus.

Glücklicherweise überlebte Anna und niemand sonst im Haus steckte sich an. Henner räucherte unermüdlich. Der kleine Reinhard verlangte immer lauter nach seiner Mutter und seinem Vater und wollte sich nicht damit zufrieden geben, dass sie nun im Himmel seien. Anni, Frieda und Friedel kümmerten sich liebevoll um ihn, doch er vermisste seine Mutter, die durch nichts und niemanden zu ersetzen war.

Anna erholte sich langsam. Auch auf den Straßen kehrte das Leben zurück. In den ersten Tagen, an denen annähernd Normalität herrschte, erkundigte man sich nach Verwandten, Freunden und Bekannten, ob sie überlebt hät-

4 Siehe Gabriele Bickel: Das Beste von der Kräuterhexe, Stuttgart, 2. Aufl. 2011

ten; einige hatten alles gut überstanden, wenige, die wie Anna von der Pest befallen gewesen waren, waren sogar geheilt worden, aber viele, allzu viele, lagen nun in den Massengräbern vor der Stadt.

Bald wurden auch die Stadttore wieder geöffnet und der Menschenstrom ergoss sich pulsierend, wie das Blut in den Adern eines lebenden Wesens, auf den Straßen in die Stadt und aus ihr hinaus.

„Ich geh jetzt Johannes holen", sagte Henner und machte sich auf nach Mansfeld.

Totentanz am Schloss zu Dresden

Landgraf Philipp von Hessen. Statue in Homberg Efze

Meine herzliebe Schwester, Schmalkalden, im März 1531

von dem Reichstag in Augsburg habe ich viel zu berichten. Zunächst wollte ich nicht hinfahren, weil ich mir nicht denken konnte, dass wir Fortschritte machen würden, aber mein Kanzler Feige und der gute alte Schrautenbach haben mich doch noch überredet, selbst hinzufahren - aber ohne Eile. Der Reichstag sollte am achten April des letzten Jahres eröffnet werden, wer allerdings nicht da war, das war der Kaiser. Erst am 15. Juni traf er in Augsburg ein. Aber du kannst mir glauben, dass wir die Zeit gut genutzt haben. Melanchton war da und hatte bereits mit Luther, der nach wie vor unter dem Kirchenbann steht, ein Bekenntnisschreiben ausgearbeitet, das wir dem Kaiser vorgelegt haben. Darin ist in allen Einzelheiten unser Glaube dargelegt. Weder mit der Schrift, noch mit dem menschlichen Verstand ist daran zu rütteln, trotzdem hat der Kaiser es abgelehnt und von seinen Beratern eine Gegenschrift anfertigen lassen.
Was mir große Sorgen macht, ist die Tatsache, dass die Reformation nicht geeint ist. Der Streit entzündet sich an der Abendmahlslehre - wie auch schon in den Marburger Religionsgesprächen vor allem zwischen Luther und Zwingli. Ich hatte gehofft, in unser Bekenntnis auch die Straßburger Gelehrten Bucer und Capito mit aufzunehmen, dazu noch weitere oberdeutsche Städte. Doch diese wollten die Confessio Augustana nur mit Vorbehalten in der Abendmahlslehre unterzeichnen.
Ich konnte mich gegen die anderen - vor allem gegen die Torgauer - nicht durchsetzen. Es ärgert mich maßlos, dass ausgerechnet die Torgauer offenbar nicht an einer Einigung interessiert sind und hartnäckig auf ihrem Standpunkt beharren. Und so entstand neben der Confessio Augustana noch eine weitere Bekenntnisschrift, die Confessio Tetrapolitana, in der sich Lindau, Memmingen und Konstanz vereint hatten. Aber du kannst dir denken, was Kaiser Karl getan hat. Er hat beide Schriften abgelehnt, die altgläubigen Bekenntnisse unter den Schutz des Landfriedens gestellt und das Wormser Edikt noch einmal bestätigt. Das Reichskammergericht hat er beauftragt, gegen jede Zuwiderhandlung rechtlich vorzugehen.
Ich bin vorzeitig abgereist. Immerhin hat die Weigerung des Kaisers, uns ernsthaft anzuhören oder uns gar Zugeständnisse zu machen, uns doch vereint. Ende Februar haben wir in Schmalkalden ein Bündnis geschlossen.

Du wirst kaum glauben, wie viele Städte unterzeichnet haben. Von Lübeck bis Straßburg haben achtzehn Städte und Fürsten unterzeichnet, und in diesem Bündnis sind auch die beiden Lager der Confessio Augustana und der Confessio Tetrapolitana vereint. Wir verstehen uns als ein gemeinsames Sprachrohr der Reformation und treten füreinander ein, denn es ist wichtig, dass wir Protestanten wie ein Mann stehen, wenn wir unsere Meinung darlegen, Gesandtschaften abordnen oder uns vor Gericht behaupten müssen. Was mir nicht gelungen ist, das hat der Kaiser zuwege gebracht - nämlich die verschiedenen Strömungen der Reformation zu einen. Ich sollte ihm ein aufrichtiges Dankesschreiben schicken.
Dein Bruder Philipp

Dresden im Januar 1532

Elisabeth schrieb. Sie schrieb sich die Finger wund und konnte kein Ende finden. Immer wieder sah sie sich genötigt, heimlich zu vermitteln, denn offenbar war irgendjemand daran interessiert, Zwietracht zu säen zwischen Dresden und Kassel. Doch Philipp trug selbst nicht gerade zur Entspannung bei, denn als ihr Schwiegervater aus Augsburg zurückgekehrt war, hatte er ausführlich von Philipps ausschweifendem Leben berichten müssen. Er hielt es für offensichtlich, dass die Gemahlin eines solchen Mannes nur krank werden könne. Von Christines Krankheit hatte Philipp nichts geschrieben. Wenn Christine so krank war, dass Philipp den Reichstag vorzeitig verlassen hatte, wie ihr Schwiegervater sagte, dann musste es sicher sehr ernst sein. Auf ihre besorgte Nachfrage kam glücklicherweise bald ein Brief aus Kassel, dass Christine wieder gesund war und ihre Krankheit gut überstanden hatte. Wenigstens etwas!
In der Schweiz hatte die Reformation eine schwere Niederlage hinnehmen müssen. So gut Zwingli auch vorangeschritten war und sogar viele der süddeutschen Städte für seine Lehre hatte gewinnen können, so herb war der Verlust, der nun zu beklagen war: Gegen den Rat Zwinglis hatte man sich entschlossen, die altgläubigen Urkantone zwar nicht durch einen Krieg, sondern durch Aushungern zu besiegen, indem man die Zufahrtswege für Waren und Lebensmittel zu den Gebieten blockierte.

Doch die Urkantone waren nicht bereit, sich aushungern zu lassen, sondern gingen zum Angriff über. Noch ehe sich die Züricher rüsten konnten, waren die Altgläubigen mit einem 8000 Mann starken Heer gegen sie angerückt. Nur 2700 Mann konnte Zürich diesem riesigen Heer entgegenstellen. In dem ungleichen Kampf war Zwingli als Feldprediger zugegen, doch konnte er dem Heer, das von der Übermacht vollkommen aufgerieben wurde, keinen Mut zusprechen. Er selbst wurde mehrfach getroffen. Als die Gegner nach der Schlacht über das Feld gingen, um auch die letzten Überlebenden zu töten, wurde auch Zwingli getötet, ohne dass man ihn erkannt hätte, was vermutlich besser für ihn war, denn als man seinen Leichnam identifiziert hatte, hielt man es für nötig, diesen zu vierteilen, zu verbrennen und die Asche in alle Winde zu streuen. Zwinglis schneller Tod erschien Elisabeth wie eine göttliche Gnade in diesem ganzen Rausch aus Gewalt.
Die martinischen Kantone brachten zwar kurz darauf ein größeres Heer zusammen, doch wurde auch dies in einer Schlacht bei Zug im November 1531 vernichtend geschlagen. Man ließ den martinischen Schweizern zwar ihre Religion, doch wurde sie in den katholischen Urkantonen nicht mehr geduldet. Dagegen mussten katholische Minderheiten in den martinischen Kantonen unangefochten bleiben. Dadurch fiel die Unterstützung weg, die sich die süddeutschen Städte von der Schweiz erhofft hatten.
Aus Berlin vermeldete Magdalene stolz, dass sich der kleine Friedrich, der mittlerweile sein erstes Jahr überstanden hatte, prächtig entwickelte. Auch sein ältester Bruder Johann Georg und die Schwester Barbara waren gesund und munter. Sie selbst sei sehr erschöpft von ihrer schon sehr weit fortgeschrittenen Schwangerschaft, daher habe sie den Brief diktiert und nicht eigenhändig geschrieben, die Mutter möge ihr dies verzeihen.
„Ach meine liebste Tochter, als müsstest du mich um Verzeihung bitten!“ rief Herzogin Barbara aus, als sitze Magdalene neben ihr. Herzogin Barbara war besonders stolz auf ihre kleine Enkelin und las laut den Brief ihrer Tochter vor, in dem diese ein paar kleine Begebenheiten mit den Kindern und ihre drolligen Sprüche geschildert hatte.
„Nein, wie niedlich!“ riefen die Hofdamen. „Dieser Kindermund!“
„Was für eine gute Tochter Wir doch haben. Wie schade, dass sie so weit weg wohnt. Berlin ist nicht in ein paar Stunden zu erreichen. Magdalene rechnet Ende März mit der Geburt. Nun - ich will sehen, dass ich sie dann einmal

besuche.“ Und dann wurde Elisabeth von Blicken getroffen, die Bände sprachen und vor denen sie nur flüchten konnte. Unglücklicherweise hörte sie noch, wie die Köstritzsche sagte: „Vor lauter Briefeschreiben vergisst sie wohl das Kinderkriegen!“

Elisabeth zog sich immer öfter zurück in ihr Frauengemach. Mit ihren Jungfrauen konnte sie sich sicher fühlen. Bei diesen arglosen Mädchen hatte sie nicht das Gefühl, ständig auf dem Prüfstand zu stehen. Hier und da kam sie sogar auf die Religion zu sprechen und fand vor allem in Hildegard eine sehr interessierte Zuhörerin. Allerdings musste sie auf der Hut sein, denn die Köstritzsche stand zuweilen mitten im Zimmer. Wie ein Geist schien sie unbemerkt in Elisabeths Frauengemach getreten zu sein und hörte mit boshaftem Gesicht zu, wie Elisabeth mit ihren Jungfrauen über Martin Luther sprach. Wenn Elisabeth sie bemerkte, warf sie sie hinaus.

Doch dann überspannte die Köstritzsche den Bogen. Elisabeth saß an ihrem Schreibtisch und schrieb einen Brief. Da spürte sie einen Hauch im Nacken. Sie drehte sich nur kurz um, doch aus den Augenwinkeln nahm sie wahr, dass da direkt jemand hinter ihr stand und auf ihren Brief schaute. Die Köstritzsche! Elisabeth war so erschrocken, dass sie aufschrie und sich so hastig erhob, dass der Stuhl umfiel. Sie ergriff den Brief, um ihn nicht in die Hände dieser Frau gelangen zu lassen. Dabei fiel das Tintenfass um und sein Inhalt entleerte sich auf den Tisch, die Briefbögen und die Kleider der beiden Frauen.

„Hinaus!“ schrie Elisabeth. „Schert Euch zum Teufel!“

Die Köstritzsche schaute auf den Tintenfleck auf ihrem Kleid, dann straffte sie sich und raffte ihre Röcke, um hocherhobenen Hauptes davon zu schreiten. Elisabeth wusste, wohin der Weg der Alten führte. Den Tintenfleck würde sie als Beweis anführen für Elisabeths Schuld.

„Euer Gnaden, ich muss Euer Gnaden eine Mitteilung machen.“

Gräfin Eleonore von Köstritz war wieder einmal sichtlich erregt. Herzog Georg fügte sich in das Unvermeidliche und wandte sich der Frau zu, die vor seinem Schreibtisch stand und die Hände rang. Er lehnte sich zurück und nickte zum Zeichen, dass er gewillt war, ihre Mitteilung anzuhören, doch schon nach wenigen Sätzen neigte er sich vor. Diese Geschichte inter-

essierte ihn doch!
„Herzogin Elisabeth hat mich gerade aus ihrem Frauengemach geworfen. Ich solle mich zum Teufel scheren! Das waren ihre Worte. Nun wollen Euer Gnaden sicher wissen, wieso die junge Herzogin so heftig reagiert hat."
Herzog Georg warf der Gräfin einen Blick zu, der überaus deutlich machte, dass er einfach nur wünschte, den weiteren Verlauf zu erfahren, und zwar ganz ohne Ratespielchen.
„Vergebt mir, Euer Gnaden. Einen Brief hat sie geschrieben. Ich stand genau hinter ihr. Sie war so vertieft in ihr verwerfliches Tun, dass sie mich nicht einmal bemerkte. Ich kann daraus nur schließen, dass es sich um eine heimliche Liebesbotschaft handelt. Wenn ihre Schrift nicht gar so entsetzlich unleserlich wäre, hätte ich sie sogar lesen können. So heftig erschrickt nur jemand mit einem sehr schlechten Gewissen. Sie schrie auf wie eine Furie, sprang vom Stuhl, der fiel um, das Tintenfass fiel um, hier können Euer Gnaden noch den Beweis sehen." Sie wies mit noch immer zittriger Hand auf den dunklen Fleck auf ihrem grauen Kleid.
„Ich habe schon oft in ihrem Zimmer gestanden und gelauscht. Sie spricht mit ihren Jungfrauen ganz offen über Martin Luther und seine ketzerische Lehre. Sie lesen aus der Bibel und die Herzogin spricht über Luther, als habe sie alle seine Schriften gelesen."
Mit tiefster innerer Befriedigung sah die Gräfin nun, wie die Miene des alten Herzogs immer unheilvoller wurde. Über Elisabeths Haupt braute sich ein Gewitter zusammen. Das wollte die Köstritzsche auf keinen Fall verpassen, und so eilte sie dem Herzog hinterher, als dieser sich erhob, um ins Frauengemach seiner Schwiegertochter zu schreiten.
Ohne anzuklopfen trat er ein und ließ die Tür weit offen stehen, was die alte Gräfin freudig als Einladung auffasste, das Gewitter aus nächster Nähe zu beobachten.
„Den Brief!" sagte der Herzog nur. Seine Geste war energisch und unmissverständlich.
Elisabeth erhob sich würdevoll, verneigte sich und sagte: „Guten Tag, mein Herr Vater!"
Der Herzog trat auf sie zu. Bedrohlich leise sagte er: „Sie werden Uns augenblicklich den Brief aushändigen, den Sie soeben verfasst haben."
Elisabeth warf der Gräfin einen giftigen Blick zu, dann wandte sie sich zu

ihrem Schreibpult um, wo der Brief lag, den sie bereits versiegelt hatte. Ungeduldig zerbrach der Herzog das Siegel - es war noch warm - zerrte die Pergamentstreifen aus den Schlitzen und entfaltete den Brief. Laut begann er zu lesen:

Hochgeborener Fürst, freundlicher Herr Vetter,
die Luft hier am Hof zu Dresden wird für mich unerträglich. Wie schön waren doch die Wochen bei Euch in Torgau. Ich konnte frei atmen und habe lange nicht so gut geschlafen und mit so gutem Appetit gegessen. Wie gerne würde ich Eurer Einladung folgen - das nächste Schiff würde ich besteigen und mich eigenhändig ans Ruder setzen, nur um schneller in Torgau zu sein. Wie angenehm waren die Gespräche mit Eurer lieben Gemahlin. Ich schätze sie sehr und bitte Euch, sie recht herzlich zu grüßen.
Leider erlaubt mein lieber Herr Vater nicht, dass ich wieder verreise. Noch weniger erlaubt er uns eine eigene Hofhaltung. Ich kann Euch nicht sagen, wie sehr ich darunter leide, für jeden Atemzug, den ich tue, Rechenschaft abzulegen. Außerdem spioniert man mir nach. Meine letzte Hofmeisterin, die Köstritzsche, eine widerwärtige, beschränkte Kröte, folgt mir auf Schritt und Tritt und wartet nur darauf, dass ich etwas tue, damit sie mich beim Herzog anschwärzen kann. (Bei diesen Worten atmete die alte Gräfin deutlich hörbar ein, doch der Herzog las ungerührt weiter.) Manchmal möchte ich auf und davonlaufen. Doch ich muss mich damit begnügen, Briefe zu schreiben. Ich bitte Euer Lieben inständig, an meinen Bruder zu schreiben, dass er bald nach Dresden kommen soll. Auf ihn setze ich große Hoffnung, dass er meine Situation verbessern wird. Wenn er auf den Alten einwirken könnte, dass wir vielleicht doch noch einen eigenen Haushalt bekommen, dann wäre ich überglücklich. Wenigstens kann ich denken, was ich will. Gott wird's wohl machen.
So seid denn Gott befohlen, bleibt allzeit bei guter Gesundheit und betet, dass wir uns bald wieder sehen.
Dresden, im März anno 1532E H z S

„Haben Sie dazu etwas zu sagen?" fragte Herzog Georg streng.
„Nein, ich denke, dass ich dem nichts mehr hinzufügen muss", erwiderte Elisabeth und verneigte sich leicht. „Das werdet Ihr zurücknehmen!" rief

die alte Gräfin.
„Was denn? Ihr meint sicher die widerwärtige, beschränkte Kröte? Gut, die Kröte nehme ich zurück. Es wäre eine Beleidigung für jede Kröte, Euch mit ihr gleichzusetzen. Allerdings muss widerwärtig und beschränkt stehen bleiben, denn dies entspricht - dem Himmel sei's geklagt - allzu sehr der Wahrheit."
„Elisabeth!" rief Herzog Georg. „Schluss jetzt! Sie werden sich jetzt entschuldigen bei der Gräfin."
„Wofür sollte ich mich entschuldigen? Dafür, dass sie mir hinterher spioniert, ungebeten in meine privaten Gemächer eindringt, ja, sich sogar anschleicht, mich zu Tode erschreckt, mich bei Euch schlecht macht? Meint Ihr, ich sollte mich dafür entschuldigen? Niemals! Ich bin schließlich die Schwester eines Landgrafen."
Die Köstritzsche schnappte nach Luft wie ein Fisch auf dem Trockenen und schaute den Herzog an, offensichtlich in der Erwartung, dass er mindestens die Todesstrafe aussprechen würde.
„Elisabeth, ich warne Sie. Sie gehen zu weit. Entschuldigen Sie sich. Sagen Sie, dass es Ihnen leid tut!" Elisabeth dachte an Philipps Worte, als dieser von den Bauernkriegen berichtet hatte, wie unbarmherzig der Herzog auf dem Schlachtfeld sein konnte. Seine Stimme hatte nun einen eindeutigen Befehlston. In Elisabeths Kopf überschlugen sich die Gedanken, nach einem schweren Atemzug begann sie leise: „Es tut mir leid!"
„Wie bitte? Etwas lauter! Wir haben Sie nicht verstanden!" donnerte der Herzog. Entzückt beobachtete die Gräfin, wie Elisabeth zerknirscht vor ihrem Schwiegervater stand und zu einer Entschuldigung gezwungen wurde. Nun drehte sich Elisabeth sogar zu ihr um, neigte ihr Haupt tief und fuhr lauter fort: „Es tut mir wirklich leid, dass Ihr, verehrte Gräfin Köstritz, eine so widerwärtige, beschränkte, alte Kröte seid!"
Hatte Elisabeth den ersten Teil des Satzes noch ganz demütig ausgesprochen, so glich der zweite Teil einem Fanfarenstoß, als gelte es, die Mauern von Jericho zum Einsturz zu bringen.
„Das wird ein Nachspiel haben! Sie werden sich in Zukunft vorbildlich verhalten oder wir werden Sie einsperren lassen", knurrte Herzog Georg und wandte sich brüsk ab. Die Köstritzsche fegte hinter ihm aus dem Zimmer. Elisabeth schloss die Tür leise hinter den beiden, dann ging sie zurück zum

Schreibtisch, um sich resigniert auf ihren Stuhl fallen zu lassen. Wieso konnte man sie nicht einfach nur in Ruhe lassen? Auf das Nachspiel war sie schon gespannt - aber ob er sie wirklich einsperren lassen würde?

Der Auftakt zu dem Nachspiel war nicht zu überhören. Herzog Georg hatte seinen Sohn zu sich zitiert - Elisabeth stand im Korridor vor den Gemächern des alten Herzogs und brauchte sich keine Mühe zu geben, um zu erlauschen, was der Vater dem Sohne einbläute. Herzog Georg war ohnehin empört über Elisabeths Ansinnen, eine eigene Hofhaltung zu bekommen. Dass sie von diesem Wunsch nicht abließ, obwohl er sie doch bereits mehr als einmal abgewiesen hatte, war in den Augen Herzog Georgs eine Frechheit. Dass sie sich jedoch über ihre Lage bei anderen Fürsten beschwerte, noch dazu behauptete, man spioniere ihr nach und ihre Lage am Dresdner Hof als unerträglich bezeichnete, das war der Gipfel gottloser Unverschämtheit.
Voller Hoffnung hörte Elisabeth nun, dass ihr Gemahl für sie Partei ergriff, ja seinen Vater sogar bat, sich und ihr eine eigene Hofhaltung, so bescheiden sie auch sein mochte, zu gewähren oder wenigstens mehr Entscheidungsfreiheit in ganz privaten Dingen zuzugestehen, da faltete Elisabeth die Hände und wagte kaum zu atmen.
Stille.
Dann brach der Sturm los. Herzog Georg geriet völlig außer sich. Undank war noch das Harmloseste, was er seinem Sohn und seiner Schwiegertochter vorwarf. Ob sich Elisabeth nicht mehr daran erinnern könne, wie kärglich ihr Leben in Spangenberg gewesen sei? Nicht einmal genügend Kleider habe sie gehabt und hätte deshalb nicht mitgedurft auf eine Hochzeit. Daran solle sie einmal denken, bevor sie eine eigene Hofhaltung verlange.
Und natürlich war der Höhepunkt der Schimpftirade der Satz: „So lange Wir noch einen Finger regen können, werden Wir auch selbst regieren!“ Elisabeth äffte ihren Schwiegervater leise nach, in diesem Moment öffnete sich die Tür und Herzog Johann stürzte aus dem Zimmer. Er war bleich und zitterte. Er eilte an Elisabeth vorbei, sie lief ihm nach, bis sie endlich in ihren eigenen Gemächern angekommen waren und die Tür hinter sich geschlossen hatten. Herzog Johann setzte sich aufs Bett und verbarg sein Gesicht in seinen Händen. Leise setzte sich Elisabeth neben ihn und legte ihren Arm um seine bebenden Schultern. Lange saßen sie so da; Elisabeth

strich sanft über den Rücken ihres Gemahls, bis er sich beruhigt hatte.
„Wie machst du das?“ fragte er schließlich leise.
„Was?“
„Ihm gegenüber stark bleiben. Ich kann das nicht. Ich habe das nie gelernt. Was stellt er sich vor, wie ich das Land regieren soll, wenn ich immer nur unter seiner Knute stehe? Er muss mir doch einmal etwas zutrauen!“
„Ich glaube, er hat dir zu viel Gehorsam beigebracht. Gehorsam ist etwas, das ich nie gelernt habe. Meine Mutter hat mir beigebracht, mich zu wehren, stark zu sein und jedem Gegner die Stirn zu bieten. Gehorsam hielt sie nicht für erstrebenswert. Ich hatte nie einen Vater, dem ich Gehorsam schuldete, du bist dagegen so ganz selbstverständlich mit deinem übermächtigen Vater aufgewachsen. - Soll ich noch einmal mit ihm reden?“
Bei diesem Vorschlag schaute Herzog Johann seine Gemahlin an, als ziehe sie in Erwägung, ganz allein gegen das Heer der Türken zu kämpfen.
„Nein, nein, auf keinen Fall. Ich weiß, du hattest immer ein gutes Verhältnis zu ihm, aber hast du nicht beobachtet, dass er in letzter Zeit sonderbar wird? Starrsinnig, wie es die alten Leute oft werden?“
„Ja, er hat sich verändert. Leider nicht zu seinem Vorteil. Das wird unsere Lage nicht verbessern. Immerhin hat er mich nicht eingesperrt.“
„Das hat er dir wirklich angedroht?“ Johann konnte kaum glauben, dass sein Vater daran auch nur denken konnte.
„Manchmal hoffe ich, dass er ganz und gar verrückt wird, dann hätten wir wenigstens endlich unsere Ruhe.« Mit erhobenen Brauen schaute Johann sie an. Dass sie derart unfromme Wünsche hegte, überraschte ihn.
»Ach, Johann, ich weiß nicht, wie es mit uns weitergehen soll. Wenn wir doch nur erst ein Kind hätten, dann könnten wir ganz anders dastehen. Wenn wir doch nur Ruhe, Zeit und Frieden hätten, dann würde sich sicher auch ein Kind einstellen.“ Plötzlich begann Elisabeth zu weinen, worauf nun Herzog Johann die Rolle des Tröstenden zufiel. „Es ist alles so ungerecht. Immer wieder höre ich von Frauen, die ein Kind nach dem anderen bekommen. Es ist so unerträglich, so grausam.“ Sie lehnte sich an ihn und fühlte erleichtert, wie ihr Gemahl seine Arme um sie schlang. Auch wenn sie jetzt traurig war, so war dies doch einer der wenigen Augenblicke der Vertrautheit zwischen ihnen beiden. Ausgerechnet der Kummer brachte sie einander näher.

Da kam wieder ein Brief aus Berlin. Eine Dienerin hatte den Brief in Empfang genommen und dem herzoglichen Paar in die privaten Gemächer gebracht, wohin sich die beiden zu einer kleinen Mittagsruhe zurückgezogen hatten. Herzog Georg öffnete den Brief ungeduldig.
„Nachrichten aus Berlin?“ rief Herzogin Barbara fröhlich. „Oh, mach ihn schnell auf. Ich kann es gar nicht erwarten.“
Herzog Georg überflog die ersten Zeilen noch mit freudiger Neugierde, ohne zu bemerken, dass die sonst so akkurate Schrift seines Schwiegersohnes Joachim sonderbar flach und kraftlos erschien.
„Was ist, was schreibt er denn?“ fragte Herzogin Barbara eindringlich, als sie die besorgte Miene ihres Mannes sah, der daraufhin ganz gegen seine Gewohnheit unsicher und fahrig wurde. Das Blatt in seinen Händen zitterte.
„So sag mir doch bitte, was er schreibt! Es ist doch alles in Ordnung?“ Aber die Stimme der Herzogin war so bange, dass sie selbst davor erschrak.
„Setz dich, Liebes“, sagte er, die Tränen in seiner Stimme waren nicht zu überhören. „Magdalene hatte drei Knaben.“
„Drillinge? Was heißt das ›sie hatte‹?“
Im Februar schon hatte sie die drei Knaben zur Welt gebracht, aber zwei von ihnen sind schon am selben Tag wieder gestorben, einer hat zumindest eine Nacht überlebt.
Herzogin Barbara brach schluchzend auf dem Bett zusammen.
„Mein Kind? Was ist mit meinem Kind?“
Ich danke dem allmächtigen Gott auf Knien, dass er mir meine liebe Gemahlin erhalten hat. Magdalene hat sich wieder erholt und war gestern schon mit ihren Jungfrauen in der Kirche, las Herzog Georg vor.
„Mein Gott! So lange hat sie schwach und krank gelegen. Wenn ich das gewusst hätte! Ich wäre doch an ihr Krankenlager geeilt.“ Aber dann wurde sie von ihren Tränen übermannt. Herzog Georg setzte sich zu ihr, nahm sie in seine Arme und drückte sie liebevoll an sich. Gemeinsam weinten sie. Lange.
„Wir haben noch unsere Tochter. Magdalene lebt. Sie hat es überlebt. Das ist die Hauptsache. Dafür wollen wir dankbar sein“, sagte er, doch diese Dankbarkeit nötigte ihm einiges ab.

Marburg, im Mai 1532

Elisabeth konnte kaum fassen, dass sie in Marburg war. Mit kleinem Gefolge, ganz ohne ihren Gemahl, aber von einer Eskorte gut bewacht und beschützt, war sie in ihrer alten Heimat angekommen.

„Wieso kommst du mit nur einer Hofdame?“ fragte Philipp erstaunt.

„Mehr Begleitung hat man mir nicht erlaubt. Das ist einerseits schade, andererseits aber auch gut. So darf ich hoffen, dass meine Hofdamen in meiner Abwesenheit mein Frauenzimmer hüten. Sonst würde ich am Ende nach Dresden zurückkehren und mein Frauenzimmer in einen Pferdestall verlegt vorfinden.“ Sie versuchte, ihre Worte scherzhaft klingen zu lassen, doch Philipp blieb das Lachen im Halse stecken. Offensichtlich war die Stellung seiner Schwester am Hof in Dresden keineswegs gefestigt, denn in diesem Scherz steckte ein gerütteltes Maß an Wahrheit. Da kannte er seine Schwester zu gut.

»Meine immer schwächer werdende Gesundheit hat den Herzog schließlich doch erweicht, und er hat mir die Reise nach Hessen erlaubt. Schon als wir Dresden hinter uns gelassen haben, waren meine Kopfschmerzen wie weggeblasen. In jedem Gasthaus, in dem wir einkehrten, habe ich mit einem Appetit gegessen, der die Portionen der Männer in den Schatten stellte! Und in fremden Betten habe ich so gut geschlafen wie in meinem eigenen Dresdener Bett schon lange nicht mehr.«

Elisabeth umarmte ihren Bruder und hielt ihn so lange fest, dass Philipp dafür sorgte, dass sie bald nach den offiziellen Höflichkeiten ungestört waren. Sie saßen in ihrem alten Kinderzimmer, wo noch immer der Vorhang hing, hinter dem sich Philipp als kleiner Junge versteckt hatte. Dort zwischen all den Erinnerungen an ihre Kindheit, die schwer genug gewesen war, die ihr aber doch aus ihrer heutigen Sicht geradezu paradiesisch erschien, brach alles aus ihr heraus. Die Bespitzelung, die Anschuldigungen, Verleumdungen und Intrigen; auch die Drohung ihres Schwiegervaters, sie einzusperren, verschwieg sie ihm nicht. Philipp saß erschüttert vor seiner Schwester, nahm sie schließlich in die Arme und ließ sie weinen.

„Ich bin für dich da, Schwesterchen. Ich werde alles tun, um dir und deinem Gemahl eine eigene Hofhaltung zu verschaffen. So kann es nicht weiterge-

Die Elisabethkirche zu Marburg

hen. Der Alte wird offenbar wirklich schwachsinnig. Du bist meine Schwester und eine Herzogin. Wer dir zu nahe tritt, soll sich mir verantworten."

Nach ihrer ersten Nacht in Marburg lag Elisabeth in ihrem Bett, hörte Gertrud schon im Nebenzimmer hantieren, dazu die Marburger Kirchturmglocken schlagen und freute sich auf diesen Tag, wie sie sich schon lange nicht mehr auf einen heraufziehenden Tag gefreut hatte. Es war Frühling. Die Wege waren trocken und fest, die Kirschbäume blühten - man konnte sich nicht mehr wünschen. Nur einen Sohn wünschte sich Elisabeth nach wie vor sehnlichst. Christine war wieder schwanger. Das Kind sollte im Juni zur Welt kommen. Auch Christines Gesicht hatte sich verändert - reifer und fraulicher schien es.

Den Morgentrunk, der gegen sieben Uhr gereicht wurde, hatten Elisabeth und Gertrud verschlafen. Auf Suppe und Bier konnten sie beide gerne verzichten. Aber nun war es Zeit für die erste große Mahlzeit. Da wollten sie nicht zu spät kommen. Philipp ließ die Tafel meist in seinen Gemächern oder im Frauenzimmer aufbauen. Dort aßen sie alle gemeinsam: Philipp und Christine, dazu Christines Hofdamen, ihr Hofmeister und ihre Hofmeisterin, auch die Kinder mit ihren Ammen. Außerdem gab es eine Zwergin und eine Närrin. Der Rest des Hofstaates bekam vom Hofmarschall im großen Saal Tische zugewiesen - streng geordnet nach der Rangfolge, wobei man bei den Mahlzeiten auf die oft ungesitteten Pferdeknechte und Hundejungen verzichtete - sie aßen im Marstall, wo sie vom strengen Regiment des Hofmarschalls unbehelligt blieben.
Elisabeth und Gertrud gingen gerade die große Wendeltreppe hinab, als sie von etwas weiter unten aufgeregte Stimmen hörte. Weder hatten ihre leichten Schuhe auf den Stufen ein Geräusch gemacht, noch hatten ihre Kleider geraschelt und so hatten die Männer sie nicht bemerkt. Als Elisabeth Philipps Stimme erkannte, verlangsamte sie ihren Schritt und bedeutete auch Gertrud, still zu stehen, denn der andere war Ulrich von Württemberg. Er war ihr Oheim und mittlerweile auch ein enger Freund Philipps, von dem Christine wenig begeistert war.
Elisabeth hatte sich zunächst gefreut, ihn zu sehen, auch wenn seine Anwesenheit in Hessen bedeutete, dass er noch immer sozusagen im Exil war

und nicht in seiner Heimat leben konnte. Sie erinnerte sich nur vage an ihn. Als Kind hatte sie ihn einmal gesehen und über seine Späße gelacht. Aber es war etwas anderes, jemandem aus der Ferne briefliche Grüße ausrichten zu lassen, wie Elisabeth sie dann und wann Philipp aufgetragen hatte, oder ob man mit jemandem unter einem Dach lebte und diesen Menschen auch in seinen alltäglichen Schwächen erlebte. Schon am ersten Abend hatte Elisabeth aus den Gesprächen herausgehört, dass Ulrich ihren Bruder immer wieder für sich haben wollte, für die Jagd, für Ausflüge in die Stadt, wahrscheinlich in Häuser von zweifelhaftem Ruf.

„Wieso nicht heute? Dann wenigstens morgen!" hörte sie Ulrich jetzt sagen. Er war über zehn Jahre älter als Philipp. Vermutlich brauchte er den jungen hübschen Philipp als Lockvogel. Sehr wahrscheinlich war auch, dass er Philipps Geldbörse brauchte.

„Nicht solange meine Schwester da ist", antwortete Philipp bestimmt. Zu Elisabeths Erleichterung hörte sie aus Philipps Worten, dass sie selbst und ihre gute Meinung über ihn wichtiger waren als Ulrich.

„Wie lange wird sie denn noch bleiben mitsamt ihrer milchgesichtigen Zofe?" fragte Ulrich ungeduldig. Er schien wirklich dringende Geschäfte mit Philipp zu haben. In Elisabeth kochte der Zorn hoch. Dass er auch noch Gertrud beleidigte, ging ihr zu weit. Du liebe Güte! War sie so blind gewesen, das Wesen dieses Mannes einfach nicht wahrzunehmen oder hatte er sich so sehr verändert? Sicher, seine Lage war alles andere als leicht. Diese ewige Unsicherheit konnte einen Mann zermürben. Doch musste er deshalb gleich derart scheußlich werden?

„Meine Schwester bleibt, so lange sie möchte und ich werde mich über jeden Tag freuen, an dem sie hier ist. So lange wirst du auf mich verzichten müssen."

„Die Mädchen fragen alle nach dir. Sie müssen auf dich verzichten, das ist viel schlimmer."

Aha! Natürlich hatte er diese dringenden Geschäfte im Hurenhaus. Wo auch sonst?

Elisabeth räusperte sich und trat etwas fester auf, damit die Männer sie hörten.

„Guten Morgen, Euer Gnaden. Ich sagte gerade Eurem Bruder, wie schön es ist, Euch endlich wieder einmal hier in Hessen zu sehen." Ulrich strahlte sie so krampfhaft breit an, dass Elisabeth schon fürchtete, sein Kiefer würde zerbrechen, wobei seine hellen Fischaugen aus seinem Gesicht hervortraten. Er streckte ihr die Hand entgegen, als wollte er ihr die letzten Stufen hinunter helfen, doch da kam Elisabeth in den Sinn, was diese Hände vielleicht heute morgen schon getan und berührt hatten. Ein angewidertes Schaudern konnte sie glücklicherweise vermeiden.

Ulrich wandte sich nun Gertrud zu, die errötend den Blick senkte und nicht antwortete.

„Guten Morgen, Schwester!“ sagte Philipp und küsste sie auf die Stirn.

Als die Vier den Raum betraten, saß der Hofstaat schon an den Tafeln und die Schüsseln wurden gerade hereingetragen. Der Duft von frischem Brot, Fleisch und dem ersten Frühlingsgemüse zog ein. Schnell setzte Elisabeth sich zu ihrem Bruder und achtete darauf, dass auch Gertrud bei ihr einen Platz bekam, denn der Württemberger hatte schon seine Fischaugen auf Gertrud geworfen.

Philipp wartete noch einen kurzen Augenblick, bis die Diener die Schüsseln platziert hatten und alle still waren, dann faltete er die Hände, um zu beten, worauf alle das Amen laut mitsprachen. Ulrich von Württemberg, der während des Gebetes seine blonden Haare, die nicht nur strähnig waren, sondern auch schon schütter wurden, vergeblich zu ordnen suchte, saß neben Christine, die ihn nicht einmal eines Morgengrußes für würdig befand. Offensichtlich hatte er sich bei ihr schon mehr als unbeliebt gemacht.

„Hast du wieder gut geschlafen?“ fragte Philipp.

„Ja“, sagte Elisabeth. „Die Luft ist hier doch anders. Und ihr beiden?“

„Auch gut“, erwiderte Christine; Philipp pflichtete ihr nickend bei.

„Wenn du willst, machen wir gleich mit den Kindern einen Spaziergang durch den Garten.“

„Nein, Herrin, ich muss Ihnen Elisabeth gleich entführen. Ich will ihr etwas zeigen“, sagte Philipp.

„Dann werde ich später zu dir kommen. Und ihr? Habt ihr was Schönes geträumt?“ fragte Elisabeth nun ihre Nichten. Die beiden hatten noch immer eine gewisse Scheu vor ihrer Tante, die sie noch nie gesehen hatten. Agnes war sechs Jahre alt. Sie war zierlich, blond und wie Elisabeth fand, für ihr Alter viel zu ernst. Anna war dreieinhalb Jahre alt, hatte braune Locken und noch ein rundes Kindergesichtchen. Beide blieben stumm.

„Nun gebt doch eurer Tante artig Antwort!“ sagte die Amme, worauf zumindest Anna „Ja“ sagte und Agnes leise nickte. Elisabeth sah schon, dass es wenig Sinn machen würde, die Kinder zu fragen, was sie denn geträumt hätten. Da würde sie wohl noch ein paar Tage warten müssen. Bei ihrer Ankunft hatte sie sie gleich in die Arme geschlossen und an sich gedrückt, aber die Kinder waren so still und steif gewesen, dass Elisabeth ihren Gefühlsausbruch gleich bereut hatte. Sie musste die beiden wohl erst ein wenig auftauen. Die mitgebrachten Geschenke hatten schon ein wenig geholfen. Die Puppen mit den seidenen Kleidern hatten zumindest Agnes schon davon überzeugt, dass Elisabeth freundlich war.
Elisabeth konnte nicht umhin, die Kinder immer wieder anzuschauen. Sie suchte in ihren Gesichtern Ähnlichkeiten mit sich selbst, fand aber keine. Zumindest hatte Agnes blondes Haar. Das hatte sie mit ihr gemeinsam. Anna sah eindeutig ihrer Mutter ähnlich. Wie Christine hatte sie braune Augen, doch hatten die Augen des Kindes noch nicht den wissenden, traurigen Ausdruck wie die Augen Christines. Elisabeth spürte, dass Christine auf eine Gelegenheit brannte, mit ihr alleine zu sein, doch Philipp wollte seine Schwester voll und ganz in Anspruch nehmen. Er hatte ihr noch am selben Abend ihrer Ankunft alle Neuerungen gezeigt, die das Schloss seit Elisabeths letztem Besuch erfahren hatte. Hier und dort gab es neue Wandteppiche, Decken waren mit frischer Farbe und Blütenranken versehen worden. Viel interessanter waren aber für Elisabeth die alten Dinge gewesen, die sie wiedererkannt hatte.
Aber heute, gleich am ersten Tag, wollte Philipp mit ihr in die Stadt. Seine Augen leuchteten. Offenbar wollte er ihr etwas zeigen, worauf er sehr stolz war. Die Pferde standen schon gesattelt im Schlosshof bereit. Ulrich von Württemberg war gerade vor ihnen abgeritten. Die Hufschläge seines Pferdes verhallten auf dem Pflaster.
„Das ist ein schöner Zelter“, sagte Elisabeth, als sie sich im Sattel zurechtsetzte und die Zügel nahm, während Gertrud das Kleid und den Mantel ihrer Herrin ordnete und in weitem Bogen über die Kruppe des Pferdes drapierte. Dann half der Stallmeister Gertrud in den Sattel. Auch sie war zufrieden mit ihrem Pferd, das Philipp ebenfalls mit reich verziertem Zaumzeug ausgestattet hatte.
„Gefällt er dir, Elisabeth? Er gehört dir.“

„Danke!"
„Ich habe lange nach einem solchen Tier gesucht. Keines ist so gutmütig wie dieses."
„Und so schön! Braun wie Kastanien und ebenso glänzend." Sie streichelte dem Pferd den Hals.
„Wie heißt er denn?"
„Pegasus." Elisabeth lachte. „Dann kann ich nur hoffen, dass er mich beim Briefeschreiben beflügelt. Immerhin darf ich noch Briefe schreiben. Das Lesen hat man mir ganz und gar verboten."
„Dann weiß ich ja, was du hier tun wirst. Du kannst hier lesen nach Herzenslust. Aber nun komm. Ich freue mich schon darauf, dir meine Überraschung zu zeigen."
Gemeinsam setzten sie sich in Bewegung, wobei Gertrud ein wenig hinter den beiden Geschwistern blieb. Als sie den Schlosshof verlassen hatten, öffnete sich vor ihnen eine unvergleichliche Aussicht. Ein Kirchturm schien zum Greifen nah, so steil war der Hang, auf dem das Schloss stand.
„Das dort ist die Pfarrkirche Sankt Marien. Sie ist seit kurzem lutherisch", erklärte Philipp für Gertrud, die zum ersten Mal in Marburg war. Offensichtlich war Philipp ausgesprochen gut gelaunt, dass er sogar das Wort an die junge Zofe richtete, dachte Elisabeth. Gemächlich ritten sie am Schloss vorbei und kamen in einen weiteren Schlosshof, der an der Stirnseite von dem großen Marstall begrenzt wurde. Dort herrschte wie an jedem Morgen rege Betriebsamkeit, doch als die drei Reiter auftauchten, wurden alle still und verneigten sich, worauf sich ihnen fünf weitere Reiter anschlossen - Philipps Leibgarde. Die Straße war so steil, das Pflaster so glatt, dass selbst die Pferde mit ihren großen, eisenbeschlagenen Hufen Schwierigkeiten hatten, sich zu halten. Gertrud, die sehr damit beschäftigt war, nicht vom Pferd zu rutschen, hatte kaum Augen für die Stadt, die sich mit ihren Fachwerkhäusern, Kirchen, Straßen und Gassen nun vor ihnen ausbreitete. Und immer wusste sie die Augen der landgräflichen Leibgardisten hinter sich. Es erschien ihr wie eine Ewigkeit, bis sie endlich an einem alten Kloster angelangt waren. Philipp und Elisabeth hatten die ganze Zeit über geredet, als säßen sie am Kamin.
„Das hier ist meine größte Überraschung."
„Das alte Kloster?" Elisabeth kannte das Kloster noch sehr gut aus ihren

Kindertagen. Ihre Mutter Anna war immer dorthin zur Beichte gegangen. Elisabeth erinnerte sich auch noch sehr gut an Pater Ignatius. Er musste wohl längst tot sein, denn schon als Kind war er ihr vorgekommen wie ein steinalter Mann. Und doch hatte er ihre Mutter um mindestens ein Jahr überlebt.

Alle waren abgesessen, die Leibgarde blieb draußen bei den Pferden, während Elisabeth, Philipp und Gertrud eintraten. Auch innen hatte sich vieles verändert. Eine neue Atmosphäre wehte durch das altbekannte Gebäude; die kontemplative Stille war einer eifrigen Diskutierfreude gewichen, die verstummte, als die hohen Besucher sichtbar wurden. Klösterlich sah es hier nicht mehr aus. Kein Mönch war zu sehen, stattdessen junge Studenten und Professoren, die nun still standen und sich tief verneigten. Es war, als gefriere das Leben, sobald der Landesherr auftauchte.

„Das ist die erste evangelische Universität Hessens", erklärte Philipp, der huldvoll in die Runde genickt hatte, sich dann aber zwischen den erstarrten Menschen so unbefangen bewegte wie zwischen den Säulen eines Kreuzgangs.

„Als Konkurrenz zu Wittenberg?"

„Eher als Ergänzung. Nachdem Erasmus von Rotterdam behauptet hat, dass dort, wo die Reformation auftaucht, die Bildung verloren sei, oder so ähnlich, konnten wir unmöglich untätig bleiben. Vieles wurde falsch verstanden. Dass vorher die Kirche das alleinige Recht hatte, junge Menschen auszubilden und dass Schulen allein in den Klöstern zu finden waren, hat viele lutherisch gesinnte Menschen fälschlicherweise allgemein gegen die Bildung aufgebracht. Aber so darf es nicht sein. Es kommt immer auf die Inhalte an, die vermittelt werden, und deshalb untersteht das gesamte hessische Schulwesen mir persönlich. Und nicht nur hier in Marburg gehen die Kinder zur Schule. Ich plane auch Schulen in den kleineren Städten und auf den Dörfern, damit die Kinder dort auch Lesen und Schreiben lernen."

„Kinder? Sag nur, du wirst auch Schulen für Mädchen errichten?"

„Sicher. Auch die Mädchen sollen Lesen und Schreiben können. Anders als die Knaben werden sie allerdings nur in der Volkssprache unterrichtet. Man wird ihnen die Bibel und den Katechismus erklären, ansonsten werden sie sich mit Handarbeiten und Hauswirtschaft beschäftigen, damit sie gute Familienmütter werden."

Elisabeth sah ihren kleinen Bruder an, zu dem sie nun aufschauen musste. Für einen Moment sah sie wieder den kleinen Philipp, der sich beim Versteckspielen immer hinter dem Vorhang versteckt und gerufen hatte: ‚Ich steck hier!'

„Du warst fleißig. Du kannst mächtig stolz auf dich sein."

„Möchtest du hineinschauen?"

„Sicher. Aber wir sollten die Vorlesungen nicht stören. Ich würde nur gerne zum Grab unserer Mutter gehen. Es ist doch noch im alten Kirschgarten?"

„Ja. Ich habe es dort gelassen, wie es ihr letzter Wille war. Ich würde sie zwar gerne in die Elisabethkirche überführen und ihr ein schönes Epitaph machen lassen, aber ich denke, ich sollte es vorerst so lassen, wie sie es bestimmt hatte."

„Wenn sie wüsste, dass du aus ihrem geliebten Kloster eine evangelische Universität gemacht hast, würde sie sich im Grabe umdrehen."

„Ich denke, sie würde mich mittlerweile verstehen. Aber nun lass uns zu ihrem Grab gehen."

Dort standen sie lange still. Schließlich sagte Elisabeth: „Sie hat das alles für dich getan. All die langen Jahre des Kampfes. Sie war eine gute Mutter."

Philipp atmete tief ein und wandte sich von dem Grab ab, als er seinen Atem langsam wieder ausströmen ließ.

„Komm, lass uns in die Elisabethkirche gehen."

Es war nur ein kurzer Ritt bis zu der eindrucksvollen Kirche, die mit ihren mächtigen Türmen alles weit überragte. Erst jetzt, beim Eintreten durch das große Portal, fühlte sich Elisabeth tatsächlich zu Hause angekommen. Diese Kirche war ihr schon früh eine geistliche Heimat gewesen. Sie liebte die kühle Stille, die sich wie ein Balsam auf ihre aufgescheuchte Seele legte. Noch immer war dort derselbe Priester - der aber nun das Evangelium verkündete -, dieselben Gesichter, die sich über gefaltete Hände beugten, Kerzen anzündeten oder leise murmelnd ihre Gebete sprachen, ganz so als habe sich nichts geändert, seit Elisabeth Marburg vor über zehn Jahren verlassen hatte.

Der Schrein der Heiligen Elisabeth, nach der sie benannt war, stand an Ort und Stelle und würde dort sicher auch noch in vielen hundert Jahren stehen. Und auch im rechten Flügel hatte sich nichts verändert. Dort waren

die meisten ihrer Vorfahren versammelt. In Stein gehauen lagen all die Ritter und Damen auf ihren Särgen, nur ihr Vater, Wilhelm II. war nicht nur als stolzer Ritter mit Schwert und Kettenpanzer zu sehen. Er lag wie auf einer Bahre, die von kleinen Säulen getragen wurde, zwischen denen - ebenfalls in Stein gehauen - ein verwesender Leichnam lag und die Betrachtenden drastisch an ihre eigene Vergänglichkeit gemahnte.
„Weißt du noch, wie er an seinem Sterbebett gesagt hat, dass du auf mich aufpassen sollst?“ fragte Philipp leise. Elisabeth lächelte. Normalerweise war sie es, die Philipp an diesen Augenblick erinnerte und dies schon so oft getan hatte, dass Philipp manchmal darüber gestöhnt hatte, wenn seine Schwester zu sehr auf ihn aufpasste.
„Und heute muss ich auf dich aufpassen, wie mir scheint. Mach dir keine Sorgen. Dir soll niemand ein Haar krümmen. Dafür werde ich sorgen.“

Sie kamen gerade pünktlich zur Nachmittagsmahlzeit wieder im Schloss an. Gertrud war heilfroh, den Berg wieder heraufgekommen zu sein, ohne über die Kruppe des Pferdes gerutscht zu sein. Elisabeth hatte nicht bemerkt, wie unwohl sich Gertrud gefühlt hatte, da sie ganz und gar begeistert war von all den Dingen, die Philipp ihr gezeigt hatte. Sie konnte nicht umhin, ihren kleinen Bruder zu bewundern.

Die Bewunderung erfuhr jedoch leichte Trübungen, als Elisabeth am Abend mit Christine im Frauenzimmer für eine Weile allein war. Christine hatte alle ihre Jungfrauen mit Aufgaben außerhalb ihrer Gemächer betraut, um einen ungestörten Abend mit ihrer Schwägerin zu haben. Die gemeinsame Zeit in Dresden, als Christine noch nicht die Ehefrau des Landgrafen gewesen war, hatte damals ein Vertrauen geschaffen, an das Christine anzuknüpfen hoffte, doch Elisabeth hatte ohnehin bemerkt, dass sie etwas auf dem Herzen hatte und Gertrud für früh entlassen.
„Dein Gemahl war überaus fleißig. Ich war wirklich beeindruckt, als er mich heute durch die Universität, die Schulen und das Krankenhaus geführt hat. Und ein Armenhaus hat er schon geplant. Ich hätte niemals gedacht, dass er ein so guter Landesvater werden würde“, sagte Elisabeth, nachdem sie es sich auf den roten Polstern in der Fensternische bequem gemacht hatte. Christine hatte auf der anderen Seite der Nische Platz genommen. Draußen

zog die Dämmerung herauf. Christine liebte die blaue Stunde, in der der Himmel das Licht des Tages vergessen, aber die schwarze Nacht noch nicht von ihm Besitz ergriffen hatte. Die Konturen der Kirchtürme und mancher Häuser waren noch deutlich zu erkennen, von Kerzen und Kienspänen erleuchtete Fenster drunten in der Stadt nur zu erahnen.
„Ich bin so froh, dass es dir wieder gut geht, Christine. Wir haben uns solche Sorgen gemacht, als dein Vater sagte, Philipp sei wegen deiner Krankheit früher vom Reichstag abgereist. Was hattest du denn?"
„Um ganz offen zu sein: Mir fehlte gar nichts. Philipp hatte mich gebeten, ihm Briefe zu schreiben, in denen ich ihn wegen einer schweren Krankheit bitte, sofort zurück zu kommen."
„Aber wieso das denn? Wieso will er unter einem solchen Vorwand einen Reichstag früher verlassen?"
„Er hat mir nicht alles erklärt. Nur soviel, dass es damit zusammenhing, Ulrich von Württemberg wieder als Herzog in Württemberg einzusetzen."
„Gut, dafür kann man sich ein wenig krank machen", grinste Elisabeth.
„Du hast also gleich gemerkt, dass dieser Mensch einen schlechten Einfluss auf meinen Gemahl hat?"
„Ja, leider. Es ist so lange her, dass ich ihn gesehen und gesprochen habe. Ich war damals ein Kind, er ein junger Mann. Philipp hat ihn viel öfter gesehen als ich. Ich war erschrocken, als ich gesehen habe, was aus ihm geworden ist, aber er und Philipp scheinen sich sehr nahe zu stehen." Und Elisabeth erzählte kurz ihr morgendliches Erlebnis auf der Treppe. „Aber richtig geholfen hat diese Briefekur wohl nicht, denn der Mann ist nach wie vor hier. Ich werde Philipp fragen, was es damit genau auf sich hatte. - Keine Sorge, ich bin vorsichtig. Ich werde nicht erwähnen, dass wir beide darüber gesprochen haben."
„Einverstanden. - Nimm dir von dem Gebäck. Es ist absolut köstlich. Ich habe der Köchin genau beschrieben, wie es in Dresden schmeckt. Wie es die Dresdner Bäcker herstellen, konnte ich ihr natürlich nicht beschreiben, aber dafür hat sie es ganz gut getroffen."
Ich bin froh, dass du diese kleinen Erinnerungen an Dresden hast. Es schmeckt nirgends so gut wie zu Hause, nicht wahr?" erwiderte Elisabeth und griff zu. „Hm, ich finde das hier sogar noch besser als das in Dresden", sagte sie mit vollem Mund und spülte mit Wein nach.

„Deinen Eltern geht es übrigens gut, ebenso meinem Gemahl. Dass Magdalene im Februar Drillinge zur Welt gebracht hat, die sie gleich wieder begraben musste, hat uns alle sehr schwer getroffen, aber vor allem deine Mutter. Es ist zu grauenhaft, drei Jungs zu bekommen, die man gleich wieder hergeben muss." Elisabeth schwieg und schaute aus dem Fenster. Sie machte sich ihre ganz eigenen Gedanken über diese Geschichte. Im Stillen beneidete sie ihre Schwägerin nach wie vor. Immerhin hatte sie schon zwei Söhnen und einer Tochter das Leben geschenkt. Und dann kamen drei Söhne auf ein Mal! Unfassbar! Das konnte eine Frau zur Heiligen erheben. Die Tatsache, dass die Söhne alle wieder gestorben waren, sicherte einer solchen Heiligen das Mitgefühl eines ganzen Landes auf ewig. Drei Söhne! Auf ein Mal! Diese Gedanken wälzte Elisabeth in ihrem Kopf immer wieder um und um. Immerhin kam sie ab und an zu dem Schluss, dass es absurd war, Magdalene zu beneiden.

„Und mein Vater ist wirklich nicht böse, dass ich den Glauben meines Mannes angenommen habe?" versuchte Christine ihre Schwägerin abzulenken.

„Nein, keineswegs. Ich denke, er sieht darin den Gehorsam einer Ehefrau. Den schätzt er sehr hoch." Elisabeth konnte nicht umhin, die Luft durch ihre Zähne zischen zu lassen und sich dabei ganz undamenhaft am Kopf zu kratzen.

„Das klingt, als vermisse er diesen Gehorsam bei dir?" fragte Christine vorsichtig.

„In letzter Zeit immer öfter. Aber du wolltest mir etwas sagen, oder?" Elisabeth wollte auf dieses Thema nicht näher eingehen.

„Ich weiß nicht, ob du überhaupt die richtige Person bis, um darüber zu sprechen. Es geht um meinen Gemahl." Christine schwieg und beobachtete Elisabeths Gesicht, das zu ihrer Erleichterung ruhig blieb und keine Spur von plötzlicher Verschlossenheit zeigte.

„Ich weiß nicht, wie ich es sagen soll - ich mache mir Sorgen." Elisabeth hätte kaum gedacht, dass eine Frau, die bereits zwei Kinder hatte und das dritte erwartete, noch irgendwelche Sorgen haben könnte, doch sie ahnte schon, worauf Christine hinauswollte: „Er verkehrt in zweifelhaften Häusern und du hast Angst, er könnte sich mit der Franzosenkrankheit anstecken?"

Christine sah auf ihre Hände, die sie im Schoß gefaltet hatte und nickte. „Aber es ist nicht nur das. Sag mir Elisabeth, sei bitte ganz offen - stimmt

irgendetwas nicht mit mir? Bin ich hässlich oder fehlt mir irgendetwas?"
„Christine, das ist Unsinn! Wie kannst du nur so etwas fragen? Natürlich bis du nicht hässlich. Du bist hübsch. Und nach den drei Geburten hübscher denn je. Du weißt doch, dass ich damals sehr dafür war, dass du meinen Bruder heiratest. Und ich hätte meinen Bruder niemals eine hässliche Frau heiraten lassen. Er ist selbst ein so schöner Mann, da gehört eine so schöne Frau wie du an seine Seite."
„Ja, er ist ein schöner Mann. Und auch wenn er nicht der Landgraf wäre, würden sich ihm die Frauen scharenweise an den Hals werfen. Das tun sie ganz offen. Ich musste schon drei meiner Hofdamen entfernen, weil ich es nicht ertragen konnte, zuzuschauen. Nicht einmal meine Närrin hat er verschont."
„Die Närrin?" Elisabeth konnte es kaum glauben.
„Ja", sagte Christine und musste doch ein wenig lachen. „Ich war ganz in der Nähe, als er ihr wohl ein sehr eindeutiges Angebot gemacht hat. Sie ist hübsch mit ihren dunklen Locken, da konnte er wohl nicht widerstehen. Aber sie... Du liebe Güte, das muss ich dir wirklich erzählen. Ich hoffe, du bist mir nicht böse."
„Nein, nein. Erzähl!"
„Also, er hat sie angesprochen und sie ruft gleich aus: ‚Ach, Euer Gnaden, das ist zu viel der Ehre!' Aber in einem Ton und einem Gebaren - das hat sie sich bei den dummen Gänsen abgeschaut, die alle auf ihn hereinfallen. Weißt du, so ein spitzer Aufschrei zwischen untertänigster Ergebenheit und purer Wollust. Und genau so hat sie dann hinzugefügt: ‚Hach, schweig still, mein klopfend Herz!' Dann wurden die beiden leiser, Philipp wollte offenbar einen Treffpunkt für das Schäferstündchen ausmachen, sie nickte ganz begierig, aber von jetzt auf gleich, hat sie ihn ganz gelangweilt angesehen und gesagt: ‚Oder... vielleicht auch nicht. Ich glaube, ich muss heute Abend ganz dringend die Kacheln an meinem Ofen zählen.' Dann hat sie sich umgedreht und hat ihn stehen lassen. Erst als er auch weg war und die Tür hinter sich heftig zugeschlagen hatte, hab ich meinem Lachen freien Lauf gelassen."
Sie musste wieder lachen.
„Du bist so schön, wenn Du lachst. Wieso machst du dir so unsinnige Sorgen? Du bist eine schöne Frau!"

„Ach, Elisabeth, du siehst mich mit den Augen einer Frau“, sagte Christine wieder ernst. „Vielleicht sollte ich doch einen Mann fragen, aber leider gibt es keinen Mann in meinem Leben, dem ich eine so intime Frage stellen könnte. Philipp begehrt mich nicht. Und ich weiß nicht, wieso.“
„Aber du hast ihm doch schon zwei Kinder geschenkt. Das dritte ist unterwegs und wird vielleicht sogar ein Sohn. Es ist doch offensichtlich, dass er dich begehrt.“
„Er schläft mit mir aus rein politischen Gründen. Kannst du dir vorstellen, wie demütigend das ist? Er muss mit mir schlafen, weil seine Räte ihn sonst dazu zwingen würden, aber gerne tut er es nicht. Mit all seinen Huren geht er liebevoller um als mit mir. Er sieht sie zärtlich an und küsst sie, streichelt ihre Gesichter - alles vor meinen Augen. Wenn er dann in der Dunkelheit zu mir kommt, dann riecht er noch nach einer anderen Frau. Einmal habe ich sogar zufällig gehört, was er ihnen für verzückte Schreie entlockt. Solche Lust ist sicher sündig, aber ich will sie auch spüren.“
Christine schaute ihre Schwägerin mit verweinten, verzweifelten Augen an. Elisabeth ergriff Christines Hände, die sie zu Fäusten geballt hatte und drückte sie liebevoll, doch Christine fuhr fort, sich selbst zu quälen: „Weißt du, auf einer bestimmten Ebene verstehen wir uns. Wenn es darum geht, den Haushalt zu organisieren, hier alles zu regeln, wenn er auf Reisen ist, dann weiß er, dass er sich auf mich verlassen kann. Das schätzt er an mir. Aber ich bin für ihn nichts weiter als die Hauswirtschafterin. Ich glaube fast, dass er mich als Frau gar nicht wahrnimmt. Ich weiß, das ist alles furchtbar dumm von mir und ich habe eigentlich keinen Grund, mich zu beschweren. Er ist besser als so mancher Ehemann. Jeder Mann, der etwas auf sich hält, hat seine Geliebten.“
„Selbst der Papst hat seine Geliebten“, warf Elisabeth ein, was Christine jedoch nicht tröstete.
„Philipp ist erstens lutherisch und zweitens begehrt er alle Frauen dieser Welt außer mir. Er schenkt ihnen, was er mir vorenthält. Verstehst du, wie ich das meine? Wenn er mit mir auch so liebevoll umgehen würde wie mit all den anderen Frauen, dann könnte es mir vielleicht sogar gelingen, darüber hinwegzusehen; aber da er mir vorenthält, was ich mir so sehnlichst von ihm wünsche und was zahllosen anderen Frauen zuteil wird, verletzt es mich zutiefst. Ich fühle mich dann so niedrig... ganz so, als sei ich gar

keine richtige Frau; als sei ich - unsichtbar." Christine hatte immer leiser gesprochen und schaute Elisabeth aus ihren klugen und unendlich traurigen Augen an, während Elisabeth erschüttert ihre Arme um Christines Schultern legte.
„Ich will versuchen, auf ihn einzuwirken."
„Oh, nein!" fuhr Christine erschrocken auf. „Tu das bitte nicht. Er wird gleich denken, dass ich mit dir gesprochen und dich geschickt habe."
„Ich könnte ihn allgemein auf seinen Lebenswandel ansprechen. Dein Vater hat mir aus Augsburg genügend berichtet. Außerdem werde ich sicher noch lange genug da sein, bis es Ulrich von Württemberg gar nicht mehr aushält, auf Philipps Gesellschaft in den Hurenhäusern zu verzichten."
„Sicher wollte er heute früh schon wieder in die Stadt, wie sie es immer nur nennen. Aber weißt du, dass sie in den Hurenhäusern verkehren, stört mich nur, weil ich Angst habe, dass er sich ansteckt. Was ich wirklich schlimm finde, ist dieses Geturtel direkt vor meinen Augen. Das verletzt mich." Christine barg ihr Gesicht in ihren Händen und schluchzte. In diesem Zustand war sie tatsächlich nicht sehr begehrenswert, doch das war wohl das Tragische an der Sache: Je mehr sie Philipps Zuneigung forderte und nicht bekam, desto verzweifelter wurde sie und desto weiter zog sich Philipp zurück und suchte sein Vergnügen in den Armen von Frauen, deren Augen nicht vom Weinen verquollen waren. Es war ein Teufelskreis, aus dem es kein Entrinnen zu geben schien. Elisabeth strich liebevoll über Christines Schultern und ihren gebeugten Rücken.
„Ich werde Philipp fragen, warum der Herzog von Württemberg noch immer hier bei ihm sein muss. Wahrscheinlich hat er es sich selbst zuzuschreiben, dass ihn die Württemberger nicht mehr haben wollen." Elisabeth versuchte, ihre Schwägerin von ihrem Schmerz abzulenken, und tatsächlich fasste sich Christine ein wenig, atmete tief durch und wischte ihre Tränen ab.
„Von diesen politischen Dingen verstehe ich nichts. Ich habe aber die Männer eines Abends belauscht. Beide waren schon betrunken. Da brüstete sich der Württemberger, den Ehemann seiner Geliebten umgebracht zu haben." Elisabeth schaute ihre Schwägerin alarmiert an.
„Um Himmels Willen, Christine! Ein Mord?" Sie wagte kaum zu flüstern. Auch Christine senkte nun ihre Stimme: „Dieser Mann, der nicht nur der

Stallmeister des Herzogs war, sondern auch dessen Freund, wollte seine Ehefrau für sich alleine haben."
„Verständlich."
„Er war nicht bereit, sie mit seinem Herrn zu teilen, auch wenn dieser sie schon längst entehrt hatte. Er machte die Schande seines Herrn öffentlich - auch wenn damit der Ruf seiner eigenen Frau ruiniert war - und nahm seinen Abschied. Da stellte der Württemberger seinem Stallmeister eine Falle. Er tat freundlich, so als wolle er sich mit ihm versöhnen und lud ihn zur Jagd ein, doch irgendwo im tiefsten Wald hat er ihn getötet. Mit seiner eigenen Hand."
„Ein Mörder", flüsterte Elisabeth. „Und mit diesem Menschen verbringt mein Bruder die Zeit."
„Zu viel Zeit. Deutlich mehr als mit mir."
„Christine! Auf deinen Schultern liegt zu viel Last."
„Verzeih mir. Ich rede die ganze Zeit nur von mir. Aber wie geht es dir denn in Dresden?"
Elisabeth berichtete nur in groben Zügen und beschönigte vieles. Davon, dass Christines Bruder Friedrich offenbar in den Wahnsinn abdriftete, sagte sie nichts. Christine hatte genug eigene Sorgen - trotz ihrer beinahe drei Kinder. Zum ersten Mal taten sich vor Elisabeth wirklich Philipps Abgründe auf. Er war zwar ein Mann, der mit Universitäten, Schulen, Kranken- und Armenhäusern für sein Volk sorgte und sich für die Reformation einsetzte, der aber in vielen Fragen der Politik vollkommen unüberlegt handelte, sich und sein Land damit in Schwierigkeiten brachte und obendrein nicht latzfest war. So bildete ihr Bruder eine unheilige Dreieinigkeit aus hitzköpfigem Politiker, gutem Landesvater und schlechtem Ehemann.

Der kommende Tag gehörte Christine und den Kindern. Gleich nach der großen Morgenmahlzeit verschwanden alle Frauen im Kinderzimmer. Spätestens beim Versteckspielen waren die beiden Mädchen aufgetaut, und sogar Agnes wurde ganz zutraulich.
„Das hab ich mit eurem Vater hier auch immer gespielt. Und er versteckte sich immer hinter dem Vorhang dort und rief: ‚Ich steck hier!' Da war er aber noch sehr klein. Noch kleiner als du jetzt bis, Anna."
Die Kinder schauten sie mit großen Augen an. Dass ihr Vater noch kleiner

gewesen sein sollte als Anna, lag jenseits ihrer Vorstellungskraft.
Die Kinder liebten besonders die Närrin und die Zwergin im Gefolge ihrer Mutter. Die Närrin war keine natürliche Närrin, wie man wahrhaftig verwirrte Menschen nannte, sondern eine Frau, die sehr wohl alle ihre Sinne beisammen hatte und in deren Nacken ein dicker Schalk saß. Sie war noch sehr jung, hübsch, mit einem runden Gesicht und vielen dunklen Locken, die unter ihrer Narrenkappe hervorquollen. Vor allem Anna setzte sich gerne die Narrenkappe auf und tollte in wilden Sprüngen durchs Zimmer, bis die Mutter ihr Einhalt gebot. Elisabeth lehnte sich in ihrem Sessel zurück und beobachtete die Szene. Es war hier so friedlich und harmonisch, fast konnte man vergessen, dass dies nicht überall der Fall war.
„Wo bleibt eigentlich Gertrud?“ fragte Christine. „Hattest du sie nicht geschickt, um etwas aus deiner Reisetruhe zu holen?“
„Ich werd schnell nach ihr schauen“, rief die Närrin und erhob sich aufatmend, als niemand etwas dagegen hatte. Sie brauchte eine Pause.

Gertrud steckte in Schwierigkeiten. Wie hätte sie auch ahnen können, dass das Schloss in Marburg gefährlich war? Gerade hatte sie die Tür hinter sich geschlossen und wollte den Korridor entlang eilen, um ihrer Herrin die Geschenke zu bringen, die sie noch für die Kinder hatte, da packte jemand sie am Arm.
„Guten Tag. Dein Name ist Gertrud, nicht wahr? Ein hübscher Name.“ Es war Ulrich von Württemberg, der nun groß und breit vor Gertrud stand und sehr deutlich machte, dass er sie so schnell nicht fortlassen würde.
„Meine Herrin wartet auf mich. Bitte lasst mich gehen“, stammelte Gertrud.
„Aber, aber, mein Kind. Deine Herrin wird noch eine Weile warten können.“ Er grinste und zeigte dabei sehr dunkle Zähne. Gertrud wurde übel. Unter ihrer züchtigen Haube hatte sich eine Locke hervorgestohlen, die Ulrich von Württemberg nun ergriff und zwischen Daumen und Zeigefinger prüfend rieb.
„Was ist? Wollt ihr sie kaufen oder warum prüft ihr sie so genau?“ Die Närrin stand plötzlich neben ihnen.
„Du musst übrigens keine Angst haben vor ihm, liebe Gertrud, denn bei ihm ist nur der Geist willig, aber das Fleisch dort ist ganz schwach.“

Sie zeigte mit ihrem Narrenstab, an dem Glöckchen bimmelten, auf die Körpermitte des Herrn, wo sich eine imposante Schamkapsel wölbte. „Ich nehme an, euer kleiner Freund fühlt sich in der Schamkapsel wie eine Made in einem leeren Weinfass!"

„Scher dich, Närrin!" fauchte der Württemberger und stieß die Närrin von sich. Diesen Moment nutzte Gertrud zur Flucht.

„Zu Hilfe, zu Hilfe, er hat mich fast umgebracht! Zu Hilfe!" schrie die Närrin aus Leibeskräften. Glücklicherweise kamen aus dem nächstliegenden Zimmer drei Diener, die sich dem Herzog in den Weg stellten. Bevor die beiden Mädchen um die Ecke bogen, wandte sich die Närrin noch einmal zum Ort des Geschehens um, wo die Diener gerade den jähzornigen Herzog zu bändigen versuchten. Als sie sah, dass sie für einen kurzen Moment die Aufmerksamkeit des Herzogs hatte, streckte sie ihm ihre Faust entgegen und erhob daraus ihren Mittelfinger. Dies machte alle Bemühungen der Dienerschaft zunichte.

„Jetzt aber schnell!" rief die Närrin.

„Danke!" keuchte Gertrud, als sie vor dem Kinderzimmer angekommen waren.

„Keine Ursache. Der Kerl ist die Pest. Mich hasst er richtig. Es ist nämlich nicht das erste Mal, dass ich ihm in die Quere gekommen bin. Beim Landgrafen darf ich mir das nicht erlauben, aber bei ihm mache ich mir schon einen Spaß daraus."

„Was war das für eine Geste?"

„Der Mittelfinger? Das haben schon die alten Römer gemacht, wenn sie jemandem zeigen wollten, dass sie ihn nicht schätzten."

„Woher weißt du das?"

„Hab ich gelesen."

„Du kannst lesen?"

„Natürlich. Und schreiben. In Deutsch und in Latein. Wenn man Narrenfreiheit hat, darf man sogar Bücher lesen." Sie öffnete der noch immer etwas bleichen Gertrud die Tür.

„Dieser Württemberger hätte beinahe Gertrud gefressen!" verkündete sie laut beim Eintreten, worauf Elisabeth aus ihrem Sessel hochschnellte. Christine sah so aus, als hätte sie nichts anderes erwartet und Gertrud schaute beschämt zu Boden.

„Das darf doch nicht wahr sein! Dieser Schurke!“ rief Elisabeth. „Das soll er sich noch einmal erlauben. Ich werde ihn persönlich erwürgen. - Gertrud“, fuhr sie nun sanft fort und nahm das Mädchen in die Arme. „Was hat er gemacht?“
„Noch nicht viel. Ich kam zum Glück rechtzeitig“, sagte die Närrin ernst.
„Ich werde mit meinem Bruder reden müssen.“
„Darf ich dabei sein?“ rief die Närrin und bimmelte mit ihrem Narrenstab.
„Du wirst keinen Ton von dir geben und dich ganz manierlich benehmen!“
„Das mach ich, das mach ich, das mach ich“, sang sie und tanzte im Kreis.
Elisabeth verdrehte die Augen, doch Christine machte ihr ein Zeichen, dass die Närrin sich tatsächlich benehmen konnte, wenn es darauf ankam.
„Aber vielleicht sollte ich erst mit einem Mann reden, der dem Württemberger auch skeptisch gegenübersteht. Es ist immer besser, alles zu wissen, bevor man sich in ein Gespräch begibt.“
„Kanzler Feige wäre der beste Mann. Ihn triffst du wahrscheinlich in der Kanzlei. Gertrud kann so lange hier bei mir im Frauenzimmer bleiben.“
„Danke, Christine!“
„Ich habe dir zu danken. Ich will gleich jemanden schicken, der Kanzler Feige Bescheid gibt.“
„Wo ist Philipp?“
„In der Stadt. Das kann dauern.“
„Gut. Er muss nicht mitbekommen, dass ich mit seinem Kanzler rede.“

Am Nachmittag - es regnete in Strömen, doch die Bauern hatten sicher auf den Regen gewartet - suchte Elisabeth Kanzler Feige auf, der seinem Titel entsprechend in der Kanzlei war. Kanzler Feige verneigte sich mit all seinen Schreibern tief, als Elisabeth eintrat.
„Euer Gnaden, was verschafft uns die Ehre Eures Besuches?“
„Ich brauche einen Rat, Herr Kanzler, und möchte für einen Augenblick alleine mit Euch sprechen, wenn das möglich ist.“
„Sicher, Euer Gnaden. Wir können hier in meine Schreibstube gehen. Darf ich Euer Gnaden eine Erfrischung anbieten?“
„Danke, gerne.“ Feige winkte einem Diener, der daraufhin verschwand.
„Nun, womit kann ich Euer Gnaden dienen?“ fragte er, nachdem Elisabeth Platz genommen hatte.

„Es geht um Ulrich von Württemberg", erklärte Elisabeth, worauf der Kanzler ein sehr besorgtes Gesicht machte. „Wie ich sehe, macht auch Ihr Euch Sorgen. Ihr wisst sicher, dass er unser Oheim ist. Ich habe ihn lange nicht gesehen und einige Veränderungen an ihm beobachtet - vor allem in seinem Charakter. Was könnt Ihr mir über ihn sagen?"
„Er war Mitglied des schwäbischen Bundes. Kaiser Friedrich III. hatte diesen Bund 1488 gegründet, um den Landfrieden zu stabilisieren und um seine Reformen besser durchsetzen zu können. Kaiser Maximilian, den Eure Mutter auch gut gekannt hat, wollte 1512 den Bund neu ordnen, doch Ulrich von Württemberg wollte sich diesem Bund nicht mehr anschließen, sondern gründete den Kontrabund und fand tatsächlich Bündnispartner. Schon seit Jahrhunderten schwelte der Kampf zwischen den Württembergern und den Habsburgern. Beide Häuser wollten den Hegau gerne für sich haben, denn der Hegau liegt zwischen Oberschwaben und Teilen des Elsass, was beides habsburgische Besitzungen sind; aber auch für Württemberg würde der Hegau eine Verbindung zwischen zwei Gebieten darstellen, nämlich Mömpelgard[1], der burgundischen Pforte und anderen Teilen des Elsass.
Dem Schwäbischen Bund war es bis dahin immer gelungen, diesen Konflikt auf diplomatische Weise einzudämmen, wenn auch nicht endgültig zu lösen. Zum Beispiel hat der Kaiser Württemberg zum Herzogtum erhoben und seine Nichte Sabine von Bayern mit Ulrich verheiratet. Die Hochzeit fand in Stuttgart mit unglaublicher Pracht statt. Aber was half das? Diese Ehe soll von Anfang an sehr unglücklich gewesen sein. Er ist ein jähzorniger Mensch und seine Frau steht ihm wohl in nichts nach. Er war mit Sicherheit der erste Mann für die junge Sabine, doch sie war beileibe nicht seine erste Frau. Er hatte schon immer in Häusern von zweifelhaftem Ruf verkehrt, Liebschaften gehabt und sich genommen, wonach ihm gerade der Sinn gestanden hatte. Sein einstiger Vormund hatte eine hübsche Tochter, Ursula Thumb von Neuburg, aber davon später."
„Das hätte ich mir niemals vorstellen können. Er erschien mir immer so gut und wohlwollend. Ist es nicht entsetzlich, wie man sich in einem Menschen irren kann?"

---

1 Mömpelgard: das heutige Montbéliard.

„Euer Gnaden, Ihr wart ein Kind. Und gerade Kindern zeigen Erwachsene gerne ihre besten Seiten."
Der Diener kam zurück und stellte zwei Weingläser ab.
„Im Grunde hatte Ulrich seinen Staatshaushalt schon vollkommen ruiniert. Er lebte nicht nur auf viel zu großem Fuß, sondern führte auch Kriege, die riesige Summen verschlangen. Da wollte er wieder einen Krieg beginnen. Um seine Kriegskasse zu füllen, erhöhte er die Steuern, aber auf so perfide Art und Weise, dass es die Armen traf. Die Maße für Lebensmittel wurden verringert, die Preise blieben. Man bekam also für das gleiche Geld noch immer das gleiche Maß Getreide, doch hatte man letztlich deutlich weniger im Sack, weil ein Pfund eben kein Pfund mehr war, sondern nur noch ein halbes oder dreiviertel; das weiß ich nicht so genau.
Die Leute versammelten sich, es kam zum Aufstand des Armen Konrad, so nannten sich die Leute: Konrad - einer der keinen Rat mehr weiß, so klingt es in ihrer Sprache. Die Menschen verlangten doch nur, was recht und billig war. Ich habe von keinen Grausamkeiten gehört, aber der Herzog von Württemberg verlangte von seinem Adel Hilfe zur Niederschlagung des Aufstands, was dieser auch gerne gewährte, doch die württembergischen Adligen taten das nicht umsonst. Sie verlangten als Gegenleistung, dass sie in Zukunft weitreichendes Mitspracherecht hatten, vor allem was Kriege und Steuern anging. Das hat Herzog Ulrich sicher nicht geschmeckt, aber er musste nachgeben, auch wenn er dem Adel damit eine Macht einräumte, die ihm gefährlich werden konnte.
1515 erschlug er nämlich den rechtmäßigen Ehemann seiner Geliebten Ursula. Sein Name war Hans von Hutten. Er hatte wohl versucht, es wie einen Jagdunfall aussehen zu lassen, aber die Tat wurde ruchbar. Entsetzt floh seine Gemahlin Sabine. Der Streit zog immer weitere Kreise und eskalierte immer mehr, bis der Kaiser ihn schließlich mit der Reichsacht belegte. Als Kaiser Maximilian 1519 starb, sah Herzog Ulrich seine Zeit gekommen und überfiel die freie Reichsstadt Reutlingen. Da wandte sich der Schwäbische Bund gegen seinen ehemaligen Bundesgenossen und vertrieb ihn aus seinem Land. Ich weiß nicht, wo er danach hingegangen ist. Bei unserem Landgrafen ist er seit 1526."
„Man müsste ihn irgendwie wieder in sein Land bringen - auch wenn mir die armen Württemberger schrecklich leid tun werden, aber anders wird

man ihn wohl nicht los." Elisabeth nippte nachdenklich an ihrem Wein.
„Wenn ich mir erlauben darf, Euer Gnaden - der Landgraf hat sich auf dem letzten Reichstag in Augsburg sehr für den Württemberger eingesetzt."
„Tatsächlich? Davon hat er mir gar nichts geschrieben."
„In der Tat hat er sich beim Kaiser so sehr für den Württemberger verwandt, dass man schon meinen konnte, dieser Mensch sei ihm wichtiger als die Anerkennung der Confessio Augustana. Wie weit er damit gediehen ist, kann ich Euer Gnaden aber leider nicht sagen. Ich weiß nur, dass Herzog Heinrich von Braunschweig, der mit einer Schwester des Württembergers verheiratet ist, dem Landgrafen wohl Unterstützung zugesagt hatte, doch ihn dann im Stich gelassen hat. Vom Landgrafen selbst werden Euer Gnaden sicher mehr erfahren."
„Wie war das genau auf dem Reichstag in Augsburg?"
„Euer Gnaden meinen allgemein? - Es ist zwar schon eine ganze Weile her - beinahe drei Jahre -, aber ich erinnere mich noch genau, dass der Landgraf zunächst gar nicht selbst zu diesem Reichstag fahren wollte. Er wollte lediglich mich, den Magister Schnepf und den jungen Grafen von Waldeck nach Augsburg schicken. Er gab uns genaue Anweisungen, dass wir vollkommen einmütig handeln und jegliche Trennung wegen der Abendmahlsstreits zwischen Luther und Zwingli vermeiden sollten. Auch von den Straßburgern, die eher zu Zwingli tendierten, sollten wir uns auf keinen Fall trennen lassen. Dem Landgrafen war sehr daran gelegen, dass wir als eine Einheit aufträten. Auf keinen Fall sollten wir den Kaiser und den Reichstag als Instanz in diesen Glaubensfragen anerkennen, sondern beharrlich auf ein Generalkonzil dringen, wie es der Kaiser auf früheren Reichstagen schon in Aussicht gestellt hat. Ich musste meinen ganzen Mut aufbringen, um den Landgrafen dazu zu überreden, doch selbst hinzufahren, denn mein Brief kam einer Weigerung gleich.
Ich fühlte mich nicht befugt, derart wichtige Dinge ohne meinen Herrn zu vertreten. Was ist denn ein kleiner hessischer Kanzleibeamter vor dem Kaiser, wenn seine Majestät sich schon nicht von Fürsten beeindrucken lässt? Ich kann Euer Gnaden versichern, dass ich sehr erleichtert war, dass der Landgraf dann schließlich doch mitkam. Das Ergebnis bezüglich der evangelischen Sache kennt Ihr ja."
„Ja, der Kaiser hat alles abgelehnt und es gab schließlich doch zwei Bekennt-

nisschriften aus dem Lager der Lutherischen - was letztlich einer Spaltung gleichkommt, die wir vermeiden wollten", seufzte Elisabeth. „Nun, immerhin haben sie kurz darauf den Schmalkaldischen Bund gegründet und sich gegenseitige Unterstützung zugesichert, ganz gleich wie sie zum Abendmahl stehen. Ich hoffe nur, dass Papst und Kaiser sich dadurch von einem Krieg gegen die Reformation abhalten lassen.

Mein Schwiegervater berichtete mir außerdem, dass Philipp in Augsburg sehr ausschweifend gelebt habe. Ist das denn wahr? Was könnt Ihr mir darüber sagen?" Ärger wallte in Elisabeth auf, als sie sah, dass Kanzler Feige sie mit einer Miene ansah, die besagte, dass ihm die Wahrheit nur sehr schwer über die Lippen kommen werde und auch nicht unbedingt für die Ohren einer ehrbaren Frau bestimmt waren.

„Nun, wie soll ich sagen, Euer Gnaden?" Kanzler Feige wand sich.

„Er hat gespielt, gehurt und gesoffen?" Elisabeth bot diese kleine Hilfestellung an, sodass der Kanzler nur noch nicken musste. Und wenn er über Elisabeths Wortwahl schon erstaunt war, so war er über den Fluch, den er nun von den Lippen der Herzogin zu Sachsen hören musste, dergestalt erschüttert, dass er ein großes Taschentuch hervorholen und seine Stirn abtupfen mussten, worüber Elisabeth geflissentlich hinwegsah.

„Es tut mir schrecklich leid, aber einmal hat der Landgraf sogar zehntausend Gulden verloren im Spiel mit Gabriel Salamanca, einem engen Vertrauten und Ratgeber Ferdinands, des kaiserlichen Bruders."

Elisabeth atmete hörbar aus. Mehr Details brauchte sie nicht zu hören. „Ich danke Euch, Ihr habt mir sehr geholfen."

Der Regen hatte nachgelassen. Das gleißende Pflaster dampfte unter der Sonne. Vögel zwitscherten. Elisabeth suchte den Himmel ab und richtig - ein Regenbogen wölbte sich in einem perfekten Halbkreis über der Stadt.

Gespannt wartete Christine im Frauenzimmer, was Elisabeth zu berichten hatte. In groben Zügen erzählte Elisabeth, wie Ulrich von Württemberg sich um sein Land gebracht hatte.

„Er hat sein Geld verschleudert und das Volk sollte geradestehen für seine Fehler. Dieser Schurke!" empörte sich Christine.

„Ja, ja, der Nonnenmacher!" warf die Närrin ein und bimmelte mit ihrem Narrenstab.

„Ach, Närrin, es geht doch hier nicht um einen Nonnenmacher, sondern um einen Verbrecher!"
„Sag ich doch! Verbrecher! Und der merkelwürdige Engel hat nicht aufgepasst und sich über den Tisch ziehen lassen!"
Christine verdrehte die Augen. „Manchmal übertreibt sie. Dann weiß keiner, wovon sie eigentlich spricht. Wahrscheinlich nicht einmal sie selbst."
„Immer wieder muss das Volk die Suppe auslöffeln, die schlechte Fürsten eingebrockt haben. Und die Fürsten kommen ganz und gar ungeschoren davon. Ich frage mich, ob sich das jemals ändern wird", sagte Elisabeth und schaute nachdenklich aus dem Fenster.
„Nein, niemals!" rief die Närrin. „Auch nicht in fünfhundert Jahren, wenn der Nonnenmacher und die lehmigen Brüder die Karre in den Dreck fahren. Dann wird das Volk auch wieder brav bezahlen dürfen, aber die Verursacher, die schlechten Fürsten und die unredlichen Kaufleute wird man belohnen."
„Jetzt schweig für einen Moment, Närrin! Wer wird denn so närrisch sein, die Verursacher von Hunger und Elend zu belohnen?"
Und zu Elisabeth gewandt flüsterte sie: „Manchmal redet sie so wirr, dass ich ihrer überdrüssig werden könnte."

Es war schon Abend, als Elisabeth endlich ihren Bruder für sich hatte. Sie saß allein im großen Saal des Frauenbaus. Es war nicht lange her, da hatte sie mit Christine hier in dieser Fensternische gesessen. Die Sonne stand schon tief und tauchte Marburg und die Lahn in rotes Licht. Alles war friedlich. Elisabeth hatte das Fenster geöffnet und genoss die frische Abendluft. Die Närrin saß verborgen in einer anderen Fensternische. Dann und wann bimmelten leise die Glöckchen, die sie an ihrem bunten Gewand trug.
„Du wolltest mich sprechen, Elisabeth?" Philipp deutete eine kleine Verbeugung an und küsste seine Schwester auf die Stirn. „Ist etwas passiert? Du siehst so ernst aus."
„Ja, Philipp, leider ist etwas passiert. Ulrich von Württemberg hat heute Gertrud aufgelauert und bedrängt. Wenn die Närrin nicht dazwischengekommen wäre…"
Philipp machte eine abwehrende Handbewegung und sagte: „Ja, er hat es mir schon erzählt. Es ist doch gar nichts passiert. Ich verstehe nicht, dass

dich ein so unbedeutender Vorfall so sehr aufbringt, dass du mit mir darüber reden musst."

„Philipp! Ich werde nicht dulden, dass dieser schreckliche Mann meiner Zofe noch einmal zu nahe tritt. Sie ist ein ehrbares Mädchen und ich hoffe, dass ich sie gut verheiraten kann mit einem Mann, mit dem sie glücklich wird. Das wird aber nicht geschehen können, wenn ein hirnloser Schurke wie dieser Württemberger ihren Ruf ruiniert. Für diesen Mann wäre Gertrud ein kleines Abenteuer, nicht mehr als ein Gläschen Eiswein, das er sich zum Nachtisch in den Schlund kippt. Er hätte sie am nächsten Tag schon vergessen. Aber für Gertrud wäre es das Ende der Welt. Für ein kurzes Vergnügen ist dieser Mann bereit, das Leben und das Glück eines Mädchens zu zerstören."

„Elisabeth, ich bitte dich, es ist doch nur ein Mädchen."

„Sie ist *mein* Mädchen, *meine* Jungfrau", fauchte Elisabeth. „Ich bin für sie verantwortlich und sie ist mir wichtig. Glaubst du etwa, nur weil sie ein Mädchen aus einem unbedeutenden Haus ist, kann man sie behandeln wie ein Stück Fleisch?" Ihr war klar, dass das jeden Tag hundertfach geschah, aber in ihrer unmittelbaren Nähe wollte sie es nicht dulden.

„Wieso ist dieser Mensch überhaupt noch hier?"

„Wieso bist du so aufgebracht gegen unseren guten Oheim? Du weißt doch, dass man ihn aus seinem Land vertrieben hat."

„Wie lange ist das jetzt her?"

„Das war 1519; hier bei mir ist er seit 1526." Philipp sprach leise und wagte kaum, seine Schwester anzuschauen, die bereits tief Luft geholt hatte.

„Seit sieben Jahren ist dieser Mann schon hier und trägt den hessischen Staatshaushalt ins Hurenhaus! Philipp! Das kann so nicht weitergehen. Ich will, dass du ihn nach Hause schickst."

„Das kann ich nicht. Er hat kein Zuhause. Ich kann ihn nicht im Stich lassen. Wir sind Freunde. Wir haben zusammen im Feld gestanden. Das verbindet zwei Männer. Du als Frau kannst das nicht verstehen."

„Im Feld, im Feld! Dass ihr Männer immer den Krieg verherrlichen müsst. Nein, das kann ich wahrhaftig nicht verstehen, dass man sich unbedingt mit einem ruchlosen Menschen verbunden fühlen muss, nur weil man mit ihm im Feld gestanden hat. Du hättest besser ohne ihn bei strömendem Regenwetter im Wald gestanden. Wieso ist er überhaupt aus Württemberg

vertrieben worden? Wahrscheinlich hatten die Württemberger einen guten Grund, ihn loszuwerden.“ Dass sie sich über die Hintergründe bereits genauestens unterrichtet hatte, musste sie Philipp nicht unbedingt auf die Nase binden.
„Nein, so ist es nicht. Er ist ganz und gar unschuldig.“
„Natürlich! Er ist ein armes, unschuldiges Opfer“, erwiderte Elisabeth in gespieltem Mitleid.
„Sprich bitte nicht so mit mir. Ich komm mir vor wie ein dummer Junge!“ sagte Philipp gequält. Die Närrin hatte die Ohren gespitzt und hörte grinsend zu. Sie selbst brauchte keine Kommentare abzugeben, sondern konnte sich zufrieden zurücklehnen, wenn der Landgraf eine Gesprächspartnerin wie Herzogin Elisabeth hatte.
„Nun gut, ich werde dir zuhören. Erzähl mir, wie du ihn wieder in sein Land bringen willst.“ Elisabeth verschränkte ihre Arme und sah ihren Bruder herausfordernd an. Philipp wich ihrem strengen Blick aus, indem er aus dem Fenster schaute, wo nun die Nacht langsam Besitz von Marburg ergriff.
„Ich bemühe mich schon seit Jahren darum. Ich hatte gehofft, Herzog Heinrich von Wolfenbüttel würde mich unterstützen, schließlich ist er der Schwager Ulrichs. Ich habe Heinrich kurz vor dem Augsburger Reichstag in Wolfenbüttel aufgesucht und ihn gefragt, ob er nun seinen Gehorsam gegen den Kaiser aufgegeben habe und bereit sei, sich mir anzuschließen.“
„Anzuschließen wofür?“ fragte Elisabeth mit böser Vorahnung, die gleich von Philipp bestätigt wurde: „Zu einem Kriegszug nach Württemberg, um Ulrich mit Gewalt wieder einzusetzen.“
Elisabeth legte stöhnend ihre Hände auf ihr Gesicht. „Krieg? Könnt ihr Männer denn an kein anderes Mittel denken als nur an Krieg? Verdammt noch mal!“
„Du darfst nicht glauben, dass wir es nicht im Guten versucht hätten. Wir haben schon auf dem Reichstag in Speyer versucht, Druck auf den Kaiser auszuüben. Die Kurfürsten wollten Ferdinand, den Bruder des Kaisers nur zum König wählen, wenn Ulrich von Württemberg vorher wieder sein Land zurückbekommen hätte. Erst als diese Bemühungen wirkungslos blieben, wollten wir zu den Waffen greifen. Erst dann haben wir versucht, Heinrich von Wolfenbüttel für unsere Zwecke zu gewinnen. Ich habe ihm gesagt, dass ich Augsburg während des Reichstages belagern würde.“

„Philipp!“ rief Elisabeth. „Das wäre Landfriedensbruch gewesen.“
„Das hat Heinrich von Wolfenbüttel auch gesagt und mir gedroht, dass er meine Pläne dem Kaiser anzeigen müsste, wenn ich nicht sofort schwiege.“
„Daran tat er wahrhaftig gut!“
„Ja. Ich hab es dann ja eingesehen. Es wäre nicht gut gewesen, Augsburg zu belagern, denn zur Zeit des Reichstages sind zu viele Könige, Fürsten und Kurfürsten in der Stadt, die alle nicht ohne bewaffnete Truppen reisen. Es wäre ohnehin zu riskant gewesen.“
„Auch ohne dieses Risiko wäre es Landfriedensbruch gewesen. Darauf steht die Todesstrafe, wenn ich dich daran erinnern darf. Du darfst dir nichts zuschulden kommen lassen, wodurch der Kaiser dich unter Druck setzen könnte. Ich denke nicht, dass er dich tatsächlich hinrichten würde, aber wenn er dich in der Hand hat durch ein Verbrechen wie Landfriedensbruch, dann könnte er dich zu Zugeständnissen zwingen, die den Schmalkaldischen Bund schwächen. - Wie seid ihr verblieben in Wolfenbüttel?“
„Wir haben vereinbart, den Kaiser noch einmal zu bitten, dass er Ulrich von Württemberg sein Land zurückgeben möge. Falls das bis zu einem bestimmten Zeitpunkt nicht geschehe, wollten wir ihn mit Waffengewalt wieder in seine alten Rechte einsetzen.“
„Du meine Güte! Das ist ja nicht viel besser als der völlig verrückte Plan, den du vorher hattest. Und der besagte Zeitpunkt sollte nach dem Reichstag sein?“
„Nein, während des Reichstages“, erwiderte Philipp kleinlaut.
„Ich fasse es nicht. Ich fasse es einfach nicht.“ Elisabeth war aufgesprungen und durchmaß den Saal mit langen Schritten. „Hast du überhaupt eine Ahnung, in was für eine Situation du mich bringst? Ich bin deine Schwester, und die Fehler, die du in der Politik machst, die darf ich am Dresdener Hof ausbaden. So ist das! - Habt ihr auch irgendwas Vernünftiges hinbekommen?“
„Elisabeth hör auf! Bitte! Ich habe mich wirklich auf dich gefreut, und jetzt…“
„Jetzt wasche ich dir deinen Kopf. Es ist auch bitter nötig!“
„Es ist doch alles schon vorbei und es kam zu keinem Kriegszug. Außerdem hatten wir vereinbart, dass wir die Truppen, die wir für Ulrich von

Württemberg mobilisieren wollten, dem Kaiser zur Verfügung stellen wollten für seinen Feldzug gegen die Türken, falls er doch unseren Wünschen entspräche. Aber dann ist uns Heinrich von Wolfenbüttel in den Rücken gefallen und hat sich geweigert, uns zu unterstützen."

„Was war eigentlich mit den Torgauern? Mit dem Kurfürsten Johann und unserem Vetter Johann Friedrich? Sie haben sich dir doch in dieser Sache nicht angeschlossen?"

„Nein. Und ich habe ihre Gesellschaft auch nicht gesucht. Wir haben nicht einmal gemeinsam die Messe besucht", sagte Philipp in fast trotzigem Ton.

„Philipp! Wir müssen zusammenhalten! Wenn wir uns entzweien, dann ist das schlecht für die Reformation. Der Kaiser hat doch sicher mitbekommen, dass es zwischen euch Unstimmigkeiten gegeben hat und sich ins Fäustchen gelacht. Du standest früher mit Johann Friedrich auf so vertrautem Fuß, wieso jetzt nicht mehr?"

„Es ärgerte mich maßlos, dass der Kurfürst einen Prediger namens Eisleben in Augsburg bestellt hat, der von der Kanzel gegen die Sakramentierer wetterte, wie er diejenigen nennt, die nicht Luthers, sondern Zwinglis Auffassung vom Abendmahl teilen. Dieser Eisleben hat es sogar gewagt, gegen Ulrich von Württemberg zu hetzen. Damit hat er auch mich verunglimpft! Mich! Ich dagegen habe meinem Prediger Magister Schnepf - der von Melanchton übrigens sehr gelobt wird - verboten, dieses leidige Abendmahlsthema überhaupt zu berühren.

Und wirf mir nicht vor, ich würde die Reformation entzweien. Ich weiß sehr wohl, was auf dem Spiel steht. In Augsburg habe ich mich immer wieder bemüht, Frieden zu stiften zwischen den verfeindeten Lagern der Reformatoren. Es ist wahrhaftig lächerlich, dass sie nicht in der Lage waren, sich zu verbünden und ihre Gemeinsamkeiten in den Vordergrund zu stellen, um sich gegen den Kaiser und die katholische Kirche behaupten zu können. Deine Torgauer waren unglaublich halsstarrig. Ich kann dir nicht sagen, wie froh ich bin, dass es uns wenigstens gelungen ist, den Schmalkaldischen Bund zu gründen, in dem wir uns vereinen und dem Kaiser gegenüber als Einheit auftreten. Fast wundert es mich, dass die Torgauer dem Bund beigetreten sind. Aber um noch einmal auf Augsburg zurückzukommen: Die protestantischen Fürsten waren dem Kaiser gegenüber standhaft. Übrigens auch die Torgauer." Mit einem Seitenblick vergewisserte sich Philipp, dass

Elisabeth sich etwas beruhigt hatte. Nun kam sie ans Fenster zurück, um sich zu setzen.

„Erzähl! Sie haben dem Kaiser wieder die Stirn geboten?"

„Ja. Das hättest du sehen sollen. Der Kaiser bot jedem Einzelnen von uns große Summen und Ländereien an, wenn wir nur der neuen Lehre abschwören wollten. Markgraf Georg von Brandenburg machte unmissverständlich klar, dass er sich niemals kaufen lassen würde. Bevor er das Evangelium verleugne, wolle er lieber vor seiner kaiserlichen Majestät niederknien und sich den Kopf abschlagen lassen. Als sein Bruder Ferdinand es ihm ins Französische übersetzt hatte, rief der Kaiser in seinem gebrochenen Deutsch: ‚Nicht Kopf abhauen, nicht Kopf ab!' Auch die Torgauer blieben standhaft."

„Ist es nicht lächerlich, dass der Kaiser der Deutschen nicht einmal deutsch spricht, sondern nur radebricht? Ich habe den Eindruck, dass er keine Ahnung hat von dem, was in Deutschland vor sich geht, wie wir fühlen und denken. Ist es nicht im Grunde eine Frechheit, dass er versucht, die Fürsten mit Land und Geld zu ködern, damit sie sich von der Reformation lossagen?"

„Da hast du recht. Ich selbst hatte eine lange Unterredung mit dem Kaiser, während der ich ihm lange auseinandersetzen musste, dass ich hier im Diesseits doch unmöglich für mein Wohlergehen sorgen könnte, indem ich mein Seelenheil aufs Spiel setze. Jederzeit kann ich vor Gottes Richterstuhl treten. Und glaube mir - der Kaiser hat mich versucht wie der Teufel unseren Herrn in der Wüste. Er bot mit Geld, er bot mir an, mich zum König zu machen und den Streit mit Nassau um Katzenelnbogen zu meinen Gunsten zu entscheiden. Er bot mir sogar an, Ulrich von Württemberg wieder in sein Land einzusetzen, doch ich habe alles abgelehnt und ihm gesagt, dass ich mir all diese Dinge nicht durch Gottes Zorn erkaufen wolle. Ich versicherte ihm, dass ich mich gerne belehren lassen wolle - aber nur durch die Schrift. Das hat ihn wohl überzeugt und er hat von mir abgelassen. Ich hatte den Eindruck, dass ihm unsere tapfere Haltung doch Respekt abgenötigt hat."

„Am Ende könnte man ihn doch noch auf unsere Seite ziehen!" sagte Elisabeth. Ihr Scherz zeigte dem erleichterten Philipp, dass sie sich beruhigt hatte. „Sieh dir nur an, Philipp, wie geschickt dieser Kerl ist! Gewiss hat er jedem einzelnen genau das vor die Nase gehalten, wovon er wusste, dass er es sich sehnlichst wünscht. Aber wir waren ganz und gar von der Württem-

bergischen Sache abgekommen. Wie ist das weitergegangen?"
„Ach!" stöhnte Philipp und machte eine wegwerfende Handbewegung. „Um es kurz zu machen: Heinrich von Wolfenbüttel und ich haben uns gestritten. Heftig. Ich hab seine Herberge im Zorn verlassen, aber am nächsten Tag kam er zu mir und wollte sich wieder versöhnen. Er hat mir angeboten, mich im kommenden Jahr zu Pfingsten bei einem Kriegszug zu unterstützen. Wir übernahmen alle Artikel aus dem Wolfenbütteler Vertrag, nur der Termin wurde geändert aufs darauffolgende Jahr zu Pfingsten, aber wie du siehst, ist auch diese Frist verstrichen, ohne dass es zum Krieg kam. Der Wolfenbütteler fand wieder Ausflüchte. Anfangs sagte er noch, Ulrichs Forderungen seien rechtens, zum Schluss wollte er erst prüfen, ob sie wirklich rechtens seien. Mit einem solchen Mann ist nichts anzufangen."
„Philipp, schau, ich sehe deine gute Absicht dahinter. Du willst nicht nur deinem Freund wieder zu seinem Land verhelfen, sondern du weißt, dass Ulrich von Württemberg sofort die Reformation einführen wird, sobald er restituiert ist", sagte Elisabeth in versöhnlichem Ton. „Aber man muss ihm mit Verhandlungen wieder zu seinem Land verhelfen, nicht mit Blutvergießen. Wer ohne Not Krieg beginnt, dem wird Gott nicht helfen."
Philipp wich ihrem Blick aus, der unverwandt auf ihm ruhte. Nachdenklich betrachtete Elisabeth ihren kleinen Bruder, der nun so viel größer war als sie. Er war ein wirklich schöner Mann. Er war jung und stattlich. Unter seinen eng anliegenden Hosen zeichneten sich muskulöse Beine ab. Er hatte unzählige Stunden im Sattel verbracht. Auf der Jagd, beim Turnier - im Krieg. Seine Gesichtszüge waren fast ein wenig zu fein für diesen muskulösen Körper. Vielleicht spiegelte sich in diesem Gegensatz die Tatsache wider, dass er es sich nicht ausgesucht hatte zu kämpfen, sondern dass man es ihm von frühester Jungend an aufgezwungen hatte.
„Und dir Schwesterchen? Wie geht es dir?" fragte er leise. Das konnte er auch: liebevoll, fürsorglich und sanft sein. Kein Wunder, dass sich ihm die Frauen scharenweise an den Hals warfen.
„Die Zeit hier in Marburg erscheint mir wie eine Galgenfrist. Ich habe Angst davor, nach Dresden zurückzukehren. Dort wartet auf mich nichts Gutes."
„Ich weiß. Aber du weißt, dass du meine volle Unterstützung hast. Wenn es sein muss, auch militärisch."
„Ich hoffe nicht, dass ich deine militärische Unterstützung in Anspruch neh-

men muss. - Weißt du, Herzog Georg wird sonderbar, wie es alte Leute oft werden. Starrsinnig und unsinnig und aufbrausend und ... ach, es ist oft schrecklich. Du kennst das ja! Ich werde der verrücktesten Dinge beschuldigt und Herzog Georg glaubt mir nicht, wenn ich mich verteidigen will. Es ist so vollkommen lächerlich. Er hat mir schon mit Strafen gedroht, wenn ich mir noch etwas zuschulden kommen lassen sollte. Darunter fällt auch das Lesen von Büchern!"

„Niemand soll wagen, dich anzurühren. Du stehst unter meinem Schutz."

„Danke, Philipp! Ich danke dir." Elisabeth war froh, einen solchen Bruder zu haben. Wenn man als Frau in Gefahr war, dann stand man schnell allein auf weiter Flur, wenn man nicht einen männlichen Verwandten hatte, der bereit war, sich einzusetzen. Es gelang Philipp, seine Schwester von ihren Sorgen abzulenken und wieder etwas aufzuheitern, doch Elisabeth hatte noch nicht alles gesagt, was gesagt werden musste. Geschickt brachte sie das Gespräch noch einmal auf Gertrud und allgemein den Umgang von Männern mit Frauen, wobei Philipp nicht ohne Stolz durchblicken ließ, dass auch er die eine oder andere Geliebte hatte. Er war überrascht, als Elisabeth ihn dafür tadelte: „Ich bitte dich, Elisabeth! Selbst alle Päpste, die wir bisher erlebt haben, halten sich ihre Geliebten."

„Ach! Seit wann ist der Papst der Maßstab deines Handelns? Christine hat dir zwei Kinder geschenkt. Und demnächst wird sie dir mit Gottes Hilfe einen Sohn schenken! Du solltest sie auf Händen tragen."

„Ja, Christine ist sittsam und tugendhaft und treu und lieb und brav - und sie langweilt mich zu Tode."

„Du versündigst dich!" rief Elisabeth und erhob sich. Philipp rief ihr nach, doch Elisabeth hielt nicht inne und würdigte ihn auch keines Blickes. Er fluchte. Die Närrin saß atemlos lauschend in ihrer Fensternische. Wenn der Landgraf in dieser Stimmung war, war es äußerst unklug, seine Aufmerksamkeit zu erregen.

Am nächsten Morgen traf Elisabeth ihren Bruder allein auf der Treppe.

„Bitte, Philipp, verzeih mir wegen gestern Abend." Er war erleichtert, sie versöhnlich zu sehen. Er hatte lange nicht einschlafen können und alle ihre Vorwürfe in seinem Kopf um und um gewälzt.

„Du hast ja in vielen Dingen recht", erwiderte er, indem er ihr seinen

Arm bot.
„Gerade, dass du Christine so wenig achtest, zeigt mir, wie wenig Achtung ich erwarten darf. Sie hat Kinder, ich nicht."
„Elisabeth. So darfst du nicht denken. Du bist mir lieb und wert, auch ohne einen Sohn."
„Ich bin dir lieb und wert als deine Schwester, aber in Dresden bin ich eben niemandem lieb und wert, solange ich keinen Sohn habe."
„Deinem Gemahl auch nicht?"
„Das wird immer besser. Unser gemeinsames Unglück bringt uns einander näher." Sie atmete tief durch und schaute aus dem Fenster, als wolle sie die Gedanken an Dresden abschütteln. „Wie schön es heute wieder ist. Ein Tag wie geschaffen zum Ausreiten."
„Ja, das sollten wir alle gemeinsam tun."
„Kommt der Württemberger auch mit?" fragte Elisabeth etwas alarmiert.
„Nein, keine Sorge. Ich habe Ulrich für ein paar Tage die Zapfenburg[2] zur Verfügung gestellt."
„Da kann er sich ja austoben."
Philipp nickte nur und versuchte, die Bilder dieses Austobens, das er nur zu gut kannte, aus seinem Geist zu verbannen, denn schon waren sie im Frauenzimmer angelangt, wo die Tafel bereitstand.

Gleich nach dem Morgenmahl hatten sie Elisabeths Vorschlag in die Tat umgesetzt und waren alle ausgeritten; durch die Stadt hinunter zur Lahn, durch die Wälder der Lahnberge, wo Philipp auf einer weitläufigen Lichtung einen kleinen Imbiss hatte richten lassen. Erst am späten Nachmittag waren sie zurückgekehrt. Philipp war seinen Geschäften nachgegangen, Elisabeth hatte die verbliebene Zeit zum Lesen genutzt und war vollkommen überrascht gewesen, als Gertrud sie zum Abendessen rief.
Philipp speiste außer Haus, sodass die Frauen ganz unter sich waren. Elisabeth sah, wie selbstverständlich Christine mit ihrem Hofstaat umging, alles regelte, wie ihre Anordnungen befolgt wurden und in welcher Harmonie das Essen eingenommen wurde. Alle Hofdamen, Dienerinnen und Diener kannten ihre Pflichten, ihre angestammten Plätze und stellten nichts infrage.

---

2 Zapfenburg: die heutige Sababurg in Nordhessen.

Christine hatte bestimmt, welche Speisen und Weine aufgetragen würden - Elisabeth hätte sich nicht einmal erlauben dürfen, sich ihr Lieblingsgericht - süße Pfannkuchen - zu wünschen. Sie hatte zwar ihre Hofdamen, aber eine Närrin und eine Zwergin, wie man sie sich an allen Fürstenhöfen zur Unterhaltung hielt, hätte sie in ihrem Hofsaat nicht aufnehmen dürfen. Allerdings war sie von Narren und Närrinnen am Dresdner Hof reichlich umgeben. In ihrem kleinen Kreis schaltete Christine wie eine Königin. Mehr denn je wünschte sich Elisabeth endlich eine eigene Hofhaltung.
„Was denkst du, Christine? Wäre Agnes nicht eine gute Frau für Moritz, unseren kleinen Vetter? Philipp hat versprochen, ihn auszubilden. Vielleicht wird er dann auch lutherisch, dadurch hätten die beiden schon ein Streitthema weniger. Ich hoffe, dass er auch nach Dresden kommen darf. Er ist ein so guter Junge. Ich mag ihn sehr. Mit ihm hätte Agnes einen guten Ehemann. "
„Ja, daran habe ich auch schon gedacht. Wo ist Moritz eigentlich im Moment? Er ist doch sicher nicht mehr bei seinen Eltern in Freiberg, sondern wird schon an verschiedenen Fürstenhöfen erzogen. "
„Moritz soll im Dezember zum Erzbischof von Brandenburg."
„Doch nicht zu diesem Albrecht nach Halle!" rief Christine. „Ich hatte gehofft, sie würden ihn nach Torgau schicken, dann hätte der Junge einen martinischen Lehrer."
„Wegen der religiösen Dinge müssen sich Euer Gnaden sicher die geringsten Sorgen machen", sagte die Närrin und machte dabei eine beruhigende Handbewegung. „Der ehrenwerte Herr Erzbischof von Brandenburg ist ein Mann, neben dem sich unser allseits geschätzter Herzog Ulrich von Württemberg wie ein verhärmter Asket ausnimmt."

Dresden im Juni 1532

„Ohnmächtig, sagen Sie?" Herzog Georg klang besorgt.
„Ja, Vater. Sie ist ohnmächtig geworden. Es steht mit ihrer Gesundheit schon lange nicht zum Besten. Sie braucht Ruhe. Wenn wir vielleicht gemeinsam eine kleine Reise..." Herzog Johann brach mitten im Satz ab. Der Blick seines Vaters war so finster, als erwarte er gleich wieder die Forderung nach einer eigenen Hofhaltung.
„Nein, nicht schon wieder eine Reise. Sie war doch erst in Hessen. Und von dort ist sie krank zurückgekehrt. Wir werden einen Arzt kommen lassen. In Leipzig gibt es einen guten. Wir werden sofort nach ihm schicken. Er hat auch Uns schon behandelt und rasch geholfen."

Es vergingen Tage, in denen Elisabeth kaum aß und trank, nur im Bett lag und nichts anderes tat, als an die Decke zu starren. Gertrud saß bei ihr, legte kühle nasse Tücher auf ihre Stirn oder überredete sie, etwas Quellwasser zu trinken. Es war schon Mittag, doch der Raum lag noch im Dämmerlicht, da Gertrud die Vorhänge nicht zur Seite hatte ziehen dürfen. Elisabeths andere Jungfrauen saßen im Gemach nebenan und unterhielten sich leise. Als der Arzt aus Leipzig kam, erhob sich Gertrud, blieb aber in der Nähe des Bettes stehen.
„Guten Tag, mein Name ist Prestbach. Der Herzog hat nach mir geschickt. Wie fühlen sich Euer Gnaden?"
Elisabeth hätte am liebsten laut losgeweint, als sie in das liebevolle, alte Gesicht mit den kurzsichtigen Augen sah. Auch wenn sie es nicht tat, so lag auf ihrem Gesicht doch genug Schmerz.
„So schlimm?" fragte er und setzte sich, wobei er ihre Hand nahm.
„Erzählt mir, was Euch fehlt."
„Ein Kind. Ein Kind. Ich muss ein Kind bekommen", brach es aus ihr heraus. „Es ist die alte leidige Geschichte. Als ich in Hessen war, ging es mir gut. Ich habe mich so gesund gefühlt, so stark. Aber sobald wir von dort abgereist sind, ging es mir schlechter. Mit jeder Meile, die wir zurückgelegt haben, habe ich mehr Kopfschmerzen, weniger Appetit, weniger Schlaf, doch umso mehr Müdigkeit bekommen. Ihr könnt Euch nicht vorstellen, wie man mich hier empfangen hat. Mein Gemahl war froh, mich wieder zu sehen, meine

Jungfrauen auch. Sie waren geradezu erleichtert, mich endlich wieder zu haben, denn während meiner Abwesenheit hat Gräfin Köstritz sie schlimmer drangsaliert als jemals. Doch der Rest des Hofstaates, allen voran diese Gräfin Köstritz mitsamt dem Frauenzimmer der alten Herzogin, hat offenbar nur auf meine Rückkehr gewartet, um mich wieder quälen zu können. Sofort sind sie über mich hergefallen und haben mich gefragt, ob ich mir aus Hessen ein Kind mitgebracht hätte, denn da seien die Kinder doch wohlfeil."

Doctor Prestbach runzelte die Stirn und schaute seine Patientin fragend an.

„Man reibt mir damit den etwas lockeren Lebenswandel meines Bruders unter die Nase. Ich muss zugeben, er ist kein Heiliger, aber dass sie daraus ihre Messer schmieden, um mich zu verletzen, ist widerlich! Auch dass ich vor ein paar Jahren scheinschwanger gewesen bin, wird jetzt wieder aufgewärmt in unflätigen Witzen. Ich kann es nicht mehr ertragen. Ich fühle mich wie gerädert. Am liebsten würde ich nur noch im Bett bleiben, gar nicht mehr aufstehen, damit ich meine Ruhe habe vor diesen Kröten. Ich habe ständig Kopfschmerzen, kann nachts gar nicht mehr schlafen, und selbst wenn ich am Tag ein wenig ruhen will, werfe ich mich nur hin und her."

Gertrud nickte bestätigend, als der Doctor sie ansah.

„Würdet Ihr mir erlauben, Euch zu untersuchen?"

Elisabeth nickte. Gertrud half ihr, sich im Bett aufzusetzen und das Nachtgewand zu öffnen. Der Arzt setzte sein Hörrohr auf ihre Brust, auf ihren Rücken und ihren Bauch, sie musste tief einatmen, husten, wieder normal atmen; dann befühlte der Arzt ihre Stirn und ihren Puls.

„Euer Gnaden brauchen Erholung, frische Luft und Bewegung. Ich werde mit dem Herzog sprechen, dass er Euch das Ausreiten erlaubt."

Elisabeth atmete erleichtert auf. Das war eine Medizin, die sie gerne nehmen würde. Sie sah sich schon abends auf dem Zelter, den Philipp ihr geschenkt hatte, durch die Felder vor Dresden galoppieren. Vielleicht würde Johann sie begleiten? Vielleicht hätten sie eine Weile für sich allein, nur sie beide im Sonnenuntergang?

Nachdem der Doctor sich von Elisabeth verabschiedet hatte, wurde er von einem Diener zu Herzog Georg und dessen Gemahlin geführt. Das herzogliche Paar saß in einem der Empfangszimmer, dessen Pracht den Arzt beeindruckte, ihn aber auch zweifeln ließ, ob Menschen, die in solchen Zimmern wohnten, Verständnis aufbringen würden für eine Frau wie Elisabeth, die in ihrem goldenen Käfig verkümmerte. Die ehrliche Besorgnis auf den Gesichtern der beiden ließ ihn aufatmen, denn er hatte noch immer nicht die richtigen Worte gefunden, um diesen Menschen beizubringen, was Elisabeth wirklich fehlte.

„Wie steht es um Unsere Schwiegertochter?"

Der Doctor verneigte sich würdevoll und etwas zu lange, als wolle er Zeit gewinnen.

„Nun, man sollte ihre Krankheit durchaus ernst nehmen. Sie braucht Zeit."

„Was für eine Krankheit ist es denn? Wie nennt man dieses Gebrechen?" fragte die Herzogin leicht ungeduldig.

„Mit Verlaub, Euer Gnaden, die junge Herzogin ist krank vor Kummer. Offenbar ist ihre Sehnsucht nach einem Kind übermächtig. Sie erzählte mir auch von einer Scheinschwangerschaft, die sie vor wenigen Jahren durchgestanden hatte..."

Bei diesen Worten schnalzte die Herzogin verächtlich mit der Zunge. Außerdem vereiste ihre Miene, was die Hoffnungen des Arztes sinken ließ.

„Sie muss Bewegung haben an der frischen Luft. Ich denke, Ausreiten wäre ein gutes Mittel, die junge Herzogin auf andere Gedanken zu bringen."

„Sie soll nicht auf andere Gedanken kommen, denn sie soll einen Thronfolger zur Welt bringen. Sie ist schon dreißig Jahre alt. Ich in ihrem Alter hatte bereits..."

Der Herzog ergriff beschwichtigend die Hand seiner Gemahlin.

„Ihr habt mir schon geholfen, wenn ich in Leipzig war, und ich habe schon oft gesehen, wie ihr anderen geholfen habt. Wir werden Euren Rat befolgen."

Die Realität sah anders aus: Frühmorgens klopfte die Zofe der alten Herzogin an die Schlafzimmertür, um Elisabeth zu wecken. Elisabeth, die wie immer schlecht geschlafen hatte, war nur mit größter Mühe dazu zu bewegen, sich zu erheben. Nicht nur ihr Kopf tat weh, sondern alle Glieder schmerzten, ihr war übel und sie konnte kaum die Augen offen halten. Etwa eine Stunde später saß sie auf einem Pferd, ohne recht zu wissen, wie sie dorthin gekommen war. Sie war bleich, hatte dunkle Ringe unter den Augen und fühlte sich wie eine fünfte apokalyptische Reiterin. - Nur, dass sie nicht wie die biblischen Reiter in scharfem Galopp daherpreschte, sondern schön sittsam neben der Kutsche her ritt, in der ihre Schwiegermutter saß und unablässig auf sie einredete. Sobald sich ein junger Reiter auch nur näherte, schaute die alte Herzogin aus dem Fenster, um dem Mann einen besonders bösen Blick zuzuwerfen. Die Versuchung, sich mit einem lauten Schnarchen an den Hals des Pferdes sinken zu lassen, war groß. Und irgendwann war sie zu groß. Noch größer war dann allerdings die Empörung der alten Herzogin, die nicht in der Lage war, darin Übermüdung zu sehen, sondern dies viel mehr als einen Affront gegen ihre Person und ihre Lehren auffasste. Herzog Johann musste die Sache ausbaden. Immerhin gelang es ihm, mithilfe des Arztes seine Mutter davon zu überzeugen, dass diese Arte des Ausreitens Elisabeths Gesundheit nicht förderlich war.

Ein Brief von Kurprinz Johann Friedrich hellte Elisabeths Stimmung auf: Da die Türken nach wie vor das Reich bedrohten und Kaiser Karl sämtliche Fürsten dringend zur Verteidigung benötigte, hatten die Protestanten Nürnberg erreicht, dass Kaiser Karl die protestantischen Städte und Fürsten in den Reichsfrieden mit aufnahm. Dies bedeutete, dass alle Prozesse gegen Protestanten beim Reichskammergericht eingestellt wurden. Außerdem wurde das Wormser Edikt aufgehoben. Luther stand also nicht mehr unter Acht und Bann und seine Schriften waren nicht mehr verboten. Ein unglaublicher Fortschritt, den Türken sei Dank!

Tatsächlich blieb das Verhältnis zwischen Elisabeth und Herzog Georg gestört. Er war nicht mehr ihr „herzallerliebster Herr Vater", sondern begegnete ihr mit einer Strenge, die Elisabeth nur noch unbeugsamer machte, was wiederum den Herzog zu noch mehr Kälte und Strenge veranlasste. Schönberg und Schleinitz genossen jeden noch so kleinen Disput zwischen Elisabeth und ihrem Herrn, die Köstritzsche fühlte sich bestärkt und schnüffelte Elisabeth nach, wo sie nur konnte. Doch auch die Herren Schleinitz und Schönberg blieben nicht untätig: Elisabeths Jungfrauen waren an manchen Abenden noch spät unterwegs, weil ihre Herrin nicht einschlafen konnte

und nach einer heißen Milch mit Honig verlangte. Und eines Abends fiel diese Aufgabe der kleinen, schüchternen Gertrud zu. Gerade als Gertrud ihre Aufgabe erledigt hatte und auf dem Weg in ihr eigenes Schlafgemach war, trat Herr von Schleinitz auf dem Korridor ihr entgegen.
„Ach, Jungfer Gertrud, wie gut, dass Ihr gerade hier seid. Gräfin Köstritz fühlt sich nicht wohl. Ob Ihr vielleicht einen Moment…"
„Sicher!" antwortete Gertrud und folgte Herrn von Schleinitz in das Gemach der Gräfin. Er ließ sie eintreten und schloss dann die Tür hinter sich. Als Gertrud den Schlüssel im Schloss hörte, wandte sie sich erschrocken um und sah, wie Herr von Schleinitz den Schlüssel aus der Tür nahm, um ihn in seiner Gürteltasche verschwinden zu lassen. Erschrocken schaute sich Gertrud um, doch da war keine Gräfin Köstritz, nur Herr von Schönberg, der nun auf sie zukam und ihr einen Platz am Tisch anbot.
„Wo ist die Gräfin?" Gertrud versuchte vergeblich, ihre Stimme fest klingen zu lassen.
„Die Gräfin ist bei Herzogin Barbara. Und es geht ihr prächtig."
„Aber Ihr sagtet doch, die Gräfin Köstritz fühle sich nicht wohl!"
„Ich habe gelogen, mein Kind", sagte Schleinitz mit sanfter Stimme. Weit weniger sanft fuhr er fort: „Das sollte Ihr jedoch nicht tun. Setzt Euch!" Schleinitz setzte sich ebenfalls an den Tisch, viel näher als es Gertrud lieb war, Schönberg stand genau hinter ihr.
„Eure Herrin ist eine Anhängerin Luthers. Das wissen wir. Das braucht Ihr nicht zu leugnen. Hat sie Schriften dieses Ketzers irgendwo versteckt? Los, sagt es uns. Wir haben die Mittel, alles aus Euch herauszuholen. Und wenn Ihr jetzt schön artig seid und uns sofort sagt, was wir zu wissen wünschen, dann werden wir darauf verzichten, am Hof zu verbreiten, dass Ihr nur zu gerne bereit wart, mit uns in dieses Gemach zu kommen. Und was glaubt Ihr, würde Eure Herrin mit Euch machen, wenn sie erführe, dass Ihr mit uns beiden hier allein wart, für ein paar Augenblicke, ein paar Stunden, die ganze Nacht?"

Luthers Schriften landeten natürlich auf dem Schreibtisch Herzog Georgs. Dort lagen sie fein säuberlich gestapelt, als Elisabeth wieder einmal in das Zimmer des Herzogs zitiert wurde.
„Wir können Uns schon denken, wie diese Bücher in Ihr Gemach gelangt

sind. Sie waren in der Truhe verborgen, die der Kurprinz Ihnen mitgebracht hat! Hinter Unserem Rücken! Was sollen Wir davon halten?“
Elisabeth stand aufrecht und still, während der Herzog im Raum auf und ab ging.
„Wenn Ihr nur einmal selbst lesen wolltet, was Luther schreibt. Ich bin sicher, Ihr würdet…“
Doch der Herzog war in Rage und wollte genau dort bleiben.
„Das fehlte Uns noch, dass Wir Uns auch damit beschäftigen. Wir wissen, dass Luther einige gute Gedanken hat. Neuerungen sind notwendig, aber Luther ist weitaus zu radikal. Er bringt nur Aufruhr. Sie haben das Schlachtfeld nicht gesehen. Sie sitzen hier schön in Ihrem behaglichen Frauenzimmer und lesen und reden mit Ihren Jungfrauen. Und Wir dürfen es dann wieder richten und im Blut waten bis an die Knie.“
„Aber im Nürnberger Anstand wurde das Wormser Edikt aufgehoben. Luthers Schriften sind nicht mehr verboten. Auch die Protestanten stehen nun unter dem Reichsfrieden. Jetzt kann jeder das Abendmahl nehmen, wie er will.“
„Da soll der Teufel dreinschlagen! Sie werden nicht mehr lesen. Und Wir wünschen nicht, dass Sie diesen unseligen Luther bei Ihren Jungfrauen noch einmal erwähnen.
Und übrigens“, hier kam er auf sie zu und hielt ihr seinen Zeigefinger so dicht vors Gesicht, dass Elisabeth nur hätte zubeißen müssen. „Sie wünschen sich doch immer mehr Mitsprache für Ihren Gemahl. Wir haben eine neue Aufgabe für ihn. Er wird Ihren Briefwechsel überwachen. Sie werden keinen Brief abschicken oder empfangen, den er nicht gelesen hat.“
„Das ist doch lächerlich!“ rief Elisabeth, doch der Herzog wurde ganz bedrohlich leise: „Sie werden sich fügen oder Uns werden noch ganz andere Maßnahmen einfallen. Sie dürfen jetzt gehen.“

Nachdem die Bücher aus der Truhe ans Tageslicht gekommen waren, stellte sich natürlich die Frage, wie man sie entdeckt hatte. Elisabeth schloss also eines Tages, als sie sich ungestört glaubte, die Tür hinter ihren Jungfrauen und schaute eine nach der anderen eindringlich an.
„Wie ihr alle wisst, hat man die Schriften Luthers bei mir gefunden. Ich habe euch so viel über Luther erzählt, dass ihr euch sicher denken konntet, dass ich seine Schriften besitze. Ich will wissen, ob eine von euch mich

verraten hat.“ Sie alle schüttelten den Kopf, nur Gertrud, ausgerechnet die scheue, schüchterne Gertrud senkte den Blick. Entsetzt schaute Elisabeth dieses Mädchen an, das ihr schon nach kurzer Zeit ans Herz gewachsen war, dessen Aufblühen sie mit Freuden bemerkt hatte. Ausgerechnet Gertrud.
„Gertrud? Du?“
Sie nickte zaghaft und wagte nicht, ihre Herrin anzusehen. Da fielen die anderen schon über sie her: „Wie konntest du das nur tun? Bist du vollkommen verrückt geworden? Was hast du noch verraten? Was haben sie dir dafür gegeben?“ Gertrud schlug die Hände vors Gesicht und weinte.
„Still!“ rief Elisabeth. Leise fuhr sie fort: „Gertrud, du hast das nicht freiwillig gemacht!“ Sie schüttelte den Kopf. Elisabeth ging hin zu ihr, nahm Gertruds Hände von ihrem Gesicht und schloss sie in die Arme. „Sie haben dich dazu gezwungen, nicht wahr?“ Gertrud nickte.
„Ich würde keine von euch verurteilen, die einem solchen Druck nicht standhält. Wer war es? Wer hat dich ausgefragt?“
„Herr von Schleinitz und Herr von Schönberg“, flüsterte Gertrud.
„Natürlich, wer auch sonst!“ sagte Elisabeth.
Gertrud begann heillos zu schluchzen. Nur mühsam erfuhr Elisabeth, was sich zugetragen hatte. Nun umringten alle die weinende Gertrud und versuchten, sie zu trösten.
„Bitte, schickt mich nicht fort. Wo soll ich denn hingehen? Meine Eltern werden mich nach einer solchen Geschichte nicht mehr haben wollen!“
„Gertrud, hast du wirklich geglaubt, ich würde dich fortschicken? Hab doch keine Angst. Sie haben dich doch nicht etwa wirklich angerührt?“
„Nein, das nicht, aber es genügt doch schon, dass ich mit diesen beiden Herren allein in einem Zimmer war. Oh, mein Gott, diese Schande!“
„Die Schande ist allein bei diesen beiden Schurken. Außerdem weiß Gott, dass dich keine Schuld trifft. Und auf seine Meinung legen wir doch wohl mehr Wert, als auf die Meinung der Gräfin Köstritz - dieser alten Kröte!“
Gertrud lachte nun unter Tränen.
„Und selbst wenn diese unselige Geschichte deinen Eltern zu Ohren kommen sollte, dann will ich ihnen schon erklären, dass dich keine Schuld trifft. Ich will, dass ihr immer mindestens zu zweit im Schloss unterwegs seid. Vor allem abends. Und ich will sehen, dass ich jemanden bekomme, der an der Tür Wache steht. Aber das könnte schwierig werden.“

Doch dieses Problem löste sich schneller, als Elisabeth gedacht hatte. Ende August kam auf dem Weg zum Türkenfeldzug der junge Markgraf Joachim von Brandenburg, der Gemahl von Magdalene, mit einem kleinen Gefolge von einem Dutzend Männern nach Dresden. Voller Rührung umarmten Herzog Georg und Herzogin Barbara ihren Schwiegersohn, als er berichtete, wie erleichtert er sei, dass Magdalene sich körperlich wieder vollkommen erholt hatte. Die Geburt der Drillinge habe sie sehr mitgenommen, doch noch mehr habe ihr der Tod aller Kinder zugesetzt. Noch lange hatte sie oft stumm dagesessen und nur aus dem Fenster gestarrt, bis die Kinderfrauen der älteren Kinder energisch darauf bestanden hatten, dass sie wieder am Leben teilnahm.
Auch jetzt hatte Joachim schlechte Neuigkeiten in seinem Gepäck: In Torgau trauerte man um Kurfürst Johann. Auch wenn sie nicht direkt in Torgau gewesen waren - zu gefährlich war es für einen Brandenburger Markgrafen, sich einem protestantischen Hof auch nur zu nähern - so hatte sich diese Nachricht doch so schnell ausgebreitet, dass man überall auf Torgauer Boden schon davon sprach. Als man sich zu Tisch gesetzt hatte, brachte Herzogin Barbara die Rede noch einmal darauf, was Herzog Georg offenbar nicht recht war, denn er presste seine Lippen aufeinander und schaute bei diesem Thema angestrengt auf seinen Teller. Schönberg und Schleinitz, sowie weitere Räte des Herzogs warfen einander vielsagende Blicke zu.
„Wann ist er denn gestorben? Er war doch nicht etwa krank?" Herzogin Barbara beugte sich vor, um die Antwort des jungen Mannes besser zu hören, dabei wehrte sie ärgerlich einen Diener ab, der ihr Gemüse reichen wollte.
„Nein, Euer Gnaden. Er erfreute sich bester Gesundheit. An Mariä Himmelfahrt war er noch zur Jagd ausgeritten, am nächsten Tag war er schon tot."
„Wenn man an Mariä Himmelfahrt zur Jagd ausreitet, anstatt den Feiertag zu ehren, muss man sich nicht wundern, wenn man tags darauf stirbt", stellte Herzogin Barbara fest, als habe sie eine eherne Weisheit verkündet und ließ sich jungen Fasan auf den Teller legen.
„Ich bin überzeugt, dass er bei Gott ist", sagte Elisabeth mit fester Stimme und schaute ihre Schwiegermutter an, worauf die Gespräche erstarben. Für einen Moment schauten sich die beiden Frauen an. Die alte Herzogin legte wieder ihren verbitterten Zug um die Lippen, der wenig kleidsam

war, worauf Joachim sich wohl genötigt fühlte, das Gespräch wieder aufzunehmen. Allerdings mit einer denkbar ungeeigneten Frage: „Werden Euer Gnaden nicht Hoftrauer befehlen?"
„Wir werden Hoftrauer befehlen, sobald der neue Kurfürst Uns eines offiziellen Schreibens für würdig hält", erklärte Herzog Georg eisig. „Wir ordnen keine Hoftrauer an, nur auf ein Gerücht hin."
„Vergebt mir, ich wusste nicht, dass Euer Gnaden noch kein Schreiben vorliegt." Der junge Mann beugte sich über seinen Teller. Die Stimmung war dahin. Man beendete das Mahl schweigend.
Die Empörung des Herzogs und seiner Räte war enorm. Am 16. August war der alte Kurfürst verstorben, nun schrieb man schon den 28. und noch immer war in Dresden kein Schreiben eingetroffen. Elisabeth hörte, wie die Räte gegen den neuen Kurfürsten hetzten, obwohl er noch gar nicht zu regieren begonnen hatte.

Markgraf Joachim war ein junger Mann von 27 Jahren mit einem hübschen, vielleicht etwas zu mädchenhaften Gesicht und langem, blonden Haar. Außerdem hatte er gute Manieren, war freundlich und von sanfter Natur. Magdalene hatte also Glück gehabt mit ihrem Gemahl. Sein engster Diener war ein ebenso hübscher Edelknabe, der dreizehn Jahre alt sein mochte. Elisabeth fiel auf, dass dieser Junge flink war und oft vorausschauend und ungefragt Dinge erledigte, die seinem Herrn vieles erleichterten. Auf Reisen war es sicher angenehm, einen Diener bei sich zu haben, der ungefragt die Satteltaschen besonders gut einfettete, wenn es nach Regen roch. Dieser Knabe wartete seinem Herrn mit einer Ergebenheit auf, die Elisabeth beeindruckte. Er stand neben seinem Herrn, als dieser sich mit Elisabeth zum Schachspiel zurückgezogen hatte. Elisabeth und ihr Schwager Joachim saßen in einer Ecke des großen Saales, dort, wo sie auch schon mit dem Kurprinzen Schach gespielt hatte. Aber sie waren beide unkonzentriert. Es gab so viel, was sie ihm sagen wollte, und sie wusste, dass es sicher viel gab, was er sie fragen wollte. Er war der Sohn der Kurfürstin Elisabeth zu Brandenburg, die vor ihrem altgläubigen Ehemann nach Torgau geflohen war und die Elisabeth dort vor wenigen Jahren getroffen hatte.
„Eurer Mutter geht es gut in Torgau", flüsterte Elisabeth. Sie hörte, wie er fast erschrocken einatmete.

„Verzeiht, ich wollte Euch nicht erschrecken."
„Ihr habt mich nicht erschreckt, Herzogin. Ich brenne auf Neuigkeiten von meiner Mutter. Es geht ihr also gut und sie ist in Sicherheit am Hof in Torgau?"
„Ja. Sie ist in Sicherheit. Sie vermisst Euch. Ich werde noch heute Abend einen Brief nach Torgau schreiben. Wenn Ihr wollt, werde ich Grüße von Euch an Eure Mutter hinzufügen oder Ihr schreibt ihr selbst ein paar Zeilen."
Joachim senkte den Blick. Ohne genau hinzusehen, setzte er seinen Springer irgendwo hin.
„Sind diese Briefe sicher? Wird niemand sie lesen?" flüsterte er.
„Ich bin so vorsichtig wie man nur irgend sein kann. Mein Gemahl muss auf Befehl seines Herrn Vater alle meine Briefe kontrollieren, doch habe ich von ihm nichts zu befürchten."
„Auf meinem Weg hier her hätte ich nur einen kleinen Umweg zu machen brauchen, um meine Mutter in Torgau zu besuchen, doch ich wagte es nicht, aus Angst vor meinem Vater. Einige der Männer, die mich begleiten, sind ihm leider allzu treu ergeben. Ich habe übrigens eine Botschaft für Euren Bruder und den Kurfürsten. Sagt ihnen bitte, dass ich - sobald ich selbst Kurfürst bin - nichts gegen den neuen Glauben unternehmen werde. Liebend gerne würde ich mich offen zu Luther bekennen, doch dann wäre ich meines Lebens nicht mehr sicher, genau wie meine Mutter."
„Aber habt Ihr von dem Nürnberger Anstand gehört?" flüsterte Elisabeth.
„Nein."
„Es ist noch nicht lange her, ein paar Wochen vielleicht, da musste Kaiser Karl in Nürnberg die Bestimmungen des Augsburger Reichstages wieder rückgängig machen, um sich der Unterstützung der Protestantischen Fürsten gegen die Türken zu versichern. Er hat das Wormser Edikt aufgehoben und die protestantischen Städte und Fürsten in den Reichsfrieden mit aufgenommen. Beim Reichskammergericht werden alle Prozesse wegen Religionssachen fallen gelassen. Ich habe kürzlich einen Brief von meinem Vetter, Kurfürst Johann Friedrich bekommen. Jetzt muss nur noch die Glaubensfreiheit in allen Ländern gesichert werden."
„Das würde mein Vater niemals tun."
„Ich weiß. Es wird wohl noch ein paar Generationen brauchen, bis jeder Mensch frei glauben darf."

„Ich habe noch eine dringende Bitte. Dieser junge Edelknabe hier, Heinrich von Ende, ist trotz seiner Jugend ein überzeugter Lutheraner." Elisabeth schaute den Jungen anerkennend an, der sich höflich verneigte.
„Ich würde ihn gerne hier in Dresden lassen. Herzog Georg ist wohl nicht ganz so eifernd wie mein Vater. Ich denke, er wäre hier sicherer als in Berlin und auch sicherer als auf einem Feldzug. Würdet Ihr mir diesen Gefallen tun?"
Elisabeth schaute in das Gesicht des Jungen. Sie sah ihm an, dass er Angst hatte. Angst davor, aus seiner Heimat gerissen zu werden, unter fremde Menschen zu kommen, die ihm vielleicht nicht so wohlgesonnen waren wie sein jetziger Herr, aber es zeigte sich auch eine Spur Hoffnung auf seinem ängstlichen Gesicht, denn noch größer war sicher die Angst vor dem Krieg.
„Ich würde mich sehr freuen, wenn Sie hier bei uns bleiben könnten. Ich suche jemanden, der die Tür meines Frauengemaches bewacht. Ich will sehen, dass der Herzog mir dies erlaubt. Würde Ihnen das gefallen?"
Der Junge verneigte sich stumm. Als er sich wieder aufrichtete und Elisabeth sein Gesicht sehen konnte, sah sie, dass ihm diese Vorstellung wohl behagte. Die beiden Schachspieler setzten ihr Spiel und ihre Unterhaltung nun fort. Der Edelknabe von Ende räusperte sich, die beiden sahen auf und bemerkten, dass Herzog Georg auf sie zukam. Mit einem Blick auf das vollkommen wirre Schachbrett stellte er fest: „Da hatten Sie sich wohl viel zu erzählen. Wir wünschen nun, dass Sie Ihre Partie beenden."
„Sicher, Herr Vater", sagte Elisabeth und erhob sich rasch. „Ich habe eine Bitte. Würdet Ihr mir erlauben, diesen jungen Knaben als Türsteher für mein Frauengemach einzustellen?"
Herzog Georg schaute den Knaben prüfend an. Nachdem dieser sich verneigt hatte, schaute er den Herzog aus sehr unschuldig-blauen Augen an. Er war noch nicht in einem Alter, in dem man ihm eine solche Aufgabe nicht mehr hätte übertragen können. Offenbar hielt auch der Herzog ihn für zu jung, um den Frauen und ihrem Ruf gefährlich werden zu können.
„Meinetwegen", sagte er schließlich und wandte sich ab.
Auch Markgraf Joachim erhob sich und ging seinem Schwiegervater nach. „Wenn ich Euer Gnaden um etwas bitten dürfte..."

An diesem Abend schrieb sich Elisabeth wieder einmal die Finger wund.

Mein herzallerliebster Vetter und Bruder, 25. August 1532

Euer Lieben Schreiben habe ich bekommen und gerne gehört, dass es Euch und Eurer Gemahlin gut geht. Besonders gefreut habe ich mich über die Nachricht vom Nürnberger Anstand.
Ich habe inzwischen aber auch gehört, dass Euer Vater am Freitag vor acht Tagen verschieden ist und dass Euer Lieben nun mit Gottes Gnaden Kurfürst ist. Dazu wünsche ich Euer Lieben viel Glück und Heil und alle Seligkeit. Gott gebe, dass Euer Lieben so regiere, wie es Gott gefällt und Land und Leuten nützlich sei, Amen.
Ich will Euer Lieben aber nicht verbergen, dass man es hier in Dresden nicht freundlich aufnimmt, dass Ihr noch nicht offiziell geschrieben habt, dass Euer Vater verstorben ist. Euer Lieben weiß wohl, dass sie hier sehr giftig und gemein sind.
Ich weiß Euer Lieben nichts Neues zu schreiben, als dass man hier am Hof so schlecht von Euer Lieben redet, dass ich es nicht schreiben kann. Ich sage dann, dass Euer Lieben nichts ohne Grund tut. Sie behaupten auch, dass Euer Lieben Gemahlin den Frieden nicht leiden kann und dass Ihr mit Euren Possen für viel Verdruss sorgt, aber ich halte immer dagegen, dass ich wie Euer Lieben Schwester sei und Euch so fromm und redlich kenne, dass ich mit Sicherheit sagen kann, dass Euer Lieben nicht auf Weiberratschläge hört.
(Bei diesen Worten musste Elisabeth grinsen. Das hatte sie tatsächlich gesagt. Und ihre Schwiegermutter hatte nicht einmal bemerkt, dass sie sie am Narrenseil führte.)
Freundlicher, herzallerliebster Bruder, ich bitte Euch auch, die alte Markgräfin Elisabeth von Brandenburg nicht zu vergessen, die Euer Vater so freundlich aufgenommen hat, denn sie ist fürwahr ein armes Weib für eine Fürstin. Euer Lieben wird sehen, dass Gott Euch dafür belohnen wird.
Der junge Markgraf Joachim bat mich, Euch auszurichten, dass er Euch zu Diensten stehe und auf keinen Fall etwas gegen Gottes Wort oder Euch unternehmen würde. Wenn nur Gott seinen Vater endlich heim nehmen wolle, dann würde er sogleich das Evangelium annehmen wie Ihr und mein Bru-

der. Er steht heimlich mit Luther in Kontakt. Am Türkenfeldzug nimmt er nur wegen seines Vaters teil, denn er ist schier seines Leibs und Lebens nicht sicher. Außerdem hat er noch eine andere Ursache, die Euer Lieben wohl kennen wird: Sein Vater will den Hurenkindern, die er mit einer Berliner Bürgersfrau gezeugt hat, größere Summen zuwenden, seinem rechtmäßigen Sohn hat er aber nur tausend Gulden mit auf seine Reise gegeben. Er bat meinen Alten[1], der ja schließlich sein Schwiegervater ist, um zweitausend Gulden, aber er wollte sie ihm nicht leihen. Aber dem Pfalzgrafen Friedrich hat er ohne weiteres zweitausend Gulden geliehen. Ich habe es gewagt, ihn darauf anzusprechen. Er sagte mir, das seien nur Finanzen und er habe den Pfalzgrafen so lieb wie meinen Bruder.
Ich wollte, Euer Lieben käme zu mir. Es ist so viel, was ich Euch sagen muss.

Elisabeth berichtete kurz von dem Ausbruch des alten Herzogs, dass er wünschte, der Teufel solle in die Religionsfreiheit dreinschlagen. Ja, das hatte er wirklich gesagt! Sie war vertieft in ihr Schreiben; inständig hoffte sie, dass der junge Kurfürst recht bald antwortete. Wie sehr sie ihn um seine eigene Hofhaltung nun beneidete. Aber das konnte sie beim besten Willen nicht schreiben. Johann hätte dies so auffassen können, als wünsche sie seinem Vater den Tod. Das hätte ihn verletzt und entsprach auch nicht den Tatsachen.
Das Fenster ihres Frauenzimmers stand weit offen an diesem wunderbar lauen Sommerabend. Vogelgezwitscher, Hufgeklapper, Stimmen drangen zu ihr herein und übertönten die Schritte hinter ihr. Erst als Johann sie ansprach, schreckte sie auf.
„Du liebe Güte, was schreibst du denn da, dass du so erschrickst, wenn ich komme. Es ist doch wohl kein Plan für einen Aufruhr?" fügte er scherzhaft hinzu.
„Nein, natürlich nicht. - Ich bin so dünnhäutig. Es setzt mir so sehr zu, dass man mich beobachtet. Ich schrecke schon auf, wenn ich nur eine Nadel fallen höre. Hier meinen Brief musst du ja noch lesen. Ich bin gleich fertig."
Doch Johann winkte ab.
„Ich habe ausnahmsweise mal gute Neuigkeiten für dich. Soeben ist ein ganz

1 originaler Wortlaut, gemeint ist Herzog Georg.

offizielles Schreiben aus Torgau angekommen, dass der Kurfürst gestorben ist. Mein Vater hat sofort Hoftrauer angeordnet."
Elisabeth atmete erleichtert aus. „Dann erübrigt sich mein Brief fast. - Aber ich werde ihn trotzdem abschicken. Es sind noch viele andere Gedanken darin."
Johann wünschte ihr einen guten Abend und wandte sich zum Gehen.
„Danke!" sagte Elisabeth.
„Wofür?"
„Für dein Vertrauen."
„Ach wegen der Briefe?"
Elisabeth nickte. „Du könntest sie wirklich alle lesen."
„Ich weiß. Deswegen tue ich es nicht", sagte er lächelnd und ging.

Als Elisabeth an diesem Abend in ihr Frauengemach kam, waren ihre Jungfrauen in heller Aufregung. Elisabeth befürchtete schon, der neue Edelknabe von Ende sei Grund für diese Aufregung, doch dieser stand brav an der Tür und schaute nur entgeistert diese Frauen an, die wegen Unsinnigkeiten derart aus dem Häuschen geraten konnten. Auf dem Gesicht des Edelknaben lag völliges Unverständnis, gemischt mit der Überzeugung, dass Frauen sehr sonderbare Wesen seien, die kein Mann verstehen könne. Es dauerte eine Weile, bis mit Elisabeth Ruhe eingekehrt war und Dorothea berichtete: Ein gewisser Innocentius von Starschedel hatte Gertrud angesehen. Mehrfach. Gertrud selber hatte es gar nicht bemerkt, aber Dorothea und Lene. Innocentius von Starschedel war seit wenigen Wochen in Diensten des alten Herzogs. Er war jung, sah gut aus, war ein Graf mit gefälligen Manieren, dessen Familie ein Haus am Taschenberg besaß - und hatte Gertrud angesehen. Das genügte vollkommen, um das Frauenzimmer in einen Hühnerhof zu verwandeln.
Daraus könnte etwas werden, dachte sich Elisabeth. Im Schlosshof traf sie den jungen Mann, der tief errötete, als sie ihn ansprach und sein Interesse für Gertrud zunächst abstritt und sich vielmals entschuldigte. Es kostete Elisabeth einige Mühen, den Burschen davon zu überzeugen, dass sie ihn keineswegs angesprochen hatte, um ihn zu tadeln, sondern dass sie sich freute, wenn Gertrud einen so guten jungen Mann näher kennenlernen könnte. Als Innocentius endlich begriff, dass die junge Herzogin auf eine

Heirat hinauswollte, löste sich seine Zunge und er beteuerte aufrichtig seine Gefühle für Gertrud. Elisabeth schaute in sein junges, offenes Gesicht, das von langem, roten Haar umrahmt wurde. Er trug einen kurzen Bart, unter dem ein tiefes Kinngrübchen noch deutlich zu erkennen war. Seine grünen Augen leuchteten, als er davon sprach, wie sehr er sich freute, wenn Gertrud ihm ihre Hand reichen würde. Sie sei ihm schon sehr bald nach seiner Ankunft aufgefallen. So gingen die beiden plaudernd über den Hof, fast wie ein junges Paar, das sich sehr einig ist. Dies blieb natürlich nicht verborgen. Die Köstritzsche lief wieder einmal mit gerafften Röcken zum Herzog und berichtete brühwarm, was sie soeben hatte mit ansehen müssen. Schändlich!

Der schöne Spätherbst wich dem November, der mit seinem trüben Wetter, dem Nebel, der aus der Elbe stieg, den tief hängenden Regenwolken immer mehr Elisabeths Gemütsverfassung glich. Sie konnte keinen Schritt mehr tun, ohne beobachtet zu werden. Alles was sie tat, wurde kommentiert und zerrissen. Selbst beim Erntefest, das immer groß gefeiert wurde, hatte man genau beobachtet, welcher der Herren beim Tanz einen Kranz getragen hatte, den Elisabeth gewunden hatte. Natürlich hatte der Kurfürst einen Kranz von Elisabeths Hand getragen, während Herzog Johann mit einem Kranz von irgendeiner Zofe hatte Vorlieb nehmen müssen. Selbst das rote Kleid hatte man beanstandet. In Anbetracht der Tatsache, dass es Herzogin Barbara gesundheitlich immer schlechter ging, hatte die Köstritzsche ein rotes Kleid für vollkommen unpassend gehalten. Natürlich hatte Elisabeth ihr geantwortet, dass sich die Gesundheit der alten Herzogin kaum bessern würde, wenn sie graue Kleider trüge, doch die Köstritzsche wollte in dem roten Kleid einen Angriff sehen und tat dies auch nach Herzenslust.

Da wurde Dorothea krank. Sie hörte nicht mehr auf zu husten, obwohl der Medicus alles tat, um sie zu kurieren. Er ließ sie beinahe jeden Tag zur Ader, verordnete teure Pillen, doch Dorothea hustete weiter. Lene kümmerte sich liebevoll um sie, versuchte sie aufzuheitern und befolgte genau sämtliche Anweisungen des Arztes.
„Du bist so ernst, Lene. Was hat der Arzt gesagt? Geht es zu Ende mit mir?“ fragte Dorothea, als Lene ihr ein kühlendes Tuch auf die immer heißer wer-

dende Stirn legte.
„Nein, nein. Mach dir keine Sorgen. Ich bin nur ärgerlich."
„Darf ich raten? Die Köstritzsche?"
Lene lachte leise. „Du bist auf dem Weg der Besserung, würde ich sagen. Ja, ich habe mich fürchterlich geärgert über die Köstritzsche. Sie hat behauptet, du habest ihr gesagt, dass Elisabeth Herrenbesuch empfange."
„Was?" rief Dorothea und richtete sich auf, worauf sie in einen schrecklichen Hustenanfall ausbrach. „Das ist der Gipfel der Frechheit", keuchte sie schließlich nach Luft holend. „Mich so zu verleumden. Jetzt muss ich aber so bald wie möglich gesund werden, damit ich dem Herzog selbst sagen kann, dass ich das nie gesagt habe."
„Dann leg dich wieder still hin und beruhige dich. Vielleicht hätte ich es dir gar nicht sagen sollen."
„Oh doch, das hättest du. Das weckt ja meine Lebensgeister. Wenn die Köstritzsche mir in die Finger fällt!"

Doch Dorothea erholte sich nicht und eines Morgens spürte Lene, die immer als erste nach Dorothea schaute, dass etwas anders war als sonst. Dorothea lag zu still in ihrem Bett, hüstelte nur noch schwach, doch war es zu offensichtlich, dass dies keine Besserung des Hustens bedeutete. Da war etwas mit im Raum, das Lene nicht nennen konnte oder wollte. Ängstlich stellte sie das Tablett mit der Medizin und dem heißen Brei ab, um Elisabeth zu holen.
Als Elisabeth kam, wusste sie sofort, wer in der letzten Nacht in den Raum eingedrungen war und sich mit Sicherheit nicht mehr zurückweisen lassen würde. Sie setzte sich zu Dorothea, fühlte ihre Stirn und Wangen, nahm ihre Hand und wandte sich mit fahlem Gesicht zu ihren Jungfrauen um: „Holt den Medicus."
Doch nachdem dieser Dorothea eingehend untersucht hatte, ließ er mit sehr ernstem Gesicht nach dem Priester schicken. Lene setzte sich vorsichtig ans Bett der Sterbenden und hielt weinend ihre Hand. Schließlich kam der Priester, worauf alle das Zimmer verließen, damit er ihr die letzte Beichte abnehmen konnte. Als er ihr die letzte Ölung gab, war Elisabeth mit all ihren Jungfrauen um Dorothea versammelt. Nachdem er seines Amtes gewaltet hatte, zog er sich zurück und überließ den Frauen den Platz am

Lager der Sterbenden.
„Ich hab dem Priester alles gesagt, Herrin!“ flüsterte sie. „Ich hab mir nie etwas zuschulden kommen lassen.“
„Aber das weiß ich doch, Liebes“, erwiderte Elisabeth, die nicht recht wusste, worauf Dorothea hinauswollte. Doch Dorothea ließ nicht locker. Immer wieder sprach sie davon, dass sie sich nichts habe zuschulden kommen lassen und immer die Wahrheit gesagt habe, bis ihr Flüstern immer leiser wurde und schließlich ganz erlosch.

Gertrud trauerte nicht nur um Dorothea, sondern auch um einen Lebenden. Innocentius von Starschedel war schon vor Monaten abgereist, ohne dass sie sich von ihm hätte verabschieden können. Er war plötzlich weg gewesen. Niemand hatte ihre Fragen beantwortet, wieso, wohin. Gertrud hatte nicht gewagt, im Haus seiner Familie am Taschenberg nachzufragen, und auch Elisabeth stieß auf Schweigen, wenn sie nach Starschedel fragte.
Es war schon dunkel, als Johanns Diener Albrecht, mit dem Elisabeth so oft getanzt und Schach gespielt hatte, an der Tür des Frauenzimmers erschien und den Knaben von Ende bat, für ihn anzuklopfen. Er hörte die Frauen reden und lachen. Das raschelnde Kleid, das hinter der Ecke auf dem Flur verschwand, hörte er nicht. Er sah auch nicht, dass die alte Gräfin Köstritz hinter der Ecke hervorlugte. Er sah nur Elisabeth, die nun in der Tür erschien und beim Anblick seiner Reisekleidung und seines ernsten Gesichtes erschrak.
„Was ist passiert?“
„Wir haben zu oft Schach gespielt, nehme ich an. Der Herzog sagt es zwar nicht so deutlich, aber ich habe aus seiner strengen Rede herausgehört, dass es ihm nicht recht war, dass wir so oft beisammen gesessen haben. Nun will er mich weg haben, um dem Gerede keine Nahrung zu geben.“
„Aber das ist doch völliger Unsinn!“ brauste Elisabeth auf.
„Still! Wer weiß, wer uns belauscht. Ich werde gehen. Aber ich wollte nicht abreisen, ohne mich von Euch verabschiedet zu haben und ohne Euch gewarnt zu haben. Eure Feinde hier am Hof werden immer dreister und haben immer mehr das Ohr des Herzogs. Seid auf der Hut und riskiert nichts. Lebt wohl. Gott schütze Euch.“
„Und Euch. Wisst Ihr, wo Ihr unterkommen könnt?“

„Ich werde es in Torgau versuchen. Ich werde Eure Grüße dort ausrichten."
„Lebt wohl!"
Elisabeth schaute ihm noch nach, bis er verschwunden war. Dann sah die Köstritzsche den Zeitpunkt für ihren Auftritt gekommen.
„Euer Gnaden, Herrenbesuch?" Ihr Lächeln war widerlich.
„Wohin Ihr Euch zu scheren habt, das habe ich Euch ja bereits gesagt, oder muss ich es Euch nochmal in Eure großen, ausgeleierten Ohren brüllen?"

Elisabeth hoffte am nächsten Tag auf eine Unterredung mit ihrem Schwiegervater, doch man ließ sie nicht vor. Der Herzog war ihr gegenüber kühl und abweisend, nicht einmal auf dem Korridor gelang es ihr, ihn anzusprechen, immer waren Schönberg und Schleinitz in seiner Nähe, die ihren Herrn mit überaus wichtigen Themen beschäftigten. Und diese beiden waren es auch, die genau beobachteten, wohin der Edelknabe von Ende ging. Eine Aussage von Elisabeths Türsteher wäre Gold wert. Eines Tages, als Elisabeth dem Knaben frei gab, schlichen sie ihm hinterher. Es war Sonntag, vielleicht der letzte sonnige Tag in diesem Jahr. Von Ende schlenderte hinaus aus dem Schloss, wo seine Verfolger ihn in dem Gewühl sonntäglich gekleideter Menschen beinahe verloren hätten, doch sie blieben ihm dicht auf den Fersen. Von der Kreuzkirche schlug es ein Uhr. Pfeifend lenkte der Junge seine Schritte unternehmungslustig hinunter zur Elbe, wo er eine Weile stand und den Schiffen hinterher sah. Schleinitz und Schönberg hielten sich zurück. Hier unter all den Menschen, unter freiem Himmel wollten sie ihn noch nicht angehen. Sie beobachteten, wie der Knabe Steine übers Wasser springen ließ, dabei einen gleichaltrigen Kameraden antraf, mit dem er in einen Wettstreit treten wollte, was aber die herausgeputzten Eltern des Jungen nicht dulden wollten. So blieb von Ende allein. Die Elbe schien ihm langweilig zu werden, denn er ging nun zurück in die Stadt, wo er in die engen Gassen eintauchte. Schönberg und Schleinitz schauten einander an. Wenn sie den Edelknaben bei etwas ertappen könnten, dann hätten sie ihn in der Hand. Doch der Junge hatte die Hände auf dem Rücken verschränkt und schlenderte durch die kleinen Straßen, als gehöre ihm ganz Dresden. Tatsächlich hatte er das Gefühl, als gehöre ihm die Welt, denn seine Herrin hatte ihn mit Geld ausgestattet, das für Dünnbier, Kuchen und noch mehr ausreichte. Doch irgendwann musste der Junge die stechenden Blicke seiner Verfolger bemerkt haben, denn er sah sich um. Noch bevor der Junge überlegen konnte, wieso diese Herren ihm folgten, ob er die Flucht ergreifen oder besser so tun sollte, als gingen diese Männer ihn nichts an, waren Schönberg und Schleinitz schon bei ihm angelangt und hatten ihn links und rechts untergehakt.

„Kommt, wir laden Euch ein, junger Herr!"

„Ich brauche Eure Einladung nicht. Ich kann mir selber Kuchen kaufen", sagte von Ende trotzig und versuchte, sich loszumachen, doch die Männer hielten ihn umso fester.

„Kommt mit uns. Es soll Euer Schaden nicht sein!"

Als sie ihn in ein Wirtshaus führten, war von Ende bereits davon überzeugt, dass der Schaden mit Sicherheit auf seiner Seite wäre, denn man begnügte sich nicht mit der Gaststube, sondern die beiden Herren ließen sich von dem Wirt in ein kleines Gemach führen, in dem nur ein einziger Tisch mit zwei Stühlen stand, dazu ein großes Bett. Das Gemach war sauber, aber an den Wänden waren unanständige Malereien, die von Ende die Schamesröte ins Gesicht trieben, auch ohne dass er sie genauer anschaute. Er wollte sich nicht ausmalen, zu welchen Tätigkeiten diese Bilder die Menschen angeregt hatten, die nicht nur Tisch und Stühle, sondern vor allem auch das Bett in Anspruch genommen hatten.

„Setzt Euch, junger Edelmann", sagte Schleinitz, worauf von Ende jedoch nicht reagierte.

„Ihr sollt Euch setzen", herrschte Schönberg den Jungen nun an und drückte ihn auf einen Stuhl.

„Was wollt Ihr?" fragte er leise, indem er zu den beiden Männern aufschaute, die sich vor ihm mit verschränkten Armen postiert hatten.

„Wir wollen die Wahrheit."

Dem Jungen schwante Übles. Wenn diese beiden Kerle die Wahrheit wollten, dann führten sie etwas richtig Böses im Schilde. Es klopfte, der Wirt brachte diensteifrig drei Becher Wein, die er auf dem Tisch abstellte und sich dann vor den herzoglichen Räten tief verneigte.

„Euer Gnaden, so hohen Besuch habe ich selten in meinem bescheidenen Haus. Laßt mich wissen, was ich noch für Euch tun kann!"

„Er kann uns in Ruhe lassen!" fauchte Schleinitz, worauf der Mann sich eilig

und unter weiteren Verbeugungen davon machte.
„Das hat uns gerade noch gefehlt, dass uns dieser Kerl erkennt", knurrte er zwischen seinen zusammengebissenen Zähnen.
„Trinkt!" forderte Schönberg von Ende mit einer einladenden Geste auf. Der Junge nahm einen Becher und trank; zwar nur einen kleinen Schluck, aber er hielt es für klüger, die Herren nicht gleich zu verärgern, indem er sich weigerte. Irgendwie musste er hier herauskommen.
„Ihr wollt die Wahrheit. Was genau wollt Ihr wissen?"
„Es gehen Männer im Frauenzimmer der jungen Herzogin ein und aus. Wir wollen von Euch wissen, wer ins Zimmer der Herzogin geht."
„Aber es gehen keine Männer ins Zimmer."
Der Junge hatte den Satz kaum zu Ende gesprochen, da schlug Schönberg mit der flachen Hand auf den Tisch, dass die Weinkelche zitterten. „Wir wollen es aber trotzdem wissen. Wir wollen, dass Ihr uns bezeugt, dass dort Männer ein und ausgehen, die dort nichts zu suchen haben."
„Aber Ihr sagtet doch, dass Ihr die Wahrheit hören wolltet. Die Wahrheit ist, dass es keinen Männerbesuch im Frauenzimmer der jungen Herzogin gibt."
Die beiden Männer sahen sich an. „Es wird wohl schwerer als ich dachte. Hört, Ihr seid doch nicht immer am Zimmer dieser Frau. Es könnte doch sein, dass in Eurer Abwesenheit jemand…"
„Sicher, das könnte sein, aber erstens ist es so nicht, weil die Herzogin tugendhaft ist und zweitens wäre ich Euch kaum von Nutzen, denn dann könnte ich es Euch nicht bezeugen. Wie soll ich denn etwas bezeugen, das in meiner Abwesenheit passiert?"
„Herrgott noch mal, Junge! Wir wollen doch nur dein Bestes. Schau, wir haben hier einen ganzen Beutel voller Goldstücke." Schleinitz hob einen klimpernden Beutel hoch. „Der soll dir gehören, wenn du tust was wir dir sagen."
„Ihr wollt, dass ich meine Herrin fälschlich beschuldige, aber das werde ich nicht tun."
„Trinkt doch noch ein wenig von dem Wein!" Schönberg versuchte gar nicht erst, freundlich zu klingen. Und Schleinitz legte nach: „Was glaubt Ihr, was wir Euch antun können? Wir können dafür sorgen, dass Ihr niemals etwas anderes werdet als der Türsteher irgendeiner Frau. Oder wir können dafür

sorgen, dass Ihr Karriere macht. Ihr werdet Geld haben und Macht."
„Ihr glaubt doch nicht etwa, dass ich vor Euch Angst habe? Was schert mich mein Ruf? Mich könnt Ihr damit nicht erschrecken wie Gertrud. Aber ich könnte dem Herzog sagen, was Ihr für feine Herren seid, dass ihr Knaben gegen ihren Willen in die Hinterzimmer von Gasthäusern bringt. Und Ihr wisst, wie sittenstreng der alte Herzog ist."
„Schweig! Dummer Junge!"
Damit hatte man die Formalitäten endgültig hinter sich gebracht - also sah von Ende sich auch nicht mehr genötigt, irgendwelche Rücksichten zu nehmen und fegte die Kelche vom Tisch. Er duckte sich, als Schönberg ihn schlagen wollte und schrie aus Leibeskräften „Feuer! Feuer!"
Das brachte Leben in die Bude. Die Männer versuchten, ihn zum Schweigen zu bringen, doch von Ende hatte mit seinem Schrei bereits das ganze Haus rebellisch gemacht. ‚Feuer!' war ein Ruf, der jedem in der Stadt das Blut in den Adern gefrieren ließ. Und dann ging alles ganz schnell und gleichzeitig: Der Wirt stürzte ins Zimmer, worauf die Herren sich genötigt sahen zu erklären, dass hier falscher Alarm vorlag, doch da war der Edelknabe von Ende bereits aus dem Fenster gesprungen und rannte zum Schloss. Er rief noch ein paar mal „Feuer!" um sicherzugehen, dass die beiden feinen Herren einen schweren Heimweg hätten, und tatsächlich drängten nun viele Menschen auf die Straßen, viele schon mit Wassereimern in den Händen und waren bereit zu löschen. Von Ende hastete zurück zum Schloss und verlangsamte seine Schritte nicht eher, bis er in Elisabeths Frauenzimmer stand und die Jungfrauen mitsamt ihrer Herrin ihn und seine gesamte derangierte Erscheinung entsetzt anschauten.
„Um Himmels Willen, was ist Ihnen geschehen?"
„Schönberg und Schleinitz…" keuchte er.
„Wieso habe ich überhaupt diese Frage gestellt? Ich hätte mir doch denken können, dass diese beiden Herren ihre Finger im Spiel haben, wenn man einem meiner Diener derart zusetzt. - Nun setzen Sie sich erst einmal zu uns. Schöpfen Sie Atem. Möchten Sie etwas trinken?"
Von Ende setzte sich, wollte aber nicht trinken, sondern erzählte, wie die beiden ihm aufgelauert hatten, um ihm falsche Beschuldigungen abzupressen.
„Ich danke Euch. Ihr seid wirklich sehr mutig." Gerührt legte Elisabeth ihre

Hand auf seinen Arm. „Ich weiß gar nicht, wie ich Euch das jemals danken kann."

Der Junge schaute auf ihre Hand und sagte leise: „Aber das ist doch selbstverständlich, Euer Gnaden."

„Das ist es ganz und gar nicht. Das war sogar richtig heldenhaft."

„Dieser Mut! In diesem Alter! Und die Geistesgegenwart ‚Feuer!' zu rufen" rief Lene entzückt.

„Aber nun - was wird jetzt?" fragte Hildegard, die den Blick aufs Wesentliche zu richten gewohnt war. „Wollt Ihr Eurem Schwiegervater sagen, was vorgefallen ist? Das wird wohl das Beste sein, und das möglichst bald, denn wenn Schönberg und Schleinitz ihn zuerst sprechen, dann könnte es sein, dass sie ihm etwas ganz anderes erzählen. Es gab ja keine Zeugen, nicht wahr?"

„Nur der Wirt war kurz da, aber der hat nichts von dem Gespräch gehört."

„Ich will sehen, ob ich meinen Schwiegervater sprechen kann, aber ich habe wenig Hoffnung."

Sie musste nicht lange warten. Gleich nach dem Morgenimbiss wurde sie zu ihm in die Kanzlei gerufen. Zu allem Übel waren auch Herzogin Barbara und die Köstritzsche im Schreibzimmer des Herzogs. Er saß an seinem Schreibtisch, dicht bei ihm saß die Herzogin, die Gräfin stand an einem der Fenster, gegen die der Regen prasselte. Elisabeth ballte unmerklich die Fäuste. Wenn doch nur der Blitz durch dieses Fenster fahren würde!

„Wie Wir sehen, hatten Wir vollkommen recht, Albrecht von Dürenberg vom Hof zu entfernen. Sie haben ihn kürzlich abends in Ihrem Frauenzimmer empfangen."

„Sagt nur, die Köstritzsche hat sich mit dieser Meldung bis heute früh Zeit gelassen." Elisabeth blieb kühl, allerdings nur äußerlich. Der Zorn kochte schon in ihr hoch.

„Mein Edelknabe kann bestätigen, dass Albrecht von Dürenberg lediglich an meiner Tür war, um sich von mir zu verabschieden. Ihr zwingt ihn zu gehen, weil er mit mir Schach spielt?" Es war keine Frage, sondern eine Herausforderung.

„Wir wollen kein Gerede am Hof. Wir wollen hier Frieden und Ordnung."

„Aber seht Ihr denn nicht, dass Ihr genau damit dem Gerede Vorschub leistet? Jetzt wird man noch viel mehr vermuten, die Sache aufbauschen ins Unermessliche. Kein halbwegs vernünftiger Mensch wird annehmen, dass Ihr einen Mann vom Hof entfernt, nur weil er mit mir Schach spielt und ab und an tanzt."

„Und den Ihr ab und an in Euren Gemächern empfangt." Elisabeth warf der Köstritzschen einen giftigen Blick zu, worauf diese süffisant die faltigen Lippen zusammenpresste, als habe ein getroffener Hund gebellt.

„Wenn Ihr wirklich Frieden und Ordnung an Eurem Hof haben wollt, dann solltet Ihr dieses jämmerliche Klatschweib entfernen. Sie sät Unfrieden mit ihren Lügen und haarsträubenden Anschuldigungen."

„Gräfin Köstritz wird bleiben. Sie hat sich nichts zuschulden kommen lassen."

„Nein. Natürlich nicht", rief Elisabeth. „Sie hat zum Beispiel nur behauptet, dass das Kind der Gräfin Hissenberg nicht von dem Herrn Grafen Hissenberg sei, sondern von Baron Albus. Das hat sie überall erzählt. Jedem der es hören wollte und denen, die es nicht hören wollten, hat sie es auch erzählt. Das Kindelein ist nun drei Jahre alt und sieht aus, wie dem Grafen Hissenberg aus dem Gesicht geschnitten."

„Sie hatten einfach nur Glück", erwiderte die Köstritzsche lapidar und verschränkte die Arme.

„Und diese Frau stiftet in Euren Augen keinen Unfrieden?" rief Elisabeth. „Gestern haben Schönberg und Schleinitz meinen Edelknaben entführt und ihn im Hinterzimmer eines Gasthauses zu erpressen versucht, dass er falsches Zeugnis gegen mich ablegt. Sie wollten, dass er bezeugt, dass ich Herrenbesuch empfange. Muss ich Euch noch mehr berichten?"

Doch der Herzog reagierte nicht auf diese Ungeheuerlichkeiten, sondern fuhr fort: „Ab sofort wird Gräfin Köstritz jeden Morgen Ihr Frauenzimmer aufsperren und abends wieder zusperren, damit Wir die Kontrolle über Ihr Frauenzimmer behalten.

„Das könnt Ihr nicht tun! Ich bin jetzt seit fünfzehn Jahren hier am Hof in Dresden und soll eine solche Bevormundung dulden? Das könnt Ihr nicht ernsthaft von mir erwarten! Ich hätte in meinem eigenen Frauenzimmer nicht mehr Macht als jede andere Jungfrau. Wie könnt Ihr mich so tief in meiner Ehre kränken?"

„Mäßigen Sie sich. Sie sprechen mit dem Herzog!" mahnte die Schwiegermutter nur streng.

„Das ist mir bekannt. Der Herzog wurde mir bereits vorgestellt. Übrigens bin ich auch eine Herzogin und die Schwester eines Landgrafen!" Elisabeth hatte sich keineswegs gemäßigt, sondern ihre Schwiegermutter angefaucht, die daraufhin in ein hysterisches Hüsteln ausbrach.

„Seht nur, was Ihr angerichtet habt!" rief die Köstritzsche, die sich sofort fürsorglich um die alte Herzogin kümmerte. Auch der Herzog warf ihr einen vorwurfsvollen Blick zu.

„Wollen Sie etwa leugnen, dass Sie sich mit diesem jungen Adligen Innocentius von Starschedel heimlich getroffen haben?" fragte er nun, da er keine Lust auf Nebenschauplätze hatte. „Auch ihn mussten Wir leider entfernen. Ein fähiger Mann. Aus ihm hätte etwas werden können."

„Aus ihm sollte ein Ehemann werden für eine meiner Jungfrauen. Ihr habt diese Ehe zerstört. Mit Eurem Misstrauen und Euren dummen Anschuldigungen habt Ihr das Glück zweier junger Menschen zerstört, die sich tatsächlich liebgewonnen hatten."

„Er war diesem Luther nicht abgeneigt. Auch das hat mir die Gräfin berichtet. Das hätte Ihnen wahrhaftig gefallen, Ihre protestantisch verseuchte Jungfer mit einem ebenso verseuchten Mann zu verheiraten, damit in dieser Ehe die schändlichste Einigkeit herrscht."

„Seht Ihr denn nicht, dass diese Frau mit ihren Lügen alles vergiftet?"

„Sie schweigen! Augenblicklich!" rief der Herzog, der sich ruckartig von seinem Stuhl erhoben hatte. „Sie wissen nur zu gut, dass die Gräfin recht hat. Und wenn die Gräfin Sie noch einmal bei etwas ertappen sollte, das Uns nicht gefällt, dann werden Wir etwas tun müssen, das Wir nicht gerne tun werden. Wir wissen, dass Leute am Abend in Ihr Frauenzimmer hineingehen und am Morgen wieder herauskommen. Gräfin Köstritz hat gehört, dass ein Mann am Morgen in Frauenkleidern Ihr Frauenzimmer verlassen haben soll. Wenn Wir dafür Beweise finden, dann werden Wir diesen Menschen in Ihrer Gegenwart den Kopf abschlagen lassen. Was aber Ihnen daraus entstehen wird, das können Sie sich denken..." Die letzten Worte hatte der Herzog bedrohlich leise gesprochen und ihr dabei einen beredten Blick zugeworfen. Für Elisabeth war offensichtlich, dass er auf das Schicksal der Kurfürstin von Brandenburg anspielte. Würde er sie tatsächlich einmauern lassen? Die Fürstin hatte sie damals gewarnt, als sie nur knapp diesem

Schicksal entkommen war. Allein die Vorstellung, dass ihr Schwiegervater auch nur mit einem solchen Gedanken spielen konnte, war Elisabeth damals als vollkommen absurd erschienen. Und nun sprach er es aus, wenn auch nur indirekt! Elisabeth schwindelte. Sie sah die Gräfin an, die mit einem geradezu diabolischen Grinsen zu verstehen gab, dass sie durchaus bereit war, ihre Fantasie zu bemühen, um Elisabeth in den Genuss der herzoglichen Maßnahmen kommen zu lassen. Wie recht hatte auch Albrecht von Dürenberg gehabt, sie zu warnen! Der Herzog verlor offensichtlich seinen klaren Verstand und hörte nur noch auf die unsinnigen Einflüsterungen ihrer Feinde. Wenn nicht ihr Gemahl für sie eintrat, dann war sie verloren.
Doch Herzog Johann erging es nicht besser. Er machte einen sehr vorsichtigen, zaghaften, unterwürfigen Versuch, seinen Vater von den Vorteilen einer eigenen Hofhaltung zu überzeugen, doch Elisabeth sah sich bald genötigt, den folgenden Brief an Kurfürst Johann Friedrich zu schreiben.

Freundlicher, herzallerliebster Vetter, Dresden, 30. November 1532

Ihr werdet nicht glauben, wie es mir ergeht. Ich stehe unter ständiger Beobachtung, auch in diesem Moment schleicht die Köstritzsche wieder an der Tür herum. Wenn mein Gemahl mich unterstützt und mir bei Herzog Georg Erleichterung verschaffen will, dann nimmt ihn sich der Alte mitsamt seinen Räten vor. Erst gestern hatten sie ihn in der Zange. Der Alte merkt wohl, dass mein Gemahl und ich unglücklich sind und gerne etwas eigenes hätten, aber er hat meinem Gemahl unmissverständlich zu verstehen gegeben, dass er das nicht zulasse. Er hat ihm sogar vorgeworfen, er lasse sich von mir regieren. Der Gipfel war allerdings, dass der Alte gedroht hat, dass er seinen eigenen Sohn richten lassen wolle wie jeden anderen, wenn er am Hof Streit anfange und jemand zu Tode käme. Das macht meinen Gemahl so furchtsam wie einen armen Menschen. Aber was sollte der arme, gutmütige Johann wohl für einen Streit anfangen, bei dem jemand zu Tode kommen könnte? Der Alte wird immer verrückter und verliert wohl bald ganz seinen Verstand.

(Elisabeth hatte wieder vor der Tür gestanden, als der Herzog mitsamt seinen Räten über den armen Johann hergefallen war. Sie hatte noch immer die Stimme des Alten im Ohr und roch noch immer den Angstschweiß, der ihrem Gemahl aus jeder Pore strömte, auch als er schon längst wieder mit Elisabeth in seinen eigenen Gemächern war. Gemeinsam hatten sie geweint. Danach war Elisabeth so krank geworden, dass sie das Bett für fünf Tage nicht verlassen konnte.)

Er ließ mir auch sagen, dass ich die Hofordnung beachten und die Hofmeisterin dulden solle, andernfalls müsse er etwas tun, was er nicht gerne täte.

(Johann Friedrich würde mit Sicherheit verstehen, was der Herzog meinte. Ob ihr Schwiegervater wirklich so weit gehen würde, sie einmauern zu lassen, wie es Kurfürst Joachim von Brandenburg mit seiner Ehefrau vorgehabt hatte? Diese Idee war zwar nicht neu, galt aber dennoch als unmenschlich und unter der Würde eines zivilisierten Menschen. Dass der Kurfürst von Brandenburg gewillt gewesen war, dies in die Tat umzusetzen, machte die Sache fast gesellschaftsfähig, aber nicht weniger grausam. Allein bei dem Gedanken zitterte Elisabeth und ihre Feder flog übers Papier. Ob er sie wohl in einem ihrer eigenen Gemächer würde einmauern lassen oder irgendwo in den weitläufigen Kellergewölben oder Kasematten? Vergeblich versuchte Elisabeth, diese Bilder zu verbannen, sie schlichen sich immer wieder in ihre Gedanken.)

Ich glaube, es wäre das allerbeste für mich, wenn ich weit ab vom Schuss wäre, denn es fällt mir immer schwerer, dieses Gezänk zu ertragen. Wenn Ihr und mein Bruder mir nicht bald helft und mir Frieden schafft, so laufe ich bei meiner Ehre davon. Wenn sie mich aber einsperren, so dass ich nicht davonlaufen kann, so werde ich wahrhaftig unsinnig. Ich muss hier gegen mein Gewissen leben, wie sich Euer Lieben denken kann, denn ich bin hier wie beim Pharao, der alte Herzog bleibt stur - ja länger, desto schlimmer. Jetzt darf ich nicht einmal mehr ein Buch lesen, woran ich mich wahrhaftig halten muss, denn wenn man mich noch einmal beim Lesen erwischt, dann will man mir wohl das antun, was man nicht gerne tut. Ich bin eine Herzogin wie nichts.

(Elisabeth seufzte und setzte für einen Moment die Feder ab. War sie tatsächlich eine Herzogin? Sie hatte einen Herzog geheiratet, aber ihr Gemahl wurde nicht wie ein Herzog behandelt und sie selbst auch nicht. Herzog und Herzogin waren sie nur auf dem Papier. Sie waren der Willkür des alten Herzogs genauso ausgeliefert wie jeder Diener, Söldner oder die niedrigste Küchenmagd.)

Die Köstritzsche, dazu Schönberg und Schleinitz treiben es immer schlimmer. Es ist kaum zu fassen, was sie dem Alten erzählen - und er glaubt es! Ich glaube, er wird noch ganz verrückt.
Ich härme mich und denke mich ganz verrückt und krank. Ich bin jetzt eine ganze Weile krank gewesen, aber ich verberge mich so gut ich kann, weil ich nicht will, dass sie sich an meinem Elend freuen.
Ich befehl Euer Lieben Gott, der helfe uns, dass wir auch wieder einmal beisammen sein können. Ich fürchte, das kommende Jahr wird für mich kein gutes.[2]

EHZS etc.

Die Wochen vergingen, in denen Elisabeth jeden Abend und jeden Morgen einen Kampf mit der Köstritzschen auszufechten hatte, denn diese bestand darauf, Elisabeths Frauenzimmer auf und zu zuschließen. Elisabeth wurde schon übel beim bloßen Anblick dieser Person, doch im Januar keimte Hoffnung in ihr auf: Kurfürst Johann Friedrich kündigte seinen Besuch an. Außerdem reiste Heinrich von Schleinitz nach Innsbruck ab. Und um Elisabeths Glück vollkommen zu machen, traf kurz darauf ein Brief von Philipp ein: Er käme Ende Januar und würde Christine und die beiden Mädchen mitbringen. Der kleine Wilhelm war noch zu klein für eine so weite Reise. Elisabeth jubelte. Endlich etwas Abwechslung von ihrer Eintönigkeit, Ablenkung von ihren Sorgen und vielleicht sogar die leise Hoffnung, dass Philipp für sie eintrat bei ihrem Schwiegervater.
Ende Januar kamen der Kurfürst und Philipp gemeinsam an. Der Empfang war überaus herzlich. Vergessen schienen die Spannungen zwischen den Männern, die noch vor wenigen Jahren kurz davor gewesen waren, mit den

2 übertragen aus André Thieme, Dresden 2010, Dokumente Nr. 180 und Nr. 182.

Waffen aufeinander loszugehen. Herzog Georg hatte Tränen in den Augen, als er voller Stolz seine Tochter umarmte und ihr zu den beiden Töchtern, vor allem aber zu dem Sohn gratulierte. Auch Kurfürst Johann Friedrich erntete überschwängliche Glückwünsche für seine beiden Söhne. Ja - Sibylle hatte einem zweiten Stammhalter das Leben geschenkt. Auch Herzogin Barbara beglückwünschte alle jungen Eltern, doch ließ sie es sich nicht nehmen, mit einem Seitenblick auf Elisabeth anzumerken, dass man auf Dresdner Enkelkinder leider vergeblich hoffe. Daraufhin machte Christines Närrin so unanständige Scherze, dass Herzogin Barbara, die offensichtlich noch mehr Kommentare auf Lager hatte, augenblicklich verstummte.
„Närrin, Schluss damit!“ mahnte Christine, worauf die Närrin in ihren eindeutigen Bewegungen innehielt. Elisabeth beneidete ihre Schwägerin nicht nur um die Kinder, sondern auch um diese Närrin, die es tatsächlich schaffte, ihrer lieben Schwierigmutter den Mund zu stopfen. Mit scheuer Ehrfurcht hatte sie Christine umarmt und ihre Glückwünsche nur flüstern können.
Das Thema Brandenburg, wo Johanns Schwester Magdalene drei Söhne auf einmal hatte beerdigen müssen, wurde sorgfältig gemieden.
„Ehrlich gesagt ist es wieder ein Mädchen. Ich hab der Kleinen das Schnippelchen nur aus Jux angeklebt, um zu sehen, wie ihr alle euch zu Narren macht - wegen eines Sohnes!“ rief die Närrin, wobei sie das letzte Wort theatralisch dehnte.
Der Rest des Abends verlief ruhig. Die Närrin, die sich in Marburg mit Gertrud angefreundet hatte, betrug sich bei Tisch ganz manierlich, spielte sogar auf ihrer Laute und machte nur noch harmlose Scherze.
Elisabeth war überrascht gewesen, dass auch der Kurfürst von Westen her nach Dresden gekommen war, wo er doch bequemer von Norden her über die Elbe gekommen wäre. Aber das hatte seinen Grund, mit dem Philipp nicht hinter dem Berg hielt: Am nächsten Tag ergab sich eine günstige Gelegenheit, in der er Elisabeth in ihr Frauenzimmer begleitete, wo Christine schon auf sie wartete. An Christines strahlendem Gesicht konnte sie erkennen, dass sie wirklich gute Neuigkeiten hatten.
„Der Kurfürst und ich hatten schon in Weimar eine Unterredung. Wir haben beschlossen, gemeinsam auf den Herzog einzuwirken, dass er Euch einen eigenen Haushalt erlaubt.“
Elisabeth lachte bitter. Ein eigener Haushalt war nichts, worauf sie in die-

sem Leben noch hoffen durfte.
„Aber die Kosten! Er wird es nicht erlauben, weil er es bezahlen muss. Du glaubst nicht, wie sparsam…"
„Hör zu!" Philipp hob beschwichtigend die Hände. „Wir haben beschlossen, dass wir für euren Unterhalt aufkommen werden. So kann es nicht weitergehen. Wir werden mit ihm reden. Er muss euch beide gehen lassen."
Für einen Augenblick herrschte atemlose Stille. Dann brach Jubel los. Elisabeth fiel ihrem Bruder um den Hals, sie umarmte Christine, alle ihre Jungfrauen umarmten sich und schnatterten durcheinander wie ein ganzer Gänsestall. Philipp trat einen Schritt zurück und staunte nicht schlecht, was sein Plan bei den Frauen auslöste. Er freute sich, aber ihm wurde auch schmerzlich bewusst, wie sehr sie alle gelitten hatten.
„Oh, Philipp, es muss nichts Prächtiges sein. Ganz einfach. Und du weißt, wie gut ich wirtschaften kann. Da komme ich ganz nach unserer Mutter. Ich brauche nicht viel Geld."
„Wir werden alle helfen bei den Hausarbeiten", riefen die Jungfrauen.
„Ich werde kochen und waschen!" versicherte Lene.
„Und ich werde mit den bloßen Händen die Böden schrubben, wenn ich nur von hier fortkomme", sagte Gertrud.
„Philipp, du ahnst nicht, welche Freude du uns allen machst." Elisabeth hatte Tränen in den Augen. Es gab noch eine weitere Freude, die Elisabeth nicht auszusprechen wagte: Endlich könnte sie einen lutherischen Prediger einstellen, der ihr das Abendmahl in beiderlei Gestalt reichen würde. Wenn sie erst ihren Gemahl für sich ganz allein hatte, dann würde sie ihn schon von der neuen Lehre überzeugen.
„Ich hoffe nur, dass der Herzog auch zustimmt."
„Er wird, Philipp, er wird ganz bestimmt zustimmen, wenn er es nicht selbst bezahlen muss. Das war in all den Jahren sein einziges Argument. Von Ende, seid so gut und holt meinen Gemahl. Er soll auch gleich die gute Nachricht hören."
Von Ende, der ein Stück gewachsen zu sein schien, seit ihn Elisabeth nach diesem Vorfall im Wirtshaus mit ‚Ihr' und ‚Euch' ansprach, eilte davon. Auch er hatte ein seliges Lächeln im Gesicht.
Herzog Johann kam und mit ihm der Kurfürst. Auch auf dem Gesicht des Herzogs lag ein Strahlen. „Hat von Ende es dir schon erzählt?" fragte Elisa-

beth und nahm ihn bei der Hand. „Komm, Johann, komm zu Philipp. Setzt euch alle. Hier Christine, nimm dir noch ein Kissen. Johann Friedrich, setzt Euch hier in diesen Sessel, der ist bequem. Ich kann es kaum abwarten. Ihr müsst uns dann alle besuchen kommen." Und zu Kurfürst Johann Friedrich gewandt sagte sie: „Ihr müsst Euch keine Sorgen machen. Wir brauchen nicht viel. Wenn wir nur unseren Frieden haben und ein Dach über dem Kopf, genügend zu essen, dann reicht das völlig aus."

„Was? Wovon redest du, Elisabeth?" fragte Herzog Johann seine aufgeregte Gemahlin.

„Philipp und Johann Friedrich werden auf deinen Vater einwirken, dass er uns eine eigene Hofhaltung erlaubt. Und damit er uns nicht wieder mit den Kosten abschmettern kann, haben sie sich bereit erklärt, uns beide zu unterhalten. Ist das nicht herrlich? Meine Güte, ich sehe schon ein kleines Haus auf dem Land vor mir. Zimmer, in denen ich selbst bestimmen kann, wo ich ein Bild aufhänge, eine Küche, in der ich mir meine Leibspeisen wünschen kann, süße Pfannkuchen, Hirsebrei mit Rosinen, Apfelmus oder vielleicht doch lieber Gemüsesuppe, Pfannkuchen, alles nacheinander; Pferde zum Ausreiten, einen Garten, in dem wir die Beeren direkt von den Sträuchern essen können. Oh Johann, ich kann dir gar nicht sagen, wie glücklich ich bin. Endlich wird unser Wunschtraum wahr. Wir sind nun auch beide alt genug für ein eigenes Heim, weiß Gott!"

Die Jungfrauen hörten fasziniert zu und malten sich wohl selbst ihre Freiheit in den schillerndsten Farben aus. Elisabeth lehnte sich nach ihrem Redeschwall zurück im Sessel und ließ ihren Blick unternehmungslustig durch das Zimmer schweifen. „Die Möbel hier kann ich wohl nicht alle mitnehmen, aber vielleicht kann ich da mit dem Herzog reden. Was meinst du, Johann?"

In ihrer Aufregung war Elisabeth nicht aufgefallen, dass Johann ganz stumm zwischen all den fröhlich schnatternden Jungfrauen und den belustigten Herren gesessen und in sein Weinglas geschaut hatte.

„Johann? Du freust dich ja gar nicht."

„Doch, doch, ich freu mich", sagte Johann leise.

„Aber?" forschte Elisabeth nach.

„Ich kann doch hier nicht weg. Meine Eltern sind beide alt. Meine Mutter ist sehr krank und wird nicht mehr lange leben. Ich kann sie nicht

alleine lassen."
„Aber Johann, wir müssen doch nicht ans Ende der Welt ziehen", sagte Elisabeth, hatte sich aber im Stillen genau diesen Ort gewünscht. Egal wo, nur möglichst weit weg von ihren Schwiegereltern. Da wurde Herzog Johann ganz still. Als Elisabeth sah, dass er weinte, legte sie ihm sanft ihre Hand auf den Arm. „Johann, bitte. Wir könnten uns doch etwas suchen, das höchstens eine Stunde zu Pferd von hier weg ist. Dann wärst du immer noch nah genug bei deinen Eltern, aber wir hätten endlich unseren eigenen Haushalt. Wir könnten... atmen."
„Ich habe vergeblich um eine eigene Hofhaltung gekämpft, als mein Vater noch lebte. Er hat mir auch immer gesagt, es sei zu teuer", sagte der Kurfürst, der sehr irritiert zwischen Elisabeth und Johann hin und her schaute. „Eine eigene Hofhaltung ist etwas vollkommen anderes. Man kann tun und lassen, was man will. Ich habe Neuerungen angeordnet, die mein Vater niemals zugelassen hätte."
„Und glaubt Ihr denn wirklich, dass meine Schwester Euch hier in dieser vergifteten Umgebung jemals einen Sohn schenken könnte? Es ist Eure Pflicht als Ehemann, Eure Gemahlin zu schützen. Der Druck, der hier auf ihr lastet, zermürbt sie. Sie ist ja kaum noch sie selbst. Als sie bei uns in Marburg war, da hat sie ganz anders ausgesehen. Ihr Gesicht hatte Farbe und sie war fröhlich. Ich muss Euch ehrlich sagen - verzeih, Elisabeth - , dass ich erschrocken war, als ich meine Schwester hier gesehen habe. So bleich und abgehärmt kenne ich sie nicht."
Philipp war vollkommen überrascht. Mit Johanns Weigerung, das Angebot anzunehmen, hatte er nicht gerechnet.
„Johann, bitte. Wenn Mutter in deiner Abwesenheit sterben würde, dann müsstest du doch kein schlechtes Gewissen haben. Schau, ich bin noch viel weiter fort. Denk an Elisabeth. Sie wird hier zugrunde gehen. Schau sie dir doch an", sagte Christine, worauf alle außer Johann Elisabeth anschauten, die vollkommen bleich und zusammengesunken in ihrem Sessel saß und auf den Tisch starrte. Die Schuhe hatte sie abgestreift und die Füße auf den Sessel gestellt, die Knie mit den Armen umschlungen. Als Christine ihr sanft über den gekrümmten Rücken strich, reagierte sie kaum, nur ihre Hand griff fahrig nach dem Veilchenmedaillon, das sie wie immer trug.
„Elisabeth, ich weiß, für dich würde es die Welt bedeuten, von hier fortzu-

kommen, aber ich kann nicht. Ich weiß, wie sehr du leidest. Ich weiß, dass du vor allem unter meiner Mutter leidest. Sie ist krank und dadurch sehr reizbar. Aber ich kann ihr jetzt nicht noch mehr weh tun. Wenn ich sie jetzt verlasse, dann könnte das ihren Tod bedeuten und ich würde mir ewig Vorwürfe machen. Verzeih mir. Ich kann nicht anders." Er erhob sich und ging leise nach draußen. Als die Tür hinter ihm zugefallen war, saßen alle wie versteinert. Dorothea fand als erste ihre Sprache wieder.
„Das meint er doch nicht ernst, oder?"

Tatsächlich meinte Johann es bitterernst. Gertrud berichtete der Närrin am nächsten Tag von Johanns unfassbarer Entscheidung. So ernst und ärgerlich hatte Gertrud das Gesicht der Närrin noch nie gesehen. Ihren Narrenstab pfefferte sie in die Fensternische, vor der sie gerade standen und verschränkte die Arme.
„Es ist doch immer wieder schön zu sehen, wenn ein Bub seine Mama lieb hat", knurrte sie. „Haben sie wenigstens getrennte Schlafzimmer oder besteht er darauf, dass die Mama mit ihm und seiner Frau in einem Raum schläft?"
„Selbstverständlich nicht. Er ist ja nicht vollkommen widernatürlich."
„Und wie hat deine Herrin reagiert? Sie hat ihm doch hoffentlich den Kopf abgebissen."
„Leider nicht. Komm, setzen wir uns doch. - Ich hatte noch nie solche Sorgen um meine Herrin. Sie saß über eine Stunde auf ihrem Sessel, ganz zusammengekauert wie ein Häufchen Elend und starrte auf den Tisch. Wir haben ihr alle gut zugeredet, aber sie wollte nicht hören, sie hat gar nicht reagiert."
„Das kann ich verstehen. Endlich hat sie die Aussicht, dieser Hölle zu entkommen und ihr Gemahl hat nichts besseres zu tun, als sie wieder den Wölfen zum Fraß vorzuwerfen."
„Ja, so kann man es nennen. Als sie sich endlich aus ihrer Starre gelöst hat, da hat sie so heftig geweint, wie ich in meinem ganzen Leben noch keinen Menschen habe weinen sehen. Sie hat kaum Luft geholt und ihre Schreie in einem Kissen erstickt. Ihr Bruder ist später noch einmal gekommen und hat nach ihr gesehen, da lag sie schon im Bett. Er macht sich große Sorgen um sie. Er hat ihr versprochen, dass er alles tun wird, um ihr das Leben

hier in Dresden so angenehm wie möglich zu machen. Da hat sie nur bitter gelacht. Aber er wird darauf bestehen, dass Herzog Georg ihr die Namen derer nennt, die sie fälschlich beschuldigen. Er wird sicher dafür sorgen, dass niemand es wagen wird, ihr auch nur ein Haar zu krümmen. Und diese ständige Bespitzelei muss aufhören. Wir werden alle noch ganz verrückt davon." Gertrud wollte weiterreden, doch ihr versagte die Stimme.

„Was ist los? Bist du auch davon betroffen?" fragte die Närrin sanft, indem sie ihre Hand auf Gertruds Knie legte. Gertrud nickte leise, und stockend erzählte sie von dem jungen Mann, dem sie aufgefallen war und den sie als einen guten, ehrlichen Menschen kennengelernt hatte. Wie Elisabeth dann versucht hatte, eine Ehe zwischen ihnen beiden zu stiften und wie man allein diese Unterredung so falsch ausgelegt habe, dass der junge Mann den Hof hatte verlassen müssen.

„Offensichtlich sind hier Menschen mit sehr viel schmutziger Fantasie unterwegs", stellte die Närrin fest.

„Ich weiß nicht, wie es weitergehen soll. Der Landgraf kann sich vielleicht bemühen, das Los seiner Schwester zu erleichtern, aber was wird, wenn er wieder abgereist ist? Dann wird doch ohnehin alles so sein wie immer. Ich weiß nicht, wie lange meine Herrin noch die Kraft haben wird, das auszuhalten."

Gotha, im Januar 1533

Anna liebte die Raunächte. Alles war still, der Schnee schluckte jedes Geräusch, das Leben selbst schien durch die Kälte eingefroren zu sein, denn das Leben ging sehr langsam und gemächlich vonstatten in Gotha. Man ging nur vor die Tür, wenn man unbedingt musste. Da überraschte es Anna ganz besonders, als jemand eines Nachmittags an die Tür klopfte. Sie ging, um zu öffnen und stieß gleich darauf einen Schrei aus, der die anderen Hausbewohner auffahren ließ. Friedel ließ sein Werkzeug fallen und eilte zur Tür. Dort sah er, wie Anna einen etwas abgerissen aussehenden Mann umarmte und gar nicht mehr loslassen wollte. Erst bei genauerem Hinsehen erkannte er, wer in den löchrigen Kleidern steckte. Albert war nach seiner Wanderung wieder nach Hause zurückgekehrt.

Anni und Frieda kamen und begrüßten ihren Cousin stürmisch, bis Friedel seinen Neffen und Stiefsohn erlöst hatte, weil auch er ihn gebührend begrüßen wollte. Wenn ein Mensch von einer so langen Reise zurückkehrte, dann war das fast so ungewöhnlich, als sei er von den Toten zurückgekehrt. Sicher, die Wandergesellen schlossen sich zusammen und genossen in den Städten den Schutz ihrer Zünfte, doch auf den langen Wegen zwischen den Städten, in den unwegsamen Wäldern lauerten viele Gefahren.

„Du meine Güte, seid ihr groß geworden. Euch umwerben sicher alle jungen Männer der Stadt."

„Fast alle", sagte Anni lachend.

„Nein, alle. Und die aus ganz Thüringen und Sachsen noch dazu", widersprach Friedel.

„Wo ist Gerhard?" war Alberts erste Frage, als er wieder Atem holen konnte. Auch wenn er sich mit seinem Bruder nie gut verstanden hatte, freute er sich offenbar auf ihn.

„Hier in Gotha hat die Pest gewütet. Da warst du noch nicht lange weg. Es sind so viele gestorben", sagte Anna leise. Alberts eben noch so fröhliche Miene zerfiel. Bedächtig setzte er seinen Wanderstab und sein Bündel ab, um sich langsam, als sei er um Jahre gealtert, an den Tisch zu setzen.

„Er ging immer noch aus, obwohl die Pest schon in der Stadt war. Da muss er sich angesteckt haben. Dass wir nicht alle gestorben sind, haben wir Hen-

ner zu verdanken."
Da erst bemerkte Albert den Alten, der nahe am Herd mit einem Humpen Bier saß.
„Ich danke dir, Henner", brachte Albert schließlich mühsam hervor. Der Alte nickte ihm zu. Für eine Weile standen sie alle still und sahen betreten auf ihre Schuhe. Niemand wollte vor Albert zugeben, wie sehr sie sich über Gerhards Tod gefreut hatten.
„Henner hat auch für ihn getan, was er konnte, doch leider war es bei Gerhard vergeblich." Friedel legte seine Hände auf die Schultern seines Stiefsohnes.
„Es ist schon gut, Vater. Ich danke dir. Er war der letzte meiner alten Familie."
„Wir werden immer für dich da sein, Albert, das weißt du."
Anna umarmte ihren großen Stiefsohn. Als die Stille wirklich bedrückend wurde, kam Reinhard in die Küche gelaufen. Er war nun schon ein Junge von über sechs Jahren.
„Mama?"
„Ja, mein Kleiner?" sagte Anna und wandte sich ihrem Neffen zu, erleichtert, dass wieder Leben in die Küche kam.
„Mama?" fragte Albert verwundert und schaute Reinhard und Anna an.
„Mein Bruder und meine Schwägerin haben uns gerade besucht, als die Pest ausbrach. Sie sind beide gestorben und nun sind wir seine Eltern. Du weißt doch, mein Bruder aus Homberg." Sie drückte den Jungen an sich, der Albert mit großen, erstaunten Augen ansah.
„Was wolltest du mir denn sagen?"
„Ich hab Hunger, Mama!"
„Ich glaube, wir alle haben Hunger. Anni und Frieda - wie weit seid ihr mit der Suppe?"
„Gleich fertig."
„Dann lasst uns essen."
„Essen! Oh ja!" sagte Albert und atmete tief durch, als wolle er die Schwere seiner Gedanken abschütteln. Anna beobachtete ihn, während er aß. Er war glücklich und erleichtert, wieder zu Hause zu sein, und über Gerhards Tod würde er noch hinwegkommen. Obwohl er sich gefreut hätte, seinen Bruder nach der langen Zeit zu sehen, so war ihm klar, dass der Tod seines

Bruders auch für ihn selbst im Grunde eine große Erleichterung war. Mit Gerhard gemeinsam hier in der Werkstatt zu leben und zu arbeiten, wäre mit Sicherheit qualvoll gewesen, aber Albert wusste auch, dass er es nicht übers Herz gebracht hätte, seinen Bruder zum Gehen zu bewegen, wenn dieser nicht freiwillig gegangen wäre.

Die Zeit mit Gerhard war keine gute Zeit gewesen. Immer hatten sie gestritten, immer wieder hatte Gerhard Arbeiten, die er, Albert, angefertigt hatte, einfach verdorben oder gar zerstört. In der Zeit, nachdem Gerhard von der Walz zurückgekommen war, war es besonders schlimm gewesen. Albert war richtig froh gewesen, endlich selbst wegzukommen. Aber er hatte auch die Angst gespürt, als er sich von Anna, Friedel und den Mädchen verabschiedet hatte. Vor allem Anna und die Mädchen hatten Angst vor mehr als nur davor, dass ihm etwas passieren könnte. Sie hatten Angst vor Gerhard gehabt.

Beim Essen erzählte Albert von seiner Wanderschaft; vor allem von den letzten Tagen.

„In Dresden hatte ich zuletzt noch eine Stelle bei einem Schreinermeister, der hier in Gotha zu tun hatte. Er hat mich auf seinem Wagen mitgenommen, denn sonst hätte ich den Weg durch den Schnee wohl nicht gewagt. Aber er war froh, mich dabei zu haben. Irgendeine dringende Familienangelegenheit hat ihn wohl durch die Kälte getrieben. Ich weiß nicht, was es war. Ah, Anna, ich weiß schon, was du mich jetzt fragen willst - ob ich Neuigkeiten von Herzogin Elisabeth habe."

„Wie hast du das nur herausgefunden?" fragte Anna schmunzelnd.

„Ich hab nur das Wort ‚Dresden' erwähnt und da haben deine Augen aufgeleuchtet. Du interessierst dich noch immer für die Tochter deiner Namensvetterin?"

„Natürlich! Geht es ihr denn gut?"

„Die Dresdner lieben sie, aber sie denken auch, dass Elisabeth einen schweren Stand am Hof hat. Sie ist schon so lange mit dem Thronfolger verheiratet und hat noch immer keinen Sohn geboren."

„Das ist schrecklich. Ich kann mich erinnern, dass ihre Mutter damals auch ein paar Jahre auf Kinder warten musste, aber bei Elisabeth sind es nun schon so viele lange Jahre, in denen sich nichts tut. Irgendwann schwindet die Hoffnung ganz und gar."

„Und das ist noch nicht alles. Es heißt, sie sei martinisch. Das erschwert ihr das Leben am streng katholischen Hof natürlich umso mehr."

„Da ist sie ganz schön mutig. Ich denke, die wenigsten Lutheraner wagen, sich offen zu bekennen. - Vielleicht ist es auch nur so ein Gerücht", vermutete Anni.

„Wieso nicht? Ihr Bruder Philipp hat Hessen martinisch gemacht. Und zwar an dem Tag, an dem du geboren wurdest, kleiner Reinhard!" sagte Henner und kitzelte den quiekenden Reinhard.

„Dann ist sie wohl genauso kämpferisch wie ihre Mutter, denn ihr Gemahl ist ja auch altgläubig, und er muss sich vor seinem Vater für sie verantworten." Die Anerkennung in Annas Stimme war nicht zu überhören.

„Erzählst du uns noch einmal die Geschichte von Johannes?" fragte Reinhard nach dem Essen und schaute Henner mit großen Augen an.

„Schon wieder? Ich soll euch schon wieder die Geschichte erzählen? Schau, ich bin noch gar nicht fertig mit Essen", sagte Henner und zeigte ihm seine Schale, in der noch ein kleiner Rest Suppe war.

„Bitte! Da ist ja nur noch ganz wenig in der Suppenschale drin." Reinhard ließ sich nicht so leicht abwimmeln.

„Albert hat viel mehr und Interessanteres zu erzählen als ich", versuchte Henner nun, doch Albert weigerte sich, ihm zur Seite zu stehen: „Ich bin müde und höre dir gerne zu. Hast du noch einen Schluck Bier für mich, Mutter?"

„Natürlich", sagte Anna lächelnd. „Für meinen großen Sohn hab ich alles!" Und sie küsste ihn auf die Stirn. „Ich hätte auch heißes Wasser für dich. Das hast du auch nötig."

„Erst das Bier für innen und später das heiße Wasser für außen. Es ist grad so gemütlich hier in der Küche. Ich kann euch gar nicht sagen, wie sehr ich mich darauf gefreut habe, wieder hier mit euch allen am Feuer zu sitzen, zu erzählen und zu essen."

„Hast du noch Hunger?"

„Nein, Mutter, danke. Ich bin jetzt wirklich satt. Die Suppe war köstlich. Wie oft hab ich mich danach gesehnt! Aber, Henner, nun erzähl du deine Geschichte von diesem Johannes."

„Ach bitte, Kinder, lasst doch Henner in Ruhe. Er hat die Geschichte schon so oft erzählt, dass ihr sie auswendig könnt." Anna wusste, dass diese Geschichte bei Albert zu viele Fragen aufwerfen würde, deren Beantwortung seinen toten Bruder in keinem guten Licht zeigten. Längst hatten sie sich etwas zurechtgelegt, um Gerhard aus der Geschichte herauszuhalten. Wenn Albert fragen würde, dann hätte Johannes für jemanden in Mansfeld gebürgt, der dann doch nicht imstande gewesen sei, die Schuld zu bezahlen. Deshalb hätte Johannes einspringen müssen. Diese Geschichte stand auf wackligen Beinen und sie hofften alle, dass Albert nicht so genau nachfragen würde.

„Nun gut, aber zum letzten Mal! Dann müsst ihr sie euch so gut gemerkt haben, dass ihr sie schon selbst erzählen könnt. Wie lange ist das jetzt her? Über drei Jahre. Es war im Herbst, als ich loszog, um Johannes nach Hause zu holen. Es hat schon auf dem Hinweg gegossen wie aus Eimern. Ich ging durch Wald, aber immer weiter lichtete sich der Wald. Abgeholzt hatte man ihn. Riesige Flächen waren kahl. Das sah schlimm aus, erst recht in dem Regenwetter. Furchtbar trostlos war diese Landschaft. Und je näher ich Mansfeld kam, um so deutlicher roch es nach Feuer. Schließlich stand ich auf einem Hügel vor der Stadt. Im Umkreis etlicher Meilen war alles kahl. Die Stadt selbst war ein graues Gewimmel von Menschen zwischen geduckten Häusern. Aus vielen Essen stieg der Rauch der Seigerfeuer in den Himmel und hätte wohl die Sonne verdeckt, wenn das nicht schon die dicken Regenwolken erledigt hätten. Wisst ihr noch, was die Seigerfeuer sind? Frieda?“

„In den Seigerfeuern erhitzt man das silberhaltige Kupfer und Blei und lässt es abkühlen, um Silber, Kupfer und Blei voneinander zu trennen“, sagte Frieda sehr ernst.

„Gut aufgepasst, Kleine. Aber die Seigerfeuer stinken, und sie fressen den Wald im ganzen Umkreis. Da bin ich also mitten hineinmarschiert. Ich hab lange gebraucht, um Johannes zu finden. In einer Hütte mit vielen anderen Bergleuten hat er gewohnt. Aber Johannes war immer gut bewacht. Da war so ein Aufseher, der immer aufgepasst hat, dass Johannes keinen Schritt tat, den er nicht tun durfte. Ihr hättet ihn nicht wiedererkannt. Er sah aus wie ein Ferkel. Vollkommen dreckig, einen langen Bart hatte er und seine Hände waren so schwarz wie die Wand dort hinter dem Herd.“ Henner hatte von jeher vermieden, den Kindern allzu ausführlich Johannes' Zustand zu schildern, denn er hatte so vollkommen verzweifelt und ausgemergelt ausgesehen, dass man ihn tatsächlich kaum noch als Johannes Schreuer erkannt hätte. Selbst beim Anblick Henners, der seinen Zeigefinger Schweigen gebietend auf die Lippen gelegt hatte, war kaum Hoffnung in seinen Augen aufgeflackert.

„Ich hab ihm erst mal eine Brotkante zugesteckt“, sagte Henner, doch er hatte nie erzählt, wie hungrig Johannes seine Zähne in das Brot geschlagen hatte.

„Ich wollte den Aufseher natürlich nicht wissen lassen, dass ich Johannes kenne und dass mir etwas an ihm liegt, sonst hätte er natürlich noch viel besser auf den armen Kerl aufgepasst. Aber am nächsten Tag passierte es: Einer der Stollen stürzte ein und begrub viele Bergleute - auch Johannes.“ Henner schlug mit der flachen Hand auf den Tisch, die Kinder zuckten ängstlich zusammen und starrten ihn an, und auch Albert hörte gebannt zu.

„Dann brach das Chaos aus. Die Familien der vermissten Bergleute drängten zu dem Stolleneingang, wurden aber von den Aufsehern wieder fortgeschickt. Andere Bergleute wurden gerufen, um ihre Kameraden auszugraben und um zu retten, was noch zu retten war. Ich hab mich gleich unter sie gemischt und hab mitgeholfen.

Mit bloßen Händen habe ich die Erde und die Steine zur Seite geschafft.“ Henner verschwieg, wie schrecklich es gewesen war, die ersten toten Körper zu finden. Verzweifelt hatte er den Männern in die schlammverschmierten Gesichter geschaut und war jedes Mal erleichtert gewesen, wenn es nicht Johannes’ Gesicht war. Schließlich hatten sie den eingestürzten Teil des Stollens freigelegt, wobei ihnen schon die dahinter eingeschlossenen Bergleute, die nicht verletzt waren, geholfen hatten.

„Bis in die späte Nacht haben wir gegraben, bis einer nach dem anderen wieder frei war. Die Lebenden wurden von ihren Familien begrüßt wie Lazarus. Und endlich habe ich auch Johannes gefunden. Er kauerte wimmernd am Felsen und wollte sich kaum von mir anfassen lassen. Ich musste ihm aufhelfen wie einem alten Mann und ich hab ihm gesagt, dass ich ihn jetzt nach Hause bringe. Da ist er mit mir gegangen. Ich hab ihm noch eine extra Portion Erde ins Gesicht geschmiert, damit ihn der Aufseher nicht erkennt. Wir haben uns heimlich still und leise davongemacht. Wie zwei Diebe in der Nacht. Es hat immer noch geregnet, aber so wurde Johannes wenigstens sauber. Wir sind die ganze Nacht gewandert, weil wir Angst hatten, der Aufseher würde merken, dass Johannes nicht bei den Toten und nicht bei

den Lebenden war. Erst am anderen Tag machten wir eine kurze Rast und kehrten sogar in ein Wirtshaus ein."
(Auf dem langen Weg hatte Johannes erzählt, weshalb Gerhard ihn so sehr gehasst hatte, aber Henner hatte dafür wenig Mitgefühl: „Gerhard hat nach hinten geschaut und ist in seinem alten Hass steckengeblieben. Das ist unverzeihlich. Das Leben schreitet immer voran in die Zukunft. Und wir halten es mit dieser", hatte Henner darauf nur geantwortet.)
„Nach dem Essen meinte Johannes, sein Bauch täte ihm so sonderbar weh. ‚Das nennt man satt sein. Schon vergessen?' hab ich ihn gefragt. Ja, und den Rest kennt ihr ja."
„Ach, Henner, erzählst du wieder diese alte Geschichte?" Johannes klopfte sich den Schnee vom Umhang und begrüßte alle.
„Dann bist du wohl der Held dieser Geschichte?" fragte Albert und erhob sich, um ihn zu begrüßen.
„Du liebe Güte! Held? Was hat Henner denn jetzt noch alles dazu erfunden? Henner, du bist doch bei der Wahrheit geblieben!" fragte Johannes mit gespielter Strenge.
„Nichts als die Wahrheit hab ich erzählt."
„Und wer bist du?"
„Ich bin Albert, Gerhards jüngerer Bruder." Johannes sah seinen Cousin prüfend an. In Alberts Gesicht war nicht die Spur einer Ähnlichkeit mit Gerhard zu finden. Herzlich umarmte er ihn.
„Ich freu mich, dass du wieder heil hier angekommen bist. Anna hat mir schon viel von dir erzählt."
„Ich hoffe, nur Gutes!" grinste Albert.
„Was anderes hätte ich doch gar nicht erzählen können von dir!" sagte Anna, während sie für Johannes eine Schale Suppe schöpfte. „Komm, Johannes, setz dich und iss. Du hast sicher auch Hunger. Waren die Rottmanns zufrieden mit dem neuen Tisch?"
„Das will ich meinen. Sie haben mich sogar auf ein Bier eingeladen."
„Ja, wir haben gut gearbeitet", sagte Friedel. Und jetzt, wo Albert wieder da ist, werden wir es leichter haben. Du musst uns morgen unbedingt noch ausführlicher zeigen, was du von deiner Reise an neuen Ideen mitgebracht hast."
„Schaut erst mal, was ich hier mitgebracht habe." Johannes holte unter sei-

nem Umhang ein eingewickeltes Päckchen hervor. Sogar durch das Leinentuch duftete es nach Honigkuchen.
„Einen Honigkuchen!“ schrie Reinhard und klatschte in die Hände.
„Da staunst du, kleiner Bruder!“ sagte Johannes lächelnd, indem er den Kuchen mitten auf dem Tisch platzierte.
„Wartet, ich hole ein Brett und ein Messer.“
„Mama, ich will ein ganz großes Stück“, rief Reinhard.
„Krieg ich auch eins, Mama?“ rief eine Stimme von der Tür, wo ein kleiner, dünner Junge stand und mit sehnsüchtigen Augen auf den Tisch schaute.
„Josef! Natürlich kriegst du auch ein Stück, komm rein. - Albert, das ist der Nachbarsjunge Josef. Erinnerst du dich an ihn?“
Josef war zu Reinhard auf die Bank geklettert und achtete nicht weiter auf Albert, denn Anna hatte ihm schon eine Scheibe Honigkuchen hingelegt. Mit vollen Backen kauten die beiden Jungs und schauten sich strahlend an. Die beiden hatten sich vor kurzem angefreundet und waren ziemlich unzertrennlich. Reinhard war nur wenig älter als Josef, fühlte sich aber oft wie der große Bruder dieses kleinen blonden Kerls, der mit seinen blauen Augen immer etwas verträumt in die Welt schaute.
„Natürlich erinnere ich mich an ihn. Der kleine Josef von nebenan. Aber wieso nennt er dich Mama?“
„Da staunst du, was?“ sagte Johannes. „Meine Tante Anna sammelt Kinder.“
„Meine richtige Mama ist im Himmel, und die Frau, die jetzt bei meinem Papa wohnt ist…“
„ …ein Miststück!“ ergänzte Reinhard, der sich einen Rüffel von Friedel einfing.
„Was? Das habt ihr selbst gesagt!“ rief er empört.
„Ja, und du solltest das nicht hören und erst recht nicht noch einmal sagen, Kleiner!“ sagte Johannes und kitzelte seinen kleinen Bruder durch, der schreiend seinen Kuchen fallen ließ.
„Nicht, Johannes! Nicht!“ rief Josef und versuchte vergeblich, Johannes’ Arme von Reinhards kleinem Körper zu lösen.
„Sie ist nicht meine Mama, wollte ich sagen“, rief er, worauf Johannes von Reinhard abließ.
„Es tut mir leid, dass deine Mama nicht mehr da ist“, sagte Albert. „Die Pest?“ Anna nickte.

„Es sind unglaublich viele an der Pest gestorben. Man wundert sich, dass überhaupt noch Menschen übrig geblieben sind."
„Aber du kannst doch zu der neuen Frau ‚Mama' sagen", überlegte Albert.
„Das hab ich nur einmal gemacht. Das will sie nicht."
„Ich war dabei. ‚Ich bin nicht deine Mama' hat sie zu ihm gesagt. Richtig laut und böse. Die blöde Kuh."
„Reinhard, das reicht für heute!" Jetzt wurde Friedel streng.
„Meine Mama ist auch an der Pest gestorben, und ich habe jetzt eine neue. Die ist auch gut", versicherte Reinhard. „Und du weißt ja, dass ich sie dir immer ausleihe, wenn du willst."
„Ich glaube, ein Freund wie du ist besser als jede Mama", erwiderte Anna und strich ihrem kleinen Stiefsohn übers Haar.

Dresden im Februar 1533

Der Kurfürst war wieder abgereist. Aber glücklicherweise war Philipp geblieben und hatte seine Schwester sogar wieder etwas aufgemuntert. In seiner Anwesenheit wagte niemand, Elisabeth nachzustellen. Außerdem hatte er noch einen Trumpf im Ärmel: Auch wenn aus dem eigenen Haushalt für Elisabeth und Johann nichts wurde, so wollte er doch dafür sorgen, dass die Beleidigungen, die man seiner Schwester zugefügt hatte, nicht bestehen blieben, sondern dass man die falschen Denunzianten, die es nicht einmal wagten, öffentlich dazu zu stehen, anzeigte und vom Hof entfernte.
Natürlich wusste Philipp von Elisabeth, dass es die Herren Schönberg und Schleinitz waren, doch stand dabei das Wort des Edelknaben von Ende gegen das Ehrenwort dieser beiden Räte. Und selbstverständlich glaubte Herzog Georg seinen Räten und nicht Elisabeths Türsteher. Aber alles musste ohnehin seinen geordneten Gang gehen: Für Streitfälle war festgelegt, dass sich der Beleidigte zunächst an die Räte des anderen wenden sollte, wohl um die Beziehungen nicht noch weiter zu strapazieren. Dies hatte sich Philipp für das Ende seines Besuches aufgespart.
Am siebten Februar wandte er sich an Herzog Georgs Rat Georg von Carlowitz und Kanzler Pistoris. Er hatte sie um eine Unterredung in aller Stille gebeten und war von den Herren in die Kanzlei eingeladen worden. Es war

Die Kreuzkirche zu Dresden, Weck'sche Chronik

etwa um die Mittagszeit, als sich die drei Herren dort einfanden. Ärgerlich bemerkte Philipp, dass auch Schönberg in der Kanzlei war und offensichtlich den Grund seines Besuches ahnte, denn er machte sich in der Nähe des Raumes zu schaffen, in dem die Unterredung stattfinden sollte. Philipp warf ihm einen bösen Blick zu und schloss demonstrativ die Tür.

„Dieser Herr dort draußen hat gemeinsam mit Herrn von Schleinitz meine Schwester zutiefst beleidigt und fälschlich angezeigt." Und mit gedämpfter Stimme schilderte er den beiden Herren, was Elisabeth in den letzten Monaten widerfahren war, doch an ihren Mienen konnte er schon ablesen, dass auch diese Herren seiner Schwester nicht sonderlich gewogen waren und ihm erst recht nicht. Nicht einmal die Tatsache, dass Herzog Georg seiner Schwiegertochter gedroht hatte, sie einzumauern, konnte die Herren beeindrucken, denn beide erinnerten sich gut an diese fatalen Packschen Händel und waren nicht bereit, diesem jungen Mann, der so unüberlegt und hitzköpfig einem so offensichtlichen Betrug aufgesessen war, allzu viel Glauben zu schenken, sondern versicherten, dass alle Adligen am Dresdner Hof vollkommen aufrichtige Menschen seien, denen man nichts nachsagen könne. Trotzdem wollten sie das Anliegen des Landgrafen dem Herzog vortragen.

Es verging ein Tag, an dem Herzog Georg und Landgraf Philipp ganz passabel die Rollen von Schwiegervater und -sohn spielten. Erst am nächsten Morgen wandten sich Carlowitz und Pistoris wieder an Philipp, um ihm mitzuteilen, dass der Herzog keineswegs mit Einmauerung gedroht habe und die Namen der Informanten nicht preisgebe, aber bereit sei, mit Philipp selbst zu sprechen.

Bange wartete Elisabeth das Gespräch ab. Sie hatte ihrem Bruder schriftlich Vollmacht erteilt, um ganz in ihrem Sinne zu handeln. War das wirklich gut gewesen? Sie kannte sein Ungestüm, war aber froh, dass so besonnene Männer wie Schrautenbach und Kanzler Feige bei ihm waren, die ihn hoffentlich im Zaum halten würden. Aus ihrem Frauenzimmer schaute sie mit Christine hinaus auf die Elbe. Sie sprachen kaum; jede behielt ihre sorgenvollen Gedanken für sich. Agnes und Anna saßen auf dem Fußboden und spielten ein Spiel, dessen Regeln nur sie selbst verstanden.

Auf der steinernen Brücke waren Eselkarren und Menschen unterwegs, hier und dort ein Fuhrwerk mit Pferden, ein Kahn fuhr elbabwärts Richtung

Torgau. Als man auf der Brücke und im Zwinger nur noch vereinzelte Laternen sehen konnte und das Leben dort draußen zur Ruhe gekommen war, saß Elisabeth noch immer am Fenster. Christine hatte sich mit den Mädchen zurückgezogen. Wahrscheinlich war sie bei ihrer Mutter.
Elisabeth schob das kleine Fensterchen, das ihr einen unverfälschten Blick auf die Welt dort draußen erlaubte, zu und schaute sich um. Ihre Jungfrauen saßen genau so angespannt wie sie selbst auf ihren Stühlen und Bänken, nur Hildegard war es gelungen, sich mit einer Handarbeit abzulenken. Gertrud und die Närrin unterhielten sich leise, Lene blätterte fahrig in einem Gebetbuch, obwohl sie in dem Dämmerlicht längst nichts mehr erkennen konnte. Da meldete von Ende den Landgrafen an. Sofort waren die Frauen gespannt wie Bogensehnen.
„Was hast du erreicht?" Elisabeth ging ihrem Bruder entgegen, der ihre ausgestreckten Hände ergriff. Da er ihrem Blick auswich, konnte Elisabeth sich bereits lebhaft ausmalen, wie die Unterredung verlaufen war.
„Er will Schönberg und Schleinitz nicht vom Hof entfernen, sondern ihnen die Gelegenheit geben, sich zu rechtfertigen. Er erlaubt weder eine eigene Hofhaltung, noch dass ihr beide nach Hessen kommt." Er atmete tief durch. „Er ist so unglaublich verbohrt. Er will gar nicht verstehen, wovon ich rede. Ich sage ihm, dass ich dich nicht an einem Hof lassen kann, an dem Schönberg und Schleinitz für Küche und Keller zuständig sind, weil ich ernsthaft fürchte, dass sie dich vergiften könnten."
„Oh, mein Gott, Philipp!" Elisabeth rang die Hände. Nicht nur, dass er ihr damit die letzte Ruhe raubte, sondern mit dieser Äußerung zeigte er ihr auch, dass er nicht in der Lage war, mit etwas Diplomatie vorzugehen. Was hatte er nur angerichtet? Hatte er am Ende alles nur noch schlimmer gemacht?
„Aber unser Schwiegervater sagte nur, dass er sehr wohl in der Lage sei, seinen Sohn und dich zu ernähren und dass ihr bei ihm keinen Mangel zu leiden brauchtet. Für ihn ist diese Angelegenheit damit erledigt. Er will davon nichts mehr hören." Philipp hatte sich auf einem Sessel niedergelassen und seine langen Beine übereinandergeschlagen. Die Frauen starrten ihn vollkommen resigniert an.
„Wie dem auch sei, ich werde morgen früh abreisen."
Gertrud schluchzte auf, Lene und Hildegard starrten fassungslos diesen

Mann an, von dem sie sich so unendlich viel erhofft hatten und der alles nur schlimmer gemacht hatte.

„Philipp, bitte, lass mich nicht im Stich! Gerade jetzt ist meine Lage eine einzige Katastrophe. Die Tatsache, dass er meine beiden Widersacher nicht wegschicken, sondern anhören will, zeigt doch deutlich genug, dass er mich noch immer verdächtigt. Solange du hier warst, hat niemand gewagt, hinter mir herzuspionieren. Allein deine Anwesenheit bedeutet für mich Schutz. Wenn du jetzt gehst, wird es viel schlimmer als vorher."

Er erhob sich etwas linkisch, was so gar nicht zu seiner eleganten Erscheinung passte. Es war ihm unangenehm, dass Elisabeth nun weinte und er sich dafür verantwortlich fühlen musste.

„Schau, ich werde von Hessen aus auch viel für dich tun können. Wenn man dich ernsthaft bedroht, dann würde ich mit meinem Heer anrücken. Aber ich muss jetzt weg. Ich kann nicht mehr hierbleiben. Du weißt, ich habe meine wichtigsten Räte mitgebracht. Zu Hause ist nur die zweite Wahl. Ich muss dort wieder nach dem Rechten sehen. Und Christine macht sich Sorgen um den Kleinen. Ich werde auf dem Rückweg noch einmal den Kurfürsten treffen und besprechen, wie wir weiter vorgehen sollen. Sei bis dahin unserem Schwiegervater in allem gehorsam, was nicht wider Gott ist, dann wird er sich schon wieder beruhigen."

Elisabeth starrte ihren Bruder mit leerem Blick an. Glaubte er denn selbst, was er da sagte?

Am kommenden Morgen bestieg Philipp mit Christine und seinem ganzen Hofstaat mehrere Wagen und Kutschen, die sie nach Westen bringen würden. Elisabeth hatte wieder das kleine Schiebefenster ihres Frauengemaches geöffnet und schaute sehnsüchtig dem langen Zug hinterher, der sich nun über die große Brücke schob. Allein die Närrin hatte gesehen, auf was für einem Scherbenhaufen Elisabeth saß, sich sehr ernsthaft von ihr verabschiedet und ihr alles Gute gewünscht. Auch Christine hatte Elisabeth beim Abschied lange und innig festgehalten. Gerade für sie war es eine sonderbare Situation, denn es waren ihre eigenen Eltern, die sie liebte und die Elisabeth das Leben so schwer machten.

Am Abend dieses Tages lag Elisabeth noch lange wach. Mit Johann hatte sie in den letzten Wochen kaum gesprochen. Dass er es tatsächlich fertiggebracht hatte, ihren größten Wunsch, bei dem es mittlerweile um Leben und Tod zu gehen schien, zu vereiteln, konnte sie ihm nicht verzeihen. Sie warf sich von einer Seite zur anderen, wälzte dabei ihre Gedanken um und um, kam immer wieder zu dem Ergebnis, dass es aussichtslos war, in diesem Leben noch auf irgendetwas Gutes zu hoffen. Ihre Tränen konnte sie nicht mehr zurückhalten. Leise weinte sie in ihr Kissen. Auf keinen Fall wollte sie Johann wecken, aber schließlich spürte sie seine Hand auf ihrem Haar.
„Elisabeth, es tut mir leid."
„Wieso?" flüsterte sie.
„Ich kann mich nun einmal nicht gegen meinen Vater auflehnen. Du weißt doch…"
„Wieso haben sie uns verheiratet?"
Auf eine so grundsätzliche Frage war Johann nicht gefasst und zog es vor zu schweigen.

In den folgenden Wochen ließ Elisabeth sich wegen Krankheit entschuldigen. Sie wollte ihren Feinden nicht mit verquollenen, rotgeweinten Augen begegnen. Johann schlich sehr vorsichtig um sie herum, aber die Tatsache, dass sie ihn nicht laut anklagte, sondern nur mit stummen, vorwurfsvollen Augen ansah, marterte ihn genug. Immerhin dies konnte Elisabeth mit Genugtuung feststellen. Ganz zaghaft wagte Johann sie zum Aufstehen und Ausgehen zu ermuntern, was Elisabeth jedoch strikt ablehnte. Ihre Jungfrauen waren sehr besorgt um sie, brachten ihr Essen, doch selbst die süßen Pfannkuchen, die sie dem Koch persönlich abgeschwatzt hatten, konnte Elisabeth kaum anrühren. Immer wieder hatte sie so heftige Kopfschmerzen, dass sie bei jeder Bewegung laut aufstöhnte. Selbst der zaghaft beginnende Frühling konnte Elisabeth nicht aufheitern, und als Gertrud ihr die ersten Veilchen brachte, brach sie in lautes Schluchzen aus, was Gertrud gar nicht verstehen konnte.

Es war Ende März, als Johann von seinem Vater in die Kanzlei zitiert wurde. Wieder einmal war Herzog Georg außer sich vor Wut. Herzog Johann durchsuchte fieberhaft sein Gedächtnis, was er wohl getan haben könnte

oder wessen sich Elisabeth, die noch immer kränklich war und sich weigerte, ihr Zimmer zu verlassen, schuldig gemacht haben könnte.
Der Grund für den herzoglichen Zorn lag auf dem Tisch, als Johann eintrat: ein Brief von Herzog Heinrich von Braunschweig.
„Lesen Sie! Lesen Sie diese unfassbare Unverschämtheit!"
Gehorsam setzte sich Johann an den Tisch, legte sich mit spitzen Fingern den Brief zurecht, als sei er vergiftet und las, während sein Vater auf und ab ging, die Hände auf dem Rücken verschränkt. Die Absätze seiner Stiefel setzte er besonders hart auf - der Brief musste also tatsächlich Ungeheuerlichkeiten enthalten. Johann überflog die mehrere Zeilen lange offizielle Anrede, in der der Braunschweiger sämtliche Titel Herzog Georgs aufgezählt hatte, doch Johann brauchte nicht zu lesen, sein Vater legte ihm bereits lautstark die Verhältnisse dar: „Herzog Heinrich von Braunschweig hat offenbar einen Brief von Kurfürst Johann Friedrich bekommen, in dem dieser ihn auffordert, zwischen Uns und Elisabeth zu vermitteln. Hinter Unserem Rücken spinnt der Kurfürst seine Fäden.
Ohne Unser Wissen und auch ganz unrechtmäßig handeln die jungen Herren. Wir möchten gerne wissen, wie viele Fürsten er noch mit hineingezogen hat in diese lächerliche Sache. Wie stehen Wir denn da vor den deutschen Fürsten? Wie kann der Kurfürst es wagen, diese Sache, die Wir hier längst geklärt hatten, vor aller Augen breitzutreten? Ganz so, als wären Wir nicht in der Lage, selbst Ordnung zu schaffen in Unserem eigenen Haus. Was für eine unglaubliche Frechheit! Diese Schande!"
Für einen Moment hielt er inne und schien sich sogar etwas zu beruhigen. „Wird der Herr Landgraf am Ende noch einen Reichstag wegen seiner Schwester ansetzen? Aber solange Wir noch einen Finger regen können, werden Wir auch selbst regieren." Natürlich! Das musste kommen. Johann hoffte, dass dies der krönende Abschluss der väterlichen Rede war, doch es kam noch schlimmer: „Wir werden einen Brief vorbereiten, den Sie abschreiben und an den Kurfürsten und alle anderen Fürsten, die er mit hineingezogen hat, schicken werden."
Nachdem Herzog Heinrich von Braunschweig besagten Brief erhalten hatte, sagte er dem Kurfürsten ab, da seine Vermittlungen offenbar nicht von beiden Seiten gewünscht wurden.
Kurz darauf kam die Einladung zu einem Gespräch in Naumburg, das am 20.

April stattfinden sollte. Unterzeichnet war der Brief von dem Kurfürsten, von Herzog Heinrich zu Mecklenburg und Herzog Ernst zu Braunschweig-Lüneburg, zwei Fürsten, die dem Kurfürsten nahestanden. Im ersten Zorn schrieb Herzog Georg zwei Briefe, einen für sich selbst und einen, den Johann noch eigenhändig abschreiben sollte. Wieder erschien Johann, diesmal noch viel vorsichtiger und mit noch tiefer zwischen die Schultern gezogenem Kopf als beim letzten Mal. Der Geruch der Tinte biss ihm in die Nase, als er sich gehorsam setzte, einen Federkiel nahm und Wort für Wort abschrieb, wie sein Vater es ihm vorgeschrieben hatte: Er erklärte, dass Herzog Georg niemals von Einmauerung gesprochen, sondern zu Elisabeth nur in väterlichem Wohlwollen und Besorgnis gesprochen habe.
Und dann schrieb der Herzog einen geharnischten Brief an den Kurfürsten. Seine Hand flog nur so über das Pergament, als er die lange Anrede schrieb, doch bezähmte er sich und gab seinen Buchstaben schließlich eine hoheitsvolle Eleganz:

Wir beabsichtigen keineswegs nach Naumburg zu kommen, es sei denn, es gibt anderes zu verhandeln als Unsere privaten Angelegenheiten, in denen Wir Uns keinerlei Vorschriften machen lassen werden. Ein jeder ist in seinem eigenen Haus wie ein König, ein unumschränkter Herrscher, den niemand zur Rede zu stellen hat, sondern der geachtet wird. Unseren Untertanen reden Wir auch nicht in ihre Familienverhältnisse hinein.

Dies und dergleichen mehr ging an alle beteiligten Fürsten und auch an Landgraf Philipp. Sie hatten es wieder einmal gut gemeint und waren an Herzog Georgs Starrsinn gescheitert. Auch Christine meinte es nur gut, als sie ihren Vater in einem langen und sehr vorsichtigen Brief bat, er möge die Sache noch einmal überdenken, und Johann und Elisabeth doch einen eigenen Haushalt genehmigen. Als Christine eine Unterredung zu Beginn ihres Besuches ansprach, wurde Herzog Georg hellhörig. Da würde er nachhaken müssen, doch zunächst ließ er seine Tochter wissen, dass er die Kinderschuhe schon lange ausgetan habe und sich nicht von so jungen Leuten zur Rede stellen ließe. Doch bezüglich der Unterredung, die im Januar stattgefunden haben musste, sprach er seinen Sohn Johann noch einmal vertraulich an. Johann hielt nicht lange stand und gab zu, dass Landgraf Philipp und der

Kurfürst sich verabredet hatten bevor sie nach Dresden gekommen waren, um ihr Vorgehen bezüglich eines eigenen Haushaltes für ihn, Johann, und Elisabeth zu besprechen. Beim Anblick des zornesroten Gesichtes knickte Johann vollkommen ein und gab auch zu, dass es in Elisabeths Frauenzimmer eine Unterredung gegeben habe, bei der der Landgraf und der Kurfürst versichert hätten, die Kosten für eine eigene Behausung tragen zu wollen, um dem Vater auch diesen Einwand zu nehmen.

„Und was haben Sie dazu gesagt?" fragte der alte Herzog leise und brachte sein Gesicht bedenklich nahe an das Gesicht seines Sohnes, der es nicht wagte, den Augen seines Vaters auszuweichen. Nun überlegte Johann fieberhaft, wie er seine Worte setzen musste, damit der Vater nicht in seiner unmittelbaren Nähe explodierte.

„Ich sagte, ich könne nicht gegen Euren Willen handeln." Das war die richtige Antwort.

„Und Elisabeth?" Die Stimme des Herzogs war nur noch ein Knurren.

„Sie versicherte, sich Eurem Willen zu beugen." Das war zwar nicht korrekt, aber in diesem Fall wieder die richtige Antwort, die Herzog Georg jedoch nicht daran hinderte, zielstrebig dem Höhepunkt seines monatelang sorgfältig aufgebauten Zornes zuzusteuern. Wieder einmal hinter seinem Rücken hatte man miteinander gesprochen, Verhandlungen geführt über Dinge, die allein ihn, den regierenden Herzog von Sachsen etwas angingen. In seinem eigenen Hause! Johann musste sich zwingen, der aufgebrachten Rede seines Vaters zu folgen. Es konnte dem alten Herzog einfallen, zwischen seinen vor Wut klirrenden Sätzen Fragen zu stellen, die keineswegs rein rhetorischer Natur waren. Dann erwartete er eine Antwort, und wenn er dann feststellte, dass man sich mit seinen Gedanken an einen idyllischen Ort begeben hatte, wurde alles noch viel schlimmer.

„Der Kurfürst selbst wagt es, Uns so zu hintergehen! Man will Uns Unseren eigenen Sohn abspenstig machen. Wir werden von dem Kurfürsten Aufklärung fordern. Mit allem Nachdruck. Wie können der Landgraf und der Kurfürst es wagen, Elisabeths Sache zu verhandeln? Nicht diese beiden Herren sind Elisabeths Vormünder, sondern Sie, Johann! Und Wir wollen Elisabeth sprechen." Und endlich leiser werdend fügte er hinzu: „Als hätten Wir nicht schon genug Sorgen. Unsere Gemahlin wird immer kränker, Unser erster Sohn bringt Uns keinen Erben und Unser zweiter Sohn flüchtet langsam in den Wahnsinn. Alles, was Wir aufgebaut haben mit Unserer Hände Arbeit, das wird zerfallen, sobald Wir die Augen schließen." Der Herzog verstummte. Er schien die Anwesenheit Johanns vollkommen vergessen zu haben, denn er stand ganz still am Fenster und knetete seine Hände, die er auf dem Rücken verschränkt hatte. Sein Atem ging sonderbar unregelmäßig, und schließlich sah Johann, dass die Schultern seines Vaters sonderbar bebten. Konnte er es wagen, zu seinem weinenden Vater zu gehen? Welchen Trost hätte er für ihn? Eine ganze Weile saß Johann nur stumm auf seinem Stuhl und beobachtete seinen Vater, den er zum ersten Mal in seinem Leben weinen sah. So leise wie nur irgend möglich erhob er sich und schob sich zur Tür. Er lehnte sich mit seinem ganzen Gewicht dagegen, um das laute Knacken des Schlosses zu vermeiden, dann stahl er sich hinaus.

Lange saß Johann am Bett seiner Mutter, hielt ihre Hand und betete mit ihr. Der Medicus machte ein sehr ernstes Gesicht, als wolle er ihn schon auf das Schlimmste vorbereiten. Hoffnung gab es nicht. Diese Krankheit würde nur der Tod heilen.

Schleinitz kehrte wohlbehalten aus Innsbruck zurück. Er hatte seinen Mantel noch nicht richtig abgelegt, da hatte ihn die Köstritzsche schon ins Bild gesetzt über alles, was sich in der Zwischenzeit zugetragen hatte.
„Aber erinnert Ihr Euch nicht, verehrte Gräfin? Ihr hattet mir doch berichtet, dass Dorothea, eine Jungfrau der jungen Herzogin, Euch gebeichtet hätte, dass ihre Herrin Herrenbesuch in ihrem Frauenzimmer empfange, der des Abends hineinginge und erst am Morgen wieder heraus. Hat das diese kleine Dorothea nicht gesagt?"
„Aber ja, aber ja, Herr von Schleinitz! Das hatte sie tatsächlich. Und wie gut trifft es sich da, dass sie verstorben ist und nichts Gegenteiliges mehr behaupten kann."
„Ja, das trifft sich tatsächlich ausgesprochen gut. Schönberg und ich hatten schon Sorge wegen dieser kleinen Geschichte in dem Gasthof, als dieser dumme Junge uns entwischt ist. Was für ein Glück, dass er nicht das Ohr des Herzogs hat. Sonst hätte er uns gefährlich werden können. Aber nun will ich zunächst meine Sachen ablegen. Die Reise war furchtbar beschwerlich. Ich muss mich erst umkleiden, bevor ich dem Herzog berichte, und da

kann ich ihm auch gleich Dorotheas Aussage mitteilen. Damit sollten wir diese martinische Ketzerin endgültig vernichten."

Elisabeth ahnte schon, dass ihr nichts Angenehmes bevorstand, als sie gemeinsam mit Johann zu ihrem Schwiegervater gehen musste. Sie hatte seit Wochen kaum geschlafen, sie fühlte sich wie zerschlagen und hatte so schreckliche Kopfschmerzen, dass sie alles verschwommen wie durch Butzenscheiben sah. Doch als sie die Schreibstube in der Kanzlei betrat, in der Herzog Georg, die Köstritzsche, Schönberg und Schleinitz bereits warteten, wusste sie, dass jetzt das Jüngste Gericht anbrach. Ohne Umschweife sagte Herzog Georg: „Wir haben jetzt stichfeste Beweise, dass Sie in ihrem Frauenzimmer Herrenbesuch empfangen haben, der am Abend hineingeht und erst am Morgen wieder herauskommt. Ihr Leugnen war also lauter Lüge. Gestehen Sie jetzt, und Wir werden vielleicht eine gnädige Lösung finden."

„Wer sagt das?" fragte Elisabeth müde.

„Ihre Jungfrau Dorothea."

„Schämen Sie sich denn gar nicht, eine stumme Tote zu missbrauchen, um Ihre widerwärtigen Spiele zu treiben?" Elisabeth schaute die Köstritzsche mit unverhohlenem Hass an, dann schwankte sie und suchte nach einem Halt. Johann fing sie auf und half ihr, sich auf einen Stuhl zu setzen, was nicht nur die Köstritzsche als Schuldeingeständnis sah. „Für Eure Untreue werdet Ihr in der Hölle landen", sagte die Gräfin befriedigt.

„Bevor ich den Himmel mit Leuten wie Euch teilen muss, bin ich liebend gerne in der Hölle!" erwiderte Elisabeth matt.

„Mehr haben Sie dazu nicht zu sagen? Die Luft wird allmählich dünn für Sie!" mahnte Herzog Georg.

„Was sagen Sie dazu, Hans? Das sind schwere Vorwürfe, die man gegen Ihre Gemahlin erhebt."

Johann stand neben Elisabeth, die mit ängstlichen Augen zu ihm aufschaute. Sie war bleich und hatte dunkle Ringe unter den Augen. Aus ihrem Blick sprach vollkommene Resignation. Sie wusste, wenn er diesen Anschuldigungen nun glaubte, dann war eine schmähliche Scheidung noch das Beste, was sie erwarten konnte. Im schlimmsten Fall konnte man sie nun einmauern. Philipp war weit, er war kürzlich erst hier gewesen und würde so bald

nicht wieder nach Dresden kommen. Ihn könnte man mit Briefen täuschen. Bis er Wind von der tatsächlichen Situation seiner Schwester bekam, konnte sie schon längst in einem Verlies vermodert sein.
Die nackte Angst sprang aus Elisabeths Augen. Sie wusste sehr genau, was für sie nun auf dem Spiel stand. Johann spürte den kalten Schweiß ihrer Hand, als er sie ergriff. Lange schaute er sie an, dann wandte er sich seinem Vater zu und sagte mit ungewohnt fester Stimme: „Ich glaube diesen Bösewichtern nicht. Ich weiß, dass ich eine fromme Ehefrau habe. Wenn Ihr uns nun entschuldigen wollt, meiner Gemahlin ist nicht wohl." Damit half er Elisabeth von dem Stuhl auf und bot ihr seinen Arm, um sie nach draußen zu geleiten.
Elisabeth wusste kaum, wie sie in den Zwinger gekommen waren, doch dort saßen sie nun in der Maisonne, die schon sehr kräftig war. Die Vögel sangen, es duftete nach Blumen, alles war so friedlich. Elisabeth ließ ihren Kopf an Johanns Schulter sinken und flüsterte: „Danke!"
„Wofür?"
„Dass du mich beschützt hast."
„Ich habe das nicht nur gesagt, um dich zu beschützen, sondern weil ich tatsächlich weiß, dass es die Wahrheit ist."
„Johann, ich hab Angst! Solche Angst!"
„Ich weiß, Elisabeth, es ist im Moment schwer für dich hier in Dresden."
„Im Moment? Es kommt mir so vor, als sei es schon seit tausend Jahren für mich schwer hier in Dresden. Ich kann nicht mehr. Ich weiß wirklich nicht mehr weiter. Was ist, wenn sie auf dieser Behauptung beharren? Es wird ihnen irgendwann nicht mehr ausreichen, dass du ihnen nicht glaubst. Vielleicht wirst du auch unter ihrem Druck zusammenbrechen und dich doch noch von mir abwenden. Ich könnte es dir nicht einmal verübeln."
„Nein, Elisabeth, nein, das würde ich nicht!"
„Was ist, wenn sie dich mürbe machen? Wenn sie dich so lange bearbeiten, bis du nicht mehr kannst?" Ein Schmetterling flatterte vorbei, im Gras summte eine Hummel.
„Wie lange werde ich noch den Himmel sehen dürfen, bevor sie mich einsperren?"
„Elisabeth, ich bitte dich, denk nicht an das Schlimmste. Mein Vater beruhigt sich schon wieder. Er ist auch nur ein Mensch."

„Er ist ein Mensch, der auf falsche Ratgeber hört und langsam altersstarrsinnig wird. Außerdem ist er mächtig. Er könnte mit uns beiden tun, was immer ihm beliebt. Wir sind ihm doch völlig ausgeliefert. - Komm, lass uns eine Weile an der Mauer dort spazieren gehen. Ich möchte die Elbe sehen."
Lange standen die beiden an der Mauer des Zwingers und schauten stumm auf die Elbe. Lastkähne und Fischerboote zogen vorüber, denen Elisabeth sehnsüchtig nachschaute, doch bald hatte das still dahinfließende Wasser seine Wirkung getan und Elisabeths aufgescheuchte Seele etwas beruhigt.

Die Ruhe währte nicht lange, denn noch am selben Abend stand Heinrich von Schleinitz vor Elisabeths Tür und begehrte Einlass.
„Euer Gnaden, kann ich Euch wohl alleine sprechen?"
„Ich habe vor meiner Hofdame keinerlei Geheimnisse, also sprecht ganz frei und offen."
„Es ist aber eine sehr persönliche Angelegenheit, die ich nur unter vier Augen mit Euch bereden will."
Elisabeth dachte kurz nach, dann bedeutete sie Gertrud, nach nebenan zu gehen; Gertrud wusste, dass nun Lauschen an der Tür ausdrücklich erlaubt war.
„Euer Gnaden", begann Schleinitz nun ganz ohne Umschweife, „Ich will Euer getreuer und verschwiegener Knecht sein."
Er hielt inne und schaute Elisabeth an, als überprüfe er die Wirkung seiner Worte. Sie hatte bereits bei seinem Eintreten die Arme verschränkt. Nun runzelte sie die Stirn und verdrehte die Augen. Schleinitz verneigte sich und schaute sie von unten herauf an, wobei er sich um einen möglichst zärtlichen Gesichtsausdruck bemühte. Das war nun wirklich lächerlich, denn er hatte die Blüte seiner Jahre schon seit geraumer Zeit hinter sich gelassen. Dass Elisabeth bei diesem Anblick übel wurde, ahnte er offenbar nicht, denn er fuhr fort: „Es ist doch eine Sünde, dass Ihr so verderben sollt, Euer Gnaden. Mein Herr, Euer Gemahl, kann es nicht, aber ich kann es sehr wohl."
Elisabeths entsetzten Gesichtsausdruck deutete er als Unverständnis und befleißigte sich, deutlicher zu werden: „Ich könnte Euer Gnaden zu einem Kind verhelfen. Ich will dabei ganz verschwiegen sein, wenn Euer Gnaden mir nur eine Gelegenheit gibt, in aller Heimlichkeit zu Euer Gnaden zu

kommen. Wenn Ihr mich nur erhören wollt, will ich Euch auch meine goldene Kette schenken."
Im Nebenzimmer hielt Gertrud den Atem an. Um Himmels Willen! Was tat dieser Schleinitz? Was dachte er sich? Gertrud war gespannt auf Elisabeths Antwort - sie musste nicht lange warten:
„Ich scheiß auf Eure goldene Kette!" bellte Elisabeth ihn an. „Glaubt Ihr wirklich, dass ich für eine alberne Kette etwas täte, was ich sonst nicht mit Euch täte? Wofür haltet Ihr mich? Ich habe keinen Fehl an meinem Gemahl. Wisst Ihr nicht, wem Ihr Treue geschworen habt? Seid Ihr einfach nur dumm oder wollt Ihr ein Narr werden?"
„Aber Euer Gnaden, Ihr müsstet Euch nur mit einem kleinen Fingerchen, und damit sind nicht diese hier gemeint" - er wackelte mit seinen dicken Fingern - „berühren lassen. Dann will ich Euch auch tausend Gulden geben."
„Hinaus! Ihr könnt getrost alles Hoffen fahren lassen. Und selbst wenn ich es jemals täte, dann doch niemals mit Euch!"
Dem Lärm nach zu urteilen, warf Elisabeth ihn durch die geschlossene Tür aus dem Zimmer.[1]

1 Diese Begebenheit habe ich von Dr. André Thieme mündlich erfahren. Elisabeth beschrieb diesen Vorfall in einem Brief an Philipp.

Halle, im Juni 1533

Seit über einem halben Jahr war Moritz von Sachsen nun schon in Halle an der Saale, um dort den Beginn einer standesgemäßen Ausbildung zu erhalten. Seine weitsichtige Mutter hatte darauf gedrungen, ihren Sohn auf zukünftige, große Aufgaben vorbereiten zu lassen, und der Vater hatte ihrem Plan ergeben zugestimmt. Die Söhne Herzog Georgs waren entweder bereits gestorben oder würden es sicher in einem Zeitrahmen tun, der dem jungen Moritz zugutekam. Er war der nächste männliche Erbe, der jüngste vorhandene. Dieser Junge war die Zukunft. Von ihrer Nichte Elisabeth erwartete Katharina keine Kinder mehr. Über Johanns Bruder Friedrich kursierten Gerüchte, dass er hinüberglitt in eine Welt, die ganz allein Friedrichs Welt war, also war irgendwann Moritz der Erbe des Hauses Sachsen. Es musste nur noch eine passende Frau gefunden werden und alles war so, wie seine Mutter es sich vorgestellt hatte.

Und Moritz? Er vermisste seine Schwestern Sibylle und Sidonie, am meisten jedoch Aemilia, die lustigste und hübscheste von allen Schwestern. Ausgerechnet für sie hatten die Eltern einen standesgemäßen Ehemann gefunden, der über dreißig Jahre älter war als sie. Aemilia würde im Juli ihren siebzehnten Geburtstag feiern und im August Hochzeit. Wenn er nach Hause zurückkehren würde, dann wäre sie nicht mehr da.

Von seinen beiden Brüdern vermisste er Severinus deutlich mehr als den jüngeren August, doch Severinus war im letzten Jahr gestorben. Hier in Halle hatte Moritz niemanden in seinem Alter. Er war allein unter fremden Erwachsenen, von denen er nicht wusste, wie wohlgesonnen sie ihm waren. Viele waren ihm unheimlich. Allen voran der Erzbischof selbst, der mit seiner hünenhaften Statur auf viele einschüchternd wirkte. Wenn er die Messe zelebrierte, wurde stets so viel Weihrauch verbrannt, dass man die Hand vor Augen nicht mehr sah. Moritz wurde davon schrecklich übel. Durch den dichten Weihrauchnebel konnte er schemenhaft erkennen, wie der Erzbischof mit großer Würde zum Altar schritt, um mit ausholenden Gesten Gott zu huldigen. Sein Latein, das er mit besonders kehligen Konsonanten artikulierte, war hervorragend, wahrscheinlich schon aus Prinzip. Besonders das Wort Deus sprach er mit einer Würde aus, als habe der Allmächtige ihm eben gerade noch die Ehre erwiesen, mit ihm den Messwein

zu probieren. Aus jeder Messe wankte Moritz bleich mit zitternden Knien nach draußen und schöpfte Atem wie ein Fisch auf dem trockenen Land. Er gewöhnte sich nur langsam daran.
Gleich in der ersten Woche hatte es sich der Erzbischof nicht nehmen lassen, seinen jungen Schüler höchst selbst eine Lektion zu erteilen und ihn aufzuklären über die Familienverhältnisse: Der Knabe hatte fröstelnd in dem großen, prächtigen Raum gesessen und auf den Erzbischof gewartet. Moritz hatte durch die Fenster in die verschneite Welt geschaut und sich nach Hause gewünscht. Was die Schwestern jetzt wohl taten? Sicher saßen sie am Kamin und stickten. Aber Aemilia würde vielleicht gemeinsam mit ihm malen und ihm dabei heimlich Süßigkeiten zuschieben, die sie in der Küche organisiert hatte. Ob Severinus im Himmel auch Schnee hatte und Schneeballschlachten machen konnte?
An der gegenüberliegenden Wand hing eine große Landkarte. Dorthin ging Moritz, um zu schauen, wo er selbst war und wie weit entfernt er von seiner Heimat war. Er brauchte eine Weile, bis er Halle entdeckt hatte, doch Freiberg fand er gleich. Er legte seine Hand auf die Entfernung. Viermal passte sie zwischen Freiberg und Halle. In diesem Moment betrat der Erzbischof den Raum und Moritz zuckte erschrocken zusammen, als habe man ihn bei einer Missetat ertappt. Schuldbewusst senkte er den Blick. Er wollte nicht, dass man glaubte, er erlaube sich die Schwäche, Heimweh zu haben.
„Messen Sie Ihr zukünftiges Staatsgebiet aus?" fragte der Erzbischof spöttisch und trat neben Moritz. Der Junge wagte nicht zu widersprechen, was der Erzbischof als Zustimmung deutete.
„Ich weiß, die Wettiner streben ein Territorium an, das sich bis weit über die Elbe und die Saale erstreckt. Und wie alle Fürsten wollen sie ihr Land immer weiter ausdehnen. Wenn nicht mit Krieg, dann mit Verträgen und Eheschließungen. In Magdeburg saß einmal ein Wettiner auf dem Stuhl des Erzbischofs, doch dann wurden Wir - ein Hohenzoller - auf diesen Stuhl gewählt. - Wissen Sie, welcher Familie Sie genau entstammen?"
„Ja, Euer Eminenz. Ich bin ein albertinischer Wettiner."
„Wissen Sie auch, was das bedeutet?"
Nun versuchte Moritz seine Stimme so fest wie möglich klingen zu lassen. „Es gibt die Albertiner und die Ernestiner. Albrecht und Ernst waren zwei wettinische Brüder, die Sachsen unter sich aufgeteilt haben."

„Das haben Sie schön auswendig gelernt. Und was denken Sie darüber? War das klug?"
„Nein", antwortete Moritz. Er ärgerte sich, dass dieser Mann in seiner Familiengeschichte wühlte und seine dicken, schwer beringten Finger in alte Wunden legte.
„Das heißt ‚Nein, Euer Eminenz'! Und wieso war es nicht klug?"
„Teilung bedeutet Schwächung. Und Schwächung bedeutet Gefahr."
Moritz hatte dies so selbstverständlich gesagt, dass seine Eminenz vollkommen vergaß, den Titel einzufordern.

Die Geschichtsstunden bei Christoph von Carlowitz, einem jungen Mann, dessen ausgedehnte Reisen durch Europa nicht nur seinen Blick auf die Welt geweitet, sondern ihm auch eine innere Gelassenheit und allgemeine Menschfreundlichkeit gegeben hatten, machten Moritz weitaus mehr Freude. So oft das Wetter es erlaubte, ging sein Lehrer mit ihm nach draußen, denn er war der Meinung, dass man nirgends besser lerne als an der frischen Luft. Bei ihren ausgedehnten Spaziergängen und Ausritten erzählte er so spannend über die Geschichte Sachsens, dass Moritz oft die Zeit vergaß. Vor allem im Frühling hatte Carlowitz den Blick seines Schützlings für die Natur geschärft. Die Frühblüher auf den Wiesen, jedes kleine umherschwirrende Insekt, dessen durchsichtige Flügel in der Frühlingssonne schimmerten, war genauestens untersucht worden.
Selbst die Teilung Sachsens hatte bei ihm ihren bitteren Beigeschmack verloren, denn er legte Moritz dar, dass sein Großvater Albrecht und dessen Bruder Ernst die Teilung Sachsens vollzogen hatten, um Streitigkeiten zu beenden, die schon Generationen vor ihnen immer wieder mit den Waffen ausgetragen worden waren. Sie hatten brüderlichen Frieden schließen wollen, dabei aber ihre Gebiete so aufgeteilt, dass noch immer deutlich war, dass sie eine Einheit bildeten. Es war kein Wunder, dass diese beiden Männer eine Schwächung ihrer Macht zugunsten des Friedens in Kauf nahmen, denn als Knaben waren sie in den Strudel der Ereignisse mit hineingerissen worden: Ritter Kunz von Kaufungen hatte den Vater der beiden, Kurfürst Friedrich den Sanftmütigen, im sächsischen Bruderkrieg unterstützt und dabei erhebliche Verluste erlitten. Er hatte nicht nur Männer verloren, sondern er hatte sich für viertausend Gulden freikaufen müssen, nachdem er

in Gefangenschaft geraten war. Obendrein hatte man ihm Land weggenommen.
Er forderte den Kurfürsten auf, den Schaden wieder gutzumachen, aber dieser weigerte sich und wies seinen Gefolgsmann darauf hin, dass er ihm aus freien Stücken in den Krieg gefolgt sei. Zwei gegensätzliche Gerichtsurteile brachten nicht den erhofften Frieden, und so beschloss Kunz von Kaufungen, die Prinzen zu entführen, um Lösegeld zu erpressen. Geschickt fädelte er einen Plan ein, und es gelang ihm tatsächlich, die beiden Prinzen aus dem Schloss in Altenburg zu entführen. Albrecht gelang es jedoch, sich zu befreien und Hilfe zu holen. Kunz von Kaufungen wurde überwältigt und seiner gerechten Strafe zugeführt.
„Wahrscheinlich haben Ernst und Albrecht, als sie Sachsen geteilt haben, gedacht, dass eine Linie ausstirbt, oder dass man sich zumindest einig bleibt, wenn jeder sein eigenes Reich hat. Doch das ist nicht passiert. Heute ist der Graben noch tiefer geworden durch den Glauben. In dem Ernestiner Kurfürst Friedrich dem Weisen hatte die Reformation einen frühen Förderer, und in dem albertinischen Herzog Georg, Ihrem Onkel, hat die Reformation einen großen Feind."
„Meine Mutter gehört auch zu den Albertinern, aber sie schimpft nicht über Luther", erwiderte Moritz. Carlowitz schaute seinen Schüler etwas überrascht an. Offenbar war es bereits ein großes Lob, wenn Katharina von Sachsen nicht über jemanden schimpfte.
„Und Sie? Wie denken Sie darüber?"
„Ich werde tun müssen, wie meine Mutter es mir befiehlt."
„Schauen Sie, der Erzbischof - wie denken Sie, steht er zur Reformation?"
„Er wird wohl dagegen sein, denn es war ja schließlich sein Ablasshandel, der Doctor Luther so sehr erzürnt hat."
„So scheint es. Doch auch dieser Mann tut manchmal etwas im Verborgenen, was niemand von ihm erwartet, was er alleine entscheidet." Carlowitz senkte seine Stimme, worauf Moritz umso gespannter lauschte.
„Sie haben sicher schon von dem Reichstag zu Worms gehört, auf dem Luther widerrufen sollte, aber seine Schriften verteidigt hat. Der Kaiser, der kein Deutsch, sondern nur Französisch und Flämisch sprach, musste sich alles übersetzen lassen. Wer weiß, ob man ihm alles richtig übersetzt hat. Vielleicht haben sie ihm Luthers Antworten in den schwärzesten Farben

gemalt. Wie dem auch sei, der Kaiser ließ Luther noch die Frage stellen, ob Konzilien irren könnten. Luther bejahte diese Frage.
Darauf erhob sich der Kaiser wütend, um den Saal zu verlassen, denn von einem Mönch wolle er sich nicht zum Ketzer machen lassen. Können Sie sich den Tumult vorstellen, der daraufhin in dem Saal ausbrach? Ein einfacher Mönch in einer abgetragenen und wahrscheinlich nicht mehr ganz taufrischen Kutte hatte den Kaiser des Heiligen Römischen Reiches Deutscher Nation derart verärgert, dass dieser den Saal verließ! Unerhört! Noch nie dagewesen!
Seitdem wurde es natürlich gefährlich für Luther. Die Spanier, die im Gefolge des Kaisers angereist waren, wollten ihn schon auf dem Scheiterhaufen sehen, doch die deutschen Fürsten schützten Luther und brachten ihn sogar zurück zu seiner Unterkunft und sorgten auch dort dafür, dass ihm niemand mit Brennholz und einer Fackel zu nahe kam. Aber nicht nur die weltlichen Fürsten des deutschen Reiches waren von dem kleinen Mönch beeindruckt; seine Eminenz der Erzbischof nicht minder. Als hoher, kirchlicher Würdenträger kam er nahe an den Kaiser heran und war vollkommen unverdächtig, Luther schützen zu wollen. Der Kaiser hatte beschlossen, Luther noch in Worms zu ächten, verhaften zu lassen und der Inquisition auszuliefern. Der Erzbischof bat den Kaiser, einen Vermittlungsausschuss einzusetzen, um Luther umzustimmen. Gut - Luther weigerte sich, vor diesem Ausschuss überhaupt zu erscheinen. Schon hatte der Kaiser wieder die Feder aufs Pergament gesetzt, um mit seiner Unterschrift Luther auf den Scheiterhaufen zu bringen, doch dem Erzbischof gelang es, dem Kaiser zumindest einen Aufschub aller Verfolgungsmaßnahmen abzutrotzen. Aber das war nur ein Aufschub. Luther reiste ab, der Kaiser setzte seine Unterschrift unter das Wormser Edikt, das über Luther die Reichsacht verhängte und ihn für vogelfrei erklärte. Dieses Edikt war allerdings nur gültig mit der Unterschrift unseres Erzbischofs. Und er hat sich damit Zeit gelassen. So lange, bis er sicher sein konnte, dass Luther auf kursächsischem Boden war. Und dort wurde der verwegene Mönch, wie man ihn in Worms nannte, von den Männern des Kurfürsten entführt und auf die Wartburg gebracht."
„Dann hat seine Eminenz, der Erzbischof, dafür gesorgt, dass die Reformation sich ausbreiten kann?"
„Ja, Moritz, so muss man es wohl sagen. Im Jahre 1521 war die Reformation

noch längst nicht so stark, dass sie ohne Luther ausgekommen wäre. Wenn er in Worms gestorben wäre, dann wäre die Reformation im Sande verlaufen oder es wäre allenfalls ein kleines Grüppchen übriggeblieben, mit dem die Herren kurzen Prozess hätten machen können. Es brauchte Luthers Wortgewalt und Persönlichkeit, um die Reformation zu einer bedeutenden Bewegung zu machen. - Übrigens: Als Luther geheiratet hat, da wurde er von vielen geschmäht. Schließlich hatte er nicht nur sein Keuschheitsgelübde gebrochen, sondern auch noch eine entlaufene Nonne geheiratet. Ein unglaublicher Frevel in den Augen vieler. Und was tat unser Erzbischof? Er schickte Luther ein Hochzeitsgeschenk von zwanzig Gulden. Man könnte sagen, dass er mit seinem Ablasshandel genügend eingenommen hatte und zwanzig Gulden ihn nicht schmerzten, aber trotzdem war es ein feiner Zug von ihm."[1]

Eine Nebentür zum großen Festsaal war nur einen Spalt breit geöffnet, doch Moritz sah genug. Er wusste, er würde weder diese Bilder jemals wieder aus seinem Kopf verbannen können, noch die Geräusche, erst recht nicht die Gerüche: Parfum, vermischt mit dem Duft edler Speisen und Weine, Rosenöl, das die Frauen sich in die Haut massiert hatten, selbst die Schminke, mit denen sie ihre Gesichter und Leiber dick bemalt hatten, glaubte Moritz riechen zu müssen. Und immer wieder wehte der Duft von Weihrauch darüber hin, denn die Herren trugen ihre Messgewänder.

Moritz war übel. Er hätte sich gerne abgewandt, doch eine sonderbare Kraft zwang ihn, seine Augen auf das zu richten, was er durch den kleinen Spalt der Tür sehen konnte. Als sich eine Hand auf seine Schulter legte, erschrak er zu Tode und stieß einen Schrei aus. Schuldbewusst schaute er in das Gesicht seines Lehrers.

„Kommen Sie, Moritz. Sie sollten längst schlafen", sagte Christoph von Carlowitz. Ängstlich schaute Moritz noch einmal durch den Spalt, als wolle er sich vergewissern, dass niemand ihn durch seinen Schrei bemerkt hatte, doch die Herren waren allesamt ausgiebig beschäftigt. Christoph legte nun beide Hände auf die Schultern seines Schülers und schaute ebenfalls in den Festsaal. Als Moritz sich umwandte und zu ihm aufschaute, sah er Trauer

---

1 Roesgen, Manfred von: Kardinal Albrecht von Brandenburg. Moers 1980/81. S. 49ff.

und Resignation auf dem Gesicht seines Lehrers, der ihn nun mit sanftem Druck von der Tür weg schob.
„Kommen Sie, ich bringe Sie zu Ihrem Zimmer.“

Die frühe Morgenmahlzeit um sieben Uhr nahm Moritz mit seinem Lehrer gemeinsam ein. Es gab verdünnten Wein und Hirsebrei. Derartige Köstlichkeiten interessierten den schlafenden Hausherrn ohnehin nicht. Keiner der beiden sagte ein Wort, Christoph von Carlowitz schaute seinen Schützling etwas besorgt an, der beharrlich jeden Blickkontakt vermied. Nachdem ein Diener den Tisch abgeräumt hatte, erhob sich Carlowitz.
„Bitte, folgen Sie mir.“
Carlowitz führte seinen Schüler in den Korridor, in dem unzählige Bilder hingen. Moritz hatte sie schon oft angeschaut. Auf vielen hatte er seinen Lehrherrn, den Erzbischof von Magdeburg wiedererkannt. Einige Bilder zeigten den Kirchenmann in frommen Posen, als Eremiten, andere waren lediglich Porträts und zeigten einen jungen Mann, der seinen Reichtum mit so vielen Ringen zur Schau stellte, dass er seine Finger kaum beugen konnte. Auf anderen Bildern waren Heilige zu sehen, doch hatten sie stets die eine frappierende Ähnlichkeit mit dem Erzbischof. Sogar in einer Szene, die Jesus mit der Ehebrecherin darstellte, trug Jesus persönlich die Züge des Erzbischofs. Und immer wieder war da dieselbe Frau bei ihm, als Heilige Ursula oder als Ehebrecherin. Dem Maler musste eindeutig immer dieselbe Frau Modell gestanden haben, denn immer waren es dieselben zarten Gesichtszüge, das blonde Haar, dieselbe zierliche Statur, die man auf den Bildern wiederfand.
„Die meisten dieser Bilder hat Lukas Cranach der Ältere gemalt. Dieses Bild hier stammt von seinem Sohn, Lukas Cranach dem Jüngeren. Ihn kennen Sie ja bereits. War er es nicht, der Sie gemalt hat?“
Moritz nickte. Er erinnerte sich nur zu gut an die qualvollen Stunden des Stillsitzens, aber seine Eltern hatten am Ergebnis ihre helle Freude gehabt und das Bild in die Galerie eingereiht.
„Schauen Sie sich dieses Bild genau an.“
Das Bild zeigte einen jungen, schlanken Erzbischof als Jesus, der die hübsche Ehebrecherin an der Hand hielt und sie gegen den Mob von selbstgerechten Männern verteidigte. Sein überlanger Zeigefinger zeigte auf die junge Frau,

die in einem Kleid, wie es heutzutage Mode war, offenbar vor Scham und Angst gebeugt neben ihm stand. Die Schnürung ihres Gewandes war aufgelöst, ihre Brust war entblößt und wurde nur unzureichend bedeckt von einem hauchzarten Schleier.
Unter ihren halb gesenkten Lidern konnte man erkennen, dass sie zur Seite schaute, als versuche sie, hinter sich zu blicken, wo zwei Kriegsknechte darüber zu debattieren schienen, wann man die Ehebrecherin hinrichten würde. Die Augen der umstehenden Männer waren alle auf Jesus gerichtet, manche schauten ihn erstaunt oder fassungslos an, die meisten ärgerlich und sogar wütend. Jesu Blick schien einen Punkt weit außerhalb des Bildes zu fixieren. Er war der einzige Mensch auf diesem Bild, der mit einem schlicht geschnittenen, doch weit bauschenden Hemd und einem dunklen Umhang ein Gewand trug, das man tatsächlich in biblische Zeiten einordnen könnte. Alle anderen Figuren auf dem Bild trugen Gewänder und Kopfbedeckungen der heutigen Zeit.
„Stellen Sie sich hier zu mir“, sagte Christoph von Carlowitz, der links von dem Gemälde stand. „Was fällt Ihnen auf?“
Moritz schaute nur kurz, dann sagte er: „Jesus scheint mich anzuschauen.“
„Richtig. Jesus schaut aus dem Bild heraus. Man sollte meinen, dass die Menschenmenge ihn vollständig umringen würde, aber direkt hinter ihm ist nichts. Dadurch ist er der unbestrittene Mittelpunkt der Szene. Außerdem hebt ihn der Maler noch dadurch hervor, dass er als Einziger keine moderne Kleidung trägt. Es ist also wirklich und wahrhaftig Jesus, der uns hier mit den Gesichtszügen des Erzbischofs begegnet. Gut - ich denke, so gut sah er auch als junger Mann nicht aus, da hat Cranach nachgeholfen - aber ich denke, dass der Erzbischof hier schon den deutlichen Anspruch erhebt, als Jesus aus seiner eigenen Zeit herauszutreten und die Betrachter mit seinem überlangen Zeigefinger auf etwas hinzuweisen. Wissen Sie, was Jesus den Männern gesagt hat, die die Frau steinigen wollten?“
„Wer von euch ohne Sünde ist, der werfe den ersten Stein.“
„Und die hübsche Ehebrecherin, die Jesus so schützend an seiner Hand hält und die es dennoch nicht wagt, sich an seine Schulter zu lehnen, obwohl sie sich schon deutlich zu ihm hinneigt, diese Frau gab es wirklich.“
„Ja, in der Bibel. Die Geschichte ist doch nicht erfunden.“
„Ich meine, dass es diese Frau im Leben des Erzbischofs gegeben hat. Sie

war die Tochter eines Mainzer Bäckers, und der Erzbischof, der damals in Mainz das Amt des Domherrn bekleidete, hat sie geliebt. Ihr Name war Ursula Redinger, und warum man sie immer nur die schöne Redingerin nannte, können Sie selbst sehen.
Der Erzbischof hat sie mitgenommen, als er Mainz verließ, aber er hat sie niemals versteckt. Stets hat er seine Liebe zu ihr in aller Öffentlichkeit gelebt. Angeblich hat er sogar mehrere Kinder mit ihr, aber das weiß man nicht so genau. Wenn das tatsächlich stimmt, dann hat er sie sicher alle gut versorgt. Mit diesem Bild klagt der Erzbischof seine Zeitgenossen an, die Steine werfen wollen.
Martin Luther hat ihn in einem Brief aufgefordert, dem lästerlichen, unchristlichen Stand ein Ende zu bereiten und in den seligen und göttlichen Stand der Ehe einzutreten, doch es war Ursula Redinger selbst, die ihm davon abriet und dafür sorgte, dass er katholisch blieb, denn sie durfte als Bäckerstochter nicht darauf hoffen, dass er sie heiraten würde. Man hätte von ihm selbstverständlich eine standesgemäße Heirat erwartet und nicht die Ehe mit einer unbedeutenden, bürgerlichen Frau, die ihre Jungfräulichkeit nicht mehr mit in die Ehe brachte. Aber warum erzähle ich Ihnen das alles?“
„Um mir zu zeigen, dass auch dieser Mann ein Mensch ist?“
„Richtig. Als sie ganz plötzlich starb, warf das den Erzbischof geradezu aus seiner Bahn. Er hat sie tatsächlich geliebt und war ihr aufrichtig zugetan. Seit Gott ihm diese Frau genommen hat, verliert er sich in dieser Zügellosigkeit und hadert mit Gott.“
Er beobachtete das Gesicht seines Schülers, der das Bild nun offenbar mit ganz anderen Augen betrachtete.
„Wir sind alle Menschen. Wir sind schwach und sündig, selbst wenn wir Gott ganz anderes gelobt haben.“

Freundlicher, herzlieber Vetter und Bruder, Dresden, im Juli 1533

Ihr erinnert Euch sicher daran, dass ich Euch vor wenigen Monaten geschrieben habe, dass dieses Jahr besonders schlimm für mich werden würde. Was nun über mich hereinbricht, übertrifft meine Befürchtungen bei weitem. Das Gerede am Hof über mich wird immer schlimmer, so schlimm, dass es mir schreckliche Angst macht. Der Alte schaut mich an wie den Teufel, ich kann ihm nichts mehr recht machen, ganz gleich, was ich sage oder tue. Ich weiß, er grämt sich sehr wegen seiner Gemahlin, der es immer schlechter geht, aber von mir will er keinerlei Trost annehmen.
Wenn ich unter Leuten bin, setze ich wie immer eine fröhliche Maske auf, aber das fällt mir immer schwerer. Natürlich legen sie mir meine Fröhlichkeit wieder als Bosheit aus. Sie sähen es gar zu gerne, wenn ich einmal vor ihnen weinte. Oft kann ich es kaum abwarten, wieder allein zu sein, um diese Maske endlich wieder ablegen und weinen zu können. Das tue ich sehr oft nachts, aber so leise wie möglich, um Johann nicht zu wecken. Er steht hinter mir und verteidigt mich, und das ist mein letzter Halt.
Zu meinen Kopfschmerzen gesellen sich nun auch Zahnschmerzen. Ich weiß auch nicht, wann ich das letzte Mal eine ganze Nacht durchgeschlafen habe. Es muss wohl bei euch in Torgau gewesen sein.
Wie gehen Eure Bauarbeiten voran? Ich bin schon ganz gespannt, Eure sensationellen Neuerungen endlich zu besichtigen. Ich hoffe und bete, dass man mir erlaubt, Euch zu besuchen.
EHzS etc.

Die Nacht war heiß und stickig. Die geöffneten Fenster brachten keinerlei Kühlung, denn der Wind, der von der Elbe her wehte, brachte immer nur neue Schwaden von Mücken. Es war schon spät, die Uhr von der Kreuzkirche hatte schon elf Uhr geschlagen, als eine Kammerfrau der alten Herzogin zu Elisabeth kam und sie bat, sie zu ihrer Herrin zu begleiten. Elisabeth hatte schon begonnen, sich auszukleiden und sich auf stille Stunden gefreut, in denen sie vielleicht einen Teil ihrer Anspannung loswerden würde, doch nun musste sie sich erneut wappnen. Sie ließ sich das Kleid wieder schließen und folgte der Frau. Die Schwiegermutter! Um Himmels Willen! Was mochte sie denn ausgerechnet jetzt um diese Uhrzeit noch von ihr wollen?

Schließlich waren sie in der Kammer der alten Herzogin angelangt. Elisabeth sah ihre Schwiegermutter kaum zwischen all den Kissen und Decken. Es roch streng nach frisch geräucherten Kräutern, die der Kranken Linderung verschaffen sollten.
„Guten Abend, Frau Mutter. Ihr habt mich rufen lassen“, flüsterte Elisabeth, die ans Bett herangetreten war. Herzogin Barbara war nur noch ein Schatten ihrer selbst. Es kostete sie offenbar unendliche Mühe, den Kopf zu wenden, um Elisabeth anzuschauen.
„Elisabeth, setz dich!“ sagte sie. Ihre Stimme klang sanft - ob aus Schwäche oder Freundlichkeit konnte Elisabeth nicht sagen.
„Ist Euch nicht viel zu warm mit all den Decken?“
„Zu warm? Ich friere noch immer.“
„Ihre Gnaden haben schon zwei heiße Ziegelsteine im Bett“, sagte die Kammerfrau.
„Gehen Sie, lassen Sie uns allein.“
Als die Kammerfrau die Tür leise hinter sich geschlossen hatte, schaute die alte Herzogin ihre Schwiegertochter an. „Sag mir Elisabeth, ist das wahr, was die Köstritzsche über dich sagt? Empfängst du nachts Männerbesuch bei dir?“
Elisabeth brach in Tränen aus. Konnte diese bösartige Kreatur nicht einmal eine schwer kranke Frau mit ihrem Gift verschonen? Ihre Feinde schreckten offenbar vor gar nichts zurück.
„Nein, Mutter, nein, es ist nicht wahr. Euer Sohn glaubt es auch nicht. Er sagt, er weiß, dass er eine fromme Frau hat.“
„Du weißt, ich habe nicht mehr lange zu leben. Du würdest mich nicht mit einer solchen Lüge in die andere Welt gehen lassen, nicht wahr?“
„Und wenn ich selber sterben müsste, würde ich sagen, dass die Gräfin mich verleumdet, denn ich wollte auch nicht mit einer Lüge auf den Lippen sterben.“
Elisabeth schlug ihre Hände vors Gesicht und schluchzte heftig.
„Ich kann nicht mehr! Es ist nicht wahr! Was wollen diese Leute von mir? Worauf soll das hinauslaufen? Wird es ihnen ausreichen, wenn ich eingemauert bin oder werden sie erst zufrieden sein, wenn sie meine Hinrichtung sehen? Sie legen diesen Unsinn meiner toten Jungfrau Dorothea in den Mund. Sie kann sich nicht mehr wehren. - Vergebt mir, ich wollte nicht...“

„Es ist schon gut, Elisabeth, ich glaube dir. Auch wenn wir in den letzten Jahren unsere Schwierigkeiten miteinander hatten, habe ich es doch immer gut mit dir gemeint, auch wenn du das manchmal anders verstanden hast. Ich will die Gräfin Köstritz und den Hofprediger sehen. Aber das verschieben wir auf morgen. Nun geh und schlaf."
Herzogin Barbara drückte Elisabeths Hand und nickte ihr freundlich zu.
„Ich danke Euch, Mutter. Ich danke Euch. Ihr ahnt nicht, was mir Euer Vertrauen bedeutet."

Gleich am nächsten Morgen wurde Elisabeth wieder von der Kammerfrau der alten Herzogin abgeholt. In der Kammer warteten bereits die Köstritzsche und der Hofprediger, der sich verneigte, als Elisabeth eintrat. Die alte Gräfin beschränkte sich auf die Parodie eines Hofknickses, um gleich ihr triumphierendes Lächeln zur Schau zu stellen.
Herzogin Barbara erschien an diesem Morgen etwas kräftiger; offenbar hatte sie gut geschlafen. Sie hatte sich in ihrem Bett sogar aufgesetzt, die Kammerfrau hatte sie sorgfältig frisiert und sogar ein wenig Röte auf ihre Wangen gezaubert.
„Gräfin Köstritz, Ihr habt berichtet, dass meine Schwiegertochter Herrenbesuch empfängt. So hat es Euch Elisabeths Jungfrau Dorothea versichert."
Die Köstritzsche nahm einen Atemzug, der so tief war, dass sie ihr selbstgefälliges Grinsen dabei restlos verschluckte. Dadurch war in ihrem Gesicht ausreichend Raum für eine Fülle von Gefühlen, die alle auf einmal auf sie einstürzten: Da war die unbedingte Loyalität zu Herzogin Barbara, der eiserne Wille, ihr zu gefallen; Erschütterung und Verwunderung darüber, dass ihrer Herrin die skandalöseste Behauptung, die sie jemals vorgebracht hatte, offenbar nicht gefallen hatte; Angst vor den Maßnahmen, die die Herzogin gegen sie ergreifen könnte, und diese Angst steigerte sich zu nackter Panik, als sie in das überaus strenge Gesicht des Hofpredigers schaute, in dessen Augen sie eindeutig die Androhung von Hölle und ewiger Verdammnis las. Wusste er etwa schon mehr als man ahnen konnte? Hatte er der Jungfer nicht die letzte Beichte abgenommen? Am Ende hatte diese auf dem Sterbebett etwas verlauten lassen?
„Gräfin Köstritz, habt Ihr Unsere Frage etwa nicht verstanden? Wir hätten gerne eine Antwort. Hat die Jungfer Dorothea Euch tatsächlich gesagt, dass

Herzogin Elisabeth Herrenbesuch empfängt? Werdet Ihr das wiederholen in Anwesenheit eines Priesters?"
„Nun...", begann die Gräfin, und dieses ‚nun' war noch das Verständlichste von dem, was sie im folgenden hervorbrachte, weshalb Herzogin Barbara sich genötigt sah, sich nach ihrem Wohlbefinden und Geisteszustand zu erkundigen. Das brachte die Gräfin etwas zu sich selbst. Sie straffte sich, warf Elisabeth einen unübersehbar giftigen Blick zu, fiel in einen tiefen Hofknicks und verschwand.
„Aha! Keine Antwort ist wohl auch eine Antwort", stellte Herzogin Barbara zufrieden fest.
„Ich danke Euch, Mutter!" rief Elisabeth und setzte sich zu ihr. Dankbar ergriff sie ihre Hände, musste wieder weinen, aber diesmal vor Erleichterung.
„Nun hab keine Angst mehr, mein Kind. Ich werde mit dem Herzog sprechen. Er soll dir auch glauben. Niemand soll es mehr wagen, dich zu beschuldigen. - Aber nun geh. Jetzt brauche ich Ruhe."
Elisabeth küsste die Hände ihrer Schwiegermutter und konnte kaum glauben, dass es für sie einen Lichtblick geben sollte. Und tatsächlich hatte sie sich zu früh gefreut: Herzog Georg glaubte nach wie vor der Gräfin und warf Elisabeth noch am selben Abend vor, die Krankheit seiner Gemahlin für ihre Intrigen benutzt zu haben. Die Unterredung endete mit dem Befehl, am nächsten Tag zur Beichte zu gehen.
Die Nacht verbrachte Elisabeth wieder einmal schlaflos. Inständig hoffte sie, dass der Hofprediger das Schweigen der Gräfin richtig deutete.
Gleich nach dem Morgenmahl schickte Elisabeth nach einer Sänfte und Dienern und versuchte, ihren Atem zu beruhigen. Sie richtete noch einmal ihr Haar und ihre Haube, da kam auch schon Lene, um zu melden, dass die Sänfte nun bereit sei.
Am Ausgang des Schlosses trat ihr die Köstritzsche in den Weg.
„Wohin geht Ihr?" fragte sie - es gelang ihr sogar schon wieder, ihre Stimme streng klingen zu lassen. Sie hatte kaum einen Funken ihrer Selbstsicherheit eingebüßt.
„Verehrte Gräfin", flötete Elisabeth zuckersüß, „ich gehe zur Beichte. Und da ich keine Gewalttat zu beichten haben möchte, rate ich Euch dringend, mir aus dem Wege zu gehen."

Wie gerne wäre sie gelaufen, aber damit hätte sie ihren Feinden nur neue Nahrung gegeben, deshalb ließ sie sich in der Sänfte zur Kirche schaukeln, begleitet und beschützt von Johanns Dienern. Zumindest die Vorhänge hatte sie zurückgeschlagen, um einen kleinen Blick auf die Welt zu erhaschen, das schöne, bunte und fröhliche Dresden, dessen Anblick ihr immer wieder so gut tat. Die Sonne schien, die Straßen und der Altmarkt waren voller Menschen, die sich laut in der Sprache unterhielten, die Elisabeth so liebte. Selbst Gemeinheiten klangen aus dem Mund eines schimpfenden Dresdners liebenswert. Viel zu schnell waren sie an der Kreuzkirche angekommen. Vielleicht konnten sie auf dem Rückweg einen kleinen Umweg machen?
Wie gut es war, der Hitze draußen zu entkommen und einzutauchen in die kühle Stille der Kreuzkirche! Elisabeth atmete tief durch. Das Innere der Kirche war eine Enklave der Ruhe im lauten Leben der Stadt. Das Weihwasser, mit dem Elisabeth sich bekreuzigte, war angenehm kühl an ihren Fingerspritzen. Hier und dort knieten Menschen vor Seitenaltären und beteten, Kerzen wurden angezündet, kalte Weihrauchschwaden zogen von der letzten Messe durch das Kirchenschiff. Elisabeth ging zielstrebig zum Beichtstuhl, wo der Hofprediger bereits auf sie wartete.
„Gelobt sei Jesus Christus!"
„In Ewigkeit, Amen!" antwortete Elisabeth. Schon wollte sie fortfahren, ihm ihre Sünden der letzten Tage beichten, doch er flüsterte: „Herzog Georg war so freundlich, Euch anzukündigen. Hier habe ich ein Schriftstück, das für Euch sehr wertvoll werden kann." Damit schob er ihr ein zusammengerolltes Pergament durch das Gitter.
„Was ist das?"
„Lest es selbst. Ihr wisst, dass ich Eurer Jungfrau Dorothea die letzte Beichte abgenommen habe. Sie bat mich, das für sie zu aufschreiben. Die Unterschrift ist gezeichnet von ihrer Schwäche, aber es ist ihre Unterschrift. Sie bat mich, es Euch zu geben, falls es nötig werden sollte. Ich habe nicht geglaubt, dass dieser Fall jemals eintreffen würde. Aber…"
Elisabeth las:
Ich, Dorothea von Angersbach, Hofdame bei Herzogin Elisabeth zu Sachsen, bestätige hiermit auf meinem Sterbebett, dass ich niemals behauptet habe, dass meine Herrin Herrenbesuch empfange. Alle Anschuldigungen der Gräfin Eleonore von Köstritz sind nicht wahr, und ich werde ganz sicher

nicht mit einer Lüge aus dem Leben scheiden.
Zu keiner Zeit hat sich meine Herrin außerhalb der Grenzen der Schicklichkeit bewegt. Sie war mir immer ein Vorbild an Tugend und Frömmigkeit und ich hoffe, sie wird auch mich in einem guten Andenken bewahren.
Dorothea zu Angersbach

Elisabeth konnte ein Aufschluchzen nicht verhindern. „Oh, mein Gott, Dorothea!"
„Ich habe dem Herzog von diesem Brief nichts gesagt. Ich wollte ihn zuerst Euch geben."
„Danke, Vater! Ich danke Euch. Dieser Brief kann mein Leben retten. - Sollen wir nun mit der Beichte beginnen?"
„Bringt zuerst den Brief in Sicherheit, dann geht spazieren. Gott segne Euch!"
Elisabeth hätte ihn am liebsten umarmt, doch sie beschränkte sich darauf, ihm herzlich zu danken. Dann erhob sie sich, um seinen Anweisungen Folge zu leisten. Zunächst ließ sie den Brief in ihrem Ausschnitt verschwinden. Da war er vorerst sicher. Diese Kostbarkeit sollte ihr niemand stehlen! Nun sollte sie doch einen Lichtblick haben!
Doch auch ihre Gegner waren tätig geworden, denn voller Aufregung hatte die Köstritzsche den Herren Schönberg und Schleinitz berichtet, dass sich das Blatt nun wenden könne, da Herzogin Barbara nicht mehr an die Verwerflichkeit ihrer Schwiegertochter glaubte. Außerdem war der Edelknabe von Ende endlich zu Herzog Georg vorgedrungen und hatte ausführlich berichtet, dass Schönberg und Schleinitz ihn ins Hinterzimmer einer Gaststätte von zweifelhaftem Ruf verschleppt und dort versucht hatten, ihm gewaltsam falsche Beschuldigungen gegen Herzogin Elisabeth zu entreißen. Der Herzog blieb unbeeindruckt, denn als er seine beiden Räte darauf ansprach, gaben sie zu, den Jungen in einer Gaststätte befragt zu haben. Elisabeth und ihr Herrenbesuch sei gar nicht so sehr Gegenstand ihrer kleinen Unterredung gewesen, vielmehr habe sich gezeigt, dass die junge Herzogin den Edelknaben mit ihren lutherischen Lehren infiziert habe. Der Herzog war empört über die Schamlosigkeit Elisabeths und kündigte an, der Sache auf den Grund zu gehen und den Edelknaben noch einmal befragen zu wollen. Von Ende wurde in die Kanzlei zitiert, wo er sich Herzog Georg und Rat

Carlowitz gegenüber sah.
„Nun schildern Sie noch einmal den Tag, an dem sie, wie sie behaupten, von meinen beiden Räten Schönberg und Schleinitz angeblich entführt wurden“, sagte Herzog Georg betont ruhig und stellte seine Fingerspitzen aneinander.
„Das habe ich Euer Gnaden schon gesagt.“ Und noch einmal erzählte er jedes Detail dieses Tages und des Gesprächs, das in dem Gasthaus stattgefunden hatte.
„Aber sicher wissen Sie auch, dass die Hofdame Dorothea - Friede ihrer Seele - selbst bestätigt hat, dass die junge Herzogin Herrenbesuch in ihrem Frauenzimmer empfängt.“ Rat Carlowitz wollte keinen Aspekt unberücksichtigt lassen, doch zur Überraschung der beiden Herren sagte der Knabe: „Ja, ich weiß, dass man dies der Jungfer in den Mund gelegt hat, aber auch das ist eine Lüge. Das hat sie niemals gesagt. Das weiß ich ganz sicher, denn gestern war meine Herrin in der Kreuzkirche. Und dort hat der Priester ihr ein Schreiben zugesteckt, das Jungfer Dorothea auf ihrem Sterbebett diktiert hat und in dem sie bestätigt, dass sie niemals ihre Herrin so schändlich beschuldigt hat. Auch ich kann Euer Gnaden nur versichern, dass meine Herrin sehr tugendhaft ist.“
Als er geendet hatte, schickte der Herzog ihn nach draußen.
„Was denkt Ihr von dem Jungen, Carlowitz? Ist er glaubwürdig?“
„Wir könnten den Priester fragen, ob es tatsächlich einen solchen Brief gibt. Aber das muss Zeit haben, bis wir von der bevorstehenden Reise wieder zurück sind. Die Geschäfte, die Euch nun nach Leipzig rufen, sind dringender. Aber... könnte es nicht sein, dass Herzogin Elisabeth ihn auch mit ihren lutherischen Lehren angesteckt hat? Und dass er alles versucht, um seine Herrin zu schützen?“ fügte Rat Carlowitz hinzu.
„Aber er kommt von einem gut katholischen Hof. Brandenburg ist rechtgläubig. Da gibt es nichts zu rütteln.“
„Vielleicht unterschätzt Ihr Luthers Wirkung auf einen jungen, noch ungefestigten Geist. Ich war der jungen Herzogin sehr lange zugetan. Sie ist eine kluge Frau, aber eben auch eine sehr junge Frau. Sie hätte stärkerer Führung bedurft.“
„In der Tat! Sie hätte einer stärkeren Führung bedurft, als mein Sohn ihr zu bieten hat. Sie ist jung, sie ist klug, aber sie blickt mit viel zu wenig Erfah-

rung auf die Welt. Ich kann ihr einfach nicht begreiflich machen, dass Luther ein Brandstifter ist. Sie hat nicht auf dem Schlachtfeld gestanden, auf dem wir die gottgewollte Ordnung mit Blut wieder herstellen mussten. Und einem so jungen Ding ist auch nicht beizubringen, dass es um ihr Seelenheil geht. Wenn ich nur daran denke, dass sie selbst ihr Seelenheil aufs Spiel setzt! Sie geht damit so leichtfertig um. Auf keinen Fall werde ich ihr und meinem Sohn einen eigenen Haushalt gewähren, denn dann hätte sie meinen Sohn auch bald soweit, dass er das Abendmahl in beiderlei Gestalt empfängt. Dann wird auch mein Sohn in der Hölle landen. Das werde ich nicht zulassen. Dass sie nicht begreifen will, wie ernst das alles ist! Sie bedenkt in ihrer Jugend, ihrer Sorglosigkeit nicht, dass sie auch eines Tages sterben muss. Aber eines Tages wird sie sterben, und dann wird es zu spät sein."

„Sie ist noch sehr jung. Der Tod erscheint ihr noch sehr weit weg. Und sie ist nicht durch Geburten gefährdet. In unserem Alter denkt man eher daran."

„Da sprecht Ihr ein unseliges Thema an." Herzog Georg starrte auf die grellen Vierecke, die die heiße Julisonne auf die Dielen der Kanzlei warf. „Es liegt an ihrem fatalen Glauben, dass Gott ihr einen Sohn versagt. Nur deshalb erfüllt sie nicht ihre Pflicht. Sie spaltet meine Familie, sogar meine Gemahlin hat sie schon so sehr benebelt, dass sie ihr glaubt. Dass Elisabeth es wagt, sich den schwachen Gesundheitszustand meiner Gemahlin zunutze zu machen und ihr einredet, die Gräfin und die Räte verbreiteten Lügen! Das ist so ungeheuerlich!" Der Herzog redete sich in Rage, wozu Carlowitz klugerweise schwieg.

„Meinen eigenen Sohn bringt sie gegen mich auf. Wisst Ihr, dass ihr Bruder, Landgraf Philipp, es gewagt hat, mit meinem Sohn über einen eigenen Haustand zu verhandeln? Und das hinter meinem Rücken. Ohne mich vorher um Erlaubnis zu fragen. Als ob ich nicht alt genug wäre, vernünftige Entscheidungen selbst zu treffen.

Dann mischt sich auch noch meine Tochter Christine ein - selbstverständlich angestiftet von ihrem martinischen Gemahl. Und zu allem Überfluss meint dann auch noch mein anderer Schwiegersohn, er müsste mich auch noch belehren. Aber ich sage Euch, Carlowitz, ich habe die Kinderschuhe schon lange ausgetan. Auf diesen martinischen Unsinn, diese Brandstifterei werde ich mich niemals einlassen. Elisabeth wird das Abendmahl empfangen, wie es sich gehört. Niemals in beiderlei Gestalt. Nicht, solange ich lebe!"

„Dafür sollten wir sorgen. Sie hat sich immer wieder mit Krankheiten und Kopfschmerzen entschuldigt, aber sobald wir von unserer Reise zurück sind, wird sie uns zur Kirche begleiten und ein katholisches Abendmahl empfangen, wie wir alle."
Natürlich hatte Schleinitz den Jungen in die Kanzlei kommen sehen. Er hatte sich mit Akten in der Nähe des herzoglichen Zimmers zu schaffen gemacht und jedes einzelne Wort gehört. Dieser Knabe konnte tatsächlich gefährlich werden. Gab es tatsächlich einen solchen Brief von Jungfer Dorothea? Wenn ja, dann wüsste der kleine Kerl sicher, wo dieser Brief war. Der Herzog war in den kommenden Tagen auf Reisen. In dieser Zeit musste etwas geschehen.

Am Morgen des kommenden Tages kam von Ende nicht zu seinem Dienst. Als der Junge am Mittag nicht auftauchte, machte sich Elisabeth schon die größten Sorgen, zumal Herzog Georg in dringenden Geschäften abgereist war und nicht vor drei Tagen zurückerwartet wurde. Von Ende war viel zu pflichtbewusst und ihre Gegner viel zu skrupellos, als dass man an einen Zufall hätte glauben können. Glücklicherweise kam Johann ihrer Bitte, sie in ihrem Frauenzimmer zu besuchen, sofort nach. Händeringend stand sie in der Mitte des Zimmers und sah ihn aus verweinten Augen an.
„Der Junge ist fort. Der Edelknabe von Ende. Das kann nicht mit rechten Dingen zugehen. Ich kenne ihn. Er würde niemals einfach so seinen Dienst versäumen. Johann, ich bitte dich, schick deine Diener aus, dass sie ihn suchen. Ich mache mir solche Sorgen."
„Elisabeth, es wird ihm schon nichts geschehen sein", versuchte Johann sie zu beruhigen, aber an seiner Stimme hörte Elisabeth, dass er seinen eigenen Worten keinen Glauben schenkte.
„Ich werde meine Diener ausschicken. Sie werden ganz Dresden absuchen."
„Gut. Und wir werden das Schloss absuchen. Da werden wir auch eine Weile beschäftigt sein."
„Glaubst du denn wirklich, sie haben ihn hier im Schloss versteckt?"
„Ich kann es mir kaum vorstellen, aber hier im Frauenzimmer untätig herumzusitzen, wird mich wahnsinnig machen, also suchen wir jetzt alle zusammen. Und wir werden alle beisammen bleiben. Wer weiß, was diese

Leute noch im Schilde führen."
Johann ging, und auch Elisabeth machte sich mit ihren Jungfrauen auf die Suche. Systematisch durchkämmten sie das gesamte Schloss - nichts. Am Abend stand Johann mit seinen Dienern vor Elisabeths Frauenzimmer. Auch sie hatten in allen Schänken und Gasthäusern Dresdens, in jedem Hinterzimmer das unterste zu oberst gekehrt und nichts gefunden.
„Was sollen wir tun?"
„Morgen weitersuchen. Dresden ist groß und hat viele Verstecke."

Es war stockfinster und endlich auch totenstill. Von Ende kauerte am Boden. Die Stricke, mit denen man ihn gefesselt hatte, schnitten tief in seine Handgelenke ein. Sein ganzer Körper schmerzte, besonders sein linkes Auge, das nach einem Faustschlag dick angeschwollen war. Es musste Nacht sein, denn vor der eichenen Tür waren keine Stimmen mehr zu hören. Die Männer hatten sich zur Ruhe begeben. Noch niemals hatte er sich vor einem heraufziehenden Tag gefürchtet.

Elisabeth hatte kaum geschlafen. Die ganze Nacht über hatte sie ihr Hirn zermartert, wohin man von Ende gebracht haben könnte. In Dresden gab es unzählige Verstecke, in denen man einen Jungen verbergen konnte. Oder hatte man ihn aus Dresden herausgebracht? Hielt man ihn auf einem Gut außerhalb Dresdens gefangen? Getötet hatten sie ihn sicher nicht, denn eine von ihm erpresste Aussage gegen seine Herrin war zu kostbar. Er war noch ein Junge, kaum fünfzehn Jahre alt. Womit mochten sie ihn wohl gelockt haben, bedrängen, erpressen? Sie erhob sich und ging zum Fenster, vor dem die Dämmerung langsam heraufzog. Sie setzte sich in die Fensternische, um durch die kleine Fensteröffnung zu schauen, durch die die Morgenluft kühl ins Zimmer strömte. Sie schaute hinunter zum Zwinger, wo Soldaten auf und abgingen, die Waffen geschultert. Und plötzlich rieselte es eiskalt durch ihr Inneres: Was, wenn sie den Jungen in die Kasematten gebracht hatten? Dort gab es dunkle Verliese, in denen ein Mensch für alle Zeiten spurlos verschwinden konnte. Herzog Georg war auf Reisen - Schönberg und Schleinitz würden in Abwesenheit des Herzogs auch ihre letzten Skrupel ablegen...
„Johann, Johann, wach auf!"

„Was?“ murmelte er schläfrig. Neidvoll sah Elisabeth, dass sie ihn aus dem Tiefschlaf gerissen hatte. Tiefschlaf…

„Bitte, ich weiß, wo wir noch suchen müssen. In den Kasematten! Schönberg und Schleinitz hatten von Ende schon einmal in der Stadt aufgelauert und er ist ihnen entwischt. Das würden sie nicht noch einmal riskieren. Ich bin mir sicher, sie haben ihn in die Kasematten gebracht. Los! Steh auf, wir müssen sofort nachschauen. Ich will nicht, dass wir zu spät kommen. Wer weiß, was sie alles mit ihm anstellen. Wann werden die Soldaten geweckt? Wir müssen gleich hinunter! Los, jetzt!“

Es erschien Elisabeth wie eine Ewigkeit, bis Johann endlich angekleidet war und seine Diener gerufen hatte. Sie selbst hatte Gertrud in Windeseile geweckt und sich von ihr ankleiden lassen. Auf die Begleitung seiner Diener hatte Johann bestanden, allerdings wollte er auch darauf bestehen, dass Elisabeth im Schloss blieb, aber Elisabeth ließ sich nicht davon abhalten, ihren Gemahl zu begleiten. Sie hatte sich einen dünnen Mantel übergeworfen, dessen Kapuze sie tief in ihr Gesicht ziehen konnte, sodass niemand sie erkannte. Was für ein Gerede, wenn man die junge Herzogin in den Kasematten sah!

„Ich will mit! Ich will mit eigenen Augen sehen, was mit meinem Diener geschehen ist.“

„Bist du sicher, dass du das sehen möchtest?“

„Ganz sicher.“

„Gut, dann komm!“

Ganz Dresden schien noch zu schlafen, als sich der kleine Trupp aufmachte, nur in den Kasematten war schon Leben. Die Soldaten am Eingang salutierten, als die Herrschaften ankamen.

„Haben Sie im Moment Gefangene hier?“

„Nur die üblichen Verdächtigen, Euer Gnaden. Soldaten, die in der Stadt getrunken und gelärmt haben. Sonst niemanden.“

Johann nickte und wandte sich zu Elisabeth um, doch sie schaute ihn so flehend an, dass er sagte: „Wir bestehen darauf, Uns selbst zu überzeugen.“

Der Mann salutierte wieder, wobei er Elisabeth einen überaus sonderbaren Blick zuwarf. Sie folgten Johann, der sich hier auskannte, durch die große Vorhalle und in einen der zahlreichen Gänge. Von irgendwoher riefen befehlsgewohnte Stimmen zum Morgenappell, das Stampfen unzähliger Füße

In den Kasematten zu Dresden

hallte zwischen den Mauern. Elisabeth war froh, dass sie in diesem engen Gang nun keiner ganzen Armee begegnen musste. Johann nahm eine Fackel von der Wand und führte sie in den Gang, an dessen Ende die Gefängniszellen für die Soldaten lagen. Auch hier war ein Wächter postiert, der bereitwillig aufschloss - nichts. Tatsächlich waren in den Zellen nur Soldaten, die in keinem guten Zustand waren. So unauffällig wie möglich führte Elisabeth ihre Hand zur Nase, um vielleicht einen Hauch ihrer Seife zu riechen - vergeblich. Der Gestank war bestialisch.
„Weißt du jetzt, wieso ich nicht wollte, dass du mitkommst?"
„Ja", sagte sie und ließ ihre Hand wieder sinken.
„Hier ist er nicht. Wir müssen also wieder in der Stadt suchen."
„Nein, bitte, Johann! Die Kasematten sind riesig. Von Ende ist kein offizieller Gefangener. Sie würden ihn nicht hierher bringen. Es muss noch andere Räume geben, in denen man Menschen verstecken kann. Lass uns hier weitersuchen, bitte!"
Johann wollte tief durchatmen, hielt dann aber inne, denn der Gestank von Kot und erbrochenem Bier war zu heftig.
„Gut, aber erst mal weg von hier."
Sie gingen zurück und standen schließlich inmitten der Befestigungsanlagen in einer großen Halle, von der aus wiederum viele Gänge abzweigten. Elisabeth fragte sich, wie man sich hier zurechtfinden konnte. Johann ging zielstrebig auf einen Gang zu und dort in eine Wachstube, wo es einen Offizier gab, der seinem Herrn Auskunft gab: Nein, ihm war nichts aufgefallen, nein, es gab außer den Soldaten dort drüben keine weiteren Gefangenen, und außerdem: Nein! Weiber hatten hier rein gar nichts zu suchen.
Elisabeth schnaubte, hielt sich aber noch zurück. Sie verließen die Wachstube und den Gang, standen wieder in der Halle und beratschlagten, dass es keinen Sinn hatte, weiterzusuchen, da sah Elisabeth zwei wohlbekannte Herren in einem der Gänge verschwinden.
„Da sind Schönberg und Schleinitz! Lasst uns diesen beiden folgen und wir werden in wenigen Augenblicken bei von Ende sein."
Johann eilte den beiden hinterher. Elisabeth und seine Diener folgten ihm. Der Weg führte sie durch etliche Gänge, schmale Treppen mit unregelmäßigen Stufen hinauf und wieder hinunter, durch eine Kammer, in der zwei Offiziere in schöner Eintracht nebeneinander auf einem Brett mit zwei großen

Löchern saßen, unter dem ein Nebenarm der Elbe sanft dahinfloss. Nach all diesen hochinteressanten Einblicken in soldatisches Alltagsleben standen sie vor einer Tür, hinter der man die wütenden Stimmen von Schönberg und Schleinitz deutlich hören konnte.
Elisabeth riss die Tür auf und sah von Ende gefesselt am Boden liegen. Schönberg und Schleinitz redeten heftig auf einen Soldaten ein, der mit dem Rücken zur Wand stand und sich offenbar verzweifelt zu rechtfertigen suchte. In der Mitte des Raumes stand ein Tisch, auf dem schon Pergament, Feder und Tinte bereitstanden für den Widerruf von Endes Aussage gegen Schleinitz.
Beim Anblick Elisabeths und Johanns ließen die beiden Räte sofort von dem Soldaten ab, verneigten sich tief und rangen sichtbar nach Worten, die Situation zu erklären, doch Elisabeth hörte nicht auf sie. Sie kniete sich zu von Ende und rief: „Schnell Johann, schneid seine Fesseln durch. Vorsichtig!“ Johann nahm dem Soldaten seinen Säbel ab, um die Fesseln des Jungen durchzuschneiden. Der Junge stöhnte auf, als seine Arme und Schultern sich endlich wieder entspannen konnten, dann drehte Elisabeth ihn behutsam auf den Rücken.
„Ich bin ja da, mein Junge. Es ist alles gut. Sie werden Euch nichts mehr tun,“ flüsterte Elisabeth, indem sie den Jungen halb aufrichtete und in ihre Arme nahm. Sie spürte, wie sein Körper langsam aufhörte zu zittern, wie er allmählich begriff, dass man ihn nun nicht mehr misshandeln würde, sondern dass nun seine Herzogin ihn in ihren Armen hielt und er an seiner Wange nicht mehr den schmutzigen, steinernen Boden spürte, sondern die Seide ihres Gewandes.
„Das hatten wir so nicht angeordnet. Der Soldat hat den Jungen gegen unsere Erlaubnis misshandelt. Das haben wir nicht gewollt“, stammelten die beiden.
„Ihr wolltet ein Geständnis des Gefangenen, und es war Euch egal, wie ich dazu komme“, rechtfertigte sich der Soldat. „Ich konnte nicht wissen, dass die Befehle der herzoglichen Räte nicht rechtens waren!“ wandte er sich an Herzog Johann.
„Ach, schweigt doch einfach!“ herrschte Elisabeth den Soldaten an.
Johann und seine Diener halfen von Ende und Elisabeth vom Boden auf. Von Ende schwankte für einen Moment, bevor er sich ermannte. Elisabeth

bedachte die Herren mit ihrem giftigsten Blick, dann gingen sie alle hinaus, wo die beiden Offiziere noch immer in trauter Zweisamkeit auf ihren Löchern saßen und mit offenem Mund der kleinen Gesellschaft hinterher sah, die sich rasch entfernte.

Als sie endlich wieder draußen in der kühlen Morgenluft standen und den strahlend blauen Himmel über ihren Köpfen sahen, bemühte sich von Ende schon wieder zu lächeln. Langsam gingen sie hinunter zur Elbe, wo die Schiffe lagen.

„Ich hab Euch nicht verraten, Euer Gnaden!" flüsterte er. „Ich habe meine Aussage gegen Schleinitz und Schönberg nicht widerrufen."

„Ich weiß, mein Junge, ich weiß! Diese Kerle werden dafür bezahlen. Ich werde sie in Scheiben schneiden. In ganz dünne!" Da konnte Elisabeth ihre Tränen nicht mehr zurückhalten.

„Und das Evangelium habe ich auch nicht verraten. Ich habe ihnen gesagt, dass ich martinisch bin."

„Das war mehr als mutig von Euch", sagte sie und musste lächeln über den kindlichen Trotz, der aus seiner Stimme sprach. Sie zog ihre Kapuze trotz des warmen Sonnenscheins tief in ihr Gesicht, damit die Menschen, die hier an der Elbe schon so früh ihrem Tagewerk nachgingen, ihre Tränen nicht sahen.

„Wohin gehen wir? Sollten wir nicht zurück ins Schloss?"

„Nein", erwiderte Elisabeth nur und sah plötzlich mit steinernem Gesicht geradeaus. Sie beschleunigte ihren Schritt, Johann nickte dem Knaben aufmunternd zu. Er hatte mit Elisabeth alles schon besprochen, das Reisegeld für von Ende führte er schon mit sich, da kam ihnen der Diener entgegen, den sie zuvor ausgeschickt hatten.

„Euer Gnaden, dort drüben habe ich ein Schiff gefunden, das nach Torgau fährt. Der Schiffer ist bereit, den Knaben mitzunehmen."

„Was? Wieso soll ich fort?" rief von Ende.

„Ihr müsst fliehen, so sehr es mich auch schmerzt und so gerne ich Euch bei mir behalten würde." Sie waren nun an dem besagten Schiff angekommen, der Schiffer stand an der Reling und wartete schon. Elisabeth wandte sich von Ende zu. Sie ergriff seine Hände, doch nur vorsichtig.

„Flieht! Flieht nach Torgau. Nur dort seid Ihr in Sicherheit. Und nehmt diesen Brief hier mit Euch." Sie zog Dorotheas Brief aus ihrem Ausschnitt,

was von Ende tief erröten und die Augen niederschlagen ließ. Kaum wagte er es, den Brief in seine Hand zu nehmen.
„Das ist ein Brief, der für mich sehr wertvoll sein kann. Er kann mir das Leben retten, aber ich muss ihn in Sicherheit wissen. Nur bei dem Kurfürsten ist er sicher. Genau wie Ihr. Sie wissen nun, dass Ihr ein Protestant seid. Damit ist Eure Aussage gegen Schönberg und Schleinitz vor Herzog Georg nichts mehr wert - und Euer Leben auch nicht."
„Euer Gnaden, ich danke Euch. Eure Sorge ehrt mich, aber..."
„Nein, von Ende, ich danke Euch. Ich stehe so tief in Eurer Schuld, dass ich es niemals wieder gutmachen kann. Ihr habt nun gesehen, wozu diese Männer fähig sind. Wenn sie Euch wirklich etwas antäten, dann würde Euer Blut an meinen Händen kleben. Geht nun!"
„Und Ihr?" fragte er leise.
„Ich kann hier nicht weg. Ich werde schon zurechtkommen", erwiderte sie, konnte ihn dabei aber kaum ansehen.
„Ich danke Euch, Gott schütze Euch." Er verneigte sich tief vor Elisabeth. So vieles hätte er ihr noch sagen wollen, aber er wusste, dass es in Gegenwart des Herzogs besser war zu schweigen, anstatt danach zu fragen, wer sich denn nun für ihren Schutz verantwortlich fühle. Er wandte sich dem Herzog zu: „Ich danke Euer Gnaden."
Er ging auf das Schiff, die Planke wurde zurückgezogen, die Taue gelöst, dann brachte der Schiffer das Schiff geschickt in die Strömung. Elisabeth, Johann und die Diener standen am Ufer und schauten dem Schiff und dem winkenden Knaben hinterher. Elisabeth hätte gerne so lange gestanden und gewunken, bis das Schiff hinter der nächsten Flussbiegung verschwunden gewesen wäre, doch Johann wollte zurück ins Schloss.
„Komm, Elisabeth. Er wird ganz sicher gut in Torgau ankommen."
„Einen solchen Sohn zu haben - mein Gott, wie stolz wäre ich!" flüsterte sie, dann ließ sie ihre Hand sinken und folgte Johann.

Am folgenden Tag ging Elisabeth in die Kreuzkirche, denn der Hofprediger hatte sie rufen lassen. Vielleicht hatte er etwas vergessen? Vielleicht wollte er ihr noch etwas zu Dorotheas Brief sagen. Elisabeth hoffte, dass es nichts Unangenehmes war. Davon hatte sie in der letzten Zeit einfach zu viel gehabt. Wieder wurde sie mit der Sänfte getragen. Der Tag war unerträg-

lich schwül, über dem Straßenpflaster flimmerte die Luft, die Menschen schlurften träge durch die Straßen, selbst die Marktschreier am Altmarkt hatten an Stimmkraft eingebüßt.
So sehr die winterliche Kälte das Leben einfrieren konnte, so sehr konnte die Hitze jede Bewegung für Mensch und Tier zur Qual machen und verlangsamen. Der kleine Bach, der in seinem steinernen Bett quer durch die Stadt rauschte, Unrat mit sich fortnahm und Kühlung verschaffte, war zu einem stinkenden Rinnsal geworden. Elisabeth hörte ihre beiden Träger schnaufen, sie roch sogar den Schweiß der beiden, der ihnen in Strömen unter ihren leinenen Hemden und Jacken laufen musste; nur noch wenige Meter, dann würden sie den in gleißendes Licht getauchten Altmarkt hinter sich lassen und eintauchen in die schmale Gasse, deren Schatten Kühle versprach, doch sie wurden enttäuscht: In der Gasse stand die Luft, kein Hauch wehte den Geruch nach allzu vielen Menschen fort.
Endlich hatten sie die Kreuzkirche mit ihrem hohen Gewölbe erreicht. Elisabeth ging mit gemischten Gefühlen zum Beichtstuhl. Konnte sie einen Beichtstuhl überhaupt betreten, wenn ihr gar nicht nach Beichte war? Die Beichte setzte voraus, dass man bereute, was man tat, und diese Reue wiederum sollte bewirken, dass man fortan anders handelte, doch Elisabeth wusste zu genau, dass sie sofort nach der Beichte, sobald ihr diese beiden Kerle über den Weg liefen, wieder Hass und Groll in ihrem Herzen nähren würde. Mordgedanken kamen ihr in den Sinn, wenn sie daran dachte, wie diese beiden Männer von Ende behandelt hatten. Ihr Gestottere, dass der Soldat den Jungen gegen ihren Befehl geschlagen habe, versetzte Elisabeth erst recht in Rage. Und die Köstritzsche! Ha! - Also: keine Beichte! Elisabeth fragte sich, wann sie wieder in der Lage wäre, eine echte Beichte mit bereuten Sünden abzulegen. Wahrscheinlich nicht, solange sie hier in Dresden wohnen musste und ihre Widersacher immer ärgere Spiele trieben.

„Ihr wolltet mich sprechen, Vater!“ sagte sie, nachdem sie im Beichtstuhl Platz genommen hatte.
„Ja, es ist mir sehr dringend“, sagte der Hofprediger. Dann schwieg er, offenbar nach Worten suchend.
„Worum geht es denn?“ fragte Elisabeth nach.
„Es geht um den Brief Eurer Jungfer Dorothea. Bitte, könnt Ihr mir diesen

Brief wieder zurückgeben?"

„Wieso?" rief Elisabeth entsetzt. „Ich kann Euch doch nicht diesen Brief zurückgeben. Versteht Ihr denn nicht, wie kostbar dieser Brief für mich ist?" Und sie erzählte ihm die ganze schreckliche Geschichte mit von Ende. Dabei ließ sie nicht unerwähnt, was sie von Schönberg und Schleinitz hielt, wobei der Prediger mehrfach zusammenzuckte.

„Eben darum muss ich ihn wiederhaben", gestand der Hofprediger schließlich zögernd und rang sich endlich dazu durch, Elisabeth die Wahrheit zu sagen: „Ich fürchte, man wird mich nicht ungeschoren davon kommen lassen, wenn ich Euch helfe. - Versteht mich, ich habe Angst. Ich weiß doch, was mit Menschen geschehen kann, die sich martinisch nennen. Ich kann doch nicht auch noch nach Torgau fliehen."

„Aber wisst Ihr denn nicht, dass letztes Jahr der Nürnberger Religionsfrieden geschlossen wurde? Kaiser Karl hat allen Menschen zugesagt, dass sie ihre Religion frei ausüben dürfen."

„Das weiß ich, aber ist Euch auch klar, dass Nürnberg weit ist? Dass der Kaiser weit ist, und dass er in Nürnberg nicht anders konnte, weil er die deutschen Fürsten gegen die Türken braucht? Herzog Georg kann wohl einschätzen, wie weit es mit der Religionsfreiheit her ist. Wenn er seinen Hofprediger entlässt, wird das keinen Sturm der Entrüstung bei seinen martinischen Standesgenossen hervorrufen."

Elisabeth schaute durch das Gitter, der Prediger wich ihrem Blick aus. Er hatte wirklich Angst. Sollte sie nicht auch lieber Angst haben, still sein, tun, was man von ihr verlangte und im Geheimen denken was sie wollte? Dieser Mann war ein Mann der Kirche. Offenbar wollte er sich nicht auf den Schutz seiner Kirche verlassen. Wer würde sie - Elisabeth - beschützen? Johann? Sie lachte leise und bitter. Philipp? Um Himmels Willen! Er machte alles nur noch schlimmer!

Da sie den Mann nicht weiter quälen wollte, erhob sie sich, worauf er sich sofort straffte und sich beeilte, die Formel herzusagen.

„Te absolvo de pecati tui, in nomine patri…" Weiter kam er nicht.

„Ihr könnt mich doch jetzt nicht von Sünden lossprechen!" Elisabeth war fassungslos. „Das war wohl eher eine Schimpftirade, gespickt mit Morddrohungen, als ein vor lauter Reue zerknirschtes Bekenntnis. Und wenn ich jemals wieder zur Beichte kommen sollte, dann nur lutherisch! Nach

lutherischem Brauch wird lediglich die Vergebung der Sünden verkündet, aber nicht vom Priester selbst gewährt. Und ebenso werde ich es mit dem Abendmahl halten, denn solange ich meinen Feinden nicht vergeben kann, will ich auch selbst keine Vergebung beanspruchen. Und auch das Abendmahl werde ich dann nur noch lutherisch nehmen.“ Damit rauschte sie hinaus.
Elisabeth setzt ihre Drohung in die Tat um. Beim nächsten Gottesdienst weigerte sie sich nicht nur zu beichten, sondern auch, zum Abendmahl zu gehen, wenn sie es nicht in beiderlei Gestalt empfangen könne. »Der Feind ist im Haus!« schrie Herzog Georg und zitierte seinen Sohn zu sich.

Johann schlüpfte etwas linkisch zu ihr ins Bett. So unbeholfen und umständlich legte er sich immer neben sie, wenn er entweder gleich seine herzoglichen Pflichten erfüllen oder sehr ernsthaft mit ihr reden wollte. Elisabeth war gespannt, welche der beiden Möglichkeiten an diesem Abend auf sie zukam.
„Elisabeth, ich muss mit dir reden!“
‚Aha!’ dachte sie. Dann reden wir heute Abend. Das Thema war klar - mit Sicherheit von Herzog Georg vorgegeben. Wahrscheinlich ging es um das Abendmahl.
„Du hast dich geweigert, zu beichten und zum Abendmahl zu gehen.“
‚Treffer!’ dachte sie.
„Mein Vater besteht darauf, dass ich dich zwinge.“ Johanns Stimme klang bemüht streng, doch Elisabeth verdrehte nur die Augen und schnalzte mit der Zunge.
„Mich zwingen? Und wie willst du das tun?“ fragte sie demonstrativ gelangweilt. „Willst du mich auf die Streckbank legen oder sollen es die Daumenschrauben sein?“
„Elisabeth ich bitte dich!“ Johann verlor schon zu Beginn dieses Gefechts seinen kühlen Kopf. Wie immer.
„Ich kann nicht zum Abendmahl gehen, wenn ich ständig daran denken muss, wie ich Schönberg und Schleimix mitsamt der Köstritzschen Kröte die dürren Hälse umdrehe. Man soll mit reinem Herzen zum Abendmahl gehen. Das ist grundsätzlich so. Das wird dein Vater sicher auch so sehen. Aber ich kann kein reines Herz vortäuschen. Ich weiß, meine drei schlimmsten Fein-

de gehen mit einem frommen Gesicht zur Kirche. Hast du mal gesehen, wie die Köstrische am Altar niederkniet, dabei ihre Gewänder ausbreitet, als posiere sie für ein Gemälde, um mit verzücktem Antlitz den Leib des Herrn zu empfangen? Hast du das mal gesehen? Das ist widerlich.
Außerdem steht sie dann gleich wieder auf und spinnt die nächste Intrige gegen mich. Ihr Herz ist schwarz vor Hass und Bösartigkeit. Ich bin ja nicht die Einzige, die unter ihr zu leiden hat. Sie ist eine Person, die sich am Schlimmen freut. Hast du jemals gehört, wie sie über das Unglück anderer Menschen lachen kann? Sie ist ein boshaftes Scheusal. Nein, ich werde mich nicht mit dieser Person auf eine Stufe stellen und auch zum Abendmahl gehen, um Vergebung zu erhalten, die ich gar nicht verdiene."
„Ist das nicht gegen die Bibel, was du da gerade sagst? Kennst du nicht das Gleichnis von dem frommen Juden und dem armen Sünder, die beide in der Kirche beten, und der fromme Mann dankt Gott dafür, dass er nicht so ist wie jener Sünder? Der Sünder aber betet einfach nur ‚Gott, sei mir Sünder gnädig.' Und in der Bibel steht, dass Gott den Sünder gnädiger ansieht als den frommen Mann. Und außerdem steht noch in der Bibel: Richtet nicht, auf dass ihr nicht gerichtet werdet."
„Richtig! Siehst du, da kann ich doch erst recht nicht zum Abendmahl gehen. Ich müsste erst meinen Frieden mit mir, dann mit Gott und dann mit deinem Vater machen - diese Reihenfolge ist übrigens aufsteigend nach Wichtigkeit -, erst dann könnte ich wieder beichten und meine Absolution empfangen und das Abendmahl. Das kann aber noch dauern. Außerdem will ich die Beichte auf lutherische Art ablegen."
„Und wie sieht das aus?"
„Am Ende der Beichte wird nur verkündet, dass Gott Sünden vergibt.[2] Nur so ist es richtig. Was ist denn ein Priester, dass er selbst mir meine Sünden vergeben will? Stellt er sich damit nicht auf eine Stufe mit Gott? Schöpfen und Sünden vergeben sind Dinge, die allein Gott und Jesus vorbehalten sind. Das steht in der Bibel. Wenn der Priester mir am Ende der Beichte sagt, dass Gott Sünden vergibt, dann ist dagegen nichts einzuwenden, selbst wenn ich meine Sünden nicht bereue, denn grundsätzlich ist es ja korrekt,

2 Einen genaueren Ablauf der protestantischen Beichte kann man heute nur sehr schwer nachvollziehen. Sehr wahrscheinlich ist aus theologischer Sicht aber, dass am Ende der Beichte lediglich die Vergebung der Sünden verkündigt wurde. (A.Z.)

dass Gott Sünden vergibt."
„Das sind Spitzfindigkeiten, Elisabeth!"
„Na und? Und wenn wir gerade dabei sind: Sobald ich das Abendmahl wieder empfange, dann will ich es in beiderlei Gestalt. Ich will ein protestantisches Abendmahl."
„Elisabeth!" rief Johann und richtete sich im Bett noch einmal auf, sah aber, dass Elisabeth ihre Arme hinter dem Kopf verschränkt hatte und ihn nur angrinste.
„Du wirst mir gehorchen. Ich bin dein Gemahl. Ich bin dein Haupt. Du hast mir zu gehorchen. Das ist auch ein Gebot Gottes." Nein! Das klang ganz und gar nicht überzeugend.
„Ich weiß, dass Gott mir geboten hat, dir zu gehorchen. Aber ich weiß auch, dass der Gott, der sagt, dass eine Frau ihrem Mann gehorsam sein soll, der hat auch gesagt, dass ein Mann seinen Vater und seine Mutter verlassen und an seinem Weibe hängen soll. Das kannst du nachlesen. Das steht im Buch der Könige, Kapitel fünfzehn, Vers acht." (Da stand das nicht, aber das war egal - ein Bibelzitat mitsamt der genauen Stelle machte allemal mehr Eindruck als vage Formulierungen.) „Und? Hast du etwa deinen Vater und deine Mutter verlassen? Du bist ja nicht einmal bereit, zwei Stunden von hier eine neue Behausung zu haben. Du hängst mehr an deinen Eltern als an mir. Es ist dein Vater, der hier Befehle erteilt, und die du nur an mich weitergibst. Ich bin doch nicht mit deinem Vater verheiratet, sondern mit dir. Und solange du nicht den Mut hast, deinem Vater die Stirn zu bieten, um deine eigenen Entscheidungen zu treffen, solange kann ich dich nicht als mein Haupt anerkennen." Elisabeth bemühte sich erst gar nicht, den Vorwurf in ihrer Stimme zu verbergen. Johann schwieg. Er schwieg lange. Er lag da, auf seinen Ellbogen gestützt und starrte Elisabeth an, die zur Decke schaute, ohne ihn eines Blickes zu würdigen. Schließlich ließ er sich auf den Rücken fallen und stöhnte laut auf.
„Egal, ob ich dazu bereit wäre oder nicht, mein Vater würde es uns niemals gestatten. Und vor allem, weil er genau weiß, dass du dann deinen lutherischen Glauben ausleben würdest und mich in Windeseile auch zum Lutheraner gemacht hättest. Das würdest du doch tun, nicht wahr?"
„Ja. Würdest du dich denn in Windeseile von mir zum Lutheraner machen lassen?"

Johann überhörte die Frage. „Du bist wenigstens ehrlich."
„Ich weiß. Und das ist verdammt selten hier am Hof."
„Und du fluchst."
„Du kannst ruhig zugeben, dass du auch das an mir magst."
Jetzt musste Johann lachen. „Eine Frau, die so ehrlich ist, wie du, die könnte mich niemals betrügen. Auf deiner Stirne steht immer genau geschrieben, was du denkst. Ich glaube dir. Ich weiß, dass die Situation hier für dich immer schlimmer wird, aber ich glaube dir und nicht deinen Feinden."
„Danke, Johann. Ich danke dir. Ich weiß, für dich ist es auch schlimm, aber wenn dein Vater dich zur Rede stellt, dann sag ihm ruhig, was ich dir gesagt habe. Dann kann er auf mich böse sein und nicht auf dich. Nur wenn du bereit bist, mit mir fortzuziehen, dann bin ich bereit, für den Rest der Zeit, die wir noch hier in Dresden verbringen müssen, das Abendmahl katholisch zu nehmen.
Weißt du, was dein Vater mir kürzlich sagte? Er zitierte aus der Bibel: Herr lehre uns bedenken, dass wir sterben müssen, auf dass wir klug werden. Das sagt ER MIR! Ist das nicht vollkommen absonderlich? Ich mache mir Sorgen um ihn, um sein Seelenheil. Er muss endlich ablassen von dem alten Glauben und den neuen, rechten Glauben annehmen, denn wenn er erst klug wird, wenn er schon tot ist, dann ist es vielleicht schon zu spät. Ich weiß nicht, ob Gott am jüngsten Tag noch mit sich verhandeln lässt."
„Du tust gerade so, als sei jeder Katholik ein Heide. Aber dem ist nicht so. Katholiken sind auch Christen", sagte Johann gespielt oberlehrerhaft, worauf Elisabeth nur ärgerlich mit der Zunge schnalzte.
„Das mag sein, aber so wie sie glauben, ist es nicht richtig."
„Und was richtig und falsch ist, soll das tatsächlich ein Mensch entscheiden können?"
„Bisher hat der Papst immer entschieden, was richtig ist. Da hat es dich nicht gestört."
„Der Papst ist kein Mensch, es ist der Papst", erwiderte Johann, als sei damit schon alles erklärt.
„Na und? Ist der Papst etwa kein Mensch? Glaubst du denn, er geht nicht aufs Klo? Von anderen körperlichen Dingen ganz zu schweigen."
„Elisabeth, du versündigst dich."
„Wieso versündige ich mich? Etwa weil ich ausspreche, was der Papst tut?

Und ich habe ja noch nicht einmal alles gesagt, was er tut. Das würde auch die ganze Nacht in Anspruch nehmen."

„Gute Nacht!" sagte Johann resigniert und rollte sich auf die andere Seite, um endlich einzuschlafen.

„Na, gut. Gute Nacht! Ohne Papst."

Nicht nur die Tage wurden heißer, auch das Klima im Dresdner Schloss, sodass Elisabeth schließlich folgenden Brief an ihren Vetter Kurfürst Johann Friedrich schrieb:

Freundlicher, herzlieber Vetter und Bruder,

ich hoffe, der junge Edelknabe von Ende ist gut bei Euch angekommen. Ich kann Euch keinen treueren Diener empfehlen, als diesen Jungen. Sicher hat er Euch berichtet, was sich zugetragen hat. Hebt den Brief, den ich Euch durch ihn habe bringen lassen, gut auf, denn es kann gut sein, dass ich ihn bald als einen Schutzschild brauchen werde. Meine Feinde treiben ihre Intrigen immer schlimmer gegen mich. Ich weiß bald nicht mehr, wie ich mich noch schützen könnte.

Luthers Lieder, die ich mit meinen Jungfrauen sehr gerne zur Laute singe, geben mir Trost. Doch auch diesen wollte mir der Herzog nehmen, als er uns beim Singen überrascht hat. Er wollte mir tatsächlich auch die Liederbücher wegnehmen! Aber Ihr wisst ja, wie gründlich ich meinen Luther gelesen habe. Ich musste gar nicht lange mit meinem Schwiegervater disputieren, da hat er schon die Segel gestrichen und mir die Bücher gelassen - ob aus Überdruss oder Überzeugung kann ich allerdings nicht sagen. Aber das war nur ein kleiner Lichtblick. Seitdem spricht Herzog Georg selbst kein Wort mehr mit mir über dieses Thema, sondern er schickt seinen Sohn und seine Räte, die mir ins Gewissen reden und mich zwingen sollen, nach alter Art zu beichten und zum Abendmahl zu gehen.

Sogar Georg von Carlowitz, der mir gegenüber immer sehr höflich war, beginnt nun, Unterredungen mit mir unter vier Augen zu suchen, wobei er mich regelrecht in die Zange nimmt. Er hat mir sogar gedroht, Herzog Georg werde mich einsperren lassen, wenn ich mich ihm nicht beugte. Es ist mir zum Glück gelungen, in dieser Situation ruhig zu bleiben und mir meine Angst nicht anmerken zu lassen. Ich habe ihm in aller Ruhe gesagt,

dass man mich ruhig einsperren soll, das hat ihn sichtbar verwirrt, aber Ihr könnt mir glauben, innerlich habe ich gezittert, denn wenn das wirklich geschehen sollte, fürchte ich, irre zu werden, wenn ich in einem kleinen Gefängnis ganz allein bin mit meinen ewig kreisenden Gedanken.
Ich leide schrecklich hier in Dresden und fürchte, ich werde noch verrückt, wenn sich meine Situation nicht bald ändert. Es wundert mich schon, dass dieses ewige Verfolgen, Belauschen und Tratschen meinen Feinden nicht schon längst langweilig geworden ist, so ausdauernd betreiben sie es.
Mittlerweile glaube ich, dass es mir nur deshalb so übel geht, weil ich Herzog Georg mehr gehorcht habe als Gott. Aus diesem Grund kann und will ich es nicht mehr tun, denn ich kann es gegen Gott und mein Gewissen nicht mehr verantworten, wenn ich die Menschen mehr fürchte als Gott.
Ich bitte Euer Lieben, für mich in Eurer Gemeinde ein Gebet zu bestellen, denn hier in Dresden beten sie zwar, aber glauben nicht, deshalb nützt mir auch ihr Gebet nicht.
Wenn es ganz schlimm kommt, dann bringt mir bitte höchst selbst den Brief meiner Jungfer Dorothea wieder nach Dresden. Auch meinem Bruder Philipp habe ich geschrieben. Er antwortete, dass ich mich ruhig einsperren lassen könne, denn dann käme er mit einem Heer gegen Herzog Georg gezogen. Ich hoffe, dass wir das vermeiden können.
Ich danke Euch tausendmal für alle Eure Bemühungen, meine Ehre wiederherzustellen. Dass Herzog Georg sich nach wie vor weigert, meine Verleumder zu bestrafen, ist nicht Eure Schuld, denn er wird immer starrsinniger.
Von meiner Schwiegermutter muss ich leider berichten, dass es ihr nach wie vor sehr schlecht geht. Ich bin ihr sehr dankbar, dass sie mir glaubt und mich nicht für so ehrlos hält, wie mein Schwiegervater es leider tut. Ich verstehe mich mit ihr nun viel besser, bin oft bei ihr und versuche, ihr Leiden zu lindern, so gut ich kann.
Ich bete zu Gott, dass er Euch und die Euren behüten möge, grüßt vor allem Eure liebe Gemahlin, Eure Söhne und den Edelknaben von Ende von mir.
Datum Dresden, im Juli anno XXXIII.
EHZS etc.

Rat Carlowitz ließ nicht locker, sondern bestand auf einer Unterredung - im größeren Kreis. So rückten eines Morgens elf Herren bei Elisabeth an, die es sich offensichtlich zur Aufgabe gemacht hatten, Elisabeth sehr eindringlich ins Gewissen zu reden. Da standen sie nun alle in Elisabeths Frauenzimmer: die ehrwürdigen und altehrwürdigen Räte des Landes Sachsen (glücklicherweise ohne Schönberg und Schleinitz), der Herr Hofprediger, sogar der Bischof von Meißen hatte sich herbemüht. Einige der Herren kannte Elisabeth nicht einmal von Angesicht. Vermutlich hatte Carlowitz die gesamte Kanzlei mobilisiert. Sie schauten sich an, drucksten herum, strichen sich Stäubchen von den Ärmeln und bemühten sich leider vergeblich, einen unerbittlichen Eindruck zu machen. Der eine oder andere hatte gar eine Ledermappe mit Akten bei sich, die er wie einen Schutzschild vor seinen Bauch gepresst hielt.

„Euer Gnaden," begann Rat Carlowitz, „wie Ihr ja wisst, ist es die Pflicht eines jeden Christenmenschen, regelmäßig zur Beichte zu gehen, Buße zu tun und das Abendmahl zu empfangen, damit er keinen Schaden an seiner unsterblichen Seele leide. Ihr habt indessen Eure Pflichten versäumt."

Elisabeth - völlig unbeeindruckt von der männlichen Überzahl -, entgegnete ihm in aller Ruhe: „Aber das habe ich Euch doch schon mehrfach erklärt, warum es gegen mein christliches Gewissen verstößt, zu beichten und das Abendmahl zu empfangen, wenn ich nicht reinen Herzens bin."

„Ihr gebt also zu, dass Ihr nicht reinen Herzens seid?" Carlowitz war sichtlich um Sachlichkeit bemüht, während einige der Herren ob dieser Ungeheuerlichkeit um Fassung rangen.

„Wie könnte ich reinen Herzens sein? Seit einigen Jahren schon macht man mir hier das Leben zu Hölle und nun hat man mich sogar verleumdet und unterstellt mir Herrenbesuch in meinem Frauenzimmer. Man hat meine Ehre verletzt! Könnt Ihr Euch eigentlich vorstellen, wie schrecklich das für eine Frau ist? Man unterstellt mir, ich unterhielte Liebschaften, legt sogar meiner toten Jungfrau Dorothea solche Worte in den Mund! Und da erwartet Ihr, dass ich reinen Herzens bin und keinen Groll hege gegen die, die mich vernichten wollen?"

„Ich gebe zu, dass die Anschuldigungen gegen Euer Gnaden sehr schwerwiegend sind", sagte Carlowitz, worauf sich der Bischof einschaltete: „Gerade deshalb sollten Euer Gnaden nicht auf den Beistand des Himmels verzichten und beichten und das Abendmahl empfangen. Denkt an Euer Seelenheil! Es ist gefährlich, mit einer solchen Sündenlast zu leben."

„Würde ich nicht noch mehr Sünde auf mich laden, wenn ich zur Beichte und zum Abendmahl ginge, nur um danach fortzufahren, weil man mir keine andere Wahl lässt? Ich kann nicht beichten, was ich nicht bereue. Ich kann keine Buße tun, wenn mein Herz nicht dabei ist. Vergebt mir, aber ich kann nicht heucheln." Gerade durch die Betonung des letzten Satzes ließ sie keinen Zweifel, wie verwerflich sie die Heuchelei ihrer Gegner fand.

„Geht zum Abendmahl, wir bitten Euch, inständig. Ihr stellt Eure Ehre über Gottes Gebote. Allein dafür werdet Ihr in der Hölle brennen", sagte der Hofprediger geradezu flehend.

„Da bin ich anderer Meinung. Ich stelle keineswegs meine Ehre über Gottes Gebote, denn ich kann keine Reue vortäuschen, wo keine ist. Ich werde nicht so tief sinken, mir Gottes Vergebung erschleichen zu wollen. Wo ich nicht vergeben kann, da will ich auch keine göttliche Vergebung haben. Amen." (Das Amen hatte sie gefaucht.)

„Wir können Eure Widersacher vom Hof entfernen. Wenn Schönberg und Schleinitz gingen, würdet Ihr dann das Abendmahl nehmen?"

„Das macht keinen Unterschied. Diese beiden können gerne dableiben. Ich habe keine Angst vor ihnen, aber ich will meine Ehre wiederhergestellt sehen. Wenn man mir Genugtuung verschafft, dann will ich meinen Feinden vergeben und auch wieder zum Abendmahl gehen."

„Euer Gnaden, Ihr wisst nicht, was Ihr da sprecht. Herzog Georg ist nicht bereit, die Herren zu bestrafen, aber er ist sehr wohl bereit, etwas gegen Euch zu unternehmen, falls Ihr Euch weiterhin so starrsinnig zeigt. Gebt nach! Ich bitte Euch! Ihr würdet mir unendlich leid tun, wenn Herzog Georg seine Drohungen gegen Euch wahr macht." Pistoris war sichtlich bewegt - seine Stimme zitterte sogar. Offensichtlich hatte Herzog Georg detailliert mit ihm besprochen, welche Maßnahmen gegen Elisabeth zu ergreifen seien. Dass Elisabeth immer noch ruhig blieb, irritierte die Männer ausnahmslos.

Sie begannen, untereinander zu tuscheln, die Köpfe zu schütteln, doch richteten sie ihre gesamte Aufmerksamkeit wieder auf Elisabeth, als diese würdevoll verkündete: „Euer Mitleid ehrt Euch, doch bedarf ich dessen nicht." Sie nahm Philipps Schreiben, in dem er Herzog Georg mit Krieg drohte, und reichte es Rat Carlowitz.

„Hier, seht selbst. Ihr und das Land werden mir sehr viel mehr leid tun,

wenn mein Bruder mit einer Armee über Sachsen herfallen wird."
Die Herren scharten sich um Carlowitz, der den Brief überflog, um mit eigenen Augen zu lesen, was der Landgraf von Hessen für seine Schwester zu tun bereit war. Elisabeth beobachtete amüsiert die Wirkung des Briefes: Einer nach dem anderen verabschiedeten sich die Herren, bis nur noch drei übrig waren. Carlowitz, Pistoris und der Bischof wollten sich so schnell nicht geschlagen geben.
„Euer Gnaden, wir sind hier erschienen weil wir ..."
„Solange Ihr hier nicht erscheint, um mir Genugtuung zu verschaffen und meine Ehre wiederherzustellen, braucht Ihr gar nicht zu erscheinen."
„Geht zum Abendmahl! Ich bitte Euch!" flehte der Bischof.
„Bedenkt doch die Folgen", rief Pistoris.
„Ich habe Euch bereits erklärt, weshalb ich es weder vor meinem Gewissen noch vor Gott verantworten kann, zum Abendmahl zu gehen. Ich werde mir keine Vergebung erheucheln."
Carlowitz atmete tief durch. „Dann werdet Ihr die Folgen Eures Handelns bald zu spüren haben. Ihr werdet nicht mehr in Euren Gemächern mit Euren Jungfrauen sein, sondern ein kaltes Verlies mit Spinnen und Ratten teilen."
„Deren Gesellschaft ist mir immer noch angenehmer als Schönbergs und Schleinitzens, von der Köstritzschen ganz zu schweigen. - Aber um Euch zu beruhigen", sagte sie, indem sie ihre Hand hob, denn nun hatten alle drei Herren tief Luft geholt, „ich werde mich bedenken."
Grollend verneigten sich die Herren.
„Bedenkt Euch rasch. Der Herzog hat nicht ewig Geduld mit Euch."
„Zeit bringt Rosen", erwiderte Elisabeth lächelnd und neigte huldvoll ihr Haupt.
Als sich die Tür hinter den Herren geschlossen hatte, sank Elisabeth auf eine Bank und verbarg ihr Gesicht in ihren Händen. Ratten und Spinnen! Sie schüttelte sich. Die Kasematten fielen ihr wieder ein. Würde der Herzog sie dort einsperren? In dem Gefängnis für die Soldaten? Oder hätte sie ein so ungemein komfortables Zimmer wie von Ende - hoffentlich ohne Spezialbehandlung durch Soldaten? Sie spürte, wie Tränen in ihre Augen schossen. Und auch gegen diesen krampfartigen Atem, der unweigerlich Weinen ankündigte, konnte sie sich nicht mehr wehren. Leise ließ sie ihren Tränen

freien Lauf, bis Gertrud kam.
„Euer Gnaden, was ist Euch?"
„Ach, Gertrud, es ist nichts. Es geht schon." Aber Gertrud sah, dass es nicht ging und reichte ihrer Herrin ein Glas Wein.
„Hier, trinkt das", sagte sie sanft. Während Elisabeth trank, fuhr Gertrud fort: „Den Kerlen habt Ihr aber ganz ordentlich zugesetzt."
„Du hast gelauscht?"
„Nein, nein, natürlich nicht, ich habe nicht gelauscht, aber ich war direkt nebenan und da hab ich es nur zufällig gehört. Es wird so schlimm nicht werden. Euer Bruder wird Euch beistehen. Sein Brief hat mächtigen Eindruck auf die Herren gemacht."
„Wir werden sehen. Ich will nicht, dass man wegen mir Krieg anfängt. Das wäre zu schrecklich. Ich denke nicht, dass es so weit kommt." Elisabeth drehte nachdenklich das Glas in ihren Händen.
„Der Herzog ist kein Unmensch. Er wird Euch nicht in den Kerker werfen lassen. Das kann ich mir nicht vorstellen."
„Nein, ein Unmensch ist er sicher nicht, aber ich denke, mit der Religion ist es ihm so ernst, dass er lieber meinen Leib verkommen lässt, als dass meine Seele Schaden nimmt. - Mein Gott, wenn ich ihm doch nur begreiflich machen könnte, dass er irrt. Wenn er nur einmal hören würde, was ich ihm über Luther und seine Schriften erzählen könnte, dann würde er sicher anders denken. Aber so meint er, aus väterlicher Liebe zu handeln, wenn er mich einsperrt. Er glaubt, dass sein katholischer Glaube der allein selig machende Glaube sei. Aber er irrt. Allein durch das Evangelium wie Luther es predigt, wird uns das Himmelreich geschenkt."
„Woher wisst Ihr das? Sagt Jesus denn nicht auch: In meines Vaters Haus sind viele Wohnungen. Menschen sind so unterschiedlich. Habt Ihr jemals zwei Menschen getroffen, die einander ganz und gar gleich waren? Die genau gleich dachten und fühlten? Könnte es nicht sein, dass es für manche Menschen gut ist, lutherisch zu werden, und für andere Menschen gut ist, katholisch zu bleiben? Oder denkt an die Türken! Bezeichnen sie nicht uns als Ungläubige? Wir sind doch alle nur Menschen und sehen die Welt mit unseren irdischen Augen. Ich glaube, dass Gott im Himmel sitzt und sich entweder die Haare rauft oder sich vor Lachen schüttelt über unsere Dummheit."
„Du sprichst wie die Marburger Närrin. Hat sie dir das gesagt?"

„Ja. Ein klarer Kopf ist unter einer Narrenkappe am sichersten, denn ohne Narrenfreiheit würde so mancher Narr schnell seinen Kopf verlieren."
Elisabeth wurde still, was Gertrud schon als kleinen Triumph verbuchen wollte. Vielleicht hatte sie ihre Herrin doch zum Nachdenken gebracht; doch dann fuhr Elisabeth fort: „Dass das Evangelium der einzig richtige Weg ist, weiß ich mit meinem klaren Verstand und fühle es mit jeder Faser meines Leibes. Ich weiß, das wird der Herzog mit Sicherheit auch von sich selbst und seinem eigenen Glauben behaupten."
„Dann werdet Ihr Euch für alle Zeiten im Kreis drehen. Und da die Türken dies auch von sich selbst behaupten, können sie sich einreihen in Euren ewigen Kreistanz. "
„Ach, geh mir doch mit deinen Türken! Auf wessen Seite stehst du eigentlich?"
„Vergebt mir, Euer Gnaden, ich stehe auf der Seite des Lebens."
„Ich bitte dich, mach nicht alles noch schwerer. Ich weiß nicht, wie lange ich standhalten kann. Ach Gertrud, ich bin kein Held. Ich habe Angst. Aber ich kann nicht nachgeben. Stell dir nur vor, ich würde nachgeben, wie sie sich dann ihre Mäuler zerreißen würden. Die Köstritzsche würde es sofort als Schuldeingeständnis auffassen. Wenn ich nachgebe, wird alle Welt es für erwiesen ansehen, dass ich eine Hure bin, die heimlich Männerbesuch empfängt. Deshalb kann es mir auch nicht genügen, dass mein Gemahl mich für unschuldig hält, denn wenn ich meine Ehre verlöre - was durch ein Nachgeben unweigerlich der Fall wäre - dann könnte man ihn jederzeit unter Druck setzen, sich von mir loszusagen. Und was würde dann aus mir? Gut, mein Bruder würde mich aufnehmen, aber ich wäre für alle Zeiten eine Frau, an der der Makel der Ehrlosigkeit haftet wie Pech. Nein, ich kann nicht nachgeben! Was für ein unseliger Zwist! " Gertrud setzte sich zu ihrer Herrin, nahm sie in die Arme und ließ sie weinen.
„Ich bin ja auch da, und Hildegard und Lene. Wir sind da und wir werden euch nicht verlassen."

Es war schon dunkel, als von ferne Donner grollte und die lang ersehnte Abkühlung ankündigte. Elisabeth und Johann lagen schon im Bett und lauschten gemeinsam auf das Näherkommen des Gewitters. Schon bald tauchten die zuckenden Blitze das Zimmer in gespenstisches Licht; der Regen ließ

noch auf sich warten.
„Die Räte haben bei dir auf Granit gebissen, wie ich hörte?"
„Ja, und das wirst du auch tun, mein Lieber."
„Elisabeth, ich bitte dich, bedenke, wie alt mein Vater ist. Alt und starrsinnig. Gib endlich nach. Es könnte dir doch fürs Erste genügen, dass ich von deiner Unschuld überzeugt bin. So können wir nicht weiterleben. Diese Missstimmung macht mich noch ganz krank. Mein Bruder Friedrich kommt gar nicht mehr aus seinem Zimmer aus lauter Angst, zwischen die Fronten zu geraten." Johann seufzte schwer auf.
„Würde es dich nicht noch viel kränker machen, wenn alle Welt dich für einen gehörnten Ehemann hielte? Es geht um meine EHRE! Wenn ich einlenke, dann wird man mir das unweigerlich als Schuldeingeständnis auslegen. Mich wird man ansehen wie eine Hure und über dich wird man so lange spotten, bis du dich meiner entledigt hast. Deshalb KANN ich nicht nachgeben."
„Sobald ich an der Regierung bin, werde ich alle deine Feinde sofort festnehmen und in den Kerker werfen. Eigenhändig. Wenn du willst, kannst du es auch eigenhändig tun."
Elisabeth schnalzte ärgerlich mit der Zunge und schlug mit ihrem Kissen nach ihm.
„Wirklich, Elisabeth, ich meine es ernst. Ich werde dich dann rächen. Und dann kannst du alles tun, was du willst. Du kannst unsere Räume ganz nach deinem Belieben gestalten."
„Genau! Ich freue mich schon wie verrückt darauf, selbst zu entscheiden, ob ich ein Bild zwischen die beiden Fenster dort oder lieber neben die Tür hänge. Du liebe Güte, Johann, ich kann kaum noch atmen. Ich kann es einerseits nicht mehr abwarten, bis du endlich regierst, andererseits finde ich diesen Wunsch aber auch schrecklich, denn ich wünsche deinem Vater nicht den Tod. Er ist der einzige Vater, den ich jemals hatte. Mein eigener ist leider allzu früh gestorben. An ihm hatte ich keinen Halt. Du darfst nicht denken, dass ich deinen Vater nicht liebe, so ist es nicht."
„Aber?"
„Aber er macht es mir schon furchtbar schwer, ihn zu lieben."
Endlich brach ein Sturzregen über Dresden herein, der die ganze Stadt aufatmen ließ. Der Wind peitschte die dicken Tropfen gegen das Fenster. Elisa-

beth zog ihre Bettdecke höher, als der Donner ohrenbetäubend krachte und das Schloss in seinen Fundamenten zu erschüttern schien.
„Morgen wird es wunderbar kühl sein. Wir könnten zur Jagd ausreiten."
„Ja, Johann, das würde ich gerne. Lass uns ganz früh aufbrechen. Wenigstens für ein paar Stunden dem Schloss zu entkommen, wäre mir schon eine Hilfe. Ich fürchte noch, irre zu werden."

Voller Vorfreude auf die Jagd war Elisabeth aufgewacht. Der Regen hatte die Hitze, den Staub und den Schmutz mit sich fortgenommen, die Stadt atmete freier unter einem blauen Himmel. Von der Elbe her wehte eine leichte Brise - ein Tag wie geschaffen für einen Ausflug ins Freie.
„Komm Johann, was bleibst du so lange in den Federn liegen? Steh auf! Es ist wunderschön draußen."
Elisabeth war schon angekleidet und frisiert - so prächtig und unpraktisch wie nötig, wie es sich für eine Herzogin für einen Jagdausflug gehörte, sogar ihre Reitstiefel hatte sie schon an. Ganz gegen ihre Gewohnheit war sie an diesem Morgen munter und gut gelaunt. Die Aussicht auf ein paar Stunden außerhalb des Schlosses wirkte Wunder.
Doch als die beiden kurz darauf bei Tisch erschienen, hob Herzog Georg die Augenbrauen.
„Sie sind beide gekleidet, als wollten Sie zur Jagd."
„Ja, Vater. Wir möchten gerne ausreiten. Es wird uns beiden sicher gut tun", erwiderte Johann, wobei seine Stimme bereits zitterte. Elisabeth sah ihren Gemahl an, dann ihren Schwiegervater, dessen Miene nichts Gutes verhieß. Johann spürte den strengen Blick seines Vaters und wagte nicht mehr, die Augen zu heben. Sie beendeten die Mahlzeit in steifem Schweigen; Elisabeth war froh, sich nach dem Dankgebet endlich erheben zu können und wollte schon mit Johann nach draußen zu den Ställen eilen, da hielt die Stimme des Herzogs sie zurück: „Elisabeth, Sie werden hier bleiben!" sagte er knapp.
„Wieso?" brauste Elisabeth auf. „Bin ich denn ein Kettenhund?"
„Sie bleiben hier im Schloss. Wir erlauben nicht, dass Sie allein mit Unserem Sohn ausreiten. Sie werden das Schloss nur noch in Unserem Beisein verlassen." Seine Stimme ließ keinen Zweifel an seiner Entschlossenheit.
„Dann reitet doch jetzt mit uns aus!" rief sie, doch der Herzog schaute sie nicht einmal an, als er sagte: „Das erlauben Unsere Geschäfte nicht."

„Ich will mit meinem Gemahl ausreiten. Mit meinem GEMAHL! Das dürfte kein Problem darstellen!“ beharrte sie, wobei sie spürte, wie Johann so unauffällig wie möglich ihre Hand drückte, als wolle er sie zum Schweigen bringen. Elisabeth ignorierte es ebenso, wie sie die hämischen und triumphierenden Blicke ihrer Feinde ignorierte, die sich nach der Mahlzeit nicht zurückgezogen hatten, um ihren offiziellen Tagesgeschäften nachzugehen, sondern sich Elisabeths Niederlage natürlich nicht entgehen ließen.
„Kein Wort mehr!“ befahl der Herzog ärgerlich. „Wir wollen nicht riskieren, dass man Sie entführt.“
„Entführt? Mich? Das ist doch absurd!“
„Wer sollte wohl eine Person wie Euch entführen wollen?“ zischte die Köstritzsche, die in einem nicht zu großen Abstand mit Schönberg und Schleinitz dastand und alles mitanhörte.
„Und wenn jemand aus Versehen diese Person entführte, er brächte sie noch in derselben Stunde zurück“, erwiderte Schönberg. Die Drei bemühten sich gar nicht erst, ihr dümmliches Kichern zu unterdrücken.
Herzog Georg senkte seine Stimme und trat nahe an Elisabeth heran, als er ihr zuraunte: „Wir wissen sehr wohl, dass Ihr allzu gute Beziehungen mit Torgau unterhaltet. Dem Kurfürsten klagt ihr Unserer Ansicht nach zu viel von Eurem Leid. Wir wissen weit mehr als Ihr ahnt. Deshalb werdet Ihr das Schloss nicht mehr verlassen.“
„Dann muss ich mich wohl untertänigst bedanken für das üppige Frühstück. Als Gefangene stehen mir eigentlich nur Wasser und Brot zu.“
„Das könnt Ihr ab sofort gerne haben!“ Brüsk wandte sich der alte Herzog ab.
Elisabeth war fassungslos, vor allem, weil Johann nur dastand und seinem Vater mit hängenden Schultern nachschaute.
„Und du stehst da und sagst keinen Ton? Bin ich eigentlich verheiratet oder bin ich Witwe?“ fauchte sie und ließ ihn stehen.
Natürlich war nichts dergleichen geplant, doch Herzog Georg hatte Elisabeth auf einen Gedanken gebracht: Was, wenn sie sich tatsächlich entführen ließe? Der Gedanke war verlockend, doch wäre ihre Ehre damit für alle Zeiten ruiniert. Und der Kurfürst würde sich auf ein so heikles Unterfangen niemals einlassen. Philipp dagegen schon. Je verwegener, desto besser. Aber was wäre damit gewonnen? Ihre Unschuld wäre damit ganz und gar nicht

bewiesen, sondern im Gegenteil: Sie hätte ihre Ehre vollends verloren und könnte sich nirgends mehr blicken lassen.

Tatsächlich fuhr Philipp stärkere Geschütze auf: Er drohte, die Erbverbrüderung zu lösen. Und das war keine leere Drohung, denn er verhandelte bereits mit Kurfürst Johann Friedrich, mit dem er eine neue Erbverbrüderung eingehen wollte. Darauf wollte sich Johann Friedrich jedoch nicht einlassen. Einen vollkommenen Bruch mit Herzog Georg - und dies wäre die unweigerliche Folge gewesen - wollte er nicht riskieren. Nach wie vor forderte Philipp, dass Elisabeths Ehre wiederhergestellt würde, indem man sie nicht mehr verdächtige, die Verleumder bestrafe und dem Paar eine eigene Behausung gebe.
Und nach wie vor beharrte Herzog Georg auf dem Standpunkt, dass er Elisabeth nicht verdächtigt, sondern nur väterlich ermahnt habe. Außerdem habe Heinrich von Schleinitz seine Unschuld bezeugt und Herzog Johann wolle gar keine eigene Behausung. Damit war die Sache für den Herzog erledigt. Dass Philipp dennoch keinen Stein unbewegt lassen wolle, um seiner Schwester zu helfen, wie er selbst gesagt hatte, fand der Herzog schlicht lächerlich. Ein Ausschuss wurde einberufen, der bis in den Oktober hinein immer wieder tagte und doch keine Lösung brachte; allerdings war Heinrich von Schleinitz höchst selbst Mitglied desselben, weshalb der Ausgang der Untersuchungen nicht weiter verwundern sollte.

„Euer Gnaden? Meine Güte, setzt Euch!“ rief Gertrud, als Elisabeth sich an die Brust fasste und nach Atem rang. „Was stand in dem Brief, dass er Euch so sehr aus der Fassung bringt?“
Es war schon später Abend, Gertrud war gekommen, um ihr beim Auskleiden zu helfen. Es war so kalt im Zimmer, dass man den Atem sah, der sonderbar stoßweise aus Elisabeths Mund kam.
„Kommt, legt Euch hin. Ihr habt das so oft in letzter Zeit. Das ist nicht gut. Ich will den Arzt rufen. Und was war das für ein Brief?“
Gehorsam wie ein Kind legte Elisabeth sich ins Bett und ließ sich von Gertrud zudecken. Langsam beruhigte sich ihr Atem wieder. Sie zog die Knie eng an ihren Oberkörper, bis sie dalag wie ein Kind im Mutterleib.
„Lest selbst.“ Gertrud hob den Brief auf, den Elisabeth fallen gelassen hatte,

und überflog die ersten Zeilen.
„Der Erzbischof von Mainz?" rief sie aus.
„Eben der! Ich glaube, jetzt bin ich vollends zum Spielball geworden. Ich möchte nur wissen, was dahinter steckt."
„Man wird Schönberg und Schleinitz dazu bringen, von Herzog Georg selbst Urlaub zu fordern? Und Ihr sollt Eurem Bruder und dem Kurfürsten mitteilen, dass Eure Angelegenheit erledigt sei? Was soll das denn?"
„Eben das frage ich mich auch. - Du liebe Zeit, dass mich ein solcher Brief derart niederschmettert. Das ist doch lächerlich. Ich glaube, ich bin mürbe. Ich fühle mich so dünnhäutig oder wie ein rohes Stück Fleisch. Ich habe keine Kraft mehr. Ich weiß nicht, wie das noch weitergehen soll. Alles verbietet man mir. Ich darf das Schloss nicht mehr verlassen. Selbst zu einer Hochzeit, zu der ich selbst dem jungen Paar verholfen habe, durfte ich nicht reisen. Das ist alles so lächerlich. Als hätte ich tatsächlich das schwere Verbrechen begangen, das man mir vorwirft. Nein, niemals werde ich nachgeben. Aber ich weiß auch nicht, wie lange ich das noch aushalten werde. Die Situation ist so verfahren, so ausweglos."
Die letzten Worte hatte sie nur noch mit leerem Blick gemurmelt.
„Ich will Eurem Gemahl Bescheid geben und den Arzt rufen und Euch etwas Warmes ans Bett bringen. Was haltet Ihr von einer heißen Milch mit Honig?", flüsterte Gertrud liebevoll, indem sie ihrer Herrin übers Haar strich.
Elisabeth konnte nur nicken, dann zog sie sich die Decke noch enger zum Kinn.
Am nächsten Tag hatte sich Elisabeth so weit erholt, dass sie wieder handlungsfähig war. Den Brief des Erzbischofs schickte sie nach Torgau zu dem Kurfürsten, der Licht ins Dunkel bringen sollte.

Das Schloss zu Dresden. Weck'sche Chronik

Herzlieber Bruder und Vetter, Dresden, im November 1533

ich bitte Euch, diesen beigefügten Brief zu lesen, den mir der Erzbischof von Mainz schreibt. Nun frage ich mich: Was geht den Herrn Erzbischof meine Angelegenheit an? Es muss etwas dahinter sein, dass der Erzbischof mir so schreibt. Mit solch großen Herren habe ich nicht gerne zu tun. Sie sind viel zu sehr Politiker, als dass man ihnen vertrauen könnte. Deshalb will ich unbedingt von Euch wissen, was im Gange ist, bevor ich ihm antworte. Mit meiner Gesundheit steht es nach wie vor sehr schlecht. Der Arzt sagte, dass mir Bewegung fehlt und dass ich einfach zu viel Kummer habe. Beides wird sich voraussichtlich nicht ändern, denn ich darf nicht ausreiten und man ist auch nicht bereit, mir etwas weniger Kummer zu machen.
EHzS etc.

Freundliche, herzliebe Base und Schwester, Torgau, im November 1533

gleich zu Beginn möchte ich Euch berichten, was es mit dem Brief des Erzbischofs auf sich hat. Der Erzbischof hat sich um ein Bündnis mit Herzog Georg, den beiden Braunschweiger Herzögen, dem Kurfürsten von Brandenburg und mir bemüht. Ich sage Euch ganz offen, dass ich nicht erpicht darauf bin, mit dem Feind der Reformation Joachim I. von Brandenburg in ein Bündnis zu treten. Immerhin beherberge ich nach wie vor seine Gemahlin, die vor ihm flüchten musste. Ihr erinnert Euch sicher noch an Ihre Ankunft hier in Torgau. Meine Zustimmung zu diesem Bündnis habe ich daher an die Bedingung geknüpft, dass man Eure Ehre wiederherstellt, Eure Widersacher vom Hof verbannt und Euch und Herzog Johann eine eigene Behausung gibt. Außerdem habe ich versucht zu erwirken, dass er Euch erlaubt, das Abendmahl in beiderlei Gestalt zu empfangen.
Ich muss Euch sagen, dass ich mir die größten Sorgen um Euch mache. Es heißt, Ihr hättet das ganze Jahr noch nicht gebeichtet und noch kein Abendmahl empfangen. Ich bitte Euch mit aller Dringlichkeit, Euren Feinden zu vergeben und endlich wieder das Abendmahl zu nehmen, ganz gleich in welcher Gestalt. Wir alle sind Sünder und auf die Gnade und Vergebung Gottes angewiesen. Ich hoffe sehr, dass Ihr Eurer Christenpflicht nachkommt und wenigstens das Vaterunser betet. Dort heißt es: ‚Und vergib

uns unsere Schuld, wie auch wir vergeben unseren Schuldigern.' Seid nicht so vermessen zu glauben, Ihr könntet darauf verzichten.
Aber ich will nicht nur schelten. Von meinen großen Bauvorhaben kann ich Euch berichten, dass wir sie bald in Angriff nehmen werden.
Der allmächtige Gott wolle Euer Lieben die Erkenntnis seines göttlichen Wortes verleihen und darin erhalten.

Johann Friedrich, Kurfürst zu Sachsen

Der Brief des Erzbischofs zeigte dem Kurfürsten schon deutlich, dass das Bündnis wohl nicht zustande kommen würde. Der Erzbischof spielte natürlich nicht mit offenen Karten. Mit Elisabeths Offenheit hatte der Kirchenmann genauso wenig gerechnet. Da alle Verhandlungen bezüglich Elisabeths Angelegenheit damit zum Scheitern verurteilt waren, konnte Kurfürst Johann Friedrich getrost Abstand nehmen von dem Bündnis.
In wenigen Wochen stand das Fastnachtsfest vor der Tür, das Herzog Georg gemeinsam mit dem jungen Kurfürsten begehen sollte. Dies war die einhellige Meinung sowohl der Dresdener als auch der Torgauer Räte, nicht zuletzt, weil damit Einigkeit zu demonstrieren war. Und Einigkeit war immer gut, egal ob sie nun echt oder nur vorgetäuscht war. Die ehrenvolle Aufgabe, den Kurfürsten mit seiner Gemahlin nach Dresden einzuladen, fiel Elisabeth zu, also schrieb sie im Dezember des Jahres 1533:

Mein herzlieber Vetter und Bruder,
Kanzler Pistoris hat mich gestern aufgesucht und mich geradezu beschworen, dafür zu sorgen, dass Ihr mitsamt Eurer Gemahlin zum Fastnachtsfest nach Dresden kommt. Zwar hat Kanzler Pistoris mir gesagt, ich sei in allen Dingen so listig, dass es mir sicher gelänge, trotz der Unstimmigkeiten zwischen Euch und meinem Schwiegervater, Euch an den Dresdener Hof zu holen, doch kann und will ich nicht anders als offen zu Euch sein. Zunächst ist es wünschenswert, dass Ihr mit uns hier in Dresden die Fastnacht feiert, denn der Gesundheitszustand meiner Schwiegermutter ist so schlecht, dass sie unmöglich reisen kann.
Nun ist es für mich keine leichte Aufgabe, Euch diesen Brief zu schreiben, denn mein Bruder ist wegen des noch immer anhaltenden Zwistes

nicht eingeladen, und man will daher umso eifriger der Öffentlichkeit demonstrieren, dass Ihr mit Herzog Georg einig seid. Einerseits fürchte ich, dass man aufgrund Eurer Einigkeit mit meinem Schwiegervater annehmen wird, Ihr teiltet auch seine schlechte Meinung über mich, aber andererseits sehne ich mich danach, mit Euch und Eurer Gemahlin Sybille zu sprechen. Ich wäre mehr als glücklich, Euch alle hier zu sehen, vor allem Eure beiden Söhne. Ich bitte Euch, kommt unbedingt und bringt bei gutem Wetter auch die Kinder mit.

Bei diesen Worten kratzte Elisabeths Feder über das Pergament. Söhne hatten die beiden. Gleich zwei an der Zahl. Der ältere, Johann Friedrich II. mochte wohl fünf Jahre alt sein, der jüngere, Johann Wilhelm, etwa vier. Kinder in diesem Alter waren einfach entzückend, aber sie wusste nicht, ob sie so viel Entzücken verkraften konnte. Sie beendete und siegelte den Brief, um ihn gleich dem Boten mitzugeben. Dann machte sie mit ihren Jungfrauen Pläne, welche Kostüme man an Fastnacht tragen könnte. Elisabeth freute sich darauf, eine Maske zu tragen, in der niemand sie erkennen würde, in der sie einen ganzen Abend lang tanzen und feiern konnte, ohne dass man sich sofort das Maul über sie zerriss. Es sollte keine prächtige Maske sein, hinter der man die Herzogin von Sachsen vermuten konnte, sondern eine schlichte. Eine, die sich nicht von den Masken ihrer Jungfrauen unterschied.

Ohne dass sich an Elisabeths Lage das Geringste verändert hätte, ging das alte Jahr zur Neige. Das neue, das die Jahreszahl 1534 trug, brachte im Januar den jungen Moritz nach Dresden. Dafür hatte Herzog Georg gesorgt. Moritz war in Halle krank geworden und hatte nach Freiberg zurückkehren müssen. Dort wollte seine ambitionierte Mutter ihn nicht lange behalten. So war sie mit Herzog Georg übereingekommen, ihren Sohn im Januar nach Dresden kommen zu lassen. Er war nun ein Junge von beinahe dreizehn Jahren. Er war schon sehr groß für sein Alter, dünn und schlaksig, ein wenig bleich, doch mochte dies noch auf seine Krankheit zurückzuführen sein. Sein rotes Haar, das sich nicht mehr ganz so stark ringelte wie in Kindertagen, fiel ihm nun auf die schmalen Schultern. Seine blauen Augen, die noch immer etwas wässrig-kühles hatten, blickten verschlossen, beobachteten dabei aber sehr genau.

Es hatte nicht lange gedauert, bis er herausgefunden hatte, wer an diesem Hof das Sagen hatte, wer mit wem gut Freund war und von wem man sich besser fernhielt, wollte man nicht zwischen alle Fronten geraten. Zu Letzteren gehörte Elisabeth. Sie hatte ihn überschwänglich begrüßt, gleich in ihr Frauenzimmer gezogen und ihren Jungfrauen vorgestellt. Sie war offensichtlich glücklich, ihn zu sehen, bei sich zu haben und hatte gleich Pläne gemacht, was sie in Dresden alles gemeinsam tun könnten, ohne darauf zu achten, ob er das auch wollte. Sie wollte ihm die Stadt zeigen, mit ihm ausreiten, ihm die Berge rund um Dresden, die Felder, das Elbsandsteingebirge zeigen und mit ihm zur Jagd reiten.

„Schau! Erinnerst du dich noch an die Hochzeit in Torgau? Dort hast du mir eine Schleife deines Gewandes geschenkt." Moritz errötete zutiefst, als Elisabeth tatsächlich diese Schleife aus einer Schublade hervorholte und den Jungfrauen erklärte: „Er hat mich damals vor mehreren Drachen gerettet. Als Unterpfand habe ich diese Schleife bekommen und natürlich auch versprochen, seinen Heldenmut in allen Landen zu rühmen."

„Nein, wie niedlich!" riefen die Jungfrauen. Moritz wäre am liebsten im Erdboden versunken, verabschiedete sich schließlich mit einer Verbeugung und ging, um seinen Onkel Herzog Georg aufzusuchen.

„Ist er nicht ein wundervoller Junge?" rief sie aus, nachdem Moritz die Tür hinter sich geschlossen hatte.

„Mir kommt er doch sehr unterkühlt vor", sagte Hildegard, wobei sich Lene und Gertrud vielsagend anschauten. Offensichtlich teilten die beiden Elisabeths Begeisterung für den jungen Neuankömmling nicht.

„Ach, das wird sich schon geben", wischte Elisabeth die Einwände und Blicke ihrer Jungfrauen fort. „Bedenkt, er ist ein Junge, wahrscheinlich hat es ihn verwirrt, mit so vielen - für ihn doch eher fremden - Frauen in einem Raum zu sein. Vielleicht habe ich ihn auch zu sehr überfallen. Er wird schon warm werden, hier in Dresden. Dafür werden wir sorgen!"

„Seinen Lehrer, den jungen Christoph von Carlowitz, finde ich sehr viel einnehmender", sagte Gertrud.

„Ah, Gertrud! Er gefällt dir!" rief Lene aus.

„Er ist der Neffe unsere Rates Georg von Carlowitz. Ja, und ich finde, er ist jung, gutaussehend, dabei bescheiden und manierlich", verteidigte sich Gertrud.

„Das könnte doch was werden!“ vermutete Lene.
„Vielleicht sollten wir auch den jungen Carlowitz erst einmal ankommen und Luft holen lassen, bevor wir ihn verplanen“, lachte Elisabeth.

Leider wurde Moritz so sehr von Herzog Georg in Anspruch genommen, dass kaum noch Zeit blieb, die er mit Elisabeth hätte verbringen können. Wenn er mit seinen Unterweisungen bei Herzog Georg fertig war, war es der junge Carlowitz, der mit ihm ausritt. Natürlich wurde Elisabeths Enttäuschung hierüber bemerkt, weidlich kommentiert und belacht. Dass Moritzens Ankunft keine glückliche Abwechslung brachte, sondern ihren Feinden nur neue Munition in die Hände gab, hätte Elisabeth nicht gedacht.
Ausgerechnet in dieser schweren Zeit gab ihr die Pflege ihrer Schwiegermutter eine gewisse innere Ruhe. Elisabeth saß oft am Bett der alten Herzogin, las ihr vor, betete mit ihr den Rosenkranz und sorgte, dass sie nichts entbehrte. Auf sonderbare Weise waren sich die beiden Frauen nun nähergekommen. Außerdem war das Zimmer der alten Herzogin für Elisabeth wie ein geschützter Raum, in dem niemand wagte, sie anzugreifen. Die fortschreitende Krankheit, von der Elisabeth befürchtet hatte, sie könnte ihre Schwiegermutter noch schwieriger und grantiger machen, gab der alten Frau einen sehr distanzierten, maßvollen und milden Blick auf die Welt. Vor allem die Milde wusste Elisabeth zu schätzen.
Allein Friedrich schien dies alles richtig zu deuten. „Mama“, sagte er wie in Kindertagen und ergriff ihre knochige Hand, deren Nägel so seltsam bleich aussahen. „Du darfst nicht weggehen.“
„Aber mein Junge, ich werde doch nicht weggehen“, erwiderte sie und drückte seine Hand. Herzogin Barbara sah ihren Sohn Friedrich an. Er war ein Mann, nur wenig jünger als Johann, doch er hatte etwas so kindlich rührendes in seinem Blick. Sie selbst war in ihrem 56. Jahr. Zehn Kinder hatte sie zur Welt gebracht, von denen ihr nur zwei Söhne und zwei Töchter übriggeblieben waren. Magdalene, die jüngere der beiden, war gut verheiratet mit einem aufrichtigen Katholiken, hatte Kinder zur Welt gebracht und zu viele davon wieder begraben, aber sie war wohlauf im Diesseits und würde es auch im Jenseits sein. Christine, die ältere, war gut versorgt. Es fehlte ihr äußerlich an nichts, doch ihr Gemahl, dieser Landgraf

von Hessen, hatte sich als Ketzer entpuppt, der sich von der Kirche losgesagt hatte. Täglich betete sie für das Seelenheil ihrer Tochter, in der Hoffnung, dass der Allmächtige ein Einsehen hatte, dass Christine als Ehefrau ihrem Gatten Gehorsam schuldete und nichts dafür konnte, dass er sie vom rechten Wege abgebracht hatte.
Johann war ein braver Junge. Und Elisabeth war ihr mittlerweile auch lieb. Sie kümmerte sich besser als so manche ihrer eigenen Hofdamen.
Und Friedrich? Was sollte aus ihm nur werden? Er war von jeher anders gewesen als andere Kinder. Viel stiller, ängstlicher, in sich selbst zurückgezogen - was ihn in den Augen seines mächtigen Vaters zu einem Versager und Weichling abgestempelt hatte. Die Anforderungen, die sein Vater an ihn stellte, mussten ihm übermenschlich erscheinen. Dass der Vater niemals mit ihm zufrieden war, machte die Sache nicht besser. Und dann diese höchst wirre Sankt Martinsgeschichte mit dem Bettler vor einiger Zeit. Wie lange mochte das her sein? Diese Geschichte erschien der Mutter wie ein Aufbäumen seiner weichen Seele, die danach strebte, Gutes zu bewirken. Nun saß er da und konnte seine Augen, in denen deutlich Tränen schimmerten, nicht von ihr lassen. Was würde aus dem Jungen, wenn sie nicht mehr war? Wer würde ihn dann noch gegen den Vater verteidigen?
Elisabeth war froh, in ihrem Frauenzimmer zu sein. So gerne sie in letzter Zeit bei ihrer Schwiegermutter war, so sehr schlug ihr die drückende Stimmung, die im Gemach der alten Herzogin herrschte, aufs Gemüt. Da kamen ihr die Vorbereitungen für die Fastnacht gerade recht. Die Schneiderinnen hatten Kleider aus leuchtenden Farben genäht, dazu Masken mit bunten Vogelfedern hergestellt, und nun waren die Frauen dabei, Hüte mit Federn und Schleiern zu schmücken, um sich ganz und gar unkenntlich zu machen.
„Nein, Johann, du darfst nicht…“ rief Elisabeth fröhlich, als Johann eintrat, doch brach sie mitten im Satz ab, als sie seine bleichen Gesichtszüge bemerkte. „Johann, was ist passiert? Wieso trägst du schwarz?“ Sie legte den Hut und die Federn, die sie eben noch hatte annähen wollen, beiseite.
„Deine Mutter?“ war ihr nächste bange Frage, doch Johann schaute zu Boden und schüttelte den Kopf. Die Jungfrauen schauten sich erschrocken an. Johann tat einen tiefen Atemzug und konnte sein Weinen nicht verbergen. „Magdalene“, flüsterte er. „Der Brief kam eben gerade aus Berlin.“

„Magdalene?“ Elisabeth konnte es nicht fassen. „Magdalene sagst du? Aber sie war doch immer so gesund. Sie war so stark. Denk doch nur an all die Kinder, die sie zur Welt gebracht hat.“
„Sie hatte einen starken Husten, der immer schlimmer wurde. Die Ärzte konnten ihr zum Schluss nicht mehr helfen. Mein Vater hat schon Hoftrauer angeordnet und das Fastnachtsfest abgesagt.“
„Magdalene“, weinte Elisabeth, „ich hab sie immer so sehr beneidet. Immer.“
Als die beiden sich umarmten, schauten sich die Jungfrauen betreten an. Immer war es die Trauer, der Schmerz, der die beiden einander nah brachte. Dann machten sie sich leise daran, die Federn, die Hüte, Masken und Kleider fortzuräumen, um statt der Festkleider die Trauerkleider hervorzuholen.

Schon am nächsten Tag wurden in der Kirche feierliche Messen gelesen. Elisabeth erschrak, als sie ihren Schwiegervater sah. Er war bleich, man sah ihm an, dass er geweint hatte. Seine ganze Haltung, seine Strenge und übermenschliche Selbstdisziplin, die er sonst an den Tag legte, schienen ihm über Nacht abhanden gekommen zu sein. Elisabeth war sich nicht sicher, ob sie es wagen konnte, ihrem Schwiegervater außer den üblichen Beileidsbezeugungen auch persönliche Worte zu sagen. Als sie nach der Messe vor ihm stand, verneigte sie sich tief. Sie wollte sprechen, sie wollte ihm sagen, wie sehr es ihr leid tat, dass Magdalene nicht mehr lebte, aber die rechten Worte kamen ihr nicht in den Sinn. Im Blick des Herzogs lag plötzlich etwas, das Elisabeth nicht zu deuten wusste, daher verneigte sie sich noch einmal, um dann an Johanns Arm die Kirche zu verlassen.

Friedrich hatte die Nachricht vom Tod seiner Schwester besonders hart getroffen. Elisabeth fand ihn am Bett seiner Mutter sitzend. Ihre Blicke trafen sich, worauf Friedrich leise den Kopf schüttelte. Er hatte seiner Mutter also nichts vom Tod ihrer Tochter erzählt. Außerdem hatte er eine blaue Jacke übergezogen, in der Hoffnung, dass ihre schwachen Augen die Trauerkleidung darunter nicht bemerken würden. Auch Elisabeth hatte sich ein buntes Tuch um die Schultern gelegt. Alle waren still übereingekommen, die alte Herzogin damit nicht zu belasten, die Dienerinnen gingen auf Zehenspitzen. Doch es dauerte nicht lange, da stellte Herzogin Barbara Fragen.
„Wie geht es eigentlich Magdalene?“ fragte sie unvermittelt, als Elisabeth

ihr half sich aufzurichten, damit sie trinken konnte.
„Es geht ihr gut“, antwortete Elisabeth, wobei ihre Stimme brüchig klang. Herzogin Barbara schaute auf das Glas in Elisabeths Hand. Das sich leise kräuselnde Wasser verriet ihr Zittern. Als sich ihre Augen begegneten, senkte Elisabeth ihren Blick.
„Wieso zitterst du, Kind?“
„Es ist nichts. Mir ist nur... ein wenig kalt. Aber Magdalene geht es gut.“
Herzogin Barbara trank in kleinen Schlucken, dann hob sie ihr Kinn, zum Zeichen, dass sie genug getrunken hatte.
„Danke. Wo bleibt denn mein Gemahl? Ist er unterwegs?“
„Nein, nein, ich denke, er ist nur gerade sehr beschäftigt. Aber ich will ihm sagen, dass Ihr ihn gerne sehen würdet.“

Es dauerte beinahe drei Tage, bis Herzog Georg sich so weit ermannt hatte, dass er am Bett seiner Gemahlin erscheinen konnte, ohne dass sie ihm seinen tiefen Kummer anmerkte, doch das Erste, was seine Frau sagte, als er sich zu ihr gesetzt und ihre Hand genommen hatte, war: „Wie steht es in Berlin? Geht es Magdalene gut?“
Alarmiert schauten sich Elisabeth und ihr Schwiegervater an.
„Ich fühle, dass da etwas nicht in Ordnung ist. Eine Mutter fühlt das. Bitte, sagt mir, ob ihr Neuigkeiten habt.“
„Joachim hat kürzlich erst geschrieben, dass es ihnen allen gut geht. Die Kinder sind alle wohlauf. Magdalene geht es... überaus gut.“
„Du hast mich niemals angelogen. Und jetzt solltest du auch nicht damit anfangen. Ich sehe doch, dass ihr alle schon seit Tagen Trauerkleidung tragt.“
„Aber Liebes, was redest du denn da?“ Zärtlich nahm er ihre Hand in seine und küsste sie. Die Träne, die über seine Wange in den sauber gestutzten Bart lief, entging seiner Gemahlin nicht.
„Sie ist gestorben, nicht wahr?“ Da konnte der Herzog sich nicht mehr zurückhalten und ließ seinen Tränen freien Lauf.
„Wir wollten es dir sagen, aber erst, wenn du dich erholt hast und wieder ganz hergestellt bist.“
„Was soll denn an mir noch hergestellt werden? Mein Liebster, du wirst bald auch auf mich verzichten müssen.“

„Nein, ich bitte dich, was redest du da? Du wirst bald wieder gesund."
„Elisabeth pflegt mich sehr liebevoll, aber auch das wird nichts nützen. Sie ist ein gutes Mädchen. Glaub ihren Feinden nicht. Ich sehe mit meinen schwachen Augen besser als du."
Elisabeth senkte erschrocken ihren Blick, als ihr Schwiegervater sie ansah. Noch nie hatte er sie so flehend, hilflos und verzweifelt angeschaut.

In den folgenden beiden Wochen erholte sich Herzogin Barbara ein wenig, sodass der Herzog schon die Hoffnung hegte, seine Gemahlin würde sich noch einmal erheben. Der Medikus sagte dazu nichts. Tatsächlich verlangte die Herzogin sogar, dass man sie in einen Lehnstuhl an den Ofen setzte. Herzog Georg saß lange bei ihr, hielt ihre Hand, und Elisabeth zog sich still zurück, um die beiden, die wie ein junges, verliebtes Paar beisammensaßen, nicht zu stören.
Als Elisabeth am Morgen darauf das Zimmer ihrer Schwiegermutter betrat, lag die alte Herzogin so bleich in ihren Kissen.
„Sehen Sie denn nicht, dass die Bettdecke herabgerutscht ist? Wieso haben Sie die Herzogin nicht wieder zugedeckt? Sie wissen doch, wie sehr sie immer friert! Und warum haben Sie noch nicht ordentlich eingeheizt?" fragte Elisabeth die Dienerin streng, die sich bei ihrem Eintreten erhoben hatte.
„Vergebt mir, Euer Gnaden, aber das wollte ich. Ihre Gnaden wollten aber die Decke nicht mehr haben. Es geht Ihrer Gnaden wohl sehr viel besser", stammelte die Frau. „Auch das Feuer durfte ich nicht schüren."
„Lass nur, mein Kind. Mir ist heiß, so heiß. Ist denn plötzlich Sommer?" flüsterte Herzogin Barbara.
„Mutter, es ist ja ganz kalt hier im Zimmer. Ich kann fast meinen Atem sehen. Ich will Euch lieber wieder zudecken. Ihr werdet Euch sonst erkälten."
„Nein, nein, lass das, bitte!" flüsterte sie. „Ich habe Durst. Bitte, gib mir von dem kalten Wasser."
Elisabeth setzte sich zu ihr. Sie fühlte ihre Stirn, die ganz heiß war. Das Gesicht, der faltige Hals und die knochige Brust glänzten schweißnass. Nachdem Sie ihr beim Trinken geholfen hatte, goss sie etwas kaltes Wasser in eine Schüssel, nahm ein Tuch, tauchte es ein und tupfte ihrer Schwiegermutter vorsichtig den Schweiß ab.
„Ah, das tut gut", seufzte die alte Herzogin. „Würdest du mir auch den

Rücken abwaschen?“
Gemeinsam mit der Dienerin, die gerade mit einem kleinen Morgenimbiss erschienen war, half Elisabeth ihrer Schwiegermutter, sich aufzurichten, damit sie ihr den Rücken kalt abwaschen konnte. Sonderbar! Seit über einem Jahr hatte sie immer nur gefroren. Immer hatte sie verlangt, das Zimmer noch besser zu heizen - die Dienerinnen und Elisabeth hatten gestöhnt unter der sommerlichen Hitze, die auch im Winter noch in dem Raum herrschte; und plötzlich war ihr zu heiß? In einem kalten Raum?
„Holen Sie den Medicus!“ flüsterte Elisabeth der Dienerin zu, die gleich verschwand. Da kam Herzog Georg ins Zimmer, der schon seit geraumer Zeit das Schlafgemach nicht mehr mit seiner Gemahlin, deren Schlaf von Dienerinnen bewacht wurde, teilte.
„Guten Morgen. Wie geht es dir heute?“ fragte er liebevoll, indem er sich zu ihr setzte und ihre Hand nahm.
„Gut und sicher bald noch besser“, flüsterte sie. Elisabeth hielt den Atem an und schaute verstohlen ihren Schwiegervater an, der seine Gemahlin anlächelte. Offenbar war ihm der tiefere Sinn ihrer Worte entgangen.
„Ich hoffe, Magdalenes verbliebene Kinder werden alle erwachsen. Sieben Kinder hat sie schon geboren und vier davon beerdigen müssen. Es ist jedes Mal so schrecklich, diese winzigen Särge…“ sagte Herzogin Barbara schwach.
„Ich wollte dich ein wenig aufheitern“, sagte der Herzog in gespieltem Vorwurf. „Mit Gottes Hilfe werden sie alle groß und stark,“ rief er aus, doch seine Stimme brach und er wandte sich ab, als seine Gemahlin ihn aus leeren Augen anstarrte. Mit einemmal konnte man eine eigentümliche Veränderung der Sterbenden beobachten. Ihre Augen wandten sich wie nach innen. Sie war nicht mehr hier in diesem Raum, sondern in einer ganz anderen Zeit. Sie flüsterte Worte, immer wieder die gleichen Worte, die allmählich deutlicher wurden und als die Namen ihrer toten Kinder erkennbar wurden: „Christof, Wolfgang, Anna, Christof, Agnes, Margarete. Das waren sie alle. Um alle habe ich getrauert“, flüsterte sie. „Diese winzigen Särge. Särge sollen groß sein. Gerade für Kinder sollten sie ganz groß sein, damit sie darinnen Platz haben zum Spielen. So winzig kleine Särge. Ich glaube, wir haben die Kinder auch nicht warm genug angezogen. Sie werden frieren in der kalten Kirche. Sie tragen doch nur feine Seidenhemdchen.

Die Gruft ist so kalt und feucht. Das ist nicht gut für die Kinder. Und nun auch Magdalene. So winzige Särge…"

Erschrocken starrten sich Herzog Georg und Elisabeth über das Bett der Sterbenden an.

„Mutter, es ist alles gut", sagte Elisabeth und streichelte ihre Hand. Herzogin Barbara hatte die Augen geschlossen. „Die Kinder sind alle bei Gott. Es geht ihnen gut. Und Magdalene geht es auch gut."

„Ja, auch ihr geht es gut bei Gott. Glaubt ihr beiden, ihr könntet mir etwas verheimlichen? Ich habe genau gefühlt, dass Magdalene auch bei Gott ist. Eine Mutter spürt das."

„Barbara, Liebes, bitte, schau mich an. Was redest du da?" Herzog Georg hatte sich vorgebeugt, schaute seiner Gemahlin in das aschfahle Gesicht, streichelte es mit einer Zärtlichkeit, die Elisabeth überraschte.

„Soll ich den Priester holen?" flüsterte eine der Dienerinnen.

„Wieso den Priester?" fuhr der Herzog sie an. „Unsere Gemahlin braucht noch keinen Priester!" Aber gleich brach er weinend an ihrem Bett zusammen. Elisabeth nickte der Dienerin zu, die sogleich das Zimmer verließ, dann legte sie ihre Hände vorsichtig auf die zuckenden Schultern ihres Schwiegervaters.

Der Priester kam, um der alten Herzogin die letzte Beichte abzunehmen. Die Dienerinnen verließen das Zimmer und gingen, um die Söhne zu holen. Elisabeth und Herzog Georg folgten ihnen nach draußen, blieben aber vor der Tür stehen. Elisabeth wagte nicht, ihn anzuschauen, nur ganz verstohlen sah sie ihn von der Seite an. Er hatte sich auf eine Bank fallen lassen und konnte sich nur mit Mühe bezwingen, nicht laut zu schluchzen. Friedrich hatte diese Hemmungen nicht. Er kam mit Johann, der seinen Arm um die Schultern des kleinen Bruders gelegt hatte, wie er es wohl schon in Kindertagen getan haben mochte. Elisabeth ging den beiden Brüdern entgegen und ergriff Friedrichs Hände.

„Sie ist noch klar genug, dass du dich von ihr verabschieden kannst."

Da öffnete der Priester die Tür, um die Familie hereinzubitten. Friedrich stürzte ans Bett seiner Mutter und ergriff ihre Hand. Sein Weinen übertönte die Gebete der anderen, während der Priester der Sterbenden die letzte Ölung gab. Elisabeth beobachtete, wie der Priester behutsam die Stirn der alten Frau salbte, dabei darauf achtete, dass von dem Öl nichts in ihre Augen

lief, dann die eine Hand salbte. Elisabeth ging zu Friedrich und redete leise mit ihm, worauf er die Hand seiner Mutter freigab, damit der Priester auch diese salben konnte, wobei er murmelte: „Durch diese heilige Salbung helfe dir der Herr in seinem reichen Erbarmen, er stehe dir bei mit der Kraft des Heiligen Geistes: Der Herr, der dich von Sünden befreit, rette dich, in seiner Gnade richte er dich auf."
Als der Priester sich aufrichtete, beteten alle gemeinsam: „Ist jemand unter euch krank, der rufe zu sich die Ältesten der Gemeinde, dass sie über ihm beten und ihn salben mit Öl in dem Namen des Herrn. Und das Gebet des Glaubens wird dem Kranken helfen, und der Herr wird ihn aufrichten; und wenn er Sünden getan hat, wird ihm vergeben werden. Bekennt also einander eure Sünden und betet füreinander, dass ihr gesund werdet. Des gerechten Gebet vermag viel, wenn es ernstlich ist."
Elisabeths gefaltete Hände krampften sich ineinander, so sehr, dass die Ringe in ihre Finger drückten und wehtaten. Und während alle weinten und kaum die Worte sprechen konnten, hub der Priester an, das Vaterunser zu beten.
Vater unser im Himmel,
geheiligt werde dein Name,
Dein Reich komme,
Dein Wille geschehe,
wie im Himmel, also auch auf Erden.
Unser täglich Brot gib uns heute
und vergib uns unsere Schuld,
wie auch wir vergeben unseren Schuldigern.
Bei diesen Worten konnte Elisabeth nicht mehr an sich halten. Sie schaute ihren Schwiegervater an, der jedoch so sehr in seinem Schmerz gefangen war, dass er ihren Blick nicht bemerkte. Wie durch einen Schleier hörte sie die Worte:
Und führe uns nicht in Versuchung,
sondern erlöse uns von dem Bösen…
Erst das Amen konnte sie wieder mitsprechen.

Am Abend wartete Elisabeth lange auf Johann. Sie hatte nicht gewagt, gemeinsam mit ihrem Gemahl bei Herzog Georg zu bleiben. Er war vollkommen zusammengebrochen, nachdem seine Gemahlin den letzten

Atemzug getan hatte. Wahrscheinlich war es ihm unangenehm genug, dass Elisabeth ihn so schwach und weinend gesehen hatte. Da sie seine Qual nicht steigern wollte, hatte sie sich mit dem Hofstaat zurückgezogen, nur Herzog Georg war mit seinen Söhnen bei dem Leichnam geblieben. Das war um die Mittagsstunde des 15. Februar gewesen. Sicher waren mittlerweile die Totenwäscherinnen gekommen, um den Leib der alten Herzogin herzurichten für die Aufbahrung. Den restlichen Tag hatte Elisabeth mit ihren Jungfrauen im Frauenzimmer verbracht. Keine von ihnen hatte etwas gegessen, jede Einzelne hatte ihren eigenen bangen Gedanken nachgehangen. Was würde nun werden? Was würde sich ändern? Wie würde Herzog Georg auf den Tod seiner Gemahlin reagieren? Würde der Schmerz ihn noch strenger machen? Was war zu befürchten?

Irgendwann hatte sich Elisabeth in ihr Schlafgemach zurückgezogen, nachdem sie wortlos das Abschließen ihres Frauengemaches durch die Köstritzsche erduldet hatte. Nun lag sie da, starrte an die Decke und lauschte auf jeden Schritt, den sie draußen auf dem Korridor zu hören hoffte, doch alles blieb still im Schloss. Es war, als sei das gesamte Schloss ausgestorben. Nirgends war auch nur ein Schritt zu hören. Die Dienerschaft hatte sich zurückgezogen, niemand verlangte etwas, denn neben dem Sterben der Tochter und der Herrin des Hauses waren alle Bedürfnisse verschwunden. Herzog Georg saß allein in den Gemächern, die er so lange Jahre mit Barbara bewohnt hatte, und starrte vor sich hin. Die einzelne Kerze, die in dem vielarmigen Leuchter brannte, machte die Dunkelheit umso schmerzlicher bewusst.

„Barbara“, flüsterte er. Hier in diesen Gemächern hatten sie gelebt, sich geliebt, Kinder gezeugt und betrauert. Hier hatte sie ihn abgelenkt von seinen Geschäften, hatte ihn auch ab und an verärgert mit ihren allzu weiblichen Sorgen, aber er hatte es ihr nie gezeigt. Hier hatte sie sich beklagt über Elisabeth, deren Fragen sie nicht gewachsen gewesen war. Und an diesem Tisch hatte er gesessen, als er Elisabeth mehr als einmal zur Rede gestellt hatte.

Elisabeth.

Ihr Name stahl sich in seine Gedanken. Wie geschickt sie sich aus jeder Situation gerettet hatte. Wenn sie doch nur ein Mann wäre! Was für ein guter Herrscher wäre sie. Aus anderem Holz geschnitzt als Johann. Immerhin würde sie ihm zur Seite stehen, wenn er eines Tages der Herrscher über

Sachsen wäre. Was für ein geschickter Diplomat hätte aus ihr werden können! Und was für ein lustiger Kamerad wäre sie. Wenn jemand die Köstritzsche in die Flucht schlagen konnte mit einem einzigen Spruch, war er sicher ein unterhaltsamer Geselle. Was mochte sie damals in Meißen wohl dem Gärtner zugerufen haben?
Er flüsterte nun auch ihren Namen, der Gedanken, schwer wie Mühlräder, in Gang setzte. War er zu streng mit ihr gewesen? Seine Gemahlin hatte als Frau vielleicht doch eine bessere Einsicht in die Seele der Schwiegertochter. Hätte er ihr und Hans eine eigene Behausung geben sollen - auch auf die Gefahr hin, dass sie seinen Sohn im Handumdrehen zum Protestanten gemacht hätte?
War der Tod von Magdalene und Barbara eine Strafe Gottes, die dieser ihm auferlegte, weil er auf dem alten Glauben beharrte? Um Himmels Willen! Was dachte er da! Aufschreckend blickte er sich in dem finsteren Zimmer um. Grinste ihn aus den schwarzen Ecken schon der Teufel an? Oder war es der Wahnsinn?
Luther! Wie sehr hatte er ihn bekämpft. Nein! Das konnte nicht sein. Niemals würde er den alten Glauben verraten. Es war eine Prüfung. Hatte der Herr nicht auch Hiob geprüft? Und Hiob war seinem Glauben treu geblieben. Er würde nicht weichen. Und trotzdem hatte er seinem Sohn aufgetragen, Elisabeth auszurichten, dass er sie um Vergebung bitte. Bei diesem Gedanken atmete er noch einmal schwer auf. Das war ihm schwer gefallen, kaum über die Lippen gekommen. Wie würde Elisabeth seine Entschuldigung aufnehmen? War er mit seiner Bitte um Vergebung bei seiner jungen Schwiegertochter nicht zu weit gegangen? Hatte er sich vielleicht zu sehr erniedrigt? Was sollte sie nun von ihm denken? Konnte er ihr noch unter die Augen treten, ohne dass sie ihn ihren Triumph spüren ließ? Würde sie triumphieren? Was würde sie nun alles von ihm verlangen?
Er fühlte sich so unendlich müde und schwach. Er stützte seinen Kopf auf die Arme und ließ gleich darauf Kopf und Arme auf den Tisch sinken. Vielleicht war auch alles nur ein Alptraum. Vielleicht würde er gleich aufwachen, die Sonne würde scheinen und seine Frau würde ihm einen Brief von Magdalene bringen.
Unsinn! Alles Unsinn. Sie waren tot. Beide. Nichts und niemand würde sie jemals wieder zurückbringen. Der Schmerz überwältigte ihn und endlich,

endlich konnte er seinen Tränen freien Lauf lassen. Er weinte. Er schrie, bis er keine Tränen mehr hatte und atemlos auf dem Tisch lag. Zunächst hielt er es für eine Ausgeburt seiner aufgescheuchten Seele, doch schließlich merkte er, dass das Klopfen von der Tür her kam.
„Vater, ich bin's, Elisabeth. Darf ich eintreten?"
Um Gottes Willen! Ausgerechnet Elisabeth! Sie sollte ihn so nicht sehen. Er bezwang sich, richtete sich auf und wischte sich das Gesicht ab, doch die gerade getrockneten Tränen flossen erneut und stärker. Er schlug die Hände vors Gesicht und hoffte, dass sie verschwinden würde, doch da hörte er das wohlbekannte Knacken des Schlosses und die Tür ging auf. Er hörte ihre Schritte näher kommen.
„Bitte, gehen Sie!" sagte er gequält, doch sie legte ihm sachte eine Hand auf seine zuckenden Schultern.
„Vater!" sagte sie leise. Da schaute er zu ihr auf. Sein Anblick erschütterte sie. Noch niemals hatte sie ihn so schwach, hilflos und elend gesehen. Der Schmerz stand ihm ins Gesicht geschrieben. Bei ihrem Anblick senkte er den Blick sofort wieder, als wage er nicht, sie anzuschauen. Da kniete Elisabeth bei ihm nieder, nahm seine Hand in ihre beiden Hände und flüsterte weinend: „Vater, vergebt mir. Ich bitte Euch, vergebt mir meinen Starrsinn und meinen Trotz. Ich will in Zukunft alles tun, was Ihr verlangt. Ich will auch wieder beichten gehen und das Abendmahl nehmen, so wie Ihr es auch nehmt."
„Elisabeth, ich bitte Sie, erheben Sie sich. Bitte, knien Sie nicht vor mir. Meine Gemahlin hatte recht. Sie sind ein gutes Mädchen und die Anschuldigungen gegen Sie sind reiner Unsinn. Ich bitte Sie, vergeben Sie mir meinen Argwohn und mein Misstrauen. Sie haben sich so gut um meine Gemahlin gekümmert, eine bessere Schwiegertochter könnte ich mir nicht wünschen. Ich bitte Sie, vergessen Sie alles, was ich Ihnen zuleide getan habe. Sie sollen das Abendmahl so nehmen, wie Sie es wünschen." Elisabeth sah seinen Augen an, wie viel übermenschliche Kraft ihn die letzten Wochen gekostet hatten. In diesem Moment erschien er ihr wie ein gebrochener Mann.
„Wir wollen beide alles vergessen, was zwischen uns stand." Ehrfürchtig küsste sie dabei seine Hand.
„Das wollen wir. Aber jetzt erheben Sie sich, ich bitte Sie!" Elisabeth tat es, wobei sie noch immer nicht seine Hand losließ.

„Ist es nicht furchtbar dumm von uns, dass wir uns erst im Angesicht des Todes versöhnen können?“ fragte er und versuchte dabei sogar ein Lächeln. „In einem Psalm steht Herr, lehre uns bedenken, dass wir sterben müssen, auf dass wir klug werden. Im Angesicht des Todes wird viel Irdisches klein und nichtig.“

„Ich glaube, es ist ein Gottesurteil, das mich nun trifft. Ich war vermessen und …“

„Nein, Vater, bitte, so dürft Ihr nicht denken“, flüsterte Elisabeth und wagte dabei sogar, die Tränen, die ihm über die Wangen liefen, abzuwischen. „Ich weiß, dass Ihr es immer nur gut gemeint habt. War es nicht väterliche Sorge, die Euch davon abhielt, uns eine eigene Behausung zu gestatten? Ihr sorgtet Euch um mein Seelenheil und um das Eures Sohnes. Ihr habt nach bestem Wissen und Gewissen gehandelt. Gott kennt Euer Herz. Und ich denke, es ist ganz gleich, ob jemand altgläubig oder martinisch ist, wenn er nur ein gutes Herz hat und seinen Nächsten nichts Böses will.“ Da musste Elisabeth niesen. Sie fror, ihre Füße waren eiskalt und ihre Versuche, sie abwechselnd an ihren Waden zu wärmen, halfen nichts.

„Sie werden sich erkälten. Warum haben Sie keine Schuhe an?“

„Als Johann mir gesagt hat, dass Ihr mich um Verzeihung bitten lasst, hatte ich es zu eilig, zu Euch zu kommen, da habe ich ganz vergessen, Schuhe anzuziehen.“

„Sie sind wirklich ein gutes Mädchen, wie meine Gemahlin gesagt hat. Es tut mir so leid, dass ich nicht früher auf sie gehört habe.“ Er stand von seinem Stuhl auf und schaute Elisabeth mit einem schwachen Lächeln an. „Nun gehen Sie, damit Sie sich nicht erkälten. Wir sollten beide ruhen. Und morgen soll zwischen uns alles anders werden. Das verspreche ich Ihnen. Gute Nacht!“

„Gute Nacht, Vater.“ Sie erhob sich auf die Zehenspitzen und küsste ihn auf die Wange. Lange und innig hielt er sie fest. Der Bann zwischen ihnen war gebrochen.

Als Elisabeth schon an der Tür war, rief der Herzog sie noch einmal beim Namen.

„Vielleicht erinnern Sie sich nicht mehr daran, es ist schon ein paar Jahre her. Es war in Meißen. Sie hatten die Gräfin Köstritz mit einem Spruch vollkommen aus der Fassung gebracht. Wissen Sie noch, was Sie zu dem

Gärtner gesagt haben?"
Elisabeth biss sich auf die Unterlippe. „Seid Ihr sicher, dass Ihr das wissen wollt?"
„Natürlich."
„Der Gärtner stand an einem Baum und... nun ja, er verrichtete seine Notdurft. Da hab ich ihm zugerufen: Da hilft kein Schütteln und kein Klopfen, die Hose kriegt den letzten Tropfen.[1]"
„Nein!"
„Doch!"

Nicht einmal diese prosaischen Abgründe Elisabeths taten dem neuen Verhältnis der beiden einen Abbruch. Elisabeth durfte beim Essen neben ihm sitzen, und er genoss sichtlich den Trost und die Fürsorge, die sie ihm zuteil werden ließ. Schönberg und Schleinitz brauchten gar nicht erst in seine Nähe zu kommen. Ganz zu schweigen von der Köstritzschen, für die Elisabeth nur noch ein mildes Lächeln hatte, seit sie wieder höchst selbst ihr Frauenzimmer auf und zuschloss. Es dauerte nicht lange, da weihte Herzog Georg sie und Johann in Pläne ein, die er noch in diesem Jahr zu verwirklichen hoffte: Ein neuer Anbau an das Schloss sollte Wohnung bieten für Elisabeth, Johann und Friedrich.
Zwischen Stallbahn, Zwinger und Kanzlei sollte der neue Bau entstehen, von dem der Herzog nach wenigen Tagen Pläne präsentierte.
„So prächtig!" rief Elisabeth, als Herzog Georg die großen Pergamente entrollte. Und tatsächlich hätte Elisabeth nicht im Traum gewagt, ein so großes Haus zu verlangen, mit solch üppigen Verzierungen, einer Giebelform, die ganz der neuen Mode entsprach, so vielen Figuren, die Meister in Stein hauen würden. Vier Stockwerke wies der Plan auf, die oberen Stockwerke unter dem Dach noch nicht mitgerechnet. Ganz sorgfältig hatte der Architekt schon jedes Detail der Hausfront gezeichnet, mitsamt einem umlaufenden Fries, das bei genauerem Hinsehen einen Totentanz zeigte, der von einem Flöte spielenden Skelett angeführt wurde, dicht gefolgt von dem Papst und aller Geistlichkeit, dann Fürsten, Bürger, bis hin zum gemeinen Mann. Das war nun nicht gerade ein fröhliches Motiv, doch in

1 Dieser Spruch ist zwar nicht für Elisabeth belegt, ist aber eine alte hessische Weisheit.

Anbetracht ihres nächtlichen Gespräches mit Herzog Georg war Elisabeth mit einem Totentanz an ihrem neuen Haus sehr einverstanden. War denn der Tod wirklich so erschreckend, wenn man glücklich und zufrieden war? Der Tod hatte sie alle innehalten lassen. Diese Zeile Lehre uns bedenken, dass wir sterben müssen, auf dass wir klug werden, hatte Elisabeth nie richtig verstanden oder immer falsch gedeutet. Früher hatte für sie dieser Satz immer wie eine Drohung geklungen: Wehe dir, Mensch, wenn du nicht gottgefällig lebst, wirst du in die ewige Verdammnis fallen!
Aber nun hatte der Tod ihnen allen die Augen geöffnet und erkennen lassen, dass ihre Kämpfe, ihre Sturheiten, ihr ewiges Beharren auf Stand und Rechte kleinlich, engstirnig und nichtig waren. Es war so unsinnig, sich gegenseitig das Leben schwer zu machen und gar zu vergällen, denn irgendwann war das Leben vorbei. Und wenn man vor Gottes Richterstuhl stand und der Allmächtige fragte, wie man sein Leben verbracht hatte, wäre er sicher nicht begeistert, wenn man ihm dann berichten musste, dass man nicht in der Lage gewesen war, über lächerliche Kleinigkeiten hinwegzusehen. Amen. Und davon abgesehen: Konnte man überhaupt in den Tag hineinleben, wenn man wusste, dass man irgendwann oder vielleicht nächste Woche in einer Holzkiste lag und in der Familiengruft abgestellt wurde? Der Tod verlor vollständig seinen Schrecken, wenn man sich bewusst machte, dass jeder Tag ein göttliches Geschenk war, das einem die Möglichkeit bot, zu dem Menschen zu werden, den Gott gemeint hatte.

„Wenn Sie einmal verreisen möchten, vielleicht nach Torgau, dann sehen Wir keinen Grund, weshalb Sie das nicht tun sollten“, sagte Herzog Georg eines Abends, als er mit Elisabeth, Johann und Friedrich zusammensaß. Ja, auch Friedrich hatte sich wieder zu ihnen gesellt. Es war einer der ersten lauen Abende, an denen die Dienerschaft das Feuer nicht mehr geschürt hatte.
„Vater, das ist mehr als freundlich von Euch, doch bleiben wir gerne hier, um Euch in allem zu unterstützen“, erwiderte Elisabeth und lehnte sich vor, um ihre Hand auf seinen Arm zu legen.
„Der Bau, Eure Geschäfte, ist das nicht alles sehr viel?“ gab Johann zu bedenken.
„Nein, Hans. Beschäftigung tut Uns gut. Und was den Bau angeht, so könnten

Sie, Friedrich, hier bleiben und Uns behilflich sein. Es wird schließlich auch Ihre Behausung."
„Ihr würdet mir erlauben, zu helfen?"
„Nun, Sie könnten mit Uns gemeinsam die Bauarbeiten überwachen."
„Ja, das werde ich", sagte Friedrich, der sich bei dem Vorschlag seines Vaters aufgerichtet und auf die vordere Kante seines Stuhls gesetzt hatte.
„Sehen Sie, Wir haben hier Unterstützung. Sie können getrost nach Torgau reisen." Herzog Georg lächelte sogar ein wenig. Nährte er vielleicht die Hoffnung, dass die beiden in Torgau ein Kind zustande bringen würden? Da strich er sich über den Bart. Sofort schien Friedrich alarmiert, als erwarte er eine zornige Zurechtweisung seines Vaters, doch die Geste war längst kein Zeichen mehr für Ärger.

In den ersten Tagen war es noch nicht so deutlich aufgefallen, nach einer Woche war es unübersehbar: Herzog Georg ließ sich seinen Bart nicht mehr stutzen. Immer war er so sehr darauf bedacht gewesen, eine gepflegte Erscheinung zu bieten, aber die Tode seiner Tochter und seiner Frau innerhalb so kurzer Zeit hatten ihn vollkommen aus der Bahn geworfen. Er war tapfer und gefasst nach außen hin; lediglich sein Bart war ein äußeres Zeichen, welcher Schmerz in seinem Inneren nach wie vor tobte. So viele Kinder hatte er beerdigen müssen, die noch lange nicht das Erwachsenenalter erreicht hatten. Wahrscheinlich hatten ihn diese vielen Tode mürbe gemacht.
Wenn Eltern ihre Kinder begraben mussten, dann war die natürliche Ordnung und Reihenfolge zerstört. Aber dies kam so oft vor. Kinder waren wie kleine, zarte Pflänzchen, die man hegte und pflegte, vor jedem kühlen Hauch schützte und die schließlich mit Gottes Hilfe groß und stark wurden. Aber viel zu oft fehlte Gottes Hilfe. Wo war Gott in diesen Momenten? Wieso erhörte er nicht die nächtelangen Gebete, wenn wieder ein Kind krank geworden war? Dass nun eine erwachsene Tochter gestorben war, die selbst kleine Kinder zurückließ, hatte Herzog Georg bereits die letzten Kraftreserven abgenötigt. Dass seine Frau ihrer Tochter nach so kurzer Zeit ins Grab gefolgt war, schien ihn vollends gebrochen zu haben. Er war ein anderer geworden.

Torgau, Anfang Mai 1534

Nun waren Elisabeth, Johann und Moritz in Torgau angekommen, genossen die offene, weite Landschaft, die üppigen Wiesen und Felder, die sich an die Elbe schmiegten und selbstverständlich auch das gute torgische Bier, das selbst Martin Luther besonders lobte. Auch in dieser Hinsicht war Elisabeth mit Luther einer Meinung: Das torgische Bier schmeckte tatsächlich vorzüglich, sogar besser als mancher Wein, bei dem nicht alle Jahrgänge genügend Sonne abbekamen.

An ihrem ersten Abend konnten sie sogar draußen im Schlosshof beieinandersitzen. Moritz war schon zu Bett gegangen, Sybille sah nach ihren Söhnen und würde sicher bald herauskommen. Der Abend war lau, die Rosenranken, die an Spalieren emporstrebten, verströmten ihren Duft, Amseln zeterten.

„Und wie steht es nun um Herzog Georg? Elisabeth, Ihr habt im März geschrieben, dass Ihr Euch jetzt sehr gut mit ihm versteht und dass er sehr tapfer ist."

„Ja, das ist er nach wie vor", bestätigte Herzog Johann. „Seinen Bart wird er wohl für alle Zeiten wachsen lassen."

„Er hat sich so sehr verändert. Bei seinen Räten ist er nach wie vor der starke Herrscher. Nur bei uns, im engsten Kreis, wenn wir unter uns sind, dann zeigt er sein ganz neues, weiches Gesicht. Er sagt sogar ‚ich', wenn er von sich selbst spricht. Sogar Friedrich verbringt seine Zeit wieder gemeinsam mit uns. Er hatte sich lange zurückgezogen und wollte niemanden sehen. Jetzt lässt ihn unser Vater sogar bei den Bauarbeiten mitbestimmen. Ich denke, das tut beiden gut."

„Ja, Euer Hausbau. Ich bin so froh, dass eine Lösung gefunden wurde, die allen gerecht wird. Es tut mir wirklich leid, dass unsere Bemühungen um einen eigenen Hausstand für Euch bei ihm so falsch angekommen sind. Er war damals furchtbar ärgerlich, nicht wahr?"

„Ja, das war er. Aber davon ist jetzt nichts mehr übrig", erwiderte Elisabeth und wischte sich ein wenig Bierschaum von der Oberlippe. „Er ist so freundlich, so gütig und liebevoll. Ich kann Euch gar nicht sagen, wie glücklich wir beide darüber sind. Und gleichzeitig tut er mir unendlich leid. Es ist etwas in ihm zerbrochen. Ich frage mich, wieso es nicht all die

Schloss Hartenfels in Torgau, Innenhof mit Wendelstein

Jahre so schön sein konnte. Wieso bedurfte es dieser herben Schläge, damit wir zur Besinnung kommen? Ich meine uns alle. Wieso konnte die Mutter nicht mehr erleben, dass alles aus dem Weg geräumt wird, was zwischen uns steht. Ganz zum Schluss stand sie auf meiner Seite und hat den Verleumdern nicht mehr geglaubt."

„Die Majestät des Todes ist eine Macht, der sich alles Irdische beugt. Welchem Feind verzeiht man nicht, wenn der Tod droht, dazwischenzutreten?" fragte der Kurfürst.

Unwillkürlich dachte Elisabeth an Schönberg und Schleinitz. Würde sie diesen beiden Schurken auf dem Totenbett vergeben können? Oder gar der Köstritzschen? Für eine Weile schwiegen sie und hingen alle ihren eigenen Gedanken nach. Da hörte man Schritte auf dem Hof.

„Ah, da kommt meine Gemahlin. Und? Sind die Kinder gut ins Bett gekommen?"

„Natürlich", sagte Sybille kurz und setzte sich, worauf ein Diener ihr ebenfalls Bier einschenkte. Das Thema ‚Kinder' wollte sie in der Gegenwart ihrer Gäste nicht vertiefen. Elisabeths wehmütige, leidende Blicke, mit denen sie die beiden Söhne anschaute, waren ihr nicht entgangen. Es musste schrecklich sein für sie. Und dieser Druck lastete nach wie vor auf ihr.

„Noch ein Bier, Johann?" Der Kurfürst hatte bereits dem Diener gewunken.

„Nein, nein danke. Ich weiß nicht, wie viele ich schon getrunken habe, aber..."

„Es waren acht", half Elisabeth seinem Gedächtnis auf die Sprünge.

„Ich habe nicht mitgezählt", rief der Kurfürst. „Und das solltet Ihr auch nicht, Elisabeth!"

„Nicht jeder Mann verträgt so viel Bier wie du", sagte Sybille beschwichtigend und legte ihre Hand auf seinen Arm. „Aber erzählt uns doch, wie Eure Bauarbeiten vorangehen", lenkte Sybille die Aufmerksamkeit geschickt auf ein anderes Thema.

„Sie gehen gut voran. Wir alle sind beteiligt. Zum ersten Mal überlässt uns mein Vater sogar ganz und gar die Kontrolle über einige Dinge. Wir werden die Zimmer nach unseren eigenen Vorstellungen einrichten dürfen. Elisabeth hat schon Skizzen gemacht, wie alles werden soll."

„Das freut mich so sehr für Euch beide!" sagte Sybille. „Ich kann Euch morgen

durch das ganze Schloss führen. Vielleicht könnt Ihr Euch Anregungen holen."
„Ja, gerne. Ich finde es so aufregend, endlich einmal schalten und walten zu können, wie es uns beliebt. Es gibt wahrhaftig kaum etwas, das ich mir sehnlicher gewünscht habe."
„Aber Ihr seid zu nahe an Herzog Georg, als dass Ihr einen martinischen Prediger einstellen könntet", warf Kurfürst Johann Friedrich ein, worauf Elisabeth abwinkte.
„Ich tue meinem Schwiegervater gerne jeden Gefallen. Ich habe meinem Bruder geschrieben, dass ich das Abendmahl dem Vater zuliebe in einer Gestalt empfangen will, es nur ganz privat in beiderlei Gestalt nehmen möchte, obwohl er es mir erlaubt hat. Mein Bruder schrieb mir, dass dies in Ordnung sei. Auch er ist bemüht, den Vater zu schonen. Ich hatte ihm geschildert, wie tief erschüttert er ist. Ich möchte ihm kein zusätzliches Leid zufügen und ich will auch nicht, dass Philipp ihn kränkt."

Am nächsten Morgen schien wieder die Sonne, der Lärm der Baustelle hallte im Schlosshof wider, als Elisabeth mit einem guten Frühstück im Bauch ins Zimmer des Kurfürsten kam, wo Johann, Moritz und der Kurfürst sich bereits über Pläne beugten. Elisabeth trat näher, schaute und lauschte.
„Das ist ein Scherz, nicht wahr?"
„Aber nein, keineswegs, liebste Base. Ich scherze nicht. Diese Pläne hat ein Baumeister gemacht, der etwas von seinem Handwerk versteht", erwiderte Johann Friedrich. Die Pläne zeigten schon in Vollkommenheit, was draußen im Hof einen lärmenden, staubigen Anfang genommen hatte: Schloss Hartenfels.
Schloss Hartenfels war ein beeindruckender Bau, keine Frage. Der junge Kurfürst wollte damit unmissverständlich klarstellen, dass er ein Mann von Macht und Reichtum war. Den Scherz sah Elisabeth im Inneren des imposanten Turmes, denn dort war eine sich windende Rampe geplant, wie eine Wendeltreppe ohne Stufen, über die der Kurfürst in voller Rüstung in die oberen Gemächer zu gelangen hoffte, ohne lästiges Treppensteigen und Schnaufen. Johann runzelte die Stirn und sah Elisabeths Gesicht an, dass auch sie die gleiche Frage beschäftigte wie ihn: Welcher Gaul sollte so stark sein, den riesigen Kurfürsten, der in den wenigen Jahren seiner bisherigen

Regentschaft weiß Gott keinen Hunger gelitten hatte, hinaufzutragen in die oberen Stockwerke des Hauses und in das Dachgeschoss des Turmes?
„Nun fragt Ihr Euch sicher, was ich ausgerechnet im Dachgeschoss meines neuen Turmes will!“ Kurfürst Johann Friedrich schaute triumphierend in die Gesichter seiner Gäste, doch er hielt es nicht lange aus, die Drei raten zu lassen: „Dort wird ein Tisch stehen, auf dem wie von Zauberhand immer wieder kühle Weine erscheinen werden.“
Elisabeth lachte auf. „Jetzt geht Ihr zu weit! Wie soll das denn gehen?“
„Das ist eigentlich ein Geheimnis. Ihr dürft es also nicht weitersagen. Schaut! Die Mitte der Reitspindel ist hohl. Der Baumeister hat alles genau berechnet. Die Mauern sind einige Ellen dick, da wird nichts wanken.“ Eifrig wie ein kleiner Junge, der sein Spielzeug vorführt, erklärte der Kurfürst nun mit leuchtenden Augen seinen Bau: „Das Fundament des Turmes, der Keller - Ihr versteht - ist natürlich hervorragend geeignet, um Weine zu lagern. Deshalb wird es im Hohlraum des Turmes einen Flaschenzug geben, über den meine Diener immer wieder für frischen Nachschub sorgen. Ihr müsst alle kommen, wenn alles fertig ist. Dann werden wir hier eine große Jagd veranstalten und feiern, bis der Weinkeller trocken ist.“
Und etwas leiser fügte er hinzu: „Den Krieg verabscheue ich. Ich gehe lieber auf die Jagd. Da kann ich hinterher wenigstens essen, was ich geschossen habe.“ Er lachte dröhnend und schlug sich dabei auf seinen riesigen Bauch. Da wandte sich Moritz, der ohnehin kaum zugehört hatte, ab. Aus den Augenwinkeln hatte Elisabeth noch das angewiderte Gesicht des Jungen sehen können. Moritz war aus einem anderen Holz geschnitzt.

Elisabeth spürte, dass in diesem Jungen etwas brodelte. Der Tod der beiden Frauen war auch an ihm nicht spurlos vorübergegangen. Ganz behutsam hatte Elisabeth in Dresden versucht, mit ihm zu reden, es war ihr hier und da gelungen, doch hier in Torgau war er verschlossener als jemals. Dabei beobachtete er seine Umgebung sehr genau. Seinen hellblauen Augen, die noch immer etwas wässrig-fischiges hatten, entging nichts; alles nahmen sie auf wie zwei eisige Gebirgsseen, in deren Tiefen alles verschwand, was sich darin spiegelte. Moritz hatte nicht viel Liebe mitbekommen, und Elisabeth war wild entschlossen, dem armen Jungen zu ersetzen, was seine Mutter versäumt hatte. Sie hoffte, hier im schönen Torgau, wo sie selbst sich

immer so wohl fühlte und wo sie mit Moritz die herrliche Hochzeit Johann Friedrichs und Sybilles gefeiert hatte, die harte Schale des Jungen etwas aufzubrechen.
Einige Tage später sah sie ihn am Fenster stehen. Er schaute hinunter in den Schlosshof, wo die Soldaten des Kurfürsten Wachablösung hatten. Dies gefiel ihm offenbar sehr viel mehr. In diesem Jungen steckte ein Soldat, was Elisabeth nicht eben begeisterte. Wahrscheinlich dachte der Junge an Philipp, den er schon vor Jahren auf der Hochzeit hier in Torgau bewundert hatte. Moritz hatte sicher nicht vergessen, dass Philipp ihm damals versprochen hatte, ihn auszubilden. Elisabeth vermutete, dass sich Moritz gerade in diesem Moment an die Seite seines Helden wünschte, den er im Krieg wusste.
Ja, Philipp war im Krieg. Zu all der Sorge um Herzog Georg hatte Elisabeth auch Angst um ihren Bruder ausstehen müssen, der nicht länger warten wollte, bis man sich bezüglich Ulrichs von Württemberg gütlich geeinigt hatte. Philipp hatte es schon lange satt, immer wieder von den Räten anderer Fürsten hingehalten und beschwichtigt zu werden. Er wollte Ulrich in Württemberg. Jetzt! Elisabeth hatte in ihren Briefen gemahnt, gedroht und geschimpft, doch nun blieb ihr nichts anderes übrig, als für diesen Hitzkopf zu beten, der sich mit dem französischen König und den bayrischen Herzögen gegen Habsburg verbündet hatte.
Kurfürst Johann Friedrich war einer der Fürsten gewesen, die sich nicht auf Krieg hatten einlassen wollen. Elisabeth hoffte inständig, dass sie bald gute Nachrichten von Philipp bekommen würde. Inständig hatte sie ihn in ihrem letzten Brief darum gebeten, ihr oft zu schreiben. Sie hatte keine Ruhe, sie musste wissen, wie es ihm ging. Der Krieg, die Schlachten, in denen oft auch die Heerführer und Fürsten getötet wurden, war nur eine Sorge Elisabeths. Sie fürchtete auch, man könne ihn vergiften. So vielen käme sein Tod zupass.

Dresden, Ende Mai 1534

Zum ersten Mal in ihrem Leben war Elisabeth froh, wieder zurück in Dresden zu sein. Ihre Sorgen um Philipp waren zu groß, als dass sie den Aufenthalt in Torgau wirklich hätte genießen können. Glücklicherweise hatte sie einen ruhigen Moment mit Kurfürst Johann Friedrich gefunden, in dem sie ihm all ihre Sorgen um Philipp hatte anvertrauen können. Außerdem hatte sie ihn gebeten, Martin Luther persönlich zu bitten, dass er für die Protestanten in Dresden beten möge. In Dresden betete man nämlich gegen sie.

Zu allem Übel musste sie nun erfahren, dass Herzog Heinrich von Braunschweig, der Philipp auf dem Reichstag in Speyer Hilfe versprochen und ihn dann doch im Stich gelassen hatte, angekommen war. Elisabeth mochte ihn nicht. Er war einer dieser Menschen, deren Lächeln wie eine Kerze erlosch, sobald er sich abwandte. Und eines Abends konnte sie nicht umhin, ein Gespräch zwischen ihm und Herzog Georg zu belauschen.

Es war schon dunkel, die beiden Herren saßen noch bei einem Wein beieinander und glaubten sich völlig allein, doch Elisabeth saß im Nebenzimmer, wo sie über einer Handarbeit eingeschlafen war. Die Stimmen der Männer hatten sie geweckt, schon wollte sie sich bemerkbar machen, da fiel Philipps Name.

„Römischer König? Seid Ihr da ganz sicher, dass Landgraf Philipp römischer König werden will!“

„Selbstverständlich! Warum sonst sollte er sich mit so vielen mächtigen Fürsten verbünden und einen Krieg gegen den jetzigen römischen König Ferdinand beginnen? Herzog Ulrich von Württemberg ist ihm gleichgültig. Ihn und sein Anliegen benutzt der Hesse nur als Vorwand.“

Dieser Verleumder! Elisabeth ballte die Fäuste. Am liebsten wäre sie sofort in das Gemach gegangen, um diesen Kerl zur Rede zu stellen, doch sie bezwang sich. Das Thema war zu interessant, um die beiden zu unterbrechen.

„Euer Gnaden sind doch auch Habsburg treu ergeben. Um dem Hessen Einhalt zu gebieten, brauche ich einhunderttausend Gulden. Damit will ich eine Armee aufstellen, die ihn zur Strecke bringen soll.“

Elisabeth wagte kaum zu atmen. Was würde der Vater jetzt antworten? Herzog Georg schwieg für eine Weile. Elisabeth sah ihn vor sich, wie er nachdenklich seinen Kelch betrachtete, sich dabei über den langen Bart strich und schließlich den Blick auf sein Gegenüber richtete: „Das wollen Wir nicht allein entscheiden. Da wird die Landschaft mitzuentscheiden haben. Wir haben bereits einen Landtag in Leipzig einberufen. Dort werden Wir Euer Anliegen vorbringen." Offensichtlich hatte der Herzog von Braunschweig sein Lächeln ausgeblasen und wollte etwas erwidern, doch Herzog Georg wünschte ihm unmissverständlich eine gute Nacht, worauf Elisabeth hörte, wie sich der Braunschweiger verabschiedete und ging. Für eine Weile überlegte sie, dann entschied sie sich, aufzustehen und zu ihrem Schwiegervater zu gehen, der sie streng anschaute, als sie in der Tür erschien.

„Sie haben gelauscht!" stellte er fest.

„Vergebt mir Vater, ich war eingeschlafen und wollte nicht stören. Ich konnte nicht umhin, zuzuhören." Sie vermied es, sich auf denselben Stuhl zu setzen, den der Braunschweiger gerade verlassen hatte, sondern setzte sich zu ihrem Schwiegervater auf die gepolsterte Bank. „Ich bitte Euch, glaubt nicht, was er sagt. Ich bin ganz sicher, dass Philipp nicht römischer König werden will. Er strebt nicht nach der Kaiserkrone.[2] Es geht ihm nur um Ulrich von Württemberg. Ihm will er wieder sein Land verschaffen, sonst nichts."

„Er hat einen Krieg angefangen gegen Habsburg, obwohl Wir in dieser Angelegenheit noch verhandelt haben. Der Kaiser kann nicht anders, als ihn dafür ernstlich zu strafen. Wenn er ihm das durchgehen ließe, würde er sich geradezu lächerlich machen. Auch dann können Wir Uns nicht vorstellen, dass er tatsächlich nur den Württemberger wieder in sein Land einsetzen will. Dafür ist der Aufwand etwas zu groß - finden Sie nicht?"

Elisabeth rang mit sich. Sicher, der Aufwand schien auf den ersten Blick recht groß. Einen Krieg zu beginnen, um einem Freund wieder zu einem Recht zu verhelfen, das dieser durch eigenes Handeln verwirkt hatte, war reichlich viel. Aber Elisabeth wusste, was dahinter stand. Schließlich sagte sie: „Vater, ich weiß ganz sicher, dass es meinem Bruder wirklich nur um Württemberg geht. Er will nicht römischer König werden. Aber Ulrich von Württemberg ist auch ein Protestant und deshalb will Philipp unbedingt, dass Württemberg wieder in Ulrichs Hände kommt, damit dieser Württemberg

2 Der römische König wurde gewählt und hatte mit dieser Wahl einen Anspruch auf die Kaiserkrone. Er war sozusagen der designierte Nachfolger des Kaisers.

protestantisch machen kann."
„Das ist ja auch schändlich!" rief Herzog Georg. „Ganz Württemberg protestantisch!"
„Aber es ist nicht ganz so schändlich wie der Griff nach der Königskrone."
„Es ist die Wahl zwischen Pest und Cholera."
„Nein, nicht ganz. Wenn Philipp wirklich römischer König werden wollte, dann müsste er noch weitere Kriege führen. Aber er will den Frieden. Dessen bin ich mir ganz sicher. Ihr kennt ihn doch. Wenn er sich etwas in den Kopf gesetzt hat, dann rennt er durch alle Wände. Und nun hat er sich in den Kopf gesetzt, Ulrich von Württemberg endlich wieder in sein angestammtes Land zu bringen. Ich fleh Euch an, gebt dem Braunschweiger kein Geld, um Philipp zu vernichten. Denkt an Christine, an die Kinder, die doch ihren Vater brauchen." Ängstlich forschte Elisabeth im Gesicht ihres Schwiegervaters.
„Wir werden sehen, Elisabeth. Gehen Sie nun schlafen."

Am nächsten Tag kam Henning von Scholley ins Schloss, den Elisabeth und Johann besorgt empfingen. Dass er erschöpft aussah, eine tiefe Schramme an der Stirn hatte und schmutzige Kleidung trug, ließ Elisabeth das Schlimmste fürchten. Als er ihr einen Brief reichte, sah sie, dass er an seiner Hand einen Verband trug.
„Um Himmels Willen, Scholley, was ist Euch widerfahren? Wie geht es meinem Bruder? Es ist ihm doch nichts geschehen?"
„Seid unbesorgt, Euer Gnaden, dem Landgrafen geht es gut. Mehr als gut sogar. Er war siegreich."
Hastig zerriss Elisabeth die Papierstreifen, zerbrach das Siegel und überflog die Zeilen.
„In der Schlacht bei Lauffen war er siegreich. Er war dem Gegner an Truppenstärke weit überlegen, schreibt er. Und auf seiner Seite gab es kaum Verluste. Mein Gott, ich bin so erleichtert, so dankbar. Scholley, setzt Euch, ruht Euch aus. Ich schick Euch gleich auch den Arzt, damit er sich Eure Hand anschaut. Und Ihr seid sicher hungrig. Johann, sorgst du bitte für ihn?" So sprach Elisabeth, indem sie davoneilte, um ihrem kleinen Bruder zu antworten. Sie schrieb ihm einen langen Brief, in dem sie ihn beglückwünschte, aber auch wieder ermahnte. Mit den Worten Ich bitte

dich, miss es nicht dir selbst zu. Bedenke, dass Gott es vollbracht hat, dem gib die Ehre. Sei barmherzig gegen die Unterlegenen und fürchte Gott! schloss sie den Brief und schrieb gleich einen weiteren an Christine, in dem sie ihre Schwägerin bat, auf ihren Vater einzuwirken. Dann eilte sie zurück zu Scholley.

Etwa zehn Tage später schrieb sie den folgenden Brief an Kurfürst Johann Friedrich:

Herzlieber Vetter und Bruder, Dresden, 17. Juni 1534

wie sehr freue ich mich, Euch gute Mitteilungen machen zu können. Es ist mir tatsächlich gelungen, Herzog Georg von Philipps Friedenswillen zu überzeugen, obwohl ich selbst gar nicht daran glaube. Philipp ist ein solcher Hitzkopf, aber ich bete zu Gott, dass er jetzt das Schwert ruhen lässt und sich auf Friedensverhandlungen einlässt.

Georg von Carlowitz wollte sich von mir nicht überreden lassen, aber Kanzler Pistoris konnte ich doch endlich von Philipps Friedenswillen überzeugen.

Gemeinsam haben wir meinen alten Herrn bearbeitet, und ein Brief von Christine tat ein Übriges, um ihn umzustimmen. Nun sollen Friedensverhandlungen in Annaberg stattfinden. Ich habe meinem Bruder auch geschrieben, dass ich das alles für ihn bewegt habe. Er muss nun also wirklich Frieden halten, denn er kann mich nicht als Lügnerin dastehen lassen. Ich hoffe nicht, dass man im Laufe der Verhandlungen einen Kniefall vor dem König von ihm verlangt. Aber für diesen Fall habe ich ihm geschrieben, dass er sich dadurch nicht von dem Friedensvertrag abbringen lassen soll. Wenn es dazu tatsächlich kommt, kann er seine Räte schicken. Die sollen vor dem König auf die Knie fallen, aber nicht er selbst, denn der König ist nicht sein Herr wie der Kaiser.

Seid Gott befohlen und betet für uns alle,

EHZS etc.

Die Verhandlungen waren lang und zäh, doch schließlich einigte man sich am 29. Juli 1534 wie folgt: Herzog Ulrich wurde zwar wieder offiziell Regent von Württemberg, doch besaß er nicht mehr seine alten Rechte im vollen Umfang: Er hatte sein altes angestammtes Land lediglich als Afterlehen zurückerhalten.
König Ferdinand führte weiterhin den Titel eines Herzogs zu Württemberg und besaß Mitspracherecht in wichtigen Dingen. So war es Herzog Ulrich verboten, die Lehren der Täufer oder der Schweizer Reformatoren einzuführen, was er aber ohnehin nicht vorgehabt hatte. Offensichtlich erschien dem König das Luthertum, dessen Einführung erlaubt sein sollte, als das kleinere Übel.
Außerdem konnte König Ferdinand das Afterlehen jederzeit wieder einziehen, sollte Herzog Ulrich oder ein Nachkomme sich jemals gegen das Haus Habsburg erheben. Zu allem Übel musste er ihn noch per Kniefall um Verzeihung bitten und als seinen König anerkennen, obwohl er die Wahl Ferdinands zum römischen König nie akzeptiert hatte. Herzog Ulrich tat es mit verkniffenem Gesicht. Und mit ebenso verkniffenem Gesicht zahlte er Jahr für Jahr die Abgaben an Österreich, wie sein Lehnsherr es verlangte.
Es herrschte Frieden. Endlich. Und auch wenn Elisabeth nicht mit am Verhandlungstisch gesessen hatte, so hatte sie doch wesentlich dazu beigetragen, dass sich die Herren an den Verhandlungstisch begeben hatten.

Gotha, im Sommer 1536

„Reinhard, Josef! Kommt ihr?"
„Ja, Mama!" riefen die Jungs zurück, und gleich darauf waren auf der Treppe die Schritte ihrer nackten Füße zu hören. Anna nahm ihren großen Korb zur Hand und hielt den beiden je einen kleinen Korb hin.
„Allein kann ich die Einkäufe nicht tragen. Da müsst ihr mir helfen."
„Wohin gehen wir zuerst? Auf den Marktplatz?"
„Ja, wir brauchen Obst, Gemüse und Brot."
„Obst!" rief Josef strahlend. Anna schaute in das helle Jungengesicht, das sich nicht einmal im Sommer bräunte. Während Reinhard schon lange nicht mehr an ihrer Hand laufen wollte, schob der kleine Josef seine Hand immer in Annas und ließ sich gerne von ihr führen, vor allem, wenn sie an Markttagen in die Stadt gingen, denn dann waren die Straßen besonders voll mit Karren, Menschen und Tieren.
„Mal schauen, was die Bauern vom Land mitgebracht haben. Vielleicht können wir Kirschen kaufen."
„Kirschen", murmelte Josef versonnen.
„Wir können Wettspucken machen!" überlegte Reinhard.
„Ja, das könnt ihr, aber erst zu Hause. Ich will nicht, dass ihr hier in der Stadt rumspuckt."
Die Drei tauchten ein in das bunte Gewimmel von Marktständen, Bauern, Händlern und Kauflustigen, das zwischen den Häusern des Neumarktes wogte.
„He, schaut mal! Dort drüben ist der Schmied. Dürfen wir da zuschauen, wie die Pferde beschlagen werden?"
„Gut, dann geht, aber passt schön auf, dass ihr dem Schmied nicht im Weg steht. Ich hole euch ab, wenn ich euch zum Tragen brauche." Sie sah den beiden nach, die Hand in Hand, zwischen den Menschen hindurch, zum Schmied flitzten. Anna seufzte erleichtert. Sie war immer wieder glücklich, wenn sie sah, wie die beiden Jungs ihre Freude hatten, auch ohne ihre leiblichen Eltern. Josef hatte immerhin noch einen Vater und eine Stiefmutter. Anna fragte sich immer wieder, wie man es fertig bringen konnte, den kleinen Josef nicht zu lieben. Seine Stiefmutter hatte vor kurzem Zwillinge zur Welt gebracht, zwei hübsche Knaben. Seitdem hatte es Josef noch schwerer

zu Hause und war noch öfter bei Reinhard. Der Vater schien nicht zu bemerken, wie sehr sein ältester Sohn litt.
Anna schlenderte durch die Marktstände, genoss die Sonne, hier und dort einen Plausch mit einer Bekannten, tauschte Grüße aus und machte die ersten kleinen Einkäufe. Tatsächlich entdeckte sie erschwingliche Kirschen bei einer Bäuerin.
Da zog plötzlich ein großer Wagen ihre Aufmerksamkeit auf sich: Hohe Herrschaften waren in Gotha angekommen und machten Halt auf dem Marktplatz. Es mussten wirklich sehr hohe Herrschaften sein, denn der prächtige Wagen wurde eskortiert von sicher drei Dutzend bewaffneten Reitern. Nun wurde der lederne Vorhang der Kutsche zur Seite geschlagen, damit eine Dame ihre Füße aufs Gothaer Pflaster stellen konnte. Das tat die Dame und schaute sich sogleich um. Gotha schien ihr zu gefallen, denn sie nickte anerkennend. Als ein fein gekleideter Mann, den Anna gleich als Ratsherrn identifizierte, zu ihr trat und sich verneigte, hob die Dame abwehrend die Hand.
„Das ist sehr freundlich von Euch, aber wir sind hier nur auf der Durchreise und möchten gleich wieder weiter." Diese Dame - war das nicht? Diese Ähnlichkeit und dann der Marburger Akzent!
„Wie viele Kirschen sollen es denn nun sein?" Die barsche Stimme der Bäuerin riss Anna aus ihren Gedanken.
„Ein Pfund dürfte genügen, danke!"
„Macht zwanzig Kreuzer!"
Wenn die Kirschen so süß waren wie die Freundlichkeit dieser Frau, waren sie ungenießbar. Am liebsten hätte Anna auf die Kirschen verzichtet, aber die Jungs wollten so gerne Kirschen. Also kramte Anna hastig in ihrem Beutel nach dem Geld, denn sie wollte nicht verpassen, wohin die Dame ging. Vielleicht war es ja tatsächlich... Sie musste sie unbedingt ganz aus der Nähe sehen!
„Wie viel kosten die Kirschen?"
Anna schreckte auf und schaute die Frau an, die neben ihr stand. - Es war die Dame aus dem prächtigen Wagen, und sie war umgeben von einigen bewaffneten Begleitern. Außerdem war ein Jüngling bei ihr, der vielleicht fünfzehn Jahre zählen mochte. Die Bäuerin hatte sich erhoben, die Hände an der Schürze abgewischt, sich verneigt und bereitwillig erklärt, dass die

Kirschen einen halben Gulden das Pfund kosteten.
„Bei mir hat das Pfund gerade noch zwanzig Kreuzer gekostet", sagte Anna.
Das diensteifrige Grinsen der Bäuerin zerfiel, als die Soldaten Miene machten, die Argumente, die sie an ihren Gürteln trugen, in die Preisverhandlung einzubringen.
„Ach, die Kirschen! Ja, natürlich die Kirschen kosten nur zwanzig Kreuzer das Stück, äh, nein, das Pfund. Das Pfund, Euer Gnaden!"
Die Dame schien eher amüsiert als ärgerlich. „Dann hätte ich gerne drei Pfund", sagte sie und zückte ihre Geldbörse - ein Beutelchen aus feinstem Leder, wie Anna mit einem scheuen Blick bemerkte.
„Euer Weg nach Marburg ist noch weit, nicht wahr?" wagte sie nun zu sagen.
Die Wächter wollten sich schon vor ihre Dame stellen, und der Jüngling, dessen hellblaue Augen etwas fischig aussahen, fuhr Anna an: „Was geht dich das an? Und verneige dich gefälligst, wenn du mit der Herzogin sprichst!", doch die Dame hob ihre behandschuhte Hand.
„Wieso denkst du, dass ich nach Marburg will?"
„Ich war früher oft in Marburg. Meine Freundin war von dort. Ich mochte ihren Dialekt immer besonders gerne. - Vergebt mir, Euer Gnaden, dass ich Euch so freimütig anspreche, aber seid Ihr nicht die Tochter der Landgräfin Anna von Hessen?"
„Woher weißt du das?" fragte die Dame, die sich schon eine Kirsche in den Mund geschoben hatte.
„Ihr seht Eurer Mutter sehr ähnlich."
„Du kanntest meine Mutter?"
„Eurer Mutter habe ich mein Lebensglück zu verdanken. Es ist schon sehr lange her, damals in Homberg Efze. Auf einem Landtag, auf dem sie ihr Regiment aufgerichtet hat[1], durfte man Beschwerden vor sie bringen. Mein Verlobter und ich haben uns beschwert, weil der Homberger Rat nicht zulassen wollte, dass wir heiraten, nur weil mein Verlobter ein Sachse war. Eingentlich ist er ja ein Thüringer, aber für den Homberger Rat waren damals alle Menschen, die östlich von Hersfeld wohnten, Sachsen. Und da Euer Gnaden ja selbst mit einem Sachsen verlobt waren, hat Eure Mutter keinen

1 Dabei ging es nicht um ein militärisches Regiment, sondern um die Regierungsbildung. Siehe Glagau, Hans: Landgräfin Anna von Hessen; Eine Vorkämpferin Landesherrlicher Macht. Marburg 1899.

Grund gesehen, weshalb ich nicht auch einen Sachsen heiraten sollte. So konnten wir heiraten und sind bald nach der Hochzeit hier her gezogen."
„Ach, du bist das? Meine Mutter hat mir von dir erzählt."
„Tatsächlich, Euer Gnaden? Ich bin genau so alt wie Eure Mutter und mein Name ist auch Anna. Ich war damals in Kassel, als sie als junge Braut in die Stadt einzog. Es war so unglaublich prächtig und so aufregend. - Es hat mir sehr leid getan, dass Eure Mutter so früh gestorben ist", fügte sie leise hinzu. „Geht es Euch denn gut?"
„Ja. Es geht mir sehr gut. Besonders in den letzten Jahren. Ich begleite den Herzog zu Sachsen zu Verhandlungen und darf sogar nach Hessen reisen, um meinen Bruder zu sehen."
Sie durfte? Anna war verwundert, dass eine Herzogin einer Erlaubnis bedurfte, aber offensichtlich war auch eine so hohe Dame nicht Herrin ihrer selbst, und so schluckte Anna jede weitere Frage hinunter.
In diesem Moment kamen Reinhard und Josef angestürmt. „Mama! Mama!" riefen sie schon von weitem. Anna sah, wie ein wehmütiges Lächeln über das Gesicht der Herzogin huschte.
„Das sind meine Pflegesöhne. Die Pest hat gewütet in der Stadt, da sind viele Kinder ohne Eltern geblieben", sagte sie schnell, um die Gefühle der Herzogin nicht zu verletzen.
„Hast du schon Kirschen gekauft, Mama?"
„Ja, habe ich, aber erst sagt ihr der Dame ‚Guten Tag!'"
„Guten Tag!" sagten Reinhard und Josef.
„Das heißt, Guten Tag, Euer Gnaden! Und verneigt euch gefälligst, ihr Lümmel!" wies nun der Jüngling die beiden zurecht.
„Moritz, ich bitte dich. Es sind doch noch Kinder."
„Gerade deswegen muss man ihnen beibringen, wie man sich benimmt", beharrte der Bursche.
„Du bist aber schön!" fügte Josef hinzu, der nicht wusste, warum der junge Mann ärgerlich war.
Herzogin Elisabeth lachte. „Und ihr beiden mögt gerne Kirschen? - Dann haltet mal die Hände auf!" Das taten die beiden und bekamen von Herzogin Elisabeth die Hände mit dunkelroten, glänzenden Kirschen gefüllt.
„Danke, danke! Du bist wirklich lieb!" sagten Reinhard und Josef, schon etwas undeutlich, weil sie kauten.

„Danke, Euer Gnaden!“ sagte Anna und verneigte sich mit einem kurzen Seitenblick auf den Jüngling, dem diese Demutsbezeugung aber offenbar nicht genügte, denn seine roten Augenbrauen sträubten sich noch immer.
„Eine gute Reise, Euer Gnaden, Gott schütze Euch auf Eurem Weg, und grüßt mir mein Hessen!“
„Das werde ich tun. Gott schütze Euch!“
Damit wandte sich Herzogin Elisabeth zum Gehen. Anna sah ihr noch nach, bis sie in der Kutsche verschwunden war und sich der kleine Zug in Bewegung gesetzt hatte.
„Die war richtig lieb, Mama. Wer war'n das?“

Dresden 1536

Tatsächlich genoss Elisabeth das Leben an der Seite ihres Mannes. Zwischen ihr und Johann hatte sich endlich eine Vertrautheit eingestellt, die man schon als Zuneigung bezeichnen konnte. Herzog Georg nahm sie mit zu Verhandlungen und schätzte ihren Rat. Er ließ ihr sogar freie Hand, wenn sie protestantische Ehen stiftete. Moritz bewunderte Elisabeth, ließ sich mittlerweile auch gerne von ihr unterrichten, was sein Lehrer Christoph von Carlowitz nicht verübelte. Auf den in seinen Augen doch sehr sonderbaren Vorfall in Gotha kam er nicht mehr zu sprechen.
Er schmunzelte sogar, wenn Elisabeth dann und wann auf die blaue Schleife zu sprechen kam. Ja, auch Moritz blühte auf. Er schien erst in Elisabeths Gegenwart zu begreifen, was er bei seiner Mutter immer so schmerzlich vermisst hatte: Liebe, Wärme und Anerkennung. All dies sog er auf wie ein trockener Schwamm. In besonders vertrauten Momenten öffnete er sich seiner mütterlichen Freundin sogar so weit, dass er ihr von seinen Ängsten und Nöten erzählte, von der kühlen Geringschätzung, die er von seiner Mutter immer wieder erfuhr; von seinen Kindertagen, als die Mutter immer nur Gehorsam gefordert hatte und auch das kleinste Quäntchen eigenständiges Denken und Handeln mit Liebesentzug bestraft hatte.
Er genoss es, wenn Elisabeth ihn dann in die Arme schloss, ihn leise wiegte wie ein Kind und diskret darüber hinwegsah, wenn sie merkte, dass er weinte.
Niemand feindete Elisabeth an, denn sie war unumschränkt die Herrin im

Schloss zu Dresden, dessen Bauarbeiten sie gemeinsam mit Johann und Friedrich überwachte. Alles war gut, nur die Köstritzsche ließ es sich nicht nehmen, Elisabeth unter die Nase zu reiben, dass sie außergewöhnliches Glück habe, nicht mit Heinrich VIII. verheiratet zu sein, denn dieser habe im Mai seine untreue Gemahlin Anne Boleyn köpfen lassen.
„Euer Gemahl hat dies offensichtlich schon getan, denn das, was Ihr auf Euren Schultern tragt, ist kein Kopf, sondern ein leerer Schweineeimer", hatte Elisabeth mit einem honigsüßen Lächeln erwidert. Diese unsinnigen Gefechte machten ihr keine Freude und so konnte sie es kaum abwarten, endlich in dem neuen Haus zu wohnen. Sogar Friedrich hatte sich ein wenig gefangen. Der Bau des Hauses hatte ihn gefordert und gefördert.
Nun neigte sich das Jahr 1536 seinem Ende zu. In den letzten beiden Jahren war der Bau sehr gut vorangegangen, nur das Dach war vor dem Winter leider nicht mehr fertig geworden.
Obwohl es noch längst nicht so weit war, den Innenausbau in Angriff zu nehmen, hatte Elisabeth schon Stoffe kommen lassen, die sie gemeinsam mit ihren Jungfrauen anschaute. Der Händler, ein kleiner, spindeldürrer Kerl, sprang zwischen den aufgerollten Stoffbahnen hin und her, sichtlich bemüht, den Damen seine Schätze schmackhaft zu machen.
Das war bei den Jungfrauen kaum nötig, denn sie stießen ein über das andere Mal Entzückensschreie aus über die wunderschönen Farben, die Stikkereien. Sie diskutierten über die Borten, welche wohl am besten zu welchem Stoff passten, und natürlich, was man mit all diesen Stoffen würde tun können. Schön wohnlich und behaglich sollte es für Gertrud werden. Lene wollte es vor allem ganz schick und nach der neusten Mode haben, doch Hildegard meinte, es solle doch vor allem praktisch sein. („Ihr beiden nehmt am besten rotweinfarbenen Stoff für die Tischdecken, so wie ihr immer kleckert!")
Elisabeth beobachtete amüsiert ihre Jungfrauen, wandte sich dann aber still dem Händler zu.
„Wenn Euer Gnaden hier diese Seide anschauen möchten. Sie kommt direkt aus China."
„Wo liegt eigentlich dieses China?" fragte Lene, als sie sich den leuchtend gelben Stoff über die Finger gleiten ließ.
„Deutlich östlicher als dieses Görlitz", erwiderte Hildegard und verdrehte

die Augen, als sei sie schon höchst selbst in China gewesen.
„Meine edlen Damen, China liegt weit im Osten. Man ist zu Pferd mehrere Monate unterwegs. Der Weg ist voller Gefahren, jedoch scheuen wir Kaufleute kein Risiko, um Euch diese Kostbarkeiten zu Füßen zu legen. Dieser Stoff hier zum Beispiel eignet sich ganz hervorragend für die Vorhänge eines Himmelbettes."
Elisabeth seufzte. Ein Himmelbett. Und das in einem Haus, in dem sie selbst bestimmen durfte, das sie eingerichtet hatte, wo jedes Zimmer ihre Handschrift trug. Wer konnte schon wissen, ob in dieser Umgebung nicht doch noch... Das Wort „Kind" wagte Elisabeth kaum zu denken. Sie war noch jung, vierunddreißig Jahre war sie alt. Da bekamen andere Frauen auch noch Kinder. Und sie war gut genährt, ihr fehlte es an nichts. Gerade das Schlafzimmer, das Himmelbett, sollte besonders schön sein. Sie durfte die Hoffnung nicht aufgeben. Wenn sie einem Sohn das Leben schenkte, dann wäre das die Krönung ihres Lebens.
In den letzten Jahren hatte sich alles zum Guten gewendet. Sie war anerkannt und geschätzt am Hof, doch fehlte noch immer der Stammhalter, der ihr Glück vollkommen machen und ihre Stellung erst richtig festigen würde. Gott hatte ihr nun das Glück beschert, in Harmonie zu leben, Gott hatte ihr dieses Haus geschenkt. Das hatte er sicher nicht umsonst getan. Er musste, er musste! ihr doch nun auch den Sohn schenken. Sonst würde alles andere keinen Sinn machen. Ein so schönes Weihnachtsfest hatten sie gefeiert. Vielleicht würden sie das nächste im neuen Haus feiern und das übernächste mit...
Mit klopfendem Herzen und leichter Röte bestellte Elisabeth die leuchtende Seide für das Himmelbett. „Und für die Kissen die breite Spitzenborte dort."
„Sehr wohl, Euer Gnaden. Da haben Euer Gnaden eine gute Wahl getroffen. Einen ausgezeichneten Geschmack haben Euer Gnaden", versicherte der Händler unter vielen Verbeugungen. Die Jungfrauen kicherten. Gerade als Elisabeth diese Hühner zurechtweisen wollte, stürzte Friedrich zur Tür herein. Er war außer Atem, sein Kopf war hochrot vom Rennen.
„Elisabeth! Schnell, kommt!" Tränen erstickten seine Stimme beinahe.
„Friedrich! Was ist passiert? Ist etwas mit dem Vater?"
Friedrich hielt seine Tränen nun nicht mehr zurück. „Johann. Johann",

schluchzte er. „Er stand neben mir und mitten im Sprechen fällt er plötzlich um und liegt da und sagt keinen Ton mehr."
Elisabeth hatte das Gefühl, als gefriere ihr Blut. Nein! Nicht Johann! Sie sprang auf und lief Friedrich hinterher, der ihr voraus ins Schlafgemach eilte. Dort hatten Diener Johann aufs Bett gelegt und waren damit beschäftigt, ihn zu entkleiden. Sie stürzte zu ihm, stieß einen Diener fort und rief: „Johann, Johann, was ist mit dir?" Aber Johann reagierte nicht. Er blieb ganz still und stumm liegen, als sie sein bleiches Gesicht in ihre Hände nahm, seine Stirn streichelte und immer wieder seinen Namen rief.
„Euer Gnaden, lasst die Diener ihre Arbeit tun und mich die meine." Es war der Arzt, der nun am Bett stand und den Elisabeth mehr an seiner Stimme erkannte als mit ihren tränennassen Augen.
Die Jungfrauen, die ihrer Herrin nachgeeilt waren, nahmen sich ihrer an. Hildegard half ihr auf, um sie zu einem Sessel zu führen. Starr vor Schrekken beobachtete sie, wie die Diener ihren Gemahl nun vollständig entkleideten, wie der Medikus seine Tasche öffnete, sein Höhrrohr herausnahm, um es auf Johanns weiße Brust zu setzen. Mit ernstem Gesicht setzte er das Hörrohr an verschiedene Stellen, doch schien ihn das Gehörte nirgends zu befriedigen. Vorsichtig hob er mit dem Daumen ein Augenlid an, schaute hinein, betastete Johanns massigen Leib, doch als er merkte, dass Elisabeths Blick starr auf seinem Gesicht ruhte, senkte er seinen Kopf tief nach unten, um seine Miene zu verbergen.
Schließlich befahl er den Dienern mit einer Geste, den Kranken zuzudekken. Nur einen Arm ließ er frei, damit er Johann zur Ader lassen konnte. Als er die Vene geritzt hatte und Johanns Blut laut in die darunter aufgestellte Blechschale tropfte, wandte sich Elisabeth ab. Der Arzt dachte schon, ihr sei übel geworden und kam zu ihr, doch sie schaute ihn an und fragte flehend: „Wie steht es um ihn? So sprecht doch endlich!"
„Es ist ernst, aber nicht hoffnungslos. Ihn hat ein leichter Schlag getroffen."
„Nein!" schrie Elisabeth auf. Hildegard nahm ihre schluchzende Herrin in die Arme. Der Arzt holte sich einen Stuhl heran, um sich neben Elisabeth zu setzen. Behutsam legte er seine Hände auf ihre zuckenden Schultern. „Euer Gnaden, bitte. Ihr dürft nicht verzweifeln. So viele Menschen haben sich wieder erholt. Und es ist nur ein leichter Schlag. Ihr werdet sehen. Der

Aderlass wird ihm Erleichterung verschaffen. Schon in wenigen Tagen wird er wieder ansprechbar sein."
Inständig hoffte der Medikus, dass dies wirklich zutreffen würde. Er erhob sich und wandte sich an Lene. „Bringt mir etwas Wein für Eure Herrin." Mit einem Blick auf Friedrich, der am ganzen Leibe zitternd in der Tür stand, fügte er hinzu: „Und bringt für den jüngeren Herzog auch gleich ein Glas mit."
In diesem Moment erschien Herzog Georg. Man hatte ihm wohl in groben Zügen berichtet, was vorgefallen war. Die Diener machten ihrem Herrn Platz am Krankenbett. Er setzte sich zu seinem Sohn, nahm seine Hand und schaute in Johanns stilles Gesicht. Da kam auch Elisabeth, setzte sich zu ihm und sagte: „Es hat ihn nur ein leichter Schlag getroffen, sagt der Arzt. In wenigen Tagen wird er wieder bei sich sein. Wir müssen nur Geduld haben und auf Gott vertrauen."
Das Gesicht des alten Herzogs war wie versteinert. Mit einem Blick bat er den Arzt, ihm zu folgen. Erst als sie außer Hörweite in einem anderen Zimmer waren, fragte der Herzog: „Nun sprecht offen zu Uns. Wie steht es um Unseren Sohn?"
„Euer Gnaden…", begann der Arzt und verstummte.
„Wir wollen die Wahrheit. Glaubt Ihr, Wir könnten sie nicht ertragen?"
Resigniert schaute der Arzt seinen Herrn an. „Euer Gnaden haben ganz recht. Den jungen Herzog hat ein schwerer Schlag getroffen. Ich weiß nicht, ob er noch einmal aufwacht. Es tut mir so unendlich leid. Ich hätte Euer Gnaden gerne eine gute Nachricht überbracht, aber ich muss Euer Gnaden reinen Wein einschenken, wenn Euer Gnaden mich so nachdrücklich darum bitten."
Herzog Georg ließ sich ganz langsam, als sei er um Jahrzehnte gealtert, auf einen Stuhl nieder. „Wieso?" brachte er schließlich hervor. „Wieso straft Uns Gott so fürchterlich?"
„Bitte, Euer Gnaden, noch ist nicht alles verloren. Ich habe selbst schon erlebt, dass sich jemand auch von einem so schweren Schlag erholt hat."
„Glaubt Ihr an Wunder?"

Seit Tagen lag Johann reglos in seinem Bett. Elisabeth hatte Philipp und den Kurfürsten von dem Unglück brieflich unterrichtet und gebeten, dass sie für

Johanns Genesung beten sollten. Die Hoffnung, dass er wieder erwachte, sich vielleicht sogar erholte, schwand mit jeder Stunde. Elisabeth, Friedrich und Herzog Georg saßen unentwegt an seinem Bett, hielten seine Hände, benetzten seine Lippen mit Wein und beteten. Sogar Moritz gesellte sich zu ihnen und schaute dabei verstohlen und mit großen Augen von einem zum anderen, als sei die liebevolle Anteilnahme, die dem Sohn des Hauses zuteil wurde, etwas ganz und gar Fremdes für ihn.

Es dämmerte bereits, als Elisabeth eines Morgens mit steifen Gliedern erwachte. In diesem kurzen, süßen Moment, in dem ihre Sorgen noch schliefen, glaubte sie, alles nur geträumt zu haben. Aber dann wurde ihr bewusst, dass sie vollkommen angekleidet an Johanns Bett saß, nur wenige Schritte entfernt von ihrem eigenen Bett, und die Wirklichkeit traf sie wie ein Schlag. Nein, sie wollte nicht die Augen öffnen und Johann so bleich und still daliegen sehen, wie er schon viel zu lange lag. Eingehend hatte sie den Arzt befragt, der ihr nur sehr widerwillig ausweichende Antworten gegeben hatte, aber so viel hatte sie verstanden, dass es gefährlich war, wenn einer nach einem Schlag zu lange nicht zu sich kam. Selbst wenn Johann sich erholte, würde er das neue Haus noch genießen können? Würde er das Glück überhaupt verstehen und empfinden? Sie kniff die Augen zusammen, sie biss auf die Zähne und ballte die Fäuste, um die Tränen und das Schreien zu schlucken. Es musste ihr gelingen. Nicht hier wollte sie weinen. Nicht hier. Zärtlich streichelte sie seine Hand. „Lass mich nicht allein“, flüsterte sie. „Ich fleh dich an; bleib bei mir. Ich kann hier nicht ohne dich leben.“

Da spürte sie plötzlich eine Bewegung. Ganz sachte zunächst. Atemlos hielt sie still. Sollte Johann sich bewegt haben? Sie wagte nicht, aufzuschauen, doch da spürte sie, dass er nach ihrem Kopf tastete, sie spürte seine Hand auf ihrem Haar.

Sie hob ihren Kopf, nahm Johanns Hand in ihre beiden, küsste sie und rief unter Tränen: „Johann, du bist wach! Mein Gott, wie sehr haben wir uns alle gesorgt!“

Sie schaute in sein Gesicht, das sonderbar schief aussah. Das rechte Auge blieb geschlossen, der rechte Mundwinkel hing schlaff herab. Er wollte sprechen und hob sogar seinen Kopf, doch mühte er sich vergeblich. Es gelang ihm nicht, ein Wort zu formen, das Elisabeth verstanden hätte.

„Du hast Durst?“ vermutete sie, worauf er nickte. Sie schob ihren Arm unter seinen Nacken und hob seinen Kopf, damit er trinken konnte. Der Wein tat ihm offensichtlich gut. Elisabeth nickte einer Dienerin zu, die sofort verstand. Sie ging, um die gute Nachricht an die Herzöge weiterzugeben und in der Küche einen Brei zu bestellen.
„Ruh dich aus. Das wird alles wieder werden. Du hast über drei Tage nur gelegen. Du wirst sofort einen Brei bekommen und etwas warmen Wein. Dein Vater und Friedrich werden gleich hier sein. Der Medikus kommt sicher auch in wenigen Augenblicken. Du wirst sehen, wir werden dich verwöhnen und päppeln und in ein paar Tagen wirst du schon aufstehen können“, sprudelte Elisabeth, worauf Johann sie aus seinem linken Auge schwach anschaute. In ihrem Gesicht las er die überdeutliche Bitte: „Lass mich nicht allein!“ Wenige Tage später schrieb Elisabeth den folgenden Brief an den Kurfürsten in Torgau:

Mein herzliebster Bruder und Vetter, Dresden, 8. Januar 1537
Gottlob hat sich mein Gemahl wieder etwas erholt, doch wenn ihm wirklich geholfen werden soll, dann muss Gott ein großes Wunder tun. Ich bitte Euch, lasst nicht nach im Beten für seine Gesundheit. Wenn er zur Regierung kommt, dann soll es Euer Schaden nicht sein.
Heute früh sagte er mir, dass er als ein gläubiger Christ sterben wolle. Er will sich in allem nur auf Christum verlassen und nicht auf die katholische Kirche, damit Christus ihn selig macht, so hat es ihm der Vater vorgesagt. Ich hätte nicht gedacht, dass Herzog Georg nun doch so nachgiebig werden und erlauben könnte, dass Johann martinisch wird. Ich kann Euch nicht sagen, wie sehr ich überrascht war.
Aber meine Freude war nur von kurzer Dauer, denn ich habe ihn später gefragt, warum er denn nicht erlaube, dass man das Evangelium im ganzen Land predige. Darauf hat er mir gesagt, man solle es nur den Sterbenden zum Trost sagen, aber nicht den Gesunden, denn wenn alle Menschen wissen, dass man allein durch Christus selig wird, dann würden sie ganz und gar ruchlos.
Einerseits bin ich glücklich, dass er nun erkennt, dass Jesus allein selig macht, aber dass er es dem Volk vorenthalten will, damit es nicht zu Ungehorsam kommt, macht mich traurig. Und dass er gar so wenig Hoffnung hat,

dass Johann sich von seinem Lager wieder erhebt, das hat mich tief betrübt. Aber noch tiefer erschüttert hat mich sein Weinen. Er konnte lange nicht aufhören. Wir weinen uns beide die Augen aus, nur bei Johann beherrschen wir uns und versuchen, ihn zu trösten und aufzurichten, so gut es geht. Wenn ich von der Zukunft spreche, dann schaut mich Johann mit Augen an, die schon in einer ganz anderen Welt sind. Es zerreißt mir das Herz, ihn so sehr leiden zu sehen.
Seid Gott befohlen,
EHzS etc.

Vorsichtig tupfte Elisabeth ihre Tränen von dem Papier, damit die Tinte nicht noch mehr verlief. Dann verschloss sie den Brief, um ihn dem nächsten Boten mitzugeben.
Drei Tage später verschlechterte sich Johanns Zustand dramatisch. Die Dämmerung zog bereits herauf, überall wurden Kerzen entzündet. Elisabeth wollte Licht. Sie spürte schon, dass da wieder jemand eingedrungen war, der sich wie bei Dorothea und ihrer Schwiegermutter nicht mehr vertreiben lassen würde, doch wollte sie diesem schrecklichen Gast so lange wie möglich Einhalt gebieten.
Johann konnte nichts mehr essen oder trinken, sein Reden war vollkommen unverständlich, aber immer dringlicher verlangte er etwas, was weder Elisabeth noch Friedrich oder Herzog Georg verstanden. Johann führte seine Hand zum Mund, worauf ihm Elisabeth etwas Brei anbot. Er wollte keinen Brei. Sie bot ihm Wein an, er nickte, wandte aber den Kopf zur Seite, als sie ihm das Glas an die Lippen setzen wollte.
„Du willst den Priester?" fragte sie leise. Da nickte er erleichtert und hob zwei Finger. „Das Abendmahl in beiderlei Gestalt?" flüsterte Elisabeth. Wieder nickte er, warf aber gleichzeitig seinem Vater einen scheuen Blick zu. Herzog Georgs Miene zeigte nur für einen winzigen Augenblick, was er davon hielt, doch gleich hatte er sich wieder unter Kontrolle und erhob sich.
„Wir werden persönlich nach dem Priester sehen."
„Vater, Vater, bitte, lasst mich gehen."
„Bemühen Sie sich nicht, Elisabeth. Wir gehen!" sagte er in einem Ton, der keinen Widerspruch zuließ. Entsetzt schlich Elisabeth zurück zum Bett, wo Johann sie flehend anschaute. Er wusste genau, wieso sein Vater ging, um

den Priester zu holen. Elisabeth streichelte liebevoll Johanns Hand und sein Gesicht, tupfte ihm Schweiß von der Stirn, der sich trotz der Kühle im Zimmer immer wieder dort sammelte. Unwillkürlich dachte sie an ihre Schwiegermutter, die so kurz vor ihrem Tod auch so sehr geschwitzt hatte. Wieso schwitzten Sterbende, auch wenn sie immer gefroren hatten? War es ein letztes Aufbäumen des Körpers?

Friedrich weinte so heftig, als sei Johann schon gestorben. Er hatte seine Hände so fest gefaltet, dass die Knöchel weiß hervortraten. Und auch Elisabeth betete. Sie faltete ihre Hände um Johanns Hand und betete das Glaubensbekenntnis, das Vaterunser und schließlich Luthers Abendsegen:

„Ich danke dir, mein himmlischer Vater, durch Jesus Christus, deinen lieben Sohn, dass du mich diesen Tag gnädiglich behütet hast, und bitte dich, du wollest mir vergeben alle meine Sünde, wo ich Unrecht getan habe, und mich diese Nacht auch gnädiglich behüten. Denn ich befehle mich, meinen Leib und Seele und alles in deine Hände. Dein heiliger Engel sei mit mir, dass der böse Feind keine Macht an mir finde. Amen." Das schien Johann etwas zu beruhigen. Doch als Herzog Georg mit dem Hofprediger kam, wollte er sich aufrichten, sprechen, doch man konnte ihn nicht verstehen.

„Wenn ich nun alle bitten dürfte, nach draußen zugehen, damit ich dem jungen Herzog die Beichte abnehmen kann!" sagte der Hofprediger leise. Elisabeth erhob sich und ging zu Friedrich, der sich nicht vom Bett seines Bruders lösen wollte.

„Komm, komm Friedrich. Wir gehen nur kurz nach draußen!" flüsterte sie, doch Friedrich hörte nicht. Erst als sein Vater kam und ihn bei den Schultern nahm, erhob er sich und ließ sich aus dem Zimmer führen. Elisabeth starrte ihren Schwiegervater an, der vollkommen ruhig auf einer Bank saß.

„Wieso habt Ihr den Hofprediger geholt? Johann hat das Abendmahl in beiderlei Gestalt verlangt!" Sie konnte nicht verhindern, dass ihre Worte ein ärgerliches Zischen waren.

„Schweigt!" erwiderte er nur schwach. „Unser Sohn stirbt gerade und Sie wollen Uns Vorschriften machen?"

Elisabeth biss sich auf die Lippen und wandte sich ab. Da erschien der Hofstaat. Die Räte, die Hofdamen, die Dienerschaft, alle wollten ihrem Herrn in seiner letzten Stunde beistehen. Ohne dass Elisabeth die Köstritzsche ansah, wusste sie, dass die alte Schachtel einen hämischen Zug um ihre faltigen Lippen trug. Johanns Tod war für Elisabeth viel mehr als der Tod ihres Ehemannes. Es war der Tod ihres Beschützers, der Tod des Mannes, der ihr trotz ihrer Kinderlosigkeit noch einen Hauch Existenzberechtigung verlieh.

Da spürte Elisabeth eine Berührung am Arm. Es war Moritz, der sich durch die Menge zu ihr vorgearbeitet hatte und ihr zunickte, als wolle er sie seiner Unterstützung versichern. Elisabeth schluchzte leise auf und drückte seine Hand. Wieso konnte dieser Junge nicht ihr Sohn sein?

Die Beichte war schnell vorüber, denn Johann war kaum noch in der Lage zu sprechen. Nach wenigen Augenblicken schon öffnete sich die Tür und sie wurden hereingebeten. Johann starrte Elisabeth entgegen und hob zwei Finger, um noch einmal deutlich zu machen, wie er aus diesem Leben gehen wollte.

„Mein Gemahl wünscht das Abendmahl in beiderlei Gestalt. Ich denke, wir sollten einem Sterbenden seinen letzten Wunsch erfüllen."

„Aber Euer Gnaden! Wie wollt Ihr das denn erkennen? Der junge Herzog kann sich doch gar nicht mehr artikulieren!" schnarrte Pistoris.

„Wer war denn mit ihm verheiratet? Ihr oder ich? Ich verstehe meinen Gemahl", zischte Elisabeth.

Da sagte der Hofprediger: „Doktor Luther selbst hat das Abendmahl in einer Gestalt empfohlen. Und wenn Euer Gemahl es wünscht, dann werden wir es ihm geben, wie Doktor Luther es empfohlen hat."

„Seht Ihr, Euer Gnaden, Euer Doktor Luther hat es sogar selbst empfohlen. Ihr hättet ihn gründlicher lesen sollen!" Es war die Köstritzsche, die sich zu dieser Bemerkung hinreißen ließ.

„Das ist gelogen!" rief Elisabeth, worauf Herzog Georg ihr befahl zu schweigen. Elisabeth hatte das Gefühl, zu ersticken. Für die Salbung war schon alles vorbereitet und auch die Hostien lagen auf einem goldenen Teller bereit. Ihr blieb nichts anderes übrig, als sich zu Johann ans Bett zu setzen, die Gebete mitzusprechen. Doch als der Priester das Abendmahl in einer Gestalt austeilte, nahm sie zwar die Hostie, faltete aber ihre Hände ganz fest um Johanns und betete stumm für ihn.

Als ihre Blicke sich trafen, wusste sie, dass Johann das Spiel durchschaute.

Niemals hatte Luther das Abendmahl in einer Gestalt empfohlen. Johann war zu schwach, um zu protestieren und Elisabeth konnte unmöglich am Sterbebett ihres Gemahls einen handfesten Streit vom Zaun brechen. Sie war ohnehin schon weiter gegangen als es sich am Bett eines Sterbenden gehörte. Stattdessen drückte sie Johanns Hände so fest, dass er plötzlich zuckte. Noch immer versuchte er, sich verständlich zu machen, um auch den Wein zu fordern - vergeblich. Elisabeth schluchzte verzweifelt und betete mit zitternden Lippen für sein Seelenheil. Johann kämpfte gegen den Tod, gegen den Priester, seinen Vater, die nicht verstehen wollten, was ihm in seinen letzten Augeblicken so wichtig war. Sein Auge quoll hervor, huschte über die Wand aus versteinerten Gesichtern, die sich um sein Bett herum aufgebaut hatte; er bäumte sich immer wieder auf, befreite seine Hand, die ihm noch gehorchte, aus Elisabeths Griff und hob zwei Finger.
„Sicher will er eine zweite Hostie!“ sagte der Priester. Elisabeth hätte ihn am liebsten erwürgt.

Am nächsten Tag saß Elisabeth in ihrem Frauenzimmer. Sie spürte nicht, dass es eisig kalt im Raum war. Sie hatte die Nacht bei ihren Jungfrauen in deren Schlafzimmer verbracht, die sie fürsorglich entkleidet und ins Bett gebracht hatten. Überraschenderweise hatte sie tief und traumlos geschlafen, bis das fahle Licht des Wintermorgens durch die Fenster gefallen war. Ihre Jungfrauen hatten ihr im Bett eine heiße Milch mit Honig gebracht, nur miteinander geflüstert und ihre Herrin nur mit Mühe zum Aufstehen und Ankleiden bewegen können. Nun starrte sie mit leerem Blick auf den Tisch, wo ihre Finger mit der Hostie spielten, die sie gestern von dem Hofprediger bekommen, aber nicht gegessen hatte. Der Leib des Herrn. Wieso hatte Herzog Georg seinem sterbenden Sohn nicht diesen letzten Wunsch erfüllt?
Sie dachte mit Schrecken an Johanns weit aufgerissenes Auge, seinen schiefen Mund, der nur noch sonderbare Laute hervorgebracht hatte, sein Leiden, als er verstand, dass man ihm seinen letzten Wunsch nicht erfüllen würde. Weinend und flehend hatte Elisabeth ihren Schwiegervater angesehen, doch Herzog Georg war hart geblieben.
Dann hatten ihre Jungfrauen sie auf ihrem schweren Gang begleitet, denn sie musste die Beileidsbekundungen des gesamten Hofstaates entgegen-

nehmen. Wie in einem schlimmen Traum hatte sie all die Gesichter gesehen. Die meisten waren ehrlich bestürzt, nur die Köstritzsche hatte es sich nicht nehmen lassen, ihr Gift zu versprühen. Auch sie hatte ihre tiefste Anteilnahme kundgetan und hinzugefügt: „Etwas Tragischeres als eine kinderlose Witwe begegnet einem nicht alle Tage."

„Schweigt augenblicklich! Oder Ihr werdet niemandem mehr begegnen außer dem Teufel!" hatte Elisabeth gezischt. Was für ein Alptraum! Nur Moritz, der neben ihr gestanden hatte, hatte sie leise am Arm berührt, wofür ihm Elisabeth unendlich dankbar gewesen war. Sie war froh, das alles hinter sich zu haben und genoss die Stille in ihrem Frauenzimmer, wo ihre Jungfrauen lasen oder stickten.

„Wieso ist es eigentlich so kalt? Warum ist niemand gekommen, um Feuer anzumachen?" fragte Lene. Da erwachte Elisabeth aus ihrer Starre und spürte erst jetzt die Kälte, die ihr schon längst in alle Glieder gekrochen war.

„Ich habe schon vor Stunden nach heißem Wein geschickt. Haben die uns vergessen?" sagte Hildegard, indem sie sich die Wolldecke, in die sie sich gewickelt hatte, fester um die Schultern zog.

„Lene und Hildegard! Geht und seht nach. Vielleicht haben sie einfach viel zu tun in der Küche. Aber bevor wir hier alle erfroren sind, brauchen wir wirklich etwas Warmes. Und jemand soll kommen mit Holz."

Gertrud schaute ihre Herrin an, doch Elisabeth wich ihrem Blick aus. Sie wusste, was es mit der Kälte und dem ausbleibenden Wein auf sich hatte und flüsterte: „Man achtet mich jetzt nur noch gering, weil ich keinen Mann mehr habe und auch keinen Sohn. Wir müssen so schnell wie möglich fort von hier."

„Aber wohin, Euer Gnaden?"

„Ich habe einen Witwensitz. Er ist nicht gar zu weit von hier entfernt. Der Ort heißt Rochlitz."

„Rochlitz", sagte Gertrud nachdenklich. „Das klingt nicht so sehr einladend."

„Selbst wenn es dort durchs Dach regnen sollte, wird es für mich der Himmel auf Erden sein. Aber ganz so armselig kann es nicht aussehen, denn immerhin hat eine Herzogin vor etwa vierzig Jahren ihre Witwenzeit dort verbracht."

„In vierzig Jahren kann ein Schloss nicht vollkommen verfallen."
„Ich bin mir nicht sicher, ob ich dem Reiz verwehender Pracht etwas abgewinnen könnte. Es muss eine Urkunde existieren, die das Wittum genau beschreibt, wo festgelegt ist, in welchem Zustand das Schloss zu sein hat, wie viele Gulden mir im Jahr zustehen, auf welche Dienste ich Anspruch habe und so fort."
„Wo ist diese Urkunde?" flüsterte Gertrud.
„In der Kanzlei. Ich werde Herzog Georg gleich nachher fragen, ob er sie mir gibt."
Es erschien den beiden wie eine Ewigkeit, bis Lene und Hildegard wiederkamen, doch waren sie nicht allein: Moritz war bei ihnen, gefolgt von einem Diener mit einem Armvoll Feuerholz. Moritz selbst trug einen großen Krug, aus dem es dampfte und verführerisch duftete. Bald knisterte das Feuer im Ofen und der heiße Gewürzwein wärmte die Körper und Seelen der Frauen. Moritz blieb eine Weile, spielte eine Partie Schach mit Elisabeth, die er gewann, weil Elisabeth mit ihren Gedanken nicht bei der Sache war, und schließlich gingen sie gemeinsam zum Abendessen.
Es war ein düsteres Bild, wie der in Trauer gekleidete Hofstaat im Schein weniger Kerzen an die Tafel trat und sich schweigend niederließ. Nur das Rücken der Stühle war zu hören, hier und dort ein Flüstern, ein Hüsteln. Friedrich war nicht erschienen.
Doch nicht nur dies stellte Elisabeth mit einem vorsichtigen Blick in die Runde fest, sondern sie sah auch, dass die Köstritzsche nur mit größter Anstrengung ihr übliches hämisches Grinsen verbarg. Aber als sie sah, dass ein Diener Elisabeths Wink nicht Folge leistete und sie fassungslos zusah, wie derselbe Diener auf ein kurzes Zucken hin einen der Räte sogleich bediente, strengte sich die alte Gräfin nicht mehr an, ihre Miene im Zaum zu halten. Ja, es war so: Man achtete Elisabeth nicht mehr, weil sie nun eine kinderlose Witwe war. Eine kinderlose Ehefrau war schon traurig genug, barg aber immer noch die leise Hoffnung, dass der dazugehörige Ehemann doch noch für einen Sohn sorgen konnte. Wenn der Ehemann starb, dann starb auch diese letzte Hoffnung.
Herzog Georg schien von all dem nichts zu bemerken. Er war zu sehr gefangen in seinem Schmerz und hatte Mühe, die Tränen niederzukämpfen, die ihn immer wieder zu übermannen drohten. Sachte legte Elisabeth ihre

Hand auf seinen Arm, worauf der Herzog sie liebevoll drückte.
Am Abend klopfte Elisabeth an die Tür ihres Schwiegervaters. Er hatte sie nicht bemerkt, aber sie hörte deutlich sein Weinen. Vorsichtig öffnete sie. Und wie vor wenigen Jahren nach dem Tod ihrer Schwiegermutter fragte sie leise: „Vater, darf ich eintreten?" Und wieder hob er ihr sein tränenüberströmtes Gesicht entgegen. Wenn Elisabeth damals schon gedacht hatte, er könne nicht heftiger trauern, so musste sie nun feststellen, dass eine Steigerung möglich war. Der alte Mann starrte sie mit Augen an, die sich vollkommen aus dieser Welt entfernt hatten. Seine Haare, sein Bart waren zerrauft, die Knöchel seiner Hand bluteten, als habe er gegen eine Wand geschlagen.
„Mein Sohn ist tot!" flüsterte er. „Der Thronerbe. Wieso straft mich Gott? Was habe ich getan? Ich habe doch immer alles getan, was ihm gefällt. Ich kann nicht mehr. Elisabeth, kommt zu mir." Seine Stimme war nur ein raues Flüstern. Elisabeth folgte seiner Aufforderung und ergriff auch seine ausgestreckte Hand.
„Euch trifft es noch schlimmer, meine arme Tochter. Aber ich will Euch nun beschützen. Ihr sollt hier in meinem Schloss leben und regieren, ganz so, als lebte Johann noch. Ihr sollt hier gebieten."
Elisabeth senkte ihren Blick. Das konnte sie nicht, und das wollte sie auch gar nicht. Sie wollte fort. Der alte Mann tat ihr unendlich leid, aber sie wollte ihm jetzt keine Hoffnungen machen, die sie nicht zu erfüllen bereit war, auch wenn er sie zum ersten Mal mit „Ihr" ansprach.
„Vater, ich bin nun Witwe. Da muss ich auf meinen Witwensitz", sagte sie leise.
„Nein, Ihr müsst nicht fort. Ich bitte Euch, bleibt noch bei mir. Es soll Euch an nichts fehlen."
„Vater, vergebt mir. Bitte, legt es nicht als Undankbarkeit aus. Ich weiß sehr wohl zu schätzen, was Ihr mir anbietet, doch ist mein Platz nicht mehr hier. Mein Platz wird fortan in Rochlitz sein, selbstverständlich bleibe ich noch eine Weile hier, und Rochlitz ist nicht aus der Welt. Wir können uns besuchen."
„Wir sollten beide noch einmal darüber schlafen. Geht nun! Gute Nacht!"
„Euch auch eine gute Nacht, Vater!" Sie küsste ihn auf die Wange, dann verließ sie leise den Raum.

Johann wurde im Dom zu Meißen bestattet. Die Schifffahrt elbabwärts hatte ihr immer solche Freude gemacht und nun stand sie auf dem Schiff und hatte das Gefühl, sie fahre zu ihrer eigenen Beerdigung. In Dresden hatte sie nichts mehr zu erwarten. Das Angebot des alten Herzogs war freundlich, doch absurd. Wer würde sie als Hausherrin achten, wenn ihr Gemahl nicht mehr am Leben war und sie keinen Sohn vorweisen konnte? Sie musste unbedingt fort von Dresden auf ihren Witwensitz Rochlitz. Ganz gleich, wie es dort aussah.
Die nackte Angst ergriff sie, wenn sie an ihre Zukunft dachte. Hatte ihr Vater Rochlitz in Augenschein genommen, damals, als sie selbst noch ein Kind von drei Jahren gewesen war und die Väter die Ehe vereinbart hatten? Würde sie dort von den Einkünften leben können? War ihr eigener Vater so umsichtig gewesen, alles vertraglich festzuschreiben oder hatte er sich darauf verlassen, dass man Elisabeth wohlwollend alles gewähren würde, wessen sie bedurfte? Elisabeth hoffte, dass sie sich auf einen hieb- und stichfesten Vertrag würde berufen können. Andernfalls wäre sie dazu verdammt, am Hof zu Dresden zu bleiben. Und das würde sie nicht lange überstehen.
Die Trauerfeier erlebte Elisabeth wie einen bösen Traum. So viele Menschen waren gekommen, um dem jungen Herzog das letzte Geleit zu geben. Der Kurfürst war mit seiner Familie gekommen, und als Kurfürst Johann Friedrich Elisabeth sein Beileid kundtat, fügte er raunend hinzu: „Ihr werdet einen Vormund brauchen. Ich könnte dieser Vormund sein. Ihr wisst, dass ich es immer gut mit Euch meine." Elisabeth verneigte und bedankte sich, doch wollte sie sich nicht festlegen. Philipp hatte in der kurzen Zeit den Weg von Hessen leider nicht bewältigen können. So sehr hätte Elisabeth nun seine Unterstützung gebraucht.
Sie war nun nicht mehr Ehefrau, Mutter schon gar nicht, aber sie war immerhin noch Schwester. Das war der einzige Status, der ihr noch Schutz bot. Dies wurde ihr unmissverständlich klar, als die Eltern von Lene und Hildegard mit ihren Beileidsbezeugungen den Wunsch verbanden, ihre Töchter mit sich nach Hause zu holen.
„Aber nein, Eure Töchter sind mir keine Last. Ich freue mich so sehr, dass sie bei mir sind." Auf diese Worte Elisabeths hatten die Herrschaften eine Antwort, mit der Elisabeth zu allerletzt gerechnet hätte: „Darum geht es

uns nicht, Euer Gnaden. Doch da Euer Gnaden nun nicht mehr unter der Aufsicht Eures rechtgläubigen Gemahls stehen, befürchten wir, dass unsere Töchter martinisch werden. Das können wir auf keinen Fall zulassen."
Betreten hatten Lene und Hildegard auf ihre Schuhe geschaut.
Hildegard hatte als Erste ihre Sprache wiedergefunden und ein „Vater, bitte!" zu äußern gewagt, worauf Ihr Vater ihr mit einer entschlossenen Miene Schweigen geboten hatte. Lenes Eltern hatten stumm genickt und ihre Tochter wortlos mit sich fortgenommen. Nur Gertruds Eltern hatten mit Tränen in den Augen versichert, dass sie ihre Tochter nach wie vor in den besten Händen wüssten. So war Elisabeth nur noch mit einer Jungfrau nach Dresden zurückgekehrt. Verachtet und verlassen fühlte sie sich und fand keinen Schlaf. Die Mühlräder in ihrem Kopf drehten sich immer schneller. Was sollte nur aus ihr werden?

Gleich am nächsten Morgen ging sie in die Kanzlei, um die Urkunde einzusehen, die vor vielen Jahren zwischen Herzog Georg und ihrem Vater Wilhelm II. von Hessen aufgesetzt worden war. Carlowitz schaute ihr mit unverhohlener Feindseligkeit entgegen.
„Euer Gnaden, was können wir für Euch tun?" Seine Freundlichkeit war so sehr geheuchelt, dass Elisabeth beinahe übel wurde.
„Ich will meinen Wittumsvertrag sehen. Dafür werdet Ihr sicher Verständnis haben."
Sofort richtete sich Carlowitz zu seiner vollen Größe auf. „Aber Euer Gnaden, es existiert kein Wittumsvertrag." Sichtlich genoss er den Schrekken, der sich auf Elisabeths Gesicht spiegelte. Doch gleich wurde Elisabeth ungeduldig: „Es gibt einen Wittumsvertrag. Das weiß ich. Schließlich hätte meine Mutter mich nicht verheiratet, ohne mein Wittum zu regeln."
„Nun, da kennen Euer Gnaden die werte Frau Mutter sicher besser", erwiderte Carlowitz mit dem Charme einer Nacktschnecke. „Aber was wir hier in unserer Kanzlei haben, ist lediglich eine Eheberedung. Das Wittum ist darin erwähnt, aber der Wittumsvertrag wurde niemals abgeschlossen. Ich bin überrascht, dass Euer Gnaden das nicht wissen. Ein direktes Anrecht auf das Wittum in Rochlitz haben Euer Gnaden also nicht." Carlowitz gab sich ganz servil, doch Elisabeth wusste, dass sie nun ein ernstes Problem hatte.

„Ich will den Herzog sprechen!“ sagte sie knapp und war auch schon an Carlowitz vorbei und auf dem Weg zum Arbeitszimmer des Herzogs. Sie machte sich nicht die Mühe, anzuklopfen und um Einlass zu bitten, sondern öffnete die Tür, was Herr Carlowitz mit Befriedigung sah, denn auf diese Weise würde sich Elisabeth keinen Gefallen tun.
Herzog Georg saß an seinem Schreibtisch und starrte unverwandt auf Dokumente, die vor ihm lagen. Als Elisabeth sah, dass er weinte, schloss sie die Tür vor Carlowitz.
„Vater, vergebt mir, dass ich hier eindringe, aber es ist mir wirklich wichtig.“
„Elisabeth, meine Tochter“, sagte der Herzog, als erwache er aus einer Starre. „Es ist schön, Euch zu sehen. Setzt Euch zu mir.“ Seine Worte und Bewegungen waren sonderbar langsam, als koste ihn jeder Atemzug unendliche Mühe. Elisabeth zog sich einen Stuhl zu ihm und setzte sich, worauf der alte Mann zu sich zu kommen schien. Er schaute sie an, schaute dann wieder auf den Schreibtisch und flüsterte: „Ich habe geglaubt, ich könnte mich etwas ablenken mit Arbeit, doch das ist ein Trugschluss. Wieso soll ich noch Verträge machen, die in die Zukunft weisen? Was soll das alles hier? Was soll ich hier? Es ist alles vorbei. Vorbei.“
„Vater, ich bitte Euch, fasst Euch. Es ist nicht alles vorbei.“
„So? Was soll denn noch kommen? Der Thronfolger ist tot. Soll Friedrich etwa das Land regieren? Er hat schon Mühe, am Esstisch zu erscheinen. Nein, Elisabeth. Es ist alles vorbei. Vergeblich. All mein Mühen während meines ganzen Lebens war vergeblich.
Wieso habe ich all das aufgebaut, wenn es doch mit mir ins Grab sinken wird, dorthin, wo schon fast alle meine Kinder liegen, meine Gemahlin, alle meine Hoffnungen für die Zukunft.“
„Vater, Friedrich kann sich erholen. Er braucht eine Aufgabe, die ihn erfüllt, die seinem Naturell entspricht. Er ist ein guter Mensch. Ich schätze ihn sehr und weiß, dass er zu mehr fähig ist.“
„Ich bitte Euch, bleibt bei mir. Ich möchte hier in Dresden nicht ohne Euch leben. Ihr sollt meine Ratgeberin sein, so wie in den letzten Jahren. Es waren doch gute Jahre, die wir hier gemeinsam hatten.“
„Vater, ich kann hier nicht bleiben. Das wisst Ihr!“ sagte sie leise. Und dann berichtete sie ihm von all den kleinen Hässlichkeiten, die ihr seit Johanns

Tod widerfuhren.
„Ich bin eine kinderlose Witwe. Man begegnet mir mit unverhohlener Verachtung. Ihr könnt nicht von mir verlangen, dass ich das hinnehme und hier bleibe. Ich muss fort von hier auf meinen Witwensitz. Außerdem glaube ich nicht, dass ich jemals über meinen Schmerz hinwegkommen werde, wenn ich hier bleibe, wo mich alles an Johann erinnert. Deshalb bitte ich Euch, mir den Wittumsvertrag auszuhändigen."
„Elisabeth, es gibt keinen Wittumsvertrag. Es gibt eine Eheberedung zwischen Eurem Vater und mir. Dort ist alles geregelt. Euer Vater hat mir vertraut, dass ich Euch behandeln würde wie meine eigene Tochter. Der Wittumsvertrag hätte vor dem Beilager geschlossen werden sollen, doch wie Ihr wisst, hat auch Eure Mutter mir in allen Dingen vertraut. Ich bin nun Euer Vormund. Ihr müsst keine Angst haben, es soll Euch an nichts fehlen. Und was die Demütigungen betrifft, die Ihr hier zu erleiden habt, so will ich ihnen einen Riegel vorschieben."
„Vater, ich flehe Euch an, lasst mich auf meinem Wittum in Rochlitz leben. Dort ist nun mein Platz. Ich bin mir sicher, dass auch meine Eltern es so gewollt hätten. Gebt mir bitte eine Abschrift der Eheberedung, damit ich weiß, worauf ich hoffen kann."
Herzog Georg schwieg lange. Als er sich mühsam erhob und davonging, sah Elisabeth schon alle Hoffnung schwinden, doch der Herzog trat an einen der Schränke und holte so zielsicher ein Dokument hervor, als habe er es bereits zurechtgelegt.
„Hier, Elisabeth, ist eine Abschrift der Eheberedung. Ihr könnt sie gerne an Euch nehmen und studieren. Aber überdenkt mein Angebot noch einmal."
Elisabeth nahm die sicher zwei Dutzend Pergamentbögen entgegen wie einen kostbaren Schatz.
„Ich danke Euch, Vater!"
Elisabeth hatte pietätvoll leise die Tür hinter sich geschlossen und war auf Zehenspitzen über den Gang gelaufen. Hinter der nächsten Ecke hörte sie aufgeregte Männerstimmen: Carlowitz und Schleinitz. Elisabeth hielt inne, schlich dann aber vorsichtig weiter.
„Die Herrschaft über Rochlitz darf auf keinen Fall Teil des Wittums sein. Es ist in der Eheberedung zwar so festgelegt, aber das müssen wir verhindern."

„Noch bevor sie zum ersten Mal auf Schloss Rochlitz geschlafen hätte, wäre das gesamte Gebiet martinisch."
„Eben darum müssen wir es verhindern."
„Mit allen Mitteln?" flüsterte Carlowitz aufgeregt.
Elisabeth lugte um die Ecke und sah, wie Carlowitz mit vielsagender Miene nickte. Sie eilte, sie floh geradezu aus der Kanzlei und hielt nicht eher inne, bis sie wieder in ihrem Frauenzimmer angekommen war.

„Habt Ihr den Vertrag? Was ist passiert? Ihr seid so bleich!" fragte Gertrud besorgt, während sie ihrer Herrin den Mantel abnahm.
„Oh, Gertrud, ich habe solche Angst. Es gibt nur eine Eheberedung. Die ist vielleicht nicht einmal das Papier wert, auf dem sie steht. Der Wittumsvertrag hätte vor dem Beilager geschlossen werden müssen, doch das ist nicht geschehen. Lass uns schauen, was die Väter in der Eheberedung festgelegt haben. Vielleicht kann ich meinen alten Herrn an das Wort erinnern, das er meinem Vater gegeben hat."
Gemeinsam mit Gertrud las sie die Urkunde, die am 8. März 1505 in Erfurt aufgesetzt worden war:

Wir Georg von Gots gnaden hertzog zu Sachssen und landtgrave in Duringen und marggrave zu Meyssen und wir Wilhelm von derselben gnaden Gottis landtgrave zu Hessen, grave zu Katzenelnbogen, zu Dietz, zu Cziegenhain und Nidde etc. bekennen und thun kunt offintlich mit dissem brieve vor uns und unser igklichs erben[c]*, das wir in namen der heyligen dryfaltigkeit und zur ere Gottes des almechtigen, auch in betrachtung unsers furstlichen herkomens*[2]...
Du liebe Güte, wie lange dauert denn dieses Vorgerede noch?" Ungeduldig überflog Elisabeth die folgenden Zeilen, in denen die beiden Fürsten noch lange über Gott, ihre Freundschaft, die Erbverbrüderung und den fruchtbaren Nutzen dieser Verbindung sprachen.
„Wenn die beiden auch nur geahnt hätten, in welcher Situation ich einmal diese Zeilen lese, hätten sie sich wahrscheinlich damals schon die Haare gerauft und lieber Abstand genommen von diesem Vertrag und von dieser Verbindung sowieso."

---

2 Siehe Thieme, André; 2010, Dokument Nr. 1
[c] I. Wort ist in der Originalurkunde nicht zu erkennen. Thieme, André; 2010, S. 13.

„Aber so viel Gerede um einen Vertrag. Warum kommen sie nicht gleich zur Sache?“ fragte Gertrud.
„Ein Herzog Georg von Sachsen kommt nicht einfach so zur Sache“, sagte Elisabeth abwesend, während sie angestrengt die Urkunde las. „Ha! Hier steht etwas: 25.000 rheinische Gulden guter Frankfurter Währung hat mein Vater als meine Mitgift bestimmt. Herzog Georg verpflichtet sich, auch 25.000 Gulden guter Frankfurter Währung dagegenzusetzen und will mich mit *funff tausend gulden bemorgengaben*.“
„Und? Ist das alles so geschehen?“ fragte Gertrud.
„So ziemlich. Hier ist auch noch von Silbergeschirr die Rede. Das hatte ich nicht. Dazu hat es einfach nicht gereicht. Die hessischen Räte haben meiner Mutter damals wahrhaftig nur das Nötigste gegeben. Aber hier geht es nun weiter: *herschaften und gutern mit all ihren oberkeyten und zugehorungen, die uns frey zustehen und sunst nymant anderm vorschribben ader behafft, die dem furstenthumb zu Hessen gelegen sein und da sie auch ein furstlich sessz hab, als nemlich uff Rochlitz slos und stat, vorweisen also das sie uff funffundfunfftzig tausend gulden nach landts gewonheyt namhaffter jerlicher gewisser und bestendiger gulte ane alle beschwerunge und abgangk volnkomlich haben moge, jerlich sechstehalb tausend gulden, darinne wiltpane, frondinste, atzunge, fischereye, veddervehe, briffe, frevel und der gleichen mehr sollen angeslagen und doch ire zu nyessen werden...*“
„Dieses Amtsdeutsch! Ich frage mich, ob das jemals verständlicher wird“, stöhnte Gertrud.
„Was hier steht, heißt auf Deutsch: Wir sind fein raus! Es wird uns gut gehen und an nichts fehlen! Ich werde die Herrschaft und die Güter in Rochlitz haben. Und Rochlitz selbst muss ein fürstlicher Sitz sein. Ein Schloss! Mit einem jährlichen Einkommen von fünfundfünfzigtausend Gulden. Dazu kommen Dienste im Wert von sechseinhalbtausend Gulden. Dienste wie Wildbret, Frondienste, Atzung - will sagen, wenn ich auf Reisen bin in meinem Gebiet, dass man mir und meinem Hofstaat Unterkunft und Speisung gewährt - Fischerei, Federvieh, Botendienste... Es wird uns also gut gehen. Wir werden wirklich fürstlich leben können. Nur - wir müssen es uns erst noch erkämpfen. Wenn ich diesen Kampf überhaupt überlebe.“
„Was redet Ihr da? Wieso solltet Ihr den Kampf nicht überleben?“ fragte Gertrud entgeistert, worauf Elisabeth ihre Erlebnisse in der Kanzlei schilderte.

„Und Ihr glaubt wirklich, man würde Euch etwas antun?"
Elisabeth legte die Blätter nachdenklich zusammen. „Nicht direkt, aber ich könnte mir vorstellen, dass man mir etwas ins Essen oder Trinken mischt. - Gertrud, ich habe Angst!" fügte sie mit so ernster, ängstlicher Miene hinzu, dass Gertrud unwillkürlich ihre Schultern umschlang.
„Herrin, ich bitte Euch, das kann und will ich nicht glauben, dass die Räte des Herzogs so weit gehen würden. Aber zur Sicherheit solltet Ihr Eurem Bruder schreiben."
„Ja, da haben Sie recht. Das sollte ich wahrhaftig tun."
In einem langen Brief schilderte Elisabeth ihre Sorgen. Auch dass der Kurfürst meinte, sie bräuchte jetzt einen Vormund, verschwieg sie ihm nicht:

Ich kann aber doch den Kurfürsten nicht als Vormund annehmen, denn das wäre für Herzog Georg wie ein Verrat. Auch wenn ich in Rochlitz bin, so will ich doch die Einigkeit, die jetzt zwischen uns herrscht, nicht mutwillig gefährden. Du bist mein oberster Vormund, Vater und Bruder.
Trage bitte Sorge, dass alles schnell geschieht. Die Karwoche will ich auf keinen Fall mehr hier in Dresden verbringen, sondern in Rochlitz das Abendmahl in beiderlei Gestalt empfangen. Erst dann wird es mir wieder besser gehen. Ich hab mich ganz und gar zerweint, gehärmt und denke mich schier toll. Ich kann nicht schlafen. Du kennst mich. Komm!

Den Brief hatte Elisabeth am 20. Januar geschrieben und einem Boten mitgegeben. Quälend langsam krochen die Tage dahin, angefüllt mit Angst. Die Nächte krochen noch langsamer. Die Totenstille im Zimmer lag wie eine bleierne Decke über ihr, nahm ihr den Atem und den Schlaf. Schon längst war Johanns Duft, der seinem Kopfkissen angehaftet hatte, verflogen. Sie vermisste seinen Atmen, sein Schnarchen, die Art, wie er sein Kopfkissen zurechtrückte. Da war nur die Stille und ihr eigener Atem, den sie in der Kälte, im bleichen Licht des Mondes, sehen konnte.
Zwei Wochen waren schon vergangen - der nasskalte Januar war in einen bitterkalten Februar übergegangen - Elisabeth befürchtete schon, man hätte den Boten abgefangen, ihm den Brief weggenommen oder er wäre unter die Räuber gefallen, als schließlich Henning von Scholley in der Tür stand. Sie hätte ihn am liebsten umarmt.

„Vergebt mir, Euer Gnaden, dass die Antwort so lange gedauert hat, der Brief ging nach Kassel, doch der Landgraf ist zur Zeit in Schmalkalden. Mit zittrigen Fingern öffnete sie den Brief, zerriss ihn beinahe und las:

Herzliebe Schwester,
Eurer Lieben braucht keinen Vormund, denn unsere Mutter hat auch keinen gehabt. Ihr könnt ganz ohne Vormund regieren, wenn Ihr nur einen redlichen Amtmann, einen zuverlässigen Hofmeister und ein oder zwei verständige und geschickte Leute bei Euch habt.
Bald werden meine Räte bei Euch eintreffen. Ich selbst bin hier in Schmalkalden leider noch unabkömmlich, ich werde, so Gott will, bald bei dir sein und dich nicht verlassen.
Wegen des Bundestages hier in Schmalkalden kann ich dir auch nicht meinen Kanzler schicken, doch Anfang Februar werden meine Räte bei dir sein. Sie haben den Auftrag, nichts ohne deine Zustimmung zu tun. Es sind alte, versierte Räte, die ich dir schicke. Einer von Ihnen, Georg Nußbikker, hat sogar schon unserer Mutter zur Seite gestanden. Du kannst ihm voll und ganz vertrauen.
Dein Bruder Philipp

„Noch etwas soll ich Euch ausrichten. Euer Bruder rät Euch, mit dem Essen und Trinken vorsichtig zu sein."
„Er hält mich also nicht für verrückt, dass ich einen Giftanschlag befürchte?"
„Nein, keineswegs, Euer Gnaden. Er kennt die sächsischen Räte. Ich bin nur die Vorhut. Mir folgen bereits die Räte Eures Bruders. In wenigen Tagen werden sie hier sein."
Am späten Nachmittag des neunten Februar trafen Georg Nußbicker und Werner von Waldenstein in Dresden ein. Es war schon dunkel, als die beiden mit steifen Gliedern vom Wagen stiegen. Der warme Stein, den Nußbicker sich im letzten Gasthaus unter den Mantel gesteckt hatte, war längst erkaltet und polterte dumpf aufs Pflaster des Schlosshofes. Die Soldaten, die die beiden Räte eskortiert hatten, grinsten bei diesem Anblick verstohlen und wendeten ihre Pferde, um sie in den herzoglichen Ställen unterzubringen.

„Immer diese beschwerlichen Wege wegen der hessischen Damen“, knurrte Nußbicker. Er erinnerte sich noch zu gut an den steilen Weg hinauf zum Marburger Schloss, wo er Elisabeths Mutter Anna einst zu nachtschlafender Zeit seine untertänigsten Dienste erwiesen hatte. Doch war dies nichts gewesen im Vergleich zu dieser Reise durch Eis und Schnee.
„Sie werden hoffentlich gut für unser Wohl sorgen“, hoffte Waldenstein, indem er auf seine kalten Finger blies.
Leider wurden die Herren enttäuscht. Herzogin Elisabeth hatte zwar Anweisungen gegeben, den Herren ein heißes Bad und ein heißes Mahl zu bereiten, doch hatte die Dienerschaft diese Anordnung ignoriert und schämte sich nicht im mindesten für eine solche Fahrlässigkeit. Nachdem die junge Herzogin beschämt vor ihnen gestanden und vergeblich nach einer Entschuldigung gesucht hatte, war den beiden klar geworden, wie dringend sie von hier fort musste, wie berechtigt auch die Sorge des Bruders um die Schwester war. Zur Sicherheit hatten die hessischen Räte das Schloss wieder verlassen und Quartier in einem nahen Gasthaus genommen. Von dort kamen sie gleich am nächsten Morgen in die Kanzlei, um mit ihren sächsischen Kollegen zu verhandeln.
Wie ein gefangenes Tier lief Elisabeth in ihrem Frauenzimmer auf und ab, rang die Hände, blieb immer wieder am Fenster stehen und schaute hinaus - vergeblich. Nußbicker und Wildenstein waren nicht zu sehen. Gertrud beobachtete, wie Elisabeths Kleid über den Boden fegte, dabei Stäubchen aufwirbelte, die in den fahlen Sonnestrahlen dieses Februarnachmittags tanzten.
„Wollt Ihr Euch nicht setzen, Herrin? Soll ich etwas heißen Wein bestellen?“ fragte Gertrud, doch Elisabeth schaute sie nur vielsagend an: ‚Wir bekommen hier nicht einmal das Schwarze unter dem Nagel der Köchin und da willst du heißen Wein bestellen?‘ Laut sagte sie: „Wie könnte ich still sitzen? In diesen Augenblicken steht für mich alles auf dem Spiel. Als ich noch ein Kind, ein junges Mädchen war, da habe ich gesehen, wie große Mühsal man einer Fürstin bereiten kann. Die hessischen Räte haben meiner Mutter kaum das Nötigste gegönnt, obwohl im Testament meines Vaters eindeutig festgelegt war, dass meine Mutter regieren und für meinen Bruder die Vormundschaft übernehmen soll. Doch man hat uns regelrecht verbannt auf abgelegene Burgen, wo wir im Winter nicht genügend Holz

zum Heizen hatten. Ich konnte mich nicht einmal auf einer fürstlichen Hochzeit blicken lassen, weil ich keine standesgemäßen Kleider hatte. Gertrud, ich habe Angst. Angst davor, dass es mir noch schlimmer ergehen wird als meiner Mutter. Ich kann hier nicht bleiben, aber ich fürchte mich auch vor dem, was kommen wird, wenn ich von hier fortgehe. Werden wir es warm haben im Winter? Werden wir genug zu Essen haben? Vielleicht sogar Fleisch? Oder werden wir uns wie die ärmsten Bauern das ganze Jahr über von Grütze ernähren müssen? Wie werden wir wohnen? Werden wir überall in der Stube Eimer aufstellen müssen, damit der Regen den lebensgefährlich löchrigen Fußboden nicht noch weiter ruiniert?"
„Bevor es dazu kommt, wird Euer Bruder uns sicher aufnehmen. Oder er wird schon dafür sorgen, dass es uns an nichts fehlt. Wo ist Euer Gottvertrauen? Gott wird's wohl machen."
„Ja, ja, du hast recht. Ich bin etwas kleingläubig, aber ich habe in meiner Jugend einfach zu viel erlebt, um jetzt ganz sonnig davon auszugehen, dass man mir mein Rechte schon gewähren wird. Natürlich wird Philipp mich unterstützen, doch Hessen ist weit. Er kann nicht immer bei mir sein. Auch jetzt konnte er nur seine Räte schicken. Von so profanen Sorgen einmal abgesehen: Was wird werden, wenn man mir die Herrschaft nicht zubilligt? Wenn man mir nach wie vor alles haarklein vorschreiben will, wie ich was zu tun habe? Ich will regieren können und endlich meine eigene Herrin sein, ohne dass mir jemand im Nacken sitzt."
„Es klopft! Das werden sie sein!" sagte Gertrud und ging, um die Tür zu öffnen. Tatsächlich standen Nußbicker und Wildenstein davor und verneigten sich. Als sie sich wieder aufrichteten, stellte Elisabeth erleichtert fest, dass ihre Mienen Anlass zur Hoffnung gaben.
„Wir haben ganz im Sinne Euer Gnaden gehandelt", begann Nußbicker.
„Wir haben für Euer Gnaden das Recht erwirkt, Rochlitz selbst in Augenschein zu nehmen", fuhr Wildenstein fort, „denn die Räte versuchen, Euer Gnaden mit Meißen zu locken."
„Sie versuchen, mich mit einem anderen Schloss als Witwensitz zu ködern? Wahrscheinlich wollen sie es nicht dulden, dass ich in Rochlitz auch die Herrschaft ausübe."
Die Herren nickten.
„Wenn Euer Gnaden nach Meißen gehen oder Rochlitz nur als Witwensitz

annehmen und auf die Herrschaft verzichten, wird man Euer Gnaden jährlich zweitausendfünfhundert Gulden mehr zahlen."

„Ich soll also mein Recht zu herrschen, meine Freiheit, verkaufen für läppische zweitausendfünfhundert Gulden im Jahr? Niemals! Meine Ehre und Herrschaft werde ich nicht aufgeben. Und was soll ich denn in Meißen? Dort sitzt der altgläubige Erzbischof, der mich sicher keinen Schritt tun lassen wird, ohne mich zu beobachten. Wenn ich dort das Abendmahl in beiderlei Gestalt nehmen wollte, würde er mich wahrscheinlich sofort verbrennen. Sie haben Angst, dass ich in Rochlitz sofort die Reformation einführe, sobald ich dort bin."

„Davon gehen die Räte aus", pflichtete Wildenstein bei. „In der Eheberedung wurde festgelegt, dass die Bewohner des Wittums bei allen Freiheiten, Gerechtigkeiten und Herkommen zu belassen seien. Es soll also nichts geändert werden. Genau dies wollen die sächsischen Räte ausweiten auf die Religion und die alte Kirchenordnung."

„Diese hinterlistigen Schurken wollen mir vertraglich das Recht nehmen, in meinem Herrschaftsbereich die Reformation einzuführen. Das hätte ich mir denken können. Nichts da! Darauf habt Ihr Euch hoffentlich nicht eingelassen?"

„Keineswegs, Euer Gnaden. Wir haben unmissverständlich klar gemacht, dass dies noch niemals Brauch war in deutschen Landen und dass wir jetzt nicht gewillt sind, mit solch unerhörten Neuerungen anzufangen. Wie dem auch sei, Ihr werdet Rochlitz bald besichtigen können. Dann wisst Ihr wenigstens, worüber wir verhandeln. Wir haben bereits in Erfahrung gebracht, dass Rochlitz kein so hohes Einkommen abwirft, wie es in der Eheberedung festgelegt ist. Auch diesbezüglich muss noch eine Lösung gefunden werden. Wir werden den Landgrafen bald auf dem Schiedstag in Zeitz treffen. Dort wird alles geregelt werden."

Elisabeth biss sich auf die Unterlippe. Ihre Vorstellungen von Rochlitz wurden immer trübseliger.

„Gut, dann werden wir so bald wie möglich fahren. Scholley soll vorausreiten und unser Kommen ankündigen."

Wenig später reisten die Räte mit Scholley ab. Elisabeth sah ihnen vom Fenster aus bange hinterher und fragte sich, in welchem Zustand sie Scholley bald in Rochlitz wiedersehen würde. Scholley hatte auf seinen vielen Reisen an den mannigfaltigsten Orten übernachtet, da würde er Rochlitz schon verkraften. Vielleicht konnte er in den wenigen Tagen, die er allein in Rochlitz war, die schlimmsten Schäden ausbessern lassen, aber zaubern konnte er auch nicht. Aus einer Ruine würde er in wenigen Tagen kein Märchenschloss machen können.

Elisabeth und Gertrud saßen eng aneinandergekuschelt auf dem Wagen, der sie nach Rochlitz bringen sollte. Moritz hatte dafür gesorgt, dass die beiden heiße Steine bekommen hatten. Es war noch dunkel gewesen, als sie in Dresden aufgebrochen waren, doch die schneebedeckten Felder ließen selbst diesen frühen Wintermorgen aufleuchten. Alles konnte man erkennen: den Weg, die Wachleute, die sie eskortierten, die kleinen Bauernhäuser, die sich unter der Kälte duckten.
Mit Menschen- und mit Engelszungen hatte Elisabeth ihrem Schwiegervater schließlich die Erlaubnis abgerungen, nach Rochlitz zu fahren, um sich selbst ein Bild zu machen. Nun war sie auf dem Weg dorthin und war sich gar nicht mehr so sicher, ob sie dort überhaupt ankommen wollte. Rochlitz. Wenn sie nur die Herrschaft ausüben und regieren konnte, sollte es ihr egal sein, wenn das Dach vielleicht hier und da Löcher hatte. Mit Elisabeths bangen Gedanken zog die Dämmerung herauf. Gertruds Kopf lag auf Elisabeths Schulter, das Mädchen war eingeschlafen trotz des lauten Ratterns der Kutsche. Elisabeth zog die Decke etwas höher, damit Gertrud nicht fror. Sie war ihrer Jungfrau dankbar, dass sie bereit war, all dies mit ihr zu teilen. Es wäre Gertrud ein Leichtes gewesen, Herzog Georg zu bitten, sie in Dresden zu behalten oder ihr eine Stelle bei einer angesehenen Fürstin zu verschaffen. Da fuhr die Kutsche durch ein tiefes Schlagloch und Gertrud schreckte auf.
„Alles in Ordnung. Wir fahren noch immer, die Kutsche ist nicht zerbrochen", rief Elisabeth, um den Lärm der Räder und den Hufschlag zu übertönen.

Die Rast am Mittag lag längst hinter ihnen, Elisabeth und Gertrud waren durchgefroren bis in die Knochen; zitternd und zähneklappernd kuschelten sie sich aneinander. Diese eisige Reise war wie ein endloser Alptraum.

Wenn der Weg dorthin schon so schrecklich war, wie würde das Ziel der Reise aussehen? Schon brach die Nacht wieder herein, und Elisabeth rechnete noch immer, versuchte die Kosten zu überschlagen, die ein ganz bescheidener Haushalt im Jahr verschlingen würde, überlegte hin und her, wo sie noch sparen könnte, um genügend Geld zu haben für die dringendsten Reparaturen, als der Kutscher hielt und „Rochlitz“ rief.

Zögernd schob Elisabeth den ledernen Vorhang, der den schlimmsten Wind kaum abhielt, beiseite und schaute hinaus in die schneehelle Nacht. Die Räder holperten dumpf über eine Brücke, dann hatten sie den kleinen Fluss überquert und fuhren hinauf nach Rochlitz. Das Stadttor wurde ihnen aufgetan, denn einer der Wachen war vorausgeritten, um sie anzukündigen. In atemloser Anspannung starrte Elisabeth hinaus, sah die ersten Rochlitzer Stadtwachen, die sich tief verneigten. Im Schein der Fackeln blitzten ihre Hellebarden auf. Und schon waren sie in der Stadt.

Die Häuser sahen ganz freundlich und einladend aus. Hier und dort waren Menschen unterwegs, sie waren wohlgenährt und gut gekleidet, wie Elisabeth erleichtert feststellte. Dann kamen sie an einer großen Kirche vorbei, deren hohe Turmspitze Elisabeth aus dem Wagen heraus kaum sehen konnte. Weiter ratterten die Räder durch die Straßen, links von ihnen tat sich ein großer Marktplatz auf, gesäumt von Steinhäusern, in denen einige Fenster erleuchtet waren. War eines dieser Häuser vielleicht der Witwensitz? Doch den Marktplatz ließen sie hinter sich, fuhren eine kleine Straße bergab, um gleich wieder bergauf zu fahren, vorbei an einer zweiten Kirche und durch einen Torbogen. Nun waren sie sicher am Schloss. Und richtig! Vor ihnen ragte Schloss Rochlitz schneebedeckt in den sternenübersäten Nachthimmel.

Elisabeth erkannte einen halbrunden Bau mit sehr hohen, schlanken, filigran gearbeiteten Fenstern. Das musste wohl die Schlosskapelle sein. Darüber lag offenbar ein weiterer Raum, denn über den großen Kirchenfenstern thronte ein verschieferter Aufbau mit kleinen Fenstern. Die Aussicht von dort oben musste herrlich sein! Etwas dahinter waren zwei hohe, spitze Türme zu erkennen. Das Geräusch der Räder hallte wider, also waren sie im Schlosshof angekommen. Schon waren aufgeregte Stimmen zu hören. Sie klangen ebenso liebenswert wie die Menschen in Dresden.

„Sie sind da! Sie sind da!“ schrie jemand immer wieder. Man hörte das

Getrappel vieler Füße auf dem Pflaster und schließlich Scholleys unverkennbar hessischen Bass. Elisabeth war so nervös, dass sie Gertruds Hand umkrampfte.
„Euer Gnaden, seid unbesorgt. Was wir bisher gesehen haben, war doch ganz hübsch. Außerdem ist unser Scholley schon da."
„Gehst du bitte zuerst?"
Gertrud schälte sich umständlich aus den Decken und ließ sich von Scholley vom Wagen helfen. Was sie sah, ließ ihr Gesicht aufleuchten.
„Herrin!" flüsterte sie und wandte sich zurück in den Wagen. „Kommt! Es ist wunderschön!"
Elisabeth lugte durch den ledernen Vorhang, da sah sie schon Scholleys Hand, die sich ihr hilfsbereit entgegenstreckte. Gertrud hatte nicht zu viel versprochen. Sie waren umringt von sich verneigenden Menschen. Eine große Tür war geöffnet, aus der helles Licht schien. Offenbar hatte man hier genügend Geld für viele Kerzen und ein Feuer. Außerdem duftete es verführerisch nach Braten.
„Euer Gnaden, darf ich Euch hineinbringen?" fragte Scholley leise, worauf Elisabeth seinen Arm nahm und sich von ihm die wenigen Treppenstufen hinauf und in einen großen Saal führen ließ. Dort gab es einen großen Kamin, in dem ein ordentliches Feuer brannte. Die hohe Decke wurde in der Mitte von einer Reihe mächtiger Säulen getragen, die Wände waren verziert mit hübschen Malereien, aber das schönste waren große Tafeln, die mit weißen Tüchern und böhmischem Glas ganz festlich aussahen und ein offenes Viereck bildeten. Das Kopfende stand am Kamin, dort war der mittlere Platz besonders festlich geschmückt. Auch hier standen Menschen, die sich bei Elisabeths Eintreten verneigten und ihr neugierig und freundlich entgegensahen.
Scholley nahm ihr den schweren Mantel von den Schultern, ein Gefühl von Wärme und Geborgenheit umhüllte Elisabeth, wie sie es noch niemals zuvor erlebt hatte. Sie ließ ihren Blick noch etwas scheu durch den Raum schweifen, alles war sauber, ordentlich, gut erhalten, nirgends blätterte Farbe, die Decke war trocken, alles war wunderschön, noch weitaus schöner als es sich Elisabeth in ihren kühnsten Träumen vorzustellen gewagt hätte. Sie spürte, wie langsam Leben in ihre eiskalten, starren Glieder zurückkehrte, ja selbst ihre Füße wurden warm auf dem steinernen Boden.

„Ist denn alles zur Zufriedenheit Eurer Gnaden?“ fragte Scholley und schreckte Elisabeth aus ihren Gedanken auf. Elisabeth strahlte übers ganze Gesicht, lachte ein sehr kurzes Lachen, das jedoch gleich in ein Schluchzen überging und presste ihre eiskalte Hand auf den Mund.
„Euer Gnaden, was ist Euch?“ fragte Gertrud besorgt, doch Elisabeth konnte nicht antworten.
„Die Trauer um ihren Gemahl übermannt meine Herrin noch von Zeit zu Zeit“, sagte Gertrud laut. „Wo bitte sind die Gemächer meiner Herrin?“
„Ich bin Frau Gundel, die Hauswirtschafterin. Folgt mir!“ sagte eine rundliche alte Frau und ging voran eine kleine Treppe hinauf.
„Die Reise war sicher schrecklich anstrengend für Euer Gnaden. Wir haben schon alles vorbereitet. Wenn Euer Gnaden wünschen, können Euer Gnaden ein heißes Bad nehmen. In den Betten liegen schon heiße Steine.“
„In meinem auch?“ fragte Gertrud überrascht.
„Selbstverständlich!“ sagte Frau Gundel mit einem leicht empörten Unterton.
Die Kiste mit Elisabeths und Gertruds Kleidern stand schon im Zimmer, als sie eintraten.
„Ich danke Euch. Meine Herrin muss sich nur einen Augenblick ausruhen, dann werden wir wieder bei Euch sein.“
„Das will ich hoffen!“ sagte die Hauswirtschafterin. „Es gibt einen richtig guten Braten. Und Herr von Scholley war so freundlich uns zu verraten, dass Euer Gnaden süße Pfannkuchen ganz besonders gerne essen. Die gibt es zum Nachtisch.“
Bei diesen Worten konnte Elisabeth nur noch schluchzend auf ihr Bett sinken, worauf Gertrud der Frau bedeutete zu gehen.
„Gertrud, ich glaube, wir sind tot. Wir sind unterwegs erfroren und jetzt sind wir im Himmel. Hätte ich mir jemals träumen lassen, dass es hier so unglaublich schön ist?“
„Wir hätten schon viel früher hier herkommen sollen“, meinte Gertrud und setzte sich neben ihre Herrin, um sie in die Arme zu nehmen.
„Das wäre zwar schön gewesen, aber Johann hätte es vielleicht nicht geschätzt, wenn es mich zu seinen Lebzeiten schon auf meinen Witwensitz gezogen hätte.
Andererseits - wie wunderschön wäre es, das alles mit ihm zu teilen. Wie

gerne würde ich die guten Zeiten, die nun hoffentlich anbrechen, mit ihm gemeinsam erleben." Und dann wurde Elisabeth ganz ruhig. Nach einer Weile, in der Gertrud sie besorgt angeschaut hatte, flüsterte sie schließlich: „Wie anders hätte alles kommen können, wenn wir beiden gleich eine eigene Behausung gehabt hätten. Es hätte ja nicht einmal so prächtig sein müssen wie Rochlitz. Mit einer einfachen Behausung wäre ich zufrieden gewesen. Wenn wir nur in Ruhe hätten leben können, vielleicht hätte ich ihm dann sogar einen Sohn schenken können..."

„Nun quält Euch nicht, Euer Gnaden. Gott hat es wohl gemacht. Und mit der Art und Weise, wie er etwas wohl macht, sollten wir nicht hadern. Auch das ist zu etwas nutze."

„Ja, du hast recht", seufzte Elisabeth. „Es ist schon Jahre her, da hat mir die Kurfürstin von Brandenburg gesagt, dass Gott mich bewahren wolle, indem er mir Kinder verwehrt. Werdende Mütter stehen immer mit einem Bein im Grab. Vielleicht ist es wirklich so, dass Gott etwas ganz anderes mit mir vorhat."

„Na, also. So gefallt Ihr mir schon besser. Nun lasst mal sehen! Eure Füße sind eisig. Ich will Euch andere Schuhe holen."

„Es ist so wunderschön hier. Ich kann es gar nicht fassen. Die Menschen sind so herzlich", flüsterte Elisabeth, während Gertrud die Truhe nach trockenen Schuhen für sich und ihre Herrin durchforstete.

„Hier wird es uns gut gehen, dessen bin ich mir ganz sicher."

„Ja, Gertrud, aber erst müssen wir uns dieses Paradies noch erkämpfen. Noch haben wir es nicht. Wir dürfen jetzt nur mal einen Blick hineinwerfen."

Gertrud kniete vor Elisabeth nieder, um ihre Schuhe zu wechseln, dann wechselte sie ihre eigenen.

„Gut! Seid Ihr jetzt wieder bereit für das Paradies? Für einen ordentlichen Braten und sicherlich paradiesisch süße Pfannkuchen?"

„Ich glaube schon." Elisabeth schniefte noch einmal, wischte sich die Augen, putzte sich geräuschvoll die Nase und erhob sich.

„Wie sehe ich aus?" Ihre Stimme klang sehr unsicher.

„Wie eine Herrin, die über ein Paradies regiert."

Nun musste Elisabeth doch lachen. „Gut, dann können wir jetzt gehen. Oh, meine Güte! Süße Pfannkuchen! Ich fasse es nicht!"

Der Aufgang zu Schlos Rochlitz

Als die beiden die Treppe hinunter stiegen, war das Essen bereits aufgetragen, Diener standen bereit, um den Wein auszuschenken und alle erhoben sich von ihren Sitzen, um - angeleitet von Scholley - im Chor „Herzlich willkommen, Herzogin Elisabeth!“ zu sagen. Lächelnd dankte Elisabeth und bat alle, Platz zu nehmen. Gemeinsam mit Gertrud nahm sie am Kopfende der Tafel Platz, wo Scholley ihr schon einen besonders bequemen Stuhl zurechtgerückt hatte. Dann sprach Elisabeth das Tischgebet: „Herr, unser Gott, ich danke dir, dass du uns auf unserer Reise bewahrt und sicher hierher nach Rochlitz geführt hast. Ich danke dir für die Fülle, die du uns hier bescherst. Hilf mir, dass ich die Möglichkeit bekomme, in meinem Herrschaftsbereich in deinem Sinne zu herrschen und meinen Untertanen eine gute Herrin zu sein. Amen.“
„Amen“, echote der kleine Hofstaat zurück. „Auf unsere neue Herrin, Herzogin Elisabeth!“ sagte die runde Hauswirtschafterin und erhob ihr Glas. Elisabeth schaute in die Runde, als alle den Gruß erwiderten: An der großen Tafel hatten alle Menschen, die zum Gesinde des Schlosses gehörten, Platz genommen. Selbst die Soldaten und der Kutscher saßen mit am Tisch und ließen sich gleich Wein und Braten schmecken.
Scholley neigte sich zu Elisabeth und flüsterte: „Haben Euer Gnaden bemerkt, dass der Fußboden ganz warm ist? Es gibt hier eine Fußbodenheizung.[3]“
Schon befürchtete Gertrud, dass die Fußbodenheizung bei Elisabeth erneut fassungsloses Schluchzen auslösen könnte, aber offenbar hatte sie sich schon wieder so weit gefasst, dass sie Scholleys Bemerkung für einen Scherz ansah.
„Scholley, hört auf, mich zu veralbern!“ sagte sie, konnte aber nicht umhin, etwas genauer hinzufühlen. Stirnrunzelnd musste sie zugeben, dass der Steinboden angenehm warm war.
„Doch, tatsächlich. Ich kann Euch gleich alles zeigen. Die Steinplatten des Fußbodens sind relativ dünn, darunter verbergen sich Kanäle für die heiße Luft, die von einem speziellen Ofen ausgeht. Ihr werdet sehen, dass Rochlitz ein sehr komfortables und wunderschönes Schloss ist. Ich habe bereits alles besichtigt und fand die Räume ausgesprochen gut eingerich-

3 Siehe Thieme, André: Burg, Herrschaft und Amt Rochlitz im Mittelalter. In: Schattkowsky, Martina (Hg.): Witwenschaft in der frühen Neuzeit. Leipzig 2003, S. 48.

tet. Natürlich haben Euer Gnaden ganz andere Ansprüche als ich, aber ich denke, Ihr werdet zufrieden sein."
„Ja, Scholley, das denke ich auch. Wir werden morgen alles erkunden. Für heute bin ich todmüde und will mich bald zurückziehen."
„Aber erst nach den Pfannkuchen!"
Da lachte Elisabeth glücklich und sah, dass sich ihr viele lächelnde Gesichter zuwandten. Die Mahlzeiten in Dresden tauchten kurz vor ihrem inneren Auge auf. Wie grau und quälend war dort die Zeit am Tisch verstrichen! Hier in Rochlitz spürte sie einen tiefen inneren Frieden, eine Ruhe und ein Glück, wie sie es nicht für möglich gehalten hätte.

Es war schon hell, als Elisabeth am nächsten Morgen erwachte. Sie gähnte, streckte sich und musste sich erst einmal umschauen. Rochlitz, ach ja. Ihr wohliger Seufzer lockte Gertrud herbei.
„Guten Morgen! Gut geschlafen?"
Elisabeth hielt inne, als müsse sie darüber nachdenken, ob sie gut geschlafen habe, dann breitete sich ein ungläubiges Staunen auf ihrem Gesicht aus.
„Ich habe durchgeschlafen. Ich habe geschlafen. Ich habe gestern Abend kaum das Kissen berührt, da war ich auch schon weg und eben erst bin ich aufgewacht." Mit offenem Mund starrte sie Gertrud an. „Ich habe tatsächlich eine ganze lange Nacht durchgeschlafen. Unfassbar!"
Gertrud lächelte.
„Wollt Ihr Euch nun erheben, um das Paradies zu besichtigen?"
„Ja, ja! Lass uns unser Paradies besichtigen. Hier gibt es sicher viel zu schauen und zu entdecken. Du liebe Güte, ist das aufregend!" rief Elisabeth und sprang aus dem Bett. „Und das Zimmer ist annehmbar warm! Ich kann es noch immer kaum glauben, dass dieses wunderschöne Schloss mit all den lieben Menschen darin nun meine Heimat sein soll. Ich hoffe nur, man nimmt es mir nicht wieder weg oder knüpft Bedingungen daran, die unerträglich sind und mir alles vergällen."
„Ganz sicher nicht. Euer Bruder wird schon für Euch sorgen."
Nach einem ausgiebigen Frühstück in großer Runde machten sich Gertrud und Elisabeth auf, ihre neue Heimat zu erkunden. Ihr Weg führte sie eine Treppe hinauf, wo sie über dem großen Saal, in dem sie die Mahlzeiten eingenommen hatten, einen ebenso großen Raum mit mächtigen

Mittelsäulen fanden.
„Hier kann man Feste feiern!“ stellte Gertrud mit Kennermiene fest.
„Und das werden wir hoffentlich auch tun. Schau, wie dick die Wände hier sind!“ Elisabeth trat in eine der Fensternischen, die bis auf den Boden reichten. Hier in diesen vielen Nischen könnte man kleine Tischchen platzieren, an denen man sich vom Tanzen ausruhen kann. Dort drüben an der Stirnseite könnten die Musici stehen und hier in der Mitte sehe ich uns schon um die Säulen herumtanzen.“
„Und die Aussicht! Jetzt ist alles mit Schnee bedeckt, aber im Sommer erstrecken sich hier gelbe Felder und bunte Wiesen. Und seht, wie viel Wald es hier gibt. Wir werden ganz sicher nicht frieren. - Eine Fußbodenheizung!“ fügte Gertrud genüsslich hinzu. „Hat man jemals von solchem Komfort gehört?“
„Wer hätte das gedacht? Und ich hatte schon Angst, ich müsste Eimer aufstellen, weil es durchs Dach regnet. Aber die Decken hier sind nicht nur alle trocken, sondern auch bunt bemalt, die Säulen sind verziert mit Schnitzereien, alles ist mit so viel Liebe gemacht.“
„Auf dem Weg sind wir über eine Brücke gefahren. Irgendwo müsste also ein Fluss sein“, sagte Gertrud nachdenklich.
„Lass uns hinübergehen in den anderen Flügel. Von dort werden wir sicher den Fluss sehen.“ Die beiden liefen die Wendeltreppe hinunter und standen in dem Hof, in dem sie gestern Abend angekommen waren. Hier waren schon viele Menschen beschäftigt. Die Pferde waren längst versorgt worden, Mägde brachten Eier und Wintergemüse vom Markt nach Hause, ein Mann hackte Holz, andere fegten den frisch gefallenen Schnee vom Pflaster. Der Innenhof glich eher einem Burghof und sah so gar nicht nach einem weiten Schlosshof aus, denn die Häuser umschlossen hoch und trutzig das lange, schmale Areal, über dem an der Stirnseite zwei hohe Türme thronten.
„Hier kann man sich geborgen fühlen“, sagte Elisabeth und legte ihre Hand an die Hauswand. „Mir ist, als müsse ich auf jeden einzelnen Pflasterstein meinen Fuß setzen, jede Wand und jeden Gegenstand mit meiner Hand berühren, um es mir ganz zueigen zu machen. Komm, lass uns dort drüben hineingehen, dort waren wir noch nicht.“
Auch im Südflügel gingen sie durch wohlgestaltete Räume, die eindeutig

die Handschrift einer Fürstin trugen. Ihre Vorgängerin, Herzogin Amalie von Bayern hatte sich ihren Witwensitz ganz standesgemäß eingerichtet. Die Fenster waren eingerahmt von filigranen Steinmetzarbeiten, die aussahen wie Vorhänge.

„Schau, dort ist der Fluss. Wie schön friedlich er durch die weißen Felder fließt. Er ist bestimmt voller Fische. Fischfang wurde mir auch in der Eheberedung zugesagt. Hier ist eine solche Fülle, ein solcher Reichtum! Es wird uns hier wirklich gut gehen. Der Wald dort drüben sieht aus wie verzaubert, ganz und gar mit Raureif überzogen. Ich freue mich jetzt schon darauf, über diese Wiesen zu reiten."

Elisabeth konnte sich nicht losreißen vom Anblick der stillen Winterlandschaft. Erst als Gertrud knarrend eine der Truhen öffnete und in Entzückensschreie ausbrach, wandte sie sich um: Feinste Leinentücher für Tisch und Bett, dazu Leuchter, Kerzen kamen zum Vorschein. Alles schien nur darauf zu warten, dass hier jemand einzog.

„Es war so dumm von mir, solche Sorgen zu haben. Gott wird's wohl machen. Dass er es so gut mit mir meint, hätte ich nicht zu hoffen gewagt. Lass uns weitergehen. Da vorn höre ich Geräusche und es riecht nach Küche. Die wollen wir uns auch ansehen."

Die Hauswirtschafterin saß am Tisch mit der Köchin, Mägde putzten Gemüse und scheuerten Kessel, als Elisabeth und Gertrud in den weitläufigen Raum traten.

„Euer Gnaden!" rief Frau Gundel und erhob sich hastig, die Köchin und die Mägde erhoben sich ebenfalls, um sich zu verneigen.

„Wir haben nicht damit gerechnet, Euch hier zu sehen. Wenn wir das gewusst hätten, dann hätten wir alles..."

„Aber Frau Gundel, es ist doch alles in Ordnung. Ich war zwar lange nicht mehr in einer Küche, aber diese hier sieht sehr ordentlich und sauber aus. - Was für ein riesiger Kamin!"

Tatsächlich war der Kamin so ungeheuer groß, dass er beinahe den größten Teil der weitläufigen Küche einnahm. Rauchgeschwärzte Eichenbalken lagen auf dicken Steinsäulen, die nicht nur das Kreuzgewölbe der Decke trugen, sondern auch den wuchtigen Kamin. Elisabeth trat unter den Kaminsims und schaute nach oben, wo sie ganz weit entfernt ein winziges, helles Viereck erkennen konnte.

„Wieso brennt dort hinten ein Feuer, wo gar nichts gekocht wird?“ fragte Gertrud.
„Das Feuer dort an der hinteren Wand muss immer brennen, denn der Kamin muss stets warm gehalten werden. Wenn er einmal erkaltet, zieht er nicht mehr richtig, und der Rauch bleibt in der kalten Esse stehen. Dann ist die Küche voller Qualm und man würde geräuchert wie die Schinken und Würste, die dort oben hängen“, erklärte Frau Gundel.
„Schaut, Euer Gnaden, wir sind bestens ausgestattet. Hier auf der großen ebenerdigen Herdstelle können wir mehrere Feuer brennen lassen, um hier an diesem Spieß einen Braten zu drehen, dort auf dem Rost können wir Fleisch rösten; wir haben mehrere Dreibeine, auf denen wir in Kesseln Suppe und Brei kochen können. Diese Vorrichtung hier nennt man eine Kochsäge. An ihr kann man Kessel aufhängen und wenn man den Kessel tiefer überm Feuer haben will, damit es schneller geht...“
„... dann legt man einen Zahn zu“, ergänzte Elisabeth lachend.
„Euer Gnaden kennen sich aus“, staunte Frau Gundel und führte für Gertrud geschickt vor, was sie gerade erklärt hatte. Elisabeth kannte all diese Dinge aus ihrer Kindheit in Spangenberg und Felsberg, doch Gertrud, die niemals eine Küche von innen gesehen hatte, betrachtete all diese Gerätschaften, das knisternde Feuer und die fleißigen Mägde mit staunend großen Augen.
„Dort drüben unter der Bodenklappe ist ein Keller für Vorräte. Dort ist es auch im Sommer immer kühl. Wir haben hier überhaupt sehr viel Platz, um Vorräte zu horten, so dass uns auch im Winter nichts fehlt. Unter der Bodenklappe stehen zum Beispiel Fässer mit Kraut und Gepökeltem. Wenn Ihr mir nun in den Nebenraum folgen möchtet - in den Leinensäckchen, die dort hängen, sind getrocknete Äpfel, Birnen und Beeren. Die Kräuterbündel sind natürlich auch wichtig, nicht nur zum Würzen; unsere Köchin kennt sich auch mit der Heilwirkung der Kräuter aus. Wein lagert im Keller. Für unsere kleine Hausgemeinschaft hatten wir keinen besonderen Wein gekauft, aber nun, da Euer Gnaden hier bald einziehen werden, werde ich schauen, dass ich einen guten Wein hinzukaufe.“
„Es ist alles wohlbestellt, Frau Gundel. Ich kann nur loben. Doch jetzt wollen wir Euch nicht länger aufhalten und uns weiter umschauen. Ich denke, wir werden uns die Schlosskapelle anschauen.“

Die Küche auf Schloss Rochlitz

„Zur Schlosskapelle geht es hier entlang, wo Euer Gnaden gerade hergekommen sind. Es freut mich sehr, dass Euer Gnaden zufrieden sind." Die alte Frau war sichtlich erleichtert und knickste eifrig.
Wenige Augenblicke später standen Elisabeth und Gertrud in der kleinen Schlosskapelle, deren anmutiger Bau sie faszinierte. So filigran waren die Fenster, so zierlich geschwungen das Kreuzgewölbe der Decke, die mit Blumenmustern reich geschmückt war.
„Und hier will ich das Abendmahl in beiderlei Gestalt empfangen", bestimmte Elisabeth, worauf Hennig Scholley antwortete: „So soll es sein, Euer Gnaden." Er war gerade mit einigen älteren und sehr würdig aussehenden Herren eingetreten, die sich vor Elisabeth verneigten.
„Wir grüßen Euch, Herzogin Elisabeth von Sachsen. Ich bin der Priester von Rochlitz, Herrmann Gleistner, die Herren hier sind Stadträte. Wir haben uns zu Euch aufgemacht, um Euch zu bitten, die Reformation in Rochlitz einzuführen."
„Da müsst Ihr mich nicht lange bitten. Das hatte ich ohnehin vor." Elisabeth musste lächeln über den Eifer, mit dem der Priester sein Anliegen vortrug. Sie hatte so sehr gehofft, auf offene Ohren zu stoßen und auch bei der Bevölkerung die Sehnsucht nach dem Luthertum anzutreffen, das schon in vielen Städten Einzug gehalten hatte.
„Leider müssen wir Euer Gnaden mitteilen, dass nicht alle Rochlitzer Bürger für die Reformation sind. Auch im Stadtrat sind viele Altgläubige, die vor Luther warnen und auch Euch feindlich gesinnt sind. Man weiß schließlich, dass Ihr martinisch seid." Und ausführlich berichtete der Priester über die Rochlitzer Verhältnisse: Die Religion spaltete die Bevölkerung und machte auch vor Familien nicht Halt. Manche martinischen Frauen litten unter ihren altgläubigen Eheherren, konnten sich aber nicht offen gegen sie auflehnen. Niemand wusste genau, wie viele Menschen auf Luthers Seite waren. Der Priester schätzte, dass beinahe die Hälfte der Rochlitzer dem alten Glauben schon lange skeptisch gegenüberstand.
„Ich habe mich auf Schwierigkeiten eingestellt. Seid gewiss, dass ich starke Verbündete habe. Aber wir wollen die Menschen nicht zwingen, sondern überzeugen. Ich würde Euch zu gerne erlauben, die Messe in deutscher Sprache zu halten, aber ein zu schnelles Vorpreschen würde nur Unfrieden stiften. Auf keinen Fall wollen wir Blutvergießen verursachen. Des-

halb muss ich erst alle Gegebenheiten prüfen und schauen, wann die Zeit dafür reif ist, aber seid gewiss, dass ich keinen Tag unnütz verstreichen lassen will."

„Wir danken Euer Gnaden. Darauf hatten wir gehofft." Die Männer verneigten sich tief und gingen.

„Gute Neuigkeiten, nicht wahr? Hättet Ihr gedacht, dass es so schön ist?" fragte Scholley grinsend.

„Nein, ich bin überwältigt. Und damit, dass der Priester mir nahelegt, möglichst bald die Reformation einzuführen, hätte ich zuletzt gerechnet."

Nachdenklich sah Scholley die junge Frau an, die vor ihm stand. Er kannte Elisabeth schon so lange, aber noch nie hatte er sie so strahlend und glücklich gesehen wie hier.

„Offensichtlich gefallen Euch alle Eure Gemächer. Wart Ihr schon in dem Raum, der hier über der Kapelle ist? Den finde ich ganz besonders schön."

„Dann werden wir diesen Raum sogleich erkunden."

„Ich habe übrigens auch die Wehranlagen inspiziert. Alles ist in Ordnung und das Schloss ist mit Waffen ausgestattet, wie es in der Eheberedung festgelegt ist. Einhundert Handbüchsen, sechzig Hakenbüchsen, vier Feldschlangen, zwei Mörser nebst Zubehör, als da wären Steine, Blei und Pulver, sind an Ort und Stelle. Die Feuerwaffen müssten gereinigt werden, aber alles ist ganz fachmännisch gelagert und hat daher kaum Rost angesetzt. Bei Gelegenheit werden wir die Waffen ausprobieren."

„Tut das bitte, wenn ich nicht da bin. Diese Knallerei finde ich fürchterlich! Es ist sehr umsichtig von Euch, die Waffen zu prüfen. Wir beide gehen jetzt nach oben in das schöne Zimmer. Gleich bei der Ankunft hatte ich mir schon gedacht, dass man von dort eine gute Aussicht hat."

„Ihr gelangt über diese Wendeltreppe in Eure Gemächer und dann in diesen Raum."

Sie eilten die Wendeltreppen hinauf. Elisabeth schaute sich nur hastig in dem kleinen Saal um und entdeckte Stufen, die zu einer Tür hinaufführten. Dahinter musste das gesagte Gemach sein. Elisabeth sprang die Stufen hinauf, riss die Tür auf, trat ein paar Schritte hinein und hielt inne. Der Anblick dieses Raumes nötigte Elisabeth wieder all ihre Fassung ab. Die Aussicht war herrlich, und sie öffneten die Fenster, um die Landschaft,

die Stadt, den Fluss in aller Deutlichkeit zu sehen. Gertrud trat neben sie. Gemeinsam blickten sie auf eine gleißende Schneelandschaft, durch die der dunkle Fluss namens Mulde mäanderte. Aus den Schornsteinen der Bürgerhäuser stieg der Rauch kerzengerade in den blauen Winterhimmel, auch direkt unterhalb der Schlosskapelle standen kleine Häuser, vor einem bauten Kinder gerade einen Schneemann. Ein Hund sprang kläffend zwischen den Kindern hin und her. Kinder... Ob sich dieser Traum jemals erfüllen würde? Im Moment wollte sie nicht daran denken. Elisabeth schloss das Fenster wieder und schaute sich um: Der Raum selbst war ausgestattet mit einem Kachelofen, einem Tisch, mehreren Stühlen und Öllampen.
„Hilf mir, den Tisch dort ans Fenster zu tragen!"
„Herrin? Wir beide?" fragte Gertrud überrascht. So viel eigene Aktivität war sie von ihrer Herrin nicht gewöhnt.
„Natürlich! Schau, es ist nur ein kleiner Tisch. Du wirst schon nicht zusammenbrechen."
Gemeinsam trugen sie den Tisch ans vorderste Fenster. Als er endlich so stand, wie Elisabeth ihn haben wollte, stellte sie eine der Öllampen darauf, schob einen Stuhl davor und stand lange still. Ihre Hände lagen auf der Stuhllehne, ihr Blick schweifte über die Stadt und die Landschaft.
„Und hier will ich meine Briefe schreiben!"

Auf der Rückfahrt nach Dresden hatte Tauwetter eingesetzt, was die Fahrt nicht angenehmer machte. Zwar war es nicht mehr ganz so eisig, aber die feuchte Kälte, die die schneegleißende Winterlandschaft in schmutziges Braun verwandelt hatte, kroch Elisabeth und Gertrud in alle Glieder. Diese Reise nach Dresden betrachtete Elisabeth als eine Formalität - nichts weiter. Immerhin hatte sie zwanzig Jahre ihres Lebens dort verbracht. Innerlich hatte sie schon so sehr damit abgeschlossen, dass es ihr nicht einmal weh tat, dass man ihr Frauenzimmer bereits aufgelöst hatte.
Herzog Georg wäre sicher eingeschritten, wenn er davon erfahren hätte, doch er war vor Tagen abgereist zum Schiedstag nach Zeitz, wo sich nun alles entscheiden sollte. So übernachtete Elisabeth gemeinsam mit Gertrud in ihrem alten Schlafzimmer und wartete ungeduldig auf Nachricht von Philipp.

Der Frühling schritt voran, die ersten Schneeglöckchen lugten schon unter den Schneeresten hervor. Die Köstritzsche gebärdete sich giftiger denn je, ganz so als wolle sie Elisabeth im voraus alle Beleidigungen mit auf ihren restlichen Lebensweg geben, doch Elisabeth gelang es, die dummen Bemerkungen der alten Krähe an sich abprallen zu lassen. Aber sie blieb nicht untätig: Über die Kanzlei besorgte sie sich Verzeichnisse aller Einkünfte von Rochlitz und Umgebung (ein hartes Stück Arbeit), prüfte, rechnete und hoffte darauf, dass Philipp alles ganz in ihrem Sinne regelte, dass er alles bedachte, was bei solchen Verträgen bedacht werden musste. Die Eheberedung sicherte ihr ausdrücklich gewisse Einnahmen zu. Auf keinen Fall wollte sie sich mit Getreide abfinden lassen, das der Hagel ihr verderben könnte. Und auch nachts wälzte Elisabeth ihre Gedanken um und um. Würde man ihr Rochlitz wirklich lassen? Wäre es nicht höchst ergötzlich für all ihre Feinde, wenn man sie nur einen Blick ins Paradies hätte werfen lassen, um ihr dann die Tür vor der Nase zuzuschlagen? Es musste, musste ihr gelingen, in Rochlitz zu herrschen, wie sie es wollte!

Endlich, am Abend des fünfzehnten März kam ein langer Zug von Pferden und Wagen in Dresden an, der nicht nur Herzog Georg zurückbrachte, sondern auch Philipp und Christine mit ihrem gesamten Hofstaat. Elisabeth eilte die Treppen hinunter und flog ihnen entgegen. Der Hof wimmelte bereits vor lauter Dienerinnen und Dienern, die das Gepäck abluden, den Herrschaften beim Aussteigen halfen und die Pferde in die Stallungen führten. Überall waren erleichterte Seufzer über die glückliche Ankunft zu hören, aber auch Husten, Niesen und Fluchen über das Wetter.
Da stand Elisabeth nun in der kalten Märznacht, der Schein der Fackeln, mit denen sich die Wagen und Reiter ihren Weg durch die Finsternis gebahnt hatten, zuckte über die Fassade des Schlosses. Als Herzog Georg mit verkniffener Miene vom Pferd stieg, hoffte Elisabeth, dass seine schlechte Laune nicht nur auf den langen Ritt durch die Kälte zurückzuführen war. Elisabeth hatte kaum die Möglichkeit, ihren Schwiegervater zu begrüßen, da hatte er sich schon von ihr abgewandt und war im Schloss verschwunden. Das war einerseits schade, andererseits wahrscheinlich ein gutes Zeichen. Und tatsächlich: Philipp grinste breit übers ganze Gesicht, als er zwischen all den Menschen seine Schwester entdeckte. Sein Gesicht war

rot, sein Atem dampfte vor seinem lachenden Mund und er schwang sich elegant vom Pferd.
„Na, kleiner Bruder!“ sagte Elisabeth, indem sie ihn umarmte.
„Es ist alles in Ordnung, Schwesterchen. Ich habe nur gute Neuigkeiten im Gepäck. Und schau! Christine ist auch mitgekommen. Jetzt müssen wir nur noch einen ruhigen Augenblick finden, in dem ich dir alles sagen kann, was ich für dich erkämpft habe.“
„Hoffentlich nicht mit zu harten Bandagen, denn ich möchte mit meinem alten Herrn einig bleiben. - Christine!“ rief Elisabeth erfreut, als ihre Schwägerin mit der Närrin und vier ihrer Jungfrauen dem Wagen entstieg. Ein kleiner braun-weißer Hund umwuselte Christines langen Mantel und bellte, so dass sich schließlich die Närrin seiner erbarmte und ihn auf den Arm nahm. Gertrud hatte die Närrin gleich erspäht und ihre Freundin begrüßt.
„Wie unendlich lieb von dir, diese Strapazen auf dich zu nehmen und zu dieser Jahreszeit den weiten Weg zu machen! Ich freu mich sehr, dich zu sehen!“
Elisabeth umarmte ihre Schwägerin und hielt sie lange und innig fest.
„Wir freuen uns auch! Und schau, wir haben dir jemanden mitgebracht. Wo ist die kleine Carlotta?“ rief Christine, worauf die Närrin und Gertrud sich einen Weg durch die vielen Menschen bahnten. Carlotta lag bereits auf Gertruds Arm und genoss das Kraulen sichtlich. Christine streichelte den Kopf des Hundes, der versuchte, ihre Hand zu lecken.
„Carlotta, wie niedlich. Einen solchen Hund habe ich noch nie gesehen.“
„Sie ist für dich, liebe Schwester. Man nennt sie Königsspaniel. Sie sind in England sehr beliebt. Alle Damen des hohen Adels haben solche Hunde.“ Philipps Stimme war nur ein Raunen, als er Elisabeth noch einmal an sich zog: „Da du demnächst herrschen wirst wie eine Königin, habe ich mir gedacht, dass ein solcher Hund das einzig angemessene Haustier für dich ist.“
„Tatsächlich? Hast du so viel für mich erreichen können?“ fragte Elisabeth fassungslos und hatte Carlotta schon auf den Arm genommen. „Sie hat wunderschöne, liebe Augen. Ich danke Euch! Für alles! Aber nun kommt herein. Es ist mir sogar gelungen, die Dienerschaft dazu zu bewegen, etwas zu Essen auf den Tisch zu stellen.“

„Ist es so schlimm? Hört man nicht auf dich?“ fragte Christine erstaunt. Carlotta zappelte und wurde auf den Boden gesetzt.
„Ich bin froh, wenn ich hier weg bin. Lieber heute als morgen. Ihr müsst mich unbedingt in Rochlitz besuchen. Es ist einfach traumhaft schön dort. - Komm, Carlotta, komm! - Wenigstens eine, die hier auf mich hört!“ stellte Elisabeth überrascht fest, als Carlotta ihr tatsächlich folgte.
„Wirst du Dresden denn gar nicht vermissen?“
„Dresden schon. Immerhin habe ich hier zwanzig Jahre meines Lebens verbracht und mich vom ersten Tag an in die Stadt und ihre Bewohner verliebt, aber das Schloss mit seinen Einwohnern werde ich kaum vermissen.“

Es war später Abend, als Philipp, Christine und Elisabeth einen ungestörten Moment hatten. Sie hatten sich für diesen einen Abend Elisabeths Frauenzimmer zurückerobert, das die Köstritzsche in Herzog Georgs Abwesenheit nicht nur für sich selbst genutzt, sondern auch vollkommen umgestaltet hatte. Gertrud und die Närrin hatten sich in eine Ecke des Zimmers zurückgezogen und sprachen leise miteinander. Mit einem Lächeln stellte Elisabeth fest, wie sehr die beiden sich mochten. Carlotta schlief auf Elisabeths Schoß und schnaufte zufrieden. Es war ein so friedlicher Abend, fast hätte man glauben können, alles sei in Ordnung hier in diesen Räumen.
„Seht ihr, wie dringend ich von hier fort muss?“ Elisabeth umfasste mit einer Geste die neuen Vorhänge und Möbel, die die Köstritzsche hier aufgestellt hatte. „Ich habe noch nicht einmal angefangen, meine Sachen nach Rochlitz zu bringen, da wird mein Frauenzimmer schon übernommen - ausgerechnet von der Köstritzschen!“
„Das wird bald alles ein Ende haben. Du wirst in Rochlitz herrschen können wie es sich einer Herzogin geziemt. Bezüglich der Religion wurde nichts festgelegt, sondern wir stellen es deinem Gewissen anheim, wie du darin verfahren willst. Das hat unserem alten Herrn nicht geschmeckt, weil er fürchtet, dass du sofort die Reformation einführen wirst; aber aus eben diesem Grunde habe ich darauf bestanden.
Außer Rochlitz wirst du Kriebstein mit den Städten Waldheim und Hartha bekommen. Und du wirst fünfundfünzigtausend Gulden haben. Da wirst du dir einen stattlichen Hofstaat leisten können.“
Mit einem kurzen Blick auf Gertrud und die Närrin beugte Elisabeth sich

vor und sagte leise: „Christine, könntest du mir deine Närrin überlassen? Gertrud und sie haben sich wirklich angefreundet. Es wäre schade, die beiden Freundinnen wieder zu trennen."
„Du könntest mir keinen größeren Gefallen tun, denn die Närrin redet in letzter Zeit ein so unglaublich verrücktes Zeug, dass ich fürchte, sie könnte tatsächlich zu einer natürlichen Närrin werden."
„Wieso? Was sagt sie denn?"
„Nicht nur, dass sie der Überzeugung ist, dass eines Tages in Dresden hunderttausende Menschen gemeinsam einen protestantischen Gottesdienst feiern werden - das würde ich ihr noch durchgehen lassen -, aber sie behauptet auch, dass bei diesem Gottesdienst eine Frau die Predigt halten wird[4], und das geht entschieden zu weit. Wahrscheinlich hat sie im Wald wieder irgendwelche Pilze gefunden; dann ist es immer ganz besonders schlimm mit ihr. "
Elisabeth lächelte nur und sagte weiter nichts. Sie wollte nicht mit Christine streiten.
„Dann nehme ich sie dir gerne ab."
„Wie? Was?" rief die Närrin. „Da haben meine alten Ohren doch etwas gehört, das mich angeht."
„Ja. Du wirst ab sofort bei Herzogin Elisabeth in Rochlitz deine Narrheit austoben und..." weiter kam Christine nicht, denn die Närrin brach in Jubelschreie aus und schlug Purzelbäume.
„Und? Bereust du es schon?" fragte Christine mit einem Seitenblick auf Elisabeth.
„Nein. Wenn ich sehe, wie glücklich Gertrud ist, dann war das die richtige Entscheidung."
„Danke, Euer Gnaden. Ich danke Euch!" sagte Gertrud, die aufgestanden und zu Elisabeth geeilt war. „Das ist wirklich sehr freundlich von Euch."
„Ja, ja. Nun setzt euch wieder. Ihr könnt eure Freundschaft bald in vollen Zügen genießen."
Das taten die beiden. Elisabeth beobachtete amüsiert, wie Gertrud der Närrin von Rochlitz vorschwärmte und wie die beiden Mädchen kichernd

4 Beim Abschlussgottesdienst des evangelischen Kirchentages im Juni 2011 in Dresden haben hunderttausende Menschen gemeinsam Gottesdienst gefeiert. Die Predigt wurde gehalten von Pfarrerin Ulrike Trautwein.

Pläne machten, was sie in einem solchen Schloss alles tun und anstellen könnten.
Elisabeth dagegen wurde ernst und sagte leise: „Es ist nur wenige Jahre her, da habe ich geglaubt, die Bedeutung des Satzes ‚Herr, lehre uns bedenken, dass wir sterben müssen, auf dass wir klug werden' verstanden zu haben. Ich dachte auch, mein alter Herr hätte sie verstanden, aber jetzt sind die Fronten wieder so sehr verhärtet, wie in alten Zeiten. Es ist so schrecklich, ausgerechnet mit ihm wieder auf zoffisch zu sein[5], ihn zum Feind zu haben. Ich möchte die Reformation einführen, damit alle Menschen in Rochlitz aus dem päpstlichen Gefängnis befreit werden. Mein alter Herr muss doch endlich verstehen, dass eine neue Zeit angebrochen ist. Ich dachte, wir hätten beide etwas verstanden, etwas gelernt im Angesicht des Todes der alten Herzogin."
„Ich höre schon wieder Rochlitz!" schaltete sich die Närrin noch einmal ein, worauf Christine die Augen gen Himmel wandte.
„Ihr wollt also die Menschen aus dem päpstlichen Gefängnis befreien? Wäre es nicht wieder ein neues Gefängnis, in das ihr die Menschen sperrt, wenn Ihr ihnen vorschreibt, was sie zu glauben haben? Lasst sie doch glauben, was sie wollen. Der Glaube ist eine Angelegenheit des Herzens. Wäre es nicht ebenso töricht, den Menschen vorschreiben zu wollen, in wen sie sich zu verlieben haben?"
„Närrin, was du da von dir gibst, ist die reine Ketzerei", sagte Philipp scharf.
„Euer Gnaden mögen mir vergeben, aber es ist nichts als die reine Vernunft, die aus mir spricht, denn offensichtlich bin ich der einzig vernünftige Mensch in diesem ganzen Mysterienspiel."
Philipp wollte sie mit einem strengen Blick zum Schweigen bringen, doch die Närrin war in voller Fahrt: „Euer Gnaden haben sicherlich vieles gelernt und erkannt im Angesicht des Todes der alten Herzogin, aber solche Erkenntnis hält menschlicherweise nicht lange vor. Wir gehen wieder in unseren Alltag, gehen unseren Geschäften nach und rutschen, ehe wir uns versehen, in unsere alte Dummheit, unseren alten Trotz. Als die alte Herzogin starb, da wolltet Ihr Eurem Schwiegervater zuliebe alles tun, sogar das Abendmahl wieder in einer Gestalt nehmen, und dabei nur heimlich

5 Originalton Elisabeth: auff tzoffych seyn. Siehe Thieme, André; 2010, Dok. Nr. 175

den Wein trinken. Wie tief ging Eure Erkenntnis? Hättet Ihr nicht erkennen sollen, dass der Glaube etwas so Persönliches ist, dass er von der Politik nicht berührt werden darf? Wieso lasst Ihr nicht einfach jeden einzelnen Menschen glauben was er will? Für den Herzog ist der Papst tatsächlich der unfehlbare Stellvertreter Christi auf Erden. Für Luther ist der Papst ein Ketzer. Wer wagt es zu entscheiden, welcher dieser Menschen recht hat und wer nicht? Ich glaube, wirklich klug werden wir erst, wenn wir tatsächlich tot sind. Ein Jammer, dass unsere Klugheit der Welt dann nicht mehr zugute kommt."

„Elisabeth, bist du sicher, dass du sie haben willst? Noch könnten wir sie wieder mitnehmen", sagte Christine, doch die Närrin hob abwehrend die Hände: „Nein, nein, nein. So geht das nicht. Ich bin vom Umtausch ausgeschlossen. Ich will und werde in Rochlitz wohnen."

Und so geschah es. Schon am nächsten Tag wurden unzählige Kisten auf Wagen gepackt, die sich Richtung Rochlitz in Bewegung setzten. Herzog Georg und Carlowitz standen am Fenster und schauten dem langen Zug hinterher, der sich über die steinerne Brücke wälzte.

„Da fährt sie hin, die junge Herzogin", knurrte Carlowitz. „Sie wird in Rochlitz die Reformation einführen, noch ehe wir den vermaledeiten Namen des Wittenbergers ausgesprochen haben."

„Rochlitz wäre nicht das erste Amt, das martinisch ist. Mein eigener Bruder Herzog Heinrich hat in seinem Herrschaftsgebiet bereits im letzten Jahr die Reformation eingeführt. Diese Pest greift um sich wie ein Feuer. Aber auch jetzt wird meine Schwiegertochter nicht begreifen, dass ich es nur gut mit ihr meine. Sicher, Luther hat in vielen Dingen recht, aber man kann das nicht dem einfachen Volk sagen. Dann wird es nicht bei Luther bleiben, sondern bald wird ein neuer Thomas Müntzer dastehen, der die Herrschaft des Volkes fordert. Wenn man dem Volk zu viel Freiheiten zugesteht, wird es sich gegen die Obrigkeit erheben. Im Handumdrehen könnten wir einen Flächenbrand haben, den Wir so schnell nicht besiegen können. All das bedenkt Unsere Schwiegertochter nicht, wenn sie so leichtfertig mit den wichtigsten Dingen umgeht. Es war ein Fehler, ihr die Herrschaft zuzugestehen. Wir können nur hoffen, dass Wir diesen Fehler nicht allzu bitter bereuen werden."

„Da ihr gerade von Feuer sprecht, Euer Gnaden - wir könnten die Rochlitzer Reformation sicher verhindern, wenn wir der jungen Herzogin die Heilige Inquisition schicken. Was halten Euer Gnaden davon?"
„Das ist ein guter Gedanke, Carlowitz. Wir sollten für einen heißen Sommer in Rochlitz sorgen."
„Sehr wohl, Euer Gnaden. Ich werde alles in die Wege leiten." Damit verneigte sich Carlowitz und ging federnden Schrittes davon.

Nach einer unruhigen Nacht in einem Gasthof kam Elisabeth mit ihrem langen Zug erst am Nachmittag des folgenden Tages in Rochlitz an.
„Du liebe Güte, Euer Gnaden! Ihr seid auf Eure Füße gefallen!" rief die Närrin beim Anblick des Rochlitzer Schlosses aus. Sie war behände vom Wagen gesprungen und half nun Gertrud herunter. Elisabeth ließ sich lieber von Scholley vom Wagen helfen, der in der Zwischenzeit in Rochlitz nach dem Rechten gesehen hatte. Auch das Hündchen Carlotta sprang vom Wagen und beschnüffelte das neue Revier und ließ sich dann von Elisabeth wieder auf den Arm nehmen.
„Willkommen Euer Gnaden. Es ist alles vorbereitet", sagte er, indem er sich verneigte. Offensichtlich wollte er noch ausführen, was er alles veranlasst hatte, doch die Närrin rief: „Was für hohe Türme! Von dort oben kann man sicher unglaublich weit sehen. Wo ist der Aufgang?"
„Gertrud wird dir gleich alles zeigen, aber zu den Türmen komme ich mit. Hier entlang!" erwiderte Elisabeth und ging voran in den Flügel, an den sich der südliche Turm anschloss.
„Ah, hier sind wir schon in der Küche! Gut, dass ich das weiß. Die Küche ist der wichtigste Raum im ganzen Schloss!" stellte die Närrin beim Eintritt in die Küche fest. Die Mägde und die Köchin verneigten sich, als Elisabeth mit ihrem sehr kleinen Frauenzimmer eintrat.
„Gott zum Gruß. Was gibt es denn heute zu essen?"
„Es gibt eine Gemüsesuppe, Braten und zum Nachtisch süße Pfannkuchen mit Äpfeln, Euer Gnaden."
„Da muss sicher schon was vorgekostet werden, nicht wahr?" Die Närrin steckte gleich ihre Nase in den großen Topf, der über dem Feuer dampfte. „Wo sind denn die süßen Pfannkuchen?"
„Mit denen haben wir noch gar nicht angefangen", erwiderte eine

Magd leise.
„Närrin, es wird genügend Pfannkuchen für alle geben und du musst sie auch nicht vorkosten, denn ich kann dir schon versichern, dass sie köstlich sind. Jetzt weiter! Wir wollen auf den Turm!"
Nach einem weiteren großen Raum standen sie unten im Turm und schauten nach oben.
„Ganz schön hoch! Wie viele Stufen werden das wohl sein?" murmelte Gertrud.
„Egal! Los! Wer zuerst oben ist!" Und schon war die Närrin losgestürmt. Carlotta lief ihr kläffend hinterher, Gertrud wollte sich auch nicht lumpen lassen, doch Elisabeth schritt in gemäßigtem Tempo die Stufen empor. Als sie auf halber Höhe war, hörte sie die Närrin schon rufen: „Oh, meine Güte! Ist das schön! Donnerwetter, Euer Gnaden! Und das gehört jetzt alles Euch?"
Elisabeth widerstand dem Impuls zu rennen - immerhin hatte sie lange genug gekämpft und sich erschöpft, um an dieses Ziel zu gelangen. Aber dann raffte sie schließlich doch ihre Röcke. Sie hielt es nicht mehr aus, sie musste hinaufrennen und sofort mit eigenen Augen ihr eigenes Land sehen. Außer Atem kam sie oben an und öffnete gleich eines der Fenster, um ungehindert und klar die Landschaft sehen zu können. Es war Frühling. Der Duft dieser wunderbaren Jahreszeit wehte bis hier herauf. Die Sonne schien, hier und dort konnte man sogar schon kleine Flecken von Frühlingsblumen erkennen, die der rauen Witterung trotzten. War die Wiese dort unten nicht deutlich blau von Veilchen? Elisabeth atmete tief ein, während ihr Blick über die liebliche Landschaft glitt, die sich bald in einen Garten Eden verwandeln würde.
„So! Und jetzt fangen wir an!" sagte sie, als sie sich zu den beiden umwandte.
„Womit denn?" fragte Gertrud neugierig.
„Mit dem Leben!" erwiderte Elisabeth und küsste sie auf beide Wangen.

Ende

Elisabeth empfängt das Abendmahl in beiderlei Gestalt.
Darstellung an einem Kirchenfenster zu Rochlitz.

Epilog

Gegen den massiven Widerstand Herzog Georgs, aber auch mit der tatkräftigen Unterstützung ihres Bruders, führte Elisabeth offiziell im Dezember 1537 die Reformation in Rochlitz ein. Bereits im September 1537 wurde in Rochlitz die erste lutherische Messe in deutscher Sprache gehalten.

Otto von Pack wurde noch 1537 in den Niederlanden gefangen genommen, nach Dresden gebracht, gefoltert und hingerichtet. Dies ist hinlänglich belegt. Dass seine Nachkommen das moderne Bankenwesen gegründet haben sollen, ist allerdings ein böses Gerücht.

Natürlich gibt es noch viel zu erzählen über Elisabeth, die mit ihrem kleinen Hofstaat in Rochlitz ihre glücklichste Zeit verlebte.
Auch über Philipp lässt sich noch einiges sagen. Zum Beispiel, dass er sich heimlich eine zweite Frau genommen hat, obwohl Christine noch gar nicht tot war. Lange blieb die Sache nicht heimlich, sondern sorgte sehr bald für einen handfesten Skandal. Auf Bigamie stand damals die Todesstrafe, die Elisabeth am liebsten eigenhändig an ihrem Bruder vollzogen hätte, so sehr war sie außer sich.
Außerdem hatte Kaiser Karl V. dadurch Philipp in der Hand und stellte Bedingungen, die den Schmalkaldischen Bund erheblich schwächten. Als es dann zu einem Krieg kam, in dem der überaus ehrgeizige Herzog Moritz eine ganz eigene Rolle spielte, gerieten nicht nur Philipp und Kurfürst Johann Friedrich, sondern auch Elisabeth in höchste Gefahr.
Der Roman, in dem ich all diese Ereignisse und noch mehr ausführlich schildere, ist im Frauenzimmer Verlag unter dem Titel »Ein Paradies, gebaut auf Sand« erschienen.

Anja Zimmer

Danke!

An dieser Stelle möchte ich allen danken, die bei der Entstehung dieses Buches mitgewirkt und mich auf vielfältige Weise unterstützt haben.
Vor allem danke ich meinem Mann Frank, der mich bei Recherchen und Lesungen tatkräftig unterstützt und dem ich die vielen schönen Fotos in diesem Buch und auf meiner Webseite verdanke.
Herzlichen Dank an meine Eltern, Ihr seid klasse!
Mein besonderer Dank gilt André Thieme für die Beantwortung all meiner Fragen und für sein Werk „Die Korrespondenz der Herzogin Elisabeth von Sachsen", das für mich eine unschätzbare Quelle war.
Weiterhin danke ich besonders allen Mitarbeiterinnen und Mitarbeitern des Marburger Adelsarchives.
Bei meinen Recherchen bin ich überall in Kulturkreisen, Heimatvereinen, Archiven, Bibliotheken, Schlössern und Universitäten auf überaus hilfsbereite, offene, freundliche Menschen gestoßen, die gerne bereit waren, mir ihr Wissen weiterzugeben. Das hat meine Arbeit sehr erleichtert und natürlich auch sehr angenehm gemacht. Ihnen allen einen ganz herzlichen Dank!

Personenregister

Die von mir erfundenen Personen sind kursiv gedruckt.

Bilhildis: Freundin von Johannes Schreuer in Homberg Efze.

Boyneburg, Ludwig von: Rat von Philipps Vater, nach dessen Tod heftiger Gegner von Philipps Mutter Anna. Philipp hat ihn nach dem Tod seiner Mutter wieder begnadigt und als Rat eingesetzt.

Brandenburg, Kurfürstin Elisabeth von: (1485 - 1555) Musste vor ihrem Gemahl, Kurfürst Joachim I., flüchten, da er sie wegen ihrer martinischen Gesinnung einmauern lassen wollte.

Brandenburg, Kurfürst Joachim I.: Ehemann der Kurfürstin Elisabeth von Brandenburg. Entschiedener Gegner der Reformation.

Brandenburg, Markgraf/ Kurfürst Joachim II.: Sohn von Kurfürstin Elisabeth und Kurfürst Joachim I., Ehemann der Magdalene von Sachsen, dadurch Schwager von Elisabeth und Johann.

Carlowitz, Christoph von: Lehrer von Moritz von Sachsen, später sein Rat. Ein Neffe Georgs von Carlowitz.

Carlowitz, Georg von: (um 1480 - 1550), sächsisch-albertinischer Amtmann und seit 1522/24 maßgeblicher Rat am Hof Herzog Georgs. Siehe André Thieme 2010, S. 213, Anm. 1783.

Chrosner, Alexius: (1490 - nach 1534), evangelischer Theologe, gemeinsam mit Georg Spalatin Erzieher Herzog Johann Friedrichs (des Großmütigen), Pfarrer in Colditz und Altenburg, wurde von Herzog Georg (dem Bärtigen) für einige Zeit nach Dresden berufen. Siehe André Thieme 2010, S. 175 Anm. 1319. Vertrauter Elisabeths.

Dürenberg, Albrecht von: ein Diener Herzog Johanns von Sachsen, mit dem Elisabeth gerne tanzt.

Ende, Edelknabe *Heinrich* von: Türsteher an Elisabeths Frauenzimmer. Elisabeth Werl schreibt nur von einem „Edelknaben von Ende“, einen Vornamen erwähnt sie nicht, daher ist hier der Vorname kursiv. Siehe Werl, 1937, S. 92

Erzbischof Albrecht von Magdeburg: (1490 - 1545) ein Bruder des Kurfürsten Joachim I. von Brandenburg.

Feige, Johannes: Rat Landgraf Philipps des Großmütigen von Hessen.

Ferber, Nikolaus: Franziskanerguardian, Gegner der Lutheraner auf der Homberger Synode.

Ferdinand I.: (1503 - 1564) Habsburger, Erzherzog von Österreich, König von Böhmen, Kroatien und Ungarn, wurde 1531 zum römisch - deutschen König gewählt, was die Vorstufe zum Kaisertum war. Nach dem Tod seines Bruders Kaisers Karls V. wurde er Kaiser des Heiligen Römischen Reiches.

Franz I., bzw. *François Ier* : (1494 - 1547) König von Frankreich.

Franz Lambert von Avignon: Reformator, Berater Landgraf Philipps des Großmütigen von Hessen, einer der ersten Professoren an der Universität zu Marburg.

Freienfels, Ferdinand von: ein Offizier Landgraf Philipps, Verehrer Elisabeths, als sie noch in Hessen wohnte.

*Gutmännin, Anna: *1485, geb. Schreuerin, Ehefrau von Friedel Gutmann.*
*Gutmännin, Anni: *1516, älteste Tochter von Anna und Friedel Gutmann.*
*Gutmann, Albert: * 1510, jüngster Stiefsohn von Anna und Friedel Gutmann.*
*Gutmännin, Frieda: *1522, jüngste Tochter von Anna und Friedel Gutmann.*
*Gutmann: Friedel: * 1480, Schreiner in Gotha, verheiratet mit Anna.*

*Gutmann, Gerhard: *1505, ältester Stiefsohn von Anna und Friedel Gutmann.*

Henner: Heiler in Homberg Efze, Besitzer der „Schwarzen Raabe".

Hessen, Agnes von: (1527 - 1555) Tochter von Philipp und Christine.

Hessen, Anna von: (1485 - 1525) Mutter von Elisabeth und Philipp.

Hessen, Landgräfin Christine von, geb. von Sachsen: (1505 - 1549) Tochter Herzog Georgs von Sachsen und Schwester Johanns, dadurch Elisabeths Schwägerin; Ehefrau Philipps von Hessen, dadurch doppelt verschwägert mit Elisabeth.

Hessen, Landgraf Philipp von; genannt „der Großmütige": (1504 - 1567) Elisabeths Bruder, verheiratet mit Christine von Sachsen, einer Tochter Herzog Georgs.

Hessen, Landgraf Wilhelm IV von: (1532 - 1592) Sohn von Philipp und Christine von Hessen.

Jacob, der Tuchhändler: Freund von Karl Schreuer.

*Junker, Joseph: *ca. 1527, bester Freund von Reinhard Schreuer.*

Kaiser Karl V.: (1500 - 1558) Habsburger, Bruder Ferdinands I.

Kaiser Maximilian I.: (1459 - 1519)Habsburger, Großvater Kaiser Karls V.

Köstritz, Eleonore von: Hofmeisterin Elisabeths von Sachsen
Elisabeth hatte mehrere Hofmeisterinnen. Welche Hofmeisterin die im vorliegenden Buch beschriebenen Intrigen eingefädelt hat, war für mich nicht feststellbar. Daher habe ich bewusst eine erfundene Person verwendet. Die Intrigen entsprechen aber den Tatsachen und sind aus Elisabeths Briefen ersichtlich.

Krafft, Magister Adam: Prediger in Hessen, wurde von Landgraf Philipp zum Visitator für Kirchen und Schulen ernannt, um die Einführung der neuen Lehre zu überwachen.

Luther, Martin: 1483 - 1546, Reformator. Er kannte Elisabeth zwar nicht persönlich, wusste aber, dass sie sich stark für die Reformation einsetzt. Leider sind sich die beiden nie begegnet.

Martin von der Bleiche: Freund von Karl Schreuer.

Melanchton, Philipp: (1497 - 1560) Reformator, Freund Luthers.

Müntzer, Thomas: (1490 - 1525) Pfarrer und Reformator, der sich mit den Bauern solidarisiert hat, deshalb scharfer Gegner Luthers; wurde nach der Schlacht bei Frankenhausen gefangen genommen, gefoltert und hingerichtet.

Närrin: Hofnärrin bei Christine von Hessen; nach eigenen Angaben die einzig vernünftige Person in diesem ganzen Mysterienspiel - was ganz objektiv und aus heutiger Sicht betrachtet, der Wahrheit entspricht.

Papst Clemens VII., Giulio de' Medici: (1478 - 1534) War von 1523 - 1534 Papst.

Papst Paul III., Alessandro Farnese: (1468 -1549) war von 1534 - 1549 Papst.

Pack, Margarete von: Ehefrau Ottos von Pack.

Pack, Otto von: (um 1480 - 1537) Vizekanzler Herzog Georgs von Sachsen.

Pistoris, Dr. Simon: (1489 - 1562), Kanzler Herzog Georgs von Sachsen (1523 - 1537) und Herzog/ Kurfürst Moritz' (1541 - 1548). Siehe André Thieme 2010, S. 222, Anm. 1886.

Ratzenberger, Matthäus: Medicus der Kurfürstin Elisabeth von Brandenburg, Freund Luthers.

Sachsen, Aemilia von: (1516 - 1591) Schwester des Moritz von Sachsen.

Sachsen, August von: (1526 - 1586) Sohn von Herzog Heinrich und Herzogin Katharina, Bruder des Moritz von Sachsen.

Sachsen, Barbara von: (1478 - 1534) eine polnische Prinzessin, Ehefrau Herzog Georgs von Sachsen, Elisabeths Schwiegermutter.

Sachsen, Friedrich von: (1504 - 1539) ein Sohn Herzog Georgs von Sachsen; Elisabeths Schwager, Johanns Bruder. Manche Quellen behaupten, er sei von Geburt an geistesgestört gewesen, jüngere Forscher, wie Karlheinz Blaschke, gehen davon aus, dass sich erst in seinen dreißiger Jahren eine Geisteserkrankung eingestellt hat. Durch die engen verwandtschaftlichen Beziehungen von Ehepartnern (der Papst hat immer wieder seinen Dispens zu den Eheschließungen erteilt) kam es häufiger zu körperlichen und geistigen Auffälligkeiten. Ich gehe davon aus, dass Friedrich ein hochsensibler Mensch war, der zur Schwermut neigte.

Sachsen, Georg von: (1471 - 1539) wurde seit dem Tod seiner Gemahlin „der Bärtige" genannt, da er sich zum Zeichen seiner Trauer den Bart nicht mehr schnitt.

Sachsen, Kurfürst Johann von, genannt der Beständige: Bruder und Nachfolger Kurfürst Friedrichs des Weisen.

Sachsen, Herzog Johann von: Elisabeths Ehemann.

Sachsen, Herzog Johann Ernst von: (1521 - 1553) Wesentlich jüngerer Halbbruder von Kurprinz Johann Friedrich. Sohn von Kurfürst Johann dem Beständigen und dessen zweiter Gemahlin.

Sachsen, Herzog Johann Friedrich von: (1503 - 1554) Cousin von Elisabeth von Philipp, da seine Mutter Sophie und Anna von Hessen Schwestern waren. In der neueren Forschungsliteratur (z. B. André Thieme) wird er als „Herzog" bezeichnet, so lange er noch nicht den Kurfürstentitel seines Vaters trägt. In der älteren Literatur (z. B. Elisabeth Werl) wird er noch „Kurprinz" genannt. Da schon genügend Herzöge auf dem Plan sind, habe ich mich entschieden, ihn ebenfalls „Kurprinz" zu nennen, um die Verwirrung mit Namen und Titeln so gering wie möglich zu halten.

Sachsen, Herzogin Katharina von: (1487 - 1561) Elisabeths Tante, da Katharina und Anna von Hessen Schwestern waren. Katharina war die Gemahlin Herzog Heinrichs des Frommen, die Mutter von Moritz etc.

Sachsen, Moritz von (zunächst Herzog, ab 1547 Kurfürst): (1521 - 1553) Cousin Elisabeths. Sohn von Herzog Heinrich dem Frommen und dessen Gemahlin Katharina, einer Schwester der Anna von Hessen.

Sachsen, Severinus von: (1522 - 1533) Bruder von Moritz von Sachsen.

Sachsen, Sibylle von: (1512 - 1554) Als Gemahlin Johann Friedrichs von Sachsen zunächst Herzogin, später Kurfürstin. Geborene von Jülich-Kleve.

Sachsen, Sibylle von: (1515 - 1592) Schwester von Moritz von Sachsen.

Sachsen, Sidonie von: (1518 - 1575) Schwester von Moritz von Sachsen.

Schleinitz, Heinrich von: Rat Herzog Georgs von Sachsen. *Wird von Elisabeth gerne Schleimix genannt.*

Scholley, Henning von: Vertrauter und Bote zwischen Elisabeth und Philipp. Ihm vertrauten die Geschwister auch mündliche Botschaften an, die sie dem Papier nicht anvertrauen wollten. Siehe Elisabeth Werl, S. 23

Schönberg, Hans von: Rat Herzog Georgs von Sachsen.

Schrautenbach, Balthasar: Rat Philipps von Hessen, der schon Philipps Mutter Anna beraten hat.

*Schreuer, Johannes: *1509, Sohn von Katha und Karl Schreuer, Bruder von Reinhard Schreuer.*

Schreuer, Karl: 1475 - 1530, Schreinermeister aus Homberg Efze. Ehemann von Katha Schreuerin, Vater von Johannes und Reinhard Schreuer, Bruder von Anna Schreuer, verh. Gutmännin.

Schreuer, Katha: 1485 - 1530, Ehefrau von Karl Schreuer, Mutter von Johannes und Reinhard Schreuer, Freundin von Anna Schreuerin, verh. Gutmännin.

*Schreuer, Reinhard: *20.10.1526, Sohn von Katha und Karl Schreuer, bester Freund von Joseph Junker.*

Starschedel, Innocentius von: Ja, den gab es wirklich und der hieß auch so. Ein junger Mann, der sich für eine von Elisabeths Jungfrauen interessiert hatte und deshalb vom Hof entfernt wurde.

Ungefug, Eugenius: Pfarrer in Homberg Efze.

Württemberg, Herzog Ulrich von: (1487 - 1550) ein Freund Philipps von Hessen.

Zwingli, Huldrich: (1484 - 1531) Schweizer Reformator, in der Abendmahlsfrage ein Gegner Luthers. Zwingli vertrat die Ansicht, dass Brot und Wein im Abendmahl rein symbolisch für Fleisch und Blut Christi stehen. Siehe dazu Georg Mentz, 1913, S. 173 ff. und S. 187.

Bibliograpie

Blaschke, Karlheinz (Hrsg.): Moritz von Sachsen - Ein Fürst der Reformationszeit zwischen Territorium und Reich. Internationales wissenschaftliches Kolloquium vom 26. bis 28. Juni 2003 in Freiberg (Sachsen), Leipzig/ Stuttgart 2003.

Braasch-Schwersmann, Ursula; Schneider, Hans; Winterhager, Wilhelm Ernst (Hrsg.): Landgraf Philipp der Großmütige 1504 - 1567. Hessen im Zentrum der Reform. Begleitband zu einer Ausstellung des Landes Hessen. Marburg/ Neustadt an der Aisch 2004.

Diller, Stephan (Hrsg.): Kaiser Karl V. und seine Zeit. Bamberg 2000.

Grigat, Lothar, Dekan: In Homberg fing es an: Die Homberger Synode 21. bis 23. Oktober 1526. In: Zweigverein Homberg/ Efze im Verein für hessische Geschichte und Landeskunde in Kassel e. V. (Hrsg.): Die Reformation in Hessen. Die Homberger Synode von 1526. Homberg/Efze 2002.

Hünecke, Rainer (Dresden): Vertextungsstrategien und Sprachmittelwahl in Briefen der Elisabeth von Rochlitz. In: Brandt, Gisela (Hrsg.): Bausteine zu einer Geschichte des weiblichen Sprachgebrauchs, Band V. Vertextungsstrategien und Sprachmittelwahl in Texten von Frauen. Internationale Fachtagung Dresden 10.- 12. 09. 2001. Stuttgart 2002. S. 47 – 66.

Meller, Harald (Hrsg.): Fundsache Luther. Archäologen auf den Spuren des Reformators. Begleitband zur Landesaustellung im Landesmuseum für Vorgeshichte. Halle (Saale) 2008

Mentz, Georg: Deutsche Geschichte im Zeitalter der Reformation, der Gegenreformation und des Dreißigjährigen Krieges 1493 - 1648. Ein Handbuch für Studierende von Georg Mentz. Tübingen 1913.

Preuß, Heike: Söldnerführer unter Landgraf Philip dem Großmütigen von Hessen (1518 - 1567). Darmstadt/ Marburg 1975.

Roesgen, Manfred von: Kardinal Albrecht von Brandenburg. Ein Renaissancefürst auf dem Mainzer Bischofsthron. Moers 1980/ 81.
Schirrmacher, Friedrich Wilhelm: Briefe und Akten zum Marburger Religionsgespräch (1529) und zum Augsburger Reichstag (1530). Bonn 2003.

Schneider-Ludorff, Gury: Der fürstliche Reformator. Theologische Aspekte im Wirken Philipps von Hessen von der Synode bis zum Interim. Leipzig 2006.

Schulin, Ernst: Kaiser Karl V. Geschichte eines übergroßen Wirkungsbereiches. Stuttgart 1999.

Thieme, André; Vötsch, Jochen; Gräßler, Ingolf (Hrsg.): Hof und Hofkultur unter Moritz von Sachsen (1521 - 1553). Im Auftrag des Vereins für sächsische Landesgeschichte. Beucha, 2004.

Thieme, André (Hrsg.): Die Korrespondenz der Herzogin Elisabeth von Sachsen und ergänzende Quellen. Erster Band. Die Jahre 1505 - 1532. Leipzig 2010.

Weck, Anton: Der Churfürstlichen Sächsischen weitberuffenen Residenz- und Haupt-Vestung Dresden; Beschreib: und Vorstellung. Auf der Churfürstlichen Herrschafft gnädigstes Belieben in Vier Abtheilungen verfasset/ mit Grund: und anderen Abrissen/ auch bewehrten Dokumenten erläutert. (Wecksche Chronik) Nürnberg, 1679/80, Seite 535.

Bildnachweis

sämtliche Fotos: Frank Glabian, außer Seite 221: Annika Bender
Bilder aus der Weck'schen Chronik: Weck, Anton: Der Chur-Fürstlichen Sächsischen weitberuffenen Residentz und Haupt-Vestung Dresden Beschreib und Vorstellung, Nürnberg, Johann HOffmann 1679/80; DRESDEN BUCH; 2009 auf CD-ROM

Hier geht es weiter mit Elisabeths spannendem Leben:

Anja Zimmer: Ein Paradies, gebaut auf Sand

„Ich leg kein Blatt vor den Mund!“
Elisabeth zu Sachsen - eine hochadlige Protestantin, die im Auftrag der Reformation zur Geheimagentin wird.

Gerade dem gestrengen Protokoll des Dresdener Hofes entkommen, genießt Herzogin ihre neugewonnene Freiheit auf ihrem Witwensitz Schloß Rochlitz.
Sie fühlt sich mächtig und selbstbestimmt wie eine Königin und führt die von ihren Untertanen so lange ersehnte Reformation ein. Ihr stockkatholischer Schwiegervater droht zwar mit Inquisition und Scheiterhaufen, aber Elisabeth bleibt standhaft, denn sie weiß die mächtigen evangelischen Fürsten hinter sich.
Der Konflikt zwischen den Religionen wird immer schärfer und zerreißt bald Elisabeths Familie. Verzweifelt muss sie zusehen, wie sich Menschen, die sie liebt, auf den Schlachtfeldern gegenüberstehen.
Elisabeth muss sich entscheiden und greift als Geheimagentin direkt ins Kriegsgeschehen ein. Und riskiert dabei Freiheit und Leben.
Ein bewegtes und bewegendes Frauenleben in einer Zeit voller Abgründe.

Deutsche Geschichte, wie sie spannender nicht sein könnte.

ISBN 978 - 3 - 937013 - 11 - 4
656 Seiten, € 16,95
Als ebook in allen gängigen Shops erhältlich.

Anja Zimmer: Mitternachtsblüten - Das Leben der Anna von Hessen (Elisabeths Mutter)

„Wir wollen lieber im Blut bis an die Sporen waten, als uns unter das Joch der Weiberherrschaft zu beugen!“

Eine junge Mutter, die um ihr Kind kämpft und dafür ein ganzes Land erobern muss.
Anna von Mecklenburg ist fünfzehn Jahre alt, als sie im Oktober des Jahres 1500 mit dem Landgrafen Wilhelm II. von Hessen verheiratet wird. Die Hoffnungen, mit denen das temperamentvolle Mädchen diese politische Ehe eingeht, sind schnell zerstört, denn ihr viele Jahre älterer Mann sieht sich in erster Linie als ihr Vormund.
Nach Wilhelm frühem Tod fällt Anna mit ihren Kindern unter die Vormundschaft ihres ärgsten Feindes. Sie fürchtet vor allem um das Leben ihres Sohnes und beginnt einen Kampf, in dem sie über sich selbst und ihre Zeit hinauswächst.

Eine gründlich recherchierte Romanbiografie über eine eindrucksvolle Persönlichkeit, die ihrer Zeit weit voraus war.

ISBN Softcover: 978 - 3 - 937013-24-4 € 11,95.
Format: 12 cm x 19 cm, 520 Seiten, 5 s/w Aufnahmen von Schauplätzen.
ISBN Hardcover 978 - 3 - 937013 - 25 - 1 € 18,95.